22,90 19,95

W0002839

José Carlos Somoza

Die dreizehnte Dame

José Carlos Somoza

Die dreizehnte Dame

Roman

Aus dem Spanischen
von Elisabeth Müller

Claassen

Die Originalausgabe erschien 2003 unter dem Titel
La dama número trece bei
Grupo Editorial Random House Mondadori, Barcelona.

Claassen Verlag

Claassen ist ein Verlag der Ullstein Buchverlage GmbH

ISBN 3-546-00355-1

© 2003 by José Carlos Somoza
© 2004 der deutschen Ausgabe by
Ullstein Buchverlage GmbH, Berlin
Alle Rechte vorbehalten. Printed in Germany
Gesetzt aus der Sabon bei
Franzis print & media GmbH, München
Druck und Bindung: Bercker, Kevelaer

Für José María Montesino und Conchita Jiménez.
Und natürlich für Azahara.

O ihr, die ihr gesunden Sinnes seid,
beachtet, welche Lehre sich verbirgt
im Schleier dieser rätselhaften Verse.
DANTE, Inferno, Neunter Gesang

1. Der Traum

1

Der Schatten glitt zwischen den Bäumen hindurch. Im Gebüsch und in der Dunkelheit wirkte er körperlos, aber es war ein junger Mann, langhaarig und leger gekleidet. Als er die Grenze des Dickichts erreichte, hielt er inne. Er legte eine Pause ein, als wollte er sich vergewissern, dass der Weg frei war, dann durchquerte er den Garten und ging auf das Haus zu. Es war groß und hatte vor der Fassade eine weiße Säulengalerie, nach Art eines Peristyls. Der Mann stieg die Stufen zur Galerie hinauf, drang seelenruhig ins Haus ein, durchquerte das Erdgeschoss, ohne Licht zu machen, und blieb vor der verschlossenen Tür des ersten Schlafzimmers stehen. Dann holte er einen der mitgebrachten Gegenstände aus der Tasche. Die Tür öffnete sich lautlos. Da war ein Bett, unter dem Laken eine Erhebung; man hörte Atemgeräusche. Wie Nebel trat der Mann ein, näherte sich schwereloser als ein Albtraum dem Nachtlager und sah die Hand, die Wange und die geschlossenen Augen des schlafenden Mädchens. Behutsam schob er die Hand beiseite und hob, Sekunden vor ihrem Erwachen, das kleine Kinn empor, um den Hals freizulegen, ein Getüpfel aus Sommersprossen, wo das Leben unter der Haut pulsierte; er setzte die Spitze des Gegenstandes am Kehlkopf an und übte einen leichten, gezielten Druck aus. Eine Spur wie von roten Rosenblättern folgte ihm ins zweite Schlafzimmer, wo eine weitere Frau lag. Als er das Zimmer wieder verließ, waren seine Hände feucht geworden, aber er wischte sie nicht ab. Er ging denselben Weg wieder zurück und nahm die Treppe ins Obergeschoss.

Er wusste, dass sein wahres Opfer oben war.

Die Treppe mündete in einen Flur. Er war lang, mit Teppichboden ausgelegt und mit klassischen, auf Sockeln aufgebauten Büsten dekoriert. Während er an ihnen vorüberging, fiel der Schatten des Mannes auf die Büsten: Homer, Vergil, Dante, Petrarca, Shakespeare ... steinern, stumm und tot, ausdruckslos wie Geköpfte. Er erreichte das Ende des Flurs und durchquerte ein magisch anmutendes Vorzimmer, getaucht in das grelle grüne Licht eines Aquariums, das auf einem hölzernen Podest stand. Es bot einen beeindruckenden Anblick, aber der Mann blieb nicht stehen, um es zu betrachten. Er öffnete seitlich des Aquariums eine Doppeltür und leuchtete mit einer Taschenlampe auf die Umrisse eines Kronleuchters, diverser Sessel und eines Bettes mit Pfosten. Auf dem Bett war undeutlich eine Gestalt zu erkennen. Das brüske Wegziehen der Decke weckte diese.

Es war eine junge Frau mit kurz geschnittenem Haar und einer schmalen, beinah zerbrechlichen Figur. Sie war nackt, und als sie sich aufrichtete, waren die Knospen ihrer kleinen Brüste auf die Taschenlampe gerichtet. Das Licht blendete ihre blauen Augen.

Kein Wort wurde gewechselt, kaum ein Laut war zu vernehmen.

Der Mann stürzte sich ohne Umschweife

nicht

auf sie.

ich will nicht

Draußen war es immer noch Nacht: Von dort schauten Uhus mit katzenartigen Schatten und Augen wie goldene Scheiben aus den Zweigen zu. Am Sternenhimmel standen geheimnisvolle Bilder. Die Stille war erfüllt von einer grausigen Präsenz, wie von einem Rachegott.

Im Schlafzimmer war alles erledigt. Wände und Bett waren rot gefärbt, der Frauenkörper lag ausgebreitet auf den Laken. Der vom Rumpf abgetrennte Kopf ruhte auf einer Wange. Aus dem Hals stak irgendetwas hervor, wie verwelkte Blumen in einer Vase.

Stille. Eine Weile vergeht.

Dann geschieht etwas.

Langsam, aber merklich beginnt der Kopf der Frau sich zu regen,

ich will nicht mehr

dreht sich, bis er nach oben schaut, richtet sich ungeschickt ruckelnd auf und lehnt sich gegen den abgeschnittenen Hals. Die Augen öffnen sich weit,

ich will nicht mehr träumen

und ihr Mund spricht.

»Ich will nicht mehr träumen.«

Der Arzt, ein korpulenter Mann mit auffallend weißem Haupt- und Barthaar, zog die Brauen hoch.

»Die Schlaftabletten werden Ihnen nicht dazu verhelfen, mit dem Träumen aufzuhören«, bemerkte er.

Es entstand eine Pause. Der Schreibstift schwebte über dem Rezept, ohne sich darauf niederzulassen. Die Augen des Arztes betrachteten Rulfo.

»Sie sagen, es sei immer derselbe Albtraum? ... Möchten Sie ihn mir erzählen?«

»Das Erzählen verändert ihn.«

»Versuchen Sie es trotzdem.«

Rulfo wich den Blicken aus und rutschte auf seinem Stuhl hin und her.

»Er ist sehr kompliziert. Ich kann nicht.«

Im Sprechzimmer war nicht der leiseste Laut zu vernehmen. Die Sprechstundenhilfe wandte ihre schwarzen Augen mit den klimpernden Wimpern dem Arzt zu, aber dieser betrachtete weiter Rulfo.

»Seit wann träumen Sie immer dasselbe?«

»Seit zwei Wochen, nicht jede Nacht, aber fast jede.«

»Gibt es einen Zusammenhang zu irgendeiner Ihnen bekannten Begebenheit?«

»Nein.«

»Sie hatten vorher nie solche Träume?«

»Nie.«

Leichtes Papierrascheln.

»›Salomón Rulfo‹, ein ungewöhnlicher Name ...«

»Daran sind meine Eltern schuld«, erwiderte Rulfo, ohne zu lächeln.

»Das habe ich mir fast gedacht.« Der Arzt lächelte trotzdem. Ein breites, freundschaftliches Lächeln, wie geschaffen für sein Gesicht. »Fünfunddreißig Jahre. Ziemlich jung ... ledig ... Wie leben Sie, Señor Rulfo? Ich meine, was arbeiten Sie?«

»Ich bin seit dem Spätsommer arbeitslos. Ich bin Dozent für Literatur.«

»Haben Sie das Gefühl, dass Ihnen das sehr zu schaffen macht?«

»Nein.«

»Haben Sie Freunde?«

»Wenige.«

»Freundinnen? Eine Freundin?«

»Nein.«

»Sind Sie glücklich?«

»Ja.«

Wieder entstand eine Pause. Der Arzt legte den Stift nieder und rieb sich mit beiden Händen übers Gesicht. Er hatte große, feiste Hände. Dann wandte er sich seinen Unterlagen zu und dachte nach. Der Bursche antwortete wie eine Maschine, als ginge ihn das alles gar nichts an. Vielleicht unterschlug er ihm irgendetwas, vielleicht hatten seine Träume mit einem Erlebnis zu tun, an das er sich nicht mehr erinnern wollte, aber, na ja, es ging letztlich nur um Albträume. Tagtäglich konsultierten ihn Kranke mit wesentlich schwerwiegenderen Problemen als ein paar lästigen Träumen. Er beschloss, ihm gut zuzureden, um das Gespräch schnellstmöglich zu beenden.

»Hören Sie, Albträume haben klinisch gesehen keine allzu große Bedeutung, aber sie sind ein Hinweis darauf, dass in unserem Organismus ... oder in unserem Leben irgendetwas nicht so läuft, wie es sollte. Ein Schlafmittel ist eine überflüssige Krücke, das kann ich Ihnen mit Sicherheit sagen. Es wird nicht verhindern, dass Sie träumen. Versuchen Sie, weniger zu trinken, nicht mit vollem Magen ins Bett zu gehen und ...«

»Können Sie mir ein Schlafmittel verschreiben?«, unterbrach Rulfo ihn sanft, aber mit einem ungeduldigen Unterton.

»Sie sind nicht gerade mitteilsam«, sagte der Arzt nach einer Pause.

Rulfo hielt seinen bohrenden Blicken stand. Einen Moment lang schien es, als wollte einer von beiden noch etwas hinzufügen, etwas mit dem anderen teilen. Aber in der nächsten Sekunde wandten sich ihre Augen dem Fußboden beziehungsweise den Unterlagen auf dem Schreibtisch zu. Der Stift senkte sich und glitt über das Rezept.

Der Beipackzettel empfahl eine einzige Tablette vor dem Schlafengehen. Rulfo schluckte zwei mit einem Glas Wasser, das er sich am Waschbecken im Badezimmer holte. Im

Spiegel beobachtete ihn ein nicht sehr großer, aber gut gebauter Mann mit krausem, schwarzem Haar und einem ebensolchen Bart aus sanften, hellbraunen Augen. Salomón Rulfo gefiel den Frauen. Seine Attraktivität hielt sogar der Vernachlässigung seines Äußeren stand. Das veranlasste die glühende Vorstellungskraft der zwei bis drei allein stehenden älteren Frauen in dem verwahrlosten Wohnblock, in dem er lebte, dazu, ihm eine düstere Vergangenheit anzudichten. Wo mochte der junge Mann, der mit niemandem redete und fast immer nach Alkohol stank, bloß herkommen? Seinen Namen *(Salomón, mein Gott, der Ärmste)* kannten sie und wussten auch, dass er sich in einem Besorgnis erregenden Maß betrank, dass er ab und an mit Huren verkehrte, dass er das kleine Apartment im dritten Stock links vor beinah zwei Jahren gekauft und sofort bezahlt hatte und dass er allein lebte. Trotzdem war er ihnen lieber als die Immigranten, die die übrigen Wohnungen ihres Blocks in der Calle Lomontano bevölkerten, einer engen, armseligen Gasse in der Madrider Innenstadt unweit von Santa María Soledad. Die größten Pessimistinnen unter ihnen sagten allerdings voraus, dass der »Bärtige« ihnen früher oder später einen gehörigen Schrecken einjagen würde, und setzten im Flüsterton hinzu: »Er sieht aus wie ein Verbrecher.« – »Ich bin sicher, dass er ein guter Mensch ist«, verteidigte die Pförtnerin ihn, ohne den Ansichten zu seiner äußeren Erscheinung zu widersprechen.

Rulfo verließ das Badezimmer und machte einen Zwischenstopp, um den Rest aus einer Flasche Orujo zu leeren, einem uralten Geburtstagsgeschenk von seiner Schwester Luisa. Dabei fiel ihm ein, dass er am morgigen Tag daran denken musste, Whisky zu kaufen. Die Ausgabe konnte er sich zwar eigentlich nicht leisten, aber Whisky war neben Gedichten und Tabak das, was er in dieser Welt am allernötigsten brauchte. Dann ging er ins Schlafzimmer, zog sich aus und legte sich ins Bett.

Er war allein, wie immer, mitten in der Dunkelheit. Seine Einsamkeit hatte er nie gut ertragen, aber jetzt ängstigte ihn zusätzlich jener Albtraum. Er wusste nicht, was er zu bedeuten hatte, und seine mechanische Wiederkehr bedrängte ihn zusehends. Er war sicher, dass es eine Chimäre war, eine aus den Sümpfen seines Unterbewusstseins aufgetauchte Phantasie, aber die kehrte seit zwei Wochen auf fast zwanghafte Weise Nacht für Nacht zurück. Steht der Traum in irgendeinem Zusammenhang? *Er steht in keinem Zusammenhang, Doktor. Oder doch, mit allem, wie man es nimmt.*

Sein Leben war für schlechte Träume anfällig, aber das Schlimmste, das *Entscheidende,* war vor zwei Jahren passiert. Der Gedanke, dass er jetzt auf einmal die Rechnung für jene längst vergangene Tragödie begleichen sollte, war absurd. Heute Nachmittag, in der Praxis, war er (er wusste nicht, warum) zum ersten Mal in Versuchung geraten, sich jemandem anzuvertrauen und dem Arzt alles zu erzählen. Natürlich hatte er es nicht getan. Er war noch nicht einmal so weit gegangen, ihm von seinem Albtraum zu erzählen. Er glaubte, sich auf diese Weise lästigen Fragen entziehen zu können, und wer weiß, vielleicht sogar der Möglichkeit, umgehend in die Irrenanstalt eingewiesen zu werden. Er wusste, dass er nicht verrückt war. Lediglich diese Träume, die mussten aufhören. Er jedenfalls hatte es vorgezogen, sich auf die Tabletten zu verlassen.

Er knipste die Nachttischlampe an, stand auf und beschloss, etwas Erhabenes zu lesen, bis der hypnotische Wortschwall ihn sanft und lauwarm einlullte. Er durchforstete die Bücherborde im Schlafzimmer. Die Regale in Ess- und Schlafzimmer quollen über. Es lagen Bücherstapel neben dem Laptop und sogar in der Küche. Er las immerzu und überall, aber ausschließlich Gedichte. Diese aus Rulfos zartester Jugend stammende und mit den Jahren gewachsene Leidenschaft hätten die Damen in der Lomontano niemals bei dem jungen

Mann vermutet. Er hatte Philologie studiert und in seinen guten Zeiten *(wann waren die eigentlich gewesen?)* an der Universität Literaturgeschichte unterrichtet. Jetzt, da er in der Einsamkeit vor sich hin dümpelte – der Vater verstorben, die Mutter lebenslänglich in ein Altersheim verbannt und die drei Schwestern über den Erdball verteilt –, war die Dichtung für ihn der letzte Rettungsanker. Blind, ohne auf den Autor, ja ohne auf die Sprache zu achten, klammerte er sich an sie. Eine Notwendigkeit, sie zu verstehen, verspürte er nicht, vielmehr genoss er das Versmaß und die Wortmelodie, selbst in einer ihm fremden Sprache.

Georgicas. Vergil. Zweisprachige Ausgabe. Ja, da war es. Er zog das Buch aus dem Stapel neben dem Computer, kehrte zu seinem Bett zurück, schlug es an einer beliebigen Stelle auf und richtete seine Aufmerksamkeit auf den nächstbesten lateinischen Wortschwall. Dabei war er hellwach: Er fürchtete, die innere Unruhe könnte ihn trotz der Zuhilfenahme pharmazeutischer Mittel davon abhalten, rasch einzuschlafen. Und wünschte sich gleichzeitig, dass der Arzt Unrecht behielt, und die Tabletten doch verhinderten, dass sich jenes absurde Grauen noch einmal wiederholte.

Er las weiter. Draußen verstummte der Verkehr.

Ihm fielen gerade die Augen zu, als er das Geräusch vernahm.

Es war nur kurz. Und kam aus dem Badezimmer. In diesem elenden Apartment brauchte er nie lange zu warten, bis wieder irgendetwas – eine Konsole, ein Regalbrett – seinen Platz verließ.

Er seufzte, legte das Buch auf das Bett, stand auf und ging vorsichtig zum Badezimmer. Die Tür stand offen, der Innenraum war dunkel. Er trat ein und machte Licht. Er fand alles an Ort und Stelle. Das Waschbecken, den Spiegel, die Seifenschale mit der Seife, die Toilette, das kleine Bild mit den tanzenden Harlekinen, die metallene Konsole, alles war wie immer.

Bis auf die Vorhänge.

Sie waren blickdicht, von der billigsten Sorte, mit einem kreischend roten Rosenmuster. Genauso wie immer. Aber er glaubte, sich zu entsinnen, dass sie offen gewesen waren, als er zuletzt das Bad verlassen hatte. Und jetzt waren sie zugezogen.

Das beunruhigte ihn. Er dachte, dass ihm vielleicht sein Gedächtnis einen Streich spielte. Schon möglich, dass er sie vor dem Verlassen des Bades zugezogen hatte, obwohl er nicht ganz verstand, weshalb er das hätte tun sollen. Auf jeden Fall musste das Geräusch jedoch durch einen herabfallenden Gegenstand verursacht worden sein, der zuvor daran abgeprallt war. Wahrscheinlich die Geltube, dachte er, streckte die Hand aus und wollte den Vorhang öffnen, um nachzuschauen. Da hielt er plötzlich inne.

Eine unerklärliche, fast irreale, beinah unwirkliche Angst krampfte ihm eisig den Magen zusammen und richtete die Härchen seiner Haut auf wie winzige Palisaden. Er merkte, dass seine Nerven völlig grundlos blank lagen.

Es ist absurd, ich träume nicht. Ich bin wach, das hier ist meine Wohnung, und hinter dem Vorhang ist nichts, außer der Badewanne.

Er setzte erneut die Handbewegung fort, wohl wissend, dass alles wie vorher war; dass er vermutlich einen herabgefallenen Gegenstand finden würde, zum Beispiel die Geltube, und, nachdem er das festgestellt hatte, ins Schlafzimmer zurückgehen und die Schlaftabletten wirken lassen würde, dass es ihm gelingen würde, die Nacht durchzuschlafen bis zum nächsten Morgen. Er zog ganz langsam den Vorhang zurück.

Da war nichts.

Die Geltube stand immer noch an ihrem Platz neben dem Shampoo auf dem Sims. Dieses Bild war seit Monaten unverändert: In puncto Körperpflege übertrieb Rulfo nämlich nicht gerade. Somit war klar, dass nichts heruntergefallen war. Vermutlich war das Geräusch aus einer anderen Wohnung gekommen.

Er zuckte die Schultern, löschte das Licht im Badezimmer und kehrte ins Schlafzimmer zurück. Auf seinem Bett lag der zerlegte Körper der toten Frau, der vom Rumpf getrennte Kopf lehnte an den Brüsten und betrachtete ihn mit milchigen Augen; das Haar war blauschwarz und feucht wie das Gefieder einer arktischen Möwe, und aus dem erkalteten Mundwinkel wand sich ein blutiger Wurm.

»Hilf mir. Das Aquarium ... Das Aquarium ...«

Starr vor Schreck fuhr Rulfo zurück und stieß mit dem Ellbogen gegen die Wand.

ein schrei

Er träumte nicht: Er war hellwach, das hier war sein Schlafzimmer und der Ellbogen tat ihm weh. Er versuchte, die Augen zu schließen

ein schrei. finsternis

und sie wieder zu öffnen, aber die Leiche der Frau war noch immer da *(hilf mir)* und sprach aus ihrem blutigen, zerstückelten, auf den Laken verteilten Leib *(das Aquarium)* zu ihm.

Ein Schrei. Finsternis.

Schweißgebadet wachte er auf. Er lag mit dem größten Teil seines Bettzeugs auf dem Fußboden. Bei seinem Sturz aus dem Bett hatte er sich den Ellbogen angestoßen. Seine Finger krallten sich noch immer in den zerknitterten Band von Vergil.

2

Es ist jetzt noch schlimmer.«

»Diesmal gibt es aber keine Schlaftabletten mehr, wenn Sie also wieder gehen wollen, dann tun Sie das bitte«, erklärte Doktor Eugenio Ballesteros entschieden. Dabei zeigte seine Miene jedoch keinerlei Verdruss, sondern eher eine gewisse Zufriedenheit. »Aber, wenn Sie sich entschließen können, ihn mir mal zu erzählen, dann ...«

Ballesteros war groß und korpulent, hatte breite Schultern, einen markanten Kopf mit einer weißen Haarkappe und einen Bart, der eine Nuance grauer war. Er war Rulfo nicht böse, obwohl dieser am Nachmittag erneut bei ihm aufgekreuzt war; wieder unangekündigt, wieder ohne Termin und am Ende seiner Sprechstunde. Ballesteros hatte die Spätschicht, die Praxis würde gleich schließen. Er hatte seine Sprechstundenhilfe bereits nach Hause geschickt. Er selbst hatte aber keine Eile. Gerne wollte er sich noch einen Augenblick mit diesem Burschen unterhalten, der seine Neugier geweckt hatte.

Rulfo erzählte ihm den Traum in allen Einzelheiten: das Haus mit der weißen Säulengalerie, der Mann, der den Garten durchquert und eindringt, der Tod der beiden Frauen im Erdgeschoss – vielleicht die Hausangestellten –, das brutale Verbrechen an der Frau im ersten Stock und die grauenerregende Schlussszene mit dem Kopf, der sich bewegt und spricht.

»Heute Nacht habe ich sogar geträumt, sie würde in meiner eigenen Wohnung tot auf dem Bett liegen. Und sie sagt immer dasselbe: Ich soll ihr helfen. Und jedes Mal spricht sie vom Aquarium. Ich weiß, sie meint das Aquarium mit der grünen Beleuchtung, das ich im Vorzimmer sehe. Es steht auf einem hölzernen Podest ...« Rulfo kaute auf dem Niednagel seines Daumens herum. »Das ist alles. Sie wollten doch wissen, was ich träume ... So, jetzt wissen Sie es. Helfen Sie mir, bitte. Ich brauche etwas Stärkeres, damit ich die ganze Nacht schlafen kann.«

Ballesteros fixierte ihn mit ruhigem Blick.

»Sind Sie irgendwann einmal in einem solchen Haus gewesen ...? Sind Sie diesem Mann schon einmal begegnet? Oder der Frau?« Rulfo schüttelte den Kopf. »Gibt es irgendeinen Zusammenhang mit einer Person, die Sie kennen ...?«

»Nein.«

»Salomón«, sagte Ballesteros nach einer kurzen Pause. Es war das erste Mal, dass er ihn beim Vornamen nannte, und Rulfo sah ihn erstaunt an. »Ich will ehrlich zu Ihnen sein. Ich bin weder Psychiater noch Psychologe, sondern Hausarzt. Mit Ihrem Problem könnte ich es mir ganz einfach machen: eine Überweisung an den Facharzt mit der üblichen Wartezeit vor der Erstkonsultation, oder ein stärkeres Schlafmittel und gute Nacht. Problem gelöst. Ich habe eine Menge Patienten in meiner Sprechstunde und keine Zeit für Albträume. Einen Gedanken will ich Ihnen trotzdem mitgeben: Der menschliche Organismus vertut seine Zeit nicht. Jedes Symptom hat seine Ursache, sein Warum. Selbst die Albträume sind notwendig, um die Maschine am Laufen zu halten.« Er grinste und schlug einen anderen Ton an. »Wissen Sie, was ein Kollege dazu sagt ...? Er nennt Albträume Blähungen im Gehirn, mentale Fürze. Verzeihen Sie mir den Ausdruck. Die Reste einer Art Verdauung. Aber ohne jede Bedeutung. Sie sorgen dafür, dass wir alles Überflüssige ausstoßen ... Sie zum Beispiel behaupten, Sie hätten das Haus

22

mit den weißen Säulen oder diese Frau nie im Leben gesehen, und ich glaube Ihnen, dennoch kann es sein, dass Sie sich irren. Vielleicht haben Sie sie irgendwo gesehen und das Bild in Ihrem Gehirn gespeichert. Genauso wie das Aquarium. Hatten Sie mal ein Aquarium?«

»Nein. Nie.«

Rulfo senkte die Augen und hing für einen Moment seinen Gedanken nach. Ballesteros nutzte die Gelegenheit, um einen Blick auf seine Armbanduhr zu werfen. Er musste los, die Sprechstunde war zu Ende. Aber er beschloss, noch einen Moment zu bleiben. Wer erwartete ihn denn schon zu Hause? Außerdem interessierte ihn dieser Patient. Die Tatsache, dass er gekommen und trotz seiner offenbar zurückhaltenden und lakonischen Art zu reden bereit war, bewies seines Erachtens ein dringendes Bedürfnis, sich jemandem anzuvertrauen. Und dieses Gespräch war die einzige Hilfe, die er ihm anbieten konnte.

»Sie haben mir gestern erzählt, dass Sie alleine leben und nicht viele Freunde haben ... Gehen Sie manchmal mit jemandem aus?«

»Eigentlich«, sagte Rulfo unvermittelt, »bin ich gekommen, weil ich ein stärkeres Schlafmittel brauche. Ich will Sie nicht weiter belästigen. Auf Wiedersehen.«

Der wunde Punkt, erkannte Ballesteros. Er sah, wie Rulfo von seinem Stuhl aufstand, und plötzlich überkam ihn ein unerklärliches Gefühl. Mit einem Schlag war ihm bewusst, dass er ihn nicht gehen lassen durfte, dass, wenn dieser Patient ging, beide, der Patient und er, verloren sein würden. Ballesteros war vierundfünfzig Jahre alt und wusste, dass es Augenblicke gibt, in denen alles von einem einzigen, im rechten Moment ausgesprochenen Wort abhängt. Der Grund für diese Eigentümlichkeit des Lebens war ihm zwar verschlossen, weil das rettende Wort nicht unbedingt das passendste oder logischste war, aber so war es eben. Er beschloss, es zu riskieren.

Rulfo streckte die Hand nach einem Buch aus, das er auf

dem Tisch abgelegt hatte, aber der Arzt kam ihm zuvor und ergriff das Wort.

»*Poetische Anthologie* von Cernuda ... Donnerwetter. Mögen Sie Gedichte?«

»Sehr.«

»Sind Sie Dichter?«

»Ich habe zwar auch geschrieben, aber ich bin Dozent, wie ich Ihnen gestern bereits mitgeteilt habe.«

»Mann, wenn Sie Gedichte geschrieben haben, dann sind Sie doch auch Dichter, oder?« Rulfo machte eine unbestimmte Handbewegung und Ballesteros fuhr fort. »Also ich muss zugeben, dass ich nicht imstande bin, so etwas zu lesen. In Wirklichkeit trifft man sehr selten Leute, die gewohnheitsmäßig Gedichte lesen. Finden Sie nicht auch ...? Jetzt mal ehrlich: Wer liest denn heutzutage noch Gedichte ...? Nun, meine Frau, ja, die mochte sie. Nicht übermäßig zwar, aber immerhin mehr als ich ...«

Er redete, während er in dem Buch blätterte, als ginge es ihm gar nicht um Rulfo. Aus den Augenwinkeln beobachtete er indes, dass dieser weiter unbewegt dastand. Er wusste nicht, ob er ihm überhaupt zuhörte, aber das war ihm im Moment gleichgültig: Er hatte eine Tür aufgestoßen, damit dieser Bursche sich ein klein wenig zu erkennen gab, und wenn der die Einladung ausschlug, dann war das seine Sache. Er redete weiter, als wenn er allein wäre.

»Ich bin Witwer. Meine Frau hieß Julia Fresneda. Sie ist vor vier Jahren bei einem Autounfall ums Leben gekommen. Ich saß am Steuer und blieb unverletzt, aber sie habe ich sterben sehen. Wir waren beinah dreißig Jahre glücklich verheiratet und haben drei Kinder, die jetzt erwachsen sind und auf eigenen Beinen stehen. Unsere Beziehung war keine überschwängliche, poetische Leidenschaft, um es genau zu sagen, sondern eine stille, sichere Freude, wie die Gewissheit, dass die Sonne am nächsten Tag wieder aufgeht. Seit sie verstorben ist, habe ich sporadisch Albträume. Aber das Erstaunliche ist, dass sie nie darin vorkommt. Manchmal sind es Vögel, die mir die Augen aushacken, andere Male sind es Sterne, die sich in monströse Augen verwandeln ... Julia ist es nie. Sie würde mir niemals Angst machen, die Ärmste. Trotzdem war es ihr Tod, der bei mir diese Träume verursacht hat. Glauben Sie mir, es sind mentale Fürze. Ohne jede Bedeutung«, setzte er hinzu, obwohl er ziemlich betroffen wirkte.

Es entstand ein Stillschweigen. Rulfo hatte wieder Platz genommen. Ballesteros blickte von dem Buch auf und sah ihn an.

»Sie haben auch irgendetwas. Ich weiß das, es ist Ihnen anzumerken ... Gestern, als ich Sie zum ersten Mal gesehen habe, wusste ich, dass Sie, genauso wie ich ... Na ja, verzeihen Sie, wenn ich mich täusche ... dass Sie auch eine böse Erinnerung mit sich herumschleppen ... Es geht nicht darum, dass Sie mir davon erzählen sollen, ich will nur sagen, dass Albträume von so etwas herrühren können. Und eins kann ich Ihnen versichern, es ist einerlei, wie viel Zeit seitdem vergangen ist: Eine Tragödie bleibt immer jung.«

Mit einem Mal begann sich die Welt für Rulfo zu verflüssigen: Ballesteros' Gestalt, der Tisch, die Schreibtischlampe, die Liege, das Messgerät für den Blutdruck,

es regnete

das Schaubild des menschlichen Körpers an der Wand. Alles verdunkelte sich, kam ins Strömen. Er spürte, wie sein Gesicht zu glühen begann und ihm der Hals schmerzte. Er verstand nicht, was da mit ihm geschah. Ehe er sichs versah, hatte er zu erzählen begonnen.

»Sie hieß Beatriz Dagger. Dagger mit zwei ›g‹. Wir haben uns vor vier Jahren kennen gelernt.«

es regnete anhaltend

»Sie starb vor zwei …«

Es regnete anhaltend.

Trotzdem erspähte Rulfo in der Ferne, durch das große Schlafzimmerfenster und zwischen den Wasserbächen hindurch, die glitzernden Sterne. Beatriz hatte ihm einmal irgendetwas über die Gleichzeitigkeit von Regen und Sternen erzählt, aber er konnte sich nicht mehr genau entsinnen. Brachte sie Glück oder Unglück? Sehr wohl dagegen entsann er sich des Kusses, den sie auf seiner Stirn hinterlassen hatte, bevor sie ging: kühl im Vergleich zu seinem Fieber, beinah mütterlich. Und ihrer Worte: »Du bist schlapp«, hatte sie zu ihm gesagt, diesen Ausdruck hatte sie verwendet. Er solle sich schonen, bis sie wiederkomme, was sehr bald sein werde. Sie musste nach Paris, um mehrere »Wälzer« auf das Thema ihrer Doktorarbeit hin zu durchforsten, irgendetwas über die Entwicklung erwarteter Reizreaktionen. Es war eine unbedeutende Reise von nur drei Tagen. Im vorangegangenen Monat hatte er sie schon nach Leuven begleitet und nach Florenz. Sie suchten nämlich beide stets nach einer Möglichkeit, sich nicht trennen zu müssen. Aber an jenem Novembertag hatte sich Rulfo stark erkältet, und Beatriz war ungnädig geworden, als er darauf bestehen wollte, trotzdem mitzukommen.

»Das kommt nicht in Frage. Du bist zu schlapp. Du bleibst hübsch zu Hause. Ich bin bald wieder da, dann kann ich dich pflegen.«

Es musste die erste Nacht gewesen sein – soweit er sich erinnern konnte und er glaubte, sich nicht zu irren –, die sie nicht zusammen verbrachten, seit sie sich kennen gelernt hatten. Und beim Nachdenken darüber fiel ihm auf, welches Datum sie hatten, worauf er bedauerte, das nicht vorher gemerkt zu haben. Er war sogar versucht, sie in Paris anzurufen, um es ihr mitzuteilen, aber es war schon ziemlich spät und er wollte sie nicht aufwecken.

Auf den Tag genau vor zwei Jahren waren sie sich zum ersten Mal begegnet.

Das war auf dem Einweihungsfest für seine neue Wohnung in Argüelles gewesen. Es kamen fast alle seine Freunde und viele Bekannte, außerdem seine Schwester Emma, die mit einem jungen Maler in Barcelona lebte und sich vorübergehend in Madrid aufhielt. Rulfo freute sich, in seinem neuen Heim so viele Gäste zu empfangen, und vermisste dennoch seine Exfreundin Susana Blasco schmerzlich; aber Susana lebte damals schon mit César zusammen, und Rulfo hatte sie seit Monaten nicht mehr getroffen. Abgesehen davon war er guter Stimmung und für jede Gelegenheit offen. Er ahnte nicht, was für eine Art von Gelegenheit sich ihm unverzüglich bieten sollte.

Später lachten sie gemeinsam (dieses ihr kristallenes Lachen, das ihr von den Lippen zu rieseln schien) bei der Erinnerung, dass Cupido an allem schuld gewesen war. In seinem funkelnagelneuen Wohnzimmer hatte er mehrere Skulpturen stehen. Eine davon stand in einem Regal, es war ein kleiner Cupido mit gespanntem Bogen und in die Luft weisendem Pfeil, ein Geschenk von Emma, die schon immer ein Faible für die klassische Kunst hatte. Aus irgendeinem Grund blieb Rulfo – bis dahin in der Rolle des zufriedenen Gastgebers – einen Moment lang davor stehen, um das Stück zu bewundern, und wandte den Blick, ohne es zu wollen, in die von dem Pfeil angegebene Richtung. Da entdeckte er deutlich eine gerade Schneise quer durch die Gäste, die bei einer Person endete, welche ihm den Rücken zukehrte. Cupido zeigte genau auf sie. Sie war eine groß gewachsene junge Frau, in einer beigen Jacke mit mittelbraunem, zu einem Pferdeschwanz gebundenem Haar und einem Glas in der Hand. Sie war gerade in die Betrachtung seiner Gedichtsammlung vertieft.

Das Erste, was ihm auffiel, war, dass er nicht mehr wusste, wer sie überhaupt war, noch nicht einmal, ob er sie kannte oder nicht. Neugierig geworden, trat er zu ihr. Im selben Moment drehte sie sich um. Sie sahen einander an und lächelten, er stellte sich als Erstes vor.

»Wir kennen uns nicht«, sagte Beatriz mit dieser Stimme, die er noch so oft vernehmen würde und die seither jede Stille füllte. »Ich bin eben erst angekommen. Ich bin die Freundin von einer Freundin von einem Freund von dir … Man hat mir von dieser Feier erzählt, und darauf habe ich mich entschlossen mitzukommen. Ich hoffe, das ist dir recht?«

Ihm war das recht. Sie war zweiundzwanzig Jahre alt, die Tochter eines deutschen Vaters und einer spanischen Mutter, mehr Familienangehörige kannte sie nicht. Sie hatte in Madrid Psychologie studiert und fing gerade mit ihrer Doktorarbeit an. Dann tauschten sie ihre Interessen aus und entdeckten viele Gemeinsamkeiten, unter anderem die Leidenschaft für Gedichte. Zwei Monate darauf verließ sie die kleine Studentenwohnung, die sie mit einer Freundin teilte, und zog bei ihm ein. Damals hatte sie ihm einen Brief an ihre in Deutschland lebenden Eltern vorgelesen. Darin verkündete sie, sie habe »den besten Mann der Welt« kennen gelernt. Seither wurde das Leben der beiden vom Glück regiert.

Er verweilte gerade in Gedanken bei jenem Cupido, als das Telefon klingelte. Er schreckte auf. Das Fieber war gestiegen. Im Fenster hatte es zu regnen aufgehört, und die Sterne waren verschwunden.

Das Telefon klingelte.

Und irgendwie wusste er, dass dieser Anruf seinem Leben eine völlig andere Wendung geben würde.

Mit zittriger Hand hob er ab.

»Ihre Eltern hatten ihm meine Rufnummer gegeben und ihn gebeten, mir die Nachricht zu übermitteln. Es war ein Angehöriger von der spanischen Botschaft in Paris. Er sagte, es sei alles sehr schnell gegangen.« Er hob den Blick und sah den Arzt an. »Sie ist in der Badewanne des Hotels ausgerutscht, hat sich den Kopf angeschlagen und ist ohnmächtig geworden … Die Badewanne war voll und sie ist ertrunken. Ein romantischer Tod, was?«

»Jeder Tod ist banal«, erwiderte Ballesteros und ließ sich vom Sarkasmus des anderen nicht beirren. »Das Romantische ist, am Leben zu bleiben. Aber sind Ihnen die Parallelen aufgefallen? Die Badewanne, das Aquarium …«

»Schon. Ich musste gerade daran denken, dass ich gestern Abend geträumt habe, ich würde in der Badewanne Geräusche hören, bevor ich wieder die tote Frau sah.«

»Verstehen Sie jetzt, was ich meinte, als ich von mentalen ›Resten‹ sprach? Die Badewanne und das Aquarium sind ein und dasselbe: Gefäße mit Wasser. Jetzt haben wir Mitte Oktober, nächsten Monat sind genau zwei Jahre seit dem Tod des Mädchens vergangen, und Ihr Gehirn hat auf seine Weise schon begonnen, ihren Todestag zu begehen. Aber Sie dürfen sich davon nicht allzu sehr mitnehmen lassen. Sie sind nicht schuld an dem, was passiert ist, wobei mir klar ist, dass Sie mir das nicht glauben. Das ist der erste Dämon, den wir auszutreiben haben: Wir sind nicht schuld.« Er öffnete seine großen Hände und umschloss in der Luft einen unsichtbaren Raum. »Sie sind gegangen, Salomón, mehr wissen wir nicht. Unsere Aufgabe ist es, ihnen Lebewohl zu sagen und weiterzuleben.«

Nach einem Augenblick des Schweigens wurde Rulfo gewahr, dass sich eine nasse Spur über seine Wangen zog. Er wischte sie mit dem Ärmel seiner Jacke fort und stand auf.

»In Ordnung. Ich werde Sie nicht mehr belästigen.«

»Vergessen Sie Ihr Buch nicht«, ermahnte Ballesteros ihn. »Und kommen Sie, wann Sie möchten. Es ist keine Belästigung für mich.«

Sie gaben sich die Hand und Rulfo verließ das Sprechzimmer ohne ein weiteres Wort.

Tatsächlich stellte er, noch bevor er sein Apartment in der Lomontano erreichte, fest, dass er sich so klar fühlte wie schon lange nicht mehr. Vielleicht fehlte ihm nur das: ab und zu mal mit jemandem reden, so wie gerade eben mit Ballesteros. Seit Beatriz' Tod war seine Einsamkeit immer größer geworden: Er hatte seine Dozentenstelle aufgegeben, die Wohnung in Argüelles verkauft und den Kontakt zu seinen alten Freunden abgebrochen. César und Susana waren die Einzigen, die ihn von Zeit zu Zeit anriefen, aber nach allem, was zwischen ihnen vorgefallen war, hielt er es natürlich für undenkbar, ihre frühere Freundschaft fortzusetzen.

Sie sind gegangen. Unsere Aufgabe ist es, ihnen Lebewohl zu sagen und weiterzuleben.

Spontane Entscheidungen waren ein Zug seines Charakters. In diesem Augenblick nahm er sich vor, wieder eine feste Arbeit zu suchen. Bis jetzt hatte ihn eine unüberwindliche Trägheit daran gehindert, das Problem mit der nötigen Energie anzugehen. Dennoch war er überzeugt, dass er, wenn er es sich ernsthaft vornahm, letztendlich eine Arbeitsstelle finden würde, die seinen Fähigkeiten entsprach. Die kleine Erbschaft von seinem Vater verpuffte unbemerkt und vom Verkaufserlös seiner Wohnung war auch nichts mehr übrig. Allein die Vorstellung, seine Schwestern um Geld zu bitten, war ihm zuwider. Er musste etwas tun, doch bis zu diesem Tag hatte er keine Kraft gehabt. Jetzt verspürte er neuen Auftrieb.

Sie sind gegangen, mehr wissen wir nicht.

Den restlichen Nachmittag verbrachte er damit, seinen Lebenslauf in den Computer einzugeben und mehrere Kopien davon anzufertigen. Danach wollte er verschiedene Telefonate führen, aber als er auf die Uhr sah, beschloss er, sie auf den nächsten Tag zu verschieben. Er duschte, wärmte sich die Tortilla auf, von der er morgens kaum einen Bissen gekostet hatte, und verschlang sie mit großem Appetit. Er ging zu Bett und machte den Fernseher an. Er wollte keine Schlaftabletten nehmen, obwohl noch welche da waren: Der Fernseher würde ihn einschläfern, und wenn der Albtraum wiederkehrte, dann würde er ihn ertragen. Jetzt, da er dessen Ursprung verstanden hatte, machte er ihm weniger Angst.

Er schaltete weiter, bis er einen Spielfilm fand. Anfangs erschien er ihm unterhaltsam, aber nach einer Weile fand er ihn langweilig und drehte den Ton aus. Er schlief bei einer Szene ein, in welcher der Protagonist ein von Mondlicht gestreiftes Wacholderwäldchen durchquerte. Als er aufwachte, wusste er nicht, wie spät es war, aber es war immer noch Nacht. Der Film war zu Ende und im Fernsehen flimmerten weiter stumme Bilder: eine Art Diskussionsrunde mit Leuten, die im Kreis saßen. Ihm fiel auf, dass sich der Traum nicht wiederholt hatte, was er eindeutig als eine Rückkehr zur Normalität interpretierte. Als er sich umdrehte, weil er auf die Uhr sehen wollte, hielt sein Blick am Fernsehschirm inne.

Das Bild hatte gewechselt. Es waren keine sitzenden Menschen mehr zu sehen, sondern eine nächtliche Landschaft mit Männern in Polizeiuniformen, die hin und her liefen, und davor stand eine Sprecherin mit einem Mikrofon in der Hand.

Im Hintergrund ein Haus mit einer weißen Säulengalerie.

II. Das Haus

Die Praxis war an diesem Nachmittag gedrängt voll. Ballesteros hatte noch nicht einmal die Hälfte der bestellten Patienten hereingerufen. Einen hatte er gerade entlassen und wartete auf den nächsten, als sich draußen ein lautstarker Protest erhob. Darauf ging seine Tür auf und der »Mann mit den Albträumen«, wie seine Sprechstundenhilfe Ana ihn nannte, kam herein. Er war in der für ihn typischen Nachlässigkeit gekleidet, die Ringe unter seinen Augen waren so tief, dass die Unterlider hervortraten. Er baute sich vor Ballesteros auf und stieß halblaut aus:

»Die mentalen Fürze produzieren manchmal die letzte Scheiße. Entschuldigen Sie den Vergleich, aber er stammt von Ihnen.«

Der Arzt musterte ihn von oben bis unten.

»Was wollen Sie damit sagen?«

»Das Haus, von dem ich geträumt habe, gibt es in Wirklichkeit. Und das Verbrechen auch.«

Vor der angelehnten Tür drohten aufgebrachte Stimmen mit einer Anzeige, sie würden bei der Geschäftsführung des Zentrums Beschwerde einlegen. Ana sah zum Arzt hinüber, aber der wirkte weit entrückt, in einer eigenen Welt, in der nur Raum war für ihn und für diesen bärtigen jungen Mann.

»Woher wissen Sie das?«

»Ich habe es gesehen. Ich kann es Ihnen zeigen.«

Ballesteros lehnte sich auf seinem Stuhl zurück und holte tief Luft.

»Hören Sie, ich habe noch eine Stunde zu tun. Was halten Sie davon, wenn Sie in, sagen wir mal, einer Stunde und zehn Minuten wiederkommen, dann können wir uns in Ruhe unterhalten.«

Der Mann warf ihm noch einen stummen Blick zu, dann machte er auf dem Absatz kehrt und ging hinaus. Eine Stunde und zehn Minuten später schellte es an der Tür. Ballesteros, der seine Mitarbeiterin soeben entlassen hatte, rief: »Herein.«

»Es tut mir Leid, dass ich heute Nachmittag in Ihre Sprechstunde geplatzt bin«, murmelte der Mann beim Hereinkommen leicht betreten.

»Schon in Ordnung. Sie sehen elend aus. Hatten Sie wieder mit dem Albtraum zu tun?«

»Nein, aber ich habe kaum geschlafen. Ich habe die Nacht am Rechner verbracht.«

»Setzen Sie sich und erzählen Sie mir eins nach dem anderen.«

Rulfo legte eine kleine Mappe auf den Tisch. Ballesteros fragte sich einen Moment lang – nur einen kurzen Moment –, ob der Bursche, dem er noch immer Glauben schenkte, womöglich doch den Verstand verloren hatte. In seiner Berufslaufbahn hatte er die erstaunlichsten Fälle erlebt.

»Es gibt das Haus, hier in Madrid, in einem Vorort.«

»Woher wollen Sie wissen, dass es genau das ist?«

»Es ist es.«

die tatsachen

»Sind Sie dort gewesen?«

»Nein, noch nicht.«

»Wo haben Sie es dann gesehen?«

die tatsachen waren diese

Rulfo öffnete die Mappe und holte mehrere bedruckte Blätter heraus. Die schob er alle Ballesteros über den Tisch zu.

»Ich habe die Nachrichten zurückverfolgt. Aber ich warne Sie, die Einzelheiten sind ziemlich unangenehm.«

»Unangenehme Einzelheiten sind bei mir an der Tagesordnung«, Ballesteros klemmte sich die Lesebrille auf die Nase.

Die Tatsachen waren diese.
In der Nacht vom neunundzwanzigsten April ist M. R. R.,
zweiundzwanzig Jahre alt,
Fotos.
in die Hausnummer drei der Kastanienallee eingedrungen
und hat deren Eigentümerin
Ein Foto des Opfers.
Ein Lächeln.
Ein Haus mit weißen Säulen.

Die Berichte stammten fast alle von irgendwelchen Internetseiten und die Qualität der Ausdrucke war mäßig. Aber der Text ersetzte großzügig, was die Fotos verschwiegen. Ballesteros schaute Rulfo beklommen über die Brille hinweg an.

»Ich glaube, ich kann mich entsinnen. Es war ein scheußliches Verbrechen, wie so viele. Und?«

»Von diesem Verbrechen träume ich seit zwei Wochen.«

»Vielleicht haben Sie in den Nachrichten etwas darüber gesehen. Hier steht, es sei in der Nacht vom neunundzwanzigsten April dieses Jahres verübt worden. Das ist noch nicht einmal sechs Monate her. Und es wurde im Fernsehen gezeigt.«

»Die Nachrichten interessieren mich nicht. Ich schwöre Ihnen, dass mir niemals irgendetwas davon zu Ohren gekommen ist, bevor ich anfing, davon zu träumen.«

Ballesteros zauste sich nachdenklich den Bart. Dann wies er auf eines der Fotos.

»Ist sie das?«

»Ja. Das ist die Frau, von der ich träume. Die, die mich um Hilfe anfleht. Sie hieß Lidia Garetti. Sie war Italienerin, zweiunddreißig Jahre alt, reich, ledig und lebte schon lange in Madrid. Ich kenne sie nicht. Ich habe sie nie gesehen und nie von ihr gehört.«

Rulfo sah Ballesteros herausfordernd an, als wollte er ihn zwingen, ihm endlich zu glauben. Ein aufsteigender Schauder, ein erstickter Schrecken bahnte sich den Weg über ein Kribbeln im Rücken und Nacken des Arztes. Erneut fragte er sich, ob der junge Mann richtig im Kopf war, ob das Ganze ein übler Scherz oder die krankhafte Obsession eines Geistesgestörten war. Aber irgendetwas drängte ihn, Rufo zu vertrauen: vielleicht dieser hellbraune Blick, aus dem bisweilen mehr Angst sprach, als er selbst jemals hätte empfinden können.

»Und der Kerl, der sie umgebracht hat?« Er zeigte auf ein anderes Bild.

Den habe er auch noch nie gesehen. Es sei ein Drogensüchtiger gewesen mit Namen Miguel Robledo Ruiz und einem Vorstrafenregister wegen unbedeutender Diebstähle.

»Wie ist der nur auf die Idee gekommen, plötzlich einen solchen Mord zu begehen ...«, murmelte Ballesteros. »Wahrscheinlich durchgedreht ... Und gibt es was zu Ihrem grün beleuchteten Aquarium zu berichten?«

Rulfo schüttelte den Kopf.

»Es wird nirgends erwähnt.«

»Wo haben Sie die ganzen Informationen her?«

»Das Haus habe ich im Fernsehen gesehen. Gestern Abend, rein zufällig. Es gab eine Diskussion über das Böse. Zur Veranschaulichung haben sie die Berichte der jüngsten Verbrechen eingeblendet. Ich habe beim Sender angerufen, in dem die Diskussion kam, und ein paar Namen in Erfahrung gebracht. Die habe ich im Netz gesucht. Das ist ein ziemlich krankhaftes Verbrechen und noch nicht so lange her, deshalb war eine Menge darüber zu finden.«

»Fest steht aber, dass der Fall abgeschlossen und der Schuldige genauso tot ist wie die Opfer. Hier steht es«, Ballesteros legte einen dicken Zeigefinger auf die Blätter: »Robledo hat sich die Pulsadern aufgeschnitten, nachdem er den zerstückelten Körper dieser armen Italienerin im Garten verbrannt hatte ... Die Polizei fand seine Leiche im Haus, neben den beiden toten Hausangestellten und den verkohlten Überresten der Eigentümerin ... Er hatte keine Mittäter, es gibt nichts mehr zu tun ... Weshalb ...?« Plötzlich hielt er inne, denn ihm ging auf, dass er im Begriff war, eine dumme Frage zu stellen, etwa: Weshalb sollte diese Frau Sie um Hilfe bitten? – »Nein, nein, nein: Ich bin sicher, dass es für all dies eine ganz einfache Erklärung gibt ...«

Er nahm die Brille ab und rieb sich die Augen. Durch das Fenster drang gräuliches Licht. In diesem Augenblick öffnete sich die Tür des Behandlungszimmers und ein Wachmann vom Sicherheitsdienst wies sie darauf hin, dass die Praxis jetzt schließe. Der Arzt gab ihm mit einer Geste zu verstehen, dass er Bescheid wisse. Als die beiden wieder allein waren, fragte er:

»Warum sind Sie zu mir gekommen und haben mir das erzählt?«

Rulfo zuckte die Schultern.

»Das weiß ich selbst nicht. Vielleicht war es eine Art *do ut des*: Wie du mir, so ich dir ... Nennen Sie es meinetwegen Gegenseitigkeit. Gestern haben Sie mir geholfen: Sie haben mir gesagt, dass meine Albträume auf schlechte Erinnerungen zurückzuführen sind. Heute wollte ich Ihnen helfen, indem ich Ihnen sage, dass schlechte Erinnerungen nicht alles erklären. Fertig. Das ist alles. Ich weiß, dass Sie mir nicht glauben, aber das ist mir gleichgültig.«

Ballesteros sah ihn einen Moment lang an. Dann schlug

er mit dem Knopf des Kugelschreibers auf den Tisch, als hätte er einen Entschluss gefasst.

»Ich muss los. Aber ich habe den Rest des Nachmittags frei. Was halten Sie davon, wenn wir uns dieses Haus einmal aus der Nähe betrachten? Hier ist die Adresse ...«

Er stellte amüsiert fest, dass der Überraschte diesmal ausnahmsweise mal der Andere war.

»Ich hatte vor hinzugehen, aber ...«

»Dann lassen Sie uns gemeinsam gehen. Wir nehmen mein Auto.« Rulfos Miene brachte ihn zum Lachen. Er setzte hinzu: »Nennen Sie es meinetwegen Gegenseitigkeit.«

Die Fahrt verging im Schweigen. Rulfo öffnete nur den Mund, als er den Arzt fragte, ob er rauchen dürfe, und um ihn hier und da mit Hilfe einer Straßenkarte durch das Labyrinth ausgestorbener Alleen zu lotsen. Ballesteros begriff, dass sie nichts anderes zu bereden hatten als das sonderbare Thema, das sie zusammengeführt hatte. Immerhin gestattete ihm der ausbleibende Dialog, sich seinen eigenen Gedanken zu widmen. Im Gegensatz zu Rulfo hielt er sich für einen vorsichtigen Menschen. Daher wunderte er sich darüber, wie rasch er zu diesem Unbekannten Vertrauen gefasst hatte, ebenso wie über seinen ganz unüblichen spontanen Einfall, das besagte Haus aufzusuchen. Was den ersten Punkt betraf, so sagte ihm seine jahrelange Berufserfahrung, dass Rulfo weder verrückt war noch log. Vielleicht erlaubte sich jemand einen Scherz mit ihm, aber er erlaubte sich mit niemandem einen Scherz: Die Blässe seines Gesichts war nicht gespielt, und ein solches Ausgeliefertsein ans Unbegreifliche hätte den Arzt genauso verwirrt. Was aber seine eigene Idee anging, zu dem Haus zu fahren ... Nun, da vermutete er, dass er auch in seinem Alter noch in der Lage war, über sich selbst zu staunen.

Es war ein Vorort. Die Straßen trugen Namen, die an Märchen erinnerten: Araukarien-Weg, Ulmenstraße ...

Aber trotz der Begrünung und der Stille widerlegte die Umgebung den idyllischen Eindruck umgehend: Rundum gab es nichts als hohe Mauern, Gitter, Wächter, Alarmanlagen und Überwachungskameras, die den Blick auf die Wohnhäuser verwehrten. Letztere verbargen sich ihrerseits auf sehr unterschiedliche Weise, die kleinen nur ein wenig, und die großen fast bis zur Unkenntlichkeit, als wäre der Grad der Intimität ein größerer Luxus als ein komplettes Überwachungssystem.

Die Kastanienallee war eine enge, in der Tat von Kastanien gesäumte und mit welkem Laub bedeckte Straße. Das Nachmittagslicht erlosch bereits, als Ballesteros seinen Volvo vor der Nummer drei parkte. Es war das letzte Haus in der Straße, die davor in einer Art kleinem Platz endete. Eine Mauer von beachtlicher Höhe und ein gewaltiges Eisentor sorgten dafür, dass neugierige Blicke fern gehalten wurden. Ein aufkommender Wind stieß sachte die Blätter an wie die Saiten einer Zither. Irgendwo bellte ein großer Hund, vielleicht eine Dogge.

»Hier ist es«, sagte Ballesteros überflüssigerweise. Dann stieg er aus und ging mit Rulfo bis ans Eisentor. »Wie ist dieser Robledo denn hier hereingekommen?«

»Alle Theorien laufen darauf hinaus, dass er über dieses Tor gestiegen, in den Besitz eingedrungen ist und am Haus ein Fenster aufgebrochen hat. Lidia Garetti hatte keine Alarmanlage installiert.«

»Eine wohlhabende, aber ziemlich unvorsichtige Frau.«

Ballesteros stellte fest, dass das Tor fest verschlossen war, und sah sich um: Weit und breit war niemand zu sehen. Sie betätigten die Klingel an der Gegensprechanlage und warteten auf eine Antwort, die nicht kam. Zum Glück, dachte der Arzt, denn er hatte keine Ahnung, was er zu der möglichen Stimme sagen sollte, die sich hier melden konnte. In einem mit Mosaiksteinchen hübsch verzierten, steinernen Rahmen stand die Nummer drei, darunter folgten in kleinen, schwarzen Versalien auf weißen Kacheln ein paar Worte. Rulfo machte den Anderen darauf aufmerksam.

»LASCIATE OGNE SPERANZA. Das bedeutet, ›Lasst jede Hoffnung fahren‹ ... Es ist einer der Verse, mit denen Dante den Eingang zum Inferno beschriftet hatte. Die ganze Zeile lautet: *Lasciate ogne speranza voi ch'intrate:* ›Lasst, die ihr eingeht, jede Hoffnung fahren.‹«

»Dass das eine sehr glückliche Widmung für ein so schönes Haus ist, kann man nicht behaupten.«

»Für Lidia Garetti war sie prophetisch.«

»In der Tat.« Ballesteros rieb sich die Hände. »Also gut, hier wohnt niemand, da bin ich sicher. Diese Frau hatte keine Familie. Sobald die Erbschaft geklärt ist, wird es vermutlich den Besitzer wechseln und die Tragödie irgendwann in Vergessenheit geraten ... Wo wollen Sie denn hin?«

»Warten Sie mal.«

Rulfo vergewisserte sich, ob die Straße noch immer menschenleer war, und kletterte behände auf einen der Müllcontainer, die auf dem Gehweg standen. Aus dieser Höhe konnte er den Kopf über die Mauer strecken und hinübersehen. Die Bäume verdeckten ihm teilweise die Sicht, dennoch erkannte er durch die fast kahlen Zweige den Garten, darin den Brunnen als grauen Fleck und im Hintergrund das leuchtende Weiß der Säulengalerie. Im Traum war ihm alles größer erschienen, aber das war der einzige Unterschied. Es gab keinen Zweifel: Dort stand haargenau dasselbe Haus. Er hatte es schon auf den Fotos erkannt, aber diese Bestätigung durch die Wirklichkeit ließ ihn schaudern.

Der Arzt beobachtete ihn nervös. Sein breites Gesicht war hochrot angelaufen.

»Hören Sie, kommen Sie da herunter ...! Wenn uns jemand sieht, dann könnte er ... Kommen Sie runter, zum Teufel!«

»Es ist genau das Haus aus meinem Traum«, sagte Rulfo und sprang auf den Gehweg.

»Na fein. Jetzt wissen Sie es. Und nun?«

»Und nun?«

»Ja. Was schlagen Sie jetzt vor?«

Ballesteros war genervt, ohne genau zu wissen, weshalb. Was ihn am meisten störte, war sein Entschluss, sich gemeinsam mit Rulfo an diesen Ort zu begeben. *Wahrscheinlich werde ich langsam verrückt*, dachte er.

»Na los, sagen Sie es mir«, drängte er, »was haben Sie jetzt vor …? Über die Mauer steigen und in einen Privatbesitz eindringen …? So impulsiv, wie Sie mir vorkommen, würde ich Ihnen das glatt zutrauen … Vielleicht kommen Sie jetzt auf die Idee, nach einem grün beleuchteten Aquarium zu suchen … Hören Sie, ich war damit einverstanden, Sie hierher zu fahren, weil ich annahm, wir könnten vielleicht mit jemandem aus dem Haus sprechen, damit Ihre Phantasien aufhören … Was keineswegs heißen soll, dass ich Ihnen nicht glaube, bitte verstehen Sie mich da nicht falsch. Ich bin sicher, dass Sie mir die Wahrheit sagen. Ich habe kein Problem damit, Ihnen zuzugestehen, dass Sie davon geträumt haben und es anschließend in den Nachrichten gesehen haben, und jetzt genauso verblüfft sind, wie ich es an Ihrer Stelle wäre. Zugegeben, Ihr Fall wäre ein gefundenes Fressen für diese Esoterik-Magazine. Und …? Das beweist noch gar nichts. Das Unterbewusstsein ist ein endloser Ozean. Es wäre zum Beispiel denkbar, dass Sie irgendwann die Nachricht von dem Verbrechen gesehen haben, ohne dass Sie sich daran erinnern können. Dann haben Sie es mit Ihrer persönlichen Tragödie in Verbindung gebracht. Tiefer ist das Geheimnis nicht. Das ist alles.« Er fasste Rulfo unter. »Kommen Sie, lassen Sie uns gehen. Wir wissen jetzt, dass es das Haus wirklich gibt. Sehr gut, Sie haben gewonnen. Und jetzt steigen wir aus dem Spiel aus, einverstanden? … Es ist gleich dunkel.«

Rulfo schien ein wenig gereizt. Dennoch leistete er zu Ballesteros' Erstaunen keinerlei Widerstand und kehrte gehorsam mit zum Auto zurück. Schweigend nahm er auf dem Beifahrersitz Platz. Hinter ihnen verhallte das Gebell eines Hundes, der, je weiter sie sich entfernten, immer dünner zu werden schien, bis er nur noch das Gespenst seiner selbst war. Der Arzt fuhr aggressiv, schlug aufs Lenkrad und war ungeduldig. Er starrte auf die Straße und die anderen Autos, als wären sie gar nicht vorhanden und er in Gedanken weit fort. Rulfo dagegen versank in Schweigen und war ganz ruhig. Irgendwann begann Ballesteros zu reden. Seine vorhin noch heitere Miene zeigte jetzt eine Art düsterer Entschlossenheit und passte nicht zu den Worten, die er mit leiser Stimme sprach.

»Damals bei dem Unfall habe ich Julia sterben sehen, das hatte ich Ihnen ja erzählt. Ich saß am Steuer, aber es war nicht meine Schuld. Ein anderes Auto nahm uns die Vorfahrt und schleuderte uns gegen einen Lastwagen. Ich blieb unverletzt, aber auf der Seite meiner Frau wurde das Dach eingedrückt. Ich erinnere mich ganz deutlich an ihren Gesichtsausdruck in jenem Moment ... Sie war noch am Leben: Sie atmete und sah mich ohne zu zwinkern aus dem verbogenen Blech an. Sie sagte nichts, sondern sah mich nur an. Von den Augenbrauen aufwärts war sie nicht mehr vorhanden, aber ihre Augen waren so sanft wie immer und ihre Lippen lächelten beinahe. Zuerst wollte ich als Arzt Erste Hilfe leisten, ich versichere Ihnen, dass ich es versucht habe. Erst jetzt im Nachhinein weiß ich, dass das töricht von mir war; sie musste ohnehin sterben. Tatsächlich war sie schon fast tot ... Aber in dem Moment machte ich mir das nicht klar und versuchte, sie zu retten. Glücklicherweise merkte ich jedoch sofort, dass das Einzige, was ich ihr noch geben konnte, nichts mit meinen Fachkenntnissen zu tun hatte. Deshalb nahm ich sie in den Arm. Ich blieb im Auto sitzen, legte die Arme um sie und flüsterte ihr Liebkosungen ins Ohr, während sie an meiner Schulter starb wie ein Vogel ... Sonderbar, finden Sie nicht auch?«

Der Wagen glitt durch die dunklen Straßen. Die Männer blickten angestrengt geradeaus, als säßen sie alle beide am Steuer, aber nur Ballesteros sprach.

»In so einem Leben passieren doch sonderbare Dinge, Salomón. Wie kommt ein Zweiundzwanzigjähriger dazu, eines Nachts in ein Haus einzubrechen, zwei Hausangestellte zu köpfen, eine arme Italienerin, die er nicht einmal kennt, zu misshandeln und sich dann selbst das Leben zu nehmen ...? Und wieso haben Sie all das geträumt, ohne es je gesehen zu haben ...? Sonderbare Dinge. Genauso sonderbar wie der Tod meiner Frau ... Oder wie die Gedichte, die Sie lesen ... Es gibt zwei Möglichkeiten, damit umzugehen. Wahrscheinlich habe ich mich für die einfachere entschieden: Ich möchte glücklich sein, solange Gott will; deshalb verschließe ich die Augen vor sonderbaren Dingen, ich lasse sie nicht an mich heran. Oder besser gesagt, ich halte mich aus ihnen heraus. Denn es gibt sie und sie fordern uns auf einzudringen, aber ich habe mich entschieden,

lasciate

nicht einzudringen. Und ich rate Ihnen, dasselbe zu tun. Ich bin Arzt und weiß, was ich sage. Wir dürfen nicht

lasciate ogne

eindringen.«

In diesem Moment war Rulfo plötzlich fest entschlossen. Er bat Ballesteros, ihn an der Praxis aussteigen zu lassen, wo sein eigenes Auto stand. Als er ausstieg, wandte er sich zur Seite und wechselte einen Blick mit dem Arzt. Es wurde ein wesentlich längerer Blick, als von beiden zunächst beabsichtigt. Dann drängte es Rulfo, etwas auszusprechen. Er fand zwar, es sei ein absurder, beinah lächerlicher Satz, doch er ging ihm ruhig wie ein Atemzug über die Lippen.

»Aber ich bin ein Dichter

lasciate ogne speranza

und möchte eindringen.«

Ballesteros öffnete den Mund, um etwas zu erwidern, stockte aber, als hätte er es sich anders überlegt.

»Passen Sie gut auf sich auf«, murmelte er.

Rulfo sah den Wagen langsam davonfahren. Er fand seinen alten, weißen Ford, wo er ihn abgestellt hatte, stieg ein und fuhr los. Als er den Vorort erreichte, war es bereits stockdunkel. Er war von Nebel umgeben und von Bäumen, von feuchten, hohen Ulmen, finsteren Tannen und von Schatten, die die Mauern hinaufkletterten wie Efeu. Er parkte den Wagen an der Ecke der Kastanienallee und ging mit den Händen in den Hosentaschen zu Fuß zum Ende der Straße.

Lasciate ogne speranza.

Die Worte auf den Kacheln kamen ihm ironisch vor, weil er fest entschlossen war hineinzugehen. Was er dann tun würde, konnte er sich im gegebenen Augenblick immer noch überlegen, denn er war davon überzeugt, dass er, sollte es ihm nicht gelingen, ein einziges Mal ganz real in das Haus einzudringen, in seinen Schreckensträumen, von denen es kein Entrinnen gab, dazu verdammt sein würde, diese Morde unzählige weitere Male zu durchleben. Ballesteros' Überlegung war richtig: Der abscheuliche Tod der Lidia Garetti hatte nichts mit ihm zu tun, auch nicht mit seinem Leben. Er kannte sie nicht. Ihre Tragödie war nur ein Verbrechen, eine Gräueltat unter vielen, die den Zuschauern an den Bildschirmen ein flüchtiges Entsetzen bereiten, um im nächsten Moment wieder vergessen zu sein. Dessen ungeachtet stellten seine Träume für ihn irgendwie eine unbeglichene Rechnung dar. Und er wusste, dass er sie nur aus-

46

gleichen konnte, indem er das Haus betrat und nach einem grün beleuchteten Aquarium suchte.

Er blieb stehen, um einen Plan zu schmieden. Er hielt es für das Praktischste, mit Hilfe einer Mülltonne über das Tor zu klettern. Während er noch überlegte, auf welche Art er die Tonne bewegen könnte, ohne in der Nachbarschaft Aufsehen zu erregen, erhob sich unversehens eine Windbö mit einem leichten Regenschauer. Die Schöße seines Jacketts flogen hoch, der Nieselregen bedeckte ihm das Gesicht mit eisigen Küssen, und das eiserne Tor löste sich ohne den leisesten Laut ein paar Zentimeter von seinem Schloss.

Es war offen.

III. Der Eintritt

1

Die junge Frau schreckte aus dem Schlaf, setzte sich wie eine Sprungfeder im Bett auf und schlang die Arme um den eigenen Leib. Im ersten Moment wusste sie nicht, wo sie war. Dann blickte sie sich um und sah das Morgenlicht durch die Vorhänge schimmern und die gewohnten Formen eines Zimmers, das beinah so nackt war wie sie selbst: ein Bett mit Holzpfosten, zerknüllte Laken, braune Wände, magentafarbene Vorhänge, der Schrank, die aufklappbaren Spiegel. Das war ihr Schlafzimmer, es war alles in Ordnung.

Sie stützte das Kinn auf die Knie und verharrte einen Augenblick ruhig atmend in dieser Position. Die Ruhe zu bewahren war eine ihrer Hauptaufgaben. Dann schloss sie die Augen und versuchte, sich alle wichtigen Daten in Erinnerung zu rufen: Was war heute für ein Tag? Was erwartete sie? Was hatte sie zu tun? Das Gedächtnis bereitete ihr nämlich bisweilen ernsthafte Probleme. Sie kam zu dem Schluss, dass es Donnerstag war, Mitte Oktober, und dass sie am Vormittag in einem Madrider Hotel einen Termin mit einem Kunden hatte und sich beeilen musste, wenn sie bis dahin fertig sein wollte.

Als sie sich erhob, reflektierten der große Wand- und Deckenspiegel einen Körper, der mehr aufzuweisen hatte als pure Schönheit. Seine Besitzerin hatte dazu unzählige Adjektive vernommen und viele Augen auf sich ruhen sehen, aber weder das eine noch das andere war ihr angenehm, weil nie der Mensch gemeint war, der in dieser Hülle fühlte und dachte, sondern nur seine vollendeten Körperformen. Sie lebte wie eingesperrt in einer Aufsehen erregend schönen Gestalt. Dabei fühlte sie sich in der dunklen Einsamkeit ihres Geistes eher hässlich und gemein.

Auf nackten Füßen lenkte sie ihre Schritte über die kalten, schmutzigen Fliesen langsam zum Bad, und die Haarspitzen ihrer üppigen, schwarzen Mähne schwangen über zwei makellosen, marmornen Gesäßbacken. Während sie das lange Haar zusammenraffte und darauf wartete, dass sich das Duschwasser erwärmte, musste sie erneut an die Albträume denken.

Es war nicht ihre Art, die Dinge zu hinterfragen. Sie war es gewohnt, ihre Wissbegier zu unterdrücken, ja ganz zum Schweigen zu bringen, bis nichts von alledem, was um sie herum geschah, mehr ihrer Neugier wert schien. Diesen Träumen war es aber gelungen, sie zum Nachdenken zu bringen. Zunächst hatte sie angenommen, es handle sich um einfache Schreckensphantasien, und ihnen keine Beachtung geschenkt, zumal ihr Leben mehr als genug Anlass dazu bot. Als sich jedoch die Einzelheiten in fast derselben Abfolge Nacht für Nacht zu wiederholen begannen, wurde sie unsicher. Hatten sie irgendetwas zu bedeuten? Und wenn nicht: Wieso träumte sie dann immer wieder dasselbe?

Das Wasser wurde nicht warm, was kaum verwunderlich war, denn Gas- und Stromversorgung in ihrem winzigen Apartment ließen einiges zu wünschen übrig. Sie wartete nicht länger, sondern stellte sich, ohne mit der Wimper zu zucken, unter den eisigen Schauer. Sie nahm die Seife von der Ablage und begann, sich sorgfältig einzuseifen: *Wer nicht getauft ist, kommt in die Vorhölle*, hatte mal ein Mann zu ihr gesagt, bevor er bei einem dieser Feste, auf denen sie gearbeitet hatte, den eiskalten Wasserstrahl aus einem Schlauch auf sie gerichtet hatte. Bei der Erinnerung an diese Szene musste sie ein Schaudern unterdrücken: In ihrem Leben hatte es viele Momente gegeben, die schlimmer gewesen waren als ihr schlimmster Albtraum.

Die Verabredung am Vormittag war eine reine Routineangelegenheit. Was hieß, dass sie keine Komplikationen zu erwarten hatte, sondern bloß eine der üblichen Zusammenkünfte mit einem Freier oder mehreren oder vielleicht mit einer Frau (Patricio hatte ihr zwar einen Männernamen genannt, aber vor Überraschungen war sie nie sicher). Ort der Verabredung war ein Hotel am Paseo de la Castellana. Sie war, wie immer, auf die Minute pünktlich. Sie wandte sich an die Rezeption, nannte einen Namen und wurde nach einer kurzen Pause aufgefordert, so freundlich zu sein, dort im Salon zu warten, während sich ein Arm hob, um irgendjemandem ein Zeichen zu geben. Sie dankte und ging in den zugewiesenen Raum, ohne die ihr folgenden Blicke zu beachten. Das Hotel war groß und luxuriös, doch an Orten wie diesen bewegte sie sich ganz natürlich. Zwei Billardtische aus glänzendem Mahagoni, ein Plakat mit der Abbildung eines *Ossobuco* genannten Kalbsgerichts und eine von weichen Sofas umgebene marmorne Mitte bildeten die Raumausstattung. Sie verschmähte die Sofas und wartete im Stehen. Um eine Vase mit falschem Jasmin lagen mehrere veraltete Zeitschriften verteilt.

Es geschah,

sie sahen sich an

als sie das Foto auf einem Titelblatt sah.

sie sahen sich verblüfft an.

Die Unruhe, die diese Zufallsentdeckung bei ihr ausgelöst hatte, führte zu zwei oder drei Ungeschicklichkeiten bei ihrem Kunden (doch einem Mann). Glücklicherweise war der Kerl betrunken und ging darüber hinweg.

Sie sahen sich verblüfft an.

Der Bus hatte sie am Rand des Vororts herausgelassen, von da war die junge Frau lautlos über den Gehweg gekommen und in dem Moment, als das eiserne Tor sich öffnete, hinter ihm stehen geblieben. Er nahm ihre Gegenwart wahr und drehte sich um. Sie sahen sich schweigend an, als wartete jeder darauf, dass der Andere etwas sagte.

»Wohnst du … hier?«, begann der Mann vorsichtig.

Sie schüttelte den Kopf.

Am gewölbten Himmel schwebten dichte Wolken über ihren Köpfen. Der Nieselregen hielt an. Den vollen Lippen der jungen Frau entstieg die Atemluft wie ein Nebel. Unschlüssig schien sie die nächste Frage abzuwarten.

Mit einem Mal wurden ihre Gesichter zu Symbolen, fast zu Worten, und ihre Münder taten sich bebend auf. Beide verstanden die Worte gleichzeitig und ohne zu wissen, wie und was da vor sich ging.

Die Verblüffung war so brutal, dass Rulfo vorschlug, sie zu verarbeiten, indem sie sich erst mal ins Auto setzten und ganz ruhig darüber redeten. Eine halbe Stunde später hatten sie ihre Namen und ihre Albträume ausgetauscht. Das Mädchen gab an, Raquel zu heißen, aber das war womöglich ihr Künstlername, denn sie hatte einen starken Akzent, mitteleuropäisch oder eher noch aus einem Land im Osten. Rulfo schätzte sie auf zwanzig Jahre. Ihr Haar ergoss sich wie ein Teppich aus tiefschwarzem, gewelltem Samt über ihren Rücken, und ihre Haut war von einem blendenden, beinahe mineralischen Weiß. Die dichten Augenbrauen, die großen, vollkommen schwarzen, mandelförmigen Augen und die wie ein geheimnisvolles Tier aus rötlichem Fleisch anmutenden Lippen gaben ihrem Antlitz einen gleichermaßen fesselnden wie seltsamen und finsteren Ausdruck. Sie saß aufrecht auf dem Beifahrersitz und sah ihn nicht an. Ihre Garderobe bestand aus Lederjacke, engem Minirock und hohen Stiefeln, über deren bis zur Mitte der Oberschenkel reichenden Schäften eine schwarze Wollstrumpfhose zu sehen war. Unter der Bekleidung räkelten sich, einer Schlange gleich, die arroganten Formen eines außergewöhnlichen Körpers. Sie war die schönste Frau, die jemals in seinem Auto Platz genommen hatte. Die Schönste, die er je kennen gelernt hatte. Nicht einmal Beatriz hatte ihn das erste Mal so beeindruckt.

Es fiel ihm sehr schwer, den Blick von ihr zu wenden, dennoch riss er sich ein paar Sekunden los und sah nach vorn auf die nächtliche Windschutzscheibe. Er sann darüber nach, was sie zusammengeführt und diese Begegnung, diese Katharsis des gegenseitigen Kennenlernens provoziert hatte. (Falls sie die Wahrheit gesagt hatte ... Aber wieso sollte sie ihn anlügen?) Er sah sie wieder an und sagte:

»Kanntest du Lidia Garetti? Hast du irgendwas mit dem zu tun, was hier passiert ist?«

»Nein.«

»Und wieso bist du heute Nacht hierher gekommen?«

»Ich weiß es nicht ...« Gehorsam schien Raquel gegeben zu sein, nicht jedoch Sprachgewandtheit. Ihre Antworten kamen stets prompt, doch dann geriet sie ins Stocken und suchte nach der besten Art, mit ihrer Rede fortzufahren. Es war, als würden ihre Worte, die sie mit einer tiefen, nuancenreichen Stimme aussprach, erst auf ihren Stimmbändern entstehen statt in ihren Gedanken. »Ich habe das Foto vom Haus gesehen und den Bericht heute Morgen gelesen und ... na ja, bin hergekommen.«

Zwei kohlschwarze Augen streiften ihn mit einem flüchtigen Blick, um sich sogleich wieder abzuwenden. Rulfo schüttelte den Kopf.

»Es ist unglaublich ... Wir kennen uns nicht, wir träumen seit Wochen das Gleiche, wir haben beide entdeckt, dass es das Haus gibt und sind in derselben Nacht zur gleichen Uhrzeit hierher gekommen ... Mist! ...« Er begann leise zu lachen. Sie nickte schweigend. Plötzlich verstummte Rulfos Lachen. Er widmete sich wieder der unerschöpflichen Schönheit des Mädchens. »Ich habe ein mulmiges Gefühl.«

»Ich auch«, erwiderte Raquel.

»Hör zu«, das war ein überflüssiger Befehl, denn sie schien, auch ohne ihn anzusehen, nichts anderes zu tun. Trotzdem blickte sie paradoxerweise just in diesem Moment zum ersten Mal zu ihm herüber. »Ich schwöre dir, dass ich nicht an Gespenster glaube, an UFOS, an wahr gewordene Träume oder solches Zeug, verstehst du?« Das Mädchen nickte und murmelte: »Ja.« »Und ich glaube auch nicht, dass ich verrückt geworden bin ... Aber ich weiß, dass mich, dass uns beide, irgendetwas hierher geführt hat und jetzt will, dass wir hineingehen.« Er wartete auf eine Reaktion, die aber nicht erfolgte. »Du kannst also machen, was du willst, ich werde hineingehen. Ich will wissen, was das ist.« Er öffnete die Autotür.

Ihre Antwort überraschte ihn:

»Ich würde lieber abhauen, aber ich werde dich begleiten.«

»Wieso würdest du lieber abhauen?«

Diesmal musste er länger auf eine Antwort warten. Das Mädchen sah durch die Frontscheibe nach draußen.

»Ich hätte es vorgezogen, weiter zu träumen.«

Das Haus war offen.

Rulfo fand keine Erklärung dafür, denn Ballesteros und er hatten vor kaum einer Stunde das Gegenteil festgestellt, aber es war so. Sie durchquerten den Garten unter einer Schleierwolke aus Sprühregen, kamen am steinernen Brunnen vorbei, stiegen die Stufen zur Säulengalerie hinauf und stießen sachte gegen die Haustüre. Der Spalt zwischen den beiden Türflügeln vergrößerte sich.

»Hallo!«, rief er.

Keine Antwort. Sofort überfiel sie ein Geruch nach Holz, Leder und Pflanzen.

»Hallo!«

Im Haus herrschte vollkommene Dunkelheit und absolute Stille. Rulfo tastete sich an der Wand entlang und drückte auf irgendwelche Lichtschalter. Die Beleuchtung kam aus einer indirekten Quelle und schuf eine Atmosphäre, die noch beunruhigender wirkte als der Nebel. Das Mädchen trat ein, Rulfo ging hinterher. Während er die Tür schloss, überkam ihn eine sonderbare Empfindung: Als ob er eine Zugbrücke eingeholt hätte. Als ob ihnen damit die letzte Gelegenheit, der Welt von draußen anzugehören, genommen worden wäre.

Sie waren drinnen, was immer das bedeuten mochte.

Kindsgroße Skulpturen, Amphoren, Krüge, steinerne Tierbilder, Teppiche, eine hochherrschaftliche Dekoration ... Was sollten sie davon halten? Luxus war nicht das richtige Wort dafür. »Antik« passte schon eher zu dieser Welt aus Schmuck, Staub und Stille, aber Rulfo vermutete, ein Antiquitätenhändler hätte solche Stücke nicht in seiner Wohnung stehen, sondern in seinem Laden. Alles war unversehrt und so, als sei die Eigentümerin noch am Leben.

»Da ist sie«, sagte Raquel.

Señorita Garetti, schlank und vornehm, das schwarze Haar im Stil der zwanziger Jahre kurz geschnitten, betrachtete sie stehend aus dem Hindergrund von einem Ölgemälde in Lebensgröße. Sie trug ein röhrenförmiges, schwarzes Festgewand mit Arabesken und satinierten, fuchsienfarbenen Aufschlägen, das die wie Alabaster schimmernden Schultern und Arme frei ließ. *Willkommen,* schien ihr Gesicht zu sagen, obwohl die roten Lippen nicht lächelten.

Die aristokratische Lidia und ihr museales Haus, dachte Rulfo. Wer war sie? Wer ist sie in Wirklichkeit gewesen? Was hat sie hier ganz allein in diesem überdimensionierten Mausoleum getrieben? *Wir haben sie nie kennen gelernt und*

jetzt ist sie tot, aber sie war es, die uns hierher geführt hat.
Er näherte sich dem Bild und wurde auf ein Detail aufmerksam: Am schlanken Frauenhals hing ein goldenes Medaillon. Es hatte die Form einer kleinen Spinne.

»Die Treppe«, sagte Raquel.

Sie lag zur Linken, wie im Traum, und stieg ins Dunkle empor. Die beiden wussten, wohin sie führte. Sie sahen sich kurz an.

»Vielleicht sollten wir lieber erst mal das Erdgeschoss erkunden«, schlug Rulfo vor.

Eine Doppeltür führte sie tiefer hinein. Bald merkte Rulfo, dass sie dieselbe Strecke zurücklegten wie der Mörder in dem Traum: einen Flur, einen Salon und schließlich die beiden Schlafzimmer der Hausangestellten. An den Türpfosten hafteten noch ein paar Fetzen vom Klebefilm der Kriminalpolizei. Sie betraten das erste Zimmer. Es war gänzlich leer, ohne Möbel. Von dem Bett war nur noch das Skelett des Gestells mit den Pfosten übrig. Auf dem Teppichboden sah man Flecken. Weiter war die Reinigung offenbar nicht gediehen. Es ließ sich eben nicht alles reinigen und beseitigen.

Sie verließen die Schlafzimmer und gingen von einem Salon in den nächsten. Beim Öffnen einer der letzten Türen hielt Rulfo inne.

»Die Bibliothek«, raunte er.

Ein verglastes, siebenteiliges Regal mit Vitrinentüren und jeweils sieben Böden bedeckte die Wände vom Fußboden zur Decke. Rulfo vergaß die Albträume, den unheilverkündenden Drang, ein Haus zu erkunden, in dem er noch nie gewesen war, das ihm aber auf dunkle Weise schon bekannt war, und sah sich wie hypnotisiert in diesem riesigen Bücherarsenal um. Er versuchte, einen der Vitrinenschränke zu öffnen – vergeblich. Er erforschte die Buchrücken und las die in goldenen Lettern aufgedruckten Namen. Es waren jeweils mehrere Bände ein und demselben Autor gewidmet und durchnummeriert: William Blake ... Robert

Browning ... Robert Burns ... Lord Byron ... Ihm fiel etwas auf. Er wandte sich einem anderen Abschnitt zu. John Milton, Pablo Neruda. Nach dem Zufallsprinzip erforschte er ein weiteres Fach im Regal. Federico García Lorca. Er ging quer durch den Raum zur gegenüberliegenden Wand. Publio Virgilio.

Namen von berühmten Schriftstellern. Er hatte sie allesamt gelesen. Aber was war ihr gemeinsamer Nenner? Sie waren alle Dichter.

Vor Staunen blieb er einen Augenblick wie angewurzelt in der Mitte des Zimmers stehen. Er hatte einen merkwürdigen Gedanken: Dies war vielleicht das einzige Bindeglied, das ihn mit Lidia Garetti verband.

»Komm, wir gehen zur Treppe«, sagte er.

Sie kehrten ins Vestibül zurück und gingen die mit Teppich ausgelegten Stufen hinauf. Aber die junge Frau hielt auf halber Strecke inne.

»Was ist?«, fragte Rulfo.

»Ich weiß nicht.«

Sie blieben einen Augenblick stehen und lauschten in die Stille. Dann setzten sie ihren Weg nach oben fort und erreichten den mit Teppichboden ausgelegten Flur. Er war von steinernen Büsten flankiert, deren Namen auf den Sockeln kaum noch zu entziffern waren, aber Rulfo dachte, er würde sie mit geschlossenen Augen wiedererkennen: Homer, Vergil, Dante, Petrarca, Shakespeare ...

Dichter.

Ganz offensichtlich war Señorita Garetti eine Freundin der Dichtkunst gewesen. Was Rulfo am wichtigsten war, befand sich ein paar Meter weiter vorn, am Ende des Korridors.

Sie gelangten zum Vorzimmer. Mit bebender Hand machte er Licht. Es erschienen die Doppeltür vom Schlafzimmer der Hausherrin, die Stuckdecken, das hölzerne Podest ... Es stand kein Aquarium darauf.

»Hier war es, beleuchtet.«

»Ja, ich weiß«, bestätigte Raquel.

Rulfo ging näher und untersuchte die Oberfläche des Podests. Es waren die Spuren eines rechteckigen Gegenstands darauf zu erkennen. Wer konnte ihn mitgenommen haben? Die Polizei? Und wozu?

Aber es gab noch etwas in diesem Raum, das ihm ein tiefes Unbehagen bereitete. Er suchte nach der Quelle für diese Empfindung, konnte aber nichts Außergewöhnliches entdecken. Zierliche Kirschholzmöbel standen rundherum und trugen gerahmte Fotografien von Lidia Garetti. An den Wänden hingen ebenfalls Bilder. Letztere betrachtete er genauer. Es waren mindestens ein Dutzend Gemälde von unterschiedlicher Größe und jedes mit der Abbildung einer Frau, aber das Auffälligste war, dass, anders als bei den Fotos, keine davon Lidia zu sein schien. Er studierte sie eingehend. Die Kleidung und die Maltechnik variierten stark vom einen zum anderen: Es waren Damen in Reifröcken dabei, mit Perücken, Miedern, Federn, Krinolinen ... und es waren Ölgemälde im Stile Tizians, Watteaus, Manets ... Dann entdeckte er am Hals einer der Frauen etwas Bekanntes.

»Die da trägt dasselbe Medaillon wie Lidia, sieh mal. In Spinnenform.«

»Die hier auch«, meldete Raquel.

Neugierig geworden, prüften sie die anderen. Sofern die Pose des Modells dies zuließ, bot sich ihren Augen ein identisches – oder im Stil des jeweiligen Künstlers leicht abgewandeltes – Medaillon. Eine vergoldete Spinne.

»Uns fehlt das Schlafzimmer«, mahnte Rulfo.

Er legte die Hand auf die Klinke der Doppeltür und öffnete sie.

Einsam, majestätisch, in Schweigen gehüllt, lag es da und schien sie förmlich hereinzubitten. Im Gegensatz zu den anderen hatte sich dieses Zimmer durchaus verändert. Ganz

und gar. Seine Beleuchtung entstammte einer nackten Glühbirne, die ungeschickt an einer durchlöcherten Decke befestigt worden war. Bis auf ein paar wenige Stücke waren
die Möbel allesamt daraus entfernt worden, ebenso die Vorhänge. Dem Bett fehlte die Überdecke und dem Baldachin
die Aufhängung. Hier und dort war die Kleinarbeit der Kriminalpolizei zu sehen: winzige Kreidespuren, Schnipsel von
Klebefilm, unzählige Fußabdrücke ... Und es roch, obwohl
Rulfo nicht hätte sagen können, ob gut oder schlecht: Es
herrschte ein anderer Geruch als im übrigen Haus.
Raquel rieb sich die Arme. Er bemerkte ihre Furcht.
»Hier hat er sie gequält ... stundenlang ...«
In keinem Bericht wurde ausgeführt, was Robledo Lidia
angetan hatte, aber die am Tatort vorgefundenen Gegenstände, die in manchen Zeitungen erwähnt worden waren,
stellten gewissermaßen das Negativ einer abscheulichen Tat
dar: ein Drillbohrer, an der Decke befestigte Haken, eine
Zange, Nägel, Schnüre, Ketten, mehrere Messer ... Jedes
Mal, wenn Rulfo darüber nachdachte, war es ihm unver-
ständlicher: Wie konnte es sein, dass ein junger Mann mit
ein paar unbedeutenden Vorstrafen, der nichts anderes im
Sinn hatte, als sich Drogen zu beschaffen, solch eine bar-
barische Inquisitionshandlung an jemandem verübte?
Raquel schien sehr betroffen. Sie sah sich um. Unter ihrer Atmung spannte die Lederjacke.
»Er wollte ihr nicht nur Schmerzen zufügen«, sagte sie
überzeugt, als kennte sie die Bedeutung dieses Wortes genau. »Er war wütend.«
»Wichtig ist, dass er jetzt tot ist«, murmelte Rulfo be-
sänftigend. »Und dass ich nirgends dieses verflixte Aquarium sehen kann, wenn es das überhaupt gibt.«
Er ging um das riesige Bett herum und entdeckte etwas.
Eine weitere Tür. Sie zu übersehen war nicht schwer, weil
sie sich nicht vom Holz der Wandvertäfelung unterschied
und allein durch einen vergoldeten Knauf kenntlich gemacht

war. Er drehte daran, und die Tür tat sich vollkommen lautlos ins Dunkle auf. Ohne sich umzusehen, ging er hinein,
während Raquel das Schlafzimmer in umgekehrter Richtung verließ und glaubte, er würde gleich nachkommen.

Sie war immer noch angespannt und unruhig. Es war nichts
Konkretes, nichts, was sie hätte festmachen können, keine
direkte Bedrohung, nicht einmal ein bestimmter Verdacht.
Es war vielmehr eine Empfindung. Irgendeine Art von Ge-
spür, das sie warnte – ihr förmlich entgegenschrie –, dass
sie in Gefahr war.

Geh hier raus.

Sie begriff, dass es nicht der Anblick des Zimmers war,
in dem Lidia zu Tode gefoltert worden war, obwohl sie auf
der Treppe schon Ähnliches verspürt hatte. Eigentlich hatte
sie es in dem Moment wahrgenommen, als sie das Haus betreten hatten. Und es war nichts Totes, sondern etwas Le-
bendiges: eine Präsenz, nicht aus der Vergangenheit, sondern im Hier und Jetzt, die sich noch irgendwo versteckt
hielt.

Geh jetzt sofort hier weg.

Aber die Furcht bewirkte etwas Sonderbares in ihr: Sie
trieb sie zum Weitermachen.

Sie ging quer durch das Vorzimmer bis zur Wand an der
anderen Seite. Hinter einer Ecke entdeckte sie einen schmalen Gang. Sie ging hinein.

ein schwaches licht

Es war ein stilles, finsteres Loch. Blindheit und Grabesstille.
Rulfo suchte vergebens nach einem Lichtschalter. Dann
wühlte er in seiner Hosentasche, bis er das Feuerzeug gefunden hatte, und hob die kleine Flamme empor.

Der Raum hatte weder Fenster noch andere Ausgänge
und war vollständig mit Stoff verkleidet: Die Wände be-

standen aus Vorhängen und der Boden sowie die (ziemlich niedrige) Decke waren mit weichen Teppichen gepolstert. Alles war blau, und es war weder ein Möbelstück noch ein anderer Gegenstand darin zu sehen. Eine Kammer, anschmiegsam wie eine Katze. Ein Ort wie junge Haut. Ihn zu betreten weckte in einem den Wunsch, barfuß zu sein. Rulfo dachte, dass nur die Nacktheit diesen Raum geschändet haben konnte. Wozu brauchtest du das hier, Lidia? Was hast du darin getan? Wieso gibt es hier kein Licht?

ein schwaches licht, ein schimmer

Am Ende des Ganges war eine Stiege, die nach oben führte. Sie drehte sich um, weil sie wissen wollte, ob der Mann ihr folgte, und stellte fest, dass sie allein war. Aber sie wollte ihn nicht rufen. Sie hatte kein Vertrauen zu Männern. Sie hasste sie nicht, aber sie hatte auch noch keinen geliebt, obwohl sie so tat als ob: Sie akzeptierte sie nur mit einer gewissen Resignation.

Sie ging die Stiege hoch. Die Stufen knarrten unter ihren Stiefeln. Sie konnte den Treppenabsatz schon sehen. Eine verschlossene Tür, sicherlich ein Speicher.

Und noch etwas.

ein schwaches licht, ein schimmernder streifen

Rulfo verließ das sonderbare Kämmerchen, dann das Schlafzimmer und merkte, dass Raquel nicht mehr da war. Er hob gerade an, sie zu rufen, als er mit einem Mal wie gelähmt vor den gerahmten Fotos im Vorzimmer innehielt.

Ein schwaches Licht, ein schimmernder Streifen unter der Tür.

Ich muss ihn rufen. Jetzt muss ich ihm wirklich Bescheid sagen.

Und plötzlich, mit einem ganz leisen Klick, tat sich die Tür auf.

Es war eine kleine, sepiafarbene Daguerreotypie, uralt und von einem Silberrahmen eingefasst. Darauf waren ein Mann und eine Frau in einer Landschaft am Strand zu sehen. Die Frau trug ebenfalls das spinnenförmige Medaillon auf der Brust. Er kannte keinen von beiden, aber er wusste irgendwie, dass dieses Foto, genau dieses, die Ursache für sein unbehagliches Gefühl im Vorzimmer war.

Er drehte das Bild um. Jemand hatte mit hellblauer Tinte in eine Ecke an den unteren Rand des Rahmens geschrieben: *Per amica silentia lunae.* Die Worte kamen ihm bekannt vor. *Eneida.* Vergil. Ohne darüber nachzudenken, steckte er, einem Impuls folgend, das Bild in die Jackentasche.

Dann hörte er Raquels Stimme. Sie leitete ihn. Er fand bald die Stiege. Während er hinaufkletterte, wurde der Lichtschimmer intensiver. Auf dem Treppenabsatz kam man in eine Art Speicher, der mit ausrangierten Sachen voll stand. Das sonderbare Licht untermalte alles, jede Leiste, jede Fliese, schuf Schatten und Gespenster. Er lehnte sich nach vorn und sah die junge Frau. Sie stand da und blickte unter sich. Ein grünes, beinah blendendes Licht umflutete ihre perfekten Züge.

Es strömte aus dem rechteckigen Aquarium zu ihren Füßen.

2

Wie hast du es gefunden?«

Sie erzählte es ihm: der grüne Lichtstreifen unter der Tür und deren wundersame Öffnung.

Das Aquarium war beinahe einen Meter lang. Die Wände waren nicht aus Glas, sondern aus einer Art Plexiglas. Am schwarzen Deckel waren die grünen Leuchtstoffröhren befestigt, und unten am Rand kündete ein kleines Blechschild von den Kreaturen, deren geschwungene Leiber zweifellos darin gezuckt hatten: *Gurami besado, Otocynclo, Siam Kampffisch, Gurami perla* ... Inzwischen war das Wasser aber von keinem lebenden Fisch mehr bewohnt, sondern es schwamm ein Ekel erregender Matsch aus verwesten Organen darin, ein flockiger Friedhof, der sich in einer dicken Schicht über die Oberfläche breitete. In dem grünen Licht bot diese Fäulnis einen noch abstoßenderen Anblick. Auf dem Grund standen zwei Teile der einstigen Wasserdekoration im Kies, zwei Neptun-Burgen, die eine weiß, die andere schwarz.

»Sieh mal, das Kabel.« Rulfo wies mit dem Finger darauf.

Es kam aus dem Boden des Aquariums und mündete in einen Stecker, der nicht ans Stromnetz angeschlossen war. Wieso brannte dann das Licht? Gab es vielleicht eine eingebaute Batterie?, dachte er, glaubte aber selbst nicht an diese Erklärung. Er legte die Hände an die Seiten des Plexiglaskastens und versuchte, ihn anzuheben: Er war bleischwer. Wer mochte das Aquarium auf den Speicher getragen haben und warum? Hatte die Polizei es entdeckt? Und wenn ja, war es auch da beleuchtet gewesen? Es war ein vergessenes, totes Aquarium, aber sein Licht leuchtete ohne Stromzufuhr. Und laut Raquel hatte sich die Speichertür genau in dem Augenblick geöffnet, als sie den Treppenabsatz erreichte, also auf dieselbe Weise wie das Eisentor am Haupteingang.

Sonderbare Dinge, Doktor Ballesteros.

Er fragte sich, was sie jetzt tun sollten, weshalb dieses Ding in seinen Träumen von so großer Wichtigkeit war, weshalb Lidia Garetti (oder wer das auch war) immer wieder davon redete.

»Wir müssen es vielleicht ausleeren«, schlug die junge Frau vor, als hätte sie seine Gedanken gelesen.

»Vielleicht.«

Rulfo zögerte. Er mochte keine Rätsel. Er hatte stets eher impulsiv als folgerichtig gehandelt. Dennoch nahm er sich vor, nichts zu überstürzen. Er bückte sich, bis er mit der Wange den Boden berührte und betrachtete den Kies, die Dekoration, die vergammelte Materie an der Oberfläche. Es war nichts Besonderes daran zu entdecken. Beide Burgen waren identisch. Die Zugbrücken waren herabgelassen, und die bogenförmigen Öffnungen gewährten Einblick ins Innere.

Mit einem Mal richtete er sich auf.

»In der schwarzen Burg ist etwas drin. Es kann ein toter Fisch sein, aber ich will trotzdem mal nachsehen.«

Er zog das Jackett aus und krempelte den Ärmel bis zum Ellbogen hoch. Dann nahm er den Deckel ab. Dabei fragte er sich, ob nun das Licht erlöschen würde. Doch das geschah nicht. Nur der Gestank schlug ihm plötzlich entgegen. Er wandte den Kopf zur Seite und zog eine Grimasse, während Raquel die Hände vors Gesicht schlug. Durch den

Mund atmend, legte Rulfo den Deckel mit der immer noch brennenden Beleuchtung auf den Boden und tauchte, Fischkadaver beiseite schiebend, erst die Fingerspitzen, dann den ganzen Arm in die schleimige Suppe. Er fingerte in der kleinen Burg herum.

»Ich kann es schon fühlen.«

Es war irgendetwas aus Stoff, aber es entglitt ihm und rutschte tiefer hinein, aus seiner Reichweite. Er versuchte, die Burg hochzuheben, aber die schien fest im Kiesboden verankert. Der Gestank war so widerwärtig, dass er die Geduld verlor.

»Ich komme nicht dran.«

»Lass mich mal.«

Er zog den triefenden Arm aus dem Wasser, und Raquel versenkte ihren in dem Becken, ohne vorher die Lederjacke auszuziehen. Wie ein schlanker weißer Fisch tauchte ihre Hand hinab, bis die Finger in die Öffnung schlüpften.

In diesem Moment überkam Rulfo eine sonderbare Empfindung. Er hätte weder ihren Ursprung noch ihre Bedeutung zu definieren vermocht, aber er verstand, dass es dieselbe war, die er schon beim Betreten des Hauses gespürt hatte: das Gefühl eines unwiderruflichen, endgültigen Schrittes, von dem es kein Zurück mehr gab. Nur war er sich, als er die Hand der jungen Frau im Innern der schwarzen Burg gefangen sah, diesmal dessen so gewiss, dass ihm angst und bange wurde. Er hatte das Bedürfnis, ihr das mitzuteilen, ihr zu sagen, sie solle die Hand rasch wieder herausziehen,

dunkelheit

sie sollten das alles (diese ganzen *sonderbaren Dinge*) lieber auf sich beruhen lassen, anstatt weiter *hinabzusteigen*. Aber noch während er das dachte, kam die Hand wieder zum Vorschein.

dunkelheit. kälte

»Ich hab's«, sagte Raquel.

dunkelheit. kälte. wirbel.

Und die Beleuchtung im Deckel erlosch.

Dunkelheit. Kälte. Wirbel.

Ein bewölktes Ungeheuer strich rastlos durch die nächtlichen Straßen. Es war ein ungewöhnlich starker Sturm losgebrochen, einer von denen, die auf ihrem Weg eine Menge Schäden, eingestürzte Vordächer und Baumskelette hinterließen. Noch regnete es nicht und kein Blitz zuckte über den dunklen Himmel, aber im Garten tobte ein heftiger Wind, der die Äste an den Bäumen bog und das aufziehende Gewitter ankündigte. Vom Rascheln des Laubes umwirbelt, liefen sie zum eisernen Tor zurück. Als sie auf der Straße angelangt waren, holte Rulfo den Schlüssel heraus, und sie brachten sich im Auto in Sicherheit.

Erst dann öffnete Raquel die noch nasse rechte Hand, und der Gegenstand lag vor ihnen.

Ihre Wohnung befand sich am Ende eines schmutzigen, grauen Hofes. Sie parkten im strömenden Regen auf dem Gehweg und überquerten, Pfützen ausweichend, das deprimierende Gelände. Sie besaß kein Auto und hatte sein Angebot angenommen, sie nach Hause zu begleiten, wenn auch mit einem gewissen stummen Unwillen, den Rulfo jetzt zu verstehen meinte. Die junge Frau lebte in einem alten Stadtviertel mit engen Wohnungen, in denen vermutlich vielköpfige Migrantenfamilien Unterschlupf fanden. Eine schlichte Holztür und ein Schlüssel waren das Einzige, was sie vor der Außenwelt schützte. Der Lichtschalter innen gab nur ein Knacken von sich.

»Es gibt keinen Strom«, sagte sie. »Er fällt manchmal aus.«

Sie sagte das wie nebenher, als wenn die Tatsache, dass sie dort lebte, ihr zwar lästig, aber unabänderlich war. Sie erhob keinen Protest, als er sich anschickte, die Wohnung mit ihr zu betreten.

Rulfo stand im Dunkeln und stellte fest, dass es bei ihr roch wie in einer Höhle. Er lauschte den Schritten der jungen Frau, kurz darauf erhellte ein mattes, ungleichmäßiges, irgendwie fließendes Licht aus einem Nachbarraum zu seiner Rechten abbröckelnde Wände, eingedrückte und gesprungene Fliesen, metallene Stühle, eine alte Couchgarnitur und einen kleinen, rechteckigen Tisch mit einem Aschenbecher voller Apfelsinenschalen darauf. Das Licht stammte aus einer Campinglampe mit schwachen Batterien. Über die Wände kroch in breiten Zungen der Hausschwamm. Durch ein Hinterfenster, dessen fehlende Scheibe zur Hälfte mit einem bedruckten Stoffrest verdeckt war, drang das aufgeregte Geschrei eines fliegenden Starenschwarms. Hier drin war es fast noch kälter als draußen.

»Deine Jacke ... Willst du sie ausziehen?«

»Nein, danke.«

Das Mädchen ließ ihn einen Augenblick allein.

Rulfo rieb sich die Arme. Mein Gott, was für eine Kälte. Wie hielt sie es nur den ganzen Winter hier aus? Die Dampfwölkchen seines Atems kondensierten im flackernden Licht der Lampe. Dieser modrige Geruch war unerträglich. Außerdem hörte er Geräusche (Knacken und Tappen), über die er lieber nicht weiter nachdenken wollte. Verglichen mit dieser Bruchbude, war seine Wohnung in der Lomontano ein wahrer Palast.

Während der Rückfahrt war es ihm gelungen, auf seine Fragen knappe und korrekte Antworten zu bekommen. So wusste er, dass sie eine Waise war, die irgendwo in Ungarn geboren war, aber an so vielen Orten gelebt hatte, dass die

Erinnerung an ihre Heimat verblasst war. Seit fünf Jahren war sie in Spanien und besaß keine Papiere. Sie arbeitete in einem Privatclub: *Kunden rufen mich an und ich gehe hin.* Diese Eröffnung überraschte Rulfo nicht, eigentlich hatte er mit nichts anderem gerechnet. Was er nicht verstand, war, welche Beziehung zwischen einer illegalen ungarischen Einwanderin, die sich in einem Club prostituierte, einer auf brutalste Weise ermordeten italienischen Millionärin und einem Mann wie ihm bestehen sollte. Er dachte, die Antwort würde vielleicht in den Gegenständen zu finden sein, die sie in Lidia Garettis Haus gefunden hatten.

Die junge Frau kehrte zurück. Sie trug nicht mehr die Lederjacke, sondern einen schwarzen Pullover mit Schalkragen und rieb sich das üppige, pechschwarze Haar mit einem Handtuch trocken. Rulfo fiel die Silberkette auf, die ihren Hals in der Mitte zerteilte: »Patricio« stand auf dem dünnen Metallplättchen eingraviert. Er hob die Augen und ihre Blicke trafen sich. Der Blick des Mädchens war so leer wie eine Einöde. Das perfekte Oval ihres Gesichts wurde von braunen Schatten konturiert.

»Mal sehen, was wir da gefunden haben«, sagte Rulfo.

Sie setzten sich einander gegenüber an den Tisch mit der Campinglampe. Ein unerwartetes Geräusch (eine Tür?) ließ sie zusammenfahren, mehr sie als ihn. Er sah sie wie eine Katze mit einem Satz aufspringen und in den dunklen Flur hinauslaufen.

»Manchmal bekomme ich unerwartet Besuch«, erläuterte sie, als sie ein wenig ruhiger zurückkehrte. »Das war aber nichts.«

L'aura nera sí gastiga.

Diese Worte standen mit blauer Tinte auf der Innenseite eines wasserdichten, steifen, mit Bindfaden umwickelten Stofffetzens, den sie aus dem Wasser gezogen hatte. Der Mann las sie und übersetzte: »›Der schwarze Wind bestraft so‹. Dante«, sagte er und war beinah sicher, dass es sich um einen Vers aus dem *Inferno* handelte.

Der Stoff war wie ein Säckchen auf einer Seite zugeschnürt. Als der Mann ungeduldig am Knoten gerissen hatte, um es zu öffnen, war er auf die Worte gestoßen. Außerdem hatte er den Inhalt des Säckchens zu Tage befördert. Ein kleiner Gegenstand lag auf seiner flachen Hand. Sie beugte sich vor, um ihn besser betrachten zu können, bis ihr feuchtes Haar beinah seine Stirn berührte.

»Was zum Teufel ist denn das?«, fragte der Mann.

Es war eine menschliche Figur ohne Gesichtszüge, kaum größer als sein kleiner Finger, und sie bestand aus irgendeinem wachs- oder plastikähnlichen Material. Der Mann drehte sie um und las ein winziges, hinten längs eingeritztes Wort: AKELOS. Für die Frau ebenso unverständlich wie der Satz auf der Innenseite des Säckchens.

Sie hatte Mühe, sich zu konzentrieren. Ihre Unruhe hatte seit ihrer Rückkehr aus Lidia Garettis Haus nicht nachgelassen, aber das hing nicht damit zusammen, dass sie ahnte, was der Mann sie zum Schluss bitten oder von ihr verlangen würde. Die Art, wie er sie ansah, das heißt nicht eigentlich sie, sondern ihre nur vom Pullover verhüllten Brüste, verriet ihr, wie diese Nacht enden würde und was sie dann für ihn tun musste. Aber es war ihr egal. Sie wollte ihn sogar erregen und lieber früher als später zu diesem Abschluss verführen. Sie wollte ihn ablenken, damit er seine Umgebung nicht genauer ansah oder vielleicht noch auf die Idee kam, sich ihre Wohnung zeigen zu lassen. Sie hatte nicht verhindern können, dass er sie im Auto mitnahm und ihr in die Wohnung folgte. Sie wusste zwar ganz sicher, dass Patricio ihr diesen Mann nicht als Kunden geschickt hatte, aber einschlägige Erfahrungen hatten sie gelehrt, niemanden abzuweisen. Sie wünschte nur inniglich, dass er *(bitte)* das andere nicht entdecken mochte. Um das zu verhindern, war sie bereit, alles mit sich machen zu lassen.

»Akelos, was für ein merkwürdiges Wort … Das habe ich noch nie gehört. Sagt es dir was?«

Sie schüttelte den Kopf.

Trotz alledem hatte ihre Unruhe einen anderen, rätselhafteren Ursprung: Sie war von ihr erfasst worden, als sie gemeinsam das Haus der Ermordeten erkundet hatten. Aber weshalb? Sie konnte sich weder entsinnen, Lidia Garetti gekannt zu haben, noch je zuvor in dem Haus gewesen zu sein. Es stimmte, dass sie von beiden geträumt hatte, aber die Träume beunruhigten sie nicht. Und obwohl ihr das Gedächtnis ab und zu einen Streich spielte, konnte sie sich sehr wohl (und schmerzlich) an jeden einzelnen Ort erinnern, den sie besucht hatte, an jedes Haus, in dem sie zur Arbeit gezwungen worden war und noch gezwungen wurde, und ebenso an die Leute, von denen sie gewöhnlich angerufen wurde. Sie wusste genau, dass Lidia Garetti nichts mit ihr zu tun hatte. Woher rührte also diese unbestimmte Furcht, dieses Gefühl einer Bedrohung, das sie niemals so intensiv verspürt hatte wie jetzt?

Draußen wütete das Unwetter wie eine aufgebrachte Meute. Der Mann sah sie an. Sie fühlte sich verpflichtet, so zu tun, als würde sie aufmerksam jedem seiner Worte lauschen.

»Ich glaube, dass wir genau das im Haus erledigen sollten. Ich weiß zwar nicht, warum, aber ich glaube, dass wir genau das hier finden sollten …«

»Ja«, nickte sie wenig überzeugt.

»Schauen wir uns mal das Bild an.«

Der Mann legte das Figürchen und das Stoffsäckchen beiseite und holte einen kleinen Bilderrahmen aus der Tasche. Er hatte ihr erzählt, das Bild habe auf irgendeine Weise seine Aufmerksamkeit gefesselt, obwohl er nicht die geringste Ahnung habe, wer die beiden Personen auf dem Foto seien. Sie wusste es genauso wenig und sagte ihm das.

»Sieh mal, die Widmung.« Der Mann zeigte ihr die Worte auf der Rückseite. »›Die freundliche Stille des Mondes‹«, übersetzte er für sie. »Das ist ein Satz von Vergil, einem lateinischen Dichter ... Die Abdeckung ist lose ...«

Er übte einen leichten Druck auf den Bildrücken aus und nahm ihn ab, so dass er das Foto in der Hand hielt. Dabei fiel aber noch etwas auf den Tisch: ein uraltes, gefaltetes Stück Papier. Der Mann öffnete es vorsichtig und strich es glatt. Eine Liste mit Namen.

Die junge Frau verstand gar nichts mehr und vermutete, dass es dem Mann so ging wie ihr. Womöglich war es ein Fehler gewesen, zu dem Haus zu fahren, dachte sie. Fast wünschte sie, dass Patricio käme und dem ganzen Spuk mit seiner gewalttätigen Art ein Ende machte. Sie sehnte sich fast danach, dass Patricio diesen Mann mitsamt dieser rätselhaften Dinge an die Luft setzte.

Trotzdem tat sie weiter so als ob. Sie wollte den Mann nicht gegen sich aufbringen.

Zwei Dinge lenkten Rulfo von der Lektüre dieses absurden Gedichts ab (wenn es denn überhaupt eins war): das Reißen des Sturms an dem dünnen Stoff vor dem Fenster und die Nähe der Frau, deren vornübergebeugter Kopf ihn fast berührte und in deren kohlschwarzen Augen die Spiegelung des Zettels wie ein doppelter Halbmond aussah.

Er versuchte, sich auf den Fund zu konzentrieren.

Die Entdeckung dieses Papiers hinter dem Foto machte Rulfo neugierig. Es schien genauso alt zu sein wie das Bild, denn als er es ausbreitete, fiel es beinahe auseinander. Die Handschrift war regelmäßig, wenn auch etwas zittrig. Der (verwaschene, blaue) Text war in Spanisch verfasst, doch was hatte er zu bedeuten? War das ein Wortspiel? Was hatte er mit der Ablichtung eines Paares am Strand zu tun, mit einem Wachsfigürchen, auf dem »Akelos« stand und das mit einem Beutel in einem Aquarium versenkt lag, mit den Versen von Dante und Vergil und mit dem Mord an Lidia Garetti? *Mussten wir das alles finden, Lidia? Wozu?*

73

Er las den ersten Satz noch einmal: »*Der Damen sind es dreizehn.*«

Er war sicher, ihm schon einmal irgendwo begegnet zu sein.

Der Damen sind es dreizehn.

Plötzlich fiel es ihm wieder ein und ihm dämmerte, dass sich die Dinge, wenn er auf der richtigen Fährte war, noch mehr verwirren würden, als er bisher angenommen hatte. Sein Blick traf die Augen des Mädchens, die so schwarz waren, als wären es keine Augen, so schwarz wie zwei Muttermale zwischen den Lidern.

»Ich habe einen alten Freund ... er war mein Professor an der Uni. Ich glaube, der könnte was hiermit anfangen. Wir haben uns zwar schon lange nicht mehr gesehen, aber ... vielleicht ist er ja damit einverstanden, mir ein wenig zu helfen.«

»Gut.«

Ein unerwartet heftiges Geräusch ließ die Frau jäh vom Stuhl springen. Ein Möbelstück. Eine Tür.

»Es ist nichts«, sagte sie bei ihrer Rückkehr und wich seinen Blicken aus, »nur der Wind.«

Die Nacht zog sich in die Länge. Dem Prasseln des Regens war ein heftiges Gewitter gefolgt, das jedes Schweigen aufs Neue mit Schrecken füllte, während das sterbende Licht der Campinglampe die Gegenstände im Zimmer mit einem Schleier überzog. Die Frau bot ihm etwas zu essen an: eine Fleischkonserve und ein Fertiggericht aus der Pfanne. Der Anblick der Lebensmittel war abstoßend, aber Rulfo hatte Appetit. Auch seine Augen waren hungrig, allerdings verschlangen sie etwas ganz anderes: ein Gesicht, tiefschwarz und perlweiß.

Prostituierte waren seit einiger Zeit die Einzigen, mit denen er halbwegs stabile Beziehungen unterhielt, aber das, was er mit dieser Frau erlebte, war bei weitem verwirrender und unergründlicher als der Wunsch, mit jemandem die Nacht zu verbringen – das wurde ihm plötzlich sonnenklar. Er beobachtete sie beim Essen, wie sie, ohne ihn anzuschauen, wartete, bis er die Gabel aus der Dose zog, bevor sie mit ihrer hineinging. Da leuchtete die Erkenntnis in ihm auf wie ein Blitz und hallte in ihm wider wie Donner. Mit ihr zusammen zu sein, ging es ihm durch den Sinn, war wie ankommen, war so, als wäre ein lange aufgeschobener Wunsch endlich Wirklichkeit geworden. Diese Frau war anders als all die anderen, die er gekannt hatte, und das nicht nur wegen ihrer Schönheit.

Er spießte noch einen Fleischbrocken mit der Gabel auf. Sie führte mechanisch nach ihm die Gabel in die Dose. Dann hörte er zu essen auf, legte das Besteck hin und streckte die leere Hand aus.

Ihre Gabel

ein blitz

kam nicht wieder hervor.

Womit sie gerechnet hatte, das war nun geschehen, aber sie war darauf vorbereitet. Sie führte den Mann im Dunkeln zum Schlafzimmer, dessen Spiegel nach Licht dürsteten und das Bild des Paares von allen Wänden zurückwarfen wie eine schemenhafte Menge. Mit ihrem Mund versengte sie den Mund des Mannes, mit ihrer Zunge tauchte sie ein in die verwirrte Hitze seiner Zunge. Dann ging sie mit ihm zum Bett, forderte ihn auf, sich hinzulegen, setzte sich rittlings auf ihn

ein blitz im glas

und begann, sich zu entkleiden.

Trotz der ihn umgebenden Finsternis wusste Rulfo mit der größten Gewissheit, dass ihm noch nie ein solcher Körper begegnet war. Er sah die kleine Halskette in einem Dreieck aus bebenden Ringen aufblitzen. Er sah, wie sie sich rasch und biegsam herabbeugte und dabei das dichte Haar zusammenraffte. Ein Deckenspiegel enthüllte ihm beim Aufflackern der Blitze einen Rücken von sanft geschwungenen Linien und die doppelte Kuppel eines festen, perfekten Gesäßes. Er spürte, wie sich flinke Muskeln auf ihm bewegten, wie sich lange Finger in feine Zungen verwandelten, wie ihn eine Zunge überraschte, sich loslöste und selbständig machte. Diese Zunge nahm er an Stellen wahr, wo er noch nie einen Mund gespürt hatte, nicht einmal

ein blitz im glas, ein strahl

ein Licht.

Es gab keine Überraschungen. Oder fast keine: Der Mann schlug sie nicht.

Aber darauf war sie gefasst. Sie saß auf ihm, die Arme über dem Kopf verschränkt (so verlangte Patricio es), und hob und senkte sich in einem präzisen Rhythmus mit abgewandtem Gesicht, um ihn nicht anzuschauen (so verlangte Patricio es), darum bemüht, jeden Winkel ihres Körpers für die Hände des Mannes erreichbar zu lassen, und wartete mit der Kraft der Gewohnheit auf den schmerzhaften Augenblick. Aber es gab keine Schläge. Doch das dankte sie ihm nicht, denn die Männer, die sie nicht schlugen, erwiesen sich hinterher als die schlimmsten.

Ein Blitz im Glas, ein weißer Strahl.

Sie wurde von einem Krachen geweckt. Sie erinnerte sich an alles, was geschehen war, und beruhigte sich: Es war alles gut gegangen und ihr Geheimnis glücklicherweise unentdeckt geblieben. Der Mann schlief jetzt, aber ihre Qual hatte nicht nachgelassen.

Sie empfand immer noch dieselbe Unruhe, die sie in Lidias Haus gepackt hatte: die Aufgeregtheit, die stechende, anhaltende Furcht wollte einfach nicht weichen.

Sie setzte sich auf. Im dunklen Schlafzimmer war nichts Ungewöhnliches zu sehen.

Draußen zerstückelten Blitze die Nacht.

3

Er öffnete die Augen. Er lag in einem fremden Bett auf dem Rücken. Er sah zur Decke.

Die Decke war sie. Ihr nackter Körper beugte sich über ihn, so dass die Strähnen ihres pechschwarzen Haars seine Wange berührten. Er müsse jetzt gehen, sagte sie. Sie streichelte seinen Brustkorb und sprach aus einer so kurzen Entfernung zu ihm, dass er ihren Mund noch einmal kosten konnte, ohne sich aufrichten zu müssen.

»Du musst jetzt gehen«, wiederholte sie, als ihre Lippen voneinander abließen.

Sie wies ihm weder die Tür, noch übte sie Druck aus, sie bat ihn einfach nur darum. Dennoch klang in ihrer Bitte eine Dringlichkeit durch, die ihn gehorchen ließ.

»Wann kann ich dich wiedersehen?«

»Wann du willst.«

»Ich muss dich sehen«, sagte Rulfo mit Nachdruck. »Wir müssen uns sehen.«

»Ja.«

Es war noch Nacht, aber das Gewitter hatte aufgehört. Nachdem er ohne Licht in ein winziges, eisiges Badezimmer getappt war und sich notdürftig ein wenig frisch gemacht hatte, kehrte Rulfo ins Schlafzimmer zurück, sammelte seine Kleider auf und zog sich an. Sie begleitete ihn durch den Flur zur Tür. Auf dem Weg dorthin bildete ihr Atem Dampfwölkchen, und er fragte sich erneut, wie die junge Frau es nackt in jener Höhle aushalten konnte. Nach den Spiegeln zu schließen, empfing sie offenbar auch dort Kunden, und er verfluchte im Stillen denjenigen, der ihr dieses Loch zur Wohnung gegeben hatte.

Neben dem Wohnzimmer, einer förmlich in die Wand eingelassenen Küche und besagtem Schlafzimmer verfügte die Wohnung über ein weiteres Zimmer, dessen Tür zum Flur jedoch verschlossen war. Bevor sie auf deren Höhe anlangten, drehte sich das Mädchen um und küsste ihn von neuem. Sie küssten sich im Gehen weiter, und sie löste sich erst von ihm, als sie die Wohnungstür erreichten.

»Ich werde noch heute zu dem Freund gehen, von dem ich dir erzählt habe«, sagte Rulfo. »Danach reden wir.«

»Ja.«

Sie stand mit den Händen in den Hüften im Türrahmen und betrachtete ihn schweigend, während die Ringe an ihren Brustwarzen beim Heben und Senken der Atmung blinkten.

Rulfo bat sie um ihre Telefonnummer. Es folgte ein rascher Austausch ihrer Nummern auf einem von ihr beschriebenen und in der Mitte durchgerissenen Zettel. Als er ihr den Rücken kehrte und in den Hof hinaustrat, fühlte er sich, als würde vor seinen Augen die Sonne untergehen. Er spürte, dass es nieselte. Von der Straße wehte ein unangenehmer Geruch herüber.

Als er in der Calle Lomontano ankam und seine Jackentaschen ausleerte, stellte er fest, dass er lediglich das Foto und den Zettel mitgenommen hatte: Das Figürchen und den kleinen Stoffbeutel hatte er auf dem Tisch in ihrem kleinen Wohnzimmer liegen lassen.

Die Frau sah ihn fortgehen. Sie schloss hinter ihm die Tür und die Augen. Dann lehnte sie sich einen Augenblick an die Wand.

Er war gegangen. Endlich.

Niemals hätte sie gewagt, ihn hinauszuwerfen. Und es

hatte sie große Überwindung gekostet, ihn zum Gehen aufzufordern, weil sie es nicht gewohnt war, irgendjemand um irgendetwas zu bitten, bis auf das, was sie ihr ohnehin nie gaben. Aber er war fort. Und alles war gut gegangen. Sie ging in den Flur zurück und blieb vor der verschlossenen Tür stehen. Dann öffnete sie sie.

Er machte sich auf den Weg, ohne sich vorher anzukündigen. Er wollte es darauf ankommen lassen, ob César da war oder ihn überhaupt empfangen wollte (was nicht gesagt war), und hatte keine Lust, die Antwort telefonisch vorwegzunehmen. Mit dem lärmenden Gitterfahrstuhl fuhr er nach oben. Im letzten Geschoss stieg er aus und schellte an der einzigen Tür. Ein Schild zwischen gemalten Schnörkeln verkündete: César Sauceda Guerín und Susana Blasco Fernández.

Beim Warten machte er sich auf die Möglichkeit gefasst, dass Susana ihm die Tür öffnete. Er malte sich eine ganze Reihe Gesichter aus (Hass, Traurigkeit, Wehmut), die sie nach all den Jahren bei seinem Anblick machen könnte, und stellte sich auf alles ein. Doch dann fiel ihm ein, dass wahrscheinlich eine Hausangestellte zu seinem Empfang an die Tür kommen würde.

Zu guter Letzt machte ihm jedoch der Teufel höchstpersönlich auf. Er trug einen roten Morgenmantel über einem schwarzen Blazer und eine groteske Brille mit blau getönten Gläsern auf halber Strecke die Nase hinunter.

César sah ihn an, ohne ein Wort zu sagen.

Schlecht gewappnet für diese letzte aller vorgestellten Möglichkeiten, gab Rulfo seinem ersten Impuls nach und sagte:

»Hallo, César. Ich würde gern mal mit dir reden.«

César Sauceda war der Teufel.

Ein niederer Teufel zwar, aber gerissen genug, damit seine langweiligen Literaturvorlesungen immer überfüllt waren.

Rulfo kannte ihn aus einer Zeit, als der Teufel noch hinter den frommen Seelen her war. Der Pakt mit ihm hieß Doktorarbeit, und Sauceda ergänzte ihn durch etliche Klauseln, die sich insbesondere an die jüngsten seiner Studentinnen richteten. Er kannte wirklich keine Skrupel, aber Rulfo hatte sich – wie so viele – von seiner Persönlichkeit einnehmen lassen, die den ungewöhnlichen Kontrast zwischen einer schier unerschöpflichen Phantasie und der Eiseskälte eines rationalen Geistes in sich vereinte. »Ich bin ein Dichter, der Taten liebt«, pflegte sein Exprofessor sich selbst zu definieren. Ihn dagegen definierte er umgekehrt: »Du bist ein Mann der Tat, der die Dichtung liebt.« Diese Kombination war anfangs gar nicht schlecht: Die Impulsivität des jungen Studenten sorgte dafür, dass sie sich kennen lernten, und die Kälte des Professors gewährleistete, dass sich ihre Freundschaft ohne Höhen und Tiefen fortsetzte. Später jedoch führten paradoxerweise dieselben Wesenszüge dazu, dass sich die durch Susana zwischen ihnen entstandene Distanz noch vergrößerte.

Die unweit der Calle Velázquez gelegene Dachwohnung erstreckte sich über zwei Etagen, deren obere ein Schlafraum mit schrägen Wänden und einem wunderschönen Blick auf den Retiro war. César nannte ihn »mein *retiro*«, meinen Ruhesitz. Der Ausdruck war insofern nicht verkehrt, als er die Lehre aufgegeben hatte, um mit Susana einem Leben in Beschaulichkeit zu frönen. Als guter (niederer) Teufel hatte er stets Geld und weibliche Gesellschaft gehabt, und wenn er doch einmal ohne war, stets gewusst, wie sie wieder zu beschaffen waren. Verfügte er darüber, verstand er sie zu nutzen. So war er vor etlichen Jahren auf die Idee verfallen, mit ehemaligen Studenten einen literarisch-künstlerisch-orgiastischen Zirkel zu gründen, dessen Feste damals in Madrid berühmt-berüchtigt waren. Auch sein »geliebter Schüler Rulfo« hatte diesem Zirkel angehört.

Das alles war gewesen, bevor Susana für die erwähnte Distanz zwischen ihnen sorgte.

»Die Mittelmäßigkeit dieser Welt ist unglaublich, Salomón. Das Leben wird mir allmählich zu eng. Ich habe es ja immer gesagt: Wir Menschen aus Roquedal sind rastlos. Was können wir bloß tun, um wieder ein bisschen Spaß zu haben ...? Erinnerst du dich an die Kleine ...? Wie hieß sie noch ...? Pilar Rueda ...? Sie hat geheiratet. Stell dir das mal vor ... Jetzt verbringt sie ihre Zeit mit Kinderkriegen. Ich habe sie vor kurzem getroffen. Dass sie zur Glucke wird, ist das Letzte, was ich von ihr erwartet hätte. Ich habe zu ihr gesagt: ›Du scheinst vergessen zu haben, was du früher bei mir getrieben hast, Pilar.‹ Ihre Antwort war: ›Davon kann man nicht leben ...‹ Nein, der genaue Wortlaut war: ›Davon allein kann ich nicht leben.‹ Und ›Leben‹ ist offenbar das, worauf es ankommt.« Er nippte an seinem Wermut und drehte beim Reden das Glas in den Händen. »Vielleicht ist die Lösung die Aufhebung der Gegensätze. Das Körperliche in einen hochgeistigen Genuss verwandeln. Weißt du, wer der größte Gotteslästerer war, den ich je gekannt habe ...? Ich weiß nicht, ob ich dir von ihm erzählt habe. Er war ein französischer Unternehmer und hielt sich für den direkten Erben von de Sade. Wenn er zu einem Bankett einlud, dann hatte er die Manie, seinen Gästen geweihte Hostien zu reichen. Er ließ sie für sich stehlen. Allen Ernstes. Glaubst du mir nicht?«

»Doch, ich glaube dir.«

»Es mussten echte sein, nachgemachte akzeptierte er nicht. Er legte sie auf eine Platte und servierte sie als Canapés. Es gab sie mit Gänseleberpastete und Anchovis oder mit Frischkäse und Kaviar oder mit Lachsstreifen und Kapern ... Die Pfarrer aus der Umgebung erstatteten wegen der Diebstähle Anzeige, und die Polizei vermutete irgendwo eine satanistische Sekte ... Eine satanistische Sekte ...! Er lachte sich schief, dieser Idiot. Warte, das ist noch nicht alles. Eines Tages habe ich ihn gefragt, warum er das tat, wieso er belegte Hostien aß. Weißt du, was er mir da geantwortet hat?«

»Keine Ahnung.«

»›Trocken schmecken sie so fade, César.‹ Hahaha! Der Idiot war ein echter Scherzbold. Aber kein Atheist. Das nicht. ›Du bist kein Atheist‹, habe ich einmal zu ihm gesagt. ›Du willst Gott eben mit *salsa picante* …‹ Der Typ war genial. Wir haben einmal Ewigkeiten darüber diskutiert, ob die Hölle unendlich oder unerschöpflich ist. Wir waren uns beide einig, dass sie unendlich sein muss, um eine Qual zu sein. Wenn sie dagegen unerschöpflich wäre, wer würde dann wollen, dass sie jemals aufhört? Daraus folgerten wir, dass Erschöpfung schlimmer, wesentlich schlimmer ist als der Tod. Rabelais' Prämisse, die sich später Aleister Crowley zu Eigen gemacht hat, haben wir mit einem Nachtrag versehen: Tu, was du willst, aber sorge für Abwechslung! Gute Gespräche, *sí Señor* …« Er nahm eine Papierserviette und begann, sie mit der Zigarre zu versengen. Dann vertrieb er den spiralförmig aufsteigenden Rauch mit der Hand. »Es gibt keine Gespräche mehr, weder gute noch schlechte … Es gibt überhaupt nichts mehr. Alles ist flach und banal geworden. Nur die Dichtung ist noch meine Rettung, immerhin. Ich hoffe, sie ist auch noch deine Rettung.«

»Ja, sie ist noch immer meine Rettung.«

César war früher kein hässlicher Mann gewesen; er hatte ausgesehen wie ein kleiner, dürrer Märchenprinz. »Aber ich habe die falsche Prinzessin geküsst«, pflegte er zu sagen. Inzwischen war er mehr als hässlich, er hatte kleine graue Augen unter spitz zulaufenden Brauen, die aussahen wie die Hörner einer Hornviper, schütteres, aschgraues Haar und einen farblich passenden Kinn- und Lippenbart. Auf seiner Knollennase saß gewöhnlich eine Drahtbrille mit blauen Gläsern, die seiner Erscheinung nicht gerade zuträglich war (eher im Gegenteil). Aber wenn Rulfo ihm zuhörte, dann vergaß er schnell diesen Anblick, und er vermutete, dass es allen so ging. Césars Stimme war tief und wunderschön, mit einem leicht andalusischen Klang (dem Klang von Roquedal, würde er sagen), und seine Zungenfertigkeit – der Ausdruck stammte von Susana – hatte die Jahre unbeschadet überstanden.

»Ich freue mich, dich zu sehen, Salomón, das schwöre ich dir. Und Susana wird sich auch freuen. Sie wird gleich kommen, sie musste nur eben rasch … Ja, genau, bleib doch einfach zum Essen da … Das kannst du mir nicht abschlagen. Wir haben uns so viel zu erzählen … Susana ist wundervoll, du wirst sehen … Na ja, mit dreißig, da sind wir alle … Ich werde noch mal ein Heldinnengedicht auf sie verfassen. Ihr Stern ist am Steigen und meiner sinkt, Yin und Yang … Und du, wo arbeitest du jetzt? Das Letzte, was ich von dir gehört habe, ist, dass du irgendeine Schreibwerkstatt geleitet hast …«

»Ich bin seit dem Spätsommer arbeitslos.«

»Jemand wie du, arbeitslos …? Ist das etwa das neue Land, an dem wir hier angeblich bauen …? Wenn es um Verantwortung geht, dann sind wir Europäer, aber unsere Arbeitslosigkeit, die bleibt anscheinend immer national. Und was gedenkst du zu tun …?«

»Offen gestanden ist es mir schon schlechter gegangen.«

»Meiner Ansicht nach gibt es nichts Besseres, als keine Arbeit zu haben, vorausgesetzt es geht einem gut damit. Sieh mich an. Aber in deinem Alter ist es eigentlich noch zu früh dafür. Und in meinem Alter ist es eigentlich schon zu spät … Ich bin alt geworden, ohne es recht zu merken.«

»Du bist noch keine sechzig, César.«

»Na und, das ist bloß eine Zahl. Ich bin alt geworden. Ich fühle mich alt. Und Susana merkt es auch.« Er machte eine Pause und nahm einen Schluck Wermut. »Ich muss dir gestehen, dass wir früher mehr zusammen gemacht haben, sie und ich. Jetzt ist sie fast immer unterwegs. Sie hat mit ihrem Theater immer eine Menge zu tun und ich verstehe das: Sie ist jung und denkt noch, es käme im Leben darauf an, etwas zu tun. Ich habe sie auch verstanden, als … Na ja, als das mit euch war. Ja, ich will offen mit dir darüber reden. Ich habe nie begriffen, warum plötzlich diese Distanz zwischen uns entstanden ist. Das Einzige, was ich nicht in Ordnung fand, war, dass ihr es mir verheimlicht habt.«

Rulfo hatte gewusst, dass das Thema irgendwann auf den Tisch kommen würde, obwohl er nicht erwartet hatte, César mit dieser Selbstverständlichkeit darüber reden zu hören. Er wollte nicht anbeißen, aber noch während er das dachte, hatte er den Mund aufgesperrt und den Köder geschluckt.

»Es wäre absurd gewesen, es dir zu sagen.«

»Aber immer noch besser, als zu warten, bis der andere zufällig dahinter kommt, oder?«, bemerkte César ohne den leisesten Ärger in der Stimme.

»Wir waren nicht sicher, was wir füreinander empfanden. Ich glaube immer noch, dass wir es so richtig gemacht haben.«

»Verstehe. Du warst schon immer ein Rebell. Schon an der Uni.«

»Und du warst einer, der am liebsten Rebellen unterrichtet hat.«

»Aber du warst ein romantischer Rebell, was die Sache schlimmer macht. Da du endlich wieder mal zu Besuch gekommen bist, will ich dir etwas beichten: Dass du Susana aufs Kreuz gelegt hast, hat mich weniger gestört als diese klebrige Romantik, mit der du sie überzogen hast, wenn du alleine warst. Es schien mir nur logisch, dass du sie vögelst. Mann, ich hatte sie vor dir gehabt und mit nichts anderem gerechnet, um es mal so zu sagen. Sie war eine blutjunge Schauspielerin und du ein frisch examinierter Philologe. Ihr wart beide jung und hübsch. Auch du, ja. Ein Inkubus, du bist ein verdammter Inkubus, ehrlich, schau dich doch an ... Mit diesen schwarzen Locken und dem Che-Guevara-Bart ... Die Frauen sehen dich und verlieren den Verstand, ich kann das nachvollziehen. Dein Fehler ist deine Gutherzigkeit. Man kann nicht aussehen wie du und dabei so gutherzig sein, Salomón. Du siehst aus wie ein Sünder, der beschlossen hat, Asket zu werden. Im Grunde deines Herzens, das gebe ich aufrichtig zu, bist du von uns beiden immer der größere Dichter gewesen. Wir lieben beide die Dichtung, aber die Dichtung liebt nur dich ... obwohl sie bei mir eingezogen ist. Und bitte, fass das nicht als ein perverses Wortspiel auf.«

»Warum lassen wir das Thema nicht auf sich beruhen, César? Ich bin nicht gekommen, um ...«

»Glaubst du, man kann Susana einfach beiseite schieben? Wenn du so denkst, mein geliebter Rulfo, dann hast du dich aber mächtig verändert ...«

»Was willst du? Dass wir uns streiten?«

»Nein, nein, nein«, beruhigte César ihn. »Entschuldige, dass ich darauf zu sprechen gekommen bin. Eigentlich will ich einfach nur leben. Manchmal sterbe ich. Aber nicht ganz, und das ist am schlimmsten ...«

susana.

Als er Geräusche an der Wohnungstür hörte, lächelte César.

susana. da

»Wieso? Ah, das Leben kehrt zu mir zurück ... siehst du«, fügte er mit einem kleinen Lachen hinzu.

Susana. Da.
    Sie sah ihn an.
»Na, willst du uns nicht begrüßen ...? Sieh nur, was sie bei deinem Anblick für ein Gesicht macht, Salomón. So ein Gesicht macht sie bei sonst niemandem, ich schwöre es dir ... Hahaha ...!«

Zum Mittagessen gab es Gemüsegratin, sehr dünne, beinah getoastete Kalbsfilets, so wie César sie mochte, mit Roquefort, und anschließend Obst mit Gruyère. Das Ganze von einem Catering, denn, wie sie ihm erklärten, ließen sie sich das Essen seit einiger Zeit vom Catering bringen, weil sie beide keine Lust zum Kochen hatten; aber Rulfo glaubte nicht so ganz an die tägliche Lieferung, als er sah, mit welcher Begeisterung sie sich über das Gericht hermachten. Sie stießen mit einem französischen Wein an, dessen Name ihm gleichgültig war, obwohl seine Gastgeber betonten, ihn eigens ihm zu Ehren geöffnet zu haben. Sie hatte einen verbundenen Finger, ein Haushaltsunfall, wie sie erklärte (und er fragte sich, ob sie inzwischen die Angewohnheit abgelegt hatte, an den Nägeln zu kauen). Der Verband berührte seine Fingerknöchel, als sie mit dem Wein anstießen. Sie aßen schnell und beinah schweigend, so dass Rulfo beschloss, erst nach Tisch mit seinem Anliegen herauszurücken. Zum Nachtisch wusch Susana Erdbeeren und machte es sich auf dem Teppich bequem, César okkupierte sein Lieblingssofa, und Rulfo entschied sich ebenfalls für den Fußboden, weil er wusste, welche Freude es seinem Exprofessor bereiten würde, sie beide zu seinen Füßen zu sehen. Aus den Lautsprechern ertönte ein Streichkonzert von Max Reger, während jeder ein Glas mit ein paar honigfarbenen Kubikzentimetern Courvoisier bekam, obwohl Susana einen Drambuie vorgezogen hätte. Die Erdbeeren färbten ihren Mund wie Siegellack.

Sie hatte sich verändert, das konnte Rulfo jetzt sehen. Sie hatte sich sehr verändert. Sie tönte ihre Haare in einem helleren Farbton und feine Fältchen klammerten ihr Lächeln ein. Sie war aber immer noch sehr attraktiv in ihrer schlanken Markenhose und dem Rollkragenpullover unter der strohfarbenen Löwenmähne; dennoch gehörte sie für Rulfo der Vergangenheit an, und er hoffte, dass dieses Gefühl auf Gegenseitigkeit beruhte.

Zunächst drehte sich die Unterhaltung um ein neues, überraschendes Projekt von Susana: die Produktion von Theaterstücken.

Die Produktion von Theaterstücken, mein Gott.

»Was nicht heißen soll, dass ich meine Schauspielkarriere abbreche. César hat mich dazu ermutigt, und er hatte Recht ... Man muss langfristig denken. Und weißt du, bei genauerem Hinsehen ist es gar nicht so schwierig, eine eigene Truppe zusammenzustellen.«

Sie und ich im Auto, total betrunken, während jener Eskapade ... Sie hatte sich ausgezogen und die Pulswärmer übergestreift, die ich immer im Auto zu tragen pflegte ...

»Das Problem der kleinen Kompanien ist, dass sie fast nie in den Genuss von Subventionen kommen, heute weniger denn je.«

»Die Kultur ist für die Regierung schon immer ein Brechmittel gewesen, Susana.«

»Du sagst es.«

»Nimm nur unseren Freund Salomón hier. Ein Unidozent mit Doktortitel, der keine Arbeit findet.«

»Unglaublich.« Sie biss in die nächste Erdbeere.

Wir wollten die Normen sprengen. Wir wollten eine Sekte gründen. Den Hellfire-Club von Madrid, hast du einmal vorgeschlagen ...

César hatte sich zurückgezogen. Einen Moment ruhen, hatte er gesagt, und der war lang genug, um die beiden mit der Stille zwischen sich allein zu lassen. Susana stieß sich mit dem verbundenen Finger ans Näschen, als sie die Zigarette an die Lippen führte. Sie sprach die Worte mit dem Rauch aus.

»Dafür, dass wir uns so lange nicht gesehen haben, bist du nicht gerade gesprächig, Salomón.«

»Deine neue Persönlichkeit als Unternehmerin hat mir die Sprache verschlagen.«

Sie steckte den Seitenhieb mit einem geheimnisvollen Lä-

cheln weg, das zu sagen schien: Ich weiß, was du weißt, und
du weißt, was ich weiß. Er nahm noch eine Veränderung
bei ihr wahr: Das Grübchen in ihrem Kinn war tiefer geworden. Während er sie anschaute, schob sich die Erinnerung an Raquels von zuckenden Blitzen beleuchteten Körper vor sein inneres Auge.

»Wir verändern uns alle. Du zum Beispiel hast beschlossen, den Kontakt zu uns abzubrechen und nicht mehr herzukommen ...«

»Mir ist es seither nicht sonderlich gut gegangen.«

»Ich dachte, das Gegenteil wäre der Fall. Du hast doch
eine Freundin, oder?«

»Lassen wir das.« Weder Susana noch César wussten, was
mit Beatriz geschehen war, und er fand, dass dies nicht der
Augenblick war, davon zu berichten. »Ich habe die Wohnung verkauft. Jetzt wohne ich in einer anderen, kleineren.«

»Ja, das weiß ich.« Susana behielt ihr verschwörerisches
Lächeln bei. »Die Dinge enden, weil wir sie aufgeben. Pilar
hat übrigens geheiratet, hat César es dir erzählt ...? Und
David und Álvaro sind im Staatsdienst. Man schaut zurück
und merkt, dass nichts mehr so ist wie früher. Es gibt keine
Überraschungen mehr im Leben. Vielleicht ist das ein Sy-
nonym fürs Altwerden ... Du hörst mir nicht zu ... Woran
denkst du?«

»Doch, ich höre dir genau zu«, erwiderte Rulfo. »In meinem Leben hat es übrigens einige Überraschungen gegeben.«

»Darf man erfahren, welche?«

»Ich bin hergekommen, weil ich euch davon erzählen
wollte.«

César kehrte zurück und servierte den Kaffee.

»Den hätte ich doch machen können«, wandte Susana in
übertriebenem Ton ein.

»Oh, ich wollte dir nicht das Vergnügen nehmen, ein paar
Augenblicke mit unserem Gast allein zu sein ... Wenn ihr
Zucker oder Milch möchtet, dann bedient euch bitte. Und

jetzt schieß los: Was wolltest du uns erzählen, geliebter Schüler Rulfo?«

Rulfo holte die beiden mitgebrachten Sachen aus der Tasche und überreichte César den Zettel.

»Ich sage dir hinterher, wo und wie ich ihn gefunden habe. Zuerst möchte ich wissen, ob du etwas damit anfangen kannst.«

Sein früherer Professor schüttelte nur den Kopf, ohne zu antworten, aber als Rulfo ihm das Foto hinhielt, verwandelte sich sein Gesichtsausdruck schlagartig. Er betrachtete es lange Zeit schweigend, dann wandte er sich wieder dem Zettel zu. Als er endlich den Blick hob, sah er Rulfo fragend und beinahe Hilfe suchend an. Rulfo nahm in seiner Miene einen Ausdruck wahr, den er bei einem Mann wie diesem niemals vermutet hätte.

César Sauceda hatte Angst.

IV. DIE DAMEN

1

Ich möchte euch etwas erzählen, damit ihr mich besser versteht. Es ist schon sehr lange her, aber ich kann mich an jede Einzelheit genau erinnern ... Außerdem hat Salomón uns versprochen, dass er uns anschließend eröffnen wird, wie er diesen Zettel und dieses Foto gefunden hat, deshalb ... ist es nur gerecht, wenn ich euch erkläre, was es damit auf sich hat ...«

Bevor er fortfuhr, hob er noch einmal das Glas an die Lippen, als wollte er sich Mut antrinken. Als er wieder zu sprechen begann, hatte er sich in den Professor mit der klaren, tiefen, wunderschönen Stimme verwandelt, den sie beide so gut kannten.

»Ich war ungefähr neun oder zehn Jahre alt und lebte noch in meinem Heimatdorf Roquedal, wo ich auch geboren bin ... Von meinem Dorf habe ich euch schon erzählt: von seinen Legenden, seinen Geheimnissen, dem unerschöpflichen Meer ... Aber diesmal geht es nicht um Roquedal, obwohl sich das Ganze dort abgespielt hat, sondern um meinen Großvater mütterlicherseits, Alejandro Guerín ... Mein Großvater Alejandro war Schreiner. Er ist zum Witwer geworden, als meine Mutter auf die Welt kam, und vielleicht hat diese Tragödie in ihm den Wunsch geweckt, sich dem zu widmen, was er in Wirklichkeit wollte: dichten. Wer ihn kannte, wusste, dass ihm die Verse im Blut lagen. Sogar Manuel Guerín, ein zeitgenössischer Dichter aus Roquedal und Sohn eines Neffen meines Großvaters, behauptet, dass er seinen Beruf von seinem Großonkel Alejandro geerbt habe … Seine Leidenschaft veranlasste ihn also zu einem Schritt, der für die damalige Zeit mehr als ungewöhnlich war: Er gab sein neugeborenes Töchterchen in die Obhut einer kinderlosen Schwester, die es entzückt adoptierte, und zog aus seinem Heimatdorf fort. Durch weit auseinander liegende Briefe erfuhren seine Angehörigen, dass er sich in Madrid niedergelassen hatte und dort versuchte, seine Gedichte zu veröffentlichen, während er mit seinem Handwerk ein wenig Geld verdiente. Später hat er, rastlos wie er war, seine Siebensachen wieder gepackt und ist nach Paris gegangen. Aber zu dem Zeitpunkt brach der Krieg aus, und niemand erhielt mehr Nachricht von ihm. Die Jahre vergingen, Frankreich war besetzt, und in Roquedal war man davon überzeugt, dass mein Großvater gestorben oder in Gefangenschaft war. Bei Kriegsende dachten sie, dass sie nie wieder etwas von ihm hören würden. Doch dann geschah etwas noch Unfassbareres als die Tatsache, dass er fortgegangen war: Er kehrte zurück.« Er machte eine Pause und ließ den Zeigefinger behutsam über das Foto gleiten wie ein Blinder, der die Reliefschrift auf einer Oberfläche zu entziffern sucht. »Ihr könnt euch vorstellen, wie sie gestaunt haben, als sie ihn wieder auftauchen sahen. Damals sind viele Leute fortgegangen und viele dageblieben, aber dass jemand ins damalige Nachkriegsspanien zurückkehrte, kam äußerst selten vor. Mein Großvater Alejandro war die Ausnahme. Eines Tages haben sie ihn am Bahnhof aus dem Zug steigen sehen, mit genau dem gleichen Koffer, mit dem er Jahre zuvor eingestiegen war. Der Anlass war die kurz bevorstehende Hochzeit seiner Tochter. Ich muss wohl nicht erwähnen, dass seine Rückkehr niemandem so richtig behagte, weil man erwartete, dass er sich dieser Ehe widersetzen würde. Aber er überraschte sie noch einmal und erklärte, er habe keinen anderen Wunsch, als sich in Roquedal niederzulassen und dort bis ans Ende seiner Tage in Frieden zu leben. Außerdem hatte er Geld – ein in diesem Zusammenhang nicht ganz unbedeutender Umstand. Einen Teil davon schenkte er seiner Tochter, einen anderen der Schwester, die das Kind adoptiert hatte, und eine bescheidene Summe behielt er für sich selbst, weil er eine kleine Schreinerwerkstatt eröffnen wollte. Er versprach, niemandem zur Last zu fallen, und hielt Wort. Die Leute öffneten ihm wieder die Arme. Sie hatten begriffen, dass er tatsächlich in friedlicher Absicht gekommen war. Allein zwei Details schienen merkwürdig: Er war nicht gewillt, auch nur andeutungsweise über seinen Aufenthalt in Paris zu reden, und er hat nie wieder vom Dichten gesprochen. »Ich bin kein Dichter«, war alles, was er sagte. »Ich bin nie ein Dichter gewesen. Ich bin Schreiner.« Und bei diesen Worten sah er einen so sonderbar an, dass man keinen Mut hatte weiterzuforschen.

Jahre vergingen, ich kam auf die Welt und wuchs mit der wunderlichen Geschichte über meinen Großvater Alejandro, den Pariser, auf. Ich nahm die Gewohnheit an, meine Nachmittage in seiner Werkstatt am Dorfausgang zu verbringen. Und nach anfänglichem Widerstand duldete er mich schließlich bei sich. Ich bildete mir ein, literarisches Talent zu haben, und erzählte ihm, ich wolle dasselbe machen wie er: von Roquedal fortziehen, um Schriftsteller zu werden. Ich zeigte ihm meine Gedichte, aber er hat sie nie gelesen. Das Einzige, was er mir zugestand, war, die Einsamkeit mit ihm zu teilen. Er nannte mich Gurí und sagte mir allerhand hübsche Dinge über meine Augen und meine Figur. Mit der Zeit verband uns eine enge Freundschaft, dank derer ich etwas entdeckte, was den anderen verborgen blieb: Mein Großvater hatte sich nicht etwa aus Ernüchterung vom Boheme-Dasein abgewandt und ihn hatte auch keine unerwartete Wendung des Schicksals verbittert zur Heimkehr gezwungen. Nein, in Wirklichkeit lebte mein

Großvater in ständiger Angst. In seinen Augen lauerte eine tief verwurzelte, diffuse Furcht wie eine Krankheit. Er gewöhnte sich das Trinken an, das Schweigen, flüchtige Seitenblicke ... Es kam mir vor, als wartete er auf irgendein Ereignis, das er gleichzeitig zutiefst fürchtete ... Ich war, wie ich bereits sagte, neun oder zehn Jahre alt, als es eintraf. Es geschah an einem Sommertag in den Schulferien, in denen ich die Möglichkeit hatte, meinen Großvater häufiger aufzusuchen als sonst. An jenem Morgen war ich zu seiner Werkstatt gegangen, wie an fast allen Tagen und ...«

Er war überrascht, die Tür verschlossen zu sehen. Selbst wenn der Alte keine Kunden erwartete (es vergingen häufig ganze Tage, ohne dass jemand kam), hatte er vormittags nie geschlossen, nicht einmal an den Feiertagen. Der Junge dachte, er könnte krank sein. Er pochte an die Tür und wartete. Dann machte er sich am Fenster bemerkbar.

»Großvater?«

Innen waren Geräusche zu hören, das beruhigte ihn ein wenig. Vielleicht war der Alte eingeschlafen. In letzter Zeit schlief er viel und sträubte sich, das Bett zu verlassen. Außerdem lud das Wetter nicht gerade dazu ein, nach draußen zu gehen. Der Himmel war grau und die Luft von einer erdrückenden Schwüle. Der Wind trieb die Hitze in brennenden, vom nahen Meer kaum gekühlten Wogen herbei, und in der Ferne flimmerten die mit Zistrosen gesprenkelten Hügel. Zwei vom Alten in einen Blumenkasten gesperrte Heliotrope schienen genauso angriffslustig wie das Wetter. Wahrscheinlich zog ein Gewitter auf, dachte der Junge, einer dieser sommerlichen Regengüsse, die die Wolken ausweiden. Diese Aussicht erfreute ihn: Wenn es regnete, dann war es herrlich, nachmittags am Strand baden zu gehen. Das vom Regen gepeitschte Meer, wo die durchgedrehten Mö-

wen kreischend auf den Wellenbrechern hockten, besaß stets
eine ganz eigene, dunkle Schönheit. Außerdem würden seine
Freunde die Verlassenheit des Strandes ausnutzen, um mit
spitzen Hagebutten auf die frechen Möwen zu schießen.
Vielleicht würde der Alte sogar mitkommen.

»Gurí? Bist du es?«

Im Augenblick, als sich die Tür auftat, erlosch das Lächeln auf dem Gesicht des Kindes. Bleich und verschwitzt,
wie eine Kerze, die ohne Flamme zerrinnt, stand der Alte
vor ihm und sah ihn mit aufgerissenen Augen an. Sein sprü-
hender Atem gab dem Kind zu verstehen, dass er betrunken war.

»Komm rein, Gurí, los.«

»Was ist mit dir, Großvater?«

»Komm schon ...!«

Der Alte schloss die Tür und ging vor ihm her nach drinnen. Sie durchquerten eine nach Sägemehl duftende Welt,
die bewohnt war von kaltem Werkzeug und süßem,
schweigsamem Holz. Eine Welt voll gesichtsloser Möbel,
wie ungeborene Kinder. Das Zimmer des Alten hinter der
Werkstatt, seine Klause, wie er es nannte, war zur einen
Hälfte mit Weinflaschen und zur anderen mit Lack- und Fir-
nisdosen angefüllt. Aus einer Karaffe stieg ein scharfer Al-
koholdunst, und die Spuren an dem Glas daneben verrieten, dass dessen Besitzer schon vor dem Morgengrauen mit
dem Trinken begonnen hatte.

Der Alte wanderte unruhig im Zimmer auf und ab, spähte
durch die Fenster und verriegelte die Türen. Dann beugte
er sich vor und fasste den Knaben bei den Armen.

»Gurí, du musst mir einen Gefallen tun, einen großen Gefallen ... Ich möchte, dass du noch heute, jetzt sofort, he-
rausbekommst, wo die Frau wohnt, die gestern Abend ins
Dorf gekommen ist ... Warte, unterbrich mich nicht ... Ich
will wissen, wie sie heißt und wo sie herkommt ... Sie ist
sehr jung und sehr schön, deshalb muss sie allen aufgefal-

len sein. Gurí, kann ich mich auf dich verlassen ... mein Hübscher, kann ich mich auf dich verlassen ...?«

»Eine Frau, Großvater?«

»Ja, jung, groß und wunderschön. Sie ist gestern Abend eingetroffen. Ich möchte, dass du mir sagst, wo sie herkommt ... Und ... Warte, geh noch nicht ...! Das Wichtigste fehlt noch. Vielmehr die beiden wichtigsten Dinge: Bring heraus, ob sie eine Kette mit einem Anhänger trägt, du weißt schon, ein goldenes Schmuckstück ... Wenn ja, dann lass dir erzählen, welche Form es hat. Solltest du ihr aber selbst begegnen, hör mir gut zu – wenn du ihr selbst irgendwo begegnen solltest ... vergiss das nicht, Gurí, mein Kleiner ... dann darfst du auf keinen Fall mit ihr sprechen oder zu ihr gehen, selbst wenn sie dich ruft und du den Drang verspürst zu reagieren ... Selbst wenn sie dich ruft! Hast du mich verstanden ...?«

»Du tust mir weh, Großvater ...«

»Hast du mich verstanden?«

»Ja, Großvater.«

»Nun lauf, und komm so schnell wie möglich zurück.«

Den ersten Teil des Befehls befolgte er mit der größten Bereitwilligkeit. Er wollte nichts wie weg. Das Benehmen seines Großvaters machte ihm Angst. Er wusste nicht, was mit ihm los war, aber wenn er ihm in die Augen blickte, dann überlief es ihn eiskalt.

Zwei Stunden später war er wieder da. Diesmal war die Tür zur Werkstatt offen. Die Stimme des Alten forderte ihn aus dem Hintergrund auf einzutreten. Er fand ihn in seinem Zimmer im Schaukelstuhl vor.

»Niemand, Großvater.«

»Was?«

»Es ist niemand im Dorf eingetroffen, weder gestern noch an einem der anderen Tage der Woche.«

»Bist du sicher?«

»Todsicher. Ich habe in der Pension nachgefragt, im Ho-

98

tel ... und ich war in der Bar de la Trocha. Da wissen sie alles. Aber es ist niemand gekommen. Niemand.«

Er wollte nicht hinzufügen, was die meisten Leute außerdem zu ihm gesagt hatten und was er selbst auch dachte: dass der Alte aufhören sollte, so viel zu trinken. Das hätte er ihm niemals ins Gesicht sagen können. Er liebte den alten Mann mit dem dichten, weißen Bart, mit der fortschreitenden, durch ihre Symmetrie geadelten Glatze und den Augen, die in ihren besten Momenten waren wie zwei weit geöffnete Fenster zu einer Welt, die er sehnsüchtig kennen lernen wollte.

Er hatte gedacht, sein Großvater würde sich über diese Nachricht freuen, stellte jedoch fest, dass das Gegenteil der Fall war: Sie schien seine Verzweiflung noch zu vergrößern. Doch mit einem Mal wechselte sein Gesichtsausdruck. Er lächelte und zwinkerte ihm zu.

»Es ist mir zwar peinlich, aber ich würde dich gerne noch um einen weiteren Gefallen bitten. Wenn du nicht magst, dann sag es mir geradeheraus, einverstanden ...?«

»Einverstanden, Großvater.«

»Du bist ein wunderbarer Junge. Und was ich mir wünsche, ist ... dass du deine Eltern fragst, ob du heute Abend bei mir übernachten darfst. Wir könnten Karten spielen oder ein anderes Spiel, das dir gefällt ... Und wenn du danach nicht heimgehen musst, kann ich dir mein Bett überlassen und auf dem Sofa schlafen ... Ich werde dir nicht zur Last fallen, das schwöre ich dir ...«

»Aber, Großvater ...«

»Ich weiß, das ist für dich eine sehr langweilige Vorstellung, aber ...«

»Langweilig sagst du? Es ist wunderbar ...! Ich gehe sofort meine Mutter fragen!«

Die Bitte würde ihm ohne Schwierigkeiten erfüllt werden, das wusste er. Wie alle Einwohner von Roquedal war nämlich auch seine Familie zu der Einsicht gekommen, dass der

Alte niemandem etwas zuleide tat. Es stimmte zwar, dass seine Mutter mit diesem fremden Schreiner, von dem sie im Leben nur ein Lächeln, einen Kuss und eine stattliche Summe Geld erhalten hatte, nichts zu tun haben wollte, aber sie hatte nichts dagegen, dass ihr Sohn ihn häufig besuchte.

Die am Himmel aufgestaute Hitze brach auf, löschte ihre Ladung über dem Meer und wirbelte Sand und Staub durch die Gassen. Der Junge war klug genug, das Haus vor der vereinbarten Zeit zu verlassen, damit seine Eltern es ihm später nicht verboten. Trotzdem goss es bereits in Strömen, als er die Schreinerei erreichte. Er sah im Fenster ein Licht flackern wie ein gefangener Leuchtkäfer in einer Schiffslaterne. Der Alte ließ ihn ein.

»Du bist ja patschnass, Gurí. Komm herein und trockne dich ab.«

Das Erste, was ihm auffiel, war, dass seine Stimme sich verändert hatte. Sie zitterte nicht mehr und es schwang auch keine Angst mehr darin mit und keine andere Emotion. Sein Atem roch immer noch nach Alkohol, aber nicht stärker als am Vormittag. Und seine Bewegungen waren präzise, fest und sicher. Aus alledem folgerte der Junge, dass der Großvater vollkommen nüchtern war. Erst sehr viel später sollte er seinen Irrtum bemerken. Doch in jenen Tagen wusste der Junge noch nichts von den Stadien der Trunkenheit jenseits von Zittern, Stottern und Ausgelassenheit; vom Vollrausch, der sich wie der Wahnsinn hinter dem Blick duckt.

Der Alte durchquerte die Werkstatt, ohne ein einziges Mal anzuecken, und betrat seine Klause, die im Licht mehrerer, auf leere Flaschen aufgesteckter Kerzen erstrahlte: Dort nahm er steif in seinem geflochtenen Schaukelstuhl Platz. Seine Augen sahen ins Leere.

»Zieh das Hemd aus und häng es zum Trocknen auf. Ich habe hier ein wenig Käse, falls du eine Kleinigkeit essen möchtest.«

»Ich habe gerade zu Abend gegessen.«

Eine Zeit lang sahen sie sich in völligem Stillschweigen an, derweil im Hintergrund der Regen rauschte, und das Kind gewahrte die extreme Blässe im Gesicht des Alten. Es kam ihm vor, als sei während seiner Abwesenheit alles Blut durch irgendeine geheime Öffnung aus seinem Kopf entwichen. Endlich vernahm er wieder seine Stimme.

»Ich danke dir so sehr, dass du gekommen bist ... Offen gestanden wollte ich mit dir reden, dir etwas erzählen ...« Er beugte sich vor und lächelte. »Offen gestanden wollte ich dir alles erzählen.« Er unterbrach sich, aber das Lachen blieb auf seinen Lippen, als wäre es ihm ins Antlitz gesetzt wie eine von den Verzierungen, die er in seine Möbel einarbeitete. »Du hast mich schon oft gefragt, ob ich je wieder Gedichte geschrieben habe, nicht wahr ...? Nun, ich will dir ein Geheimnis anvertrauen ...« Er streckte die Hand zum Regal hinter sich aus und zog ein Heft mit einem zerknitterten Einband heraus. »Das hier habe ich noch nie irgendjemandem gezeigt. Auf diesen Seiten hier steht alles, was ich in letzter Zeit geschrieben habe ... Alles.«

Das Gesicht des Jungen begann begeistert zu strahlen, doch dann bemerkte er etwas.

Es war eine brutale, eine so erwachsene Erkenntnis, dass sie ihn wie eine Ohrfeige traf. Sein Großvater war krank. Sehr krank. Nicht gerade eben in diesem Moment erkrankt: Er hatte nur zugelassen, dass die Krankheit, die sich längst in ihm festgesetzt und ausgebreitet hatte, nun in seinen müden Zügen, in seinen kreisenden Augen und seinen von Spucke silbrigen Lippen zum Vorschein kam.

Der Junge saß wie gelähmt auf seinem Stuhl. Das runzelige Gesicht vor ihm schien einem Fremden zu gehören, einem unbekannten Greis, der den Verstand verloren hatte, einer alten Ziege.

Sein Großvater war eine alte Ziege, ja, das war er.

»Magst du ein Gedicht von deinem Großvater lesen, Gurí, das einzige Gedicht, an dem ich seit Jahren schreibe ...? Na komm schon, schlag mir das nicht aus, du wolltest doch immer ein Gedicht von deinem berühmten Großvater Alejandro lesen …! Magst du …?« Und unversehens, zwischen zwei Donnerschlägen das Gebrüll: »Antworte, du Dreckskerl!« Das Kind stammelte ein »Ja«, das seine eigenen Ohren nicht hörten. »Da, nimm hin.«

Das Heft war ganz ruhig, begann aber, kaum dass der Junge es ergriff, zu beben.

»Lies es. Lies mein Gedicht, Junge.«

Zitternd schlug das Kind behutsam die erste Seite auf. Dort waren keine Worte, sondern eine ungeschickte Buntstiftzeichnung: eine gelbe Blume. Auf der zweiten Seite war ein blauer Vogel. Auf der dritten eine Frau, die mit gespreizten Beinen an die Pfosten eines Bettes gefesselt war, und

es sind der damen

auf den nächsten menschliche Köpfe mit roten, aus den Schädeln sprießenden Karunkeln; ein Gesicht mit weißen Augäpfeln; ein blondes Mädchen mit amputierten Händen, das sich einen Armstumpf in die …

es sind der damen dreizehn

ein Mädchen mit spitzen Zähnen; Genitalien, aus denen nur noch das Ende eines Besenstiels hervorsah …

es sind der damen dreizehn:
die erste Lockt

Skizzen, Kleckse, offene Münder; ein von Würmern wimmelndes Gesicht; ein erhängter Mann; eine Frau mit aufgeschlitztem Bauch; eine Schlange, die sich aus dem Auge eines Säuglings wand …

es sind der damen dreizehn:

die erste Lockt
die zweite Wacht

»Gefällt dir mein Gedicht, Junge?«
Das Kind blieb stumm.
»Gefällt dir mein Gedicht?«, wollte der Alte wissen.
»Ja.«
»Lies weiter. Das Beste kommt zum Schluss.«
Er blätterte rasch die Seiten um, mit einem Flattern, das
dem Geräusch seines eigenen Herzens glich. Eine bunte Welt
des Wahnsinns fächerte ihm das Gesicht. Zuletzt kam ein
einzelnes Blatt, das lose in das Heft eingelegt war. Es war
als Einziges beschrieben. Er erkannte die Handschrift seines Großvaters. Das Gedicht war sehr merkwürdig und
schien eher eine Namensliste zu sein.

Es sind der Damen dreizehn:

Die erste Lockt
Die zweite Wacht
Die dritte Straft
Die vierte Entrückt
Die fünfte Entzückt
Die sechste Verflucht

»*Die siebte Vergiftet*«, rezitierte der Alte, ohne stecken zu
bleiben oder einen Fehler zu machen, während das Kind
weiterlas. »*Die achte Bannt ... Die neunte Fleht ... Die
zehnte Vollstreckt ... Die elfte Ahnt ... Die zwölfte Weiß.*«
An dieser Stelle hielt er inne und lächelte. »Das sind die Damen. Es sind dreizehn, es sind immer dreizehn, aber nur
zwölf werden genannt, siehst du ...? Du darfst nur zwölf
erwähnen ... Nie, auch nicht im Traum, darfst du es wa-

gen, von der letzten zu sprechen ... Wehe dir, wenn du die Dreizehnte beim Namen nennst ...! Glaubst du, dass ich lüge?«

Eine alte Ziege. Dein Großvater ist eine alte Ziege. Er rang um eine Antwort, während er das vom Irrsinn zerfurchte Antlitz betrachtete:

»N-nein ...«

Der Alte lehnte sich in seinem Stuhl zurück, als hätte ihn die Antwort zufrieden gestellt oder zumindest irgendwie beruhigt. Einen Moment lang schwieg er. Das Unwetter schrie wie eine Menschenmenge. Dann hob er flüsternd von neuem an:

»Ich habe eine von ihnen kennen gelernt, in Paris ... Besser gesagt, sie hat mich kennen lernen wollen. Immer sind nämlich sie es – die einen auswählen. Sie hieß Leticia Milano. Das war natürlich weder ihr richtiger Name, noch ist sie mir in ihrer wahren Erscheinung begegnet.« Mit der Geste eines Zauberers brachte er ein altes Foto zum Vorschein und gab es dem Jungen. »Siehst du, das bin ich ... Dieses Foto ist vor vielen Jahren an der bretonischen Küste aufgenommen worden. Das neben mir ist Leticia Milano. Ich könnte dir viel von dieser Frau erzählen, aber ich werde es nicht tun. Ich will dir nur von ihrem Blick erzählen. Weißt du, was in ihrem Blick lag, Gurí ...? Das, was du gerade in diesem Heft angeschaut hast. All das hat darin gelegen.«

Das Kind war immer entsetzter. Es verstand nichts von all den vertraulichen Eröffnungen seines Großvaters, es verstand nur eins, dass es ein Riesenfehler gewesen war, an jenem Abend zu ihm hinzugehen. Die Miene des Alten war mehr als blass, ein beunruhigender Zug verkrampfte seine Gesichtsmuskeln, verdrehte ihm die Augen und verzog seinen Mund beim Reden zu flüchtigen Grimassen.

»Jede dieser Damen kann unterschiedliche Frauenerscheinungen annehmen, aber wir, die wir ihnen angehört haben, können sie erkennen. Sie tragen ein Symbol. Ein Medaillon am Hals. Siehst du …?« Er wies auf das Foto. »Sie hat das Medaillon von Akelos getragen, von der Elften, der Ahnenden … Schau es dir an, hier auf dem Foto. Welche Form hat das Medaillon, mein Junge …?« Das Kind starrte angestrengt auf das Bild. Es spürte einen feuchten Luftzug am nackten Oberkörper. »Sieht aus … wie ein Insekt.« »Eine Spinne«, präzisierte der Alte. Er lehnte sich wieder auf den Stuhl zurück und stieß ein kurzes Lachen aus. »Du willst doch Dichter werden, nicht wahr …? Wetten, du weißt nicht, was Dichtung ist …? Ich nehme an, dass man dir in der Schule beibringt, sie bestünde daraus, hübsche Verse zu schmieden, die sich reimen … Aber, soll ich dir mal was verraten? Vor vielen, sehr vielen Jahren, da hat ein Priester ein Baby auf einen Altar gelegt, ihm den kleinen, kugeligen Bauch aufgeschlitzt wie eine Wassermelone, die Gedärme herausgezogen wie einen langen, langen, langen Wurm und dabei sehr ›schöne‹ Gedichte aufgesagt … Wahre Dichtung, das lass dir von deinem Großvater gesagt sein, ist der reinste Horror …« In diesem Moment verstand das Kind eins: Im Alter hieß so zu schauen, wie sein Großvater ihn gerade anschaute, dass man weinte. »Du hast keine Ahnung … Du hast keine Ahnung, was sie mir gezeigt hat … Du hast wirklich keine Vorstellung, mein Junge … Wie soll ich es dir erklären …? Es gibt zwei Ebenen.« Ohne zu zittern, hob er die flache Hand bis in Augenhöhe. »Die obere ist die, auf der wir leben. Aber es gibt noch eine Ebene darunter, sehr weit darunter …« Das Kind verfolgte die sinkende Hand wie hypnotisiert mit den Augen. »Eine Ebene der Finsternis, Schicht um Schicht, eine Unterwelt, in der ein Gedicht glutrote Augen hat und …« Er unterbrach sich abrupt und drehte sich um. »Hast du das gehört?« Er stand auf und spähte durch die verschlossenen Fensterläden. Jetzt schien er vor Angst vollkommen aufgelöst. Ein Blitz stempelte Licht auf sein angespanntes Gesicht. »Sie hat gesagt, sie will mich holen kommen …! Sie will meine Verse … Sie erwählen dich aus einem unbekannten Grund und säen dir Schrecken in den Geist … damit du ein paar Zeilen produzierst …!« Jetzt krümmte er sich plötzlich in der Mitte, riss den Mund auf und stieß einen markerschütternden Schrei aus. Der Junge bebte von Kopf bis Fuß. »Deshalb bin ich zurückgekommen …! Glaubst du, dass mir dieses verlauste Dorf irgendetwas bedeutet …? Aber sie ist hier, ich habe sie gestern durch dieses Fenster hier gesehen, ich schwöre es dir …! Sie trägt das Haar jetzt rötlich, und ihre Augen sind wie eine Winternacht … Und sie will meine Verse …! Ich habe Angst davor, dass sie mir was antut!« Er brach in tränenlosem Schluchzen zusammen, einem Weinen wie eine Gummimaske, die an den Wangen auseinander gezogen wird. Dann hob er plötzlich den Blick. »Du un-ssseliges Kind …!«, zischte er. »Sagst, du willst Dichter werden …! Du Dummkopf …!«

Der Alte schien kurz davor, sich auf ihn zu stürzen. Da verlor der Junge endgültig die Nerven. Er ließ das Heft fallen, griff nach seinem Hemd und rannte hinaus. Auf seinem Weg durch die Nacht und den Regen hörte er das Geheul von neuem. Und ihn überkam ein Gefühl, das ihn nie mehr verließ: Es war ihm, als ob sie ihr Gespräch fortsetzten, als ob er gar nicht wirklich fortgegangen war und der Alte die ganze Zeit weiter auf ihn einredete:

»Du musst mir verzeihen … Ich flehe dich an, verzeih mir … Du musst mir verzeihen …«

»Am nächsten Tag blieb die Werkstatt geschlossen. Und am übernächsten auch. Und auch am Tag danach. Vier Tage später spülten die grünen Wellen, hoch wie die Rücken schlummernder Dinosaurier, seine Leiche an den Strand. Meine Eltern wollten mir keine Einzelheiten erzählen. Sie haben lediglich gesagt, dass er gestorben war. Aber ein gleichaltriger Freund, der dabei war, als sie ihn herauszogen, hat mir erzählt, was die Fische mit ihm angerichtet hatten: Seine Zunge und sein Blut waren verfärbt, das Meer hatte seine Gesichtszüge und seine Männlichkeit getilgt. Dieser Leichnam ist lange durch meine kindlichen Träume gespukt. Bis ich ihn vergessen habe. Die Leute sagten, mein Großvater habe sich am Abend des Unwetters betrunken, sei an die Mole gegangen und habe sich ins Meer gestürzt. Ich brauchte keine Richter und keine Kriminalbeamten, um zu wissen, dass er dazu imstande war. Später, als man uns seine persönlichen Habseligkeiten aushändigte, habe ich das Heft gefunden, aber vom Foto und von der losen Seite mit der Liste der Damen keine Spur. Ich nahm an, dass er sie mit ins Meer genommen hatte. Jetzt bist du dran, Salomón, du bist wie das Meer und hast sie mir wiedergebracht ... Ich bin gespannt zu erfahren, wo du sie gefunden hast ...«

2

Das ist absurd«, sagte Susana.
Sie war mit Tabak und Zigarettenpapier zurückgekehrt,
aber keiner nahm ihr Angebot an. Daraufhin legte sie die
Strickjacke ab, streckte die Beine auf dem Teppich aus und
drehte einen Joint für sich alleine. Sie rauchte schweigend,
den Kopf an einen Sessel gelehnt, den Blick zur Decke gewandt. Das Tageslicht wurde schon spärlicher. Es hatte zu
regnen aufgehört, aber die Wolken schnitten immer noch
den Horizont hinter dem Parque del Retiro ab.
»Das ist komplett absurd. Es muss für das, was Salomón
da passiert ist, eine rationale Erklärung geben ...«
Rulfo war froh über diese Stimme der Vernunft. Noch
vor einer Stunde war er nahe daran gewesen, die Nerven zu
verlieren, als er Césars Geschichte gelauscht hatte. Beim Bericht seines eigenen Abenteuers indes (das ihm rückblickend
immer unglaublicher erschien) dachte er nur, dass diese Welt
irreparabel verrückt geworden war. Wie konnte es sein, dass
diese beiden, fast fünfzig Jahre auseinander liegenden Ereignisse etwas miteinander zu tun hatten? Als César das
spinnenförmige Medaillon und den Namen Akelos erwähnte, hatte es ihn gefröstelt, aber die Tatsache, dass er
in dem fremden Haus das Foto und den Zettel von Césars
Großvater gefunden hatte, war keineswegs angenehmer.
Was hatte es mit diesen merkwürdigen Übereinstimmungen
auf sich? Insgeheim dankte er Susana für ihren Einwurf im

Namen des gesunden Menschenverstands, obwohl er sicher war, dass sie das, was sie sagte, selbst nicht glaubte.

»Na kommt schon, ich bitte euch … Glaubt ihr denn im Ernst, dass diese Lidia Garetti durch Träume mit Salomón und dieser jungen Frau Kontakt aufgenommen hat? Und dass Leticia Milano und Lidia Garetti etwas mit der anderen ›Akelos‹ zu tun hatten …? Das klingt aufregend, aber absurd. Na schön, sie hatte das Foto und den Zettel in ihrem Haus, aber was heißt das schon? Vielleicht war Leticia eine Vorfahrin von ihr. Außerdem, César, woher weißt du denn so genau, dass der Zettel hier wirklich derselbe ist, den dir dein Großvater damals gezeigt hat? Das ist ziemlich lange her …«

»Manche Dinge vergisst man einfach nicht.«

»Und erzählt man scheinbar auch nicht. Du hast nie davon geredet.«

Susana drehte sich zu César um, als sie das sagte.

»Ich habe dem keine Bedeutung beigemessen. Weil ich immer überzeugt war, dass mein Großvater durchgedreht ist … bis ich heute Salomóns Geschichte gehört habe.«

»Für Salomóns Geschichte gibt es viele Erklärungen, genauso wie für deine.«

»Ich habe keinen Zweifel an dem, was er sagt.«

»Ich auch nicht. Woran ich zweifle, ist deine Interpretation der Sache.« Sie sah Rulfo an und lächelte. »Verzeih mir, aber einer von uns dreien muss heute Nachmittag auch die Vernunft zu Wort kommen lassen, oder?«

»Natürlich«, pflichtete Rulfo ihr bei.

»Ich glaube dir, dass du diese Träume hattest und auch, dass du in dem Haus all das gefunden hast, was du uns erzählt hast, aber diese junge Frau, die dabei war …«

»Raquel.«

»Richtig. Könnte es nicht sein, dass sie dir irgendetwas verheimlicht? Vielleicht lacht sie sich jetzt über deine Naivität ins Fäustchen.«

»Nein, das glaube ich nicht.« Rulfo versuchte den Ärger, der bei dieser Unterstellung in ihm aufstieg, zu überspielen. Er hatte von Raquel keine Einzelheiten erzählen wollen, sondern sich darauf beschränkt, sie als Zeugin vorzustellen. »Sie war genauso betroffen wie ich. Sie hatte dasselbe geträumt und war aus dem gleichen Grund dort.«

»Und rein zufällig trefft ihr euch da in derselben Nacht, und, zack!, öffnet sich das Haus nur für euch …? Salomón, ich bitte dich …!« Sie nahm einen Zug von ihrem Joint und kaute dann an einem Fingernagel. »Das Ganze ist … eine Serie von Zufällen, und du hast sie auf deine Weise interpretiert …« Sie lächelte ihn wieder auf ihre viel sagende Weise an. »Ich kenne dich und weiß, dass du ein unverbesserlicher Romantiker bist. Im Grunde deines Herzens hast du dir gewünscht, dass dir eines Tages solche Dinge passieren, stimmt's …?«

Sonderbare Dinge, dachte Rulfo. Wie Ballesteros sie nicht mochte. Aber Susana täuschte sich: er auch nicht.

»Aber César ist kein Romantiker«, wandte er ein. »Und trotzdem hat er uns die Bestätigung für meine Geschichte geliefert. In Wirklichkeit bin ich gekommen, César, weil ich mich an etwas zu erinnern meinte … Hast du nicht in irgendeinem anderen Zusammenhang mal über die Damen gesprochen …?«

Sauceda setzte eine geheimnisvolle Miene auf und nickte.

»Stimmt, und das ist das andere Ende dieser sonderbaren Angelegenheit, das ihr beide nicht kennt. Kannst du dich an den Kongress über Góngora vor fünf Jahren hier in Madrid erinnern …? Die Teilnehmer kamen aus aller Welt …«

»Jetzt weiß ich es wieder: das Mittagessen mit diesem österreichischen Professor …«

»Herbert Rauschen. Ein eigentümlicher Kerl. Beim Essen saßen wir uns zufällig gegenüber, und er fing an, mir etwas über die dichterische Inspiration zu erzählen. Seine Theorie gefiel mir. Wie die alten Griechen war er der Ansicht, dass ein Dichter von einer äußeren Macht ›besessen‹ sei. Er hat natürlich nicht von bösen Geistern geredet, sondern von ›äußeren Einflüssen‹. Dann hat er mich irgendwann gefragt, ob ich etwas über die Legende der dreizehn Damen wüsste. Es war beinah ein Déjà-vu-Erlebnis: Ich fühlte mich schlagartig an die Nacht mit meinem Großvater in der Werkstatt erinnert und saß da, wie vom Donner gerührt. Ich gestand, schon einmal etwas davon gehört zu haben. Du hast übrigens neben mir gesessen, Salomón, und hast gefragt, was es damit auf sich habe ...«

»Und ihr seid mir beide die Antwort schuldig geblieben.«

»Genau. Rauschen hat das Thema gewechselt, und ich war so verwirrt, dass ich nicht wusste, was ich sagen sollte. Aber ich habe dir nie erzählt, wie es weiterging. Nach dem Essen hat er mir einen gemeinsamen Spaziergang vorgeschlagen. Ich habe voll Spannung zugesagt und große Eröffnungen erwartet. Aber die Unterhaltung mit ihm enttäuschte mich anfangs: Er erzählte, wie gut es ihm in Spanien gehe, von seinem Plan, sich bei uns niederzulassen (er lebte in Berlin), von den Spanischprofessoren, die er kannte ... Nun, er machte lauter Umschweife über verschiedene Themen, als könnte er sich nicht entschließen, direkt auf die Angelegenheit zu sprechen zu kommen, die uns beide brennend interessierte – da bin ich sicher. Schließlich fragte er mich, was ich über die Legende wisse. Ich habe wahrheitsgemäß gesagt, ich wisse fast nichts. Ich hatte die Sache ja immer für eine Wahnvorstellung von meinem Großvater gehalten. Er warf mir einen sonderbaren Blick zu und versprach, mir ein Buch zu schicken. ›Es ist ein amüsanter, recht unorthodoxer Essay‹, behauptete er, ›aber ich glaube, Sie werden etwas damit anfangen können.‹ Noch am selben Tag nahmen wir voneinander Abschied, und eine Woche später erhielt ich ein spanisches Exemplar des Buches *Die Dichter und ihre Damen* von einem anonymen Verfasser, das Mitte des 20. Jahrhunderts gleichzeitig auf Englisch und Deutsch erschienen war ... Ich muss es noch irgendwo haben, nachher gehe ich es suchen ... Fest steht, dass Rauschen nicht übertrieben hatte: Es ist eine wahnwitzige Schrift. Ich habe sie nach der Hälfte leicht verärgert weggelegt. Anhand entsprechender historischer Beispiele wird darin eine merkwürdige Theorie entwickelt: Die Existenz einer Sekte, die es sich zur Aufgabe gemacht hatte, heimlich die großen Dichter der Weltliteratur zu inspirieren. Der Autor führt nicht aus, mit welchem Motiv sie das tut, sondern beschränkt sich auf die Aufzählung von Fallbeispielen.« César machte eine Pause, um sich einen Cognac nachzuschenken. Er füllte Rulfos Glas ebenfalls von neuem, während dieser ihm aufmerksam zuhörte. »Die Sekte hat dreizehn Gründungsmitglieder, bekannt unter der Bezeichnung die ›Damen‹. Jede Dame nimmt einen eigenen Rang in der Sekte ein, erhält ein Symbol und eine Art Geheimnamen. Ihre Mission besteht darin, die Dichter zu inspirieren. Wozu?, habe ich mich gefragt. Aber, wie gesagt, ich glaube, dass das Buch keinen Aufschluss darüber gibt. Einige der Damen sind in die Geschichte eingegangen: Laura, die Muse von Petrarca; die Dunkle Dame von Shakespeare; Dantes Beatriz; Hölderlins Diotima ... Die ersten Kapitel habe ich gelesen. Ich kann mich entsinnen, dass Laura, die Muse der *Canzionere* von Petrarca, dem Buch zufolge die erste Dame war, die ›Lockende‹, mit dem Geheimnamen Baccularia, die die Gestalt eines sehr hübschen elf- oder zwölfjährigen blonden Mädchens annimmt, obwohl der Autor ausdrücklich darauf hinweist, dass dies lediglich ihre *Erscheinung* sei ... Denn, ohne darauf einzugehen, woher sie kommen, behauptet er, die Damen seien übernatürliche Wesen ... Mir waren die Geschichten am Ende zu phantastisch. Eine Woche später rief mich Rauschen wieder an. Er wollte unbedingt wissen, wie ich das Buch fand. Ich hielt es für ratsam, nicht mit der ganzen Wahrheit herauszurücken, und äußerte mich vorsichtig, indem ich sagte, die Theorie über eine Geheimsekte mit dem

Auftrag, die Dichter der Welt zu inspirieren, erscheine mir ein wenig seltsam. Daraufhin äußerte er den dringenden Wunsch, sich erneut mit mir zu treffen. Er sagte, es gebe da noch etwas, was in dem Buch keine Erwähnung finde, was ich aber unbedingt wissen müsse. Ich fragte ihn, worum es gehe. Um ›die dreizehnte Dame‹, sagte er. Ich erinnerte mich an die Warnung meines Großvaters und fragte ihn, weshalb diese Dame niemals beim Namen genannt werden dürfe und aus welchem Grund das so wichtig sei. Aber Rauschen wollte in Ruhe mit mir darüber reden. Ich erklärte ihm, dass ich schrecklich viel zu tun hätte, so dass wir ein nächstes Treffen auf unbestimmte Zeit verschoben.«

»Und dann?«, fragte Susana.

»Er hat nie mehr angerufen. Und ich habe die ganze Sache mitsamt Herbert Rauschen wieder vergessen. Ich war damals dabei, meine Aktivitäten an der Uni abzubauen, und habe ihn völlig aus den Augen verloren. Ich vermute, er ist immer noch in Berlin. Aber wie dem auch sei, ich bin jedenfalls der Meinung, dass die Erklärung für das, was Salomón passiert ist, nicht übernatürlich sein muss … Es kann genauso eine Sekte mit im Spiel sein, die bis in unsere heutige Zeit fortlebt. Die Rosenkreuzer, die Freimaurer und andere sind aus weitaus älteren Verbänden entstanden … So ähnlich könnte es sich auch mit den Damen verhalten. Vielleicht eine Gruppe aus dreizehn Frauen. Vielleicht war Lidia Garetti eine von ihnen.«

»Diese Theorie leuchtet mir schon eher ein«, sagte Susana. »Wir leben im Jahrhundert der Sekten.«

César rieb sich angeregt die Hände.

»Ich schlage vor, dass wir versuchen, so viele Informationen wie möglich über die Sache zu sammeln. Ich werde das Buch suchen und mich nach dem Verbleib von Rauschen erkundigen … Susana, ich glaube, du hast einige Journalisten in deinem Bekanntenkreis: Ich frage mich, ob du über sie ein paar Daten zu Lidia Garetti herausbekommen könntest, die nicht in der Zeitung gestanden haben. Ob das nun alles real oder irreal ist, es ist immerhin eine Tatsache, dass die Frau ein Foto und einen handschriftlichen Text von meinem Großvater in ihrem Haus hatte ... Unglaublich ...! Allein aus dem Grund wüsste ich gerne mehr über sie ...«

»Na schön«, murrte Susana, »ich bin bereit, mich als Detektivin zu betätigen.« Und mit einem Lächeln in Rulfos Richtung fügte sie hinzu: »Und sei es nur um der alten Zeiten willen ...«

Nach Einbruch der Dunkelheit ging er bald. Während der Fahrt brodelte die Geschichte, die César ihnen erzählt hatte, weiter in seinem Kopf. Ihm kam der sonderbare Gedanke, dass das Foto und der Zettel in Lidias Haus nur darauf gewartet hatten, von ihm gefunden zu werden, damit er hinging und César an die Nacht mit seinem Großvater und an die Begegnung mit Herbert Rauschen erinnerte. Als wären seit dem Beginn seiner Albträume sämtliche Erlebnisse die Bruchstücke eines Ganzen, das er wieder zusammenfügen musste.

Als er in der Calle Lomontano ankam, war es schon vollständig dunkel. Er parkte das Auto auf dem Gehsteig und ging durch eine fast menschenleere Straße nach Hause. Er überlegte, ob er sofort nach seiner Ankunft Raquel anrufen sollte, um zu fragen, ob alles in Ordnung sei, oder ob er lieber noch einen Tag warten sollte. Er fühlte sich schrecklich müde.

Er zog gerade den Schlüssel aus dem Tor,

auf und nieder

da hörte er es: ein konstantes Schlagen,

auf und nieder, auf und nieder

hinter sich, ein Geräusch, das im Lärm der Stadt unterging.

Auf und nieder, auf und nieder ...
Er drehte sich um und sah das Mädchen auf dem Gehweg gegenüber. Es war hellblond und die Haare fielen ihm ins Gesicht. Es war wie eine Bettlerin gekleidet und ließ einen roten Ball auf und nieder hüpfen. Auf seiner Brust schimmerte etwas, eine Art goldenes Medaillon.
Das Mädchen sah ihn an.
Und lächelte.
Der Ball sprang zwischen dem Gehsteig und der Hand weiter auf und nieder, auf und nieder ...
Dann nahm das Kind mit einem Mal den Ball und ging davon.

3

Ein blondes Mädchen, obwohl das nur seine Erscheinung ist. Zwar kam ihm der Gedanke, dass er womöglich langsam verrückt wurde, aber er beschloss trotzdem, dem Mädchen nachzugehen. Die engen Straßen im Zentrum von Madrid waren wie ein Trugbild, ähnlich und doch unterschiedlich. Trotzdem schien das Mädchen sein Ziel genau zu kennen. Es verließ die Calle Lomontano, nahm eine Querstraße und wich einem auf dem Bürgersteig abgestellten Motorrad und einer Gruppe Jugendlicher aus, die ihm entgegenkamen. Rulfo hielt sich in sicherem Abstand hinter dem Kind. Nachdem es nacheinander zwei Straßen überquert hatte, verlor er es an einer Stelle plötzlich aus den Augen. Er blickte sich nach beiden Seiten um und entdeckte es vor der Auslage eines Lebensmittelgeschäfts, wo Honig in Tontöpfen verkauft wurde. Im selben Moment ging das Mädchen weiter. *Es hat auf mich gewartet,* dachte er. *Es will offenbar, dass ich ihm folge.*

Das Haar des Mädchens leuchtete im Licht der Straßenlaternen wie Iridium, während sein Bild in den nickelfarbenen Pfützen verzerrt wurde. Rulfo hatte die irrwitzige Idee, nur er allein könne die Gestalt sehen, doch dann rief ein älteres Ehepaar ihm etwas zu, sicherlich in der Absicht, es zu fragen, ob es sich verlaufen habe oder Hilfe benötige. Das

Mädchen reagierte nicht und setzte seinen Weg fort. Folglich war es kein Gespenst und nicht seinem eigenen Geist entsprungen: Es war ein Kind, und er folgte ihm.

Sie überquerten einen kleinen Platz, bogen in eine wenig belebte Straße ein und dann in eine noch einsamere. Dort entkam ihm die Kleine in ein altes Haus aus grünlichen Ziegelsteinen. Rulfo betrachtete es und zählte vier Geschosse. Er betrat die Eingangshalle, betätigte einen alten Lichtschalter aus Plastik, und eine einzelne Glühbirne leuchtete auf. Auf der Treppe vernahm er ein Geräusch nackter Füße. Als er hinaufschaute, sah er gerade noch das Haar des Mädchens über das Treppengeländer fliegen. Er stieg hinter ihm her. Als er im dritten Stockwerk anlangte, ließ er die Treppenhausbeleuchtung erneut aufflammen, nachdem er eine Weile mit der Hand über die Wände getastet hatte. Vom Mädchen keine Spur, aber die Schritte waren noch zu hören. Er ging in den vierten Stock hinauf und blieb wie angewurzelt stehen. Auch dort war niemand. Die Stufen und die Schritte setzten sich indes fort. Vielleicht führten sie zu einer Mansarde oder einer Dachterrasse.

Er überwand auch diesen Abschnitt und erreichte wiederum einen in Finsternis getauchten Treppenabsatz. Dort fand er keinen Lichtschalter, erkannte aber im matten Schein der unteren Geschosse im Hintergrund eine Tür. Die offen stand.

Plötzlich geschah etwas.

Etwas Banales, aber es stürzte ihn in irrationale Angst.

Der Ball sprang aus der schwarzen Türöffnung, prallte dreimal auf, stupste wie ein Kätzchen gegen seine Beine und stieß erst an die Wand und dann ans Treppengeländer. Rulfo verfolgte seinen Weg wie ein Billardspieler die entscheidende Kugel für den Ausgang des Spiels. Als er liegen blieb, erwartete er, dass das Mädchen herauskommen und ihn holen würde. Aber nichts geschah.

Es war vollkommen still.

Weil er nicht wusste, was er sonst tun sollte, bückte er sich und hob den Ball auf.

»Gibst du ihn mir?«, fragte darauf aus der Finsternis jenseits der geöffneten Tür eine Stimme ohne jede Rauheit, eine Stimme so klar wie Licht, wenn man es hören könnte. Es musste die Stimme des Mädchens sein.

Rulfo hörte seinen eigenen Atem so laut, als hätte er Druck auf den Ohren.

»Gibst du ihn mir?«, fragte das Mädchen noch einmal.

»Ich kann dich nicht sehen. Wo bist du?«

»Gibst du ihn mir?«, wiederholte es.

Der Raum hinter der Schwelle war von einer schattenlosen Schwärze. Es musste sich um ein fensterloses Zimmer handeln, ein Dachboden vielleicht.

»Warum lässt du dich nicht sehen?«

Diesmal kam keine Antwort. Er tat einen Schritt vorwärts und betrat die Dunkelheit mit dem Gefühl, dass sich sein Magen in eine Gletscherzunge verwandelte.

Da glaubte er, es vor sich zu sehen: ein verschwommenes Haarbüschel in der Höhe seiner Brust. Er streckte die Hand mit dem Ball aus und die rote Kugel schien von seinen Fingern auf andere, kleinere Hände hinüberzuschweben.

Er konnte die Gesichtszüge des Mädchens nicht sehen, aber er erkannte jetzt außer seinem Haar (einer lichten Welle) so etwas wie einen weißen Schatten unterhalb seines Kopfes – vielleicht die Pelerine des schmuddeligen, alten Kleides, das es trug –, etwas Glitzerndes (das Medaillon?) und die Rundung des Balles.

Um das Mädchens war es vollkommen still. Noch nicht einmal sein Atem war zu hören.

»Wen suchst du?«, fragte das Kind unversehens.

»Was?«

»Wen suchst du?«

Er dachte eine Weile über die merkwürdige Frage nach. Was suchte er eigentlich? Suchte er überhaupt etwas? Hatte er denn etwas gesucht, seit diese Geschichte begonnen hatte? Er vermutete, dass es nur eine korrekte Antwort gab.

»Die Damen«, sagte er, und im gleichen Augenblick rann ihm ein eisiger Schauer über den Rücken.

Das Haarbüschel kam in Bewegung, schlüpfte an ihm vorbei und trat auf den Treppenabsatz hinaus. Erneut knarrten die Stufen unter den nackten Füßen des Kindes.

Die Beleuchtung war erloschen, und Rulfo musste über die stockdunkle Treppe wieder ins vierte Stockwerk hinuntergehen. Als er den Lichtschalter betätigte und sich über den Treppenschacht beugte, sah er das nackte Ärmchen über das Geländer gleiten.

Das Mädchen hatte einen großen Vorsprung, deshalb nahm er auf dem Weg hinunter zwei Stufen auf einmal, aber als er in die Eingangshalle kam, war es nirgends mehr zu sehen. Er ging leise vor sich hin fluchend auf die Straße hinaus. Sie war ihm entwischt, unglaublich.

Verwirrt kehrte er durch das Portal noch einmal zurück und entdeckte hinter einer Reihe Briefkästen eine weitere Treppe, diesmal nach unten zu einer geschlossenen Tür. Nach dem dahinter vernehmbaren Ticken zu urteilen handelte es sich offenbar um einen kleinen Kellerraum, in dem die Strom- und Wasserzähler untergebracht waren. Ihm kam eine absurde Idee: Sie hatte ihm an der höchsten Stelle des Gebäudes eine Frage gestellt, konnte es nicht sein, dass sie jetzt hier, an der tiefsten Stelle, auf ihn wartete?

Auf und nieder.

Es war eine irrationale Idee. Das Mädchen konnte unmöglich in den Keller gelangt sein, ohne dass er es sah. Im Übrigen war er davon überzeugt, dass die Tür verriegelt war.

Auf und nieder.

Trotzdem, so dachte er, hatte er nichts zu verlieren, wenn er einen Versuch wagte. Er stieg die kurze Treppe hinab und drehte am Türknopf. Die Tür war unverriegelt.

Es handelte sich tatsächlich um den Zählerraum. Eine Zeituhr tickte, bis kurz darauf die Beleuchtung in der Eingangshalle erlosch. Der Raum war winzig und dank einer Glühbirne, die Rulfo mithilfe eines Druckschalters an der Wand aufleuchten ließ, im Gegensatz zum Dachboden sehr übersichtlich. Ein Eimer und verschiedene Reinigungsgeräte waren in einer Ecke verstaut. Es roch nach Lauge und Moder.

Das Mädchen war nicht da.

Vielleicht hinter ihm?

Er drehte sich in der Erwartung um, es dort stehen zu sehen. Aber er hatte sich auch diesmal getäuscht. Es war niemand da. Er atmete einmal tief durch und versetzte dann der Tür einen Stoß, um sie zu schließen, da entdeckte er

das Mädchen

im Zählerraum. Es verdeckte mit seinem zierlichen Körper den Anblick all dessen, was er noch eine Sekunde vorher ungehindert betrachtet hatte. Er musste einen Schreckenslaut unterdrücken. Die kleine Gestalt sah aus wie aus Luft geronnen.

Sie lächelte nicht mehr.

»Warum suchst du sie?«

Im Licht der Glühbirne konnte er sie genauer mustern als die vorangegangenen Male. Sie war ein wenig älter, als er angenommen hatte, etwa elf oder zwölf Jahre alt und hatte blondes Haar, das sich in einem dichten Schopf über die Schultern ergoss, die blaugrauen Augen waren von fast substanzloser Lederhaut umgeben. Das dunkelgrüne Kleid mit der weißen Pelerine war an mehreren Stellen zerschlissen, insbesondere am Rock, dessen Löcher zwei gerade dünne Beine zu erkennen gaben. Das goldene Medaillon besaß die Form eines Lorbeerblattes. Der rote Ball in ihrer Hand stand in einem merkwürdigen Kontrast zum Grün des Kleides und zu ihrer Haut, die von einem Weiß war, wie Rulfo es noch nie gesehen hatte: ein kaltes, mineralisches Weiß, in dem die Venen schimmerten wie die Fissuren auf einem alten, geklebten Gefäß aus Porzellan.

Das Mädchen war überwältigend schön.

»Warum suchst du sie?«, wiederholte die klangvolle Stimme ohne Nachdruck.

»Ich will sie kennen lernen«, murmelte er.

Das Mädchen bewegte sich wieder. Es kam auf ihn zu. Rulfo trat zur Seite, ihm Platz zu machen. Ihm fiel ein Geschenk ein, das er einmal von seinen Eltern erhalten hatte: eine Art Spiel mit einfachen Fragen und einer kleinen Figur, deren Zeigestock mithilfe eines Magneten die richtigen Antworten auf einem Spielfeld anzeigte. Das Mädchen verhielt sich genauso, ging es ihm durch den Sinn. Ihre Bewegungen waren vollkommen emotionslos: Wenn er antwortete, wechselte sie die Position. Der Unterschied war nur, dass er diesmal nicht wusste, ob seine Antworten richtig waren.

Baccularia. Die Lockende.

Das Mädchen ging auf die Straße hinaus und Rulfo folgte ihm. Es war kalt. Er sah es auf dem Gehweg stehen, die Arme um den roten Ball geschlungen.

»Wie suchst du sie?«, fragte es, als er näher kam.

Lauter rituelle Fragen. Es kommt mir vor, als wollte es prüfen, ob ich zu locken bin.

»Indem ich dir nachgehe«, sagte Rulfo ohne die Spur eines Zweifels.

Daraufhin überquerte das Mädchen die Straße und drückte gegenüber eine große Doppeltür auf. Rulfo nahm an, dass sie zu einer Garage gehörte, aber als er den Kopf hob, las er auf einem Leuchtschild aus erloschenen Glühbirnen das Wort »Theater« über dem Eingang.

Er trat näher und sah hinein. Er erblickte eine staubige Eingangshalle. Im Hintergrund entdeckte er eine Schwingtür, aus der ein schwaches Licht drang. Das Kind war verschwunden. Er ging hin, stieß die Tür auf und betrat einen kleinen Theatersaal mit nicht allzu vielen Sitzplätzen, dessen Bühne mit Gerüsten und Metallpfeilern vollstand. Die

Bühnenbeleuchtung war aus, nur das Parkett war ein wenig erhellt. Außer ihm war noch jemand im Theater: In der ersten Reihe rechts außen saß ein Mann. Die Stille war wie ein Omen. Rulfo ging durch den Mittelgang und wandte sich, als er die erste Reihe erreichte, nach dem Fremden um. Er war mittleren Alters, trug das graue Haar im Borstenschnitt, darunter eine goldgeränderte Brille und einen gepflegten Backenbart. Er war elegant gekleidet: blaue Clubjacke, blauweiß gestreiftes Hemd und gelbe Krawatte.

»Nehmen Sie Platz, Señor Rulfo«, forderte der Mann ihn höflich auf, ohne aufzuschauen, und zeigte auf den Sessel neben sich.

Rulfo wunderte sich nicht übermäßig, dass sein Name bekannt war und man ihn offenbar erwartet hatte. Er kam der Aufforderung nach. Der Mann saß mit geradem Rücken steif zurückgelehnt da, während er in mechanischem Ton weitersprach, ohne ihn ein einziges Mal anzusehen.

»Was wollen Sie von ihnen?«

Rulfo meinte, dieses sonderbare Verhör allmählich zu verstehen.

»Ich weiß es nicht«, erwiderte er. »Vielleicht sie kennen lernen …?«

Der Mann schüttelte den Kopf.

»Oh, nein, nein, nein. Sie sind es, die Sie kennen lernen möchten. So läuft das immer: Sie sind diejenigen, die etwas wollen, und wir diejenigen, die ihnen gehorchen … Sie sollten wissen, dass es eine große Ehre ist. Niemand bekommt so leicht Zutritt zu ihnen. Aber Ihnen werden sie die Tür öffnen. Das ist für einen Fremden eine große Ehre.«

»Was haben Sie mit ihnen zu tun?«

»Wir haben *alle* etwas mit ihnen zu tun«, erwiderte der Mann. »Besser gesagt, sie sind ein Teil von allem. Aber, was Sie betrifft, sollten Sie sich nicht allzu viel darauf einbilden. Sie besitzen nämlich etwas, was ihnen gehört, und das wollen sie zurückhaben. So einfach ist das.«

»Was meinen Sie?«, fragte er, obwohl er eine Vermutung hatte.

»Die Imago.«

»Die Figur aus dem Aquarium?«

»Natürlich, was sonst. Sie erstaunen mich.« Der Mann lächelte beim Reden. Aber als Rulfo seinen Gesichtsausdruck näher studierte, stellte er fest, dass er sehr verkrampft war: Als ob ihm jemand von hinten eine Pistole an die Rippen hielt. »Darf ich fragen, was Sie und die junge Frau mit der Imago gemacht haben, Señor Rulfo?«

Rulfo überlegte, ehe er antwortete. Er wollte nicht zugeben, dass sich die Figur bei Raquel befand.

»Sie wissen doch schon alles, weshalb ist Ihnen das nicht bekannt?«

»Die Imago muss in ihrem Säckchen im Wasser liegen bleiben«, antwortete der Mann ausweichend, »vollends annulliert. Das ist sehr wichtig. Geben Sie die Figur zurück, dann wird alles gut werden ... Sie werden Ihnen mitteilen, wann und wo sie sich mit Ihnen treffen wollen. Aber ich warne Sie«, fuhr er in demselben neutralen Ton fort. »Zu diesem Treffen können lediglich Sie und die junge Frau mit der Figur kommen. Haben Sie das verstanden, Señor Rulfo? Halten Sie Ihre Freunde aus der Sache heraus. Die geht nämlich nur die junge Frau und Sie etwas an. Habe ich mich deutlich genug ausgedrückt?«

»Ja.«

Er erschauerte. Woher wussten sie, dass er gerade mit César und Susana gesprochen hatte?

Dann drehte sich der Mann zum ersten Mal zu Rulfo um und sah ihn an.

»Sie haben mich aufgefordert, Ihnen zu erzählen, dass ich sie einmal verraten habe ... Meine Tochter hat dafür zahlen müssen. Ich heiße Blas Marcano Andrade und bin Theaterintendant.«

Als er dies sagte, erscholl wie auf ein Stichwort der pompöse Klang eines unsichtbaren Blechorchesters von der in ein blendendes Rampenlicht getauchten Bühne. Dann erschien seitlich eine Silhouette. Es war eine Jugendliche mit mittelbraunem Haar und einem überschlanken Körper. Sie trug ein eng anliegendes, fleischfarbenes Trikot und schien fünfzehn oder sechzehn Jahre alt zu sein. Ihre Züge hatten eine vage Ähnlichkeit mit Marcano. Sie nahm eine anmutige Pose ein, machte eine Verbeugung und grüßte, als ob das Theater voller Zuschauer wäre.

»Das ist meine Tochter«, sagte Marcano in einem neuen Ton, als hätte man ihm erstmals gestattet, seine Gefühle zu zeigen.

Das Mädchen winkte, machte anmutige Knickse und Verbeugungen im Rhythmus eines durchdringenden Walzers und verteilte Kusshände zum Parkett, aber noch während er sie beobachtete, breitete sich in Rulfos Verstand eine genauso abartige wie erschreckende Gewissheit aus.

Sie war tot.

Sie verbeugte sich, lächelte, gab Küsschen in die Luft, aber sie war tot.

Das Mädchen war gestorben. Das war ihm schlagartig klar.

Die Jugendliche beendete ihre Begrüßung und verschwand an derselben Seite, von der sie gekommen war. Mit einem abrupten Beckenschlag verstummte die Musik, und die Bühne lag wieder im Dunkeln.

»Ihre Strafen sind grausam«, sagte Marcano in die machtvolle, dem Auftritt folgende Stille hinein. »Geben Sie die Figur zurück, Señor Rulfo.«

Die Lichter im Zuschauersaal gingen aus und im gleichen Moment erstarrte Marcano, als wäre ein Mechanismus in seinem Inneren abgelaufen.

Rulfo stand auf, suchte den Ausgang und stürzte auf die Straße hinaus.

v. Die Figur

1

Die junge Frau kehrte an jenem Nachmittag sehr spät nach Hause zurück, durchquerte mit klappernden Absätzen den Hof, steckte den Schlüssel ins Schloss, öffnete die Tür und spürte, wie ihr das Herz stehen blieb. In ihrem kleinen Wohnzimmer brannte Licht. Die Campinglampe leuchtete. Und es roch nach Zigaretten, aber nicht nach der Marke, die Patricio rauchte.

Sie wusste, wer das war, bevor sie seine Stimme hörte. »Von deinen nächtlichen Hobbys wusste ich ja gar nichts. Ich warte seit mindestens zwei Stunden auf dich.«

Die Frau blieb in der Eingangstür stehen, schloss für einen Augenblick die Lider, holte tief Luft und versuchte Kraft zu sammeln. Dieser Besuch war grausam nach ihrem anstrengenden Tag, aber die Kunden durften kommen, wann es ihnen beliebte, das war die Abmachung. Jedem, der gut zahlte, hatte Patricio einen Zweitschlüssel ihrer Wohnung gegeben und ihr gleichzeitig aufgetragen, zu jeder Uhrzeit dessen Wünsche zu erfüllen.

Es dauerte nur einen Moment, bis sie sich wieder gefangen hatte. Sie betrat den Flur, zog die Tür hinter sich ins Schloss und ging zum Wohnzimmer.

Der Mann saß mit gespreizten Beinen auf der altersschwachen Couchgarnitur. Er war gekleidet wie immer: dunkler Anzug, grau gestreiftes Hemd und eine blau, grau und perlfarben gemusterte Krawatte. Das Hemd und die

Krawatte wölbten sich über einem ansehnlichen Bauch. In der Hand hielt er eine Zigarette. Sein schwammiges, weißliches Gesicht wurde von einem Dauergrinsen und einer ewigen dunklen Brille durchkreuzt. Er hörte niemals auf zu grinsen und legte unter keinen Umständen die Brille ab. Seinen Namen kannte sie nicht.

Sie grüßte, ohne eine Antwort zu erhalten, dann tat sie zwei Schritte vorwärts und blieb vor ihm stehen.

»Willst du dich nicht entschuldigen?«

»Tut mir Leid.«

Sie kannte das Spiel, denn es gehörte zum Lieblingsvergnügen des Mannes mit der Sonnenbrille – der Demütigung. In Wirklichkeit empfand sie natürlich keinerlei Schuldgefühle dafür, dass sie um diese Uhrzeit nach Hause gekommen war. Freitags und samstags häuften sich ihre Termine, und sie musste in den Club, ein dunkles Lokal mit rot gestrichenen Wänden im Keller eines Landstraßenbordells, um ihre Termine für die nächste Woche zu vereinbaren. Wenn sie alles hinter sich hatte, wünschte sie sich nur noch eins: Augen zu und ausruhen. Aber das Leben, das sie führte, gehörte ihr nicht, und das wusste sie. Nicht einmal der Schlaf.

»Ist das das Einzige, was dir dazu einfällt?«

Plötzlich schweiften ihre Gedanken ab.

Das geschlossene Zimmer.

Der Mann hatte behauptet, sehr lange auf sie gewartet zu haben. Hatte er die ganze Zeit still dagesessen und gewartet? Nein, einleuchtender schien ihr, dass er ihre winzige Wohnung durchstreift und in alle Zimmer gesehen hatte, auch in das verschlossene. Wenn das stimmte, was hatte er dort getan?

Der unwiderstehliche Drang, dort nach dem Rechten zu sehen, raubte ihr beinah den Verstand. Aber es ging nicht. Noch nicht.

Eine Schuhspitze berührte ihren linken Fuß.

»Ich wiederhole es: Ist das eine Art, sich zu entschuldigen …? Einfach nur, ›tut mir Leid‹?«

Der Mann saß vollkommen ruhig und bequem da, hielt mit der lässigen Geste eines steinernen Pantokrators die Zigarette zwischen den fetten Fingern, grinste und sprach in einem sanften, fast liebevollen Ton mit ihr. Aber sie kannte ihn und ließ sich von seinem Schauspiel nicht täuschen. Er war nämlich von allen der Schlimmste. Er hatte die Angewohnheit, unerwartet, mitten in der Nacht aufzutauchen und ihr seine unvergesslichen Visiten abzustatten. Die meisten Kunden wollten nur ein wenig Ablenkung, aber der Mann mit der dunklen Brille schien nichts anderes zu wollen als ihr Leid. Die junge Frau fürchtete ihn mehr als Patricio.

Sie ging vor ihm in die Knie und senkte den Kopf. Sie brauchte sich das Haar nicht aus dem Gesicht zu streichen: Bei der Arbeit trug sie es stets zu einem Knoten im Nacken zusammengebunden.

»Tut mir Leid«, wiederholte sie.

Die schwarze Brille, die wie ein Rabe auf dem Grinsen hockte, beäugte sie.

»Du enttäuschst mich. Mein Jagdhund kann das besser als du …«

Die junge Frau holte tief Luft. Sie wusste, was er wollte und worauf am Ende alles hinauslaufen würde.

Ohne sich aufzurichten, streifte sie die Lederjacke ab, zog den Pullover über den Kopf und begann, ihren Rock aufzuknöpfen. Ihr Körper spiegelte sich in den dunklen Brillengläsern wie eine lodernde Fackel. Sie legte die Schuhe ab und zog die Strümpfe und den Slip schnell genug aus, damit der Mann nicht ungeduldig wurde, aber so behutsam, dass kein Teil zerriss. Als sie ganz nackt war, legte sie sich mit der größten Selbstverständlichkeit, als hätte sie es schon tausende Mal getan, flach auf den Fußboden. Sie spürte die Kälte der Fliesen auf der Haut und die metallene Härte von

Patricios Ringen und seiner Kette, die abzulegen ihr untersagt war, und suchte mit den Lippen seine eleganten Schuhe. Sie roch das neue Leder. Sie streckte die Zunge heraus. Ein jäher, unerwarteter Zug an ihrem Haarknoten ließ sie den Kopf heben.

»Mach die Augen auf«, sagte der Mann in einem anderen Ton.

Sie tat es. Die Hand hielt sie am Haar gepackt, und sie richtete sich so weit auf, bis sie auf den Knien saß. Vor ihrer Nase baumelte ein steifes Stoffsäckchen hin und her.

»Wo ist sie?«

Ihre Augen wanderten langsam vom Säckchen zur Sonnenbrille. Das Grinsen war im Gesicht des Mannes verschwunden.

»Ich habe nur die Tefilla gefunden. Wo ist die Figur?«

Der Mann hielt sie weiter am Schopf fest und ließ mit der anderen Hand das Säckchen vor ihren Augen hin und her schaukeln. Im ersten Moment wusste sie überhaupt nicht, wovon er redete. Dann fiel ihr plötzlich alles wieder ein, als helfe die Angst ihrem Gedächtnis auf die Sprünge.

»Ich weiß es nicht«, sagte sie.

»Natürlich weißt du es.« Der Mann zog an ihrem Knoten, dann noch einmal. »Komm bloß nicht auf die Idee, mich zu belügen. Lass dir das nicht einfallen.«

»Ich lüge nicht, ich weiß es wirklich nicht, ich weiß es nicht …«

Es stimmte. Sie hatte die blödsinnige Figur völlig vergessen. Sie nahm an, dass der Bursche mit dem Bart (*wie hieß er noch … Rulfo, Salomón Rulfo*) die Figur und das Bild am gestrigen Abend mitgenommen hatte. Aber das Unheimliche war, dass der Kerl hier von der Sache wusste. Kannte er etwa auch ihre Albträume? Er hatte ein merkwürdiges Wort verwendet, »Tefilla«. Was bedeutete es?

»Ich frage dich zum letzten Mal. Zum allerletzten Mal, und will eine Antwort haben.« Der Mann unterstrich jedes

Wort mit einem kräftigen Zug an ihrem Haar, so dass sich ihr Leib nach hinten bog. »Sag mir klipp und klar, wo du die Figur versteckt hast ...«

Was sollte sie tun? Wenn sie stumm blieb, würde das nur bewirken, dass er ihr noch mehr wehtat. Und obwohl sie seine Schmerzen nicht allzu sehr fürchtete, wurde sie mit einem Mal von der Sorge ergriffen, dass er *es* entdeckt haben könnte und beschließen würde, ihm etwas anzutun. In einer anderen Situation hätte sie wahrscheinlich den Mund gehalten. Sie hasste diesen Mann mit ganzer Kraft und wollte Rulfo nicht mit hineinziehen, aber sie hatte keine andere Wahl.

»Er hat sie ... Er heißt Salomón Rulfo. Ich weiß nicht, wo er wohnt, aber ich habe seine Telefonnummer ...«

Erst rührte sich der Mann nicht. Mit den unbarmherzigen schwarzen Brillengläsern unmittelbar vor dem Gesicht, fragte die junge Frau sich ohne große Emotionen, ob er sie jetzt umbringen würde. Dann wich die Brille zurück.

»Zu deinem eigenen Besten will ich hoffen, dass das wahr ist.« Ihr Haarschopf wurde freigegeben, und der Mann stand auf. »Ich hoffe es wirklich. Ich verlasse mich darauf, dass du mich nicht hereinlegen willst ...« Und obwohl sie noch immer auf den Knien saß und nichts sah als seine Schuhe und die Hosenbeine seines Anzug, nahm sie irgendwie wahr, dass das Lächeln auf seine Züge zurückkehrte wie ein eisiges Licht. »Aber wir wollen uns erst verabschieden, wenn wir uns ein wenig miteinander vergnügt haben, findest du nicht auch ...?«

die figur

In ihr war ein Grab.

In diesem tausendjährigen Grab vermochte ihr nichts und niemand ein Leid zuzufügen. Der Tritt warf sie zu Boden. Sie spürte, wie er mit seinem Gewicht auf ihrem Rücken ihre Beine auseinander schob. Sie biss die Zähne zusammen.

die figur. dort.

Aus dem Grab züngelten spitze, dunkle Flammen. Die Flammen eines verbrannten Mondes. Ein Lagerfeuer aus Sternen. Ein kaltes, die Welt verbrennendes Feuer, das nichts übrig lässt als schwarze Nacht. Ihre Fingernägel kratzten über die Bodenfliesen, während sein Gewicht in sie eintauchte.

die figur. dort. in einer ecke.

Sie floh in ihr Grab, in die abgeschlossene Kammer ihrer Vorstellung, um dem Schmerz zu entrinnen. Dort blieb sie für sich und wurde unangreifbar. Für einen kurzen Augenblick schlug sie die Augen knapp über dem Boden auf. Und sah sie.

Die Figur. Dort. In einer Ecke.
»Denk dran: Wenn du gelogen hast, werde ich wiederkommen ...«
Sag es ihm, damit er sie mitnimmt. Sag es ihm.
Nein, sag es ihm nicht.
Der Mann hatte noch etwas hinzugefügt. Eine präzise Drohung. Ihr dämmerte, dass er entdeckt hatte, was in dem verschlossenen Zimmer war. *Ich muss hingehen und nachschauen.* Sie hörte die Tür zufallen. Dann Stille. Sie verharrte reglos.
Warum hast du es ihm nicht gesagt? Warum nicht?
Ich muss hingehen und nachschauen. Ich muss.
Auf den kalten Fliesen wurden ihr Bauch und ihre Brüste taub, und die Taubheit breitete sich aus wie eine eisige Salbe. Sie wusste, dass sie aufstehen musste, aber ihr

schwindelte noch vor Schmerz und Müdigkeit, und sie blieb liegen.

Bevor sie die Augen wieder schloss, sah sie noch einmal geradeaus zur Wand. Sie hatte sich nicht getäuscht: Dort lag die Figur auf dem Boden.

Als sie blinzelte, gewahrte sie einen eisigen, gefleckten Halbschatten und bemerkte einen ihrer Stiefel, der knapp vor ihrem rechten Auge liegen geblieben war.

Einen Strumpf. Ihre Kleider auf dem Fußboden.

Sie erhob sich. Ein metallenes Klirren auf den Fliesen: eine Haarnadel. Sie zog mit wütenden Gesten die anderen heraus. Das unglaublich schwarze, lange Haar rieselte ihr über Schultern und Rücken. Sie taumelte ins Badezimmer, tastete sich im Dunkeln bis zum Toilettendeckel voran, hob ihn hoch und übergab sich. Ein bitterer Geschmack breitete sich in ihr aus. Die Welt um sie herum war ein Karussell aus Schatten und drehte sich im Kreis.

Atemlos setzte sie sich auf den Boden und blieb dort, bis sie sich halbwegs erholt und die Ruhe zurückerlangt hatte, zu der man sie verpflichtet hatte.

Das Schlimmste war, dass sie sich am Ende immer wieder erholte. Ihr Körper, dieses feste Paket aus Muskeln, gab nie endgültig auf, gewährte ihr nie die ersehnte Kapitulation. Zweifellos hatte ein grausamer Gott ihn entworfen, eine sadistische, berechnende Gottheit. Sie hasste sie und verabscheute jede Faser ihrer selbst.

Sie stand auf und öffnete den Duschhahn. Unter dem eisigen Strahl kam sie wieder ganz zu sich. Sie wusch sich einmal und noch einmal, immer wieder, um sich auch vom letzten Rest der Begegnung mit diesem Kerl zu befreien. Der Mann mit der dunklen Brille hinterließ freilich nie mehr Spuren als die Schläge auf ihrer Haut und das verächtliche Gefühl der Demütigung. Sie vermutete sogar, dass er noch nicht einmal echtes Verlangen nach ihr verspürte. Wenn er

in sie eindrang wie heute, dann bewegte er sich rein mechanisch, wie ein Instrument, allein dazu bestimmt, sie ein
ums andere Mal zu quälen. Aber das Wasser schenkte ihr
den Glauben, sie könne die Ekel erregende Erinnerung an
ihn wenigstens zum Teil für immer abwaschen.

Ihr fiel wieder ein, dass sie im Zimmer nachsehen wollte.
Sie trocknete sich rasch mit einem Handtuch ab und verließ das Bad. Die Kälte überfiel sie wie ein Messerstich, aber
sie wollte keine Zeit mit Ankleiden verlieren. Sie öffnete
vorsichtig die Tür und trat ein. Es war eine enge, abgedun-
kelte Kammer mit einer wackeligen Schlafstelle und ein paar
auf dem Boden verstreuten Gegenständen, von denen der
auffälligste ein Teller mit Essensresten war. Sie bückte sich
und betrachtete ein Bündel unter mehreren Deckenlagen.
Sie beobachtete es eine lange Weile, als wüsste sie nicht genau, was sie als Nächstes tun sollte.

Schließlich hob sie die Decken ein wenig an und über-
zeugte sich, dass nichts Schlimmes geschehen war. *Er schläft.*
Sie ließ alles wie es war, und ging hinaus. Nachdem sie ein
Badehandtuch über der Brust zusammengeknotet hatte,
kehrte sie in das kleine Wohnzimmer zurück, wo die Lampe
immer noch ihr klägliches Licht gab. Sie bückte sich und
hob die Wachsfigur auf.

Akelos.

Sie verstand selbst nicht, weshalb sie dem Mann nichts
von der Figur gesagt hatte, die wahrscheinlich vorgestern
Abend, als Rulfo und sie sich gestreichelt hatten, vom Tisch
gefallen und in die Ecke gerollt war (jetzt erinnerte sie sich
daran, dass auch die Konservendose heruntergefallen war).
Hätte sie etwas gesagt, dann wäre das Problem schon aus
der Welt.

Nein. Es war richtig so.

Sie stellte einen umgestürzten Stuhl wieder auf die Beine
und setzte sich. Sie hielt die Figur in der Hand.

Es war richtig, stillzuschweigen.

Sie betrachtete das Ding. Es wog nichts. Es war ein Nichts. Die wächsernen Ränder schimmerten mit schwachem Glanz. Sie fragte sich, wieso diese Kleinigkeit, ein Spielzeug fast, eine solche Bedeutung haben sollte. Sie saß ganz still auf dem Stuhl und betrachtete die Figur. Der Stofffetzen vor dem Fenster wurde allmählich heller. Die Frau saß immer noch da und rührte sich nicht. Auf einmal

mittag

war es, als hätte sie einen Entschluss gefasst.

mittag. zenit.

Sie stand auf und ging ins Schlafzimmer. In einer Ecke stand seit langem ein loses Podest. Sie hob es an. Als sie es wieder auf die Erde setzte, waren ihre Hände leer.

Mittag. Zenit.
Der kurz vorausgegangene Regen hatte die Luft rein gewaschen, sie mit Frische gesättigt und mit einem geradezu symbolischen Blau getränkt. Als die junge Frau ins Freie trat, musste sie im Sonnenlicht blinzeln. Sie trug die gewohnte Kleidung: schwarze Lederjacke, Minirock, Stiefel und Strümpfe. Sie durchquerte den Hof, verfolgt von den schweigenden Blicken der Nachbarn. In ihrem Haus redete keiner mit keinem, der nicht zur Familie gehörte. Alle kamen aus verschiedenen Ländern und sprachen unterschiedliche Sprachen. Keiner traute dem anderen, und alle taten recht daran. Sie wohnten zusammengepfercht in ihren winzigen Unterkünften. Sie konnte von Glück reden: Sie hatte eine Wohnung für sich alleine. Patricio hatte ihr das oft gesagt.

Sie suchte eine Telefonzelle, steckte ein paar Münzen in den Schlitz und wählte eine Nummer.

Zu Hause hatte sie keinen Telefonanschluss. Patricio fand das nicht notwendig, weil die Termine im Club vereinbart wurden und weil sie ohnehin außer ihm niemanden anrufen würde. Die Telefonnummer, die sie Rulfo gegeben hatte, war falsch, und Rulfos Nummer war eine der wenigen, die sie besaß.

Aber die wählte sie nicht.

Sie war zu nervös, deshalb legte sie wieder auf. Was tat sie da eigentlich? Als sie einen zweiten Versuch unternahm, war der Hörer schweißnass. Während sie dem Freizeichen am anderen Ende lauschte, versuchte sie ruhiger zu werden.

Plötzlich überfiel sie eine Angst, wie sie noch nie eine verspürt hatte. Sie erschauerte von Kopf bis Fuß, und nicht etwa wegen der von dem Mann mit der dunklen Brille oder von Patricio angedrohten Repressalien. Beide hatten ihr beigebracht, dass es die Hölle gab und zwar hier auf Erden, aber das war nicht das, was sie im Augenblick fürchtete. Es war auch nicht die Angst, die sie in Lidia Garettis Haus oder in deren dunklem Schlafzimmer empfunden hatte, sondern eine viel tiefer sitzende, weitaus ältere Furcht, die sich anfühlte, als hätte die tagtägliche Angst ihre Engelsmaske fallen lassen und starrte ihr jetzt mit leeren Augäpfeln und einem rot glühenden Lächeln ins Gesicht.

Endlich seine Stimme im Hörer:

»Hallo.«

Sie räusperte sich. Sammelte Kraft.

»Ich bin's, Patricio.«

Schweigen.

»Du? Und wer bist du?«

»Raquel.«

»Ach so. Und was willst du?«

Sie hatte ihn bisher nur angerufen, wenn sie eine dringende Bitte hatte. Einige hatte Patricio ihr gewährt, andere nicht. Dass sie es wagte, ihn ohne echte Not zu belästigen, war ganz und gar undenkbar.

»Willst du endlich was sagen oder hat dir ein Kunde die Zunge abgebissen?«

»Ich komme heute nicht in den Club«, sagte sie stockend. Nach dieser Einleitung war der Rest einfacher. »Auch nicht zu den Verabredungen ... Und morgen auch nicht ... Ich werde nie mehr irgendwo hingehen ...« Sie sah förmlich, wie in Patricios kreisrundem Gesicht die Röte aufstieg. Dann fasste sie sich ein Herz und sagte alles. »Ich gehe ... ich steige aus ...«

»Du steigst aus ...? Hör mal, Moment mal, Süße ... Bist du allein?«

»Ja.«

»Willst du mir noch einmal wiederholen, was du gerade eben gesagt hast ...? Ich bin in letzter Zeit etwas schwerhörig. Du steigst wo aus ...?«

Sie wiederholte es noch einmal. Der Hörer schien zu explodieren. Spitz und stechend drangen Patricios Schreie an ihr Ohr.

»Nein, ich gehöre dir nicht, Patricio, nein ...«, murmelte sie mehrmals.

Die Stimme im Hörer wurde noch schriller, noch gereizter. Sie ließ ihn reden. Sie hatte mit Schlimmerem gerechnet und war auf alles gefasst gewesen. Sie wollte keine Diskussion mit ihm anfangen, weil sie wusste, dass sie dabei den Kürzeren ziehen würde.

Doch zu ihrer Überraschung schlug er plötzlich einen milderen Ton an.

»Du machst wohl Witze ... Jeder anderen würde ich das abnehmen, aber dir ... Hör mal, lass uns mal ein ernstes Wort miteinander reden. Was ist passiert ...? Na, sag es mir schon. Es war sicher etwas Schlimmes. Mit einem Kunden, nicht wahr ...? Hab Vertrauen zu mir. Das lässt sich alles wieder zurechtbiegen ...«

»Es ist nichts passiert. Ich will gehen.«

»Einfach so? Ohne irgendwas?«

»Ja.«

Ihr tat der Kopf weh. Sie wollte einhängen. Sie wollte weg. Aber es war noch zu früh.

»Und wann willst du gehen?«

»Heute. Jetzt gleich.«

»Weißt du, wo du heute Nacht schlafen willst?«

»Nein.« Sie stockte. »Mal sehen.«

»Und Kleidung? Hast du Kleidung?«

»Ja.« Sie stockte wieder. »Was ich anhabe. Ich nehme sonst nichts mit.«

»Ohne einen Cent und mit *dem*, wovon du und ich wissen, wirst du nicht weit kommen. Ist dir das klar?«

»Ich komme schon zurecht.«

»Du kommst zurecht, du kommst zurecht ... Du bist einfach nur bescheuert, Ungarin ...«

Auf einem Platz in der Nähe spielten Kinder. Plötzlich zog ein Mädchen ihre Aufmerksamkeit auf sich. Es hatte ein zerschlissenes, dunkelgrünes, längst aus der Mode gekommenes Kleid an, das aussah wie von einem Kostümverleih, und hielt einen roten Ball in der Hand. Aber es war nicht wie die anderen ins Spiel vertieft: Es stand nur still da und schaute etwas an. Trotz der Entfernung war die junge Frau davon überzeugt, dass das Kind sie anschaute. Und lächelte. Auf seiner Brust glitzerte eine Brosche oder ein Medaillon.

»Na bitte, wenn du unbedingt verhungern willst, dann geh doch ... Ich bin nicht der Typ, der jemand gegen seinen Willen festhält. Du hast es geschafft, die gute Seite in mir anzurühren. Ich will dir noch etwas Schotter vorbeibringen ... nur für die Fahrt natürlich, also freu dich nicht zu früh ...«

Wieso wirkte die Gegenwart des Mädchens auf dem Platz so beunruhigend auf sie? Wurde sie langsam wahnsinnig?

Es war nur ein Kind wie jedes andere auch, mein Gott!
Sie wandte ihre Aufmerksamkeit wieder Patricio zu.

»Und auf deinen Dank kann ich verzichten. Du hast mir
einen üblen Streich gespielt, aber du hattest immerhin den
Mut, mich anzurufen ... Und Mut ist etwas, was Patricio
Florentino zu schätzen weiß, hörst du mir eigentlich noch
zu ...? Raquel ...? Bist du noch dran oder bist du schon auf
und davon?«

»Ja, ich bin noch dran, aber ich muss jetzt auflegen. Geld
alle.«

»Natürlich ist es alle, Ungarin. Es ist immer alle. Deshalb
werde ich dir ein paar Scheinchen rüberschieben. Bei der
Gelegenheit kann ich mich gleich von dir verabschieden.«

Sie wollte noch sagen, dass sie kein Geld von ihm annehmen würde, aber das Gespräch wurde unterbrochen. Als
sie die Zelle verließ und wieder hinüberschaute, war das
Kind fort.

Sie begann, Pläne zu machen. Mitzunehmen war nicht viel,
daher dachte sie, es sei vielleicht doch das Vernünftigste, Patricios Geld anzunehmen, damit sie sich das Allernotwen-
digste kaufen konnte. Dann würde sie irgendwo Unterschlupf suchen. Sie brauchte dringend ein neues Dach über
dem Kopf.

Sie hielt den Zettel mit Rulfos Telefonnummer in der
Hand.

Aber sie zögerte. Konnte sie denn jemandem Vertrauen
schenken, den sie gerade erst kennen gelernt hatte? So gesehen verließ sie sich lieber auf Patricio. Er war ein Wolf,
aber nach all den Jahren mit ihm bildete sie sich ein, ihn
gut genug zu kennen. Denn sie wusste, dass der Wolf sie
nicht reißen würde, solange sie ihm keinen Nachteil brachte,
solange sie ihn nicht hinterging.

Sie faltete den Zettel wieder zusammen, wollte ihn aber
nicht fortwerfen. Irgendwie dachte sie, dass Rulfo anders

war als die übrigen Männer, die sie kennen gelernt hatte, und dass sie sich vielleicht später noch mal an ihn wenden könnte. Sie hatte keine Angst vor der Zukunft und war sicher, dass es ihr weder an Nahrung noch an einem Platz zum Leben fehlen würde.

Ihre Hauptsorge galt der Vergangenheit. Es gab viele blinde Flecken in ihrem Leben, und plötzlich hatte sie das Bedürfnis, sie zu füllen. Da waren die Orte, an denen sie gelebt hatte, bevor sie nach Spanien kam. Ihr Heimatland. Ihre Familie. Die Erinnerung an all das lag im Finstern. Patricio nannte sie »Ungarin«, obwohl er zugeben musste, dass er gar nicht wusste, wo sie geboren war. Abgesehen von den letzten grausamen fünf Jahren bei ihm, hatte ihr Gedächtnis nichts als unzusammenhängende Bilder gespeichert: Gesichter, Situationen, Anekdoten ... All das verwirrte sie plötzlich, als hätte sie mit einem Mal bemerkt, dass dies keine echten Erinnerungen waren, dass ihr etwas fehlte, ein Leitfaden, der diese Fragmente verband.

Sie hatte Patricio einmal gefragt, weshalb sie solche Schwierigkeiten hatte, sich zu erinnern. Seine Erklärung war, dass ihre Kindheit und ihre frühe Jugend nicht glücklich gewesen seien, deshalb habe sie sie vergessen. Das hatte sie ihm geglaubt. Bis jetzt.

Sie wollte mehr über ihre Vergangenheit wissen, vor allem im Zusammenhang mit etwas sehr Konkretem, mit dem, was sich in dem geschlossenen Zimmer befand.

Die Zweifel breiteten sich in ihr aus wie eine heimliche Entzündung. Sie verspürte eine neue, unbekannte Angst, aber gleichzeitig wurde sie von einer Kraft durchströmt, die sie in dieser Form noch nicht gekannt hatte. Sie war selbst überrascht, wie sehr sie sich in allerkürzester Zeit hatte verändern können.

Sie ging ins Schlafzimmer. Die Wachsfigur wollte ihr einfach nicht aus dem Sinn gehen. Sie würde sie mitnehmen, das stand fest. Warum, wusste sie nicht, nur, dass es wich-

tig für sie war. Sehr wichtig sogar. Die Figur hatte diese Veränderung in ihr bewirkt, sie hatte sie gestärkt. Daher wollte
sie sie behalten und an einem sicheren Ort verstecken. Wenn
sie sich beeilte, würde der Mann mit der dunklen Brille sie
bei seiner Rückkehr nicht mehr antreffen. Dann wäre sie
schon weit weg und in Sicherheit.

Sie ging neben dem Podest in die Hocke. Im selben Moment drehte sich ein Schlüssel im Schloss, und sie fuhr aus
Furcht, er könnte es doch schon sein, zusammen. Erschrocken verließ sie das Schlafzimmer und stellte fest, dass Patricio gekommen war. Zum ersten Mal, seit sie ihn kannte,
freute sie sich, ihn zu sehen.

»Ich komme, um mich zu verabschieden und dir das zu
geben, was ich dir versprochen habe«, sagte Patricio grinsend.

Dann hob er die Faust und schlug zu.

2

Sie hatten ihm einen Besuch abgestattet, was ihn nicht übermäßig verwunderte. Er hatte nichts anderes erwartet. Die Tür war offen, er brauchte sie nur aufzustoßen und stand in seiner Wohnung. Dabei war er weniger vorsichtig als geboten. Unter anderen Umständen hätte dieser häusliche Überfall ihn sicherlich mehr beunruhigt, aber nach den Erfahrungen des Abends nahm er ihn als simple Anekdote. Er machte Licht und arbeitete sich im Durcheinander voran. Seine Bücher lagen auf dem Boden verstreut wie tote Vögel. Die wenigen Möbel waren ausgeweidet und die umgekippten Schubkästen offenbarten eine Flut von unnützen Papieren, die der Existenz anzuhaften pflegen wie Exkremente. Der Computer schien unbeschädigt zu sein.

Rulfo glaubte zu wissen, wonach sie suchten.

Diese Figur interessiert sie außerordentlich.

Aber mehr noch als das genaue Motiv für das ungewöhnliche Interesse an einer kleinen Wachsfigur beschäftigte ihn die Frage nach dem Grund, weshalb die Damen (wenn sie es gewesen waren, wovon er überzeugt war) sich die Mühe machten, ihn einer solchen Haussuchung zu unterziehen. Wenn sie so mächtig waren, wenn sie sich in der Luft materialisieren und sich in kleine Mädchen verwandeln konnten, warum waren sie dann nicht in der Lage, sich einen Gegenstand, der ihnen gehörte, einfach zurückzuholen? Warum hatten sie es nötig, ihn im Theater zu bedrohen und den Müllhaufen seines Lebens zu durchwühlen?

Er bückte sich und begann, die Bücher aufzusammeln. Er musste unbedingt Raquel anrufen, um sich zu vergewissern, dass alles in Ordnung war. Und er musste César davon abbringen, weitere Nachforschungen anzustellen. Er hatte längst bereut, ihn um Hilfe gebeten zu haben. Ob es sich um eine Sekte handelte oder nicht, die Damen meinten es ernst – das hatten sie bewiesen. Als er einen Band von Paul Celan aufhob, wurde er von einem Augenpaar überrascht, das ihn fixierte.

Beatriz lag hinter Glas und lächelte ihn von einem der zahlreichen Fotos an, die er eingerahmt und im obersten Schrankfach aufgehoben hatte. Ihr unerwartetes Auftauchen ließ ihn mit einem Schlag alles vergessen: seinen Zustand, das Erlebnis im Theater und sogar sich selbst. Er hob das Bild auf und wurde von Erinnerungen überschwemmt. Das Andenken vergeht nie: Es taucht höchstens ins Dunkel. Schon erstrahlte vor Rulfo ein Paar glänzender grüner Augen, lagen zwei sanfte Hände wehrlos da, erscholl das himmlische Arpeggio eines Lachens. *Dein wunderschönes schwarzes Haar, dein sanfter grüner Blick ...* Beatriz betrachtete ihn von ihrer klaren Ewigkeit aus.

Wie oft versuchte er, sich vorzumachen, er sei darüber hinweg und vergesse sie allmählich, aber der alte Schmerz brach immer wieder auf. Was sollte er noch tun? Er hatte um sie geweint, er hatte alles für sie aufgegeben. Was noch? Er hatte den Verdacht, dass dem Schmerz, der weitaus mächtiger ist als die Leidenschaft, der Orgasmus fehlte, der Höhepunkt, das Gipfelerlebnis, damit die Entspannung folgen konnte. An der Lust kann sich das Leben sättigen, aber nach dem Schmerz bleibt es ewig hungrig.

Er sah das oberste Schrankfach offen stehen, kletterte auf einen Stuhl und legte das Bild zu den anderen zurück. Er wollte sich vergewissern, ob noch alle da waren, aber nicht jetzt. Er fand die am Vortag eingekaufte Whiskyflasche unversehrt. *Sehr aufmerksam, danke.* Er nahm sie zwischen die Hände und spürte die Kühle ihres Glases. Dann ging er vollständig bekleidet zu Bett. Er öffnete die Flasche erst, als er ihr mit den Händen seine Körperwärme verliehen hatte.

Er nahm ab, ohne zu wissen, wie oft es geklingelt hatte.

»Salomón, was zum Teufel ist mit dir los … Ich versuche seit Stunden, dich zu erreichen …!«

Der Samstag schwappte ins Zimmer, wo die überbordende Sonne den Schmerz in seinem Kopf unbarmherzig in tausend einzelne Stücke zerlegte.

»Es ist unglaublich, ich schwöre es dir … Ich habe das Buch wiedergefunden, das Rauschen mir damals geschickt hat, *Die Dichter und ihre Damen.* Ich habe die ganze Nacht darin gelesen … Aber ich verrate nichts: Du musst kommen …«

Halten Sie sie da heraus.

»Salomón?«

Halten Sie Ihre Freunde aus der Sache heraus.

»Ja, ich bin noch dran, César.«

»Kommst du nun oder was?«

»Ich glaube, ich kann nicht. Ich habe … eine Menge zu tun … heute.«

Während er krampfhaft nach einer glaubhaften Ausrede suchte, hörte er ein unbefriedigtes Gemurmel am anderen Ende der Leitung.

»Na schön, dann werden wir eben kommen … Wir sind in etwa …«

»Nein, warte. Besser …«

César Sauceda, das wusste er, war wesentlich schwerer zu lenken, wenn er begeistert war, als in seiner Alltagsverfassung. Die Vorstellung, dass die beiden sehen würden, in welchem Zustand seine Wohnung war, jagte ihm einen Schrecken ein. Aber er kannte seinen Exprofessor gut genug:

Selbst wenn er ihm offen ins Gesicht sagte, dass er ihn nicht sehen wollte, würde dieser die Abfuhr geflissentlich überhören und wenig später mit Susana in der Lomontano auftauchen und wie wild auf die Hupe drücken. Er ging also davon aus (besonders mit dem Katerkopfschmerz, der ihn heute plagte), dass es das Vernünftigste war, so zu tun, als ob nichts wäre.

»Dann komme lieber ich. Sag mir, wann es euch passt.«

Er hängte ein, setzte sich auf das Bett und nahm das Chaos der über den Fußboden verstreuten Bücher in Augenschein. Er würde nichts aufräumen, sondern nach einer Dusche und einer heißen Tasse Kaffee direkt zu César fahren und versuchen, ihn davon abzubringen, seine Nase weiter in diesen Dreckhaufen zu stecken.

Aber vorher musste er zwei Dinge nachsehen.

Er schaltete den Computer an, den er im Schlafzimmer installiert hatte, genauso wie den Fernseher, damit im Esszimmer mehr Platz für Bücher war, und ging ins Netz. Während die Seiten auf den Bildschirm geladen wurden, holte er den Zettel mit Raquels Telefonnummer aus der Tasche und tippte sie auf sein Mobiltelefon. Er hörte die Stimme im Hörer, während er seiner gewohnten Suchmaschine die Suchbegriffe eingab. »Die gewählte Rufnummer ist nicht ...« Er wählte noch einmal mit demselben Ergebnis: Raquel hatte ihm eine falsche Nummer gegeben. Warum?

Da erschien auf dem Bildschirm plötzlich eine Schlagzeile:

MANN NIMMT SICH DAS LEBEN, NACHDEM ER SEINE SECHZEHNJÄHRIGE TOCHTER VERGEWALTIGT UND GETÖTET HAT.

Er öffnete die Seite, las den Text mehrmals, sah sich die Fotos an.

Durch seine Adern strömte kalte Panik.

»Also gut. Eins möchte ich vorwegschicken. Wie ich euch bereits sagte, sind die hier geschilderten Fälle nicht dokumentiert. Es gibt also keinerlei objektiven Beweis dafür, dass all das wirklich stimmt, daher fürchte ich, dass kein ernst zu nehmender Wissenschaftler dem Autor die Geschichte abnimmt. Aber ihr kennt mich ja, ich war auch nie wirklich ernst zu nehmen ...«

»Du sagst es«, bestätigte Susana vom Teppich aus. Ihre Kombination aus Seidenhalsband, schwarzer Hose und Bluse bildete einen gelungenen Kontrast zu dem farbigen Persermuster, auf dem sie lag.

Seiner Gewohnheit getreu hatte César mit der Enthüllung seiner Erkenntnisse bis nach dem Essen gewartet. Jetzt, nach dem Kaffee, ging er im Zimmer auf und ab und sah sie über die Ränder seiner blauen Brille hinweg an. Das Buch in seiner Hand war ein unauffälliger Band mit schwarzem Deckel.

»Hier wird beschrieben, wie mehrere berühmte Dichter den Wesen begegnet sind, die der Quell ihrer Inspirationen waren. Aber die sämtlichen Schilderungen zugrunde liegende Idee ist die Überzeugung, dass diese Begegnungen weder zufällig noch Einzelfälle waren. Ganz im Gegenteil: Die Sekte der Damen hatte sie sorgfältig vorbereitet. Und die Wesen, mit denen die Dichter zusammentrafen, sollen übernatürlich gewesen sein.« Susana verzog das Gesicht zu einer spöttischen Grimasse in Rulfos Richtung und kratzte sich am Knie. César warf ihr einen amüsiert vorwurfsvollen Blick zu. »Oh, ich bitte mein wertes Publikum, keine vorschnellen Schlüsse zu ziehen, ehe es alles angehört hat ... Die Geschichte ist nämlich, wie ihr gleich feststellen werdet, sehr gut durchdacht. Der Autor behauptet, dass die Geschichte mit den Damen sehr alt sei und dass viele verschiedene Legenden daraus hervorgegangen seien: die Legende von den Musen, von den Gorgonen, von Diana und Hekate; von Circe, Medea, Enotea und anderen Hexen der klassischen Dichtung; von Cybele und Persephone; von der skandinavischen Völva auf dem Wolfsrücken; von der Renaissance-Hexe mit dem Besen; von der assyrischen Lilitu und der biblischen Lilith; von der Fee Morgana aus der Artussage, von der weißen Schlange, von den Hexen in Macbeth; von Mérimées Venus von Ille, von Keats Lamia, von Shelleys Hexe, von Mozarts Königin der Nacht, von Händels Alcina und Melissa und Haydns Armidia ... Es ist immer dasselbe Schema: mächtige und erbarmungslose Frauengestalten, die irgendetwas mit der Kunst zu tun haben.

Der Dichter und Gelehrte Robert Graves hat in seinem Buch *Die weiße Göttin* als einer der Ersten den Zusammenhang zwischen dieser Legende und der Dichtung hergestellt, aber er hat sich nie zu der konkreten Behauptung verstiegen, ein Dichter würde tatsächlich von einem realen, wenn auch übermenschlichen Wesen inspiriert ... Ihr dürft mich nicht fragen, wie das mit der Inspiration vonstatten geht, sondern müsst euch vorerst mit der Vorstellung begnügen, dass die Damen Wesen mit der Gabe sind, Dichtern schöpferische Anstöße zu geben. In dem Buch steht nicht viel über sie. Aber es bestätigt, dass es dreizehn an der Zahl sind und die letzte niemals benannt wird, genauso wie mein Großvater und Rauschen mir das gesagt haben, allerdings auch ohne dafür eine Begründung anzugeben. Jeder der Damen ist eine Zahl, ein Geheimname und ein Symbol in Form eines goldenen Medaillons zugeordnet. Die Namen sind lateinischen oder griechischen Ursprungs und erinnern an die Hexen der satanischen Tradition ...« Er schlug das Buch an einer von mehreren gekennzeichneten Stellen auf und las: »Baccularia, Fascinaria, Herberia, Maliarda, Lamia, Maleficiae, Veneficiae, Maga, Incantátrix, Strix, Akelos und Saga, die Zwölfte und Letztgenannte ...«

»Was für imposante Namen«, sagte Susana.

»Es sind klassische Hexennamen: Die Hexenlegende geht auf die Damen zurück, deshalb haben sie auch dieselben

Namen. Ich habe euch ja bereits erzählt, dass Laura, Petrarcas Muse, in Wirklichkeit Baccularia, die erste Dame, war. Fascinaria, die zweite, hat Shakespeare inspiriert: Sie war die Dunkle Dame in seinen Sonetten. Dann ist von der Begegnung der dritten, Herberia, mit Milton die Rede; von der vierten, Maliarda, mit Hölderlin; von der fünften, Lamia, mit Keats; von der sechsten, Maleficiae, mit William Blake ... Und so weiter bis zu Borges, der Saga begegnet ist. Ich kann mir vorstellen, was ihr jetzt denkt: Das Ganze ist ein Ammenmärchen mit literaturtheoretischem Anstrich. Ich denke übrigens genauso, allerdings hat der Wahnsinn Methode, wie der Dichter sagen würde.«

Susana schlug die Beine übereinander und saß im Schneidersitz auf dem Teppich. Sie hatte sich gerade einen Joint angezündet.

»Fassen wir zusammen«, sagte sie. »Im Laufe der Geschichte haben irgendwelche geheimnisvollen Wesen in der Gestalt wunderschöner Frauen ...«

»Oder attraktiver Männer«, ergänzte César, »oder auch von Greisen oder Kindern ... Sie können jede Erscheinung annehmen und als jede Person auftreten ...«

»... sich der Aufgabe gewidmet, die Dichter zu inspirieren. Nun gut. Aber wozu? Welches Interesse haben sie damit verfolgt?«

»Das ist der gordische Knoten. Das große Geheimnis. Ihr müsst bedenken, dass die Musen auf sie zurückgehen, also die Vorstellung von Göttinnen, die den Künstlern den nötigen schöpferischen Atem einbliesen ... Aber ... weshalb?« Césars Lächeln breitete sich jetzt auch auf die übrigen Gesichtspartien aus.

»Du hast es schon herausbekommen«, diagnostizierte Susana, während sie die Finger durch ihre Mähne zog. César machte ein geheimnisvolles Gesicht. »Du weißt es schon, zum Teufel mit dir!«, lachte sie und warf mit einem Kissen vom Boden nach ihm.

Für sie ist es nur ein Spiel, dachte Rulfo, *eine von den häuslichen Orgien, wie sie sie früher an den Wochenenden mit Freunden improvisiert hatten.*

Er beteiligte sich nicht an der allgemeinen Erheiterung. Eine wachsende Angst krampfte ihm den Magen zusammen. Aber er merkte, was hier vor sich ging: Dank dieses ungeplanten Abenteuers fühlten sich César und Susana in die alten Zeiten zurückversetzt, tauschten Blicke, lächelten sich komplizenhaft an, setzten die ganze Palette von Gesichtsausdrücken aus der Intimsprache eines Paares ein, das sich nach einer Phase der Abkühlung wieder annähert. Er musste eingreifen und verhindern, dass sie immer tiefer in die Sache hineinrutschten.

»Na los, willst du es uns nicht erzählen?«, bat Susana.

»Immer mit der Ruhe, nicht so ungeduldig ... Den Schlüssel habe ich in der Begegnung von Milton mit Herberia entdeckt, der Dritten, der ›Strafenden‹. Der Zusammenhang ist der: Der englische Dichter John Milton unternahm in jungen Jahren von 1638 bis 1639 eine Italienreise. Das ist streng historisch. Aber hier wird außerdem behauptet, dass er während seines dortigen Aufenthaltes mit der Sekte in Kontakt gekommen sei und an einigen ihrer absonderlichsten Rituale teilgenommen habe. Übrigens haben dem Buch zufolge nur sehr wenige Dichter überhaupt je von der Existenz der Sekte erfahren. Milton war einer von ihnen. Er bekam Herberia sogar in der Gestalt einer toskanischen Frau namens Alessandra Dorni zu Gesicht. Er sah sie bei einem Ritual in der Sonne tanzen und wohnte am Abend desselben Tages

die Flammen

einer Strafsitzung in der Höhle bei, wo sie ihre Zusammenkünfte hatten. Na, Susana, jetzt ziehst du schon wieder dieses ungläubige Gesicht... Ich bitte dich, einfach bis zu Ende zuzuhören

die Flammen tanzten vor seinen Augen

und dir dann eine Meinung zu bilden ... Ich werde euch
den Abschnitt vorlesen, in dem die Strafsitzung beschrieben
wird ... Bereitet euch vor, das Seltsamste zu hören, was euch
jemals zu Ohren gekommen ist ...«

Die Flammen tanzten vor seinen Augen.
Hypnotische, Funken sprühende, züngelnde Flammen.
Diesem erstaunlichen Körper ähnlich, den er in der men-
schenleeren Heide außerhalb von Florenz erblickt hatte.
Er wurde durch ein Roggenfeld zu einem Felsmassiv ge-
führt. Dort befand sich unter einer Silberader der Eingang.
Seinem Führer, einem siebzehnjährigen jungen Mann aus
Ravenna mit einem dunklen Kittel aus grobem Sackleinen,
stand die Angst ins Gesicht geschrieben. Er selbst – ein
wohlerzogener, englischer Edelmann von untadeligen Ma-
nieren – war keineswegs entspannter. Unterwegs hatte er
sich vieles ausgemalt, Absurdes und Schreckliches, aber er
landete jedes Mal bei jenem Leib, jener Schlange in Men-
schengestalt: Alessandra Dorni. Trotz der Angst, die er ver-
spürte, hatte er den Wunsch, sie wiederzusehen.
Sie hatte ihm das Versprechen dazu gegeben.
Aber man hatte ihm ebenfalls versprochen, dass er als-
bald wünschen würde, ihr niemals im Leben begegnet zu
sein.
Sie stiegen die steinernen Stufen zu einer geräumigen Fel-
senhöhle hinunter, die vom Licht aus zahlreichen Räucher-
schalen erleuchtet war. Der Boden im Eingangsbereich war
mit Mosaiken im pompejischen Stil ausgelegt, während an
den Wänden Bilder von hunderthändigen Giganten aufrag-
ten und sich bis zur Decke emporstreckten. Der weitläufige
Saal lag im Felseninneren verborgen. In seiner Mitte stand
ein steinerner Altar, mit schwarzen Paramenten verhüllt und
von Flammen umgeben. Ein Spiegel mit Rahmenleuchtern

zierte die Stirnseite, wo zu beiden Seiten je eine kleine Treppe in eine höher gelegene Kammer führte. Im Chor stand eine schweigende Gruppe von Maskierten. Es herrschte eine solch eisige Kälte, dass der junge Milton den Umhang fester zog.

Die Stimmung war erwartungsvoll. Alle harrten der bevorstehenden Bestrafung.

Der Verurteilte und Milton trugen als Einzige keine Masken. Ersterer stand in eine weiße Tunika gekleidet neben dem Altar. Auch ohne gefesselt zu sein, schien er nicht in der Lage oder nicht gewillt, sich zu rühren. Sein Gesichtsausdruck erinnerte an ein Lamm. Er war ein Mann in mittleren Jahren mit einem struppigen Bart. Milton wusste, dass er verurteilt worden war, weil er an verbotener Stelle von ihnen gesprochen hatte. Und er vermutete, dass man ihn zur Teilnahme an jener Vollstreckung aufgefordert hatte, um ihn seinerseits aufs Schärfste zu verwarnen.

Während er in die hellen Flammen sah, entsann er sich seiner letzten Unterredung mit einem Sektenmitglied in Florenz, einem nicht unbedeutenden Hierophanten. Dieser hatte ihm einiges erläutert: den Namen und das Symbol einer jeden Dame, das sagenhafte Alter der Sekte, die von ihr hergestellten Wachspüppchen, Imagos genannt, die ihnen ewiges Leben verliehen ... Und ihr Anliegen, Dichter kennen zu lernen und zu inspirieren. An dieser Stelle hatte er ihn unterbrochen und gefragt, weshalb sie das täten. Doch der Hierophant war ihm die Antwort schuldig geblieben und hatte ihm lediglich empfohlen, an der für den Abend anberaumten Strafsitzung teilzunehmen.

Dort war er nun, weil er sich einen Aufschluss über jenes letzte Rätsel erhoffte.

Eine Bewegung auf einer der beiden Treppe im hinteren Teil der Höhle ließ ihn aufmerken.

Der Knabe mit dem langen schwarzen Haar und den roten Lippen mochte nicht älter als zwölf Jahre sein. Er trug eine zinnoberrote Tunika und wurde von einem der Hierophanten am Arm geführt. Sie stiegen in der angespannten Stille die Treppe herab und traten vor den Altar. Die großen dunklen Augen des Knaben waren weit geöffnet. Als er den Verurteilten sah, wollte er hingehen, aber die Hand an seinem Arm belehrte ihn eines Besseren.

»Wer ist das?«, fragte Milton den Maskierten, der ihm am nächsten stand.

»Sein jüngster Sohn. Er wird mit seinem Sohn bestraft. So machen sie es immer.«

Niemand sprach oder schrie. Die Stille in der Höhle erweckte den Eindruck, als würde dort der Tod mehr Raum einnehmen als das Leben.

Noch eine Bewegung. Diesmal auf der gegenüberliegenden Treppe.

Milton erkannte sie auf Anhieb. Alessandra Dorni schleifte den weiten Saum einer langen Tunika mit versilberten Arabesken hinter sich her, als sie mit der größten Gleichgültigkeit, hoch erhobenen Hauptes die Treppe hinunterschritt, das wunderschöne Gesicht undurchdringlich und das schlangenförmige goldene Medaillon zwischen ihren Brüsten leise schaukelnd. Unten angelangt, schritt sie mit denselben mechanischen Bewegungen zum Altar, während die Sektierer bei ihrem Vorbeizug in die Knie gingen und der Verurteilte den Blick abwandte.

Alessandra Dornis Augen sprühten Funken, die so grün waren wie das Meer bei sinkender Sonne. Ihre alterslosen Augen würden Milton für immer unvergesslich bleiben, ebenso wie ihre bleichen Wangen und dieses sonderbare, wie von einem Maler, der keine Fröhlichkeit gekannt hatte, gezogene Lächeln.

Herberia. Die Strafende.

Dem Knaben wurde die leichte Tunika ausgezogen, und ein schneeweißer Leib erschien neben dem schwarzen Gewand des Sektierers, der ihn am Arm gepackt hielt. Ein wei-

terer Akolyth mit einem rotbraunen Umhang hielt nun der Dame ein kleines Trinkhorn hin. Alessandra tauchte die Finger hinein, und als sie wieder zum Vorschein kamen, waren sie rot verfärbt. Sie begann, etwas auf die Brust des Knaben zu schreiben, über die schmalen Rillen seiner Rippen, während ihre sanfte Stimme durch die Höhle schwebte und von den Wänden widerhallte. Obwohl der junge Milton noch nie ein solches Italienisch vernommen hatte, erkannte er den Vers, den die Dame rezitierte, während sie den jungen Körper damit beschrieb. Der Maskierte neben Milton wusste ebenfalls Bescheid.

»Dante ...«, murmelte er, und Milton bemerkte ein unüberhörbares Zittern in seiner Stimme. »Dante ist für einen Erwachsenen eine sehr grausame Strafe, aber für ein Geschöpf wie dieses verbietet er sich geradezu ...«

Alessandra war zum Ende gekommen. Einen Augenblick schien es, als geschähe nichts: Das Kind mit den noch feuchten Buchstaben auf der Haut wand sich in den Händen dessen, der es gefasst hielt.

»Ich empfehle Ihnen, jetzt wegzuschauen, Signor Milton ...«, flüsterte der Sektierer.

Aber dafür war es zu spät. Die Szene hatte seine Neugier angelockt wie der Honig die Fliegen.

Plötzlich öffnete der Knabe den Mund und schrie.

Als er miterlebte, was dann geschah, wusste John Milton mit absoluter Gewissheit, dass ihn das den Verstand kosten würde.

Oder das Augenlicht.

»Es war Letzteres, was er einbüßte. Jahre später wurde er blind.« César lächelte. »Das Ganze ist natürlich frei erdacht, eine Art Metapher als Erläuterung für die Entstehungsgeschichte von Miltons *Das verlorene Paradies*, das er nach seiner Erblindung seiner Tochter und dem Schriftstellerkollegen Andrew Marvell in die Feder diktierte. Ein sonderbares Buch übrigens, das Satan mit einer gewissen Milde beschreibt und Gott als einen rachsüchtigen Herrscher. Der Bericht schließt mit der Behauptung, Milton sei allein durch eine gewisse Umnachtung dem Wahnsinn entronnen: Es sei ihm gelungen, fast alles, was er damals in der Höhle erlebte, zu vergessen, nur die Augen, die ein weitaus schärferes Gedächtnis haben als der Geist, hätten beschlossen, vorzeitig zu sterben.«

Susana stieß einen Seufzer aus, als hätte sie die ganze Zeit die Luft angehalten.

»Was für ein Blödsinn. Und die ganze Folter war, dass man dem Jungen einen Dante-Vers auf die Brust geschmiert hat?«

»Und ihn rezitiert. Das ist es, was der Autor ›Tefillin‹ nennt: Verse, die bei der Rezitation auf einen Gegenstand oder einen Körper geschrieben werden. Dadurch wird ihre Wirkung dauerhafter und intensiver ... Ja, ihre ›Wirkung‹, du hast richtig verstanden, Susana ... Aber ich greife meiner eigenen Erläuterung vor. Wie gesagt, die Geschichte ist fiktiv, aber sie enthüllt metaphorisch das von Milton gesuchte ›Geheimnis‹, das Hauptmysterium der Legende: Weshalb inspirieren die Damen die Dichter ...?« César unterstrich diese Rede mit einer bedeutungsvollen Gebärde in ihre Richtung. »So wie ich es verstehe, geht es bei dem ›Geheimnis‹ um Folgendes: Unsere menschliche Sprache ist alles andere als harmlos. Wir können das tagtäglich nachprüfen, auch in den Reden von Fanatikern und Politikern ... Worte verändern die Wirklichkeit ganz real, sie bewirken etwas, aber nur, wenn sie in einer bestimmten Form und Reihenfolge gesprochen werden. Früher hat man solche Aneinanderreihungen von teils sinnentleerten Machtworten auf kleine Tafeln oder Pergamentrollen geschrieben, und zwar keineswegs zu künstlerischen oder ästhetischen Zwecken. Allerdings kannten diejenigen, die die Macht des Wortes beherrschten, nur einige von den endlosen Wortkombinatio-

nen mit Zauberkräften in allen Sprachen. Um noch weitere
ausfindig zu machen, benötigten sie die Hilfe von Außen-
stehenden. Deshalb beschlossen sie, ihre Suche in eine
Kunst, eine Ästhetik zu verwandeln. Auf diese Weise entstand einst die Dichtung und nahmen die ersten Dichter ihr
Werk auf.« Er machte eine Pause und schaute sie an. »Die
Dichter befassen sich ja bekanntlich damit, Wortreihen zu
komponieren, Verse genannt, deren Bedeutung sie bisweilen selbst nicht ganz verstehen. Die Damen (die Wesen also,
die im Laufe der Zeit die Herrschaft über diese ausgedehnte
Macht gewannen) sind in der Lage, wahrzunehmen, welche
Dichter das größte kreative Potenzial besitzen. Sie nehmen
die Gestalt wunderschöner Kreaturen an, inspirieren die
Dichter und durchsuchen anschließend ihre Werke nach jenen Zeilen, die eine Wirkung erzielen können – die so genannten ›Machtverse‹. Der Autor dieses Buches vergleicht
die Dichter mit ›Wünschelruten‹, ihr wisst doch, diese Ger-
ten, die angeblich ausschlagen, wo etwas Verborgenes liegt
… Das ist ein gutes Bild. Die Damen benutzen die Dichter,
um die machtvollsten Sprüche aller Sprachen zu finden.«
    »Jetzt verstehe ich …«, Susana schien begeistert. »Das ist
eine faszinierende Idee, findest du nicht, Salomón? Mal sehen, ob ich es richtig verstanden habe: Worte bringen etwas hervor, nicht wahr …? Ich nehme an, dass einige etwas
Gutes hervorbringen und andere etwas Schlechtes … Und
die Dichtung hat dazu gedient, dieses Geheimnis über die
Jahrhunderte weiterzugeben … So können zum Beispiel in
einem Sonett von Neruda oder in einem Gedicht von Lorca
Worte versteckt sein, die … was weiß ich … Worte, die,
wenn man sie rezitiert, uns durch die Luft fliegen lassen, ist
das so gemeint …?« Sie biss sich auf den Daumen, während
sie lachte.
    »Du musst bedenken, Susana, dass nicht jeder Vers Zau-
berkraft besitzt«, wandte César ein. »Dieser Theorie zufolge
ist die Dichtung zum größten Teil reine Ästhetik und dient

155

dazu, die Wahrheit zu verhüllen, um es mal so zu sagen. Selbst die stärksten Gedichte enthalten jeweils nur wenige wirksame Verse. Insofern ist es nicht ganz einfach, sie zu finden, und noch schwieriger, sie zu rezitieren: Das können nur die Damen.« Er wandte sich Rulfo zu und lächelte.»So weit so gut, aber das Erstaunlichste sind doch die Parallelen zu deiner Geschichte, Salomón, findest du nicht …? Das Ding, das ihr beide, die junge Frau und du, aus dem Aquarium gefischt habt, könnte eine ›Imago‹ sein, diese Figur, durch die sie ewig leben, und die Verse von Vergil und Dante, auf die ihr gestoßen seid, waren vielleicht ›Tefillin‹ und haben bewirkt, dass sich die Haustür von selbst öffnete, dass das Licht des Aquariums anging und dass ihr das Bild meines Großvaters und die Imago gefunden habt … Eine sonderbare Geschichte, in der Tat. Vollkommen irreal, aber nicht schlecht konzipiert. Wirklich …« Césars Blick wurde träumerisch. »Vielleicht könnte sie sogar wissenschaftlich gestützt werden? Was wissen wir schon von der Materie? Es könnte ja sein, dass die Wellen, die wir beim Reden aussenden, die Elektronenschale so verändern können, dass dadurch große Veränderungen in der Wirklichkeit entstehen …? Wenn man bedenkt, dass bei allen Zaubersprüchen die klangliche Komponente, das ›Abrakadabra‹ und solches Zeug, Tradition hat … Was wäre, wenn genau diese Komponente die wahre Ursache für ihre Wirkung ist …? Und denkt nur an Gebete, an die Fürbitte der Heiligen, die nach dem Volksglauben bestimmte Dinge bewegen können … Ihr erinnert euch doch, dass Gott das ›Wort‹ ist und die Welt durch das Wort erschaffen hat … Und der Begriff Dichtung, also ›Poesie‹, geht auf das griechische *poiesis* zurück und bedeutet ›Schöpfung‹. Könnten dies alles nicht vage Bilder für die verborgene Macht der Sprache und ihre geheime Weitergabe durch die Dichtung sein …? Ah, Susana, ich sehe, dass sich dein Gesichtsausdruck verändert hat. Du bist nicht mehr so skeptisch.« Nach einer effektheischenden Pause klappte er das Buch mit einem solchen Knall zu, dass Susana und Rulfo blinzeln mussten. »Aber, wie gesagt, es handelt sich lediglich um die Phantasie eines eher mäßigen Autors ...«

»Herberia, du schöne und schreckliche Göttin, vergib deiner Sklavin Susana, aber ich muss diese spannende Versammlung verlassen, wie schade.« Sie streckte die schlanken Arme aus. »Ich kann beim Essen mit den Bossen vom Theater heute Abend nicht fehlen ... Die werden nämlich die Kohle für mein Projekt lockermachen. Außerdem kann es sein, dass auch ein paar Journalisten kommen; die kann ich dann über Lidia Garetti ausfragen ... Ich gehe duschen. Sehe ich dich noch, bevor ich losmuss, geliebter Schüler Rulfo?«

»Möglich«, sagte Rulfo.

»Wenn nicht, bin ich sicher, dass wir uns ab jetzt öfter sehen werden ... Wir haben ein großes Mysterium zu lösen, stimmt's, César?«

César äußerte sich nur undeutlich, und Rulfo bemerkte, dass ein Unbehagen in ihm aufstieg. *Er setzt die Angelegenheit ein wie eine Süßigkeit, mein Gott. Als ob er mit einem Kind zusammenlebt und ihm ein Bonbon hinhält, damit es nicht weggeht.*

»Können wir miteinander reden, César?«, fragte er, als Susana die Treppe hochging und sich die Schlafzimmertür hinter ihr schloss.

»Wir reden doch die ganze Zeit.«

»Was hältst du davon, wenn wir im Zimmer weiterreden? Gibt es das noch?«

César schien zu verstehen. Seine Augen leuchteten auf.

»Ja, komm mit.«

Das »Zimmer«, wie die Mitglieder von Césars literarischem Zirkel es nannten, befand sich neben dem Wohnzimmer. Es handelte sich um einen kleinen Raum, von seinem Besitzer vorsorglich mit Milchglas versehen, um ihn vor fremden Blicken zu schützen. Dort stand ein großer Fernseher neben den Videobändern, die sie während ihrer Feiern und Gesellschaftsspiele aufgenommen hatten. Der weiche weiße Teppichboden lud zur Nacktheit ein, und dieser Einladung war Rulfo mehr als einmal gefolgt. Inzwischen gehörte all das der Vergangenheit an, und das »Zimmer« wurde nur noch für Gespräche unter vier Augen benutzt, die nicht im Wohnzimmer oder im Schlafzimmer mitverfolgt werden sollten.

Als César die Tür schloss und für ihre Ungestörtheit sorgte, sagte Rulfo:

»Lass die Finger davon, César.«

»Wovon?«

»Von dem Thema. Schluss aus. Kümmere dich um etwas anderes und heiz Susana nicht noch mehr an.«

»Spinnst du?«

»Ja«, gab Rulfo zu. »Denkt das meinetwegen. Ich bin verrückt geworden. Ich habe mir Dinge ausgedacht, die es nicht gibt. Ich war noch nie im Haus von Lidia Garetti. Das sind alles Hirngespinste.«

Das Lächeln auf Césars Gesicht war verschwunden, lange bevor Rulfo ausgeredet hatte. Er sah ihm jetzt fest in die Augen.

»Was ist passiert, Salomón?«

Rulfo entschied, es ihm zu erzählen. Er erging sich nicht in Details, lieferte ihm aber die Eckdaten seiner Erlebnisse vom Vorabend: das Mädchen in dem kaputten Kleid, das Theater, die Durchsuchung seiner Wohnung. Als er das Gespräch mit Blas Marcano wiederholte, hatte er das Bedürfnis, sich zu übergeben.

»Blas Marcano Andrade, Theaterintendant, du kannst ihn im Internet suchen … Er hat 1996 seine siebzehnjährige Tochter Soraya Marcano vergewaltigt und umgebracht, dann hat er Selbstmord begangen. Aber ich *habe heute*

Nacht mit ihm gesprochen und seine Tochter gesehen ...
Frag mich nicht, wieso, aber ich bin sicher, dass sie es waren. Vielleicht war Marcano ein Sektierer, den sie für eine Indiskretion bestraft haben, wie den Mann in der Geschichte über Milton. Ich verstehe zwar nicht, wie, aber ...«
César nahm die Brille ab und ließ sich ganz langsam auf dem breiten Sofa mit der glänzenden, von Knöpfen verzierten Lehne nieder, das den kleinen Salon dominierte.
»Das ist ja ungeheuerlich«, flüsterte er. »Niemals hätte ich gedacht, dass ...! Oh, bitte ...! Sogar ... sogar als ich das Buch zu Ende gelesen hatte, dachte ich, das Ganze wäre ein Märchen, eine Legende, vermischt mit der Erinnerung an meinen Großvater und dem, was du erlebt hast ... Bitte ...! Ist dir eigentlich klar, was das bedeutet ...?«
»Ich habe dir das nicht erzählt, um dich noch mehr dafür einzunehmen, César, im Gegenteil. Diese Leute sind gefährlich.«
»Zweifellos. Für mich ist jetzt vollkommen klar, wie gefährlich sie sind. Aber wenn du ihnen die Figur zurückgibst, werden sie dir nichts tun. Ganz gleich, auf welchem Weg sie zu dir gelangt ist, sie gehört dir nicht. Sie gehört ihnen.«
»Es geht nicht darum, ob ich sie ihnen zurückgebe oder nicht. Es geht darum, dass ihr diese verfluchte Sache ein für alle Mal vergessen sollt und dass ich bereue, euch je davon ...«
»Ich kann dir noch nützen, mein lieber Schüler«, gebot César ihm mit einer Geste Einhalt. »Um Herbert Rauschen ausfindig zu machen, vergiss das nicht ... Er ist der Einzige, der uns mehr sagen kann als das, was wir schon wissen. Er kann uns nämlich über etwas aufklären, was nicht in dem Buch steht: über die dreizehnte Dame ... Was glaubst du, weshalb er so darauf gedrungen hat, mir das zu sagen? Und weshalb sie in dem Buch unerwähnt bleibt ...?«
»Rauschen haben sie inzwischen bestimmt längst zum

Schweigen gebracht. Und mit euch werden sie dasselbe machen, wenn ...«

»Und was ist, wenn nicht ...? Wenn er sich irgendwo versteckt ... und wir mit ihm reden können oder mit irgendjemandem, der das Gleiche weiß, was er weiß ...?«

»Ich will nichts mehr davon hören!« Rulfo schnitt ihm das Wort ab. »Ich will nur eins: dass das Ganze aufhört.«

»Salomón.« César streckte den Arm aus und schaltete die Stehlampe neben dem Sofa an. In ihrem samtenen Licht sah sein Gesicht zweigeteilt aus wie eine Mondphase. »Die Dichtung ist mein wichtigster Daseinsgrund. Und auch deiner, gib es zu. Ich kenne dich und weiß, dass du genauso ungläubig bist wie ich, nur nicht so schamlos ... Ein oberflächlicher Hedonist. Trotzdem hatten wir immer ein Sakrament, einen Gott, eine Ethik, und das ist die Dichtung.«

»César ...«

»Lass mich ausreden, Schüler Rulfo. Ich war es, der dir die Liebe zur Dichtung nahe gebracht hat. Willst du das leugnen? Willst du auch leugnen, dass dich meine Vorlesungen faszinierten und dass die Rezitationen, die wir hier in diesem Raum mit Susana, Pilar, Alvaro, David und all den anderen improvisiert haben ... Mit all den Leuten, die wie du schon lange nicht mehr herkommen ... Du und ich, wir sind aus demselben Holz geschnitzt: Die Dichtung entwaffnet und besiegt uns. Heute ist sie der Genuss einer Minderheit, aber wir beide haben immer gewusst, dass es in ihr einen Abgrund gibt ... Genau das war es, was mein Großvater den ›reinsten Horror‹ nannte. Und jetzt – was ist jetzt passiert ...?«

»César, hör mir zu ...«

»Lass mich zu Ende reden!« Ganz gegen seine Gewohnheit sprang César mit einem Satz auf und hob die Stimme. »Was ist jetzt passiert ...? Wir haben diesen Abgrund gefunden und einen Blick hineingetan. Wir können ihn sehen. Und ich bin sicher, dass du springst. Da bin ich sicher. Du

wirst springen. Die Versuchung ist einfach zu groß ... Und
wieso willst du mir dann verbieten, dass ich, der Ältere von
uns, der das Leben nicht mehr vor sich hat wie du, auch
springe?«
»Und Susana?«, fragte Rulfo sanfter und wies auf die Tür.
»Willst du sie an der Hand nehmen und sie zwingen, mit dir
zu springen?« Rulfo spürte, wie ihm der Kragen platzte. »Sag
mal, merkst du eigentlich gar nicht, was du tust ...? Du biegst
dir die Sache zu einem weiteren faszinierenden Thema à la
Sauceda zurecht ...! Aber diesmal ist es die bittere Wahrheit,
mein hochverehrter Professor! Ich weiß nicht, wie und warum, aber es ist etwas ganz Reales und Gefährliches ...! Hier
geht es nicht mehr darum, Geister zu beschwören, mit Pâté
bestrichene Hostien zu futtern oder den Teufel anzurufen,
während Susana nackt als Altar posiert und du in der Verkleidung von Anton Szandor La Vey auftrittst ...! Das hier
ist real!« Er bemerkte, wie er ins Schwitzen kam. Mit ge-
senkter Stimme fügte er hinzu: »Und sehr gefährlich.«

»Gib ihnen die Figur zurück, dann werden sie uns in Ruhe
lassen«, sagte César nach einer Weile todernst.

»Woher weißt du das?«

In diesem Augenblick ging die Tür auf, Susana stand im
Bademantel da und lächelte sie an.

»Na, was tut ihr zwei hier? Konspirative Sitzung?«

Die beiden Männer sahen sie an und lächelten gleichzeitig.

»Ich wollte gerade gehen«, sagte Rulfo. »Danke für das
Mittagessen.«

Das Licht des Herbstnachmittags senkte sich schon, als er
auf die Straße hinaustrat. César hatte Recht: Er würde ihnen die Figur zurückgeben. Er würde ihnen diese verfluchte
Figur wiedergeben, wenn es das war, was sie wollten.

Er stieg ins Auto und wünschte sich mit aller Kraft, den
Weg zu Raquels Wohnung zu finden.

4

Patricio Florencio zündete den Gaskocher an und drehte den Hahn bis zum Anschlag auf. Trotzdem blieb die kleine blaue Flamme schwach. Sein Kaffee in der soeben gefüllten Espressokanne würde eine Weile brauchen, bis er aufgebrodelt war. Er presste einen Fluch zwischen den Zähnen hervor: Die Küche war genauso schlimm wie der Rest. Aber sie hatte nichts Besseres verdient.

Beim Warten schenkte er sich noch ein Glas Rum aus der Flasche ein, welche die junge Frau extra für ihn in dem kleinen, halb leeren Hängeschrank aufhob. Abgesehen davon standen noch verschiedene Konservendosen darin. Patricio betrachtete sie einen Moment, dann nahm er eine nach der anderen heraus und warf sie in den Mülleimer. *Wenn sie was essen will, soll sie mich gefälligst darum bitten.*

Er trank sein Glas Rum in einem Zug leer und schenkte sich ein zweites ein. Es war kalt, eiskalt in dieser Lotterbude und stank zum Gotterbarmen. Sie sollte in Zukunft ihre Wohnung ordentlicher putzen, er selbst würde ihr beibringen, wie das ging. Er würde ihr noch so manches beibringen, der Ungarin.

Patricio Florencio war stämmig und von kleiner Statur. Er hatte Kopf und Gesicht vollständig rasiert, bis auf einen schwarzen Haarkranz, den er um den Mund trug: Schnurr- und Kinnbart im gleichen Ton wie die dichten Augenbrauen. Aus dem oben offenen weißen Hemd wuchs das Dickicht seiner Brustbehaarung. Und er schwitzte. Er schwitzte immer. Der Schweiß und er standen nicht auf bestem Fuß miteinander, aber sie fügten sich ins Unvermeidliche eines gemeinsamen Schicksals wie ein siamesisches Zwillingspaar, das sich ein Organ teilt. Schon als Kind war sein Schweißfluss erheblich gewesen, ja fast schien es ihm, als habe er, wie die Schnecke ihren Schleim, eine Schweißspur durch das ganze Leben hinter sich hergezogen, von einer traurigen Kindheit in den staubigen Straßen eines guatemaltekischen Dorfes bis zum Erwachsenenalter in Europa. Seine Mutter, seine geliebte Mutter, Gott hab sie selig, pflegte zu sagen: Schwitzen ist gut, weil man davon abnimmt. Seine sanfte, gütige Mutter spanischer Herkunft war die einzige Frau, die Patricio je wirklich geliebt hatte. Mamá war nämlich noch eine richtige Frau gewesen, eine, wie es sie kaum noch gibt, wohlerzogen, kühl und so tugendhaft wie eine Statue. Es kam vor, dass Patricio ihr nachts im Traum rote Rosen überreichte – eine Geste, die er ihr nie erwiesen hatte und für die es jetzt zu spät war. Aber er wusste, dass ihre Dankbarkeit im Himmel genauso groß war, wie sie es auf Erden gewesen wäre. Unter den Huren dieser Welt ist eine ehrbare Frau ein vierblättriges Kleeblatt, Silvina. Mamá, ja, das war noch eine echte Frau, ich schwöre es dir, Silvina. Mamá, die hat Rosen wirklich verdient.

Er kehrte ins kleine Wohnzimmer zurück und sah sie an. Die junge Frau kauerte immer noch in einer Ecke auf dem Boden. Er hatte ihr nur eine kleine Abreibung verpasst, obwohl sie mehr verdiente, aber er wollte sich nicht selber schädigen. Eine kaputte Ware ist schließlich ihr Geld nicht mehr wert, das ist allgemein bekannt. Er hatte sich also darauf beschränkt, ihr nur einmal mit der Faust auf den Unterkiefer und einmal in die Magengrube zu schlagen. Zwar troff jetzt das Blut von ihren Lippen, aber es würde keine Spuren hinterlassen, und der Anblick einer geringfügigen Verletzung würde die Kunden eher noch erregen.

Bald würde sie wieder wohlauf sein, sie war ein zähes Mädchen.

Gut gelaunt und vom Rum gestärkt, kehrte er mit Kaffeedurst in die Küche zurück, aber die Espressomaschine war noch immer kalt. Er fluchte vor sich hin: Diese Flamme war kälter als eine Leiche. Er würde warten müssen. Das hasste er. Er war schon immer sehr ungeduldig gewesen, aber seine andere Seite (die mütterliche vermutlich) war vernünftig und mahnte ihn zur Ruhe.

Dank dieser Vernunft hatte er es geschafft, sich mit einem florierenden Geschäft zu etablieren. Es kam nicht von ungefähr, dass er den angesehensten Club für illegale Prostitution in ganz Madrid führte. Er hatte seine Geschäftspartner, das schon, aber er war der Kopf: Die anderen besorgten nur das Geld. Außerdem war er einer der Ersten gewesen, die sich den osteuropäischen Markt erschlossen hatten. Seine werten Kunden behaupteten zwar, sie seien keine Rassisten, aber Patricio entging nicht, dass sie von Filipinas und Südamerikanerinnen im Grunde genug hatten und weiße westliche Mädchen bevorzugten. Die konnten sie jetzt haben. Und dazu Frauen, die nicht unbedingt Prostituierte waren, sondern in ihren Heimatländern Universitätsabschlüsse hatten, gebildete Frauen, die es gewohnt waren, ihren Körper zu pflegen, verheiratete und unverheiratete Auswanderungswillige, die eine bessere Zukunft suchten. Außerdem Frauen, die noch gar keine waren: weibliche Entwürfe, Mädchen von zartem Alter, von ihren eigenen Familien an ihn verkauft. Er tat ihnen ja nichts Böses, im Gegenteil, er bot ihnen die Gelegenheit, in einem Land zu arbeiten, das die Schlupflöcher für Fremde mehr und mehr schloss. Nach ein paar entbehrungsreichen Jahren konnten sie mit einem hübschen Sümmchen nach Hause zurück. Wem schadete das schon?

Nun ja, wie überall gab es natürlich auch in diesem Gewerbe Unterschiede. Und Patricio musste akzeptieren, dass Raquel anders war.

Er kannte sie seit fünf Jahren. Sie war Waise und ohne Papiere im Land. Als er sie gekauft hatte, sagte man ihm nur, sie heiße Raquel und habe die Aufgabe zu arbeiten, ohne einen Cent zu verdienen. Was dahinter steckte, war ihm ziemlich schnuppe: Da die meisten seiner Mädchen – selbst mit einem intakten Gedächtnis – keine Vergangenheit hatten, wenn sie zu ihm kamen, fand er auch nichts dabei, dass Raquel sich an nichts mehr erinnern konnte. Ein Blick hatte ihm genügt, um zu beschließen, sie unter seine Fittiche zu nehmen, mitsamt *dem*, was sie dabei hatte, und obwohl er anfangs dachte, er hätte ein schlechtes Geschäft mit ihr gemacht, stellte sich das Mädchen inzwischen als gewinnträchtig für ihn heraus. Er hatte noch nie bereut, sie zu sich genommen zu haben. Raquel war einmalig: Deshalb gehörte sie ihm. Patricio schenkte nämlich nicht jeder ein Halskettchen mit seinem Namen, nicht einmal Silvina, seiner aktuellen Lebensgefährtin, einer gewitzten, anhänglichen Füchsin. Gegen sie war Raquel pures Gold, ein wunderschönes, unterwürfiges Tier, kurzum ein Bonbon. Das Verhältnis zu ihr ließ er sich was kosten, denn sie war perfekt. Nicht nur körperlich – sie hatte die Silhouette eines Models vom Laufsteg, war aber an den Stellen, wo diese meistens flach wie ein Brett waren, voll entwickelt –, sondern auch charakterlich. Ihre Kolleginnen waren verdorben und frech, unter ihnen gab es keine wie Raquel. Sie war geboren, um zu gehorchen.

Was hast du mit der Ungarin, Patricio? Die geht dir wohl nicht mehr aus dem Kopf.

Es stimmte. Die junge Frau war für ihn beinahe eine Obsession. Bisweilen wachte er mitten in der Nacht auf, weil er geträumt hatte, dass sie schreckliche Dinge tat. Er verstand nicht, weshalb er so etwas träumte, denn im Unterschied zu seinen werten Kunden war er alles andere als ein Sadist – seine Mutter und der liebe Gott wussten das. Als junger Mann hatte er sogar eigenhändig jemanden um die Ecke gebracht, als er sah, wie dieser einen Hund blind machte. Er war kein Freund von unnötiger Quälerei, am wenigsten bei Tieren und Frauen. Aber bei Raquel schien alles anders zu sein.

In Wirklichkeit war er ihr, zum Teil jedenfalls, dankbar für diesen Ausbruchsversuch.

Nicht sehr. Nur zum Teil. So konnte er sie in ihre Grenzen weisen.

Er kehrte in das kleine Wohnzimmer zurück und ging mit dem Glas in der Hand auf sie zu. Die junge Frau drehte sich weg.

»Hey, was hast du …? Ich werde dich nicht mehr schlagen. Es reicht. Es ist alles vergeben und vergessen.« Er strich ihr über den Kopf. »Heute Nachmittag gehst du in den Club, okay?«

»Ja.«

»Und dann zu den Verabredungen. Zu allen.«

»Ja.«

»Sag mal, wie bist du eigentlich auf die Idee gekommen abzuhauen? Hast du dich mit jemandem abgesprochen?«

»Nein.«

»Lüg mich nicht an!«

»Nein.«

Er umfasste ihr Kinn und hob ihr Gesicht hoch. Die Frau blinzelte, machte aber keine Anstalten, sich ihm zu entziehen.

»Es war also deine Idee?«

»Ja.«

»Und warum …? Sieh mich an …« Sie blinzelte wieder. Diese undurchsichtigen schwarzen Augen entzückten ihn: Sie waren sein kostbarstes Juwel. »Warum willst du mich verlassen? Behandelt dich Patricio denn nicht, wie du es verdienst?«

Die junge Frau antwortete nicht. Während er ihr makelloses Gesicht betrachtete, fragte er sich einen Augenblick, ob sie ihn nicht belog. Nein, das war unmöglich. Er kannte sie gut genug. Raquel war genauso wenig in der Lage zu lügen, wie durch die Luft zu fliegen. Sie war ein scheues, eingeschüchtertes Tier, und genau diesen Wesenszug mochte er am meisten an ihr. Trotzdem weckte ihr, wenn auch schwacher, Widerstand seine Neugier: Als sie ihn am Morgen angerufen hatte, um ihm zu sagen, dass sie ginge, hatte es ihm die Sprache verschlagen. Er konnte einfach nicht glauben, dass sie eine solche Entscheidung ohne fremde Hilfe getroffen hatte. Sein Vertrauen in sie war grenzenlos. Fast alle Frauen vom Club lebten hinter Schloss und Riegel oder standen irgendwie unter Aufsicht, nur Raquel konnte man in einen Käfig voller Affen stecken und mit dem Schlüssel allein lassen: Sie würde niemals ohne Erlaubnis gehen, davon war er felsenfest überzeugt. Es war kein Zufall, dass er ihr diese Einzelunterkunft gegeben hatte. Aber jetzt ... Was war geschehen? Ihm schien ... Nein, er konnte fast schwören, dass sie sich verändert hatte. Eine kaum wahrnehmbare Wandlung hatte sich an ihr vollzogen, aber ihm entging sie nicht. Eine gesteigerte Entschlusskraft? Mehr eigener Wille? Vielleicht hatte sie sich in diesem Immigrantenviertel mit jemandem angefreundet.

Wie auch immer, er musste dafür sorgen, dass es nicht wieder vorkam. Sie wusste zwar, was ihr blühte, wenn sie die Regeln des Clubs brach, aber er konnte kein Risiko eingehen. *Bleib vernünftig, Patricio,* riet seine Mamá ihm.

Dann fiel ihm etwas ein.

»Oh, verflucht, der Kaffee.«

Aber die Espressokanne in der Küche war gerade erst lauwarm.

Scheißflamme.

Er goss sich noch einen Rum ein. Er wusste, was er zu tun hatte. Zwar würde ihr das ganz und gar nicht gefallen, aber da musste sie jetzt durch. Er musste Maßnahmen ergreifen, um auch den letzten Funken ihrer Rebellion im Keim zu ersticken.

Die junge Frau kauerte weiter reglos und stumm auf dem Fußboden, als sie ihn in die Küche gehen sah. Ihr schmerzten die Lippe und die Magengrube, wo er sie geschlagen hatte, aber am meisten peinigte sie ihre eigene Fehleinschätzung. Er würde sie nicht ziehen lassen. Wie hatte sie nur so dumm sein können!

Natürlich war dies nicht der Augenblick, ihm ihre wahren Absichten mitzuteilen. Das Einzige, was sie jetzt wünschte, war, dass seine Wut verrauchte. Dafür wollte sie alles in ihrer Macht Stehende tun. Und danach, sobald er sie in Ruhe ließ, würde sie ihren Plan weiterverfolgen. Sie hatte vor, sehr weit wegzuziehen und eine Zeit lang irgendwo unterzutauchen, bis er es müde wurde, nach ihr zu suchen. Dann würde sie noch weiter wegziehen. Patricio würde sie niemals wieder sehen.

Es war nicht so schlimm gewesen, wie sie befürchtet hatte. Beim ersten Faustschlag war sie in ihrer Vorstellung ins flammende Grab geflohen. Sie hatte ihm keinen Widerstand geleistet: Sie dachte, er wollte sie umbringen, und hatte es sich fast gewünscht. Sie ruhte in ihrem Grab und spürte den Schmerz kaum. Jetzt musste sie ihn davon überzeugen, dass alles wieder so sein würde wie vorher. Dass sie bereit war, ihm zu gehorchen. Für den Augenblick.

Sie sah ihn mit dem Glas in der Hand ins Wohnzimmer zurückkehren. Sie senkte den Blick.

»Vieles habe ich dir schon beigebracht, aber einiges hast du anscheinend noch zu lernen.« Sie sagte nichts. Der Mann näherte sich ihr. »Du bist ein tugendhaftes Mädchen, Raquel. Den dreckigen Kunden darfst du nichts glauben ... Glaube nur mir: Im Gegensatz zu den meisten bist du ein tugendhaftes Mädchen. Aber damit das so bleibt, wirst du ein bisschen leiden müssen. Wie sagt man ›tugendhaft‹ auf Ungarisch?«

»Weiß nicht.«

»Kein Wunder.« Patricio fuhr sich mit der Hand über den

kahlen Schädel und wischte dabei ganze Schweißbäche herunter. »Zunächst will ich dir etwas ankündigen.« Dann kam ein unerwartet harter Beschluss. Die Wucht des Satzes traf sie wie Minuten zuvor seine Faust. Aber diesmal wusste sie, dass kein erdachtes Grab sie vor dem Schlag würde retten können. Sie hob den Kopf und sah ihn mit schreckgeweiteten Augen an. »Mach nicht so ein Gesicht, Ungarin ... Was hast du denn gedacht? Dass Patricio Florencio ein Dummkopf ist ...? Nicht die Bohne! Jetzt machst du auf unterwürfig, und morgen schnappst du dir deine Koffer und haust ab, stimmt's ...? Das läuft nicht. Ich werde kein zweites Mal auf dich hereinfallen. Das ist beschlossene Sache.« Nein, es war nicht beschlossene Sache. Das konnte nicht sein. Sie musste handeln, und zwar schnell.

Sie stützte die Hände auf den Boden auf und erhob sanft die Stimme, aber laut genug, damit er sie aus dieser Position hören konnte.

»Patricio, bitte ... Ich schwöre dir, dass ich hier bleibe. Ich schwöre es dir.«

»Natürlich wirst du hier bleiben. Aber nicht so wie vorher.«

»Bitte ...«

»Mach dir keine Sorgen ... Ich werde ihn besser behandeln als du. Das weißt du.«

»Patricio, du hast mir versprochen, dass du mir nie ...«

»Und du hast mir versprochen, dass du nie gehen würdest.«

»Patricio ...«

Sie sah, wie er sich zu ihr herabbeugte und die Hand hob. Obwohl sie den nächsten Schlag fürchtete, schützte sie das Gesicht nicht. Doch er schlug sie nicht: Er kraulte ihr nur den Kopf, während er mit ihr redete. Aber seine Worte verletzten sie mehr als alles, was er ihr zuvor angetan hatte.

»Sei still, Ungarin! Später wirst du es mir noch danken. Jetzt sei still.«

Die junge Frau weinte nicht. Ihre Verzweiflung füllte alles aus. Sie wagte nicht, noch ein zweites Mal Einspruch zu erheben, war aber auch nicht imstande zu gehorchen. Der Körper verweigerte ihr den Dienst, und sie brachte das Zittern nicht unter Kontrolle.

Sie sah, wie sich die Füße des Mannes entfernten, vernahm seine Schritte im Flur. Irgendwo blubberte etwas: vielleicht

das grab

eine Espressokanne. Das Geräusch einer geöffneten Tür, wieder Schritte, Worte. Sie nahm alle Geräusche überdeutlich wahr, trotz ihres immer lauter pochenden Herzens.

das grab in flammen

Dann stand sie auf.

Das Grab in Flammen. Öffnete sich.

Plötzlich war es schrecklich kalt. Eine aggressive, durchdringende, aufrüttelnde Kälte.

Sie erschien auf der Türschwelle, vom Flurlicht perfekt umrissen, und legte sich wie ein Umhang über Patricios Schultern. Die Silhouette einer Frau, aber er gewahrte sie als eisige Berührung. Instinktiv drehte er sich um und sah sie aufrecht im Türrahmen stehen. Er zog eine Grimasse.

»Und, was ist jetzt, Ungarin?«

»Patricio«, sagte die Frau mild und näherte sich. »Dein Kaffee ist fertig.«

In dem Moment bemerkte er den Gegenstand in ihrer Hand: dieses Ding, das Nebelwolken und Schlangengezisch ausstieß. Bevor er reagieren konnte, sprühte sie ihm den ganzen Inhalt ins Gesicht.

Jetzt hing alles davon ab, keine Zeit zu verlieren. Der Mann wich zurück, hob die Hände vors Gesicht und schrie wie ein Vieh auf der Schlachtbank.

»Meine Augen ...! Meine Augen ...!«

Sie hob wieder den Arm und schlug ihm mit dem Boden der Espressokanne auf den Kopf. Aber nicht zu fest. Sie wollte ihn nicht umbringen, sondern nur bewusstlos schlagen oder zumindest ablenken. Als der Mann zusammenbrach, ließ sie die Kanne fallen und schleifte ihn aus dem Zimmer, indem sie an seinem Hemd riss, so dass mehrere Knöpfe absprangen. Im Zimmer waren noch andere Schreie zu vernehmen, aber die waren ihr im Moment gleichgültig. Sie schleppte den Mann durch den Flur, ohne allzu viel Kraft aufzuwenden. Sie fühlte sich nicht müde. Sie fühlte überhaupt nichts. Im Wohnzimmer ließ sie ihn liegen. Der Bauch des Mannes ragte auf wie der Rücken eines behaarten Wals. Noch von dem Schlag benommen, war er jetzt wieder wach. Er atmete schwer und hatte die Hände vor dem Gesicht. Und schwitzte.

»Meine Augen ...! Sie sind verbrannt ...!«

»Warte.«

Sie bückte sich, durchsuchte seine Hosentaschen und zog ein gefaltetes, aber benutztes Taschentuch mit einem entfernten Geruch nach Kölnisch Wasser hervor.

»Hure, du hast sie mir verbrannt ...! Meine Augen ...! Ich werde erblinden ...!«

»Nein. Du wirst nicht erblinden.«

Sie ging in die Küche und tränkte das Taschentuch mit Wasser. Sie machte ein Knäuel. Dann öffnete sie die Schrankschublade, holte heraus, was sie jetzt benötigen würde, und ... kehrte damit in das kleine Wohnzimmer zurück.

Der Mann lag immer noch auf dem Boden, nur waren jetzt die Beine angewinkelt, und er hatte sich auf die Seite gerollt. Er hielt weiter die Hände vors Gesicht.

»Mein Gott, allerheiligste Muttergottes …! Ich werde erblinden …! Bring Wasser…!«

»Ja.«

Sie streifte seine Wange mit dem feuchten Taschentuch. Dankbar für die Berührung drehte sich der Mann, blind nach dem lindernden Nass suchend, zu ihr herum. Sie beträufelte ihm die verbrannten Lider mit Wasser, wrang das Taschentuch über seinem Gesicht aus und legte es wieder vorsichtig auf seine Augen. So ging das eine Weile, bis die Klagen des Mannes nachließen. Darauf schob sie behutsam ein Lid nach oben und konnte nicht verhindern, dass er erneut aufheulte.

»Was tust du da, du Hure …!«

»Kannst du mich sehen?«

»Ja«, wimmerte Patricio und machte schleunigst das Auge wieder zu.

»Du bist nicht bind.«

»Nein … Aber es brennt verflucht, es brennt noch immer…«

»Sieh mich an.«

»Was?«

»Sieh mich an, Patricio.«

Die roten, geschwollenen Lider öffneten sich mit Mühe einen Spalt weit. Patricio hatte den Verbrennungsschmerz auf der Stelle vergessen.

die frau

Sie hatte sich verändert, und er merkte es auf Anhieb. Ihr Gesicht war dasselbe wie immer, aber sie hatte sich verändert, subtil, ohne erkenntliche Merkmale, so wie sich ein anonymer und undifferenzierter Embryo, ein Geschöpf ohne Züge und Formen, verwandelt und plötzlich etwas Konkretes, Definiertes ist. Etwas war geboren, gewachsen und gereift und jetzt groß geworden. Und gefährlich.

die frau stand aufrecht

»Wer ... wer bist du?«, fragte Patricio verwirrt. Es war das Letzte, was er sagen konnte. Die junge Frau stopfte ihm das feuchte Taschentuch mit einer Kraft in den Mund, dass ihm krachend ein Schneidezahn abbrach. Darauf überschwemmte ihn eine Welle von Blut und Schwindel. Das Stoffknäuel war hart wie Stein und verursachte ihm in der Kehle einen Brechreiz. Er dachte, er müsste ersticken. Da merkte er, dass sie ihn auf den Bauch gewälzt hatte und ihm mit einem Strick die Hände auf dem Rücken fesselte. *Raquel ...? Aber ... War das RAQUEL?* Er versuchte, sich zur Wehr zu setzen, trat um sich und

die frau stand aufrecht vor ihrem grab

knurrte unter dem Knebel. Aber als er das Küchenmesser in ihrer Hand sah, war er totenstill.

Die Frau stand aufrecht vor ihrem Grab.
Sie hob die Hände zum Himmel und empfing Worte.
Ausgewanderte Worte flatterten wie Tauben aus Feuer herbei.
Sie versenkte die scharfe Klinge im zweiten Auge.
Schwärme von Worten kehrten zu ihrem Geist zurück wie Vögel in ein Land, wo es Frühling ist.
Sie hielt einen Augenblick inne und betrachtete das Blut. Sie wischte die Finger an seinem Hemd ab und hinterließ zehn rote Lachen, zehn breite, feuchte Straßen. Sie nahm das Messer wieder.
Worte mit spitzen Fingernägeln, begierige Worte bedeckten den Himmel und verdunkelten die Sonne.
Der Mann gluckste unter dem Knebel, aber sie wusste, dass er nichts mehr sagte: Er gab nur ungereimtes Zeug von

sich. An seiner nassen Hose und dem Latrinengeruch merkte sie, dass er Blase und Darm entleert hatte.

Worte, die ihre Erinnerung umklammerten.

Sie legte das Messer kurz beiseite, um den Reißverschluss an seiner Hose zu öffnen.

Dann nahm sie es wieder zur Hand.

Rulfo kam vor der Abenddämmerung an, durchquerte den Hof und klopfte mit dem inständigen Wunsch, Raquel anzutreffen, an deren Tür.

Er traf sie an.

Anscheinend war sie gerade aus der Dusche gekommen: Sie hatte ein Badetuch um die Brust gewickelt, und ihr feuchtes Haar staute sich auf den Schultern. Aber irgendetwas war mit ihr geschehen. Ihre Augen waren unglaublich geweitet, ihre Wangen blutleer. Auf ihrer Unterlippe war ein Bluterguss.

»Was ist passiert, Raquel?«

Die junge Frau rührte sich nicht, blieb stumm.

»Ich habe große Angst«, sagte sie dann bebend.

»Angst? Wovor?«

Er vernahm ihre Antwort, als er sie umarmte.

»Vor mir selbst.«

VI. RAQUEL

1

Sie gestand ihm alles und erzählte, sie habe sich nicht damit zufrieden gegeben, ihn umzubringen: Sie hatte ihre Wut aufs Grausamste an ihm ausgelassen und dann Angst bekommen. Sie hatte das Gefühl, etwas Verbotenes getan zu haben, aber sie glaubte nicht, dass es Reue war. Ihm ohne Vorgeplänkel das Leben zu nehmen wäre für einen wie Patricio ein unverdientes Glück gewesen, fand sie. Die Art, wie er sie jahrelang traktiert hatte, und alles, was er ihr angetan hatte, schrie förmlich nach einer gebührenden Rache. Dennoch sagte sie sich immer wieder, dass sie kein schlechtes Gewissen zu haben brauchte, und merkwürdigerweise hatte es sich in den schlimmsten Augenblicken auch so angefühlt, als würde jemand anders durch sie handeln.

»Ich weiß nicht, was mit mir los war. Ich hatte den Eindruck, den Verstand zu verlieren. Ich kann das nicht verstehen.«

Rulfo dagegen konnte das sehr wohl verstehen. Seit er die Platzwunde an ihrer Lippe gesehen hatte, war für ihn alles klar. Patricio hatte sie ausgebeutet bis an die Grenzen ihrer körperlichen und seelischen Belastbarkeit, und sie wollte es ihm heimzahlen. Das Grauen, das sie jetzt vor sich selbst empfand, war in seinen Augen der Beweis, dass sie keine Mörderin war.

»Du bist nicht schuld«, urteilte er. »Du hast dich nur verteidigt.«

Das Wohnzimmer roch nach Seife, so wie sie. Die junge Frau hatte alles sauber gemacht, bevor er gekommen war, obwohl in den Fugen zwischen den Fliesen, an den Sockeln und an den Beinen der Möbel die Überreste noch zu sehen waren. Was Rulfo am meisten irritierte, war ein Teller mit mehreren heruntergebrannten Kerzen auf dem Tisch. Schon beim Hereinkommen hatte er den unverwechselbaren Geruch von verbranntem Kerzenwachs wahrgenommen. Er dachte, dass die Frau vielleicht Licht benötigt hatte, um alles zu reinigen. Obwohl der bedruckte Stoffrest vor dem Fenster noch genügend Helligkeit einließ.

Auf dem Boden zwischen beiden glitzerte das Kettchen mit der dünnen Plakette, auf der Patricios Name eingraviert war. Sie hatte sie sich soeben vom Hals gerissen.

»Wo ist er?«, fragte Rulfo.

»Im Schlafzimmer.«

Er ging nachsehen. Die Leiche lag, in Decken gehüllt, auf dem Fußboden neben dem Bett. Das sich in den Spiegeln im ganzen Raum wiederholende Bild kam ihm gespenstisch und beinah symbolhaft vor. Erst als er sich näherte und einen Deckenzipfel hob, begriff er das ganze Ausmaß ihrer Tat. Obwohl er ihn nicht gekannt hatte, war er davon überzeugt, dass seine eigene Mutter ihn nicht mehr hätte identifizieren können.

Einen Moment lang stand er da, betrachtete dieses Ding und überlegte, was sie jetzt tun sollten. Daran, die Polizei zu benachrichtigen, war natürlich nicht zu denken. Das würde ihnen nur Komplikationen bereiten, und man wusste nicht, was für Vorwürfe gegen sie erhoben würden, wenn bewiesen war, dass sie ihr Opfer erst gequält und dann umgebracht hatte. Doch ihn beschäftigte noch eine andere Frage: Konnte er Raquel vertrauen? Er wusste es nicht, er wusste nur, dass er ihr vertrauen *wollte*. Er konnte sich sogar erklären, warum sie ihm eine falsche Telefonnummer gegeben hatte: Bei dem Leben, das sie geführt hatte, gab es Gründe genug, jedem zu misstrauen.

Er traf seine Entscheidung wie gewohnt gefühlsmäßig und konnte nur hoffen, dass sie für sie beide richtig war. Er nahm ein Taschentuch heraus und wischte alles ab, was er sich erinnerte berührt zu haben. Die eventuell von der jungen Frau hinterlassenen Fingerabdrücke beunruhigten ihn weniger: Wenn sie keine Papiere besaß, dann war es wahrscheinlich, dass die Polizei keine Spuren von ihr hatte. Aber bei ihm verhielt sich das vermutlich anders, und er durfte auf keinen Fall mit diesem Mord in Verbindung gebracht werden.

Als er ins Wohnzimmer zurückkehrte, stellte er fest, dass sie sich keinen Zentimeter gerührt hatte. Sie saß immer noch vornübergebeugt da, den Blick auf ihre nackten Knie und ihre beeindruckend langen weißen Beine gerichtet, während ihr das tiefschwarze Haar über die Schultern fiel und das Handtuch ihr einziges Kleidungsstück darstellte. Ihre Schönheit überwältigte ihn immer aufs Neue, und er konnte sich nur mit Mühe vom Anblick ihres Körpers losreißen.

»Glaubst du, dass die Nachbarn etwas gehört haben?«, fragte er sie.

»Ich weiß nicht.«

»Ich sage dir, was wir jetzt tun werden: Du kommst mit mir mit. Du kannst dich bei mir verstecken. Es geht nicht, dass du hier bleibst, bis Patricio von irgendwem vermisst wird und man merkt, dass er als Letztes dich besucht hat.«

»In Ordnung.«

»Und noch was. Hast du die Figur aus dem Aquarium?«

Sie zögerte ein paar Sekunden mit der Antwort.

»Ja.«

»Sie wollen sie haben. Später werde ich dir alles erklären. Es handelt sich um eine Art Sekte. Sie haben meine Wohnung durchsucht und mir gedroht. Davon verstehen sie was, das kann ich dir versichern.«

»Ich weiß.« Sie erzählte ihm vom Besuch des Mannes mit der dunklen Brille am Vorabend und von ihrer Entdeckung der Figur. Sie wollte aufrichtig sein und erzählte ihm auch, dass sie keine andere Wahl hatte, als ihm seinen Namen zu nennen.«

»Das war ganz richtig«, sagte Rulfo. »Wir stecken beide drin. Bis jetzt haben sie sich jedenfalls aufs Drohen beschränkt. Gib mir für alle Fälle die Figur. Wir müssen sie ihnen zurückgeben.«

»Warum?«

»Das habe ich dir schon gesagt: Sie wollen sie haben.«

»Das können wir ihr nicht antun.«

»Wem?«

Im ersten Moment schien die junge Frau verwirrt, dann suchte sie nach einer Antwort.

»Ihr ... Lidia Garetti ... Ich weiß nicht ... Die Figur hat ihr gehört.«

»Das durchschauen wir nicht.«

»Sie hat ihr gehört«, sagte sie mit Nachdruck. »Sie wollen sie ihr jetzt wegnehmen.«

»Das ist nicht unsere Angelegenheit. Gib sie mir. Es ist besser, wenn ich sie habe.«

Ihre Blicke begegneten sich. Die Augen der Frau sprühten Funken. Einen Moment lang dachte er, sie würde sich weigern. Dann sah er sie vom Stuhl aufstehen und aus dem Raum gehen. Als sie zurückkam, hatte sie etwas in der Hand und ließ es auf Rulfos ausgestreckte Handfläche fallen. Er begutachtete die gesichtslose Figur mit dem hinten eingekerbten Wort ›Akelos‹, dann steckte er sie in die Tasche seines Jacketts.

»Ich werde dafür nicht unser beider Leben aufs Spiel setzen. Willst du noch etwas mitnehmen?«

»Ja«, sagte das Mädchen und sah ihn fest an. »Es befindet sich im Zimmer neben dem Flur.«

»Hol es, zieh dich an und lass uns gehen.«

Sie fixierte ihn immer noch.

»Ich gehe mich anziehen. Holst du es bitte?«

»Was ist es denn? Ein Koffer?«

»Nein. Das siehst du schon, wenn du hineingehst.«

Rulfo ging in den Flur und näherte sich der geschlossenen Tür. Er dachte, sie würde in ein zweites, kleineres Schlafzimmer führen. Er drückte mit dem Taschentuch die Klinke hinunter und blickte in eine Finsternis, mit der er nicht gerechnet hatte. Er wollte den Raum betreten, als er ein Scharren, wie von einem versteckten Tier, hörte. Überrascht blieb er in der offenen Tür stehen. Als sich seine Pupillen an die Dunkelheit gewöhnt hatten, erkannte er ein armseliges Lager und ein paar verstreute Gegenstände auf dem Fußboden.

Doch er richtete seine gesamte Aufmerksamkeit auf das, was sich im hintersten Winkel befand.

Das Kind erwiderte seinen Blick mit eiskalten Augen.

Sie bildeten wahrhaftig ein ungewöhnliches Trio, aber in einem Viertel wie diesem liefen sie kaum Gefahr, Aufsehen zu erregen. Zumal sie vorsichtshalber die Abendstunden abgewartet hatten, um das Haus zu verlassen. Als Erstes erschien der Mann. Er war von kräftigem Wuchs und wirkte mit den ungepflegten schwarzen Locken und dem Bart etwas verwahrlost. Das tat seiner unleugbaren Attraktivität aber keinen Abbruch. Seine Oberbekleidung, ein einfaches Hemd und eine Hose, schien etwas unangemessen für die Temperaturen des Spätoktoberabends. Aber ihm folgten noch zwei, die wesentlich auffälliger gekleidet waren. Ein sehr junges Mädchen mit langen schwarzen Haaren in Lederjacke und Minirock, mit Strumpfhose und langen Stiefeln, denen das häufige Tragen anzusehen war. Sie hielt ein Bündel im Arm, zweifellos ein Kind, das Pantoffeln trug und mit einem schwarzen Herrenjackett gegen die Kälte geschützt war.

Sie gingen schweigend durch den Innenhof, wo die Luft jetzt kurz nach Sonnenuntergang eisig war, nach überquellenden Müllcontainern stank und von Essensdünsten aus winzigen Wohnungen durchweht war.

»Ich war sehr jung, als er auf die Welt kam. Ich weiß nicht, wer sein Vater ist.« Rulfo sah Raquel und ihren Sohn schattenhaft im Rückspiegel. Die weit geöffneten Augen des Jungen spiegelten die zerstreuten Scheinwerferlichter der Straße wie eine Verlängerung der Stadt.

»Er war immer bei mir. Ich wollte nicht, dass ihn jemand sieht, weil ich dachte … dass die Leute, die zu mir kamen … ihm etwas antun könnten. Ich habe ihm beigebracht, das Zimmer nicht zu verlassen.«

Rulfo hatte Mühe, sich auf die Straße zu konzentrieren, während er Raquel zuhörte. Seine Gedanken kehrten immer wieder zu diesem schrecklichen Anblick des kaum sechsjährigen Jungen zurück, der in jenem elenden Loch eingesperrt gewesen war, mit einem Dutzend Spielzeugsoldaten, einem Essensnapf und einer Wasserschale. Es war für ihn die grauenhafte Erkenntnis, dass es die Hölle wirklich gab, und zwar mitten unter uns. Obwohl es in den Zeitungen und im Fernsehen von solchen Meldungen wimmelte, begriff er, dass es nicht dasselbe war, ob man durch den Filter eines Papiers oder einer Mattscheibe davon erfuhr oder ob man sie hautnah im Alltag der eigenen Stadt erlebte.

»Patricio war der Einzige, der es wusste. Er hat mich erpresst und mir gedroht, ihm was anzutun, damit ich ihm gehorchte … Heute wollte er ihn mir wegnehmen, das habe ich nicht zugelassen. Er ist der einzige Grund, weshalb ich noch am Leben bin. Der einzige. Ich würde mich umbringen, wenn er nicht mit mir zusammen sein kann. Ich werde nicht zulassen, dass jemand ihn mir wegnimmt. Das schwöre ich dir.«

Ihm fiel etwas auf. Die Stimme der jungen Frau klang kaum anders, als er sie kannte, aber ihre Worte schon. Sie sprach auch flüssiger, als wäre ihr Wortschatz gewachsen. Und ihr Ton verriet eine ungewohnte Festigkeit. Sie schien mehr Kraft zu haben und weniger unterwürfig zu sein.

Seine Wohnung war immer noch ein einziges Chaos. Er entschuldigte sich und begann die Sachen aufzuräumen, Raquel ging ihm diensteifrig und schweigend dabei zur Hand. Dann bereitete Rulfo in der Küche ein leichtes Abendessen aus Omelette und Salat zu. Während er den Tisch deckte, sah er Mutter und Sohn Arm in Arm immer noch da sitzen, wo er sie hingesetzt hatte. Die junge Frau, die nichts zum Wechseln dabei hatte, trug Rulfos Bademantel, während das Kind in seinem eigenen schmutzigen rötlichen Schlafanzug steckte und mit der Faust den Strauß seiner mitgebrachten Spielzeugsoldaten umschloss.

»Also, ich weiß nicht, ob ihr Hunger habt, aber ich habe welchen«, sagte Rulfo.

Er genoss die gemeinsame Mahlzeit mit den beiden am Tisch. Er beobachtete den Jungen. Der aß wenig, mit den Händen und ohne den Blick zu heben. Er hatte blondes, schlecht geschnittenes, aber offenbar sauberes Haar. Die ausdrucksvollen großen blauen Augen und den schmalen rosafarbenen Mund hatte er nicht von Raquel. Auf seine Weise war er sehr schön, aber er kam eindeutig nach dem Vater, wer dieser auch sein mochte. Da war noch etwas. Nachdem die Frau ihm die erbärmliche Lebensgeschichte der beiden geschildert hatte, erwartete Rulfo bei dem Kleinen einen erloschenen Gesichtsausdruck, einen leeren Schafsblick. Aber sein Antlitz und die Hände zeugten von einer starken Persönlichkeit und strahlten eine Würde aus, die ihn überraschte. Die Verschlossenheit beeinträchtigte keineswegs seine geradezu majestätische Aura, die das Kind auch nicht verließ, als es seine Omelettehappen im Nu verschlang und den Kopf über den Teller beugte, um flugs mit der Zunge darüber zu fahren.

Einmal hob der Junge den Kopf und traf Rulfos Blick. Der wandte ertappt die Augen ab, merkte aber, wie der Kleine ihn weiter anstarrte. Er versuchte vergeblich zu lächeln: Der Ernst der kleinen Lippen war abgrundtief. Aus seinem Gesicht sprach kein Anzeichen von Schüchternheit oder Feigheit, eher von einer erschütternden Einsamkeit und einem lange währenden Leiden. Bei dem Gedanken an das Leben, das diesen Blick hervorgebracht hatte, schnürte es Rulfo die Kehle zusammen. Ihm fiel auf, dass er nicht wusste, wie der Kleine hieß, und bat Raquel, es ihm zu sagen.

»Laszlo«, antwortete sie zögerlich.

Nachdem er die Tür mit der Kette verriegelt und zur Vorbeugung gegen unliebsame Besucher eine Kommode davor geschoben hatte, bot Rulfo der Frau an, mit ihrem Sohn in seinem Bett zu schlafen; er käme schon mit der Sitzgarnitur zurecht, fügte er hinzu. Aber sie lehnte ab.

»Er ist es nicht gewöhnt, bei jemandem zu schlafen. Überlass lieber ihm die Couch.«

So machten sie es. Allerdings sträubte sich Rulfo, das Kind alleine im Wohnzimmer schlafen zu lassen. Er holte Bettwäsche, nahm die Kissen von der Couch und baute daraus am Fußende des großen Bettes ein Nachtlager für den Jungen. Dieser wartete, bis es fertig war, dann legte er sich mit den Soldaten in der Hand hinein und war augenblicklich eingeschlafen. Als Raquel aus dem Badezimmer kam und ins Bett schlüpfte, löschte Rulfo das Licht.

In der Dunkelheit weitete sich die Stille aus wie eine Pupille.

Er hatte ihr viel zu erzählen: von seiner Begegnung mit dem Mädchen, vom Theater, von den Drohungen und der Ankündigung eines Termins, zu dem sie beide erscheinen

sollten (obwohl sie bisher nicht wussten, wo und wann),
aber er merkte, dass dies nicht der geeignete Moment war,
um über das alles zu reden. Bald stellte er jedoch fest, dass
er nicht schlafen konnte. Es fiel ihm unglaublich schwer,
einfach neben ihr zu liegen. Auch ohne sie zu berühren,
spürte er ihre Nähe, hörte ihren Atem, nahm die langen,
warmen Linien ihres perfekten Körpers wahr. Er fragte sich
einen Moment lang, ob es in Ordnung war zu tun, wonach
es ihn verlangte, während das Kind zu ihren Füßen lag, und
ob sie es überhaupt wollen würde. Dann gab er seinem
Drang nach und streckte die Hand nach der wenige Zentimeter von ihm entfernt liegenden Haut aus – eine bebende,
fragende Hand.

Die junge Frau schien darauf gewartet zu haben; sie antwortete, indem sie sich mit der Stille eines Planeten umdrehte und ihn küsste.

Alles war anders geworden für sie.

Sie gab sich nicht mehr hin wie ein lebender Baum, der
die Arme wie Zweige nach oben reckte, um jeder beliebigen Hand die Früchte ihres Körpers darzubieten, wohl wissend, dass sie auf vielerlei Weise benutzt, ja sogar geschlagen und ausgepeitscht werden konnte. Ihr Fleisch war
befreit von den Ringen und der Halskette, die Patricio ihr
angelegt hatte. Jetzt wurde sie nur noch von ihrem Verlangen regiert. Sie genoss es, zu liebkosen und von Rulfo liebkost zu werden, ihn zu küssen und geküsst zu werden. Sie
wusste nicht, ob es zwischen ihnen noch mehr gab als dieses Gefühl reiner Lust, aber für den Moment genügte ihr
die Erfahrung, diese süße, lang ersehnte Wonne mit einem
anderen Körper zu teilen.

Er bemühte sich, sanft und behutsam zu sein, weil er verstand, dass sie vor allem seine Zärtlichkeit brauchte. Nachdem sie sich ausgiebig liebkost und geküsst hatten, blieben

sie umschlungen liegen und atmeten einträchtig im gleichen Rhythmus. Rulfo fragte sich, ob er sie liebte. Nein, das glaubte er nicht, und er wollte es auch nicht. Die Erfahrung mit Beatriz hatte ihn den Schmerz der Liebe gelehrt. Trotzdem empfand er das Beisammensein mit Raquel so, wie er es noch mit keiner Frau erlebt hatte. Selbst wenn es keine Liebe war, ein blindes, eigennütziges Begehren war es auch nicht. Er behielt sie im Arm und schob den Kopf abwärts, bis er auf den Dünen ihrer Brüste zu liegen kam. Er hörte ihr Herz, beängstigend und fleischlich, wie ein Stein gegen sein Ohr schlagen.

»Was war das?«, fragte sie unversehens.

»Was?«

»Hast du nichts gehört?«

Er stützte sich auf. Alles war still.

»Nur dein Herz«, sagte er.

Aber sie war plötzlich in Habachtstellung. Sie setzte sich im Bett auf und erforschte die Dunkelheit mit den Augen. Rulfo tat es ihr nach. Das Zimmer lag genauso still und finster da wie vorher.

»Was hast du gehört?«

»Ich weiß nicht ...«

Als er sie wieder umarmte, fühlte sich ihre Haut kalt und borstig an. Da hörte er es wieder schlagen.

Aber diesmal kam es nicht aus ihrer Brust.

sachte

Es war ein dumpfes, rhythmisches Geräusch und kam aus dem Wohnzimmer. Sie saßen wie versteinert da, während sie das Hämmern näher kommen hörten. *Bam, bam ...*

Dann glaubte Rulfo plötzlich etwas vollkommen Unmögliches zu sehen.

sachte und lautlos

Raquels Herz, rot und viel zu groß, drang ins Schlafzimmer ein, schlug auf und hüpfte, bis es gegen den Nachttisch stieß. Der Ball prallte noch dreimal auf. Dann blieb er liegen. Und wie der Tod

sachte und lautlos. im finstern

erschien das Mädchen.

Sachte und lautlos erschien im Finstern das Mädchen. Mit demselben zerschlissenen Kleid und dem schwachen Leuchten zerquetschter Glühwürmchen in den Augen. »Sieh es nicht an«, sagte Rulfo. »Hol das Kind von ihm weg.«

Die junge Frau gehorchte, ohne Fragen zu stellen: Sie glitt aus dem Bett und nahm den Kleinen hoch, ohne ihn zu wecken. Der Kopf des Mädchens wandte sich einmal kurz nach ihnen um, dann kehrte er in seine Ausgangsposition zurück.

»Geht ins Badezimmer«, wies Rulfo sie an und griff mit der Hand nach dem Schalter der Nachttischlampe.

Endlich konnte er sehen, wen er da vor sich hatte.

Auf der Schwelle zum Schlafzimmer stand stocksteif das Mädchen und sah ihn mit seinen starren Augen an, während ein Lächeln um seine halb geöffneten Lippen spielte. Sein Gesicht war entsetzlich schön, aber Rulfo hätte es tausendmal vorgezogen, an Stelle der verlogenen Maske dieser toten Puppe eine verweste Leiche zu erblicken. Denn diesmal bemerkte er etwas an ihr, was er bei der ersten Begegnung nicht wahrgenommen hatte: *Sie war gar kein Mädchen.*

Er wusste zwar nicht, was sie sonst war, aber ein Mädchen war sie gewiss nicht, sie war überhaupt kein Mensch und auch nichts Menschenartiges. Wenn man ihr nicht in die leeren, unpersönlichen blauen Augen sah, hätte man auf ihre Verkleidung hereinfallen können.

Der Fehler waren die Augen.

»Um Mitternacht am einunddreißigsten Oktober«, sagte das Mädchen mechanisch. Dann nannte es eine Adresse: ein verlassenes Lagerhaus in einem Außenbezirk von Madrid. »Nur du und die junge Frau. Mit der Imago. Niemand darf etwas davon erfahren.«

Das Mädchen hatte tonlos gesprochen, ohne den Blick von ihm zu wenden, und es kam Rulfo vor, als würden ihre Augen im nächsten Moment aus ihren Höhlen purzeln. Sie sahen aus wie schlecht befestigte Ziersteine. *Sie werden ihr herausfallen,* dachte er. Im Geist spann er diese entsetzliche Szene aus: Die Augäpfel würden wie Glasmurmeln auf dem Boden aufprallen und in dem Puppengesicht zwei Löcher hinterlassen, zwei klaffende Öffnungen, hinter denen das nachtschwarze Gehirn hervorschaute (falls dieses Ding überhaupt ein Gehirn hatte). Am Ende würde der Atem jener Okularnacht bis zu ihm dringen, sozusagen als der Mundgeruch dieser eisigen Blicke.

Er erhob sich langsam vom Bett, versuchte sein Zittern unter Kontrolle zu bekommen und stellte sich hin. Das Mädchen flößte ihm mehr Angst ein, als er sich eingestehen wollte, aber die Anwesenheit von Raquel und dem Kind (die seinem Befehl gefolgt waren und sich jetzt im Bad befanden) machte ihm Mut.

»Hör gut zu ... wer du auch sein magst ... Ich werde alleine kommen ... Die junge Frau kommt nicht mit ... Und wenn ich euch diese verdammte Figur zurückgegeben habe ... dann werdet ihr uns ein für alle Mal in Frieden lassen ... Hast du gehört ...?« Das Mädchen antwortete nicht: Es sah ihn weiter an und lächelte. »Hast du gehört?«

Er fühlte sich unfähig, noch eine Sekunde länger in jene Augen zu sehen. Er stieß einen Fluch aus und streckte die Hand nach dem nächstbesten Gegenstand aus: der Nachttischlampe.

Aber noch bevor er sie hochhob, bewegten sich die Lippen des Mädchens und
raunten etwas,
ohne mit dem Lächeln aufzuhören.
Die Worte entschwebten ihrem Mund wie Gaze und wirkten überraschend durchsichtig. Die beiden »s« wurden mit einer winzigen Vibration betont, das zweite »no« war lang gezogen und wurde von einer kaum hörbaren Pause gefolgt. Rulfo ließ die Lampe fallen und stürzte plötzlich zu Boden. Er war unversehens zusammengebrochen, wie vom Erdmittelpunkt angezogen. Er wollte sich wieder erheben, aber seine Muskeln versagten ihm den Dienst. Sein ganzer Körper war wie gelähmt, auch seine Sinneswahrnehmung: Die Trommelfelle spannten wie bei steigendem oder fallendem Druck, die Stimmbänder erstarrten und blieben stumm, die Augen standen still und schickten ihm reglose Bilder von nackten Kinderfüßen.

Dann sprach die Puppe erneut: eine weitere zärtlich und mit unerwarteten Pausen ausgesprochene Zeile.

No el torcido taladro de la tierra

No el sitio, no, fragoso / no el torcido taladro de la tierra.
Irgendwo in seinem erschrockenen Geist erkannte er die Worte als Verse von Góngora.

Auf einmal bewegten sich seine Hände mechanisch und ohne sein Zutun. Die eine packte ihn vorn und die andere begann in einer schmerzhaften Verrenkung, seinen eigenen steifen Körper abzuschleppen. Er gab den Plan auf, wieder auf die Füße kommen zu wollen, und bemühte sich stattdessen, die Kontrolle über seine Arme zurückzugewinnen. Aber es gelang ihm nicht, denn diese schienen unabhängig von seinen Befehlen zu handeln. Es fühlte sich an, als hätten sie sich in zwei ferngesteuerte Holzruder verwandelt. Die Fliesen schabten über seinen Bauch und die Genitalien, während er sich selbst zog, ohne die Füße zu bewegen, wie ein Insekt mit zerdrücktem Unterleib. Als sein Kopf einen halben Meter vor den Füßen seines ungebetenen Gastes angelangt war, hoben die Arme sich wie Kräne, öffneten die Hände und ergriffen seinen eigenen Schopf, um ihn unverschämt fest daran hochzuziehen. Rulfo wartete darauf, seine Halswirbel krachen zu hören. Er verspürte einen entsetzlichen Schmerz im Nacken. Seine starren Augen fuhren nach oben wie die Fahrgäste in einem Aufzug und sahen während ihrer schier endlosen vertikalen Agonie die Schienbeine, die Knie, die dürftigen Oberschenkel hinter dem zerfetzten Kleid, die Taille, das Medaillon in Form eines Lorbeerblatts, die Pelerine und schließlich, nach einem Ruck, der ihm das Gefühl gab, sich soeben selbst enthauptet zu haben,

das Gesicht des Mädchens,

unvermindert lächelnd, das auf ihn herabschaute.

»Da du es noch nicht weißt«, murmelte die sanfte Stimme, »müssen wir dich über eines aufklären: Du bist für uns ein Nichts, Rulfo.«

Aus Rulfos gelähmtem Mund troff Speichel. Seine Halswirbel schmerzten so, als hätte ihm jemand mit aller Gewalt einen Bolzen in den Nacken gerammt. Am liebsten wäre er auf der Stelle in Ohnmacht gefallen, aber er tat es nicht. Er konnte nicht einmal die Augen schließen, denn er musste sich am eigenen Schopf ziehen und nach oben schauen, in dieses künstliche, liebliche, einer übergeschnappten Madonna gleichende Plastikgesicht.

»Das Mädchen und du, am einunddreißigsten Oktober um Mitternacht mit der Imago am angegebenen Ort«, wiederholte das Mädchen wie eine Maschine. »Niemand darf davon erfahren.«

Sie hob ein Bein, stieg über Rulfos Körper hinweg, nahm den Ball, drehte sich auf dem Absatz um und ging durch das dunkle Esszimmer nach draußen.

Erst dann löste sich der Krampf in seinen Händen, sein Kopf schlug auf den Boden auf, und ihm schwanden die Sinne.

2

Er erwachte unter einem wahren Deckenpanzer. Das helle
Sonnenlicht in seinem Fenster gab ihm zu verstehen, dass
es schon um die Mittagszeit war. Als er sich aufzurichten
versuchte, hieß ihn ein ziehender Schmerz im Halswirbel-
bereich innehalten. Er fühlte sich, als hätte jemand alle Muskeln in seinem Leib ausgepresst, um daraus einen geheimnisvollen Saft zu gewinnen. Dennoch schien er wie durch
ein Wunder körperlich unbeschadet davongekommen zu
sein.

In sein Blickfeld schob sich ein fleischfarbener Schatten.
Die noch nackte Raquel saß auf dem Bett und sah ihn an.

»Ich habe den schlimmsten Muskelkater meines Lebens,
aber ich glaube, ich hab's überlebt.«

Sie nickte.

»Sie haben Machtworte benutzt, um uns klar zu machen,
dass sie das Sagen haben.«

Während er das sagte, merkte er gar nicht, wie sonderbar es klingen musste. *Sie haben mich mit Versen von Góngora gefoltert*, erinnerte er sich. Es schien ihm unglaublich,
dass die *Soledades*, jenes monumentale Barockgedicht, das
er unzählige Male gelesen hatte, eine Lumpenpuppe aus ihm
gemacht hatte, gelenkt von einem fremden Willen.

»Was ist noch passiert? Ich kann mich an nichts mehr erinnern.«

»Sie ist gegangen, wie sie gekommen ist. Ich habe mich

davon überzeugt, dass dir nichts weiter fehlt, und dich ins Bett verfrachtet.«

»Danke«, sagte Rulfo aufrichtig.

Mit einiger Anstrengung konnte er sich aufsetzen. Die junge Frau erhob sich, um hinauszugehen, als machte die Tatsache, dass er sich aufrichten konnte, ihre Anwesenheit überflüssig. Er fragte sie nach ihrem Sohn.

»Der frühstückt«, erwiderte sie. Rulfo rieb sich mit den Fingern die krustigen Schleimklümpchen aus den Augen. Der Schmerz im Nacken begann nachzulassen. Er bemerkte, dass seine Lippen aufgeplatzt waren, und fühlte sich, als hätte er eine Nacht mit hohem Fieber hinter sich. Er drehte den Kopf und entdeckte die junge Frau, die ihm den Rücken zugekehrt hatte, während sie die Kissen vom Boden auflas und die Decken forträumte, in denen das Kind geschlafen hatte. Der Anblick ihres Körpers war ihm ein steter Genuss und er begann, ihn mit den Augen zu erkunden. Die schimmernde schwarze Mähne war auf eine Seite geglitten, und er betrachtete die Linie ihres Rückgrats und die Symmetrie ihrer sahnefarbenen Gesäßbacken zum ersten Mal bei Tageslicht.

Auch ihre auffällige runde Tätowierung mit den Arabesken oberhalb des Steißbeins.

»Wir dürfen nicht zu dem Termin hingehen. Das ist eine Falle.«

Er hob den Blick von seiner Kaffeetasse und sah sie an, überrascht von der Bestimmtheit, mit der sie das sagte.

»Sie werden uns die Imago wegnehmen und uns umbringen. Aber nicht sofort, sondern auf ihre Weise.«

Er hatte ihr inzwischen alles erzählt, einschließlich Césars Theorien über die Sekte und die Macht der Dichtung. Dann fiel ihm wieder ein, was sie kurz zuvor im Bett zu ihm gesagt hatte.

»Du hast vorhin von Machtversen geredet. Woher kanntest du sie eigentlich, bevor ich dir davon erzählt habe?«
»Ich habe davon geträumt«, sagte sie nach einer Sekunde Zaudern.
»Hast du noch andere Sachen geträumt?«
»Ja.«
Er beschränkte sich darauf, sie zu beobachten. Raquel hielt seinem Blick unbeirrt stand. *Sie hat sich verändert*, dachte Rulfo. *Sie ist eine ganz andere Frau geworden.* Dieser Eindruck stimmte nur zum Teil, und das wusste er. Die junge Frau war noch immer dieselbe und zog ihn mit ihrer unermesslichen Schönheit in ihren Bann. Gleichzeitig entglitt sie ihm. Sie war zwar da, er konnte die Hand nach ihrer Haut ausstrecken und sie berühren, aber die Person hinter dieser äußeren Form hatte sich von der Oberfläche zurückgezogen und irgendwo in ihrem Innern versteckt. In gewisser Weise ähnelte sie ihrem Sohn jetzt wesentlich mehr als am Vorabend: Wie er strahlte sie jetzt eine große innere Stärke aus.

Sie saßen am Tisch und beendeten das Frühstück, während der Junge, ohne einen Mucks von sich zu geben und mit nur spärlichen Gebärden, auf der Couchgarnitur mit seinen Soldaten spielte. Das Zimmer war mitten am helllichten Tag abgedunkelt und von der Stehlampe erleuchtet. Rulfo hatte nämlich auf Raquels Bitte die Vorhänge zugezogen: Der Junge war zwar nicht in vollständiger Finsternis aufgewachsen, aber seine Augen waren immer noch sehr empfindlich.

»Wenn sie uns umbringen wollen, wieso haben sie das dann nicht längst getan? Ich kann dir jedenfalls versichern, dass sie mich heute Nacht fast hopsgenommen hätten. Mein Hals ist nämlich sehr zerbrechlich, wie ich gemerkt habe.«
»Sie wollen die Imago.«
»Ja, das weiß ich. Aber wieso nehmen sie uns die nicht einfach weg?«

»Das können sie nicht«, entgegnete sie. »Es ist irgendetwas passiert, als wir sie aus dem Wasser geholt haben, und sie kommen jetzt nur noch an sie heran, wenn wir sie ihnen freiwillig geben.«

»Hast du das auch geträumt?«

»Ja.«

»Dann täuschst du dich. Sie haben doch meine Wohnung durchsucht, um sie zu stehlen.«

»Sie können sie nicht stehlen. Sie haben deine Wohnung durchsucht, weil ich ihnen gesagt habe, dass du sie hättest, was ich in dem Moment auch dachte. Aber sie wollten sich nur vergewissern, dass einer von uns beiden sie hat. Das wissen sie jetzt. Deshalb wollen sie, dass wir beide zu diesem Termin kommen und sie ihnen geben. Wenn wir nicht hingehen, können sie die Figur nicht wiederbekommen. Selbst wenn sie sie zufällig fänden, könnten sie sie nicht nehmen.« Dann wurde ihre Stimme plötzlich weich. »Das, was ich sage, weiß ich ganz sicher. Frag mich nicht, woher, es ist einfach so ... Sie können sich die Imago nicht selbst holen, deshalb haben sie uns am Leben gelassen. Sobald wir sie ihnen aushändigen, bringen sie uns um.«

Auch wenn ihre Rede unlogisch klang, wusste Rulfo, dass sie die Wahrheit sprach. Er zweifelte keine Sekunde an ihren Worten und dachte bei sich, dass sein Vertrauen teilweise ihrem aufrichtigen Ton zuzuschreiben war. Trotzdem akzeptierte er ihren Vorschlag nicht als Schlussfolgerung, und das wollte er ihr erläutern.

»Ich bin damit einverstanden, dass du nicht zu dem Termin hingehst. Du musst hier weg und untertauchen, selbst wenn es nur um seinetwillen ist«, sagte er und deutete mit dem Kopf auf den Jungen. »Wenn sie uns beide finden, dann hat keiner von uns mehr eine Chance. Aber wenn ich alleine gehe und ihnen das Verlangte gebe, vielleicht ... vielleicht vergessen sie dich dann ...«

»Sie werden mich nicht vergessen«, erwiderte sie absolut

sicher.«Sie haben darauf bestanden, dass wir beide hingehen, erinnerst du dich? Das fordern sie. Sie wollen mich nicht am Leben lassen.«

»Ich gebe dir die Chance, wenn du willst …«

»Und du?«

Bin ich ihr etwa wichtig?, fragte er sich insgeheim.

»Wenn ich sie vor die Wahl stelle: ich oder die Figur, dann werden sie sich für die Figur entscheiden, da bin ich sicher, und mich in Frieden lassen.«

Die Frau maß ihn mit einem merkwürdig dunklen Blick voller Sorge.

»Das ist absurd. Wenn du ihr Spiel mitmachst, dann werden sie dich umbringen, Salomón. Das weißt du ganz genau.«

»Sag mir, welche Möglichkeit wir sonst haben, Raquel.«

»Gemeinsam fliehen«, hauchte sie so leise, dass er im ersten Moment dachte, es wäre ein Kuss. »Irgendwohin. Uns verstecken. Vielleicht entdecken sie uns irgendwann, aber es wird ihnen nicht leicht fallen … Und solange die Figur in unseren Händen ist, werden sie nicht wagen, uns etwas anzutun …«

»Raquel …« Rulfo holte tief Luft und wägte seine Worte sorgfältig ab. Er wollte sich nicht von Sentimentalitäten leiten lassen, von absurden Opfergedanken. Außerdem wusste er, dass sie das nicht akzeptieren würde. Daher beschloss er, ihr seinen Vorschlag ganz natürlich und mit unwiderlegbarer Logik zu unterbreiten. »Wie lange werden wir so leben können?« Er wies wieder auf den Jungen und merkte, dass ihm dieser so aufmerksam zuhörte wie seine Mutter. »Wie lange wird er wohl so leben können …? Sie werden uns so oder so ins Visier nehmen, ob wir alle beide zu dem Termin hingehen oder ob wir fliehen. Unsere einzige Chance besteht darin, uns zu trennen.« Während er redete, wurde er sich einer Sache bewusst: Er hielt schon wieder eine Abschiedsrede. Ihm kam der Moment, als er aus Ballesteros' Auto gestiegen war und einen langen Blick mit ihm getauscht hatte, so plastisch wieder in Erinnerung, dass er ihn förmlich am Steuer sitzen sah und sich selbst sagen hörte, dass er von nun an alleine gehen würde, alleine *absteigen*, alleine eindringen würde in die Welt der sonderbaren Dinge. Aber diesmal bildete er sich aus anderen Gründen ein, richtig zu handeln. Diesmal ging es nicht allein um sein Leben. »Du musst dich eine Zeit lang versteckt halten«, fuhr er fort. »Wir dürfen auch die Sache mit Patricio nicht vergessen. Die Polizei hat seine Leiche vielleicht noch nicht entdeckt, aber wenn sie es tut, dann wird sie dich suchen. Meine Wohnung ist kein sicheres Versteck, und in Madrid zu bleiben ist auch nicht ratsam. Also, lass uns schauen ...« Die Augen der jungen Frau waren schwarz wie eine Sternenfinsternis. Er drückte ihre kalte, starre Hand. »Bis zum einunddreißigsten Oktober ist es noch eine Woche. Wenn ich Glück habe, komme ich lebend aus der Sache heraus, und wenn alles vorbei ist, stoße ich zu euch.«

Sie sagte nichts, und Rulfo war für ihr Schweigen dankbar. Er sah sie, immer noch in seinem unförmigen Bademantel, aufstehen und ins Schlafzimmer gehen. Kurz darauf erhob er sich und folgte ihr. Als er eintrat, lag sie im Bett.

»Ich möchte schlafen«, sagte die Frau.

»Ist gut.«

Rulfo nahm das Jackett von der Stuhllehne und zog beim Hinausgehen die Tür hinter sich zu. Er fühlte nach, ob sich die Imago noch in der Tasche befand. Ab jetzt, dachte er, würde er sehr gut auf die Figur aufpassen müssen.

Bis zum Termin.

Während Raquel schlief, ging Rulfo zu dem Kind und tätschelte ihm den Kopf. Der Kleine tat so, als bemerke er nichts: Er kniete weiter auf der Couch und betrachtete im dämmrigen Wohnzimmer seine über die Kissen verteilten Spielzeugsoldaten.

»Du sprichst nicht viel, nicht wahr?«
»Nein«, bestätigte der Junge.
Seine überraschend klare Stimme wirkte ebenso fest wie
sein Blick. Er hatte geantwortet, ohne den Kopf zu heben,
und konzentrierte sich weiter auf seine Soldaten. Als Rulfo
sein bleiches Gesicht aus der Nähe betrachtete, kam ihm
der Gedanke, dass das Kind unter Blutarmut leiden könnte.
Er setzte sich zu dem Jungen und lächelte.
»Weißt du was? Ich glaube, du bist ein pfiffiges Kerlchen ...«
Sein kleiner Gesprächspartner überging die Bemerkung
und reagierte lediglich mit einem kurzen Blinzeln, als hätte
Rulfo, statt etwas zu sagen, ihm einen Mund voll Rauch ins
Gesicht geblasen. Er fuhr darin fort, die Soldaten auf dem
Sofa in Stellung zu bringen. Dann ließ er einen Finger über
ihre Köpfe gleiten, als würde er sie zählen, obwohl Rulfo
annahm, dass er das Zählen nie gelernt hatte. Die kleine
Hand mit den ungeschnittenen, schmutzigen Fingernägeln
blieb über dem letzten stehen. Der Kleine nahm ihn auf,
drehte sich zu Rulfo um und sagte: »Die hier ist die
Schlimmste.«
»Die Schlimmste?«
Der Junge nickte.
»Die Schlimmste von allen.«
In seinem unendlich traurigen Kindergesicht erschien jetzt
ein sorgenvoller Zug. Anfangs verstand Rulfo nicht, was er
damit sagen wollte. Dann zählte er die Soldaten nach: Es
waren zwölf. Den Letzten hielt der Junge mit der Hand um-
schlossen. *Saga? Die Wissende?*
»Willst du damit sagen, dass sie die Böseste von allen
ist?«
Wieder nickte das Köpfchen.
»Meinst du die Damen?«
Der Junge gab keine Antwort.
»Kennst du sie, Laszlo? Kennst du die Damen?«

Auch diesmal kam keine Antwort.

»Es fehlt eine«, sagte der Junge dann.

Rulfo lief es eiskalt über den Rücken. *Die dreizehnte.* Er erinnerte sich an den österreichischen Professor, von dem César ihm erzählt hatte, und daran, dass er darauf bestanden hatte, ihn über diese Dame aufzuklären. »Die wichtigste und einzige, die nie erwähnt wird.« Er wusste nicht, ob er einer absurden Phantasie aufsaß oder die seltsame Sprache des Jungen missverstand, ahnte jedoch, dass absurde Phantasien die richtige Fährte waren, um zur Wahrheit vorzudringen. Er beschloss, ihm die Frage zu stellen, die ihn am meisten beschäftigte.

»Wo ist sie, Laszlo? Wo ist die dreizehnte?«

Das Kind betrachtete wieder seine Soldaten.

»Ich weiß es nicht«, sagte es.

Das Motel lag an einer Abzweigung der Landstraße in der Provinz Toledo. Er wählte es aufs Geratewohl, ohne zu wissen, weshalb, aber sicherlich auch, weil es nicht zu nah und nicht zu fern von Madrid gelegen war. Es war ein zweistöckiger roter Backsteinbau mit weißen Fensterumrahmungen, von recht modernem Aussehen. Es hatte ein kleines Restaurant im Erdgeschoss, eine Reihe Parkplätze und, was ihm am wichtigsten schien, es verkehrte dort, nach den abgestellten Autos zu urteilen, die richtige Anzahl von Gästen, nicht zu viele und nicht zu wenige. Rulfo meldete sich mit seinem Namen an und hinterlegte bei einer dicklichen Person in einem auffälligen blauen Kostüm seinen Personalausweis. Diese wies ihm ein geräumiges Zimmer mit einem Ehebett und einem Klappbett zu. Er vergewisserte sich, dass es bequem und sauber war, dann wandte er sich an die beiden.

»Hier seid ihr gut aufgehoben.«

In den neuen Kleidern, die er ihnen am Morgen besorgt hatte, waren sie kaum wiederzuerkennen. Er selbst hatte diesmal auf sein gewohntes Outfit verzichtet und war stattdessen in Jeanshemd und Lederjacke unterwegs. So kam er sich als Familienvater glaubwürdiger vor, denn er wollte den Anschein erwecken, mit Frau und Kind auf der Durchreise eine Verschnaufpause einzulegen. Deshalb hatte er auch Wert darauf gelegt, dass sie am Abend eintrafen.

Sie verbrachten die Nacht zusammen, und ihm war ein tiefer Schlaf vergönnt, womit er wegen ihres – vielleicht endgültigen – Abschieds am nächsten Tag nicht gerechnet hatte. Er erwachte im Morgengrauen und wartete, bis Raquel ebenfalls die Augen aufschlug, um ihr einen Umschlag mit Geld zu überreichen. Es war seine fast vollständige Barschaft sowie der größte Teil des Guthabens von seinem Girokonto. Für seine miserable Finanzlage war das eine kaum tragbare Belastung, aber er wusste, dass Raquels Leben davon abhing.

»Versuche, dich ganz natürlich zu verhalten«, riet er ihr. »Geh mit dem Kleinen nach draußen und bleib nicht die ganze Zeit im Zimmer ... Du kannst dir das Essen heraufbringen lassen. Vielleicht kann ich euch im Laufe der Woche zu besuchen, aber ich glaube fast, dass es besser ist, wenn wir uns nicht sehen. Du hast ja meine Nummer. Ruf mich an, wenn du mich brauchst.«

»Mache ich«, murmelte sie und deutete ein Lächeln an, das im nächsten Augenblick wieder verschwunden war, so als könnte man mit den Lippen blinzeln. »Danke für alles.«

Rulfo beugte sich zu ihr hinunter, um sie zu küssen, aber die diffusen Schatten in ihrem Blick und die neuerdings darin lauernde Finsternis ließen ihn auf halber Strecke innehalten und sie einen Moment lang ansehen: Von Tag zu Tag veränderte sie sich mehr und entfernte sich weiter von der Raquel, die er kennen gelernt hatte. Ob es eine Verwandlung zu ihrem eigenen Besten war, wusste er nicht. Einerseits kam sie ihm stärker vor, andererseits war sie furchtsamer denn je: Als hätte sie ihre Gelassenheit von einst gegen eine gestählte Persönlichkeit eingetauscht.

Als er sah, dass das Kind wach war, hockte er sich an sein Schlaflager.

»Pass gut auf deine Mama auf. Ich bin sicher, dass du ein tapferer Junge bist.«

Die Antwort ließ ihm das Blut in den Adern stocken.

»Sie ist nicht meine Mama.«

Er starrte in die Kinderaugen, die ihn forschend im Halbschatten ansahen.

»Was?«

»Sie ist nicht meine Mama«, wiederholte er.

Instinktiv drehte Rulfo sich zu Raquel um. Sie hockte inzwischen am anderen Ende des Zimmers vor ihrer Reisetasche mit der mitgebrachten Wäsche und verstaute den Umschlag mit seinem Geld.

»Sie ist nicht deine Mama?«, raunte Rulfo.

Das Kind schüttelte den Kopf. Dann setzte es hinzu: »Sie ist ein bisschen Mama, aber nicht ganz.«

Rulfo runzelte die Stirn und sah wieder zu der jungen Frau hinüber, die immer noch in derselben Stellung verharrte. Sie hatte die Haare zusammengebunden, so dass ihre Tätowierung am unteren Rücken deutlich zu erkennen war. Ihm fiel auf, dass er dieses Tattoo vollends vergessen hatte. Dann entdeckte er etwas. Ohne von ihr bemerkt zu werden, näherte er sich ihr von hinten und beugte sich über sie. Er stellte fest, dass das, was er anfangs für einen Kreis mit Arabesken gehalten hatte, geometrisch angeordnete Worte waren. Es waren englische Worte, sehr eng geschrieben, aber er konnte sie dennoch entziffern, bevor sie sich umdrehte. *A sepal, a petal, and a thorn.* »Ein Kelch, ein Blatt und ein Dorn.« *Nicht alles.*

»Wann hast du dir das Tattoo machen lassen?«, fragte er sie.

»Was?«

»Dein Tattoo am Rücken. Wann hast du dir das machen lassen?«

Verwundert richtete sich die junge Frau auf. Ihre Miene zeigte Befremden.

»Ich weiß nicht mehr.« Das stimmte. Sie wusste noch nicht einmal, dass sie eine Tätowierung am Körper trug. Sie vermutete, dass es genauso ein Rätsel war wie alles andere, was gerade mit ihr geschah. »Vor vielen Jahren ...«

Sie nahmen Abschied. Rulfo verließ das Motel, nachdem er sich davon überzeugt hatte, dass an der Rezeption eine andere Frau arbeitete als am Vorabend beim Einchecken. Auf der Fahrt nach Madrid kreisten seine Gedanken unentwegt um die Tätowierung und um das, was der Junge zu ihm gesagt hatte. Zu Hause angelangt, hatte er in wenigen Minuten die Quelle jener Worte gefunden.

Es war die erste Zeile eines Gedichts von Emily Dickinson.

Der Freitag kam ohne irgendwelche Neuigkeiten. Er hatte sich täglich mehrere Zeitungen besorgt und die Nachrichten im Privatfernsehen angeschaut und jedes Mal gedacht, dass sie jetzt ganz bestimmt käme: die Meldung. Aber sie kam nicht. Einerseits war er froh über dieses überraschende Schweigen, andererseits war ihm nicht wohl dabei. Da Patricio, so überlegte er, ein illegales Geschäft betrieben hatte, war es nur logisch, dass seine Kumpane nicht schnurstracks zur Polizei gingen, um sein Verschwinden zu melden, aber war es denn möglich, dass nach vier Tagen noch niemand anders sein Fehlen bemerkt oder seine Leiche entdeckt hatte?

Am Freitag saß er in seinem Wohnzimmer herum und wusste nicht, was er tun sollte. Es fehlten noch vier Tage bis zum einunddreißigsten Oktober, und dieses Warten setzte ihm mehr zu als alles, was er am vergangenen Wochenende erlebt hatte. Er warf sich vor, die Zeit nicht richtig genutzt zu haben, denn er hatte die ganze Woche nichts anderes getan, als vor sich hin zu vegetieren und sich durch gelegentliche Telefonate davon zu überzeugen, dass es Raquel und dem Jungen gut ging. Aber der Termin rückte unaufhaltsam näher, und er wusste noch immer nicht, wie er sich verhalten sollte. Plötzlich überkam ihn die Wut, und er schlug mit den flachen Händen auf den Tisch. Dann beschloss er, noch einmal im Motel anzurufen, nur um ihre Stimme zu hören. Wie auf Befehl klingelte in demselben Moment das Telefon.

»Salomón ...? Hast du heute Zeit ...?« Rulfo kniff ärgerlich die Augen zusammen, aber dann fügte César hinzu: »Komm zu mir, so schnell du kannst, wenn es geht: Ich habe Rauschen gefunden.«

Rauschen. Der österreichische Professor. Ihr einziger Informant, um mehr über die Sekte zu erfahren.

Er musste unbedingt mit Rauschen reden.

VII. RAUSCHEN

1

Es ging abwärts, der Schwärze entgegen. Durch eine optische Täuschung sah es aus, als läge die massige, klumpige Erde unmittelbar unter ihnen. Aber das Flugzeug drang lautlos in sie ein, weil es nur eine dichte Decke aus Gewitterwolken war.

»Wenn du vorhast, eines Tages spurlos zu verschwinden«, sagte César weiter, »dann rate ich dir, nicht als Professor an einer Uni zu arbeiten ... Wir Professoren sind die besten Spione aller Zeiten, zumindest, was die Kollegen betrifft: Über die wissen wir fast alles, und was wir nicht wissen, das können wir uns dann schon denken.«

Wie immer hob er sich die spannendsten Informationen bis zum Schluss auf. Während ihrer noch am Freitagmittag überstürzt angetretenen Flugreise hatte der Professor Rulfo peu à peu, wie aus einer Tropfflasche, mit den Details seiner Recherche versorgt. Bei ihrer Landung in Barcelona lüftete sein alter Freund endlich den Schleier von den interessantesten Überraschungen.

»Rauschens Kollegen haben eine ganze Menge gewusst und sich auf alles andere ihren Reim gemacht ... Leider sind dennoch einige Punkte im Dunkeln geblieben. Ich werde die Fakten für dich zusammenfassen: Rauschen ist seit zwölf Jahren nicht mehr an der Uni und hat seitdem ... rate mal, was gemacht? Er hat an Kongressen wie an dem von Madrid teilgenommen. Ist hierhin und dahin gefahren. Anscheinend war er daran gewöhnt, alles aufzugeben und von neuem zu beginnen. Er hatte nämlich bis zu seinem 35. Lebensjahr einen Lehrstuhl als Professor an der Fakultät für klassische Literatur der Uni Wien, hat dann aber gekündigt und ist für sechs Jahre nach Paris gegangen. Danach ist er nach Berlin übergesiedelt und hatte dort wieder eine Professorenstelle. Er fiel wider Erwarten in eine tiefe Depression oder etwas Ähnliches, wurde entlassen und kehrte damit der Lehre endgültig den Rücken. Damals begann seine Reiserei zu Kongressen quer durch Europa und gleichzeitig – man beachte – fing er an, Erkundigungen über Studenten und Professoren an unterschiedlichen deutschen Universitäten einzuziehen. Ja, Auskünfte: ihre Anschriften, ihre Curricula ... Niemand weiß, warum. Vor fünf Jahren ist er nach Madrid gekommen und hat mit mir geredet. Erinnerst du dich, dass er zu mir gesagt hat, er würde gerne in Spanien leben? Nun, er hatte gelogen. Er lebte bereits hier. Er hatte in Barcelona, genauer gesagt in Sarría, ein Haus gekauft und ... rate mal, was er dort machte? Er hat bei verschiedenen spanischen Fakultäten, insbesondere an unserer, Informationen eingeholt.«

»Was denn für Informationen?«

»Die gleichen wie an den deutschen Unis: Curricula von Professoren und Studenten ... Das tat er selbstverständlich in aller Verschwiegenheit. Aber ich hatte das Glück, dass mir meine frühere Sekretärin, die Montse, zu Hilfe gekommen ist. Sie ist eine Frau, vor der kein Geheimnis dieser Welt sicher ist, denn sie hat ein außerordentlich feines Gehör für alle Sorten von Klatsch und Tratsch. Sie konnte sich an Rauschen erinnern, weil sie ihm auch einige Auskünfte beschafft hatte. Rauschen hat übrigens seine Nachforschungen unter dem Vorwand von irgendwelchen frei erfundenen Stipendien betrieben. Er hat sogar mich ausspioniert ...! Er hatte Kontakt zu einem Kollegen von mir in Madrid an der Universidad Complutense – ist ein alter Freund von mir. Den habe ich unter Druck gesetzt, damit er Rauschens Adresse rausrückt. Aber einen Grund für sein Interesse an Dozenten und Studenten konnte er mir auch nicht nennen. Es schien fast, als suchte er jemanden. Er ist dieser sonderbaren Tätigkeit mehrere Monate nachgegangen.«

»Und dann?«

»Dann kam der Kongress über Góngora, und er hat mit mir geredet ... danach hat er nichts mehr unternommen.« César seufzte und setzte das Gesicht eines Zauberers auf, der den besten Trick noch im Hut hat. »Herbert Rauschen ist vor fünf Jahren ins Koma gefallen, deshalb hat er mich auch nie wieder angerufen. Er wird bei sich zu Hause von einem medizinischen Team betreut.«

Es war ein großes Haus mit weißen Mauern und einem schrägen Dach, dessen Besitzer offenbar eher um Zurückhaltung als um Aufsehen bemüht war. Jenseits eines schlichten Zauns gelangte man zum Eingang mit einem vergoldeten Türklopfer und einer Klingel, bei deren Betätigung eine süßliche Glocke erklang und ein korpulenter Mann in der weißen Berufskleidung eines Krankenpflegers in Erscheinung trat. Die beiden Besucher begründeten ihr Kommen mit einer entfernten Freundschaft zu dem Kranken und baten, diesen sehen zu dürfen. Nachdem er sie ausführlich gemustert hatte, entfernte sich der Mann wieder. Er brauchte lange, dann kehrte er aber zurück.

»Sie können hereinkommen.«

Sie betraten ein minimalistisches Wohnambiente, das schon mit wenigen Dekorationsgegenständen überladen wirkte: Fuchsien, eine chinesische Vase, Brenngläser in einer Käseglocke und an den Wänden Akte mit Masken auf den Gesichtern. Rauschens Zimmer lag im Erdgeschoss, auf halber Länge den Flur entlang. Als sie eintraten, zog eine junge Krankenschwester in einer makellosen weißen Uniform schleunigst die mit Turnschuhen, aber ohne Socken bekleideten Füße von einem Stuhl. Sie war gerade mit einer

Zeitschrift beschäftigt, war blond und attraktiv, aber ihr Blick war von der gleichen unangenehmen Penetranz wie der des Pflegers.

»Der Herr Rauschen liegt schon seit Jahren so da, ohne sich zu bewegen oder zu sprechen«, teilte sie ihnen mit einem starken ausländischen Akzent mit. Rulfo meinte, damit wolle sie ihnen zu verstehen geben, dass es ihnen zwar freistünde, ihn zu besuchen, sie aber keinen allzu großen Zweck darin sähe.

»Wir werden nur kurz bleiben«, versicherte César ihr und näherte sich dem Bett.

Herbert Rauschen lag da wie eine Statue, den Blicken aller mit jener jämmerlichen Wehrlosigkeit ausgesetzt, wie sie nur Hunde und Sterbende haben. Eine Decke verhüllte ihn bis zur Brust. Seine eingefallene, pergamentartige Haut hatte das beeindruckende Weiß eines Eidechsenbauches angenommen, doch in seinen Zügen waren noch die Spuren eines starken Charakters und großer persönlicher Anziehungskraft sichtbar. Eine Haube mit Kabeln auf seiner Stirn endete in einem anscheinend ausgeschalteten Gerät.

»Der Ärmste.« César ging um das Bett herum und beugte sich über ihn. »Er wird auch nachts beaufsichtigt, nehme ich an ...«

»Da kommt eine Kollegin«, sagte die Krankenschwester.

Sauceda nahm Rauschens abgemagerte, steife Hand und hielt ihm eine kurze, bewegende, mit freundschaftlichen Worten gespickte Ansprache. Dann holte er ein Taschentuch heraus und schnäuzte sich. Anschließend bat er vielmals um Entschuldigung und erklärte, gegen ein menschliches Bedürfnis könne man wenig ausrichten – er habe auf dem Flughafen nicht die Zeit dazu gehabt. Ob es wohl eine allzu große Belästigung wäre, wenn ...? Die Krankenschwester wandte sich an den Pfleger.

»Zeig ihm die Toilette.«

»Danke schön.« César wurde rot.

Als der Aufseher ins Zimmer zurückkam, zeigte Rulfo auf das Gerät mit den Kabeln.

»Hören Sie, Verzeihung, das hier hat gerade eben gesummt. Haben Sie das auch gehört?«

Die Krankenschwester und der Aufseher tauschten einen Blick.

»Der Bildschirm würde nur anzeigen, wenn sich an Herrn Rauschens Zustand irgendetwas ändert«, sagte die Erstere.

»Also ich habe gerade einen Summton gehört ...«

»Das kann nicht sein.«

»Vielleicht habe ich mich getäuscht, dann bitte ich um Verzeihung.«

Danach fiel ihm nichts mehr ein. Selbst wenn man ihm zugute hielt, dass er schon älter war: Rulfo fand, sein Freund brauchte entschieden zu lang. Er bemerkte, wie der Aufseher zur Tür zu sehen begann.

Kurz darauf erschien César Gott sei Dank wieder. Beim Hereinkommen putzte er seine Brillengläser mit dem Taschentuch.

»Wir haben Sie jetzt lange genug belästigt. Ich glaube, es ist Zeit zu gehen.«

Es hatte zu regnen aufgehört, als sie das Haus verließen. Der Exprofessor schien zufrieden. Die Nummer mit der Toilette war geplant gewesen und offenbar gelungen.

»Ich hatte genügend Zeit, die Hintertür zu finden. Sie führt in einen kleinen Garten, den man auch von der Straße erreichen kann, und war nur mit einem Riegel verschlossen. Den habe ich zurückgezogen. Wenn unsere Freunde nicht sehr aufmerksam sind, werden sie nichts merken. Von dort können wir nachher ins Haus. Lässt du dich auf das Risiko ein, heute Nacht überrascht zu werden, wenn wir Herrn Rauschens Bibliothek durchstöbern?«

»Dafür sind wir doch hergekommen«, erwiderte Rulfo nüchtern.

»Wenn du Lust hast, können wir was essen gehen. Danach warten wir auf den Schichtwechsel: Wahrscheinlich hat der Pfleger keine Ablösung, so dass wir uns nur die neue Krankenschwester vornehmen müssen.«

Sie blieben stundenlang draußen. Zum Glück regnete es nicht mehr. César jammerte und ging unruhig auf und ab. Rulfo zog es dagegen vor, sich auszuruhen: Er fand ein niedriges Kranzgesims, auf das er sich setzte und den Rücken an eine Hauswand lehnte. Autos und Passanten kamen vorüber, ohne ihnen Beachtung zu schenken. Als es dunkel wurde, ließ der Verkehr nach, die Temperaturen blieben trotzdem erträglich. Sie wechselten sich mit dem Wachestehen ab. Als er gerade pausierte, hörte Rulfo César leise rufen:»Salomón.«

Erst war es nur ein Spiel für ihn; jetzt ist es ein aufregendes Abenteuer, dachte er, als er seinen Exprofessor eifrig Handzeichen geben sah, damit er zur Straße schaute. Dort stand ein dunkles Auto vor dem Haus und wartete. Die Haustür öffnete sich, und es erschienen zwei Schatten. Lautes Gelächter. In der Straßenbeleuchtung waren unter den Mänteln die Uniformen der Krankenschwester und des Pflegers zu erkennen.

»Na, bitte …! Und die Nachtschwester?«, flüsterte César.

Die beiden Gestalten stiegen ins Auto. Nach ihrem Lachen zu urteilen, waren sie betrunken. Rulfo gefiel das Ganze nicht. Er erinnerte sich plötzlich an die kalten Augen der Krankenschwester, wie Eiswasser in zwei Fischgläsern, und beim Aufseher dasselbe. Mit solchen Augen hatten die beiden ihn durchbohrt. Das gefiel ihm nicht.

Das Auto fuhr los. Das Haus blieb im Dunkeln. Durch die Blätter vor dem Eingang ging ein Windstoß und trug den Geruch des Meeres herbei.

»Sie wird nicht gekommen sein«, sagte César. »Das macht uns die Sache leichter.«

Rulfo war sich da nicht so sicher, aber er sagte nichts.

Ihr Plan funktionierte perfekt. Sie gingen auf die Rückseite des Hauses, wo der Exstudent die unteren Äste eines Baumes zu Hilfe nahm, um über den Zaun zu klettern und den Exprofessor hochzuziehen. In diesem Moment schienen all die Jahre der Sesshaftigkeit auf Saucedas Gewicht einzustürzen, aber sein Enthusiasmus half ihm, das allerletzte Stück zu überwinden, wo Rulfos starke Muskeln versagten. Als er auf der anderen Seite in den Garten sprang, hätte Sauceda bei der Feststellung, dass noch alles an ihm dran war, am liebsten laut gejubelt. Von dort gingen sie zur Hintertür.

»Heureka«, sagte César und öffnete sie mit einem kleinen Klick.

Sie drangen im Dunkeln ins Haus ein. César konnte sich sofort orientieren und schlug vor, nur Licht zu machen, wenn es unbedingt nötig war.

»Zuallererst werden wir Rauschens Körper untersuchen.« Rulfo sah ihn irritiert an. Darauf setzte César hinzu: »Erinnerst du dich an den Bericht von Milton über das gefolterte Kind?«

Jetzt verstand Rulfo, was er meinte. Es überraschte ihn sogar, dass er nicht selbst darauf gekommen war. Sein alter Professor war vielleicht körperlich in übler Verfassung, aber sein Geist funktionierte mit der gewohnten Brillanz.

Sie gingen einen langen Gang entlang und trafen auf den Flur, auf dem sich das Krankenzimmer befand. César blieb jedoch eine Tür vorher stehen.

»Warte. Ich will dir was zeigen.«

Er öffnete sie lautlos, mit einem leichten Druck, und im selben Moment schalteten sich mehrere Deckenlampen an. Es war ein sehr kleiner, fensterloser Raum mit nackten, weiß gekalkten Wänden. Rulfo kam das blaue Zimmer von Lidia Garetti in den Sinn, aber im Gegensatz dazu waren hier weder Vorhänge noch ein Teppichboden zu sehen. Vielmehr nahm eine Art Schwimmbecken oder Rundbadewanne fast die ganze Bodenfläche ein. Wie ein Whirlpool, aber ohne Wasserhähne, mit einem niedrigen Rand und einem großen Abflussgitter in der Mitte. Die Zimmertemperatur war eisig.

»Wie findest du das? Ich habe es zufällig heute Morgen entdeckt. Es muss erst vor kurzem eingebaut worden sein.«

Dem stimmte Rulfo zu. Ein scheinbar überflüssiger nachträglicher Einbau, als wäre eine Trennwand herausgenommen und die Symmetrie des Hauses zerstört worden, nur um dieses für Gott-weiß-was bestimmte Zimmer einzurichten. Das Gitter des überdimensionierten Bodenabflusses mit den Ritzen zur Finsternis kam ihm bedrohlich vor. Als César die Tür wieder schloss, erloschen die Lichter.

Bevor sie Rauschens Zimmer betraten, spähten sie durch die Tür, um sicherzugehen, dass außer dem Kranken niemand da war. Alles schien genauso wie am Morgen. Sogar die Stille, die tiefe Friedhofsruhe, unterschied sich nicht wesentlich von dem, was sie bei ihrem vorherigen Besuch wahrgenommen hatten. Aber als César das einzige Licht anknipste (die Nachttischleuchte mit dem biegsamen Arm), stellten sie verblüfft fest, dass sie sich getäuscht hatten.

Nichts war wie vorher.

»Mein Gott«, flüsterte Rulfo.

Im ersten Augenblick wagte keiner von beiden den nächsten Schritt. Sie standen mit vor Entsetzen weit aufgerissenen Augen da, als wollten sie herausfinden, was das war.

Rauschens Körper lag aufgedeckt da, das Nachthemd bis zum Schambein hochgeschoben. Die feine Infusionsnadel war von seinem Arm abgerissen, ebenso die Kabel und die Saugnäpfe von seinem Kopf.

Aber es war nicht nur einiges entfernt, sondern auch etwas hinzugefügt worden.

Scheren und kleine Messer in unterschiedlichen Formen und Größen steckten im mageren Fleisch der Beine. Seine Schienbeine waren mehrmals durchlöchert worden, wofür sein Peiniger offenbar einen kleinen Drillbohrer verwendet hatte, der jetzt auf dem Fußboden lag. Wer auch immer diese Grausamkeiten verübt hatte, hatte anschließend mehrere Nägel in die Löcher gesteckt und auch die Kniescheiben an verschiedenen Stellen durchbohrt. Aber das Schlimmste befand sich zwischen den Beinen: Ein unglaubliches Gewirr aus chirurgischen Instrumenten, die mit roher Gewalt in die Harnröhre und in den Anus geschoben worden waren, ragte wie eiserne Blumengestecke aus den brutal geschwollenen und zerfetzten Schließmuskeln hervor. Die unversehrten Körperstellen waren verbrannt, und überall auf dem Bett lagen abgebrannte Streichhölzer und Zigarettenstummel wie schweigende Schösslinge. Man hatte den Eindruck, dass hier jemand mit durchtriebener Langsamkeit zu Werke gegangen war, beinahe mit Ausdauer: Es waren keine unmittelbaren Verletzungen, es war ein langsames, sadistisches Spiel, ein Puzzle verkehrt herum auf einem wehrlosen Körper.

Die Krankenschwester. Der Pfleger. Ihre bohrenden Blicke. Das Lachen.

Rulfo hatte sich über den alten Mann gebeugt und richtete sich jetzt mit verzerrtem Gesicht wieder auf. Er spürte, wie sich sein Magen, das sensibelste aller Organe, aufbäumte, sensibler noch als sein Gehirn, das ihm einfach das Denken verweigerte.

»Ich glaube, dass ... sie ihm die Zunge herausgeschnitten haben.«

Er verspürte den Drang, sich zu übergeben. Ihm war kalt, seine Handinnenflächen waren schweißnass. Er sah zu César hinüber und stellte fest, dass dessen Befindlichkeit kein bisschen besser war.

»Lass uns einen Moment hinausgehen«, sagte Sauceda mit wächsernem Gesicht. Im Flur riet er ihm: »Ein paar Mal tief durchatmen. Manchmal wirkt das.«

Das taten sie. Von Rauschens Anblick befreit ließ Rulfos

Übelkeit allmählich nach. Immer noch schwirrte ihm aber der Kopf. Er hatte das dringende Bedürfnis, etwas zu trinken, und wenn es nur Wasser war, aber für eine Flasche Whisky hätte er jetzt alles gegeben.

»Wir müssen noch etwas überprüfen«, sagte César, holte tief Luft und stieß sie so langsam aus, als täte er dies nach der präzisen Anleitung eines Atemtherapeuten.

Sie stellten sich noch einmal Rauschens erschreckendem Anblick. César zog ihm das Hemd hoch und legte den Bauch frei. Oberhalb der Genitalien waren keine Folterspuren mehr zu sehen, aber da war etwas anderes.

»Hier ist es«, sagte er in einem sonderbaren Ton.

Der Vers wand sich in zwei fast vollständigen Kreisen spiralförmig um den Bauchnabel. Er war mit einer ungeschickten, aber lesbaren Handschrift in kleinen Versalien geschrieben, und die Tinte war noch feucht.

MIXT WITH TARTAREAN SULPHUR AND STRANGE FIRE

»Milton«, sagte César. »*Das verlorene Paradies,* das Werk, zu dem Herberia ihn inspiriert hat. Schreckliche Ironie. Anscheinend erneuern sie ihn von Zeit zu Zeit. Sieh mal, die Tinte ist noch ganz frisch ... Zweifellos ist diese Tefilla für sein Koma verantwortlich ...« Er beugte sich hinunter und legte ein Ohr auf Rauschens Brust. »Nichts. Er ist tot ... Das Ganze ist eine Farce: das medizinische Team, die Nachtschwester ... Das sind Mitglieder der Sekte, ganz bestimmt .... Heute wollten sie ihn anscheinend töten, während sie sich vorher an ihm ausgelassen haben ...« Seufzend wandte er sich von der Leiche ab. »Wenigstens hat er heute endlich Frieden gefunden, der arme Rauschen ... Falls es in einer Welt, in der die Dichtung zur Folter geworden ist, überhaupt noch so etwas wie den ›Frieden‹ gibt«, setzte er düster hinzu.

Rulfo warf noch einen Blick auf den tausendfach gepeinigten Körper des österreichischen Professors, dann drehte er sich zu César um.

»Lass uns die Bibliothek suchen.«

Es war höchste Zeit, dass sie einen Weg fanden, den Damen Einhalt zu gebieten, dachte er. Irgendeine Möglichkeit, sie zum Aufgeben zu zwingen. Rauschen, davon war er überzeugt, musste sie entdeckt haben, und das war ihn teuer zu stehen gekommen.

Die Bibliothek befand sich im oberen Stockwerk und diente auch als Arbeitszimmer. Sie stellten sicher, dass die Vorhänge zugezogen waren, dann machten sie am Schreibtisch Licht. Voll gepackte Bücherregale, ein Computer und eine Büste von Rauschen waren das augenfälligste Mobiliar. César setze sich an den Rechner, machte ihn an und holte eine mitgebrachte leere CD-Rom heraus.

»Perfekt«, sagte er, als er sich das Gerät ansah. »Es ist ein Drucker dabei.« Er begann zu tippen. »Ich erwarte zwar nicht, hier groß was zu finden, weil sie wahrscheinlich alle wichtigen Daten gelöscht haben, aber ich bräuchte trotzdem ein Weilchen, um sicherzugehen ...«

Unterdessen warf Rulfo einen Blick auf die Bücher. Es waren vor allem Werke großer Dichter, wie in Lidia Garettis Haus. Es waren auch Essays über Literaturtheorie dabei. Nichts Außergewöhnliches, nichts, was auch nur im Entferntesten nach Hexerei roch. *Aber genau das ist die Hexerei*, schoss es ihm beim Überfliegen der Namen durch den Sinn: Goethe, Hölderlin, Valéry, Mallarmé, Alberti, Propercio, Machado ... Er stieß auf eine Ausgabe der *Soledades* und spürte eine Art Rückprall im Gesicht. Er ging die Reihen weiter durch. Er fand kein einziges Exemplar von *Die Dichter und ihre Damen.*

Dann ließ er César am Computer sitzen und inspizierte das übrige Obergeschoss: ein Schlafzimmer, eine Toilette, ein Gästezimmer ... Es waren kaum Kleider und andere persönliche Dinge da, als wäre Rauschen nur mit seinen Büchern und dem, was er auf dem Leib trug, dorthin umgezogen. Dann kehrte er zur Treppe zurück und ging noch einmal ins Erdgeschoss. Keinen Winkel des Hauses wollte er auslassen. Er durchquerte das stille Wohnzimmer und betrat den Flur, in dem sich Rauschens Zimmer befand. Aber bevor er dort anlangte, blieb er erschrocken stehen. Es brannte Licht. Dabei meinte er sich zu erinnern, dass César vor dem Hinausgehen die Lampe mit dem biegbaren Fuß wieder ausgemacht hatte. Er war fast sicher. Nein. Er musste sich irren. Er ging die Situation noch einmal im Geiste durch und entsann sich, dass sie vergessen hatten, die Lampe auszumachen. Das Licht brannte, weil sie es selbst angelassen hatten. Der Anblick jenes gequälten Leibes setzte ihm nervlich ziemlich zu, das war alles. Er hatte noch nie eine Leiche gesehen, geschweige denn in einem solchen Zustand. Er zwang sich zur Ruhe. *Das ist ein toter Mann und weiter nichts. Außerdem musst du nicht zu ihm hinein. Du willst ja nach den anderen Zimmern sehen.* Er atmete einmal tief durch und ging weiter. Als er zu dem Zimmer kam, warf er einen flüchtigen Blick hinein.

Herbert Rauschen saß mit baumelnden Beinen auf der Bettkante.

Rulfo unterdrückte einen Aufschrei und wich zurück, bis er im Flur gegen die Wand stieß. Der Schreck war ihm so in die Glieder gefahren, dass er wie versteinert vor der offenen Zimmertür stehen blieb, unfähig, irgendetwas anderes zu tun als hineinzuschauen.

Das Allerschlimmste war die Offensichtlichkeit, dass Rauschen nach wie vor tot war: Die Scheren, Messerchen und Nägel steckten weiterhin in den Beinen und Genitalien; der hohle Mund klaffte offen, während die Augen geschlossen waren. In dem dürren Hals ließ sich sogar die Ausbuchtung der halb verschluckten Zunge erkennen. Aus keiner der Wunden trat Blut. Er war tot.

Trotzdem streckte er den mageren Arm aus, stützte sich auf das Nachtschränkchen und stand auf.

Im ersten Moment wirkte er wie ein kleines Kind, das noch keine Gewalt über das Zusammenspiel seiner Glieder hat. Er machte einen Schritt und noch einen direkt auf die Tür zu, als würde ihn jemand zur Fortbewegung zwingen und mit einem mächtigeren Willen ziehen. Seine Augen blieben geschlossen, und der Kopf baumelte auf einer Schulter, wie bei einer kaputten Puppe. Die Instrumente in seinen Beinen verursachten ein merkwürdiges Geklapper wie herabhängender Schmuck.

Als der Alte ihn erreichte, stand Rulfo auf der Schwelle wie eine Tür aus Fleisch und Blut, unfähig, sich vom Fleck zu bewegen. Da schlug Rauschen die Augen auf

die tür

und sah ihn an. »Lass ihn durch!«, stammelte eine Stimme aus der Unendlichkeit. Es war César. Er war gerade heruntergekommen und beobachtete voller Schrecken die Szene. *»Rühr ihn nicht an! Lass ihn gehen ...!«*
Rulfo trat mechanisch, fast absichtslos, einen Schritt zur Seite und verstand, dass er schon verdammt war, für immer. Weil der Blick aus jenem verschlossenen Gesicht – er wusste es im selben Moment – zu den Geheimnissen gehörte, die uns die Logik und die Sprache verbieten *(er war lebendig)* und unnötigerweise zeitlebens *(er lebt, er lebt, mein Gott)* in unserem Gedächtnis eingeschlossen bleiben, ohne je offenbart, ausgedrückt oder wenigstens bewusst erinnert zu werden.

Er war schon verdammt, das wusste er: Er hatte schon ein Geheimnis.

Rauschens Körper glitt mit der Langsamkeit eines Kindes bei der Geburt an ihm vorüber, drehte im Flur ab und setzte seinen Grauen erregenden Pilgerweg fort.

Plötzlich verstanden sie, wohin er ging.

die tür schloss sich

Sie folgten ihm wie zwei Ministranten dem einzigen Priester eines sonderbaren Rituals. Endlich sahen sie ihn vor der Tür des geheimnisvollen Zimmers stehen bleiben. Als er sie aufstieß, ging die Deckenbeleuchtung an. Rauschen betrat den Raum.

Die Tür schloss sich lautlos.

2

Diese Stille war für sie sehr viel schlimmer als alles, was sie bis dahin erlebt hatten. Weiß wie der Schnee auf einem Friedhof ging César zwei Schritte auf die Tür zu. Aber Rulfo trat dazwischen.

Ich rate dir,
»Warte ...«
nicht hinzusehen, Mister Milton.

Der Exprofessor erwiderte ihm etwas Unverständliches, das zwar merkwürdig klang, aber nichts mit Rauschen zu tun hatte, sondern mit der Poesie. Dann schob er Rulfo mit einer heftigen Geste beiseite, näherte sich der Tür und stieß sie auf. Rulfo hatte den Verdacht, dass es César jetzt nicht mehr um Rauschen ging: Er wollte absteigen, immer weiter, bis an den Rand des Abgrunds, um hineinzuschauen. Das war es, wovon er geredet hatte. Vielleicht würde er sich sogar kopfüber hineinstürzen.

leere

Dann sah er ihn mit Blick auf das erleuchtete Zimmer stehen bleiben und eine Hand vor den Mund schlagen, als wollte er einen Schrei ersticken oder einen Brechreiz unterdrücken, und wusste im gleichen Augenblick, dass das Hineinschauen und Mitansehen dessen, was dort mit Herbert Rauschen geschah (dessen tiefes Schweigen ihm fast unerträglicher wurde als der Anblick seines lebenden Kadavers), gleichbedeutend war mit einer Art Tod. Und er wusste auch, dass jeder Versuch, den er unternehmen würde, um sich diesem Bild zu entziehen, scheitern musste.

Er war verdammt

leere, dunkelheit

für immer, genau wie César.

Leere. Dunkelheit.

»Hör mal, wir müssen Susana da raushalten. Du hattest Recht. Wir müssen sie schützen. Ich werde mir etwas ausdenken ... Ich werde irgendetwas Verletzendes zu ihr sagen, um zu erreichen, dass sie mich verlässt.«

In dem Flugzeug, das sie im Morgengrauen zurück nach Madrid brachte, war der Passagierraum abgedunkelt. Die Fluggäste nutzten die Gelegenheit zu schlafen, ehe sie mit der Stadt konfrontiert wurden, nur Salomón und César konnten kein Auge zutun.

Sie waren nicht dazu in der Lage, weil sie wussten, dass unter ihren Lidern Herbert Rauschen auf sie lauerte.

Rulfo befürchtete, dass er sich für den Rest seines Lebens in der organischen Finsternis seiner Pupillen und in den Winkeln und Krümmungen seines Gehirns eingenistet hatte, wo er Abend für Abend auf den entscheidenden Moment warten würde, wenn sie vom Schlaf besiegt wurden, um sie erneut mit seinem traurigen Stöhnen und dem Schmerz des Verdammten und auf ewig Verurteilten anzuspringen.

»Du hast Recht ...«, wiederholte César. »Wir müssen sie unbedingt da raushalten.«

Neben Rulfo saß ein Unbekannter.

Sein Exprofessor, sein Exfreund, der Exteufel.

César in der Rolle eines de Sade, der Gotteslästerer, der dunkle Zeremonien mit Drogen und wechselnden Paaren feierte, dessen Augen Feuer spien, weil er sich »auserwählt« fühlte, der geheimnisvolle, wundertätige César, der César des billigen Atheismus und des Schlafzimmersadismus, mit diesem César war es plötzlich aus und vorbei. Jetzt saß neben ihm ein Mann mit dem blutleeren, düsteren Antlitz eines Menschen, der unvermutet vom Tod überrascht worden war: beim Liebesakt, mitten auf der Straße, beim Betreten seiner Wohnung. Die Zeit hatte ihm unversehens den runzeligen Schnee von zehn zusätzlichen Lebensjahren auf Haupt und Glieder geschüttet.

»Und du, was willst du jetzt tun?«, fragte Rulfo ihn.

César sah ihn an, als könnte er sich auf diese Frage keinen Reim machen.

»Ich? Dasselbe wie du vermutlich: Ich werde versuchen, mich zu wehren ... Ich habe eine CD aus Rauschens Haus mitgenommen mit allen Dateien, die ich von seiner Festplatte herunterladen konnte. Die Strafe, zu der sie ihn verurteilt haben ... diese grauenhafte Strafe ist der Beweis, dass er ihnen gefährlich wurde, das muss so sein ... Aber warum nur? Das werde ich versuchen herauszubekommen. Vielleicht finde ich den Schlüssel, sie zu ... Ich weiß nicht ... ich will versuchen, ihnen die Sache zu erschweren, obwohl ich vermute, dass ihnen das nicht viel ausmacht ...« Seine Stimme wurde leise, beinah ein Flüstern. »Sie sind keine Menschen, Salomón. Ich frage mich, ob sie jemals welche waren, jedenfalls haben sie diese Eigenschaft verloren. Sie könnten sehr schön sein, in der toskanischen Sonne tanzen, aber sie sind weder Frauen noch Menschen, noch lebendig ...«

»Was sind sie dann?«

César schien über diese Frage ernsthaft nachzudenken.

»Hexen«, raunte er. »So könnte man sie vielleicht nennen. Mit Teufelskult hat das jedenfalls nichts zu tun. Diese Bezeichnung kommt ihnen womöglich am nächsten. ›Musen‹ finde ich falsch. Nein, nein ...« Er schüttelte vehement den Kopf. »Als ›Musen‹ kann ich sie mir wahrhaftig nicht vorstellen … Aber trotz alledem … bin ich sicher, dass die Poesie uns hereingelegt hat …«

Die Stimme der Flugbegleiterin verkündete, dass sie im Anflug auf Madrid seien, aber weder César noch Rulfo schenkten ihr Glauben. Diese Information galt nicht für sie. Sie waren im Anflug auf gar nichts: Sie blieben im Dunkeln, in diesem unerträglichen Raum.

Sie sahen Rauschen wieder in dem gekachelten Schwimmbecken stehen und beobachteten, wie die Scheren und Gerätschaften Sprösslingen gleich von seinen Beinen fielen, wie seine Hämatome und Wunden schrumpften und dann völlig verschwanden. Wie seine Knochen die Nägel, die sie durchbohrten, ausspuckten und sich die Löcher hinter ihnen schlossen. Wie sein Herz von neuem zu schlagen begann, das Blut an ihm herablief, vom Abfluss verschluckt wurde und sich die Haut über dem Blut schloss, wie eine Welle, die über dem Tal zusammenschlägt. Wie die abgeschnittene Zunge schlängelnd den Rückweg zu ihrer Wurzel im Mund antrat. Wie die Lunge mit dem Rascheln von welkem Laub wieder Luft holte. Wie Herbert Rauschen nach dem undurchdringlichen Schweigen seines zigsten Todes die Stimme wieder fand und endlich

stöhnte,

zum Bett zurückkehrte und sich rücklings darauf legte, um sich der Starre des neuen Tages zu ergeben.

Er wurde nicht zum ersten Mal gefoltert, das war ihnen schlagartig klar geworden. Er wurde nicht zum ersten Mal umgebracht.

Von Verzweiflung überwältigt, hatte Rulfo versucht einzugreifen, aber César hatte ihn daran gehindert, dem Greis die Decke über das Gesicht zu ziehen. »Du kannst ihn nicht töten«, hatte er zu ihm gesagt. »Ich meine, indem du ihn erstickst … Miltons Vers wird ihn immer wieder neu zum Leben erwecken. Verstehst du das denn nicht?«

Immer wieder. Mit seinem Bewusstsein. Mit seinem Verstand. Mit der Empfindsamkeit jeder einzelnen seiner Zellen. Die dann vollständig wiederhergestellt wurden, um von neuem gequält zu werden. Wie mochte es sich anfühlen, endlos von einem Vers gemartert zu werden? »Die Poesie hat uns hereingelegt«, fuhr César mit tonloser Stimme fort. »Stell dir vor, ein paar Kinder spielen mit einem Marschflugkörper und wissen nicht, was das ist. Sie sagen vielleicht: ›Was für schöne Farben der hat.‹ Dann fangen sie an, ihn nachzubauen. Sie machen weiter, ohne Bewusstsein für seine Gefährlichkeit. Danach fragen sie gar nicht, weil sie es herrlich finden, mit einem so schönen Ding zu spielen.« Er machte eine Pause. Das Flugzeug setzte zur Landung an. »Die Kinder hatten Namen wie Vergil, Dante, Shakespeare, Milton, Hölderlin, Keats ... *Sie* haben ihnen beim Spielen zugesehen und sie dazu ermuntert weiterzumachen ... weil plötzlich eins von diesen Dingern funktioniert hat ... Und das Kind, das es gebaut hatte, weiß nichts davon ... Ja, sie haben sich sogar für meinen Großvater interessiert, da bin ich sicher ... Die Machtverse müssen ja nicht unbedingt ästhetisch sein oder gut ... Wenn wir dichten, arbeiten wir immer mit dem Tod. Wenn wir reden, kokettieren wir immer mit dem Schrecken ... Lauter zufällig dahergeredete Worte. Stell dir mal vor, wie viele das sind: die Worte eines Verrückten, eines Kindes, eines Schauspielers im Theater, eines Verbrechers, seines Opfers ... Worte, die die Wirklichkeit formen ... Klänge, die zerstören oder erschaffen können. Ein Bodensatz aus Klang, eine Welt aus Klängen, in der die Dichtung die größte Macht besitzt ... Stell dir vor, du oder ich wären in der Lage, diese höchst empfindliche Welt zu kontrollieren, Salomón ... Das ist fast so, als wenn ich sagen würde, stell dir vor, wir würden zu Göttern werden. Und genau das sind *sie*.« Ein leichter Aufprall gab ihnen zu verstehen, dass sie gelandet waren. Césars Stimme hing noch einen Moment länger in der Luft.

»Weißt du …? Die, die dachten, dass die Dichtung ein Geschenk der Götter ist, hatten Recht …«

In drei Tagen war der Termin, aber das hatte er César nicht erzählt. Er hatte bei ihrem Abschied auf dem Flughafen sogar die Bemerkung fallen lassen, sie würden jetzt vielleicht das Interesse an ihnen verlieren. Aber er wusste, dass César ihm das nicht geglaubt hatte.

Er verbrachte den restlichen Samstag in seiner Wohnung. Gegen Nachmittag legte er sich mit seiner Whiskyflasche ins Bett, allerdings stand er etliche Male schwankend wieder auf, um in der Tasche seines Jacketts nachzuschauen, ob die Figur noch da war. Er trennte sich niemals von ihr: Er war davon überzeugt, dass nur sie ihn retten könnte.

Sie kommen nur noch an sie heran, wenn wir sie ihnen freiwillig geben.

Und wenn er das nicht tat? Und wenn er sie als Unterpfand einsetzte, um zu erreichen, dass ihn diese Kreaturen in Ruhe ließen? Und was, wenn er gar nicht zu dem Treffen hinging?

Sie werden uns umbringen. Aber nicht sofort.

Wie mochte es sich anfühlen, endlos von einem Vers gemartert zu werden?

Und wenn er sich mit Raquel zusammentat und sie gemeinsam mit der Imago flohen? Und wenn er ihnen drohte, die Figur zu zerstören? Aber wie lange würde er ihnen auf diese Weise Widerstand leisten können …?

Sie sind keine Menschen. Sie sind Hexen.

Er hob wieder die Flasche an die Lippen. Die Welt bekam einen angenehmen bernsteinfarbenen Schimmer.

Wenn du zu der Verabredung hingehst, werden sie dich umbringen.

Und wenn er kämpfte? Und wenn er sich widersetzte? Und wenn er sich ihnen entgegenstellte? Aber, mein Gott, wie? Mit einem einzigen Vers konnten sie ihn außer Gefecht setzen. Warum half ihm Lidia Garetti nicht? Rauschen. Seine Nachforschungen. Das, was er vielleicht entdeckt hatte, der Grund, weshalb er zu dieser Qual verurteilt worden war ... César hatte zu ihm gesagt, sie hätten nur eine einzige Chance, und das war herauszufinden, was Rauschen gewusst hatte, und es besser einzusetzen. Jetzt hing alles davon ab, dass sein ehemaliger Professor einen Hinweis in den Dateien fand.

Bei dieser Hoffnung fielen ihm die Augen zu.

Es handelte sich zweifellos um eine Privatklinik. Ihre Glastüren waren von kleinen, weihnachtlich anmutenden Tannen flankiert und öffneten sich auf den stummen Befehl einer Fotozelle. Rulfo ging durch und betrat das Foyer. Eine weitere Gestalt trat mit ihm ein. Als er sich nach ihr umsah, stieß er auf sein eigenes Bild in einem riesigen Spiegel. Er stellte fest, dass er vollkommen nackt war, was ihn aber nicht verwunderte. *Ich träume,* sagte er sich.

Er gelangte zum Ende des Foyers und bog in einen Flur ein. Vor einer Tür mit der Nummer dreizehn blieb er stehen. Er öffnete sie.

Es war ein kleiner Raum. Das Licht stammte aus einer unsichtbaren Quelle an der Decke. Es waren weder Möbel darin noch irgendeine Dekoration. Es war kalt. Eine sonderbare frostige Kälte, die zunahm, wenn man weiter hineinging. Wieso flößte ihm dieser Raum, der genauso nackt war wie er selbst, solche Angst ein? Obwohl er annahm, dass das nicht nur mit seiner niedrigen Temperatur zusammenhing, konnte er einen anderen ersichtlichen Grund nicht entdecken. Das Zimmer war leer und schien ihn durch nichts zu bedrohen.

An der gegenüberliegenden Wand warf ihm ein weiterer Spiegel sein Bild zurück. Er rieb sich die Arme, und der Rulfo im Glas tat es ihm nach. Ihren Mündern entstieg eine dampfende Doppelwolke.

Er näherte sich dem Spiegel und stellte sich so dicht davor, dass er beim Ausatmen seine eigenen Züge im beschlagenen Quecksilber verschwinden sah. Er hielt die Luft an und beobachtete, wie der Dampffleck schrumpfte, aber dahinter kam nicht etwa sein Gesicht wieder zum Vorschein, sondern Lidia Garetti. Sie trug das röhrenförmige Abendkleid mit den fuchsienfarbenen Aufschlägen, und zwischen der sanften Wölbung ihrer kleinen Brüste funkelte golden die Spinne.

»Der Patient von Zimmer dreizehn weiß Bescheid«, sagte sie und sah Rulfo fest an. Ihre blauen Augen verströmten so viel Licht, dass sie zum Glas zu gehören schienen.

»Lidia …« Rulfo streckte die Hand aus, aber seine Finger berührten nicht ihre Haut, sie stießen an ein undurchdringliches, kühles, gläsernes Hindernis.

»Der Patient von Zimmer dreizehn«, wiederholte sie schon auf dem Rückzug. »Such ihn.«

»Warte …! Was meinst du …?«

Lidia Garetti löste sich im dunklen Hintergrund seines Spiegelbildes auf.

Rulfo wusste mit einem Mal, dass sie noch dableiben und ihm weitere Auskünfte geben wollte, aber irgendetwas hinderte sie daran. Eine andere Präsenz, hinter seinem Rücken, im selben Raum.

Die Angst kroch ihm in die Glieder. Er fürchtete sich so sehr, dass er den Kopf nicht wenden konnte. Er fühlte sich unfähig, hinter sich zu schauen. *Da ist jemand. Der Patient von Zimmer dreizehn. Hinter mir.*

ein schluchzen

Dann spürte er, wie ihn eine Hand mit eisigen Fingern an der Schulter berührte.

ein heftiges schluchzen

Er drehte sich um und sah, was hinter ihm war.

Ein heftiges Schluchzen.

Er lag in seinem Schlafzimmer. Die halb leere Whiskyflasche war auf den Boden gerollt.

Er zweifelte keine Sekunde, dass das kein gewöhnlicher Traum gewesen war, genauso wenig wie die Träume vom Haus mit der Säulengalerie.

Lidia Garetti hatte sich wieder mit einer Botschaft an ihn gewandt.

3

Sie zog sich vor dem Spiegel an. Die Kleider, die sie gekauft hatten, standen ihr sehr gut. An diesem Morgen streifte sie einen lila Pullover und eine Jeans über. Für den Jungen wählte sie ein dunkelbraunes Polohemd und eine Cordhose. Dann kämmte sie ihr langes schwarzes Haar. Sie wollte es nicht zusammenbinden, denn das würde die Erinnerung an unangenehme Zeiten in ihr wachrufen. Jetzt war alles anders. Im Spiegel sah sie das Bild einer großen, schönen jungen Frau. Das Bild von immer. Nur war sie nicht mehr in dieser Erscheinung eingesperrt.

Sie zeigte sich in den Augen.

Sie konnte darin ihr wahres Aussehen erkennen. Nichts und niemand würde ihr jemals wieder schaden oder sie erniedrigen können. Patricio war tot. Sie und ihr Sohn waren frei.

Sie betrachtete den Jungen. Er spielte auf dem Fußboden mit seinen Plastikfiguren, den Rücken dem noch zaudernden Licht im Fenster zugewandt. Er lächelte nie, aber das erwartete sie auch nicht von ihm. Er war auf seine Weise ihr Spiegel: In seinem blauen Blick und in diesen Zügen, die den ihren so gar nicht ähnlich waren, fand sie sich wieder. Sie merkte auch, dass ihr Sohn sie genauso betrachtete. Inzwischen begnügte er sich nicht mehr damit, sie schweigend anzusehen wie eine Fremde. Er sprach manchmal zärtlich mit ihr und schien ihre Verwandlung genauso intensiv wahrzunehmen wie sie selbst.

Was sie momentan am meisten beschäftigte, war, dass sie von Lidia weitere Anweisungen durch nächtliche Träume benötigte. Sie war davon überzeugt, zu einem Plan zu gehören, und wollte wissen, worin er bestand. Sie hatte den Mann angelogen, um seiner Fragerei aus dem Weg zu gehen: In Wirklichkeit hatte sie nämlich nichts mehr geträumt. Dennoch war sie sicher, dass ihre Eingebungen richtig waren, genauso wie sie auch ohne Spiegel wusste, dass sie ein Gesicht besaß. Und sie hatte ihn auch in einer weiteren, wichtigeren Sache belogen. Sie hoffte nur, dass sich diese riskante Schwindelei wenigstens gelohnt hatte.

Sie betrachtete sich noch einmal im Spiegel, um sicherzugehen, dass sie nicht anders aussah als jedes andere Mädchen. Sie wollte nicht auffallen. Sie sah hinter sich im Spiegel das geöffnete Fenster mit dem Parkplatz und der Landstraße in der Morgensonne und am Horizont die Umrisse einer kleinen Ortschaft. Das Zimmer lag im ersten Stock des Motels und war sehr schlicht, aber im Vergleich zu dem Ort, an dem sie bisher gehaust hatte, kam es ihr wie ein Palast vor. Seit fünf Tagen waren sie dort und hatten sich noch nicht hinausgewagt. Oder kaum. Auf Rulfos Rat hin machte sie jeden Abend vor Sonnenuntergang einen kurzen Spaziergang, kehrte aber bald wieder zurück. Doch an diesem Morgen hatte sie die Idee, mit dem Kind hinauszugehen. Die Augen des Knaben gewöhnten sich immer besser an die Helligkeit, und das dämmrige Morgenlicht war genau richtig. Ja, sie wollte mit ihrem Kind spazieren gehen und es genießen, über den Feldern die Sonne aufgehen zu sehen. Auf jeden Fall würde das für beide eine großartige Erfahrung sein.

Sie war im Begriff, es ihm vorzuschlagen, als

er konnte nicht

sie im Hintergrund des Spiegels die Gestalt entdeckte.

Sie rührte sich nicht und erstarrte. Das Kind schien ebenfalls zu merken, dass etwas nicht stimmte, denn es drehte den Kopf und sah die Mutter an.

er konnte nicht wieder

In dem Gefühl, einen Albtraum zu erleben, wandte sie sich langsam dem Fenster zu und lehnte sich hinaus. Der Parkplatz war leer.

Allmählich ließ das Herzklopfen wieder nach. Aber einen Moment lang (obwohl sie ihn nur für den Bruchteil einer Sekunde im Schrankspiegel erblickt hatte), einen grauenhaften Augenblick lang hatte sie geglaubt, einen Mann zu sehen, der ...

Nein. Sie täuschte sich. Das war unmöglich.

Er ist tot. Denk nicht mehr an ihn. Er ist tot.

Sie zog sich fertig an, nahm den Jungen an die Hand

er konnte nicht wieder einschlafen

und machte mit ihm einen kurzen Spaziergang um das Motel herum. Ihr fiel nichts Ungewöhnliches auf: Der Platz war wie ausgestorben. Und sie kam bald zu dem Schluss, dass ihre Nerven ihr einen Streich gespielt hatten. Sicherlich hatte sie ihn mit jemand anders verwechselt, der ihm ähnlich sah.

Er ist tot. Du hast ihn selbst umgebracht.

Aber ihre Unruhe hatte sich immer noch nicht gelegt, als sie in ihr Zimmer zurückkehrte.

Er konnte nicht wieder einschlafen.

Er stand auf, nahm eine Dusche, zog frische Kleider an, nahm das Jackett vom Stuhl und vergewisserte sich, dass die Figur an Ort und Stelle war. Es war Sonntag. Noch zwei Tage. Am Dienstag würde endlich alles vorbei sein, im Guten oder im Schlechten. Diese Gewissheit tröstete ihn.

Er versuchte über den Traum, den er gerade gehabt hatte, nachzudenken, da klingelte das Telefon. Er vernahm Césars Stimme wie ein Licht mitten in der dunklen Nacht.

»Es ist phantastisch, Salomón ... Detektivberichte, Lebensläufe von Studenten und Professoren verschiedener Universitäten ... Die Dateien, die ich mir angeschaut habe, sind voll davon. Und hier und da sehr aufschlussreiche Kommentare von Rauschen selbst ... Ich habe mir einiges zusammenreimen können. Hast du einen Moment Zeit, um deinem geliebten Professor zuzuhören ...? Um dich ins Bild zu setzen: Wien, Anfang der siebziger Jahre. Ein naiver, durchschnittlicher Literaturwissenschaftler, der Herbert Rauschen heißt, schließt sich einer Lyrikgruppe an, die sich *Die Sphinx* nennt. Dort werden die Werke deutscher Dichter rezitiert und kommentiert, was aber offenbar nur als Vorwand dient, um Adepten zu rekrutieren. Tatsache ist, dass sich von diesem Zeitpunkt an das Leben unseres Freundes von Grund auf verändert: Er hängt seinen Beruf an den Nagel, geht nach Paris, und sein Girokonto wächst stetig, in einer Zeit, wohlgemerkt, in der die europäische Wirtschaft eine allgemeine Krise durchmacht. Er veröffentlicht Artikel, reist ... Dann siedelt er nach Berlin um. Zeitgleich mit seinem Umzug dorthin bringt eine deutsche Buchdruckerei die ersten Exemplare von *Die Dichter und ihre Damen* eines anonymen Autors heraus ... Unsere erste Hypothese, Schüler Rulfo ...?«

»Rauschen ist der Verfasser von *Die Dichter und ihre Damen*«, antwortete Rulfo.

César stieß ein ersticktes Lachen aus.

»Mein lieber Schüler, deine Intuition hat dich noch nie im Stich gelassen. Ich bin auf dem Verstandesweg zu genau demselben Schluss gelangt. Meiner Ansicht nach ist er in Paris der Sekte beigetreten, aber ihm gefiel nicht, was er dort sah, deshalb fing er an, darüber zu schreiben. Er hat das Buch geschrieben und drucken lassen und ist dann herumgezogen und hat es allen möglichen Leuten geschenkt – fast ausschließlich Spezialisten in Sachen Dichtung, wie er einer war. Ich nehme an, er hat sich zunächst darauf beschränkt, andere darüber aufzuklären, was sich unter dem Deckmantel der ›Legende‹ in Wirklichkeit verbarg. Aber nachdem er einer merkwürdigen Depression anheim gefallen war, schritt er im Jahr 1996 endgültig zur Tat: Er stellte in mehreren europäischen Universitäten Recherchen an, er wurde ein Spürhund ... Er verfolgte eine ganz bestimmte Fährte. Aber welche?«

»Diesmal muss ich passen.«

»Die letzte Dame. Er suchte die dreizehnte Dame.« Es entstand eine Pause. Rulfo hörte aufmerksam zu. »Und das ist auch die Erklärung für seine grausame Bestrafung ... Hör zu. Die letzte Dame verbirgt sich sorgfältiger als jede andere, nicht etwa, weil sie die mächtigste wäre, im Gegenteil, sie ist nämlich die verwundbarste ... Gewissermaßen die Achillesferse der ganzen Sekte, Salomón. Sie verleiht der Gruppe ihren Zusammenhalt. Ohne sie wären die anderen nur ein verstreuter Haufen. ›Wer die dreizehnte Dame findet, kann die ganze Gruppe zerschlagen‹, hat Rauschen geschrieben. Und genau das war sein Ziel: der Sekte ein Ende zu bereiten. Wie er dazu kam, wirst du jetzt wahrscheinlich wissen wollen. Was musste vor sechs Jahren geschehen, damit ein ehemaliges Sektenmitglied das entsetzliche Risiko einging – das er ja kannte – und *ihnen* den Kampf ansagte? Dieser Teil der Geschichte ist am verworrensten.« Am anderen Ende der Leitung war das Rascheln von Papier zu hören. César fuhr fort: »Anfang 1996 gab es eine Art Umbruch im *coven* ... So wird die Gruppe der Dreizehn, also der Sektenkern, der innere Zirkel, genannt: *coven*. Diesen Begriff hat man übrigens in der Renaissance in England für heimliche Hexentreffen verwendet, und auch die Legende der Hexenzirkel selbst geht auf die Damen zurück ...« Hier brach er plötzlich ab und gab ein unterdrücktes Lachen von sich. »Aber weißt du, was das Schlimmste ist, Salomón ...? Dass sie genauso sind wie wir, mittelmäßig, opportunistisch, ehrgeizig und feige ... Sie sind zwar Hexen, aber moderne. Sie wollen hoch hinaus, Macht anhäufen, über Untergebene herrschen ... Und jede ist gegen jede, genauso wie die Yuppies in den großen Firmen. Aber weiter im Text. Wie gesagt, es gab damals einigen Aufruhr im *coven*: Saga, der Nummer zwölf und Anführerin der Gruppe, wurde irgendetwas vorgeworfen. Sie wurde verurteilt und verstoßen. Daraufhin nahm eine andere Saga ihren Rang ein. Rauschen spezifiziert weder den Fehler, den die alte Chefin begangen hat, noch ihr Ende, aber bei ihrer Nachfolgerin spart er nicht mit Attributen und definiert sie als ›das Schlimmste, was der Sekte seit Jahrhunderten widerfahren ist‹ ...«

Die Schlimmste von allen. Rulfo sah wieder den Jungen mit dem zwölften Spielzeugsoldaten in der Hand. Er umklammerte den Hörer, während Césars Stimme beinah im Singsang fortfuhr.

»Die Machtergreifung der neuen Saga, das war es, was unseren Freund dazu veranlasst hat, ihr für den Rest seines Lebens den Kampf anzusagen. Er beschreibt diese Kreatur als eine Bedrohung ungeahnten Ausmaßes. Sie habe die Führung angestrebt, und da sie das erreicht hat, werde sie ihre Stellung nur ausnutzen, um ihren Hass über jedem Lebewesen auszugießen ... Verstehst du ...? Durch den Aufstieg eines Emporkömmlings ist die Dichtung der Jahrhunderte auf dieses primitive Niveau gesunken! Eine Art Chefinnengebaren anstelle wahrer Führung ... Aber gut, wieso wundert mich das eigentlich? Schließlich passiert das seit Zeus und Satan immer wieder. Sogar Hitler, dieser Idiot, ist ein Beispiel dafür ...« Wieder kicherte er im Falsett, und es klang wie von einer Maschine. Plötzlich kam Rulfo ein schrecklicher Gedanke. *Er wird verrückt*, dachte er. Césars Stimme fuhr einen Ton höher fort: »Ich muss dir sagen, lieber Schüler, falls du es noch nicht wusstest, dass die Damen

Menschen aus Fleisch und Blut sind, jedenfalls sehen sie so aus ... Schöne, wohlhabende, unverheiratete Señoritas, die sich mit Luxus und Einsamkeit umgeben, wie deine Lidia Garetti. Sie versammeln sich, um ihre, nennen wir sie mal Zeremonien an einem, nennen wir ihn mal Hauptsitz zu feiern, einem Landgut in Südfrankreich, mitten in der Provence, in der herrlichen, als Gorges de l'Ardèche bekannten Flusslandschaft ... Die Ardèche mit ihren Schluchten ist der ideale Ort für die Göttinnen der Dichtung, findest du nicht ...? Provence, Troubadoure, die Wiege der lyrischen Verse, mit dem einst von Petrarca bestiegenen Mont Ventoux ... und die ›Gorges‹, die Kehlen ... Sie, die mit der Stimme über uns herrschen, hätten wahrhaftig keinen besseren Ort finden können!« Ein schallendes Gelächter veranlasste Rulfo, den Hörer einen Moment vom Ohr wegzuhalten. »Offenbar war Rauschen bei einigen dieser Zeremonien dabei. Sie werden an besonderen Tagen im Jahr zelebriert, denn die versammelte Macht des *coven* ist größer als die Summe ihrer Teile, aber dafür müssen sich die Damen zu bestimmten, von Hexensabbat und Hexenlegende vorgeschriebenen Daten zusammenfinden: an der Sonnwende, zur Tagundnachtgleiche und an den Vorabenden von Festen, die so alt sind wie die Menschheit ... zum Beispiel in der Nacht vom einunddreißigsten Oktober, Halloween oder der Abend vor Allerheiligen, also übermorgen.« César machte eine viel sagende Pause. »Apropos, sie haben dich doch genau für diese Nacht einbestellt, nicht wahr ...?« Rulfo merkte, dass das Lügen keinen Zweck mehr hatte. Da erscholl am anderen Ende wieder dröhnendes Gelächter. »Haha ...! Vielleicht wollen sie ja nur ein paar Bonbons von dir ...! Vielen Dank, dass du mir das verheimlicht hast, Salomón. Ich weiß, dass du mich nur schonen wolltest, aber du kannst dich beruhigen: Seit ich gesehen habe, wie Rauschens Zunge in seinen Mund zurückgekehrt ist, als hätte der Ärmste eine lebendige Forelle aufgestoßen, könntest du mich knebeln und fesseln, und ich würde dich trotzdem nicht zu diesem Termin begleiten ...« Schallendes Gelächter. »Ich rate dir nur, ihnen die Figur zurückzugeben, und Schluss. Sie wollen nichts weiter. Ich warne dich noch einmal: Misch dich nicht in ihre internen Kompetenzstreitigkeiten ein ...« Erneute Heiterkeit. »Ich flehe dich an: Gib ihnen die Figur zurück, auch wenn du sie am liebsten behalten würdest, dann können sie sich gegenseitig die Köpfe einschlagen ...«

»Schreibt Rauschen irgendetwas über Akelos?«

»Ach, das hätte ich beinah vergessen. Die elfte Dame, Akelos, hat den *coven* verraten und sich auf die Seite der ehemaligen Saga gestellt. Sie hat ihr geholfen. Wie, das schreibt Rauschen nicht und auch sonst keine Einzelheiten, nur, dass ... deine letzte Hypothese, lieber Schüler ...?«

»Die neue Saga hat die Akelos auch hinausgeworfen«, sagte Rulfo, und ihm wurde einiges klar.

»Richtig. Aber nicht nur das. Man wollte sie für immer unschädlich machen. Mitsamt ihrer Imago, dieser Figur, die ihnen ewiges Leben verleiht, wenn sie von einem Körper zum nächsten wandern. Weißt du, warum die in dem Aquarium versenkt war? Rauschen erwähnt es nebenbei, als er über ihre Zeremonien berichtet: Es gibt ein Ritual, das ›Annullierung‹ heißt und einer Dame sämtliche Macht nehmen kann. Dabei wird ihre Imago mit der passenden Tefilla ins Wasser versenkt ... Aber das ist nur der erste Teil. Um die Imago zu vernichten, müssen sie ein komplexeres Ritual vollziehen ... und dafür benötigen sie die Figur natürlich ...« Wieder lachte er, diesmal zurückhaltender. »Miguel Robledo, der Mörder von Lidia Garetti, hat bestimmt nicht zur Sekte gehört, aber er ist von *ihnen* so manipuliert worden, dass er ins Haus eingedrungen ist, sich die beiden Dienstmädchen vornahm und zuletzt die Hausherrin aufs Perfideste gefoltert hat ... natürlich nachdem er ihre Figur im Aquarium versenkt hatte.«

Und wir haben sie, gedrängt durch unsere Träume, wieder herausgeholt, dachte Rulfo.

»Was steht über die dreizehnte Dame drin, César? Was hat Rauschen über sie herausgefunden?«

Er hörte ein Glas klirren. *Er trinkt*, dachte Rulfo.

»Ah, diese Frage wird benotet, lieber Schüler ... Allerdings wissen wir bisher noch nicht genug, um sie zu beantworten. Tatsächlich glaube ich, dass niemand sie dir beantworten kann. Rauschen hat nur Berichte über Dozenten und Studenten gesammelt ... Offenbar dachte er, die mysteriöse Dame würde mit jemandem von der Universität in Verbindung stehen ... Aber mit wem? Und wo? Vielleicht in Spanien? Erinnere dich, dass er hierher gezogen ist ... Aber das ist eine reine Hypothese ... Weißt du, was mich am meisten verunsichert? Dass sie ihm erlaubt haben, so viele Dateien zu behalten. Ich vermute, dass die Damen sich viel sicherer fühlen als diese korrupten ...« Er machte eine Pause und setzte in verändertem Ton neu an: »Ich weiß, dass ich ein verfluchter Feigling bin, weil ich Dienstagnacht nicht mitkommen werde, aber ... Na ja, sagen wir mal so, ich ziehe es vor, mein Leben auf eine bequemere Weise aufs Spiel zu setzen ... Das mit Susana ist geregelt. Wir hatten gestern eine gesalzene Auseinandersetzung, und ich habe erreicht, was ich mir vorgenommen hatte: Sie hat Madrid verlassen, ich glaube, sie ist zu ihren Eltern gezogen. Der Abstand wird uns beiden gut tun. Natürlich hat sie die Nachricht nicht freudestrahlend aufgenommen, aber ich würde mir nie verzeihen, wenn ...«

»Verstehe«, sagte Rulfo.

»Salomón, jetzt mal im Ernst: Spiel nicht den Helden, und gib ihnen die Figur zurück. Dass sie hinter der Akelos her sind, ist ihre Sache ... Trotzdem wünsche ich dir alles Gute, mein lieber Schüler. Es war mir ein Vergnügen und eine Ehre, dein Professor und dein Freund gewesen zu sein, trotz unserer Differenzen ... Und lass uns nicht allzu sehr miteinander grollen, hörst du? Schließlich waren wir beide davon überzeugt, dass es sich lohnt, für die Dichtung zu sterben. Kannst du dich erinnern ...?«

»Wir werden nicht sterben, César«, sagte Rulfo, ohne in Césars Gelächter einzustimmen, denn er bekam feuchte Augen und verspürte ein Brennen im Hals.

»Sie hinterlassen keine Zeugen«, keuchte die Stimme des Professors plötzlich langsam und düster. Rulfo erinnerte sich, dass er seine Vorlesungen in diesem Ton zu beenden pflegte. »Inzwischen verstehe ich auch die Angst meines armen Großvaters ... Ich hoffe nur, dass sie Susana nicht finden ... Sie weiß fast nichts ... Vielleicht kann wenigstens sie ihnen entkommen ... Adiós, mein Lieber ... Pass gut auf dich auf.«

In der Leitung wurde das Gespräch beendet, doch in Rulfos Gedanken ging es noch weiter. *Sie hinterlassen keine Zeugen.* Es schnürte ihm die Kehle zusammen, aber er begriff, dass er sich um sein eigenes Schicksal am wenigsten sorgte; er hatte Angst um César Sauceda, seinen alten Professor, den Mann, der dachte, das Leben sei Poesie.

Und jetzt würden sie beide sterben, da hatte er Recht.

Den restlichen Sonntag und den Montag brachte er damit zu, unzählige Runden in der Umgebung der Calle Lomontano zu drehen. Er nahm abwechselnd die engen Gässchen der Innenstadt oder die anonyme Breite der Grán Via und beobachtete die vorübereilenden Passanten. In den angestrengten Gesichtern und dem Kommen und Gehen der unterschiedlichsten Leute im gehetzten Herzen von Madrid fand er keinen Hinweis auf die sonderbare Welt der Damen. Fast schien es, als wären sie unwirklich geworden, als hätten sie niemals existiert. Ihm kam sogar der Gedanke, das Ganze könnte eine Phantasievorstellung von Geisteskranken wie ihm und César sein. Doch das Vorhandensein der Wachsfigur in seiner Tasche brachte ihn immer wieder zur

Wirklichkeit zurück. *Nein, nicht zur Wirklichkeit,* nuancierte er, *zur Wahrheit.*

Als er am Montagnachmittag wieder nach Hause kam, fing ihn die Pförtnerin mit einem besorgten Blick im Eingang ab.

»Eine junge Frau wollte zu Ihnen. Sie ist gerade hochgegangen.«

Er glaubte zu wissen, um wen es sich handelte. *Wieso ist sie hierher gekommen?*, fragte er sich, während er rasch die Treppe hinaufstieg. *Ob ihr in dem Motel etwas passiert ist?* Aber als er bei seiner Wohnung ankam, musste er feststellen, dass er sich geirrt hatte.

»Was du für ein Gesicht machst«, lächelte Susana. »Du hast wohl jemand anders erwartet?«

Sie knabberte an ihren Nägeln. Dieses heimliche Laster kam unweigerlich ans Licht, wenn sie nervös war. Wie jetzt.

»Er hat zu mir gesagt, ich hätte als Nutte ausgedient ... Na ja, so hat er es natürlich nicht gesagt ... Er nennt es das Bedürfnis nach einem Neuanfang und hat mich einfach so entlassen, ohne Abfindung. ›Geh eine Weile zu deinen Eltern.‹ Dieses Schwein! Ich kann dir sagen, einen Tag wie gestern wünsche ich meinem ärgsten Feind nicht. Natürlich bin ich ohne einen Mucks abgedampft; weißt du, ich wollte mich nicht auch noch erniedrigen und ihn anbetteln ... Aber ich bin nicht zu meinen Eltern gegangen. Ich wohne bei einer Freundin ...«

Sie trug ein zweiteiliges dunkelbraunes Kostüm, dazu mandelfarbene Strümpfe, hohe Pumps und um den Hals ein Schmuckband aus Gaze. Sie roch nach Parfüm und Alkohol. Rulfo stellte fest, dass sie getrunken hatte, bevor sie zu ihm kam.

»Oh, ich habe ihn natürlich beschimpft. Alles Mögliche habe ich ihm an den Kopf geworfen, aber er hat nur immer wieder gesagt, es sei keine endgültige Trennung, sondern ein

Neuanfang. Oder, was auf dasselbe herauskommt: Er will allein sein. Ich bin ihm im Weg. Ehrlich gesagt hat mich das alles ziemlich heruntergezogen. Aber heute bin ich zum ersten Mal ruhiger aufgewacht und konnte es aus einem anderen Blickwinkel sehen. Ich glaube, ich kenne César ganz gut, und denke mir, dass es nur zwei Möglichkeiten gibt: Entweder er hat eine andere, oder es ist irgendetwas Schlimmes passiert.« Sie lächelte mit einem spöttischen Funkeln in den Augen.»Ernsthaft, ich tippe auf Letzteres. Und du?« Rulfo sagte nichts. Er trank einen Schluck Whisky. Susana tat es ihm nach.»Dann ist mir plötzlich eingefallen, dass er in den letzten Tagen andauernd mit dir zusammen war; ihr und eure Abenteuer ... Ihr habt irgendwas ausgeheckt, euch im Zimmer eingeschlossen und getuschelt wie alte Waschweiber ... Dann bin ich Dummkopf endlich auf die Idee gekommen, das Ganze könnte etwas mit der Blitzreise nach Barcelona zu tun haben, die ihr beide am Freitag gemacht habt und von der César mir keine Einzelheiten erzählen wollte. Deshalb bin ich hier, um dich danach zu fragen. Keine Sorge, ich will nicht bei dir wohnen ... Ich will nur von dir wissen, ob ich Recht habe.«

»Keine Ahnung, was mit César los ist. Das musst du ihn fragen, nicht mich.«

Ihre Reaktion kam unerwartet. Sie hatte ihr zweites Glas geleert und stellte es plötzlich sehr heftig mit einem lauten Knall auf den Tisch zurück. Einen Moment lang dachte Rulfo, das Glas wäre ihr in den Fingern zersprungen.

»Was zum Teufel glaubt ihr eigentlich, wer ich bin ...? Ein Pingpongball? Jetzt bin ich auf deiner Seite, und du schlägst mich einfach wieder zurück ...?« Sie beugte sich nach vorn und heftete die blauen Augen auf ihn, während ihr die teure Frisur um den Kopf schwang. Dann wurde ihre Stimme sanfter.»Ich will dir etwas gestehen: Früher, da hat mir das gefallen. Da war ich entzückt, wenn ihr beide euch um mich gestritten habt. Ehrlich ... und nicht unbedingt, um mein

Ego zu befriedigen oder jedenfalls nicht nur. Ich wollte, dass ihr aufeinander losgeht, weil ich wusste … Ich wusste, sobald ihr euren Friedensvertrag unterschrieben hattet, würdet ihr euch nach mir umsehen und fragen: ›Susana, was machst du denn noch hier …?‹ Es ist eine Weile her, da habe ich schon gemerkt, dass ihr mich nur braucht, wenn ihr euch zankt …« Rulfo senkte den Blick auf sein Glas. Sie redete weiter und wurde immer ärgerlicher. »Und jetzt, was ist passiert …? Du bist mit deiner großartigen Geschichte angekommen, und er hat sich gedacht: ›Phantastisch! Das kommt mir als Zeitvertreib für meinen Ruhestand wie gerufen …!‹ Ihr beide habt euch wieder die Hände gereicht, und ich bin das fünfte Rad am Wagen wie immer, stimmt es …? Aber jetzt kommt die wichtigste Nachricht: Ich werde nicht mehr zulassen, dass ihr weiter euer Spielchen mit mir treibt. Im Grunde ist César nämlich davon überzeugt, dass ich eine von den Frauen bin, die mit dem ins Bett hüpfen, der am meisten Geld hat. Aber ich scheiße auf sein Geld, und ich scheiße auch auf sein Haus und auf seine Abenteuer, das werde ich ihm zeigen!« Sie war einen Moment still oder hörte vielmehr zu reden auf, ohne still zu sein, denn sie schnaubte hörbar. Rulfo erinnerte sich, dass César für dieses Geräusch einen Namen hatte: ›Neumen des Schmerzes‹. »Sag mir bitte klipp und klar, ob das alles was mit eurer geheimnisvollen Reise durch den Tunnel des Schreckens zu tun hat. Das würde mich nämlich enorm beruhigen.«

Rulfo entschied, ihr eine andere Frage zu beantworten, die sie gar nicht gestellt hatte.

»César hat nicht aufgehört, dich zu lieben, Susana. Ich bin sicher, dass er nur eine Zeit lang Abstand braucht.«

Sie sah ihn mit großen Augen an. Da überfiel Rulfo eine Erinnerung: der Tag, an dem sie sich, Césars Abwesenheit nutzend, auf dem Dachboden geliebt hatten. Er hatte sie von hinten umarmt, ihre Brüste gepresst und sie dabei in den Nacken geküsst.

»Hat es was mit eurer Geschichte zu tun?«, forschte sie weiter.

»Nein, nicht dass ich wüsste. In Barcelona haben wir nur einen Krankenbesuch gemacht. Wir haben nichts gefunden. Ich glaube, dass César das Ganze schon wieder vergessen hat.«

»Und was glaubst du dann, was los ist?«

»Keine Ahnung. Aber ehrlich, ich glaube nicht, dass er dir was verheimlicht.«

Rulfo sah sie beim Sprechen nicht an. Er vertraute darauf, dass sie seine Worte schluckte, wie sie Césars geschluckt hatte. *Wir müssen sie alle beide da raushalten.* Aber nach einem Schweigen sagte sie unerwartet: »Ich habe etwas über Lidia Garetti herausgefunden«, und fixierte ihn. Rulfo musste sich anstrengen, um gleichgültig zu wirken.

»Es wird sehr aufschlussreich für dich sein. Ich habe nämlich mit einer befreundeten Journalistin gesprochen, die mich darüber aufgeklärt hat, dass die arme Lidia eine junge Millionärin mit allen Voraussetzungen der typischen Vatertochter war: allein stehend, reich, Erbin eines sagenhaften Vermögens, von dem sie nicht wusste, wie sie es ausgeben sollte, drogenabhängig, und ein Nervenbündel in psychologischer Behandlung ... Kannst du dir eine Hexe vorstellen, die neurotisch ist ...? Mal ehrlich, Salomón: Lidia war kein übernatürliches Wesen, sie war eine einsame Millionärin, die ihr ganzes Leben auf den Märchenprinzen gewartet hat. Leider kam aber der Todesprinz zu ihr. Und solche Quälereien, wie sie ihr dieser drogensüchtige Psychopath angetan hat, die findest du überall. Da ist nichts Absonderliches dran. Das ist alles ... Ich schwöre dir, dass ...« Mit einem Mal schien es, als ließe sie eine Maske fallen: Sie zog die Augenbrauen zusammen, und ihre Lippen verwandelten sich in zitternde Schleimhäute. »Salomón, ich habe Angst ...« Sie streckte die Arme aus, als wollte sie festgehalten werden, bevor sie in einen Abgrund stürzte. Rulfo empfing sie ohne Widerstand. »Ich habe wahnsinnige Angst ...! Ich habe das Gefühl ... Ich weiß nicht genau, was ... aber ich schwöre dir, dass ich es überhaupt nicht lustig finde, was da passiert ... Was da mit uns allen passiert ... Ich will nicht, dass César etwas zustößt! Und dir auch nicht ...! Dir auch nicht ...!«

»Susana, beruhige dich ...« Er nahm ihr Gesicht zwischen die Hände und sah ihr in die Augen. »Niemandem wird etwas zustoßen.«

Auf einmal, ohne Übergang,

ging er

sah er, wie sich ihre Lippen näherten.

ging er durch die tür

»Nein, Susana ...«, murmelte er in ihrem Mund.

Aber er verstand, wie nötig er es hatte, seine eigene Angst

ging er durch die tür aus glas

mit dem Beben eines anderen Körpers zu beruhigen.

Er ging durch die Tür aus Glas, die von kleinen Tännchen flankiert war, durchschritt das Foyer, setzte seinen Gang in einem der dunklen Flure fort und gelangte zu der Tür mit der Nummer dreizehn. Auf einmal verstand er etwas. Wenn das eine Klinik war, wie er glaubte, dann war dies das Zimmer des Patienten aus Lidias Rätsel.

Hastig öffnete er sie und trat ein.

Aber darin erwartete ihn dieselbe *(schöne und scheußliche)* Kreatur mit dem Aussehen eines Mädchens, die er bereits kannte. Diesmal war sie nackt, und das symbolische Lorbeerblatt glitzerte auf ihrem glatten, geschlechtslosen Torso.

»Willkommen, Señor Rulfo.«

Beim Anblick dieses Gesichts hätte er hundert Verse dichten können, dachte er. Aber er wusste ebenso, dass er sie unverzüglich ins Feuer geworfen hätte, sobald er die grauenvolle Gefühllosigkeit wahrgenommen hätte, wie jetzt, die diese Schönheit in ihm hervorrief. Es war wie eines Morgens aufwachen und feststellen, dass der Mensch, der neben einem lag, nicht aus Fleisch und Blut war, sondern aus Holz, oder dass das tausendmal ersehnte Antlitz eine Pappmaske war.

»Morgen Abend gehe ich zu der Verabredung«, sagte Rulfo voller Verachtung. »Ich werde euch die Imago wiedergeben, und ihr lasst uns in Zukunft in Frieden.« Die Dame sah ihn mit demselben starren Lächeln weiter an. »Aber wenn ihr uns schadet ... Wenn ihr Raquel oder ihrem Kind, César oder Susana Schaden zufügt, dann werde ich euch vernichten. Das kannst du deiner Chefin ausrichten.«

»Wir sind unverwüstlich, Señor Rulfo«, raunte das Mädchen, und seine Stimme klang wie das Knirschen des Sandes unter einer auslaufenden Welle. »Uns hat es *ab initio* gegeben. Obwohl das hier ein Traum ist, sollte Ihnen nicht im Traum einfallen, uns vernichten zu wollen.«

»Ich werde mehr tun als träumen: Ich werde die Dreizehnte finden, euren Schwachpunkt. Ich werde sie finden und euch ein für alle Mal ausrotten.«

»Sie ist ganz einfach zu finden. Hier ist sie.«

Da geschah etwas. Das Mädchen verschwand im Spiegel, und wieder erschien Lidia Garetti. Ihr Körper wirkte angeschlagen.

»Hier«, wiederholte Lidia, während ihr Blut aus den Augen trat. »Der Patient von Zimmer dreizehn. Such ihn.«

Im gleichen Augenblick spürte Rulfo, dass noch jemand im Zimmer war. Es war ein frostiges Gefühl, genauso als würde er eine Hand ins Kühlfach strecken. Der Patient von Zimmer dreizehn. Er drehte sich ganz langsam um, unfähig sich zu erinnern, wie man Luft holt, und was man tun muss, um zu denken. Allein die Möglichkeit, diese neue Präsenz zu erblicken, worin auch immer sie bestehen mochte, flößte ihm mehr Furcht ein als alles, was er bis dahin erlebt hatte. Aber hinter seinem Rücken befand sich wieder das Mädchen. Jetzt hing es mit den Füßen von der Decke wie eine Lampe. Sein Haar sah aus wie eine vertikale Skulptur aus Gold. Von dort beobachtete es ihn, und seine Augen waren wie zwei Monde mit Hof oder wie ein von innen beleuchteter Sternenhimmel. Dann machte es den Mund auf (er konnte sein nachtschwarzes Zäpfchen erspähen),

»Versäumen Sie nicht den Termin, Señor Rulfo, wir erwarten Sie.«

und sein ganzer Körper wurde zu etwas anderem.

Rulfo konnte sich an jenes neue Bild nicht mehr erinnern, doch sein bloßer Anblick hatte bewirkt, dass sein Verstand vorübergehend ausgelöscht wurde. Er wachte schreiend auf und dachte, dass er verrückt geworden sei und es keine Möglichkeit gab, sich zu versichern, dass das nicht zutraf.

Er war in seinem Schlafzimmer allein. Susana war schon gegangen, aber das Bett bewahrte noch die Spuren ihres Parfüms. Der Morgen graute.

Es blieben weniger als vierundzwanzig Stunden.

VIII. DER TERMIN

1

Am Montag hatte die junge Frau keinen Drang, ihr Hotelzimmer zu verlassen. Der Nachmittag brach schon an, aber sie lag immer noch im Bett, das Gesicht in den Händen vergraben. Sie hatte darum gebeten, das Abendessen auf dem Zimmer einzunehmen, und dem Putzpersonal den Zutritt verweigert. Sie wusste, dass man bereits anfing, hinter ihrem Rücken zu reden, aber das war ihr gleich. Ihre Angst war größer. Allein die unvorstellbare Möglichkeit, dass er noch am Leben sein könnte, war ihr unerträglich. Der Gedanke an sein verhasstes Gesicht verursachte ihr Übelkeit und jagte ihr eisige Schauer über den Rücken. Gleichzeitig war ihr bewusst, dass sie sich von einer absurden Angst mitreißen ließ: Der Mann, den sie am Vortag im Spiegel erblickt hatte, ähnelte ihm zugegebenermaßen, aber *er konnte es nicht sein.* Er war tot. Sie hatte ihn selbst umgebracht.

Trotzdem dämmerte in ihr die Erkenntnis, dass es noch Schlimmeres gab als Patricio.

In ihrem Gemüt hatte sich die Erinnerung Bahn gebrochen wie die Sonne in einem staubigen Zimmer. Zu Beginn glaubte sie, es wären Träume, wie der von Lidia, doch allmählich brachte sie sie mit den Erfahrungen eines weit zurückliegenden, aber wahren Lebens in Verbindung. Mit ihrem eigenen Leben.

Patricio trug nicht allein die Schuld: Irgendjemand hatte

ihn manipuliert, um ihr zu schaden, jemand Mächtigeres als er, der sie mit der gleichen Inbrunst leiden sehen wollte, mit der ein Liebhaber danach gestrebt hätte, sie glücklich zu machen. Ein Marionettenspieler, der im Dunkeln die Fäden zog und die Absicht hegte, sie nie wieder in Frieden zu lassen, sondern ihr aufzulauern, sie zu verfolgen und zu quälen, wo immer sie sich verkroch. In den letzten Jahren hatte er sich anscheinend damit zufrieden gegeben, sie anonymen »Klienten« auszuliefern, deren Vergnügen es war, sie zu demütigen. Aber für jenen, der im Hintergrund Regie führte, war das erst der Anfang.

Es wird langsam Zeit für interessantere Spiele, findest du nicht auch, Raquel?

Sie wusste nicht wer (oder was) ihr wahrer Peiniger war, trotzdem fürchtete sie ihn.

Der Knabe legte sich zu ihr. Die junge Frau ergriff seine schmächtige Hand und hielt sie lange schweigend fest und spürte von dem Kind Kraft und Wärme in sich einströmen, wie die Arznei aus einem Tropf. Sie hob den Kopf und lächelte. Als der Junge das Lächeln erwiderte, musste sie blinzeln, als würde sie ins Helle schauen.

Einen Augenblick lang verharrten sie so, ohne sich zu rühren, nur durch diese schwache Geste ihrer ineinander gelegten Hände verbunden, und die junge Frau hatte das Gefühl, dass sie nicht allein war. Als sie in das traurige, blasse Gesichtchen sah, das er ihr zuwandte, wusste sie, dass sie kämpfen würde, mit aller Kraft, worin die Bedrohung auch bestehen mochte. Bis hierher hatte sie es mit dem Kleinen geschafft, und genauso würde sie weitermachen. Sie beschloss, sich zu wehren und nie wieder zuzulassen, dass jemand ihnen Schaden zufügte.

Da klopfte es an der Tür. Sie dachte, es könnte das Abendessen sein, richtete sich auf und strich die Haare aus dem Gesicht.

»Ja, bitte?«

Es klopfte noch einmal.

»Wer ist da?«

Das Klopfen verstummte, aber die Antwort blieb aus.

Mach nicht auf.

Draußen war es schon dunkel. Rundum hatten sich Kälte und Finsternis ausgebreitet. Die junge Frau erhob sich vom Bett, ohne die Tür aus den Augen zu lassen. Der Junge klammerte sich starr vor Schreck an ihre Taille. Am schlimmsten war dieses Schweigen für sie. Sie zog sämtliche Möglichkeiten in Erwägung, auch einen Besuch der Polizei. Aber warum in aller Welt antwortete draußen niemand?

»Wer ist da, bitte?«, rief sie, schon den Tränen nahe.

Mach nicht auf. Mach nicht auf.

Dann tat sich die Tür

die nacht

auf.

Gleichmäßig und gemächlich, ohne einen Laut, wie ein Blatt Papier. Die Frau und das Kind starrten mit weit aufgerissenen Augen zu der schwarzen Türöffnung hin.

Da war niemand.

Er will uns erschrecken.

Sie schluckte. Die Zeit dehnte sich endlos. Endlich fasste sie sich ein Herz und rührte sich. Ohne den Jungen loszulassen, ging sie zu der offenen Tür. Das Herz schlug ihr bis zum Hals. Sie sah im Flur nach, im Treppenhaus, an den anderen Zimmertüren.

Niemand. Alles war dunkel.

die nacht war stockfinster

Sie dachte, dass es vielleicht ein Versehen war: Jemand hatte womöglich an der falschen Tür geklopft und war, als er den

Irrtum bemerkt hatte, wieder fortgegangen. Wahrscheinlich war ihre Tür nur angelehnt gewesen und von den Schlägen aufgestoßen worden. Sie schloss sie und legte den Riegel vor. Der Junge war immer noch sehr angespannt. Sie schlang die Arme fest um ihn und redete beruhigend auf ihn ein. »Es ist schon gut«, flüsterte sie. »Es ist schon gut.«

Die Nacht war stockfinster. Nur die Autoscheinwerfer durchbrachen sie und enthüllten eine rußige Mauer, Fenster mit zerbrochenen Scheiben und einen Maschendrahtzaun. Es war ein verlassenes Textillager an einer Ausfallstraße nach Süden, wahrscheinlich zum Abriss freigegeben, weil es irgendwann ausgebrannt war. Er hatte es sofort gefunden. Er parkte den Wagen neben dem Zaun und stieg aus.

Eine trunkene Dunkelheit erfüllte die Welt, eine linkische, betäubende Finsternis, nur unterbrochen vom silbernen Fingernagel einer hauchdünnen Mondsichel. Rundum waren weder Lichter noch andere Gebäude zu sehen. Ein einzelnes Auto glitt nach ihm über die Landstraße, während er ausstieg, als wäre es ihm hinterhergefahren. Rulfo schaute ihm nach. Das Fahrzeug ließ ihn für Momente erblinden, setzte aber seinen Weg fort.

Der Zaun war mit einer Kette abgeschlossen. Auf einem Schild standen die üblichen Verbote, aber ein Gesetz zu übertreten kostete ihn keine Überwindung mehr. Er kehrte zum Auto zurück, fuhr so dicht an den Zaun heran, wie er konnte, kletterte dann auf die Kühlerhaube und suchte eine Möglichkeit hinüberzukommen, ohne die einzelnen Maschen zu sehr zu belasten. Er fand mit dem Fuß Halt und stieg, in das Rhombengitter greifend, auf der anderen Seite wieder hinunter.

Er hatte, geraume Zeit bevor er von zu Hause losgefahren war, zu trinken begonnen, sich den Whisky in wachsenden Portionen eingekippt und mit der gleichen Menge Wasser aufgefüllt, damit er ihn schneller hinunterbekam, ohne das lästige Brennen im Hals. Immerhin war er jetzt betrunken genug, um sich einzugestehen, dass er eine Heidenangst ausstand. Seine Saufgelage waren wie seine Angstpartien bisher eigentlich immer im Rahmen geblieben: Aber heute Nacht überboten sie alles bisher Dagewesene. Trotzdem hatte er einen klaren Kopf und fühlte sich nicht benommen. Eher so, als hätte er sich ein anderes Rauschmittel als Whisky einverleibt. Er fühlte sich angenehm betäubt und keineswegs schwindelig. Das große Tor der Lagerhalle war aus Metall und lief auf Rollen. Als er es aufzuschieben begann, verursachte es einen Höllenlärm. *Der letzte Eintritt. Der letzte Schritt. Lasciate.* Während er sich an der Schiebetür zu schaffen machte, verspürte er einen Augenblick einen Lachreiz. Er hatte unwillkürlich an seine Mutter und dann an Ballesteros denken müssen. Das heißt, seine Gedankensprünge gingen wie folgt: von seiner Mutter zu seinen Schwestern, zu seinem Bedürfnis, von jemandem beschützt zu werden, und zu Ballesteros. Er war nur von Frauen erzogen worden, die Frauen gefielen ihm, und er gefiel den Frauen, und er hatte stets einen sehr innigen Kontakt zum weiblichen Geschlecht gehabt. In seiner Jugend hatten sich seine Verabredungen mit Mädchen nur so gehäuft. Das hier war wieder eine. Aber diesmal nicht mit einem, sondern gleich mit dreizehn Mädchen.

Wie er so darüber nachdachte, war ihm Ballesteros in den Sinn gekommen, und er hatte sich gefragt, was der gute, vernünftige Arzt wohl zu der Geschichte sagen würde, die womöglich jetzt auf Rulfo zukam. Was für eine Erklärung er sich wohl diesmal für die *dreizehn sonderbaren Dinge* einfallen lassen würde?

Als das rostige Echo des Tores verklungen war, rieb er ein paar Mal die Hände gegeneinander, um den Schmutz zu entfernen, dann hielt er inne und nahm in dem matten von draußen einfallenden Licht die Stätte in Augenschein.

Er stand in einer weiträumigen, staubigen Halle mit zahlreichen abbröckelnden Zwischenwänden und angefüllt von einem penetranten Brandgeruch. Der unpassendste Ort für ein Rendezvous. *Aber auch für einen Hexensabbat,* fand er. Er begann ihn zu erkunden und nahm die Wand zu seiner Rechten als Orientierungspunkt. Außer Asche hing auch der Gestank von alten Exkrementen in der Luft. Das Geräusch seiner Tritte auf den schwarzen Trümmern rief in ihm eine leicht groteske, surreale Vorstellung hervor: als würde er über die Betten eines Altenheims schreiten und den röchelnden Greisen auf die Rippen treten. Selbst das hätte ihm im Moment nicht allzu viel ausgemacht. Der Whisky im Blut half ihm, es sogar mit unsichtbaren Greisen aufzunehmen.

Er beschloss, sich irgendwo in der Mitte zu positionieren. Es war ein großes Gemäuer, und sie hatten ihm nicht angegeben, wo genau er auf sie warten sollte. Er ging davon aus, dass es letztlich egal war.

Mit den Füßen begann er vorsichtig die Umgebung zu ertasten und umriss ein für sein Gesäß ausreichendes Quadrat: Er hätte sich, ohne zu zögern, auf ein Exkrement gesetzt, ahnte aber trotz seines Alkoholpegels, dass es nicht ratsam sein würde, den Hexensabbat in einer Notaufnahme zu beenden, wo man ihm den Hintern zusammenflickte, weil er eine Glasscherbe oder ein Stück Stacheldraht erwischt hatte. Schließlich schob er sich mit dem Rücken an der Wand abwärts, ließ sich vorsichtig auf dem Boden nieder und lehnte sich gegen die Mauer. Sofort überkam ihn die Panik, er könnte einschlafen. Aber nein: Er würde nicht einschlafen, trotz seines Zustands. Er war wach genug, bange genug, zu sehr das ängstliche Kind mitten in der finsteren Nacht.

Er warf einen Blick auf das beleuchtete Zifferblatt seiner Uhr. In fünfunddreißig Minuten war es zwölf. Und es würden dreizehn sein.

Der Schatten kam ganz leise angeschlichen. Er sah Rulfos Wagen vor dem Maschengitter stehen und schloss daraus, wie er hineingelangt war. Er näherte sich dem Auto und stieg auf die Motorhaube.

Wie werden sie erscheinen? Auf Besen? In Limousinen? Wie Katzen? Wie Ratten? Mit der linken Hand tastete er nach der Figur in der Tasche seines schmutzigen Jacketts. Dann rekapitulierte er rasch noch einmal den Plan, den er sich zu Hause zurechtgelegt hatte, bevor er losgefahren war: Er würde ihnen die Figur nur geben, wenn sie sich in einer Art Pakt mit ihm dazu verpflichteten, sein Leben und das seiner Freunde zu verschonen. Falls es zutraf, dass sie ihm das Wachspüppchen nicht wegnehmen konnten, hatte er einen Trumpf in der Hand – und den würde er nicht leichtfertig verspielen.

In diesem Moment hörte er ein Geräusch. Es kam von links. Er hielt die Luft an und drehte sich um. In dem dürftigen, durch die großen Fenster einfallenden Mondlicht konnte er nichts Ungewöhnliches ausmachen. Vielleicht war es ein niederes Lebewesen. Oder vielleicht waren sie es. Aber es fehlten noch zwanzig Minuten bis zur vereinbarten Zeit. Er stand auf und wartete, ob noch etwas geschah.

Nein, er würde nicht einschlafen.

Als er sich von neuem gegen die Mauer lehnte, vernahm er ganz deutlich Schritte und sah unmittelbar vor sich einen Schatten aufragen wie eine solide nachtschwarze Säule.

»Was zum Teufel tust du hier?«

»Du hast im Schlaf geredet. Heute Nacht, in deiner verfluchten Wohnung, in deinem verfluchten Traum ... Ich konnte nicht einschlafen und habe dir zugehört. Ich wollte dich aufwecken, aber es ging nicht. Ich habe in meinem ganzen Leben noch niemanden mit einem solchen Albtraum erlebt, das schwör ich dir. Als ich gesehen habe, wie du gezittert und getobt hast, da dachte ich ... also, ich dachte, du würdest ins Bett machen oder ich würde ins Bett machen. Dann habe ich dich sagen hören, du würdest heute Nacht zu einer Verabredung kommen ... Ich weiß nicht, mit wem zum Teufel du da geredet hast oder zu reden glaubtest, aber spar dir die Mühe, du brauchst es mir nicht zu erzählen ... Jedenfalls habe ich an dem Punkt Muffe gekriegt und bin abgehauen.« Sie schob die Spitze des Zeigefingers zwischen die Zähne und biss sich mit dieser typischen Geste in die Nagelhaut. Rulfo begriff, dass sie mehr Angst und Alkohol im Leib hatte als er. Ein feines Gespinst aus Licht überzog ihren rötlichen Mantel mit hellen Linien. »Aber dann wollte ich wissen, was du vorhattest ... Ich bin zu deiner Wohnung zurückgefahren und habe dir von einer Straßenecke aus nachspioniert ...« Sie lachte nervös im Dunkeln. »Ich bin mir vorgekommen wie früher in einem dieser Spiele, die wir mit César gespielt haben ... Ich habe dich heimlich wegfahren sehen, da habe ich meinen Wagen genommen und bin dir gefolgt. Als du hier geparkt hast, bin ich auf der Landstraße weitergefahren, damit du keinen Verdacht schöpfst.« Rulfo erinnerte sich an das einsame Auto, das er hinter sich auf der Straße gesehen hatte. »Ich habe den Wagen woanders abgestellt und bin zu Fuß hergekommen ... Und dabei habe ich gedacht ... ich dachte daran, was gestern zwischen uns passiert ist, und mir ist klar geworden, weshalb du dich darauf eingelassen hast, ich meine, weshalb du meine Küsse erwidert hast und mit mir ins Bett gegangen bist ...« In ihrer Stimme schwang jetzt eine eisige Wut mit. »Ihr wolltet, dass ich mich nicht in eure Angelegenheit einmische, stimmt es? Ich sollte weiter glauben, dass es ein simpler Beziehungskrach ist. Aber der Alkohol ist hagiographisch ... oder wie sagt César immer dazu? Ich glaube, so heißt das doch. Der Alkohol liefert uns wunderbare Geschichten und Erkenntnisse. Ich habe jedenfalls heute Nachmittag mit Hilfe meiner Gin Tonics euren grandiosen Plan durchschaut ... Ich weiß, dass ihr, seit ihr aus Barcelona zurückgekommen seid, nichts anderes im Sinn hattet, als mich zu schützen.« Sie sprach die letzten Worte betont abfällig mit spürbarem Gindunst aus und spuckte ein Stück Nagelhaut hinterher. »Was seid ihr doch für Arschlöcher, mein Gott! Was seid ihr Männer doch für Riesenarschlöcher …«

»Du hättest nicht herkommen dürfen. Du hättest mir nicht bis hierher folgen dürfen.«

»Glaubst du denn, eure Geschichten könnten mir was anhaben?«, explodierte Susana, und ihre Worte riefen ein verschwommenes Echo in dem großen Raum hervor. »Das hier ist eine leere Lagerhalle, Salomón …! Was zum Teufel suchst du an diesem gottverdammten Ort? Seid ihr denn alle beide verrückt geworden?«

Mit einem Mal kam Rulfo sich an diesem dunklen, staubigen Ort, an dem es nach Exkrementen roch, ziemlich albern vor. So hatte er sich die entscheidende Begegnung seines Lebens nicht vorgestellt. Ihn befiel wieder dieses Gefühl von Unwirklichkeit, das er in den letzten Tagen so oft gehabt hatte. Susana in ihrem roten Mantel, von Parfümduft umweht, schien die Stimme der Vernunft zu sein, der Alltagsprosa, der keine Hexe dieser Welt würde standhalten können. Was erwartete er eigentlich, was passieren sollte, wenn Mitternacht kam?

Dann erinnerte er sich an den gefolterten Rauschen in dem leeren Zimmer.

Irgendetwas sagte ihm, dass das Unmögliche jederzeit geschehen konnte und dass sie nicht hier sein durfte, wenn es sich ereignete.

Die Ziffern auf seiner Uhr leuchteten erschreckend deutlich: 11:57 …

»Hör mal, du wirst jetzt sofort ins Auto steigen und nach Madrid zurückfahren. Hast du verstanden …? Verschwinde jetzt! Geh meinetwegen zu César, schließ Frieden mit ihm, aber hau ab …!«

»Du machst mir Angst«, behauptete sie.

»Das will ich auch.«

11:58 ... Er starrte in die Dunkelheit rundum. Nichts schien sich verändert zu haben.

»Salomón ...« Susanas Stimme klang jetzt weicher.

»Weißt du was? Der Streit mit César ist mir egal ... Ich weiß, dass du ihn mit deinen Spinnereien angesteckt hast, aber ich werde dich jetzt nicht im Stich lassen. Gestern Abend ... als wir ... als wir es gemacht haben ... da hattest du einen schrecklichen Albtraum ... Ich glaube nicht an Hexen, aber ich weiß, dass du etwas Schlimmes durchmachst, und werde dich jetzt nicht im Stich lassen ... Ich will dir etwas erzählen, was du nicht weißt. Ich bin in den letzten Jahren mehrfach von unseren Freunden auf dich angesprochen worden ... Die Freundin, die du hattest ...« Rulfo war ganz Ohr und sah nur sie. »Es ist ihr etwas zugestoßen, nicht wahr ...? Etwas sehr Schmerzhaftes, und das hat dir ziemlich zu schaffen gemacht. Es hat dich verändert. Das ist der Grund, weshalb ich dich jetzt nicht alleine lassen werde. Du kannst dir ja schon mal eine Rechtfertigung zurechtlegen, falls deine Schreckgespenster doch nicht erscheinen.«

»Susana ...«

Unwillkürlich schloss er die Arme um sie, ohne darüber nachzudenken. Er drückte ihren Körper an sich und hörte sie schluchzen. Er fragte sich, ob es wahr sein konnte, was sie da sagte. Hatte Beatriz' Tod ihn vielleicht dafür anfällig gemacht, sich in absurde Hexenphantasien hineinzusteigern?

»Ich werde dich nicht verlassen ...«, sagte sie. »Ich werde dich nie mehr verlassen ...«

Das leise Piepsen seiner Uhr gab ihm zu verstehen, dass es so weit war. Susana im Arm behaltend, blickte er sich nach allen Seiten um. Die Angst stand ihm ins Gesicht geschrieben. Aber alles war dunkel und still. Nur ihrer beider Atem war zu hören. Falls die Damen in der Gegend herumstrichen, dann mussten sie zart wie Mondstrahlen sein.

Er nahm Susanas Gesicht zwischen die Hände und lächelte. Sie erwiderte mit glänzenden Augen sein Lächeln. »Einverstanden. Ich will dir sagen, was wir jetzt machen werden. Wir werden einfach gehen ... Wir fahren zu César und reden mit ihm und ...« Unversehens erstarrte Susanas Gesicht in seinen Händen, das Lächeln schmolz zusammen, die Augen sanken in die Höhlen zurück, bis nur noch das Weiß der Augäpfel zu sehen war. »Susana ...?«

»Señor Rulfo«, sagte sie mit veränderter Stimme. Rulfo überlief es eiskalt. Er wich zurück. Er hatte die Stimme erkannt: Es war das blecherne Schaben des Mädchens.

»Folgen Sie mir, Señor Rulfo.«

Susanas Körper machte zitternd eine Kehrtwende; sie klimperte mit den pupillenlosen Augen und setzte sich taumelnd in Bewegung, als wäre sie eine Puppe, von einem Riesenmädchen aufgehoben und an einen anderen Platz gesetzt. Ihre Gangart erinnerte Rulfo an Rauschens Leiche.

»Folgen Sie mir«, wiederholte die Stimme.

Er folgte der Gestalt bis zum anderen Ende der Lagerhalle. Es war ein schrecklicher, irrer Marsch, und er vollzog ihn tranceartig wie in einem Albtraum. Dann erblickte er sie. Einfach so.

Ein Kreis von nackten Frauen auf den trostlosen Trümmern dieser Stätte. Sie standen reglos in der Finsternis und hielten sich an den Händen.

Die Tatsache, dass er sie endlich leibhaftig zu Gesicht bekam, wirkte alles andere als beruhigend auf ihn. Im Gegenteil, sie rief ein Gefühl der Ohnmacht, der Wehrlosigkeit in ihm hervor, als würde ihm plötzlich klar, dass nun kein Ausweichmanöver mehr möglich war: weder Wahnsinn, noch Albtraum, noch Betrug. Da standen sie direkt vor ihm. Die Damen. Sie waren real, genau wie die Verse. Da war nichts zu machen.

Dann, als er näher trat, merkte er, dass sie weder Gesichter noch Haare hatten und dass ihre Glieder mit tiefen Einkerbungen vom Torso getrennt waren. Ihm dämmerte, dass er Modepuppen vor sich hatte, lebensgroße Schaufensterfiguren ohne Kleidung und Perücken, die hier mitten in dem Lagerhaus im Kreis aufgestellt worden waren. Verwirrt wandte er sich zu Susana um.

»Wo seid ihr?«

»In Wirklichkeit sind wir hier«, sagte die Stimme ebenso ausdruckslos wie das Gesicht, dem sie entstieg. »Aber die Wirklichkeit ist groß, Señor Rulfo. Geben Sie uns die Imago.«

»Woher soll ich wissen, dass ihr uns dann laufen lasst?«

»Geben Sie uns die Imago«, wiederholte das Ding und streckte ihm die Hand mit der Innenfläche nach oben entgegen.

»Nein«, sagte Rulfo. »Nicht eher, als bis du Susanas Körper freigibst und sie laufen lässt.«

Er vernahm die Worte wie ein sachtes Flügelschlagen. Ein kaum hörbar geflüsterter Vers (vielleicht Mallarmé, das konnte er nicht erkennen) glitt schlängelnd auf ihn zu wie eine wunderschöne französische Aspisviper. Bevor er sichs versah, schoss ihm die Wachsfigur aus der Tasche und landete auf Susanas Hand, welche die Faust darum schloss. Rulfo tat verwirrt einen Schritt nach vorn.

»Du kannst sie mir nicht wegnehmen …! Du kannst die Imago nicht haben, wenn ich sie dir nicht gebe!«

»Richtig«, bestätigte das Ding durch Susanas Mund und öffnete die Hand: Eine kleine Flamme loderte über der Figur. »Aber das hier ist nicht die Imago.«

Im Licht der Flamme konnte Rulfo das Wachs schmelzen sehen.

Und während die Welt um ihn herum ihre Dimensionen verlor, heftete er die Augen auf die Figur, die darunter zum Vorschein kam, und stellte fest, dass sie einem kleinen Plastiksoldaten zum Verwechseln ähnlich sah.

ix. Das Landgut

1

Der Laut ließ sie augenblicklich hochschrecken. Ein schwaches, jedoch unverkennbares Geräusch, als hätte jemand das Zimmer betreten. Sie erinnerte sich, dass sie die Tür und die Fenster von innen verbarrikadiert hatte. Nach dem Vorfall am Abend hatte sie eigenhändig die Stühle und den kleinen Sekretär davor gerückt. Daher konnte niemand unangekündigt in das kleine Motelzimmer eindringen, so viel war sicher. Trotzdem hob sie den Kopf und sah in die Finsternis. Früher hätte Raquel sich nicht weiter beunruhigt und versucht, wieder einzuschlafen, aber diese Raquel gab es nicht mehr: Jetzt war sie eine Frau, die wusste, dass Geräusche im Dunkeln Gefahr bedeuten können.

Sie durchforschte den Raum, so gut es ging, mit den Augen. Sie wollte kein Licht machen, um den an ihrer Seite schlafenden Jungen nicht zu wecken. Sie sah nichts Ungewöhnliches und dachte, das Geräusch könnte ebenso gut aus einem benachbarten Zimmer gekommen sein. In diesem Moment spürte sie, wie der Knabe sich neben ihr steif aufsetzte. Er hatte einen ebenso leichten Schlaf wie sie selbst.

»Schhh …«, machte sie und streichelte ihn. »Es ist nichts.«

Sie wollte ihn nicht unnötig ängstigen. Außerdem waren sie wahrscheinlich zu Unrecht alarmiert. Trotzdem wollte sie sich vergewissern.

Ohne das Kind aus den Armen zu lassen, tastete sie sich mit der anderen Hand vorsichtig bis zum Lichtschalter auf dem Nachttisch vor. Die ungewohnte Helligkeit ließ sie blinzeln.

Vor ihr stand Patricio mit verschränkten Armen und in der gewohnten Kluft: Lederjacke und Jeans, alles neu und relativ sauber. Zwischen Schnauz- und Kinnbart dehnte sich wie eine Klinge sein breites Grinsen.

Paradoxerweise reagierte sie nach dem ersten Schrecken fast gelassen auf seinen gesunden und wohlbehaltenen Anblick. *Ich träume,* schoss es ihr durch den Sinn. Sie machte einen Versuch, sich aufzusetzen, aber ehe sie sichs versah, streckte er, ob Traum oder Wirklichkeit, den Arm nach ihr aus, packte sie mit einer ungekannten Kraft brutal an der Fessel und zog sie aus dem Bett, bis sie auf dem Fußboden lag. Der Aufprall auf dem Teppichboden war durchaus real, und für ein paar Sekunden war die junge Frau zu keiner Reaktion fähig.

Da erscholl das Schreien des Kindes.

Sie richtete sich auf und sah, dass Patricio ihn im Genick gefasst hatte, so wie Schlangen gehalten werden, hochhob und in der Luft zappeln ließ.

Ungeachtet ihrer Zweifel, ob das Ganze nur ein Albtraum war, wartete die Frau keine Sekunde länger: Sie erhob sich, griff nach der Stehlampe auf dem Tisch und stand für Augenblicke mit dem Licht in der Hand da wie ein stummer, von den Wänden reflektierter Blitz. Der Mann wehrte ihren Angriff behände ab, und der Lampenschirm flog durch das Zimmer.

»Kein schlechter Coup«, sagte Patricio und lachte.

Dann holte er aus und verpasste der Frau mit der Faust einen Schlag vor die Brust, der ihr den Atem nahm. Nach Luft ringend, taumelte sie rückwärts, bis sie an die Wand stieß und zu Boden sank. Patricio trat auf sie zu, immer noch das strampelnde Kind in den Fängen, und beugte sich über sie. Im Licht der umgekippten Lampe erschien ihr sein Gesicht wie eine theatralische Teufelsfratze.

»Du wolltest uns betrügen, Raquel. Du hast diesem Idioten die falsche Figur gegeben und die richtige versteckt. Das ist nicht der passende Moment für solche Spielchen.« Die Frau sah ihn mit weit aufgerissenen Augen an und suchte vergebens nach irgendeiner Maske oder Kostümierung.

»Du bist erstaunt, mich zu sehen ...? Verständlich, schließlich hast du mich in einem üblen Zustand zurückgelassen, in der Tat. Aber es gibt für alles im Leben eine Lösung: Als du gegangen warst, ist ein Freund zu Besuch gekommen, der hat mich ... wiederhergestellt. Was nicht heißen soll, dass mir deine Quälereien nicht wehgetan hätten ...« In diesem Moment wechselte sein Gesicht die Farbe und wurde rubinrot wie ein guter Wein, dann erschienen überall frische Brandblasen darauf. »Es hat mehr wehgetan, als du glaubst ...« Seine Augen barsten gleichzeitig wie Luftballons auf einer Feier, und die Augenhöhlen füllten sich mit Blut und liefen über. Aus seiner Hose sprang eine flüssige Nelke. »Wieso siehst du weg? Du warst es doch, die mir das alles zugefügt hat ...« In dem breiten Hals klaffte plötzlich ein zweites Lächeln unter dem ersten, und Arterien, Nerven und Muskeln quollen daraus hervor. Das Blut gerann, die Haut schwoll an und wechselte noch einmal die Farbe. Er begann zu stinken. »Aber weißt du was?« Patricios Leiche verweste jetzt im Zeitraffer vor ihren Augen. Nur mit Mühe regte sich die blaue, entzündete Zunge in seinem Schlund. »Jjjemand hat mir geholfen wwwwiederzukommen ...« Er schlug mit einer Hand die Lederjacke zurück. Die junge Frau sah auf seinem Oberkörper die Worte geschrieben: *Das Brautpaar soll ein Brautpaar auf ewig sein.*

Neben Patricio erschien jetzt eine zweite Person in ihrem Zimmer. Deren Gesicht war von einer dunklen Brille und einem Grinsen unterteilt. Als der Mann ihr die Hand reichen wollte, stieß die Frau einen letzten Schrei aus.

Einen Moment lang fühlte es sich an, als ob er stünde. Es kam ihm daher sehr seltsam vor, die Stuhlreihen an den Wänden zu sehen. Dann wachte er ganz auf und rollte sich in der festen Masse eines ozeanischen Bettes auf die Seite. Er hörte seinen Herzschlag und weiter entfernt die rhythmischen Klänge eines Klaviers. Er empfand weder Schmerz noch Unwohlsein. Er trug seine gewohnte Kleidung. Er befand sich in einem großen, heruntergekommenen Raum. Zuletzt, so erinnerte er sich, hatte er sich in einer dreckigen, stockdunklen Lagerhalle außerhalb von Madrid aufgehalten. Wo er war, wusste er nicht, auch nicht, wie er hierher geraten war. Er trat ans Fenster. Eine dichte Baumreihe zog sich bis zu einem herbstlichen Garten. Dahinter glitzerte die Sonne.

Er vermutete, dass die Tür geschlossen war, aber sie war es nicht. Als er hinaustrat, drang Chopin an seine Ohren. Er sah eine Treppe, die nach unten führte, nahm sie und gelangte in einen Salon. Ein Mädchen saß mit dem Rücken zu ihm an einem Flügel und mühte sich an der klassischen Tastatur. Das Haar fiel ihr wie ein blonder Wasserfall über den Rücken und verdeckte sogar den Hocker, auf dem sie saß. Außer ihr war noch eine zweite Person zugegen, eine reife, beleibte Frau mit einer Metallbrille, die einen cremefarbenen Pullover über einem schmucklosen, geraden Rock trug und sich in einem altersschwachen Schaukelstuhl wiegte. Als sie Rulfo erblickte, erhob sie sich eilfertig.

»Señor Rulfo, welche Freude, Ihre Bekanntschaft zu machen!«

Sie streckte ihm die Hand hin. Er ergriff sie und bemerkte den Flaum auf ihrem Rücken. Sie schien ein Transvestit zu sein. Ihre dicke Schminke aus Kremserweiß mit den knallroten Lippen und den Wimpern, von denen die Tusche krümelte, grenzte ans Lächerliche. Die dunkelblonde Perücke bestand aus lauter Krauslöckchen. Auf ihrem fülligen Busen prangte eine Art Brosche: ein Geißkopf vielleicht. Sie sprach perfekt Spanisch mit einem winzigen Anklang ans Französische und einem leicht schrillen, affektierten Ton.

»Würden Sie mir einen Moment Ihrer Zeit gönnen, dann kann ich Ihnen das Haus zeigen. Kommen Sie, kommen Sie ... Vorsicht mit dem Stuhl hier ...«

Das Mädchen am Klavier hatte zu spielen aufgehört und betrachtete ihn schweigend. Rulfo folgte verwirrt den Trippelschritten der rundlichen Älteren. Sie durchquerten den Salon und gelangten zu einer Art Veranda aus Stein mit einer Kassettendecke. Diese führte in einen herrlichen parkartigen Garten, in dem Unmengen von Schmetterlingen mit erhabener Lautlosigkeit umhergaukelten. Es waren regelrechte Scharen. Die Sonne im Zenit kündete von der Mittagszeit.

»Sie sind sicher noch etwas schwindelig, nicht wahr ...? Das ist verständlich ... Aber kommen Sie, beeilen Sie sich, es gibt so viel zu sehen ...! Das Gut ist riesig ... Ich bin die Empfangsdame und zuständig für die Betreuung und Orientierung der Gäste ... Sehen Sie, dort hinten«, sie wies beim Gehen in eine Richtung, »da stehen die Apfelsinenbäume. Wir haben wunderbare Apfelsinen. Aber es gibt hier auch Skulpturen, Teichrosen, Gedenksteine und alte Quellen, die allerdings schon versiegt sind. Am Eingang, auf der anderen Seite, steht auch ein Obelisk mit einem ägyptischen Relief in koptischer Sprache. Das hier ist ein herrlicher Flecken in der Provence ...«

Die Provence, dachte Rulfo. *Ihr Hauptsitz in der Provence, das Landgut, wo sie sich versammeln.* Er wusste weder, wie sie ihn dorthin gebracht hatten, noch wie viel Zeit seit der Nacht in der Lagerhalle vergangen war.

»Im Garten gibt es einen formgeschnittenen Buchsbaum, von hier aus kann man ihn nicht sehen. Er steht in der Nähe des Obelisken. Wir besitzen auch die Statue einer langhaarigen sitzenden Göttin, auf ihrem Sockel steht ein Vers von Rossetti ... Ja, und einen recht altertümlichen Schrein, der aussieht wie ein Miniaturpalast ... Hier in diesem Flügel befinden sich die Rhapsodome. Haben Sie die vielen Schmetterlinge gesehen ...? Im Untergeschoss sind die Zimmer für besondere Anlässe, aber bei größeren Feiern versammeln wir uns im Garten bei einem wunderhübschen Pavillon ... Bald hätte ich es vergessen: Heute Abend findet ein Fest statt. Wissen Sie, wir kommen nämlich nur ganz selten hierher. Sonst wäre das Anwesen natürlich viel gepflegter.«

»Wo ist Susana?«, fragte Rulfo und versuchte mit aller Kraft, einen klaren Kopf zu bekommen.

Die Frau blieb stehen und sah ihn verblüfft und ein wenig amüsiert an.

»Aber, aber, erwähnen Sie doch so etwas nicht, mein Lieber. Wahren Sie die Diskretion. Heute Abend können wir uns in aller Ausführlichkeit unterhalten. Bis dahin ...« Sie legte einen Finger an die Lippen. Der dazugehörige Nagel war erdbeerfarben. »Pst! Üben Sie Zurückhaltung. Selbst die Wände haben an diesem Ort Ohren. Und hin und wieder sogar eine Stimme.« Beim Lachen entblößte sie ihr karminrot verfärbtes Gebiss. »Würden Sie mir freundlicherweise Ihren Arm leihen ...? Danke. Mich schmerzen nämlich fürchterlich die Füße. Diese Schuhe bringen mich noch um ... Ach, schauen Sie hier, ein Rhapsodom.« Sie wies in den Innenraum einer geöffneten fensterlosen Kammer, deren Tür zur Galerie ging. Obwohl kaum Licht einfiel, waren darin dicke Vorhänge und ein Teppichboden zu erkennen. Rulfo dachte bei sich, dass es eine ziemlich getreue Nachbildung des blauen Zimmers in Lidia Garettis Haus war. Wie buntes Konfetti flatterten die Schmetterlinge darin ein und aus. »In den Rhapsodomen gelingen die Rezitationen sehr viel besser, weil die Akustik dort reiner ist ... Dieses Haus ist wie eine Wabe mit lauter leeren Zimmern ...

Soll ich Ihnen etwas verraten? Ihr Bart gefällt mir, junger Mann ... Ich hätte liebend gerne einen solchen Bart bekommen und ebenso einen kleineren Busen. Leider ist nur mein Gesäß einigermaßen geraten. Es ist schön, mit Ihnen umherzuschlendern. Für das Fest sollten Sie sich ein wenig zurechtmachen. Und mir den ersten Tanz versprechen ... einverstanden?«

»Welches Fest?«

»Sagte ich es nicht bereits?« Die Frau schien mit einem Mal verärgert. »Oder hören Sie mir gar nicht zu ...? Ich hasse es, wenn mir jemand nicht zuhört ...! Das Fest heute Abend ...!«

»Ist Raquel auch hier?«

»Sie sind ein Esel. Sehr hübsch, aber ein unverbesserlicher Esel. Ich flehe Sie an, schweigen Sie still.«

Die Frau bog an der letzten Kehre um die Ecke und zog Rulfo am Arm mit. Der Garten und die Galerie setzten sich noch fort, aber seine Führerin blieb vor einer geschlossenen Tür stehen. Sie brachte einen Schlüssel zum Vorschein und öffnete eine winzige, dunkle Kammer, in der es stank wie in einem öffentlichen Abtritt. In der Tat sah sie aus wie eine Toilette, die seit Monaten nicht mehr gesäubert worden war. Im Hintergrund regte sich ein Schatten.

Es war Susana.

Rulfo ließ die betuliche Dicke stehen, betrat den Raum und kniete sich neben sie.

»Haben sie dir etwas angetan?«

Susana schüttelte den Kopf. Sie biss sich auf die Fingernägel. Ihre Kleidung war schmutzig, und der rote Mantel lag zerknüllt in einer Ecke, aber sie schien unversehrt.

»Ich bedaure, Sie beide schon verlassen zu müssen«, säuselte die Frau von der Türschwelle aus, »aber ... ach, die Pflicht ruft. Ich bin nämlich für alle Vorbereitungen verantwortlich. Was für eine Hitze in diesen Röcken ... Wir sehen uns also heute Abend, auf dem Fest. Und vergessen Sie nicht, dass Sie mir den ersten Tanz versprochen haben«, fügte sie augenzwinkernd hinzu und ging, nachdem sie den Schlüssel zweimal im Schloss umgedreht hatte.

Durch die Ritzen in den Wänden drang ein wenig Tageslicht, so dass die Kammer im Dämmerlicht lag, aber die verpestete Luft darin war schier unerträglich. Rulfo zog sein Jackett aus und setzte sich zu Susana auf den Fußboden.

»Sie ist ekelhaft …!«, flüsterte diese und biss sich auf die Finger. »Ich könnte kotzen … wenn ich diese Schreckschraube … nur sehe …!«

»Ich auch.«

»Diese Schleimscheißerin! Widerlich! Diese …!« Sie wechselte den Finger und nahm sich jetzt den Zeigefinger vor. Sie biss erbittert darauf herum.

»Sie werden uns nicht wehtun, Susana, beruhige dich. Sie wollen nur die Figur … Diese Figur, die wir aus dem Aquarium geholt haben. Erinnerst du dich? Ich habe es euch erzählt … Die wollen sie haben. Dann werden sie uns laufen lassen.«

Er fragte sich, warum Raquel ihn angelogen hatte. Er war nämlich sicher, dass die falsche Imago aus einem der Plastiksoldaten ihres Sohnes und mit Wachs überzogen ihr Werk war. Er erinnerte sich noch an die heruntergebrannten Kerzen, als er einmal in ihrer Wohnung gewesen war, und an den Satz des Jungen über seine Spielzeugfiguren: *Eine fehlt.* Aber warum hatte sie das nur getan? Und warum hatte sie ihm nichts davon erzählt?

Er wandte sich wieder Susana zu und beschloss, dass es jetzt am wichtigsten war, sie zu beruhigen.

»Kau nicht so viel auf den Nägeln herum, du wirst dich noch verletzen …«

»Nnnein …«

»Reiß dich zusammen!«, brauste Rulfo auf und nahm ihr den Finger aus dem Mund.

Ihre Reaktion überraschte ihn: Mit einem heftigen Ruck machte sie sich von ihm los und hob erneut die rechte Hand

270

an den Mund, wie ein ausgehungertes Nagetier, dem man seinen Fraß streitig macht.

»Sie hhhhaben mmmir was angettttan«, stammelte sie beim Kauen und wies mit der freien Hand auf ihren Bauch. Rulfo durchfuhr ein eiskalter Schrecken. Er schob den Rand von Susanas Pullover hoch und beugte sich zu ihr hinunter. Trotz der Lichtverhältnisse konnte er den schwarzen, glänzenden Vers auf ihrer weißen Haut erkennen wie ein Ungeziefer.

O rose thou art sick

William Blake. César liebte Blake, diesen geheimnisvollen englischen Dichter und Maler. War er es nicht, den Maleficiae inspiriert hatte, die androgyne sechste Dame mit dem Symbol des Geißbocks? Und hatte er den nicht am Hals der geschminkten Schwuchtel gesehen? Aber dies war nicht der richtige Moment für solche Überlegungen.

»Wann haben sie dich damit beschrieben?«

Sie antwortete schluchzend, indes sie sich mit den Zähnen an den Nägeln des Mittel- und Ringfingers zu schaffen machte.

» ... aufgewwwwacccht ... hier...«

»Und seitdem kannst du nicht mehr aufhören, an dir herumzuknabbern?« Rulfo betastete die übrigen Finger der malträtierten Hand und schüttelte sich: Die Fingerkuppen unter den Nägeln waren geschwollen, es trat bereits das nackte Fleisch hervor und blutete; die Finger vollführten Bewegungen wie kleine, blinde Krabbeltiere.

Er musste rasch überlegen. Gott allein wusste, wie weit die Macht dieser Tefilla reichte. Gott allein wusste, wo sie endete. Kalte Schauer überliefen ihn.

»Hör gut zu, Susana ... Beruhige dich und hör mir zu.«

Sie nickte, ohne ihr zwanghaftes Tun zu unterbrechen.

»Die Verse haben eine Wirkung. Kannst du dich erinnern,

was César uns einmal über die Macht der Poesie erzählt hat ...? Sie haben dir einen Vers auf die Haut geschrieben, deshalb bist du gezwungen ... zu tun, was du gerade tust. Verstehst du das ...?« Er hatte keine Ahnung, ob seine Erläuterung richtig war, ja er wusste nicht einmal, weshalb er sie überhaupt abgab. Gleichzeitig schien es ihm lebenswichtig, ihrem Verstand begreiflich zu machen, was hier vor sich ging. Susana nickte erneut. »Gut, dann will ich versuchen, dir zu helfen: Ich werde dir die Hände auf dem Rücken zusammenbinden, okay ...? Ich werde dir nicht wehtun, ich schwöre es.«

Beim Reden griff Rulfo nach seinem Jackett. Aber die Ärmel waren für sein Vorhaben zu kurz. Dann fiel sein Blick auf Susanas Mantel am Boden. Der wurde mit einem Gurt geschlossen. Das würde gehen. Er drehte sich zu ihr um.

»Komm, gib mir deine Hände ... Susana, hörst du? ... Gib mir schön deine Hände ...«

Sie nickte, ohne zu gehorchen. Er begriff, dass er Gewalt anwenden musste. Er löste mit einiger Mühe ihre Finger vom Gebiss. Das dämmrige Licht in der Kammer genügte, um zu sehen, dass ihre Selbstzerstörung bereits die ersten Fingerglieder erreicht hatte. Susana musste grauenhafte Qualen erleiden, aber trotzdem widersetzte sie sich verzweifelt seinem Ansinnen. Sie wehrte sich und verfolgte die Hand mit dem offenen Mund. Endlich hielt er ihr die Arme fest und drehte sie auf den Bauch. Dann nahm er den Gürtel und wickelte ihn um die Handgelenke auf ihrem Rücken. Er zog den Knoten so fest wie möglich, achtete aber darauf, ihr nicht das Blut abzubinden. Als er fertig war, streichelte er ihr das schweißüberströmte Gesicht und strich ihr das Haar aus der Stirn.

»Geht es dir besser?«

»Mach mich los!«

»Susana ...«

»Mach mich los mach mich los mach mich los mach mich

los *mach mich los mach mich los mach mich los mach mich los* ...!«

Ein plötzliches Aufschluchzen unterbrach sie.

»Susana, hör mir zu: Lass uns reden. Lass uns ein Weilchen reden, ja?« Er hob noch einmal ihren Pullover nach oben, befeuchtete seine Hand mit Spucke und versuchte damit den Vers abzureiben. Er wusste, dass es ein vergebliches Unterfangen war, aber ihm fiel nichts Besseres ein. »Lass uns reden, erzähl mir was ...«

»Ich will mmmmich nicht beißen ...«, wimmerte sie.

»Natürlich willst du das nicht. Und du tust es auch nicht mehr. Vertrau mir.«

»Salomón, du bist der beste Mann auf der ganzen Welt«, hörte er sie flüstern. »Der Beste von allen. Du bist ... Hab Erbarmen, Salomón, lass mir wenigstens eine Hand! Bitte! Ich flehe dich an, sonst drehe ich durch! Wenigstens eine einzige Hand ...!«

»Schhhh, ganz ruhig. Lass uns weiterreden. Ich teile deine Ansicht ganz und gar nicht. Ich bin ein Egoist ...« Der Vers auf ihrer Haut war beinah verschwunden, trotzdem glaubte er noch nicht, dass es etwas nützen würde. Er nahm an, das Allerwichtigste war jetzt, sie abzulenken. »Aber du, du bist noch nicht einmal egoistisch. Soll ich es dir beweisen? Weißt du überhaupt, warum du hier bist? Weil du dir Sorgen um mich gemacht hast. Du hast gehört, was ich im Albtraum geredet habe, und hast beschlossen ...« Seine Stimme brach mitten im Wort ab. Er unterdrückte ein Weinen. »Du hast beschlossen, hinter mir herzufahren ... Du hast dir Sorgen um mich gemacht ...«

»Ich liebe dich ...«, sagte Susana mit hauchdünner Stimme und bebte wie eine Süchtige auf Entzug. »All diese Jahre bin ich mit César zusammengeblieben, aber ich habe dich nie vergessen ... Weißt du, er ... na ja, er hat mir ein Leben ermöglicht, wie es mir vorschwebte ... Verstehst du ...? Ist das denn so schlimm ...?«

273

»Nein, ich finde das nicht schlimm. Überhaupt nicht.«

»Ich musste mich entscheiden, und ich habe mich für ihn entschieden … Aber ich schwöre dir, dass ich seither … täglich … denke, ich war nicht aufrichtig …! Diesmal will ich aufrichtig sein. Ich will, dass du mich verstehst … Du, vor allem du sollst mich verstehen …!« Plötzlich warf sie ruckartig den Kopf in den Nacken und sprach in einem rasenden Tempo. »Salomón, mach mich los, oder ich bring dich um. Ich kann es nicht mehr ertragen. Ich kann nicht ohne. Hörst du …? Das sind meine Finger, und ich kann verflucht noch mal damit machen, was ich will …!!«

»Es sind deine Finger, aber du bist nicht du«, erwiderte Rulfo ruhig.

»Mach mich los, du verdammter Dreckskerl …!! Mach mich los, du Schwein, du Dreckskerl, du Hurensohn, mach mich los …!!«

Ihre Schreie waren ohrenbetäubend. Er sah sie über den Boden kugeln und in die Luft schnappen wie ein tollwütiger Hund, eine von Wissenschaftlern eingefangene Bestie, der man eine Plakette an der Pfote anbringen wollte. Sie kämpfte verzweifelt darum, die Hände freizubekommen, und Rulfo war sicher, dass es ihr früher oder später gelingen würde. Endlich gab sie auf und blieb keuchend auf dem Rücken liegen. Ihre Augen sprühten Funken, als sie ihn ansah.

»Nur einen Finger … Einen einzigen … Erbarme dich, und lasssss mir einen einzigen …!«

»In Ordnung«, sagte Rulfo und beugte sich über sie. »Einen Finger, okay? Nur einen.«

Und er gab ihr ohne Vorwarnung mit der Faust einen Kinnhaken.

licht

Er hatte den Schlag wohl kalkuliert. Er glaubte nicht, sie ernsthaft verletzt zu haben. Jetzt war sie bewusstlos. Als er sie betrachtete, begann er zu weinen.

Licht.

Blendend.

Die Tür öffnete sich lautlos, wie seine Augen. Susana lag neben ihm und schlief, die gefesselten Hände auf dem Rücken. Ein helles Rechteck mit einem Schatten darin erschien im Türrahmen. Er kniff die Augen zusammen, um sehen zu können. Es war das Mädchen, das am Klavier gesessen hatte. Sie trug ein schlichtes weißes Kleid und hatte nackte Füße. Auf ihrer Brust glitzerte golden eine Dornenrose. Das dichte, glatte Haar sah aus wie aus Knittergold; ihr Blick war so betörend, dass es ihn schmerzte; ihr Antlitz und ihr Körper waren so vollendet, dass er glaubte, sein Augenlicht verlieren zu müssen, wenn sie den Raum wieder verließ. »Wir brauchen die Imago, um Akelos ganz zu vernichten«, vernahm er eine Stimme, so lieblich wie Musik.

»Ich habe sie nicht«, entgegnete er, den Tränen nahe. »Es tut mir Leid, wirklich … Ich habe sie nicht … Ich dachte, ich hätte sie, aber ich bin betrogen worden …«

Er hasste Raquel. Es war offensichtlich, dass diese hinterhältige Füchsin ihm diese ganze Sache eingebrockt hatte. Ihr Verrat hinderte ihn daran, dem einzigen Menschen von der Welt, der es verdiente, aus der Not zu helfen.

Das junge Mädchen betrachtete ihn melancholisch. Nichts, was er je gesehen oder sich erträumt hatte – die früheste Erinnerung an seine Mutter, noch nicht einmal Beatriz Dagger –, war auch nur annähernd mit dem Oval dieses ihm zugewandten Gesichts vergleichbar. Er hätte sein Leben dafür gegeben, es ein einziges Mal lächeln zu sehen. Sein Blut. Alles, was sie von ihm verlangte; egal was, nur damit diese Lippen sich einmal in die Breite zogen. Aber sie taten es nicht, und die Zellentür schloss sich wieder.

Er tauchte von neuem ins Dunkel ein. Susana hatte sich von dem Gurt befreit. Jetzt fraß sie an ihrer linken Hand. Die Finger der Rechten, das erkannte er sogar in dem dürftigen Licht der Mauerspalten, waren deutlich kürzer, und ihr Pullover war blutbefleckt.

»Mein Gott«, heulte Rulfo auf.

Diesmal misslang ihm der Versuch, die Schneidezähne dazu zu bewegen, dass sie die Beute freigaben. Und seine Schläge blieben auch erfolglos. Verzweifelt schrie er ihren Namen in verschiedenen Tonlagen, flehend, autoritär, bis er merkte, dass dieses Wort keinerlei Reaktion in ihr auslöste. Und als er dann ganz nah

an ihr Gesicht heranging,

begriff er entsetzt, dass er tun konnte, was er wollte, es war zwecklos:

Aus den Augen und dem Antlitz von Susana Blasco war jegliche Menschlichkeit gewichen. Rulfo sah nur noch einen malmenden Mund.

Ouroboros, die Schlange, die sich in den eigenen Schwanz beißt.

Er stand auf und trat so lange mit dem Fuß gegen die Tür, bis er ihm wehtat. Er brüllte. Er schimpfte. Und fand heraus, dass er das knackende, malmende Fressen nicht mehr hören musste, wenn er nur genügend Radau machte. Dieses Nagen trieb ihn zum Wahnsinn ...

Doch am Ende gingen ihm die Kräfte aus. Er hockte sich keuchend auf den Boden, schloss die Augen und legte die Hände an die Ohren. Er versuchte abzuschalten, an etwas anderes zu denken.

O Rose

Der Blick des jungen Mädchens mit dem Rosenmedaillon kam ihm in den Sinn. War das Lamia, die fünfte Dame, die »Entzückende«? Die Muse von Keats und Bécquer? Er war sich zwar nicht sicher, glaubte aber, dass sie ihn hypnotisiert hatte, um ihn zum Reden zu bringen. Sie wollten

ihn vernehmen, dafür folterten sie Susana. Aber was sollte
er ihnen erzählen? Er wusste ja nicht, was Raquel mit der
Figur angestellt hatte.

thou art sick.

Ouroboros.

Du darfst nicht daran denken. Lass uns nur daran den-
ken, wie wir hier wieder herauskommen, wie wir es schaf-
fen ...
Er vernahm das Knacken einer anderen Art. Er musste
die Augen öffnen, bereute es aber auf der Stelle.

fest

Susana hatte bereits den linken Unterarm enthäutet und riss
jetzt mit den Zähnen am Gewebe des Ellbogens. Und mitten in dem rohen Fleisch konnte Rulfo ein glänzendes Pünkt-
chen ausmachen. Einen kleinen Diamanten.
Einen Zahn.
o rose thou art sick o rose thou art sick sick sick sick sick
sick sick sick
Plötzlich wurde es dunkel um ihn.

Fest.
Heute Abend fand ein Fest statt.
Ein luxuriös ausgestattetes Zimmer. Ein Schlafzimmer. Er
stand nackt und frisch gebadet darin auf einem Teppich.
Wie er dorthin gelangt war, entging ihm auch diesmal: Das
Letzte, woran er sich erinnern konnte, war diese übel rie-
chende Kammer und ... nein, der Vorfall mit Susana musste
ein scheußlicher Albtraum gewesen sein. Er hatte es aufge-
geben, sich über die wahren Begebenheiten zu wundern, die
ihm, seit er sich in diesem Haus aufhielt, im Vergleich zur
Wirklichkeit wie Träume anmuteten.
Auf dem Bett lag ein sorgfältig gebügeltes weißes Hemd.
Eine schwarze Fliege ruhte darauf wie ein geheimnisvoller

Schmetterling. Auf einem Kleiderbügel hing ein Smoking. Er war davon überzeugt, dass dies als Aufforderung an ihn galt, die Kleider anzuziehen. Also tat er es. Die Kleider saßen wie angegossen.

Als er die Tür öffnete, schlugen ihm die Geräuschwogen einer altertümlichen Melodie entgegen, gemischt mit Stimmengewirr, Gelächter und Klaviergeklimper. Er ging die Treppe hinunter und sah etwa auf halber Strecke das Schattenspiel der vom Kandelaber an die Wand projizierten Männer- und Frauenköpfe. Es war derselbe Salon, in dem ihn Stunden oder Tage zuvor (er wusste nicht, wie viel Zeit vergangen war) die beleibte Dame begrüßt hatte. Jetzt war er gedrängt voll. Die Herren trugen Smoking und die Damen lange Abendkleider. Kellner beiderlei Geschlechts schoben sich mit Tabletts durch die Menge. Es herrschte die Stimmung eines vornehmen Empfangs.

Er ging die letzten Stufen hinunter und mischte sich unter die Leute. Im Hintergrund entdeckte er eine Glastür mit zwei Flügeln, die zur jungen Nacht geöffnet waren, wo gerade erst der Mond am Himmel erschienen war. Ein poetischer Abend. Die Tür führte zu einer Terrasse. Ein Mann hatte ihm den Rücken zugewandt und stand neben einer Frau mit einem Schwindel erregenden Dekolleté, dessen Spitze unmittelbar über dem winzigen V eines Steißbeins stand. Als Rulfo hinzutrat, drehte sich der Mann um und sah ihn an.

Es war César.

2

Ich bin *ad honorem* hier, mein lieber Schüler. Natürlich habe ich nicht darum gebeten, herkommen zu dürfen, sie haben mich von sich aus auf die Gästeliste gesetzt.« Diese Erklärung kam ihm absurd vor, aber er hatte beschlossen, sich über nichts mehr zu wundern, sondern abzuwarten, was geschah. Dann verspürte er plötzlich das Bedürfnis zu rauchen. Auch zu trinken und etwas zu essen. Er sah ein Tablett mit dreieckigen Canapés herumgehen und nahm sich zwei mit einer nach Paprikawurst aussehenden Paste. Es war zwar etwas anderes, aber trotzdem schmeckten sie vorzüglich. César besorgte ihm ein Glas Champagner und steckte sich selbst ein Sahnetörtchen in den Mund, das er mit einem Bissen verschlang, ohne zu kauen.

»Ich wollte dich sehen«, sagte er in einer sagenhaften Geschwindigkeit, als wäre das Sahnetörtchen bereits im engen, dunklen Schlund seines Mundes verschwunden. »Wir müssen reden, Salomón, findest du nicht auch? Wir müssen mal zusammenfassen, was bisher passiert ist. Rekapitulieren. An den Anfang zurückkehren. Das Ganze muss sorgsam überdacht werden. Wollen wir eine Runde gehen?«

Ein von Bougainvilleen gesäumter Weg lud sie in die Finsternis ein. In den Smokings und mit den Gläsern voll sprudelnden Goldes in der Hand sahen sie wie zwei Unternehmer aus, die ein erfolgreiches Geschäft feierten.

»Kennst du dich hier aus?« César machte eine ausladende

Handbewegung zum Garten. »Es ist ein riesiges Anwesen. Ich habe hier und da herumgeschnuppert. Eine Menge Säle, Rhapsodome ... Die Gäste sind aus allen Teilen der Welt angereist. Jeder hat seine Stellung innerhalb der Gruppe, es gibt aber auch Aufstiegschancen, habe ich läuten hören ...«

»Soll ich das als Jobangebot auffassen?«, wollte Rulfo wissen.

César sah ihn kurz an. Dann brach er in ein schallendes Gelächter aus.

»Oh, nein, nein, ich sage das nur so zu deiner Information ...! Zu deiner Information ...!« Seine Miene wurde wieder ernst, aber innerlich schien er weiterzulachen. »Übrigens. Wie geht es eigentlich Susana?«

Beinahe hätte Rulfo sich an seinem Champagner verschluckt.

»Schlecht. Sehr schlecht. Weißt du denn nichts davon?«

»Wissen ...? Oh, wissen tue ich nur, was sie mir erzählt haben.« César trat mit dem Fuß das Gestrüpp beiseite, so dass ihr Weg passierbar wurde. Dabei sah Rulfo seine Lackschuhe im Finstern blitzen. »Ich weiß, dass sie irgendwo eingesperrt worden ist, aus eigener Blödheit. Ich weiß, dass es mit ihr nicht zum Besten steht. Ich weiß außerdem, dass sie es besser unterlassen hätte, dir zu folgen. Mehr weiß ich nicht. Aber ich sage dir *ad pedem letterae:* Die einen stellen die Rechnungen aus, und die anderen blechen. So ist das nun mal. Trotzdem ist es durchaus möglich, dass sie begnadigt wird. Schließlich ist sie nicht schuld. Es hängt von uns ab. Jetzt kommt es auf jedes gesprochene Wort an.«

Diesem Satz folgte ein längeres Schweigen. Sie setzten ihren Weg jenseits der schattigen Kreise fort, in deren Schnittfläche das Haus lag.

Zwei weitere Gäste (beide mit einer weißen Hemdbrust) glitten durch die Finsternis und begegneten ihnen wie ihr eigenes Bild in einem bewegten Spiegel.

»Sie sind noch nicht gekommen«, bemerkte César. »Aber sie werden kommen. Sie warten mit ihrem Auftritt bis ganz zuletzt.«
»Ich glaube, ich hatte bereits das Vergnügen, einige von ihnen kennen zu lernen.«
»Ich auch. Das sind übrigens die nettesten, nur dass du vorbereitet bist. Die anderen sind längst nicht so gut aufgelegt. Aber das ist auch verständlich. Sie sind ziemlich nervös, weil sie einige Missgeschicke erlitten haben. Davon war vorhin die Rede, und ich habe es fast nicht glauben können. Ich bin nur froh, nicht eine von ihnen zu sein. Ich kann dir sagen! Nein, es muss schrecklich sein, wenn man eine von ihnen ist ...! Momentan stecken sie in einer argen Krise.«
Er ging ganz dicht an Rulfos Ohr heran. Sein Atem war wie Champagnerspray. »Sie wittern Verrat ... Irgendwelchen Ärger, du weißt schon. Sie können sich auf niemanden verlassen ...« Er rückte wieder von ihm ab und kniff ein Auge zu. Rulfo fragte sich, was diese Geste zu bedeuten hatte. »Aber wir zwei könnten ihnen dabei behilflich sein, die Sache aufzuklären. Sobald das geschehen ist, können wir nämlich alle wieder nach Hause und ein Fass aufmachen. Oder wenn du es vorziehst, auch hier bleiben und *ad libitum* das Jobangebot annehmen ...« Wieder brach er in lautes Gelächter aus, als ob die Erinnerung an jenen Satz ein unüberwindliches Kitzeln in seiner Kehle verursachte. »Es wäre sogar denkbar, dass wir zu unserem bescheidenen Leben von vorher zurückkehren. Mit Susana, versteht sich. Wir wären alle drei wieder gesund und munter. Aber bevor sie uns ziehen lassen, sind sie auf unsere Mitarbeit angewiesen.«

Beim Gedanke an Susana drehte sich Rulfo der Magen um. Allmählich dämmerte ihm, dass sein Erlebnis in der Zelle keineswegs ein Traum gewesen war.

Ouroboros.

Denk nicht daran.

»Was mich betrifft, so habe ich im Rahmen meiner bescheidenen Möglichkeiten bereits mit ihnen zusammengearbeitet«, fuhr César fort. »Ich habe ihnen alles erzählt, was wir in Rauschens Haus vorgefunden haben, bei diesem Heuchler, diesem Verräter, diesem schwulen Hund ...« Seine Augen sprühten vor Vergnügen, und auch sein Ton klang amüsiert, als schimpfte er nicht über Rauschen, sondern erfände lustige Koseworte für ihn. »Ich habe mein Körnchen Wahrheit schon beigetragen. Jetzt bist du dran. Alle zusammen können wir die Lage retten. Also, lass uns rekapitulieren.« Er blieb stehen, und Rulfo tat es ihm gleich. Die Hecken rundherum wirkten unwirklich, die Bonsais und andere gärtnerische Kostbarkeiten wie lauter schwarze Löcher. »Ihr hattet einen absurden Traum und seid, von ihm geführt, zu dem Haus gegangen. Später habt ihr die Figur gefunden, und dann hat die junge Frau sie durch eine andere ausgetauscht, die sie selbst angefertigt hatte, und hat dich reingelegt ... Ist es so gewesen?«

Rulfo nickte. Von Raquel zu reden rief eine tiefe Verächtlichkeit in ihm hervor, aber im selben Moment begriff er, dass *sie* die Antworten bereits kannten. Er ahnte, dass *sie* ihn mit diesen Fragen nur auf die Probe stellen wollten, um herauszubekommen, wie weit er mit ihnen kollaborieren würde.

»Hast du beobachtet, dass sich die junge Frau von einem Tag zum anderen verändert hat? Fandest du sie anders?«

»Ja, als ich sie das zweite Mal gesehen habe, kam sie mir anders vor.«

»Größer? Kleiner? Dicker?«

»Ihr Blick. Der war anders. Ihr Verhalten. Irgendwie ... war sie entschlossener.«

»Das ist wichtig«, ermunterte César ihn. »Und dann?«

Rulfo erzählte ihm von Patricios Tod und von ihrem Wunsch zu fliehen.

»Hast du noch mal von Lidia Garetti geträumt?«

»Nein«, versuchte Rulfo zu lügen und hatte den Eindruck, dass César, oder wer auch immer sich hinter Césars Erscheinung verbarg, es nicht merkte.

»Hast du Raquel irgendwann einmal die Dichtung anwenden sehen?«

»Nie.«

»Du weißt, was ich meine? Die Machtverse.«

»Ich weiß, was du meinst, aber sie schien von alledem nichts zu wissen.«

»Aber wie erklärst du dir dann, dass sie so gut über die Figur Bescheid wusste?«

»Keine Ahnung. Ich habe nie behauptet, sie wüsste über die Figur Bescheid.«

An dieser Stelle starrte César Rulfo mit Augen an, die so rund waren, dass sie aussahen wie frisch poliert, wie zwei angemalte Murmeln. Unwillkürlich musste Rulfo an die Augen des Mädchens denken.

»Du solltest nicht den leisesten Versuch machen zu lügen«, sagte er sanft. »Oh, nein, nein, nein. Das wäre ein schwer wiegender Fehler, Salomón. Sie können dich lesen. Sie können dich in Worte zerlegen und lesen. Wir alle sind für sie nur Verse.«

»Warum können sie dann nicht herausbekommen, was sie so brennend interessiert?«, fragte Rulfo, seinem Blick standhaltend.

»Weil sie keine Hellseherinnen sind. Das heißt, sie sind es schon, aber nur in beschränktem Maße. Es gibt die Textlücken, und die können sie nicht füllen, die Abschnitte aus Stille, zu denen sie keinen Zugang haben ...«

»Dann sind sie also gar nicht so allmächtig, wie ich dachte.«

»Lass dich überraschen, mein Lieber, sie sind mächtiger, als du denkst, aber sie sehen die Dinge aus einer ganz anderen Perspektive. Ihre Sicht ist logisch, deine ist emotional. Du fühlst, während sie verstehen. Du siehst die Backsteine, aber sie entwerfen das Haus und wohnen darin. Der *logos* des Universums gibt ihnen den Verstand, weil das Universum aus Worten besteht. Wie ein Gedicht.«

Aus der Ferne erscholl Gelächter von der Lautstärke einer Feuerwerksrakete und lenkte die Aufmerksamkeit der beiden Männer einige Sekunden ab. Im Festrausch des beleuchteten Hauses drängten sich Seidenkleider, dichte Mähnen und nackte Beine. Ein schmetternder Tenor führte die Lachsalven an.

»Der *logos* des Universums gibt ihnen den Verstand«, wiederholte Rulfo sarkastisch. »Schade nur, dass sie damit ein verstecktes Wachspüppchen nicht finden können.«

»Ich habe es dir bereits erklärt. Es gibt Inseln des Schweigens ... Außerdem, weißt du, was sich hinter dem *logos* verbirgt? Der Zufall. Worte bewirken Dinge, das ist wahr, aber nicht auf Grund ihrer Bedeutung. Worauf es ankommt ist die zufällige Ordnung. Wie bei einem Dominospiel unter Blinden: Wahrscheinlich liegen die Steine nicht in der richtigen Reihenfolge nebeneinander, ergeben aber trotzdem ein Bild. Und genau das bereitet uns Sorgen ... Besser gesagt, bereitet ihnen Sorgen. Denn jeder zufällig ausgesprochene Satz kann Schreckliches bewirken. Bislang wurden noch nicht genügend Worte von den Menschen gesprochen, um ihre sämtlichen Wirkungen kennen zu lernen. Die Anstrengung, ein Repertoire zusammenzustellen, war zwar gewaltig, aber es ist unmöglich, un-mög-lich, alles zu erfassen. Nicht nur die Syntax, auch die Phonetik, die Prosodie ...«

Während er weitersprach, setzte César sich wieder in Bewegung. »Die Welt ist mit Versen überzogen wie mit Raureif, und die Damen wissen, dass sie bei jedem Schritt ins Leere treten können. Hast du vielleicht gedacht, sie wären Täterinnen? Sie sind Opfer ...! Opfer, sage ich dir, genau wie du und ich ...!«

Sie standen jetzt auf einer Lichtung mit einem Brunnen. In der Mitte erhob sich wie eine verfallene Hermessäule das steinerne Standbild eines alten Satyr. Sein Antlitz aus Granit glich einem dunklen Gekröse.

»Opfer ...«, wiederholte César. »Der Rest ist ganz banal. Ein einziger Vers in dem ganzen Werk von Cavafis vermag Eiterbeulen und hohes Fieber hervorzurufen, mit einer Strophe von Keats kannst du Schlangen herbeizaubern, ein winziges Stück Neruda geht hoch wie ein Atomkraftwerk und eine Zeile von Sappho weckt den heftigen und unabweisbaren Wunsch, ein kleines Mädchen zu vergewaltigen. Aber gegen den unergründeten Raureif ist das alles völlig lächerlich.« Er klopfte auf den Rand des Brunnens, als meinte er diesen. »Was ist das schon angesichts eines riesigen Sees aus hauchdünnem Eis, in dem du untergehst, wenn du am wenigsten damit rechnest ...? Die Wirklichkeit ist Brennholz, die Dichtung ist Feuer, und die Damen haben herausgefunden, wie man es anzündet. Na schön. Und nun ...? Sie befinden sich noch in der Prähistorie ...! Deine Vorstellung einer Allmacht kannst du vergessen. Sie sind angreifbar und genauso schwach wie du. Nur haben sie mehr Angst als du. Sie haben der Wirklichkeit ins Angesicht geschaut ... Und weißt du, wie das Angesicht der Wirklichkeit aussieht?«

César hatte begonnen, beim Reden zu gestikulieren; er öffnete und schloss die Hände, warf die Arme in die Höhe, krümmte sich. Er schnitt Grimassen und verzog das Gesicht, so dass er fast aussah wie ein Plastikbeutel, in dem eine Ratte wütete.

»Vermutlich anders als deins«, bemerkte Rulfo.

»Es ist ein Krebs«, sagte César, über den Scherz hinweggehend. »Das Angesicht der Wirklichkeit ist ein Krebs, der dich in die Zangen nimmt und zerfetzt, während du ... während du verzweifelt ... versuchst ... zu verstehen, was da vor sich geht, wo zum Teufel das Ding sein Maul hat und wo die Augen ... Du siehst nur ein viereckiges Teil, das sich öffnet und sich schließt, aber das könnte genauso der Darmausgang sein. Wie willst du dich zur Wehr setzen, wenn du noch nicht einmal weißt, von welcher Seite es dich verschlingen will? Erinnerst du dich an den Witz mit dem Hund und dem Blinden? Ein Blinder gibt seinem Hund einen Leckerbissen und tritt ihm dann in den Hintern. Ein Mann, der das sieht, fragt ihn: ›Sagen Sie mal, wieso geben Sie dem Köter erst einen Leckerbissen und dann einen Tritt in den Hintern …?‹ So sind wir auch, wir wissen nicht, wo die Wirklichkeit sich uns von hinten zeigt, und die Damen können nichts anderes tun, als Leckerbissen austeilen …! Wir glauben zwar an ihre Macht, aber weißt du, was das Schlimmste ist …? Das Schlimmste ist, dass es in Wirklichkeit überhaupt gar keine Macht gibt!« Seine Stimme hatte sich einige Halbtöne hochgeschraubt und klang jetzt wie das durchdringende Quieken eines Schweins auf der Schlachtbank. Mit einem Mal schlug er die Hände vors Gesicht und schien zu heulen. »Du hast ja keine Ahnung …! Du weißt ja gar nicht, was es bedeutet, so zu leben …! Man muss sich dareinfügen …! Man muss eine strenge Hierarchie beachten …! Eine starre Ordnung …! Sie sind wie Vestalpriesterinnen …! Sie dürfen keine Beziehungen zu Fremden aufnehmen, nur zum Zweck der dichterischen Inspiration! Sie dürfen keine Kinder kriegen! Es dürfen nicht zwei dieselbe Position einnehmen, die Erste hat dann den Vorrang …! Lauter Vorschriften, Vorschriften, Vorschriften …! Entweder du wirst total verrückt oder …!« Dann nahm er unversehens die Hände vom Gesicht und näherte sich Rulfo. Seine Lippen glänzten in einem sonderbaren Karminrot, und seine Pupillen waren schmal wie die einer Katze. »Weißt du überhaupt, was Akelos getan hat …? Weißt du, worin ihr Verrat besteht …? Sie hat versucht, die Kreatur dieser Missgeburt, dieser Nutte, dieser Abtrünnigen, zu verstecken …!«

Hier glaubte Rulfo etwas zu verstehen.

»Die ehemalige Saga hat ein Kind bekommen …«, flüsterte er. »Deshalb habt ihr sie ausgestoßen, nicht wahr? War das der Fehler, den sie begangen hat? Und Akelos hat ihr geholfen ....«

Ein Kind. Die Puzzleteile passten zusammen. Raquel. Die Tätowierung.

César hatte zu reden aufgehört und rührte sich nicht. Mit seinen aufgemalten, verzerrten Lippen stand er da und fixierte Rulfo. Ein Faden aus schaumigem Speichel rann ihm aus dem Mundwinkel.

»Mehr hast du nicht zu sagen?«, stammelte er endlich.

»Doch.« Rulfo holte tief Luft. »Nimm dir sofort diese Maske vom Gesicht, du Clown! Du siehst nicht im Entferntesten wie César aus.«

Im nächsten Moment – es geschah so schnell, dass sein Gehirn es nur wie einen Augenaufschlag erfasste – sah er an Stelle von César die dicke Frau, die ihn bei seiner Ankunft willkommen geheißen hatte, vor sich stehen, mit ihrer theatralischen Schminke, der Brille, dem Pullover und dem Rock. Ihre Augen funkelten in der Finsternis wie zwei rötlich braune Lichtpunkte.

»Sie Esel ...! Sie ungehobelter Esel! Ich war noch nicht fertig ...! Einen Mann mitten im Gespräch verlassen zu müssen, das ist schlimm, aber eine Dame zu verlassen ist noch schlimmer ...! Und ich bin beides ...! Doppelt schlimm ...! Am schlimmsten ...!«

»Das tut mir Leid, Señora.«

Rulfo hatte sich eine Strategie zurechtgelegt und war von der Mutation nicht überrascht. Jetzt schüttete er der Frau den Rest aus seinem Champagnerglas ins Gesicht, um sich im nächsten Moment auf sie zu stürzen und ihre Kehle mit den Händen zu umschließen ... Doch da vernahm er das Geflüster von ein paar französischen Worten, die sich ihren bemalten Lippen entwanden wie ein flinker kleiner Wurm.

Im selben Moment fuhr ihm ein Schmerz, wie er ihn niemals empfunden hatte, stechend, glasklar, rein und schneidend in den Magen und zwang ihn, mitten auf dem Rasen in die Knie zu gehen, ohne dass er noch einen Schrei von sich geben konnte.

»Baudelaire«, hörte er aus der Ferne die Stimme der Frau. »Die erste Zeile von *L'albatros*.«

Der Stoß war genauso rasch wieder vorbei, wie er ihn getroffen hatte, und Rulfo dachte – nein, er war sich gewiss –, dass er sterben würde, wenn sich das noch einmal wiederholte.

Es wiederholte sich aber.

Nicht nur ein-, sondern noch zwei- und sogar dreimal.

Und stieg in ihm hoch. Es durchfuhr seine Speiseröhre nach oben und teilte im Vorbeikommen die Peitschenhiebe eines eiskalten Schmerzes aus; eines Schmerzes von solcher Intensität, dass die Druckwelle bis zum Kopf und in die Beine ausstrahlte, ihm in die Backenzähne und in die Knie fuhr, in die Stirnhöhle und in den Nacken, und lauter Lichter auf seiner Netzhaut explodieren ließ.

Er kauerte sich wimmernd auf die Wiese. Noch nie war er so sicher gewesen, auf der Stelle sterben zu müssen. Seine Poren hatten sich geöffnet, und der Schweiß trat in Strömen hervor. Aber noch entsetzlicher als der Schmerz war das andere.

Die grauenhafte Empfindung,
          dass etwas Lebendiges
                    durch seine Speiseröhre emporstieg.
Er wollte sich übergeben, aber es ging nicht.

»Kennen Sie das Gedicht, junger Mann …? Verfasst 1856, auf der Insel Mauritius, inspiriert durch unsere Schwester Veneficiae … Rezitiert man es so, wie gerade geschehen, dann hat es einen unterhaltsamen Effekt, sagt man es aber als Bustrophedon auf, von links nach rechts und umgekehrt, dann, ja dann hat man wirklich etwas zu lachen …! Hören Sie mir eigentlich zu, junger Mann …? Inzwischen sollten Sie nämlich wissen, dass ich es hasse, wenn man mir nicht zuhört …!«

Rulfo spürte den Fußtritt kaum. Etwas wesentlich Schlimmeres hielt seine ganze Aufmerksamkeit in Bann. Das, was seine Eingeweide wie mit Dolchstößen marterte, war bis zu seinem Rachen emporgedrungen. Er hielt die Luft an. Er verschluckte sich. Einen Moment lang dachte er, er müsste ersticken. Eine wahnsinnige Sekunde später fühlte er, wie sich etwas Hartes, Kugeliges in einem Schwall aus bitterer Galle und abermals einhergehend mit einem irren Schmerz, diesmal am Zäpfchen, auf seine Zunge stülpte. Er wusste augenblicklich, was das war: ein riesiges Insekt. Er spuckte es aus, indem er den Mund so weit öffnete, wie er vermochte.

Ein schwarzer, abnorm großer Skorpion plumpste mit der Unterseite nach oben auf den Boden, drehte sich vom Rücken auf die Füße, um seinen Weg fortzusetzen und dann im Gras zu verschwinden. Nachdem er mehrmals ausgespuckt und sich kurz übergeben hatte, versuchte Rulfo sich einzureden, das Ganze sei eine Halluzination gewesen. Er sagte sich immer wieder, dass ein Ungeziefer dieser Größenordnung unmöglich durch seinen Verdauungstrakt gekrabbelt sein konnte.

Ein hochhackiger Schuh hämmerte vor seiner Nase ungeduldig mit der Spitze auf den Boden.

»Ich warte darauf, dass Sie mir zuhören. Ich fordere mein Recht, angehört zu werden.«

Er hob den Kopf. Ein Gebirge aus Brüsten und Röcken beugte sich mit empörtem Gesicht über ihn, während das Symbol des Geißbocks an dem breiten Hals baumelte.

»Erstens: Versuchen Sie nie wieder, was Sie vorhin versucht haben. Zweitens, und das ist das Wichtigste: Hören Sie mir immer aufmerksam zu, leidenschaftlich, inbrünstig ...« Dann dehnte sich das Gesicht der Frau unversehens. Die karminroten Lippen lächelten, und die mit Schminke zugekleisterten Augen öffneten sich sperrangelweit. »Baudelaire hat einmal gesagt, dass er beim Schnapstrinken das

Gefühl hatte, ein Skorpion würde durch seine Innereien krabbeln. Na, das hat offensichtlich gestimmt ...!« Sie kicherte. »Möchten Sie meinen Arm...? Wie blass Sie sind ...! Was halten Sie von einem Glas Bowle ...? Wäre das nicht fein ...? Kommen Sie, kommen Sie mit mir ...«

Strauchelnd kam Rulfo auf die Füße, indem er sich auf einen feisten, behaarten Arm stützte. Sie kehrten auf einem anderen Weg zum Haus zurück.

»Ich nehme an, dass Sie uns die Wahrheit gesagt haben«, bemerkte die Frau, indes sie mit raschen Trippelschritten Rulfo hinter sich herzog. »Beziehungsweise: Ich bin sicher, dass Sie uns die Wahrheit gesagt haben. Jetzt wollen wir die Königin der Huren verhören. Ich bin schon sehr gespannt darauf, was sie uns zu erzählen hat ...«

Noch benommen vom Schmerz, sah Rulfo in der Ferne den Ort, auf den sie zusteuerten: ein kleiner Pavillon unter freiem Himmel, beleuchtet von Kandelabern und gebaut aus efeuberankten Eisenbögen. An Stelle eines Daches trug er Blumengirlanden. Nachtfalter schwirrten um ihn herum.

In der Mitte saß Raquel.

X. DAS VERHÖR

1

Die Motten nehmen ihr die Sicht, setzen sich auf ihre Augen und lassen sich auf ihrem Haar nieder. Mit einer Kopfbewegung könnte sie sich ihrer entledigen, aber sie tut es nicht. Ihre Hände sind mit einer aus Ringelblumen und Stiefmütterchen geflochtenen Blumenkette auf ihrem Rücken zusammengebunden. Diese Fessel ist zwar schwach, aber eine Verlaine-Zeile hindert sie daran, auch nur einen Finger zu krümmen. Bevor man sie in den Pavillon gebracht hat, musste sie ihre Kleider ablegen und eine einfache bodenlange Tunika in Dunkelrot überziehen. Das offene Haar fällt ihr in dichten schwarzen Wellen über den Rücken. Sie ruht in sich, schweigsam und gefasst. Sie blinzelt nur, wenn der Flügel eines Falters ihre langen Wimpern berührt.

Es ist so weit, denkt sie.

Ihre einzige Sorge gilt dem Kind. Sie hat es nicht wiedergesehen, seit Patricio (der, wie sie inzwischen weiß, gar nicht Patricio war) und der Mann mit der schwarzen Brille sie im Motel gefunden haben. Ihr ist bewusst, dass der Junge ihre Schwachstelle ist. Bei ihm werden sie anzusetzen versuchen. Sie bezweifelt, ob sie darauf vorbereitet ist, das auszuhalten. Gleichzeitig ahnt sie aber, dass sie es nicht wagen werden, ihm etwas zuleide zu tun. Jetzt, da sie sich wieder an alles erinnern kann, weiß sie, dass damals eine Entscheidung getroffen wurde und die Mitglieder der Gruppe verpflichtet sind, gemeinsame Entschlüsse mitzutragen. Sie werden ihren Sohn benutzen, um Druck auszuüben und sie zum Reden zu bringen, aber sie werden ihm kein Haar krümmen. Das weiß sie ganz sicher. Die Kunst wird darin bestehen, ihnen gegenüber standhaft zu bleiben.

Zwei Gestalten nähern sich. Sie kann sie erkennen. Es ist Maleficiae, und sie hat den Mann, der ihr geholfen hat, seit das Ganze angefangen hat, am Arm. Der Mann sieht sehr blass aus und schwankt beim Gehen. Vermutlich haben sie auch ihm eine spezielle Qual auferlegt. Sie versteht nicht, weshalb er als Fremder in die Sache mit hineingezogen wurde. Sie hat versucht, ihm die Verabredung mit den Damen auszureden, sieht aber ein, dass er wahrscheinlich in dieselbe Lage geraten wäre, wenn er auf sie gehört hätte. Er tut ihr Leid, sie kann aber nichts mehr für ihn tun.

Sie hofft nur, dass sie so bald wie möglich alle erscheinen werden.

Auch diejenige, der sie noch ein einziges Mal gegenübertreten will, selbst wenn es ihre letzte Handlung wäre. Jene nämlich, die dafür gesorgt hat, dass ihr Leben zur Hölle wurde.

Sie möchte ihr noch einmal gegenübertreten, von Angesicht zu Angesicht, obwohl sie allein bei der Vorstellung vor Furcht zittert.

Rulfo beschloss, keinen Widerstand zu leisten. Männer in der Kleidung von Gutsverwaltern legten ihm die Hände auf den Rücken, dann rezitierte einer von ihnen eine französische Zeile und lähmte ihm damit die Handgelenke. Zuletzt wickelten sie ihm eine Blumengirlande um die starren Hände.

Die junge Frau neben ihm war ebenfalls gefesselt. Es erstaunte ihn nicht allzu sehr, sie dort anzutreffen; vermutlich war irgendein Sektenmitglied losgeschickt worden, um sie zu holen. Er spürte bei ihr eine kühle Entschlossenheit und einen unbeugsamen Willen. Beides spiegelte sich in ihren

dunklen Augen: Obwohl sie die Gefangene war, umgab sie
die Aura einer Königin. Besäße er nur die Hälfte ihres Mu-
tes, wäre er vollauf zufrieden. Er fragte sich, wo ihr Kind
sein mochte.

Sie würden es töten. Das bezweifelte er keine Sekunde.
Was ihn beunruhigte, war nur die Art und Weise.

Er war noch nie besonders tapfer gewesen, das hier war
der beste Beweis. Bei genauerer Betrachtung hatte sich seine
vorgebliche Kühnheit nämlich stets als Wut oder Gleichgültigkeit erwiesen. In diesem Moment konnte er vor seiner eigenen Angst nicht mehr die Augen verschließen. Ab
sofort und bis zum Schluss – das war ihm durchaus klar –
würde ihm nichts anderes übrig bleiben, als ein Feigling zu
sein.

Und dieser Schluss würde womöglich lange auf sich warten lassen. Vielleicht kam er auch nie.

Ouroboros. Rauschen.

Denk nicht daran.

Er sah sich um. Der Pavillon war beinah leer: Außer der
jungen Frau und ihm waren nur die Gutsverwalter darin.
Aber auf der großen Terrasse, die er von seinem Platz aus
bestens überblicken konnte, drängte sich lärmend die festliche Abendgesellschaft. Die dicke Frau konnte er darin
nicht entdecken.

Dann musste er blinzeln

eine

und sah sie vor sich stehen. Er ging davon aus, dass sie es
diesmal tatsächlich waren – keine Schaufensterpuppen. Sie
standen in einer Reihe da, trugen unterschiedliche Farben
und elegante Kleider, waren verschieden groß, mit hochha-
ckigen Schuhen und perfekten Frisuren,

eine, zwei, drei, vier, fünf

geschminkt, in satinierten Nylonstrümpfen: der vollendete Staat der westlichen Weiblichkeit. Die goldenen Anhänger glitzerten an ihren Hälsen.

eine, zwei, drei, vier, fünf, sechs, sieben

Ein Exekutionskommando. Ein Inquisitionsgericht.

Eine, zwei, drei, vier, fünf, sechs, sieben.
Sie mochten Hexen sein, aber nichts an ihrer Erscheinung gab einen Hinweis darauf: keine roten Pupillen, keine Hakennasen, keine hornartigen Auswüchse, keine spitzen Schwänze.
Acht, neun.
Bis auf die dicke Frau waren sie alle von seltener Schönheit, jedenfalls auf den ersten Blick, wenngleich diese Perfektion auch nichts sagend, feierlich und unpersönlich wirkte (wie bei den Kandidatinnen für die Miss-Universum-Wahl, dachte er und hätte am liebsten über sein eigenes Wortspiel gelacht). Wenn tatsächlich die Damen vor ihm standen, dann hatten die berühmtesten Dichter der Welt nichts weiter geliebt als leblose Hüllen.
Zehn, elf.
Bei einigen waren dennoch besondere Merkmale festzustellen. Das Mädchen war immer noch ungewöhnlich schön. Die Augen der Frau neben ihr waren dagegen von Schatten verhangen. Das Gesicht der Jugendlichen mit dem Rosenanhänger leuchtete regelrecht. Die dicke Frau kam ihm vor wie ein Fünfzigjähriger mit der heimlichen Neigung, die Kleider seiner Frau zu tragen. Die elfte Dame mit dem spinnenförmigen Amulett musste die neue Akelos sein, Lidia Garettis Nachfolgerin. Sie hatte rötliches Haar und trug ein eng anliegendes kurzes Kostüm.
Elf. Zwei fehlten.
Es herrschte eine tiefe Stille. Weder Gelächter noch Mu-

sik oder Unterhaltungen waren zu vernehmen, als hätte es nie ein Fest gegeben. Das Haus lag jetzt wie ausgestorben im Dunkeln. Die Kandelaber des Pavillons bildeten die einzige Lichtinsel in der Finsternis. Am Rande dieser Insel standen die Damen in Reih und Glied.

Zwei fehlten.

Ein lautloses Flattern wie von einer Motte, ein kleiner Wirbel in der Luft, und eine weitere Gestalt erschien. Sie stellte sich vor die Reihe der anderen. Es war ein sehr junges Mädchen, von kleinem Wuchs, mit kurzem dunklem Haar, in einem knappen schwarzen Samtkleid und flachen Schuhen. Sie sah aus wie der Dirigent eines Orchesters vor dem ersten Auftritt, mit einem dümmlichen Lächeln in dem liebenswürdigen, schmalen Gesicht, als würde sie auf den Applaus warten.

»Willkommen, Raquel ...« Ihr Spanisch hatte einen französischen Akzent, wie bei der dicken Frau. »Señor Rulfo, sehr erfreut. Ich heiße Jacqueline. Ich hoffe, dass Sie sich bei uns wohl fühlen.« Weder Rulfo noch die junge Frau antworteten ihr. Angesichts ihres Schweigens auf diese freundliche Begrüßung schien die Kleine verunsichert. Einen Augenblick lang sah es aus, als fiele ihr nichts weiter ein. Die Ärmel ihres Kleides waren zu lang und reichten ihr beinah bis an die Finger. Als sie diese regte, öffnete sich ein Schmetterlingsschwarm wie eine Blüte und flog durch die Luft davon. »Uff, es werden jedes Jahr mehr. Aber wen könnten sie stören ...? Diese entzückenden, wehrlosen Geschöpfe ...« Sie schien von neuem auf eine Reaktion zu warten. Dann wandte sie sich der jungen Frau zu: »Du hast dein Gedächtnis wieder, nicht wahr? Du weißt, wer du warst. Wir verstehen es nicht so recht. Es gibt einiges an dir, was wir nicht mehr verstehen. Vielleicht kannst du es uns erklären.« Sie machte eine freundschaftliche Geste, als wollte sie sie zum Reden ermuntern. »Sag mal, du hast doch dein Erinnerungsvermögen wieder, nicht wahr?«

»Ja. Das habe ich.«

Raquel sah sie mit gerunzelter Stirn und zusammenge-kniffenen Augen an. Rulfo bemerkte in ihrer Haltung nicht nur eine tiefgründige Verachtung, sondern sogar etwas wie Ekel, als betrachtete sie ein widerliches Insekt aus der Nähe.

»Schade ... Bisweilen ist das Vergessen das schönere Mys-terium.«

»In der Tat. Besonders wenn es um die Dinge geht, die du mir angetan hast.«

Sie maßen sich eine Weile mit schweigenden Blicken, das junge Mädchen ihr Lächeln beibehaltend und Raquel wei-ter mit krauser Stirn, wie zwei Halbwüchsige, die wegen ei-nes zurückliegenden Streites noch miteinander grollten. Da-bei entdeckte Rulfo das funkelnde Amulett wie einen kleinen runden Spiegel im Ausschnitt des jungen Mädchens: das Symbol von Saga, der zwölften Dame, wie er aus dem Buch *Die Dichter und ihre Damen* wusste. Das war sie also, die Schlimmste von allen. Aber so sah sie gar nicht aus. Sie wirkte sogar ein wenig schüchtern, wie eine Schauspiel-schülerin, die wegen der Erkrankung der Hauptdarstellerin die einmalige Gelegenheit hat, eine große Rolle zu spielen.

»Wenn du damit einverstanden bist, würde ich gerne über die Gegenwart sprechen«, schlug sie vor. »Wie kommt es, dass ich die Imago immer noch nicht sehen kann, Raquel?«

Es entstand eine Pause. Die Angesprochene blieb ihr die Antwort schuldig.

»Erklär mir nur, weshalb ich sie nicht sehen kann, dann kannst du wieder gehen.«

Erneute Pause. Erneutes Schweigen. Niemand rührte sich im Pavillon. Die Damen sahen aus wie die Figuren eines un-durchschaubaren Spiels. Nur das junge Mädchen unter-malte ihre Rede mit spärlichen Gesten.

»Du kannst dir nicht vorstellen, was für Schwierigkeiten uns das bereitet. Wir wissen, dass du sie versteckt hast. Ich will gar nicht, dass du mir sagst, weshalb du es getan hast, und auch nicht, wo sie ist, sondern nur, dass du mir erklärst, warum wir sie nicht sehen können ... Eine große ... Wie soll ich sagen ...? Eine große Leere, ein blinder Fleck umgibt sie und macht sie unerreichbar für die Verse. Was ist los?«

»Wo ist mein Sohn?«, fragte jetzt Raquel zurück.

»Oh, im Moment schläft er, aber nachher wird er zu uns stoßen. Er war sehr müde.«

»Lass ihn laufen.«

»Du brauchst dir keine Sorgen um ihn zu machen. Wir werden ihm nicht wehtun. Das haben wir doch damals beschlossen. Kannst du dich denn nicht erinnern?«

»Dann lass ihn laufen.«

»Er ist ja frei. Aber du bist immer noch gefangen. Soll er denn alleine gehen? Wenn du gehen kannst, dann wird er auch gehen. So ist es doch richtig, nicht wahr?«

»Ich will ihn sehen, bitte ...«

»Du wirst ihn sehen. Im Moment schläft er in einem Zimmer, wo er vom Festlärm nicht gestört wird.«

»Ich werde dir sagen, wo ich die Imago versteckt habe, wenn du mir versprichst, dass mein Sohn ...«

»Hast du mich nicht verstanden?«, schnitt die Kleine ihr das Wort ab. An dieser Stelle nahm Rulfo zum ersten Mal die Andeutung eines kalten Zorns in ihrer Stimme wahr, aber nur ganz leicht, wie den Flügelschlag einer Motte.

»Natürlich wollen wir wissen, wo sie ist, aber darum geht es uns nicht hauptsächlich ... Raquel, ich weiß, wie nervös du bist, aber konzentriere dich bitte: Wir wollen wissen, warum wir sie nicht sehen können. Oder anders ausgedrückt: Wer sorgt dafür, dass sie für uns unsichtbar wird ...?«

»Keine Ahnung.«

»Wer hilft dir?«

»Niemand. Ich bin allein.«

»Und Lidia?«

Jetzt sprudelten die Worte ungebremst aus der jungen

Frau hervor, überschlugen sich fast; sie sprach rasch und sachlich, als könnte sie sich nicht länger zurückhalten.

»Frag mich nicht nach ihr. Du weißt genau, was du getan hast. Du hast einen beliebigen Fremden missbraucht, dich in ihm manifestiert und ihn zu ihrem Haus gelenkt; dann bist du eingedrungen und hast sie gezwungen, dir die Imago auszuhändigen. Die hast du mit einer Tefilla der Annullierung ins Aquarium versenkt und dann das Aquarium auf den Dachboden geschleppt. Anschließend hast du sie gequält und getötet ... Ich kenne dich, Jacqueline, und weiß, dass das deine Lieblingsspielchen sind ... Du hast noch einen Fremden, diesen Patricio, manipuliert und dazu gebracht, mich zu erniedrigen, so gut er kann ... Und du hast auch andere Mittel eingesetzt, stimmt es ...? Du warst auch in dem Mann mit der schwarzen Brille ...? In wie vielen noch, Saga ...? Wie viele sind es gewesen, durch die du deinen Hass an mir ausgelassen hast ...?«

»Vergiss die Einzelheiten ...«

»Manche Dinge lassen sich aber nicht vergessen.«

»Wir haben ein Urteil zu vollstrecken.«

»Ich weiß, das ist deine liebste Aufgabe.«

Die Kleine ging über die Bemerkung hinweg und sprach lächelnd weiter.

»Dann hattest du diese Träume ... Lidia hat sie dir mit verschiedenen Tefillin eingegeben, die sich nach ihrem Tod aktiviert haben ... Du bist zu ihrem Haus gegangen, hast die Imago aus dem Wasser geholt, obwohl sie bis zum heutigen Treffen darin bleiben musste, damit wir sie zerstören konnten. Du hast sie versteckt. Ihre Verse haben uns daran gehindert, sie dir abzunehmen, wenn du sie uns nicht freiwillig übergibst ... Das alles hat uns kein bisschen überrascht: der typische Überlebensversuch einer alten Spinne. Aber an diesem Punkt fangen die Probleme an. Warum hast du dein Gedächtnis wieder? Wieso können wir die Imago nicht sehen? Wie hast du es angestellt, diesen prosaischen Körper zu verlassen und Patricio umzubringen?«

»Den du anschließend neu belebt hast«, warf Raquel ein.

»Oh, nein, ich habe ihn nur bewegt. Ich wollte dich überraschen, weil du dich geweigert hast, zu unserer Verabredung zu kommen. Da haben wir dich an den Ohren hergezogen ... Außerdem haben wir verhindert, dass die Fremden dich mit einem Verbrechen in Verbindung bringen. Aber vergiss mal für einen Moment die Einzelheiten, Raquel. Konzentrier dich auf das, worauf es ankommt! Wer hat dir geholfen, die Imago zu verstecken? Wer hat sie in Verse gehüllt ...? Du kannst das nicht gewesen sein; zwar erinnerst du dich wieder an alles, aber du bist immer noch annulliert. Lidia ist auch annulliert und tot dazu. Wer dann ...?«

»Kannst du denn nicht in meinem Geist sehen, dass ich es nicht weiß?«

Die Kleine schüttelte den Kopf.

»Ich sehe nur Stille. Die Stille ist für unsere Verse nicht zugänglich. Für keine von uns. Die Imago der ehemaligen Akelos und alles, was mit ihr zu tun hat, stellt sich uns als stilles, uneinnehmbares Wasser dar. Deine Antwort kann darin liegen, aber viele andere Dinge auch.« Die Kleine sprach jetzt so leise, dass Rulfo sich anstrengen musste, noch etwas zu verstehen. »Vielleicht Verrat. Vielleicht Betrug. Vielleicht eine Falle ...«

»Nein, ich schwöre es dir.«

Die Kleine fing leise zu lachen an.

»Du schwörst es mir ...?« Irgendetwas an diesen Worten amüsierte sie offenbar. »Ich soll dir also glauben, weil du es mir schwörst?« Sie sah Raquel mit offenem Spott direkt in die Augen. »Das Leben unter den Prosaikern hat wohl auf dich abgefärbt.«

»Und du hast einen entscheidenden Beitrag dazu geleistet.«

»Na, wo ist denn die mächtige Saga von früher?«

»Darum geht es nicht. Ich würde mich niemals dir zuliebe verändern.«

»Du lügst wie die Fremden«, murmelte Saga zärtlich. »Aber ich will nicht leugnen, dass es mir gefällt, dich das sagen zu hören. Denn sollte dich irgendein Vers zu uns zurückführen, dann müsste ich abtreten. Es hat noch nie zwei Damen desselben Ranges gegeben ...«

»... die Erste hätte den Vorrang, ich weiß.«

»Aber bedauerlicherweise kann nicht einmal ich dich zurückholen. Durch die rezitierten Verse bist du für immer verstoßen.«

»Wer redet denn davon, diese Hure wieder zurückzuholen?«, entfuhr es der dicken Frau von ihrem Platz in der Reihe.

»*Petrus in cunctis*«, flüsterte die Dame mit der wallenden blonden Mähne links von ihr und sorgte damit für allgemeine Heiterkeit.

»Na schön, wenn mir niemand die Güte erweisen will, mal zuzuhören ...« Die Dicke fing an, mit ihrem Kettenanhänger zu spielen.

»Wir müssen vorsichtig sein«, sagte die Kleine nun laut. »Die Lage ist brenzlig. Aber jetzt wollen wir erst mal feiern. Was sollen denn unsere Gäste denken ... Heute begehen wir die Nacht der Fortuna und wollen miteinander fröhlich sein, tanzen und lachen ... Wir haben jede Menge Zeit. Seid unbesorgt. Zuerst wollen wir uns vergnügen.«

Augenblicklich schien sich die Atmosphäre zu entspannen. Mit der Eleganz einer Schlange wanden sich die ersten Klänge der neu angestimmten Musik durch die geöffneten Fenster: eines jener zur Untermalung von Empfängen so beliebten Salonstücke. Die Damen strebten der Terrasse entgegen. Als Letzte setzte sich Saga in Bewegung.

Abgesehen von allem, was er gerade miterlebt hatte, be-

schäftigte Rulfo immer noch eine ganz bestimmte Frage.
Aber das war vielleicht nur ein unbedeutendes Detail.
Er hatte nur zwölf gezählt.
Wo war die Dreizehnte?

2

A: *Schwarzer Panzerglanz der Fliegen*

Aus vollen Lungen erscholl dieser Vers im Chor aus dem
Haus und sorgte schlagartig für eine veränderte Atmosphäre. Die Musik verebbte, bis nur noch ein Hintergrund
aus Geigen blieb, ein auf und ab steigendes Säuseln, dessen
Lautstärke sich dem Festlärm anglich und jedes Mal zunahm, wenn Gelächter ausbrach, um dann zu verklingen
und kurz darauf erneut einzusetzen. Das Ganze vermittelte
einen absonderlichen Eindruck, unterstrichen von der Beleuchtung und dem Wind. Das Haus war wie ein rasender
Zug, der bald an fröhlichen Bahnhöfen vorüberkam, bald
stille Tunnel passierte. Im Pavillon löschte der mit dem Lärm
aufkommende Wind mehrere Kerzen aus. Alles in allem
wirkte die Szenerie wie ein pumpendes Herz: Lichter, Gelächter, Walzer und Windstöße wirbelten in einem schwin-
delnden Panorama Funken sprühend herum, dann folgten
einige Augenblicke stummer Finsternis, bis die festliche Sys-
tole wieder einsetzte. In den Fenstern war aus der Entfernung ein Gewirr aus Silhouetten, Gesichtern und Händen
mit erhobenen Gläsern zu erkennen.

Wieder erklang der Chor,

E: helles Wüstenzelt aus Gletscherwellen

gefolgt von einer lautlosen Lichtexplosion. Rulfo musste die Augen abwenden.

»Sie amüsieren sich«, sagte Raquel.

Beide wandten vor der brutalen Helligkeit die Augen ab. Es hatte etwas Flutlichtartiges, wie das Foto eines Feuers. Noch immer war Gelächter zu hören, nur gedämpfter, wie die Musik. Alles sah aus wie in einen Dauerblitz getaucht, in dem sich die Schatten der Bögen des Pavillons, der Gutsverwalter, von Rulfo und Raquel in die Länge zogen wie Wege aus schwarzem Samt. Die Temperatur war gesunken, und die Kälte schien aus derselben Quelle zu stammen wie das Licht: als hätte sich das Haus in einen riesigen Eiszapfen verwandelt. *Die Vokale* von Arthur Rimbaud, erkannte Rulfo den Text.

Dies war nicht der Augenblick, das wusste er wohl, ihr Vorwürfe zu machen, dennoch konnte er es nicht lassen, sie um irgendeine Erklärung zu bitten, bevor mit ihnen alles aus und vorbei war. In dem arktischen Licht kondensierte der Atem vor seinem Mund zu Nebel.

»Warum hast du mir eine falsche Figur gegeben?«

Das Gesicht der jungen Frau blieb seinen Augen zwar verborgen, aber ihre Stimme drang klar und fest an sein Ohr.

»Weil du mich gezwungen hättest, dir die Richtige auszuhändigen, und sie dich dann getötet hätten. Außerdem wusste ich irgendwie, dass wir die richtige Figur verstecken mussten, obwohl ich dir nicht sagen kann, wieso …«

»Hat Akelos es dir im Traum gesagt?«

»Nein. Ich habe dich angelogen. Ich habe keine Träume mehr gehabt. Es war eine Vorahnung.«

Das konnte er verstehen, dennoch schmerzte es ihn, dass sie ihm nicht vertraut hatte.

»Wir haben nur eine Chance, hier lebend herauszukommen, wenn wir ihnen die Figur nicht geben«, fügte Raquel hinzu. »Sobald sie die haben, werden sie uns nämlich töten.«

»Das glaube ich auch.«

Vom Haus hörte man jetzt Schreie. Sie schienen von einem Kind zu stammen, aber Rulfo konnte nicht sagen, ob es Freuden- oder Schreckensschreie waren. Sie mischten sich unter die Ausbrüche von erwachsenem Gelächter. *Sie amüsieren sich.*

»Aber sie haben meinen Sohn«, fuhr sie fort. »Sie werden nicht wagen, ihm etwas anzutun, weil der Beschluss, ihn am Leben zu lassen, bereits gefallen ist, aber sie werden ihn benutzen, um auf mich Druck auszuüben. Und ich werde diesen Druck nicht aushalten. Ich bin durch alles hindurchgegangen, aber das werde ich nicht ertragen, das weiß ich.«

Die Schreie hatten aufgehört. Jetzt war nur noch das unbestimmte Gemurmel der Unterhaltungen zu vernehmen. Das blendende Licht beherrschte weiterhin den Ort, unumschränkt, absolut. In seinem erhabenen Schein schneite es schwarze Flocken, Schatten unterschiedlicher Formen: Die Motten waren nach einem anfänglichen Misstrauen in taumelnden Schwärmen zurückgekehrt und tauchten ein in den majestätischen Glanz.

»Ich habe Raquel geheißen«, fuhr die Stimme aus dem eisigen Licht fort, »genauso wie Saga Jacqueline ist und die frühere Akelos Lidia war, aber ich habe anders ausgesehen. Mein Sohn sieht so aus, wie ich in Wirklichkeit aussehe: Er hat meine Haarfarbe und meine blauen Augen. Die Tefilla auf meinem Rücken hat mich zu dem hier gemacht.« *Zu dem hier.* Ihre Stimme verriet Abscheu. Rulfo meinte, sie zu verstehen. Hatte César ihnen nicht in seinen Vorlesungen wiederholt, die Dichtung würde die Erinnerung an gewisse Menschen derart verklären, dass sie eine trügerische Schönheit bekämen? »Jacqueline war eine meiner Adeptinnen, als ich Saga war«, sagte Raquel weiter. »Erst hat sie mir gedient, dann ist sie meine Nachfolgerin geworden.«

I: *Blutsturz*

Das weiße Licht war plötzlich verschwunden, und an seine Stelle trat ein wollüstiges, monarchisches, betäubendes Rot, das sämtliche Fenster verfärbte, als hätte jemand überall karmesinrote Vorhänge vorgezogen. Die Silhouette der jungen Frau war blutrot umrahmt. Sie sprach mit vielen Pausen, fast zögerlich, während sie sich durch das Labyrinth ihres Gedächtnisses vortastete. Aber sie erzählte ihm nicht alles. Sie sagte, sie habe es nicht aus Liebe getan. Es hätte auch eine von der Gruppe »akzeptierte« Art und Weise gegeben, es zu tun, erzählte sie, es gebe nämlich Verse, die einen das fühlen ließen, was man sich wünsche, Verse, die exakt die eigenen Träume verwirklichten, nur dass diese Verwirklichung ihrerseits auch bloß ein Traum war. Sie habe sie aber ohne Worte fühlen wollen. Nie zuvor, sagte sie, habe eine Dame den Wunsch verspürt, Derartiges zu fühlen. Ohne Worte zu fühlen war für sie beinahe unmöglich und vergleichbar mit der Stille im Ozean.

Sie sagte, sie habe geglaubt, es tun zu können und das wohl bekannte Verbot außer Kraft zu setzen, weil sie Saga war und ihre Entscheidungen vor niemandem zu rechtfertigen hatte. Jahrmillionen zu leben, Epochen und Länder zu kennen, verschiedene Sternenhimmel zu betrachten, all das hatte ihre Neugier, anstatt sie zu befriedigen, nur noch gesteigert. Die Landschaften hatten sich vor ihren Augen gehäutet wie Schlangen, und der Planet hatte sein Antlitz gewechselt, während sie als Unsterbliche in vergänglichen Körpern fortlebte. Daher habe sie den Plan gefasst, das Leben an ein neues Leben weiterzugeben, weil das die einzige Art war, dieser Vergänglichkeit entgegenzuwirken. Schließlich war sie Saga, und nichts, was sie sagte, tat oder wünschte, konnte verboten sein. Doch Liebe sei dabei nicht im Spiel gewesen, wiederholte sie.

Sie erzählte ihm nicht, welche Angst sie ausgestanden hatte, als das, was Leben war und auch nicht war, weil es ohne Worte war (oder das gerade deshalb vollkommenes Leben war), in ihrem Leib wuchs. Solche Angst, dass sie einmal sogar versucht war, es zu zerstören. Sie wollte ihm auch nicht erzählen, dass sie lange geschwiegen hatte, als es geboren war, und es nur betrachtet hatte. Immer hatte sie bis dahin geglaubt, die Stille sei etwas Böses. Die Stille sei nur Leere ohne Schönheit, ohne Ewigkeit. Als sie aber ihr eigenes Doppel in jenen, den ihren so ähnlichen Augen erkannte,

da war ihr die Stille

plötzlich von den Lippen gesprudelt.

Sie hatte gewusst, dass das ein schwer wiegender Verstoß war, ein unverzeihlicher Fehler. Aber im gleichen Moment spürte sie, jedem Vers weit entrückt, auf eine mit Worten nicht fassbare Weise, dass sie sich von diesem aus ihr geborenen Wesen nie mehr würde trennen können. Sie und es würden gemeinsam die Strafe erdulden, worin sie auch bestehen mochte.

»Akelos hat mir geholfen, das Kind eine Zeit lang zu verstecken … Ich weiß allerdings nicht, warum … Aus Mitleid bestimmt nicht, da bin ich sicher. Sie verfolgt mit ihren Plänen manchmal ferne Ziele. Sie war die ›Ahnende‹ und kannte sich genau in der Zukunft aus … Aber ihre Hilfe hat mir nicht viel genützt. Die Gruppe kam dahinter und beschloss, mich zu verstoßen: Sie haben meine Imago in eine mit Wasser gefüllte Urne gelegt und eine Tefilla hinzugefügt, um mich zu annullieren. Aber Jacqueline war damals schon die neue Saga und fand diese Strafe viel zu mild, deshalb hat sie diese erweitert.« Sie machte eine Pause, ein Schwall Übelkeit stieg in ihr auf, als wollten die Erinnerungen sie überschwemmen wie halb verdaute Materie.»Sie hat mich gezwungen, den Mann, bei dem ich gelegen hatte, zu töten. Er war ein einfacher Fremder ... Dann wollte sie auch das Kind vernichten. Akelos hat sich ein zweites Mal für mich eingesetzt, und ihr Votum war ausschlaggebend bei dem Beschluss, meinen Sohn am Leben zu lassen. Jacqueline war wütend und hat dafür gesorgt, dass er ein menschenunwürdiges Leben führen musste. Sie hat mir eine Tefilla eintätowiert und damit die Raquel geschaffen, die du kennen gelernt hast: im verführerischen Körper einer Fremden, die aber ahnungslos und feige ist ... Sie hat mein Gedächtnis ausgelöscht und mich den Sektenmitgliedern übergeben ... Meinen eigenen Adepten!« Rulfo spürte, wie diese jüngst zurückgekehrte Erinnerung sie schmerzte.»Die haben mich an Patricio verkauft, und Saga hat all diese Jahre ihre Freude daran gehabt, mich immer tiefer steigen und erniedrigen zu lassen ...«

Dichte rote Schleier hingen immer noch wie flüssige Gardinen vor den Fensterscheiben. Aus diesem von Nachtfaltern gesprenkelten roten Flutlicht war wieder der Chor zu vernehmen, musikalisch und fern.

U: grüne Wiese, Seetang auf den Meeren

Das rote Licht wechselte zu Grün.

»Aber Saga hat auch Akelos gehasst, weil sie mir geholfen hat ... Sie hat keine Ruhe gegeben, ehe sie nicht erreicht hatte, dass Akelos von der Gruppe des Verrats bezichtigt wurde. Dann hat sie durchgesetzt, dass sie noch härter verurteilt wurde als ich: Zur Strafe sollte sie vollends vernichtet werden – nicht nur ihr Körper, auch ihr unsterblicher Geist ... Aus diesem Grund suchen sie die Imago. Aber ich schwöre dir, dass ich sie nicht versteckt habe, um Akelos meinen Dank zu erweisen. Ich wusste einfach, dass ich es tun musste ... Ich verstehe es auch nicht so recht...«

Der erneut einsetzende Chor unterbrach sie,
O: Omega …
indes das grüne Licht verblasste und im Finstern ein Augenpaar aufflackerte.
… *blaues Kinderauge, du!* …
Es war Saga. Hinter ihr tauchte wieder genauso stumm wie unerwartet die Reihe der übrigen Damen auf.
Das Fest schien zu Ende zu sein.

3

Jetzt waren sie nackt und blutüberströmt.

Nein.

Rot gekleidet. Sie trugen durchsichtige, sehr kurze, eng anliegende Netzkleider wie blutrote Spinnweben. Ihre Augen waren weiß, ohne Pupillen. Nein, auch das nicht. Es waren die Lider. Sie waren weiß angemalt und halb geschlossen. Und auch bedrohliche Reißzähne hatten sie nicht wirklich. Die kleinen elfenbeinfarbenen Linien in ihren Mundwinkeln täuschten nur. In Wirklichkeit waren sie ebenfalls aufgeschminkt. Zwölf extravagante Frauen. Jedenfalls sahen sie so aus.

Alles war wieder still und dunkel. Nur der Wind strich raschelnd durch die sie umgebende Vegetation wie ein Körper, der durch das Dickicht streift.

»Eines hat mich an dir schon immer verwundert. Dein unbeugsamer, stolzer Geist. Er scheint wie von einem hohen, einsamen Baum auf uns alle herabzusehen ... Dein von nichts und niemand zu brechender Wille ... der ist mir schon aufgefallen, als wir dich verstoßen haben. Männer haben deinen Körper geschändet, Peitschen haben dein Fleisch gegeißelt, aber du bist immer majestätisch geblieben. Ich wüsste gerne, wie du das machst ...« Die Kleine sah Raquel forschend in die Augen, und Rulfo kam es vor, als wollte sie tatsächlich irgendeiner Methode auf die Spur kommen. »Als du den

Fremden umgebracht hast, da habe ich es eine Sekunde aufblitzen sehen ... und habe mich gefürchtet, das gebe ich zu: Dein Inneres flößt mir Angst ein, und ich vermute, dir selbst geht es ähnlich. Weil es Stille ist. Ich habe noch keinen Vers gefunden, um sie dir zu nehmen. Vielleicht gibt es einen, vielleicht wird er gerade jetzt erfunden. Irgendwann, das prophezeie ich dir, wird eine Wortreihe auch dich fällen. Du bist annulliert, deshalb könnte ich dich auf prosaische Weise töten, aber was hätte ich davon ... Obwohl ich das, was ich in dir sehe, nicht haben kann, brauche ich es auch nicht zu besudeln ...« Sie hielt inne und strich Raquel beinah zärtlich die Haare aus der Stirn. Diese drehte den Kopf weg. »Ich werde es wieder versuchen, immer wieder. Bis ich herausgefunden habe, woraus du gemacht bist. Ich werde so lange an dir rütteln, bis du vom Thron fällst. Ich werde nicht zulassen, dass das, was du hast, mir unzugänglich bleibt ... Ich will mich daran verbrennen.« Sie tätschelte die Wange der jungen Frau. »Ich verstehe, dass Akelos dich bewundert hat und dir helfen wollte, weil ... Na ja, während ich in ihrem Haus war ... weißt du ...? Da hat sie ihre ... nun, sagen wir mal ... ihre Vollkommenheit verloren. Sie hat sich in ein heulendes Bündel Elend verwandelt ... Zuletzt trennte sie nur noch der Schmerz von den Menschen. Im Schmerz sind am Ende alle gleich, Götter und Menschen.«

Die junge Frau drehte sich zu ihr um. Ihre Stimme klang ganz dünn.

»Saga, ich bitte dich ... Ich weiß, wo deine Rede hinführt ... Bitte, ich flehe dich an ... tu ihm nichts ...«

Die Kleine wich gekränkt einen Schritt zurück. Ihr zierlicher, weißer Körper war unter dem löchrigen Maschengewebe des Kleides für Rulfo vollständig zu sehen. Ihre Brüste sprossen erst, und das Geschlecht war ein kleines, flaumbedecktes Dreieck.

»Niemals. Das ist bereits entschieden ... Glaubst du mir denn nicht ...? Sag mal, glaubst du mir nicht?«

»Doch.«

»Dein Sohn wird aus der Sache rausgehalten. Er hat mit unserem Gespräch nichts zu tun.«

»Wo ist er? Ich möchte ihn sehen, bitte ...!«

»Er schläft noch. Du kannst ihn bald sehen.«

»Es entspricht nicht seiner Gewohnheit, so lange zu schlafen. Du lügst ...!«

An dieser Stelle nahm Rulfo einen Stimmungsumschwung wahr: einen kaum merklichen jähen Wechsel, als hätte jemand mitten im Winter ein Zimmerfenster geöffnet, so dass von draußen die frostige Kälte hereinströmte.

»Deinem Sohn geht es gut. Momentan schläft er«, sagte die Kleine, Silbe für Silbe betonend. »Du kannst ihn bald sehen. Hör ... jetzt ... auf ... damit.«

Raquel hatte die Augen gesenkt, ihre Lippen bebten.

»Kann ich jetzt weitersprechen?«, bat Saga.

»Ja.«

»Unterbrich mich nicht noch einmal.«

»Nein, in Ordnung ...«

»Na bitte.«

Die Miene der Kleinen hellte sich wieder auf.

»Wir stehen vor einem schwer wiegenden Problem. Ich will dir etwas gestehen.« Sie senkte die Stimme bis zum Flüsterton. Rulfo konnte kaum noch etwas hören. »Das alles hier ist zu viel für mich. Es überfordert mich. Als sie mich zu Saga gekürt haben, wussten sie nicht ... Ich bin nur ein unerfahrenes dummes Ding, Liebes. Sieh sie dir doch an!« Sie wies auf die reglose Reihe der halb nackten Damen, die dastanden wie Varietétänzerinnen beim Bühnenauftritt. »Sie sind steinalt und unglaublich verschlagen. Sie warten bloß auf den richtigen Zeitpunkt ... Diesem Gespann aus elf Stuten habe ich lediglich ein Jahrfünft voraus ... Du tust mir Leid. Es ist schwierig, sonderbar ... Es gibt Spannungen und Allianzen ... Den einen bin ich genehm, aber den anderen ... Einige bekommen allmählich zu viel Macht ...

Maga wendet Lorca auf eine Weise an, dass mir die Haare zu Berge stehen. Strix führt Poe im Mund ... obwohl mir seine Worte noch zugänglich sind. Ich benutze den ganzen Eliot, den Cernuda und den Borges, den du ... Ihre Verse wirken nach wie vor. Aber du weißt ja, was das hier ist: eine unkontrolliert weiterwachsende Welt ... Irgendwo schreibt gerade jetzt irgendjemand ein Gedicht, das mich vom Sockel stoßen könnte ... Ein Satz in irgendeiner Sprache, und ich bin erledigt ... Ich habe Angst. Dieses nicht einzudämmende Krebsgeschwür, es graust mich. Eliot, Cernuda und Borges haben mir bisher genügt. Aber was wird morgen sein ...? Oder in fünf Minuten ...? Wir sind der Phantasie auf Gedeih und Verderb ausgeliefert. Ein Vers kann uns erschaffen, der nächste uns vernichten. Wir sind so schrecklich hinfällig. Unser ganzes Sein hängt von der Dichtung ab ...«

In der Reihe der Damen kam Unruhe auf. Eine der jüngsten hatte sich daraus gelöst und trat mit lässiger Nonchalance nach vorn, als schlenderte sie über einen Laufsteg. Vom Mädchen beginnend, war es die Dame Nummer neun: Rulfo erinnerte sich, dass sie den Namen Incantátrix trug. Er sah sie voller Unruhe auf ihn zukommen.

»Deshalb bringt mich diese Stille in deinem Geist zur Verzweiflung, ich habe panische Angst davor«, fuhr Saga fort. »Akelos und du, ihr habt uns schon einmal verraten ...«

»Ich habe niemanden verraten.«

»Na schön, du wolltest uns hintergehen, wenn dir das lieber ist, und Akelos hat uns verraten, indem sie dir half. Jetzt könnte noch einmal dasselbe passieren. Wenn du uns doch wenigstens irgendeinen Hinweis geben könntest ...«

Die neunte Dame hielt wenige Schritte vor Rulfo inne. Es war ein junges Mädchen mit dunkelbraunem Haar, kantigem Gesicht und einem attraktiven, durch das leichte Kleid bis zu den kleinsten Details sichtbaren Körper. An den Ohrläppchen hingen zwei große Gehänge. Ihre Lippen waren gewölbt wie die Blätter einer aufgehenden Rose und lächelten. Zwischen den jugendlichen Brüsten ging mit dem Atem eine kleine goldene Harfe auf und nieder. Hatte es nicht in *Die Dichter und ihre Damen* geheißen, sie hätte Lautréamont und die Surrealisten inspiriert? Rulfo konnte sich nicht genau entsinnen. Aber jetzt benötigte er seine volle Konzentration, um ihre Absichten zu ergründen.

Er sah, wie sie sich vornüberbeugte. In einer harmonischen, beinah ballettartigen Gebärde. Im ersten Moment schien es ihm, als wollte sie sich vor ihm verneigen, doch dann sah er sie den schlanken rechten Arm zum Boden führen, die Hand ausstrecken und mit dem Zeigefinger über die Erde fahren.

»... einen Namen, Raquel. Einen einzigen. Nur einen, und ich beschütze dich vor den möglichen Repressalien.«

»Ich weiß keinen Namen, Jacqueline ... Ich weiß keinen ...«

»Was befindet sich in dieser Stille deines Geistes?«

»Ich weiß es nicht, ich weiß es nicht ...«

»Warum hast du dein Gedächtnis wiedererlangt?«

»Das weiß ich auch nicht ... Glaub mir!«

»Ja, ich weiß schon, du schwörst es ...«

»Ich möchte mit euch zusammenarbeiten, Saga, bitte ...«

Das Verhör drang in Fetzen bis zu Rulfo, aber seine Augen starrten noch immer wie gebannt auf die Dame mit dem Harfenanhänger. Er sah, wie sie sich mit dem erdverschmierten Zeigefinger aufrichtete und diesen an sein Gesicht hob. Er wollte ihr ausweichen, aber sie umklammerte mit der anderen Hand und einer unvermuteten Kraft sein Kinn. Dann ließ sie ihren Zeigefinger über Rulfos rechte Wange gleiten. Er konnte nicht mehr sehen, was um ihn herum geschah, sondern nur noch hören.

»Einverstanden ...«, ließ sich jetzt Sagas Stimme auf Französisch vernehmen. »Das Problem bleibt also nach wie vor bestehen. Wir wollen beratschlagen.«

»Ihr dürft dem Mann nichts antun ...«, hörte er die Stimme der jungen Frau. »Er ist ein Fremder. Er hat dieselben Träume gehabt wie ich, aber er weiß nichts ...«

Die Dame schrieb weiter in sein Gesicht. Rulfo nahm die eisige Spitze ihrer Finger wahr, die Rauheit der Erde, mit der sie seine Wangen bemalte, ihren nach welken Blumen duftenden Atem. Das Gesicht (eine Handbreit von seinem entfernt) war schön und jung, doch trug es einen unangenehmen Zug: wie von einer Schlafwandlerin oder Drogensüchtigen. Dann öffnete sie die vollen Lippen und rezitierte beim Schreiben:

Beaux ... dés ... pipés ...

Sie artikulierte die drei Worte auf absonderliche, der Sprache, aus der sie stammten, ziemlich fremde Weise. Das Letzte stieß sie aus wie einen Pfiff.

»Er weiß auch nichts ...«, wiederholte Raquels Stimme. »Er hat nichts zu tun mit dem ...«

Die Dame hörte zu schreiben auf und ließ Rulfos Gesicht los. Sie wischte den Finger an seinem Smoking ab, machte auf dem Absatz kehrt und ging an ihren Platz in der Reihe zurück.

Rulfo war starr vor Schreck.

Das ist eine Tefilla. Mein Gott, sie hat mir eine Tefilla ins Gesicht geschrieben!

Blakes Vers auf Susanas Bauch kam ihm in den Sinn. Auf welchen Autor sein Text zurückging, wusste er nicht; vielleicht war es ein Vers von Lautréamont. Er war vor Angst so benommen, dass er nicht sprechen und kaum Luft holen konnte. Eine eisige Kälte erfasste mehr als nur seine Gliedmaßen, sie ging ihm durch und durch, als wäre er selbst zu einer zitternden Eisscholle geworden. Er wusste, dass jetzt etwas Entsetzliches geschehen würde. Sie hatten ihn soeben verurteilt – daran hatte er keinen Zweifel –, obwohl er nicht wusste, wofür. Einen kurzen Moment lang hatte er sich sogar die Möglichkeit erträumt, freigelassen zu werden, aber jetzt merkte er, wie er sich von seiner absurden Hoffnung hatte in die Irre führen lassen. Doch am schlimmsten war, dass sie die Strafe mit einer genüsslichen Langsamkeit vollstreckt hatte. Dieses halb nackte Mädchen, das sich, in den schmalen Hüften wiegend, von ihm entfernte, hatte sich mit keinem Wort an ihn gerichtet: Seit dem Verhör der dicken Frau hatte überhaupt niemand mehr das Wort an ihn gerichtet. Zweifellos achteten sie ihn noch geringer als ein Tier. Sie würden ihn foltern und in verächtlichem Schweigen hinrichten, achtloser als ein Hausmädchen, das eine Fliege totschlägt.

Trotz des tauben Gefühls in seinen Ohren drang das flüsternd und hastig von den Damen auf Französisch geführte Gespräch bis zu ihm: *Und wenn wir sie noch mal wie eine Kuh auspeitschen würden ...? Pian, piano ... Ne quid nimis ... Was wäre, wenn wir die Stute noch einmal losschicken, damit sie gedeckt wird ...? Riesenfehler. Wir sollten es lieber mit Worten tun ... Wir dürfen die Schleusen nicht mit Gewalt öffnen ... Lasst uns behutsam vorgehen ... Wir wissen alles, oder fast alles, über sie. Nur ein winziges Detail fehlt: das Warum ...* Aber er hörte ihnen kaum zu. Er zitterte immer noch am ganzen Leib, hielt die Augen geschlossen und wartete schweißüberströmt auf die Wirkung des Verses. Er stellte sich schreckliche Dinge vor: dass ihm das Gesicht in Stücke zerfiel, während er aber am Leben blieb; dass ein Heer von Kakerlaken in seinem Körper wuchs und ihn auf der Suche nach einem Ausgang erstickte; dass er sich von innen selbst verdaute. Alles schien ihm möglich, und er fürchtete sich wie ein kleines Kind.

Aber es geschah nichts.

Er wusste, dass er verloren war: Es war nur eine Frage der Zeit. Und gerade diese Gewissheit veranlasste ihn, sich diesen tief sitzenden Schrecken wie einen Stein aus der Brust zu reißen. Seine Lungen füllten sich wieder mit frischer Luft und eine unerwartete Anwandlung von Tapferkeit löste ihm die Lippen.

»Seid endlich still!«

Alle Blicke richteten sich auf ihn. Ein Wolfsrudel kam ihm in den Sinn, nach frischem Blut lechzend. Aber jetzt gab es kein Zurück mehr.

»Ihr alte Hexenbande, seid endlich still …! Lasst sie laufen, sie und das Kind …! Ihr habt sie lange genug gequält …! Sie weiß nichts! Man hat sie benutzt …! Jemand hat uns beide benutzt …! Jetzt tut ihr nur so, als ob …! Jetzt steht ihr da und diskutiert oder tut so, als würdet ihr diskutieren …! Diese Frau hier weiß nichts, sie hat es euch bereits gesagt …! Und Susana hat auch nichts gewusst …! Lasst uns frei oder tötet uns …! Aber seid vor allem endlich still!« Er kochte vor Wut. Er zerrte an seinen mit Blumen festgebundenen Armen, aber etwas Stärkeres als diese schwache Fessel machte sie starr und unbrauchbar. »Seid endlich still, ihr Feiglinge! Feiglinge …!«

Plötzlich brach er ab.

Er war sich vollkommen sicher, dass die Damen noch einen Augenblick zuvor rote, durchsichtige Kleider getragen hatten.

Jetzt standen sie allesamt in Schwarz da, bis an die Füße, und ihre Gesichter waren von alabasterfarbener Blässe wie bei einer Leiche. Selbst die Frisuren waren anders. Allein die Amulette waren die gleichen geblieben. Die Verwandlung hatte sich so lautlos und unmerklich vollzogen wie das Weiterrücken eines Uhrzeigers.

Raquel hatte es ebenfalls bemerkt. Sie wandte sich zu Rulfo um.

»Beruhige dich. Lass lieber mich reden …«

»Ich habe keine Angst vor ihnen«, log Rulfo.

Dann trat Saga auf ihn zu. Sie schien seine Anwesenheit soeben erst bemerkt zu haben. Sie sah ihn neugierig, mit einer Spur Belustigung an, aber in ihren Augen meinte Rulfo eine trübe, nichts sagende, von diffusen Schatten bevölkerte Leere zu entdecken: wie ein grauer Himmel, an dem Ringelgänse dahinzogen. Er spürte sein Gehirn wie eine durchlöcherte Zeichnung, während die Augen der Kleinen es zu skizzieren schienen, um ein perfektes Abbild davon zu erhalten, eine Schablonenzeichnung seiner intimsten Gedanken.

Er dachte, er müsste sterben. Er sehnte den Tod regelrecht herbei.

Dann hob Saga die Hand und strich ihm mit der Geste einer ganz langsamen Ohrfeige zärtlich über die Wange. Danach machte sie kehrt

eine drehung

und entzog ihm ihre Aufmerksamkeit. Sie wandte sich an die Damen.

»Wir sind immer noch an derselben Stelle, Schwestern. Aber wir drehen uns im Kreis, immerfort im Kreis ... lassen uns von dir an der Nase herumführen, Raquel ...«

»Ich führe euch nicht an der Nase herum, ich versi...«

»Oh, wenn doch endlich der Tag käme, an dem du nichts mehr zu lachen hast«, unterbrach Saga sie mit lauter Stimme.

eine rasende drehung

»Oh, wenn dieser Tag doch endlich käme ...! Könnten wir doch endlich den Tag erleben, an dem du nichts mehr ... zu ... lachen ... hast...!« Als sie dies herausschrie, breitete sich plötzlich eine Grabesstille aus.

Sie schrie weiter und wirbelte auf den Füßen herum wie eine Ballerina. Das schwarze Kleid schwang mit und entblößte ihre kurzen, schlanken Beine.

Eine rasende Drehung.

Da erschien unter ihrem Rock der Knabe.

XI. DER KNABE

1

Er trug eine bodenlange schwarze Tunika und rieb sich die Augen, als wäre er tatsächlich gerade aus einem tiefen Schlummer erwacht. Als er die junge Frau sah, rannte er, so schnell das lange Gewand dies zuließ, und umklammerte ihre Beine. Verwundert sah er an ihr hoch, weil sie ihn nicht umarmte. Da entdeckte er, dass sie weinte.
»Er hat den ganzen Nachmittag verschlafen«, bemerkte Saga gut gelaunt. »Saga«, flüsterte Raquel, »bitte ...« Ein Schluchzer hinderte sie am Weitersprechen. Sie drehte den Kopf zur Seite, um sich vor den Blicken des Knaben zu verbergen. Am liebsten hätte sie ihn in die Arme geschlossen. Alles hätte sie dafür gegeben, die Hände frei zu haben, um seinen zierlichen Körper zu umfangen. »Siehst du, wie nervös deine Mutter ist?«, fragte Saga, sich neben das Kind hockend. »Komm, wir wollen sie beruhigen. Sag ihr, ob wir dir etwas zuleide getan haben, seit du hier bist. Na los, sag es ihr ... Entschuldige, dass ich dich wecken musste, aber du siehst ja ... Deine Mutter wäre außer sich geraten, wenn sie dich nicht auf der Stelle gesehen hätte ... Sie dachte, wir hätten ... ach, was weiß ich ... wir hätten dir den Kopf abgerissen ...! Jetzt, nachdem sie sich davon überzeugen konnte, dass es dir gut geht ... hoffe ich, endlich mein Schwätzchen mit ihr fortsetzen zu können. Lass uns noch einen Augenblick allein, bist du so gut ...?

Du brauchst deshalb nicht wieder zu verschwinden, kleiner Mann, geh nur ein paar Schritte beiseite, damit deine Mama und ich in Ruhe reden können ...«

»Tu, was sie sagt«, bat Raquel ihn.

Der Junge sah sie an, als wollte er ihre Gedanken lesen. Auf seinen kindlichen Zügen lag der Kummer eines Erwachsenen. Dann machte er kehrt und entfernte sich, die lange schwarze Tunika nachziehend, bis zur Mitte des Pavillons. Beim Vorübergehen schreckte er die Nachtfalter auf.

»Saga«, platzte es unverzüglich aus Raquel heraus: »Ich will mit euch zusammenarbeiten ... Ich kann dich selbst dorthin führen, wo die Figur ist, und sie dir geben, damit du alles vernichten kannst, was noch von Akelos übrig ist ...«

Diese verzweifelte Strategie hatte sie sich zurechtgelegt. Doch war es weniger eine Strategie als eine Hoffnung, an die sie sich klammerte. Sie hatte die Wahrheit gesagt, denn es traf zu, dass sie nicht wusste, weshalb sie die Imago versteckt hatte. Aber jetzt war sie mit ihren Kräften am Ende und nicht mehr imstande, auf ihre Impulse zu hören. Sie wollte nur noch an sich denken und alles tun, um ihrem Kind das Leben zu retten, und genau das beabsichtigte sie mit ihrem Vorschlag. Sie wollte sich mit Saga verbünden, sich ihrer Peinigerin mit Haut und Haar ausliefern. Es war ihr zuwider, aber sie hatte keine andere Wahl.

»Ich tue alles, was du verlangst«, fügte sie hinzu.

»Ausgezeichnet.«

»Wir können jetzt sofort losgehen. Oder du schickst irgendjemanden hin. Die Imago liegt im Schlafzimmer meines Apartments unter einem Sockel ... Mir kam ganz spontan die Idee, sie zu verstecken. Ich hatte Angst, ihr könntet sie mir wegnehmen ...«

»Bestens.«

Raquel musterte ihr Gegenüber genauer.

Sie hört mir ja gar nicht zu. Sie beobachtet mich nur.
»Du kannst hingehen und nachsehen, wenn du willst. Geh
hin und überzeug dich selbst, bitte ...! Ich bin deine Ver-
bündete ... Ich möchte mich deinem Willen unterordnen.
Ich gehöre dir ...«
»Eine gute Entscheidung.«
»Bitte, verspotte mich nicht ...«
»Verspotten ...? Wer verspottet denn hier wen ...?«
»Ich habe dir doch gesagt, dass ich mich deinem Willen
unterordnen möchte ...«
»Und ich habe gesagt: eine gute Entscheidung.« Saga
drehte sich zu den Damen, als suchte sie irgendeine Art von
Beistand bei ihnen. »Ist jemand von euch ebenfalls der Meinung, dass ich sie verspotte ...? Wie kannst du so etwas
nur denken, Raquel ...! Was hast du für perverse Vorstel-
lungen ...! Sag mir bitte, wo, an welchem Gesichtszug oder
in welchem Wort du bei mir Spott wahrgenommen hast?«
Sagas Miene verzog sich zu einem milden Vorwurf. »Willst
du mir etwa deine eigenen Fehler unterstellen ...? Ich habe
dir gesagt, dass der Junge wohlauf ist, und das ist er. Ich
habe gesagt, dass wir ihm nichts zuleide tun würden, und
das werden wir auch nicht. Im Gegensatz zu dir halte ich
nämlich Wort. Ich fühle mich nicht so über alle erhaben,
dass ich bei meinen Entscheidungen die Gruppe übergehe.
Wenn ich einen Schwur ablege, dann löst er sich nicht in
Luft auf wie bei dir, als du die Frechheit hattest, dich fort-
zupflanzen ...«
Raquel war in sich zusammengesackt. Nur das Blumen-
gebinde hinderte sie daran, zu Boden zu fallen. Ihre Knie
waren weich und hielten sie nicht mehr. Dennoch versuchte
sie, einen klaren Kopf zu behalten. Der Junge stand in der
Mitte des Pavillons und sah sie mit unendlich traurigen Augen aus seiner schwarzen Tunika an.
*Verlier nicht die Nerven. Sie werden es nicht wagen, ihm
etwas anzutun.*

»Wer hat denn immer gedacht, sie wäre wichtiger und mächtiger als alle anderen? Wer hat uns denn missachtet und verraten und dann noch versucht, das Ganze zu verheimlichen …?«

Sie werden ihn nicht anrühren. Das haben sie beschlossen. Das haben sie beschlossen.

»Und da behauptest du, ich würde dich verspotten …?«

Ihn nicht. Sie werden es nicht wagen. Nein.

Sie hatte völlig die Fassung verloren, zitterte und weinte nur noch. Die Welt um sie herum war ein Schauer aus Nachtfaltern und Kerzenlicht.

»Ich werde nicht darauf hereinfallen, mich jetzt aufzuregen …«, setzte Saga hinzu. »Nein, ich werde mich nicht aufregen, auch wenn du das gerne hättest. Den Gefallen werde ich dir nicht tun. Ich werde dir keinen Vorwand liefern, deinen Hass weiterzunähren …«

Von neuem setzte im Haus die Musik ein, mit einem langsamen Walzer. Als wäre dies das vereinbarte Zeichen, begannen die Damen nun, sich zurückzuziehen. Saga trat auf die junge Frau zu und lächelte.

»Es ist alles gesagt, alles besprochen … Wir wissen, was wir von dir zu halten haben. Jetzt müssen wir die Sache zu Ende bringen. Ich hoffe, du hast endlich verstanden, dass du von uns nichts zu befürchten hast …« Ihre Blicke trafen sich für einen kurzen Moment. »Komm, lass uns mit einem Kuss Abschied nehmen …« Raquel fand diese Forderung nicht mehr oder weniger grausam als all die anderen. Sie senkte das Gesicht (Saga war nämlich wesentlich kleiner), näherte ihr die Lippen. Sie empfand nichts Außergewöhnliches. »Oh, küss mich weiter«, bat indes die Kleine lüstern. Raquel schob ihr die Zunge in den Mund, fuhr ihr damit einen Moment lang zärtlich durch die lauwarme, schleimige Mundhöhle und sog ihren Atem ein. Dann machte Saga sich von ihr los und schlug einen veränderten Ton an. »Was gäbe ich darum, wenn ich von deinen Augen das bekäme, was

mir deine Lippen geben. Aber deine Augen sind weit erhaben über dich: Sie sind nicht feige, und sie küssen niemanden. Sie sind uneinnehmbar, in sich selbst gegründet ... Was gäbe ich darum, diese Unnahbarkeit zu durchbrechen. Oder zu besitzen. Aber wie sollte ich nur ...?« Sie lächelte beinahe herausfordernd, als erwarte sie eine Antwort auf diese Frage. »Ich habe dich sagen hören: Ich gehöre dir. Was also soll ich mit dir tun ...?«
Da geschah etwas.
Ein Schatten. Eine Gewissheit
überfiel sie
wie der Falke die Beute.
Es war, als würden mit einem Mal die Vorhänge von Sagas Augen weggezogen und gestatteten ihr für den Bruchteil einer Sekunde einen Blick hinein.
Und das, was sie dort zu entdecken glaubte, raubte ihr fast den Verstand.
Sie will mir den vernichtenden Schlag versetzen. Alles, was ich sage oder tue, ist zwecklos.
Diese Erkenntnis verdüsterte ihren Geist. *Es ist zwecklos. Ich könnte mich auf die Knie werfen und sie anflehen. Es ist nichts zu machen.*
»Ich habe keine Hoffnung mehr«, sagte Saga und seufzte. »Es ist nichts zu machen.«
Sie schüttelte bekümmerte den Kopf. Raquel sah sie weiter mit angstgeweiteten Augen an.
Es ist zwecklos.
»Es ist zwecklos«, sagte Saga und drehte sich um.
Raquel wurde von Panik erfasst. Sie zerrte verzweifelt an ihren Fesseln.
»Saga, töte mich! Töte mich jetzt sofort, bitte ...! Jacqueline ...!«
Die Damen waren fast alle fort. Jetzt setzte sich auch Saga in Bewegung und betrat hinter ihnen das Haus.
Nur die dicke Frau war noch dageblieben. Als sie sich zu

dem Knaben herunterbeugte, baumelte der Geißkopf zwischen ihren Brüsten.

»Jedes Mal, wenn ich auf dich zukomme, weichst du zurück …! Bleib doch einmal stehen. Ich will doch nur mit dir reden, Kleiner …! Mein Gott, dieses scheue Fohlen …? Was schaust du mich denn mit deinen großen Augen an wie ein friesisches Kalb? Weißt du eigentlich, wem du ähnlich siehst …? Du siehst aus wie deine Mutter, wenn sie uns fest in die Gesichter sah … Ja, genau wie deine Mama … Die da hinten meine ich nicht, diese dumme Heulsuse, sondern die alte, die echte … Kannst du dich noch an sie erinnern?«

»Nein«, sagte der Knabe.

»Ja, ihren Blick, den hättest du einmal sehen sollen …! Du bist aus ihr herausgekommen, so viel steht fest. Oh, was für ein entzückender junger Mann du werden wirst, warte nur ab. Du wirst dich vor den Mädchen kaum retten können … Also, deine Mutter, die hat ein strenges Regiment mit uns geführt, das lass dir einmal sagen … Genau dort, wo sie jetzt steht und wie eine Idiotin flennt. Oh, vor deiner Mama musste man sich in Acht nehmen …«

»Meine Mutter ist keine Idiotin«, wandte der Knabe ein.

»Das ist doch nicht bös gemeint, es ist nur so eine Redensart …« Unversehens richtete sich die Dicke mit einem Ruck auf und drehte sich zu dem Haus um. »Könntet ihr so nett sein und die Musik leiser stellen …? Man versteht ja kaum sein eigenes Wort …!« Sie schnaufte, rückte sich auf der großen Nase die Brille zurecht, wandte sich wieder dem Kind zu und grinste mit karmesinrot verschmierten Zähnen. »Die glauben wohl, wir wollten alle tanzen, aber das stimmt nicht. Es gibt auch Leute, die sich lieber unterhalten, nicht wahr …? Nichts ist nämlich reiner als das Wort. Allein die Verse sind der Mühe wert.«

»Maleficiae …«, wimmerte Raquel.

Sie wünschte sich, dass alles schnell vorüber wäre, aber sie wusste, man würde ihr noch nicht einmal das gönnen. *Alles wird ganz langsam gehen.*

»Maleficiae, bitte ...«

»Wirst du wohl den Mund halten und mich ein Weilchen mit dem Kleinen reden lassen ...? Was ist deine Mutter doch für ein verrücktes Huhn ... Wie hältst du das nur aus ...? Pah, wir werden ihr keine Beachtung schenken, mal sehen, ob sie dann still ist. Wusstest du, dass es ein Land namens Mexiko gibt? Und wusstest du auch, dass dort eine Schlange mit vier Nasen wohnt ...?«

»Das ist gelogen«, sagte der Junge.

»Es ist die Wahrheit, so wahr die Welt sich dreht. Wenn ich lüge, soll mir augenblicklich der Schlüpfer in Fetzen von den Beinen hängen. Vier Nasen. Ich frage mich nur, wofür sie vier Nasen braucht: Kann sie denn vier verschiedene Gerüche gleichzeitig riechen ...? Sie heißt Nauyaca und ist imstande, sich selbst aufzufressen ...«

»Ma-male-ficiaeee ... Nicht ...«

»Ich will dir eine Frage stellen ...« Sie nahm das Gesicht des Knaben zwischen die Hände mit den lackierten Fingernägeln. »Nun hör endlich auf, nach deiner Mutter zu schauen ... Ich hasse es nämlich, wenn man mir nicht zuhört, Süßer ... Also, ich will dir eine Frage stellen. Hör gut zu: Was wird eine Schlange, die sich selbst verschlingt, niemals fressen können?«

»Ihren Kopf«, antwortete der Junge.

»Genau! Was bist du doch für ein gescheites Kerlchen ...!«

»Bit...te... bitte ...«

»Halt jetzt endlich den Mund!«, schnauzte die Dame die junge Frau an und murmelte anschließend ein paar Worte auf Englisch. Da merkte Raquel plötzlich, dass sie zwar den Mund weiterbewegte, auch die Zunge und den Kehlkopf, aber nicht mehr reden konnte. Sie brachte keinen einzigen

329

Ton mehr heraus. Auch ihr Weinen war verstummt. »Das ist schon besser. Endlich herrscht hier Frieden, was für eine Ruhe ... Oh, nun zieh nicht solch ein Gesicht, mein Kleiner, ich habe deiner Mama nicht wehgetan ...! Ich habe nur den Ton abgeschaltet ... Ich konnte mal einen Sassaniden-Vers auf Altpersisch, der dasselbe bewirkte, nur wesentlich schneller, aber ich bin schon alt und habe ihn vergessen. Na ja, der hier ist besser als gar keiner ... Schau sie dir nur an ...! Jetzt kann sie nicht mehr schreien, da will sie wohl gar nichts mehr von uns wissen. Sieh nur ...! Wie unhöflich, die Augen zu schließen ...!« Sie rezitierte einen weiteren Vers, diesmal auf Französisch, und Raquels Oberlider glitten weit nach oben und erstarrten wie zwei eingerastete Stahlklappen unter den Bogen der Augenbrauen. Die Augen traten riesig, angsterfüllt und reglos wie zwei Onyxkugeln aus ihren Höhlen.

Sie konnte sie nicht schließen.

Sie konnte nicht den Blick abwenden.

Sie konnte nicht schreien.

»Das ist besser«, sagte die Dicke und richtete ihre Aufmerksamkeit wieder auf das Kind.

2

Rulfo nickte. Alles kam ihm richtig vor. Er war zwar nicht im Zustand der Glückseligkeit, verspürte aber immerhin eine zufriedene Schlaftrunkenheit, eine Lethargie, wie sie sich nach dem Orgasmus einzustellen pflegt. Er hätte sich liebend gerne hingesetzt, denn er stand nunmehr seit Stunden gefesselt da, aber siehe da, sogar dem schien abgeholfen zu werden: Die liebenswürdigen Gutsverwalter kündigten ihm an, sie wollten ihm die Fesseln abnehmen. Was Raquel betraf, so war er froh, dass sie zu weinen und zu schreien aufgehört hatte. Endlich »herrschte Frieden«, wie die dicke Frau mit der Brille sich ausgedrückt hatte. Jetzt war es angenehm still. Die endlosen Schwärme von Motten und Nachtfaltern verschleierten ihm die Sicht, die Temperatur war genau richtig, vom Haus war Walzermusik zu hören, Stimmengewirr und lautes Gelächter, darüber lagerte sich das Zirpen der Grillen aus dem Garten. Und um sein Glück vollständig zu machen, hatten die Gutsverwalter jetzt auch noch begonnen, ihn loszubinden. Was wollte er mehr?

Neben ihm hockte die Frau mit der Brille und malte oder schrieb etwas auf die Brust des nackten Knaben. Rulfo beäugte alles mit unbeschwerter Neugier.

»Du bist ja spindeldürr.« Während sie redete, malte die Dicke in einer erstaunlich gleichmäßigen Schrift mit dem Nagel ihres Zeigefingers die winzigen Buchstaben auf seine

331

Haut. »Eins sage ich dir, wenn du bei mir wärst, dann bekämst du mehr zu essen ... Ich kann eine Bouillabaisse kochen, nach der würdest du dir die Finger lecken. Und Windbeutel, die sind meine Leibspeise ...«
Rulfo erkannte den Vers, noch bevor er fertig dastand, und machte eine zustimmende Kopfbewegung. Es war eines der schönsten ihm bekannten Gedichte überhaupt.

Den Liebsten in den Liebsten umgestal

»Was für eine weiße Haut du hast, wie leicht man dich beschreiben kann ... Weißt du überhaupt, was das hier ist ...? Eine wunderschöne Zeile von Johannes vom Kreuz ... Kennst du den Namen ...? Oh, das war ein ganz lieber Mann und sehr heilig, der zwischen seinen mystischen Ekstasen Gedichte geschrieben hat ... Und weißt du was? Ich will dir ein Geheimnis verraten: Wenn er inspiriert wurde, dann haben sich seine Augen in Rauten verwandelt, in schwarze Rhomben, und er hat sich gefühlt wie in den Klauen eines Raubvogels ... Kannst du dir das vorstellen? Er war ganz heilig, aber auch ein wenig faul, allerdings nur in seiner Jugend ...«
Die freundlichen Gutsverwalter hatten ihn jetzt ganz von den Fesseln befreit, und obwohl er so lange reglos dagestanden hatte, spürte er nicht das geringste Kribbeln in den Gliedern. Das erstaunte ihn. Sie nahmen ihn am Arm und er ließ sie gewähren. Er wusste, dass sie ihn zum Haus führten, und freute sich auf das Fest. Einmal blieb er stehen, weil er Raquel auffordern wollte mitzukommen. Aber als er sich nach ihr umschaute, wunderte er sich nur. Die junge Frau hatte die Augen übertrieben weit geöffnet und starrte mit einem sonderbar verwirrten Ausdruck auf den Knaben. Wiewohl er sich rundum wohl fühlte, löste dieser Anblick in Rulfo eine gewisse Unruhe aus.
»Verzzzeihung«, lallte er mit schwerer Zunge und machte

Anstalten, auf sie zuzugehen, aber die Gutsverwalter hinderten ihn gutmütig lächelnd daran. »Kommen Sie, wir wollen sehen, was sich da machen lässt«, beschwichtigte ihn einer von beiden. Es erschien ihm eine gute Idee, im Haus Hilfe zu holen. Er ließ sich am Arm dorthin führen, indes er hinter seinem Rücken die Stimme der Dicken deklamieren hörte: *Den Liebsten in den Liebsten umgestalten.* Er wollte sich umdrehen, um sie darauf hinzuweisen, dass die Worte nicht auf diese Weise betont wurden, aber da standen sie schon auf der beleuchteten Terrasse.

Das Fest war im vollen Gange. Rulfo bediente sich am Champagner und wandelte mit seinem Glas von einem Salon in den nächsten. Noch nie hatte er an einer Veranstaltung diesen Ranges teilgenommen, und das Erstaunlichste war, dass er es auch nie gewollt hatte. Doch jetzt, da er mittendrin war, fand er es außerordentlich angenehm, ja sogar auf eine sinnliche Weise anregend. Er ließ sich von allem berauschen, von den Mustern im Teppich bis zum seidigen Schimmern der Frauenkleider. Eingangs befürchtete er, man könnte ihn belächeln oder dahinter kommen, dass er mit der geladenen Gesellschaft nicht auf gleicher Höhe war, aber nichts dergleichen geschah. Im Gegenteil: Offenbar akzeptierte man ihn nicht bloß, sondern war auch ernsthaft um sein Wohl bemüht, wie er aus den Mienen und Gesten der Anwesenden zu schließen meinte.

In einem der Säle erklangen Walzer, durchaus gekonnt von einem Mann auf dem Klavier vorgetragen, der in einem mehrere Nummern zu großen Smoking steckte. Die Gäste stellten ihre Gläser ab, wo sie konnten, um ihm zu applaudieren. Ein anderer Herr gab, von Lachsalven unterbrochen, auf Französisch eine Reihe von Witzen zum Besten. Rulfo blieb stehen, um ihm zuzuhören, da kam jemand auf ihn zu. Es war ein junges Mädchen mit mahagonifarbenen Locken und einem seitlich geschlitzten Paillettenkleid. Sie hielt ein Glas in der Hand.

»Na, amüsieren Sie sich?«

Er betrachtete ihre vergnügten Augen, die flatternden Lider und den kleinen, bis zum Rand des Dekolletés pulsierenden Busen. Er lächelte.

»Sehhhr.« Seine Zunge war noch etwas taub, weshalb er errötete.

Das junge Mädchen scherte sich aber offenbar nicht um seine Art zu reden. Sie näherte sich und presste ihm zu seiner Verwunderung die fleischigen Lippen auf den Mund. Der Kuss war mehr als angenehm und weckte spontan sein sexuelles Verlangen. Er erwiderte das Zungenspiel und hatte plötzlich den Eindruck, er könnte sie hier an Ort und Stelle, mitten auf dem Teppich und vor aller Augen, lieben. Er umfing ihre Taille, aber da entwand sich das Mädchen mit einem klangvollen, kecken Lachen, das die glitzernden Scheibchen an ihrem Kleid erzittern ließ. Dieses Verhalten kränkte ihn indes nicht. Unter den gegebenen Umständen fand er es eigentlich angemessen. Schließlich war dies eine Feier und keine Orgie. Die Leute amüsierten sich, verhielten sich aber durchaus korrekt. Trotzdem hatte ihn die Berührung mit dem Mädchen erregt. Er beschloss, ihr nachzugehen.

Er schlüpfte durch die Tür und betrat einen Saal mit langen Buffettischen. Aber es waren so viele Menschen darin, dass er die Kleine nicht sehen konnte. Er schob sich bis ans Buffet vor. Seine Wangen glühten. Sie brannten regelrecht. Er entsann sich nur vage, dass jemand etwas darauf geschrieben oder gezeichnet hatte, aber er wusste nicht mehr, was. Das belustigte ihn.

Da entdeckte er auf der anderen Seite der Buffettische, hinter einer Zikkurat aus Canapés, das junge Mädchen wieder. Sie lächelte ihm zu. Er fand sie außerordentlich schön. Ein leichter Silberblick, aber sonst leuchteten ihre Augen wie Sterne, und ihre Lippen waren so voll wie blutrote

Pfingstrosen. Letzteren führte sie soeben eine Art Sahnetörtchen zu, von dessen Rand ein paar Krümel abbröckel-
ten. Beim Kauen ging sie weiter, Rulfo immer noch unver-
wandt ansehend, und trommelte mit den zierlichen
Fingerkuppen auf den Tisch, als würde sie überlegen, welchen Leckerbissen sie sich als Nächstes genehmigen sollte.
Dann verschwand sie im Hintergrund durch eine Tür. *Diesmal wird sie nicht weit kommen*, dachte Rulfo erheitert.
Jemand hatte begonnen, im Salon etwas vorzutragen: *La
elipse de un grito / va de monte / a monte*. Er meinte ein
Gedicht von Lorca zu erkennen, schenkte ihm aber keine
weitere Beachtung. Bei der Tür angelangt, entdeckte er dahinter einen mit Teppich ausgelegten Gang. An seinem Ende
verschwand gerade ein matter Paillettenschimmer durch
eine weitere Tür, die sogleich ins Schloss fiel. Siegesgewiss
lächelnd strebte er darauf zu. Als er sie aufstieß, fand er etwas Unerwartetes.
Völlige Dunkelheit, dicht, undurchdringlich.
Er stammelte ein paar Worte, ohne eine Antwort zu erhalten. Aber von irgendwoher drang das seidige Rascheln
eines zu Boden geworfenen Kleidungsstücks an sein Ohr.
Diese Wahrnehmung genügte, und er begann zu keuchen.
Ohne Rücksicht auf die vollkommene Finsternis trat er ein
und schloss die Tür hinter sich. Er war beinah sicher, dass
es sich um ein kleines Zimmer handelte. Einen Lichtschalter konnte er nicht finden. Er machte einen Schritt nach
vorn, dann noch einen, in der Überzeugung, dass das Mädchen ihn irgendwo da drinnen nackt erwartete. Dann spürte
er, wie sich an seinen Füßen etwas regte. Er schob die Fuß-
spitze in die Richtung, aus der die Bewegung kam, und stieß
auf etwas Festes. Er bückte sich, um es zu ertasten: die Tex-
tur eines Kleides, die Härte von Pailletten. Offensichtlich
hatte sich das junge Mädchen doch nicht ausgezogen, denn
das Kleid bewegte sich. In der Annahme, dass seine Hände
sie an der Taille zu fassen bekommen hatten, umschloss er

diese, aber sie war schmal, lang und kalt und glitt ihm durch die Finger.

Mit einem Mal beunruhigte ihn das Ganze. Er richtete sich auf und wich zurück, dem Ausgang entgegen. Da vernahm er hinter seinem Rücken, von einem hellen Lachen begleitet, die Stimme des jungen Mädchens.

»Wo willst du hin ...?«

Aber er hatte die Tür bereits geöffnet und floh schwankend nach draußen ins Helle. Er verstand nicht, was passiert war, kümmerte sich aber auch nicht weiter darum. Er hatte das Bedürfnis, etwas zu erleben. Das Fest kam ihm alles in allem ziemlich ungewöhnlich vor, aber keineswegs unangenehm.

Als er wieder im Salon angelangt war, hielt er inne. Eine betagte Frau mit schneeweißem Haar, die aber noch immer sehr schön war und Augen hatte wie Topase, saß in einem altertümlichen Kleid aus dem 19. Jahrhundert am Klavier. Die Leute klatschten Beifall, als ihre schlanken, langen Finger die Tasten anschlugen und ein langsames Lied anstimmten, das er sofort als »Tenderly« erkannte, während sie gleichzeitig mit der rauchigen Stimme einer guten Imitatorin von Billie Holiday zu singen begann.

The evening breeze caressed the trees ... tenderly.
The trembling trees embraced the breeze ... tenderly.
Then you and I came wandering by
and lost in a sigh ... were we.

Ihre Art zu singen faszinierte Rulfo. Er blieb stehen, in dem einzigen Wunsch, ihr zu lauschen. Die weißhaarige Frau schien seine Bewunderung bemerkt zu haben, denn sie schenkte ihm in einer der Liedpausen das Zwinkern einer ihrer glänzenden Topase.

The shore was kissed by sea and mist ... tenderly ...

Die Musik umhüllte ihn wie eine wonnige Woge, ein Traum, so zart und fein wie ein filigranes Schmuckwerk aus Silber. Doch obwohl er wie gebannt jede Bewegung der Interpretin verfolgte, nahm er aus dem Augenwinkel noch etwas anderes wahr. Er drehte sich um und stellte fest, dass er zufällig neben einem Fenster stand. Was ihn ablenkte, war eine Bewegung im Gartenpavillon. Die Szene, die sich dort abspielte, beschäftigte seine Aufmerksamkeit länger als ursprünglich beabsichtigt.

Im Pavillon wurde ein anderes, offenbar interessanteres Fest gefeiert, jedenfalls schloss er das aus den nackten Frauen mit den halbmondförmigen, weißen, ungebackenen Croissants gleichen Gesäßbacken, die sich unter den Girlanden tummelten. Irgendein Impuls trieb ihn dazu, sie zu zählen: zwölf. Sie drängten sich so eng aneinander, dass es ihm schwer fiel zu entscheiden, was sie taten. In den Lücken zwischen ihren Leibern erspähte er eine schwarzhaarige Frau in einem roten Kleid. Sie kam ihm irgendwie bekannt vor, aber er konnte sich nicht an ihren Namen erinnern.

Und vor ihnen sah er

Your arms open wide

noch etwas.

and close me inside ...

Er strengte die Augen an, um dahinter zu kommen, was es war. Es sah aus wie ein Pfahl, der im Rasen verankert war. Und obendrauf, auf der Spitze, wie an einem Spieß ... Er schärfte den Blick. Was war das nur?

You took my lips, you took my love

337

Was war das, um Himmels willen? Eine kaputte Puppe?

so tenderly ...

Das Lied endete mit einem kristallenen Arpeggio, unmittelbar gefolgt von einem begeisterten Beifallssturm, der Rulfo den Kopf wenden ließ. Die Weißhaarige verbeugte sich und schickte ihm mit der Hand einen Kuss durch die Luft, den er entzückt erwiderte. Als er ans Fenster zurückkehrte, hatte jemand die Vorhänge vorgezogen. Eine Frage begann in ihm zu bohren. Eine lang hinausgeschobene Frage. Die etwas mit der soeben erblickten Gartenszene zu tun hatte.

Er sah sich suchend nach jemandem um, der sie ihm beantworten könnte, und entdeckte einen Mann mit vorspringendem Bauch und weißem Haar, der sich am Champagner gütlich tat. Er trat auf ihn zu, öffnete den Mund und gab einige ungereimte Laute von sich. Darauf betrachtete ihn sein Gegenüber mit unverhohlenem Missfallen und wandte sich ab. Rulfo verfluchte sich, weil er die Sprache verloren hatte.

Im Saal hatte jemand begonnen, *Der Eroberer Wurm* von Edgar Allen Poe vorzutragen. Gleichzeitig befiel ihn ein heftiger Schwindelanfall. Das Licht verschwamm ihm vor den Augen, und er tat ein paar taumelnde Schritte, bis er mit einem Mann zusammenstieß, der statt eines Smokings einen bodenlangen Kaftan trug. Der Mann sagte etwas, und Rulfo wollte sich entschuldigen, merkte aber, dass er noch nicht einmal das mehr zustande brachte, weil er nicht wusste, wie. Ein englischer Worthagel ließ ihn zu Boden gehen; er sank auf die Knie und schloss die Augen. Im selben Moment fiel ihm wieder seine Frage ein, die er niemandem hatte stellen können.

Es erschien ihm immer dringlicher, ja beinah lebensnotwenig, darauf eine Antwort zu bekommen, als hinge sein

Glück und seine Zukunft sowie das Glück und die Zukunft vieler anderer Menschen, die so waren wie er, davon ab.

Es waren stets zwölf.

Zwölf.

Eine fehlte.

Jemand sollte ihm sagen, wo diejenige war, die fehlte.

XII. Das Erwachen

1

Ballesteros hob den Kopf, nachdem er den alten Herrn abgehört hatte.

»Es geht Ihnen gar nicht so schlecht, wie Sie dachten, guter Mann. Sie brauchen also nicht so bekümmert dreinzuschauen.«

Der Patient deutete ein Lächeln an, und seine Frau, eine zierliche alte Dame mit Brille und einem spitzen Gesichts, wandte den Blick zur Decke und murmelte irgendetwas zum Himmel. Der Himmel kannte die Wahrheit natürlich, dachte Ballesteros: Die Ateminsuffizienz des Mannes hatte sich zwar geringfügig verschlechtert, war aber keineswegs beunruhigend. Mit dem Wetter war übrigens genau dasselbe los. Der November zeigte sein mürrisches Gesicht; er ließ seinen Dauerregen aus einer dichten grauen Wolkendecke unaufhörlich über die Fensterscheiben rinnen und dazu einen eisigen Wind blasen. Diese Verhältnisse mussten einem älteren Menschen einfach auf die Bronchien schlagen. Er vermutete, dass sich der Zustand seines Patienten mit einer leichten Anpassung der Therapie bessern ließe. Was auf ihn selbst weniger zutraf. *Ich bräuchte etwas Stärkeres als eine geringfügige Anpassung der Therapie*, dachte er.

Er erwiderte das Lächeln des Ehepaars beim Abschied. Anschließend spürte er, wie Anas schöne olivenfarbene Augen auf ihm ruhten.

»Heute sehen Sie nicht besonders glücklich aus«, ließ die

Sprechstundenhilfe ihn wissen, als sich die Tür wieder geschlossen hatte. »Mal sehen, was haben Sie denn am Wochenende so getrieben, vorwärts, beichten Sie ...«

Ein gewinnendes Lächeln zeichnete sich wie eine elfenbeinfarbene Sichel in ihr dunkles Gesicht und betörte ihn. Er versuchte zu scherzen, wie immer, wenn er mit ihr alleine war.

»Montags ist es mir schon immer schlecht gegangen, mein ganzes Leben lang. Das ist der Beweis, dass ich nicht älter geworden bin.«

»Sind Sie sicher, dass Sie nicht krank sind?«

Er entschärfte das Thema auf eine ganz einfache Weise: durch eine kleine Gebärde und ein Vertrauen erweckendes Schmunzeln. Da kam ihm zu Bewusstsein, wie leicht er es hatte, andere hinters Licht zu führen. Jeder glaubte ihm. Um zu verhindern, dass sie die Wahrheit erfuhren, um auszuschließen, dass sie der Dunkelheit in seinem Inneren auf die Spur kamen, ließ er es bei einem Lächeln und einem Kopfschütteln bewenden. Das waren die Privilegien seines Alleinseins und seines Berufs.

Er war erleichtert, als das Klingeln des Telefons sowohl das Gespräch unterbrach als auch das Eintreten des nächsten Patienten hinauszögerte. Die Sprechstundenhilfe nahm ab, so dass ihm ein Moment Ruhe vergönnt war. Er schloss die Augen, wohl wissend dass, wenn er es tat,

der wald

alles wieder von vorn beginnen würde.

»Doktor.«

»Ja?«

Dass er sie wiedersehen würde, wie in den vergangenen Tagen. Und der ganze Schrecken wieder da wäre.

»Es ist Doktor Tejera vom *Provincial*. Er will mit Ihnen über eine Neuaufnahme reden.«

der wald war der traum

Er nickte und nahm den Hörer entgegen. Es war nicht un-
üblich, dass ein Kollege aus einem Krankenhaus anrief, um
ihm über einen seiner Patienten, der aus irgendeinem Grund
aufgenommen worden war, Bericht zu erstatten. Wie auch
immer, er war Tejera herzlich dankbar für die Pause: Er
brauchte sie, um die Dunkelheit, von der er sich umgeben
fühlte, für einen Augenblick zu vergessen.
Aber dann wurde ihm klar, dass er sich geirrt hatte.
Was er vernahm, war die Stimme aus der Dunkelheit.

Der Wald war der Traum.
Das Meer, die Nachtwache.
Diese merkwürdige doppelte Gewissheit hatte sich seiner
für geraume Zeit bemächtigt. Wenn er einschlief, wenn er
ins Unbewusste sank, dann blieb alles still und düster, und
er kam sich vor wie in einem dichten Wald. Aber beim Aufwachen war ihm, als würde er auf dem Meer treiben, denn
bis auf das Wasser selbst nahm er sämtliche Merkmale davon wahr: den Wellengang, das Licht, das Schaukeln, die
Schwerelosigkeit. Dann fiel irgendwann das Licht mit seiner Erinnerung zusammen.
Und durchzuckte ihn.
Seltsamerweise sagte genau in diesem Augenblick Caparrón (der Name stand auf einem der vielen rechteckigen
Schildchen, die auf dem Meer herumschwammen) zu Tejera
(ebenfalls einem Schildchen) sinngemäß: »Es geht ihm bes-
ser.« Als er das hörte, hätte er beinah laut losgelacht, denn
dies war der erste Tag, an dem er sich richtig elend fühlte.
»Sagen Sie uns das Letzte, woran Sie sich erinnern.«
»Dieses Krankenhaus.«
»Und davor?«
»Meine Wohnung.«
»Wo wohnen Sie?«

»Calle Lomontano, Nummer vier, dritter Stock links.«
Es gehe ihm gut, sagten sie zu ihm, es gehe ihm blendend.
Und er stellte fest, dass es immer so weiterging, auf diese
absurde Weise. Am folgenden Tag fühlte er sich nämlich
noch viel elender, aber Caparrón und Tejera teilten ihm mit,
dass sie ihn entlassen wollten; und noch einen Tag später
erfuhr er von ihnen, sein Zustand habe sich vollkommen
normalisiert, während er mitten in einem schaurigen Albtraum aus seinen Erinnerungen steckte. Er bemerkte, dass
Caparrón und Tejera – jetzt nicht mehr auf Schildchen, sondern mit Gesichtern, besser gesagt als Ärzte – sein Lebens-
flämmchen sahen, und dieses Flämmchen sprach und be-
antwortete ihre Fragen, weshalb sie glaubten, dass alles in
Ordnung sei. Was sie freilich nicht sahen, war der Mann,
der darin verbrannte.
Er wimmelte die Fragen ab, indem er zurückfragte. Sie
antworteten ihm, er befinde sich in einem Krankenhaus in
Madrid, es sei Sonntag, der vierte November, und er habe
fast zweiundsiebzig Stunden im Koma gelegen. Sie erzähl-
ten ihm auch, wer ihn aufgefunden hatte – ein Lastwagen-
fahrer auf dem Rückweg von einer Lieferung –, der habe
seinen Körper im Straßengraben neben einer Landstraße in
der Nähe einer verlassenen Lagerhalle entdeckt und die Polizei alarmiert. Diese wiederum hatte den Krankenwagen
gerufen. Vorläufige Diagnose: Koma nach Alkoholmiss-
brauch.
Sie teilten ihm alles mit, nur das Wichtigste nicht. Er
musste auch danach fragen.
Tejera, der Dienst habende Arzt an jenem Sonntag, nickte.
Er war jung, dunkel und hatte dichte Locken. Wenn er einer Sache zustimmte, hatte er die Angewohnheit, den Mund
zu einem rosa Bausch zusammenzuziehen und zu nicken.
»Ja, es war noch jemand bei Ihnen, ebenfalls bewusstlos.
Eine Frau. Wir haben sie noch nicht identifiziert. Sie hatte
keine Papiere bei sich und liegt noch im Koma.«

er sah sie an

»Können Sie sie mir beschreiben?«

»Tut mir Leid, aber ich habe sie nicht gesehen. Sie liegt auf der Intensivstation. Zwei Kollegen sind für sie zuständig. Wir dachten, Sie könnten uns vielleicht sagen ...«

»Ich muss sie sehen«, sagte er und schluckte.

»Sie werden sie noch zu sehen bekommen.«

Er dachte, dass es zwei Möglichkeiten gäbe. Man hatte ihm versichert, dass sie nicht verletzt sei, aber das besagte gar nichts. Vielleicht war Susana gar nichts zugestoßen, was er annahm (beziehungsweise inbrünstig hoffte). Die andere Möglichkeit kam ihm unwahrscheinlicher vor. Warum sollten sie Raquel am Leben lassen, wenn es offensichtlich war, dass sie sie am liebsten in Stücke reißen würden?

Nein, nein, Raquel konnte es nicht sein. Das wäre absurd. Und grausam. Für sie war es besser, tot zu sein.

Er sah sie an.

Sie lag reglos da, hatte am Arm einen Tropf und war mit Sonden und Kabeln ans Bett gefesselt. Sie hatte die Augen geschlossen. Er erkannte sie sofort.

»Kennen Sie sie?«, fragte Tejera.

»Nein.«

Das, so dachte er, war letzten Endes auch keine Lüge.

Am Montagmorgen verkündete Merche, die Krankenschwester mit den langen Wimpern (er kannte sämtliche Schwestern beim Vornamen, die Ärzte dagegen nur mit Nachnamen), dass er von der Beobachtungsstation auf ein ruhigeres Zimmer verlegt würde. Ein stämmiger Krankenpfleger mit einem flachen, runden Mondgesicht schob ihn mit der Geschicklichkeit eines Profifahrers im Rollstuhl über die Flure. Sein neues Zimmer auf einer anderen Station war so angenehm, wie eine Unterkunft dieser Art nur sein kann,

347

mit einem Bett, einem Nachttisch und einem Kippfenster, das den Himmel einrahmte wie ein Wolkengemälde. Die plötzliche Stille ließ ihn auf der Stelle in einen Tiefschlaf fallen, aus dem er fast schreiend aufschreckte, nachdem ihm im Traum eine Schlange erschienen und mit ihrer Zungenspitze einen Vers von Johannes vom Kreuz aufs Gesicht geschrieben hatte, bevor sie die seifigen Glieder entrollt und weitergeglitten war durch die leere Höhle von ...

Genug. Mentale Fürze.

Die Erinnerung an diesen Ausdruck rief ihm einen Namen ins Gedächtnis. Er sprach mit Doktor Tejera und bat ihn darum, den Arzt zu benachrichtigen.

Noch am selben Abend stattete dieser ihm einen Überraschungsbesuch ab. Anfangs glaubte er, erneut zu träumen, als plötzlich in der goldenen Finsternis seines nur von einer Nachttischlampe beleuchteten Krankenzimmers das weiße Haar, der sorgfältig gestutzte Bart, das breite Gesicht und der korpulente Körper des Arztes auftauchten und dieser ihn mit einer geheimnisvollen Gelassenheit ansah.

»Sind Sie endlich eingedrungen?«

Diese Anspielung verstand er sofort, wollte aber nicht darauf antworten. Ballesteros zog sich einen Stuhl heran und ließ seine Leibesfülle mit einem müden Seufzer darauf nieder.

»Wie kommt es, dass Sie sofort hier auftauchen?«, forschte Rulfo. »Ich dachte, Sie könnten sich gar nicht mehr an mich erinnern ...«

»Ich habe heute nichts weiter vor und lebe nach der Devise: Was du heute kannst besorgen, das verschiebe nicht auf morgen. Wie geht es Ihnen?«

»Ich hatte schon schlechtere Phasen. Momentan geht es einigermaßen«, log er. »Das Einzige, was mir fehlt, ist das Rauchen.«

Ballesteros hob die Brauen und schüttelte das weiße Haupt.

»Sie und Ihre Laster«, sagte er tadelnd. »Sie wissen doch, dass wir hier im Krankenhaus sind. Und selbst wenn das nicht der Fall wäre: Wie können Sie einem Arzt gegenüber so etwas äußern?«

»Ich freue mich, dass Sie gekommen sind«, lächelte Rulfo. »Ehrlich. Ich danke Ihnen, Doktor.«

»Nun werden Sie nicht sentimental, sondern erzählen Sie mir lieber, was eigentlich geschehen ist.«

Aber Rulfo schwieg und grübelte über diese Aufforderung nach. Dann fing er plötzlich an zu lachen. Doch Ballesteros konnte in sein heiseres Gelächter nicht einstimmen.

»Ehrlich gesagt, wüsste ich nicht, wie ich Ihnen das erklären sollte.«

Ballesteros zuckte mit den Schultern.

»Wenn Ihnen das leichter fällt, dann will ich Ihnen ein paar Fragen stellen. Doktor Tejera hat mir erzählt, ein barmherziger Samariter habe Sie bewusstlos im Straßengraben gefunden, in der Nähe eines abgebrannten, verlassenen Lagerhauses. Wie sind Sie dorthin gelangt?«

Es entstand eine Pause. Rulfo lehnte sich in die Kissen zurück und sah zur Decke.

Mit einem Mal dämmerte ihm, welchen gravierenden Fehler er da begangen hatte.

Sie hinterlassen keine Zeugen.

Am Nachmittag hatte er das Bedürfnis gehabt, sich jemandem mitzuteilen, und ihm war der Arzt eingefallen, der ihn behandelt hatte, als das Ganze anfing. Aber jetzt merkte er, dass das ein Fehler war, weniger aus dem eben benannten Grund (dass er das nicht erklären könne), als vielmehr einer anderen, wesentlich unheilvolleren Ahnung wegen.

Er sah in die müden, treu dreinblickenden grauen Augen mitten im vollen Gesicht eines Inkognito-Weihnachtsmannes und war wütend auf sich selbst. Er konnte ihm nicht die geringste Auskunft geben, weil der arme Arzt sonst die Konsequenzen würde erleiden müssen, genauso wie Marcano, wie Rauschen ... vielleicht auch wie César, der offenbar nie ans Telefon ging.

Sie hinterlassen keine Zeugen.

Was ihn selbst betraf, so war er überrascht, noch am Leben zu sein und voll über sein Gedächtnis verfügen zu können. Eine Ausnahme, wie er vermutete, die darauf zurückzuführen war, dass sie ihn noch brauchten: vielleicht um ihn weiter zu verhören. Saga hatte es ja gesagt: *Wir haben noch jede Menge Zeit vor uns.*

Nein, er konnte unmöglich reden. Er hatte schon zu viele Unschuldige in die Sache mit hineingezogen.

»Na, und?«, sagte Ballesteros auffordernd.

»Ich kann Ihnen nur erzählen, woran ich mich erinnere ... Ich fürchte, ich habe an dem Abend zu viel getrunken. Dann habe ich mich ins Auto gesetzt und bin aus der Stadt hinausgefahren. Ich habe irgendwo angehalten, um meinen Rausch auszuschlafen, und als Nächstes bin ich in diesem Krankenhaus aufgewacht.«

Ballesteros sah ihm tief in die Augen, als würde er darin lesen.

»Das ist eine plausible Erklärung«, bemerkte er. »Ich nehme Ihnen das durchaus ab. In der Tat hatten Sie einen ziemlich hohen Alkoholspiegel im Blut, als Sie eingeliefert wurden. Ich habe mir Ihr Krankenblatt angesehen, bevor ich zu Ihnen hereingekommen bin.«

»Damit ist doch alles klar. Es war ein dummes Besäufnis.«

»Und die Frau?«

Rulfo sah ihn an.

»Sie haben Ihre Hausaufgaben gemacht, nicht wahr?«

»Ich mache sie immer«, erwiderte Ballesteros, und Rulfo bemerkte die Ringe um seine Augen. »Sagen Sie mir bitte: Wer ist die Frau, die, ebenfalls bewusstlos, neben Ihnen lag ...? Ein dummes Besäufnis zu zweit ...?«

»Ich kenne sie nicht. Ich habe sie noch nie im Leben gesehen.«

»Da haben Sie aber Glück gehabt. Ihr Zustand ist nämlich Besorgnis erregend. Sie steht kurz vor dem Hirntod. Doktor Tejera hat mir gegenüber die Befürchtung geäußert, sie könnte die Nacht nicht überleben.«

Rulfo wich das ganze Blut aus dem Gesicht.

»Wie bitte?«

Ballesteros sah ihn seelenruhig an.

»Es ist gut möglich, dass diese Unbekannte uns heute Nacht über die Klinge springt«, wiederholte er unbeirrt.

»Aber wieso sehen Sie mich denn so an ...? Sagten Sie nicht, dass Sie sie nicht kennen ...? Na ja, vielleicht kommt sie ja auch durch. Vielleicht ist es weniger dramatisch, als es jetzt aussieht. Das hängt ganz davon ab, ob Sie sie kennen oder nicht.«

»Schwein«, knirschte Rulfo.

Um Ballesteros' Lippen spielte das erste aufrichtige Lächeln seit den endlosen Tagen der vergangenen Woche.

»Anscheinend macht das Schicksal Unbekannter Sie ziemlich betroffen. Ich wusste schon immer, dass Sie ein gutes Herz haben.«

»Und ich wusste schon immer, dass Sie ein ...«

»Sagen Sie es nur ... ein Dreckskerl sind. Ich habe es verdient. Man macht keine Witze über die Gesundheit anderer. Was stimmt, ist, dass der klinische Zustand unserer Señorita in den letzten Stunden fast unverändert geblieben ist ... oder vielleicht ist sogar eine geringfügige Verbesserung eingetreten: Sie scheint auf Reize zu reagieren. Wenn Sie erlauben, wird Ihnen dieser Dreckskerl jetzt noch einmal dieselbe Frage stellen: Wer ist die Frau, und woher kennen Sie sie?«

»Ich habe Ihnen doch gesagt ...«

»Verstehe. Offenbar verschwende ich hier meine Zeit.«

Ballesteros sprang mit einer für seine Körpermasse erstaunlichen Behändigkeit vom Stuhl und ging wortlos aus dem Zimmer. Rulfo atmete erleichtert auf. Zwar war es ihm nicht angenehm, den Arzt aufzubringen, aber zumindest hatte er es geschafft, seiner Fragerei aus dem Weg zu gehen. Die Gekränktheit des anderen war ihm tausendmal lieber, als für alles verantwortlich zu sein, was ihm zustoßen konnte, wenn er auspackte.

»Adiós, Doktor«, rief er ihm hinterher. »Ich freue mich, Ihre Bekanntschaft gemacht zu haben.«

Der Hals war ihm wie zugeschnürt. Er war wieder allein, trotzdem würde er diesmal nicht noch einmal den Fehler machen, andere einzuweihen. Er sank in sein Kissen zurück und wusste sicher, dass er in dieser Nacht keinen Schlaf finden würde. Da ging die Tür auf, und Ballesteros, der gerade eine Minute draußen gewesen war, kam wieder herein, schloss hinter sich die Tür und kam auf das Bett zu. Diesmal wirkte er deutlich nervöser.

»Ich habe draußen nachgesehen, ob sie uns ungestört reden lassen. Und jetzt sagen Sie mir auf der Stelle die Wahrheit ... Ist die Frau Saga?«

Rulfo starrte ihn entgeistert an.

Es gab keinen Tod. Nur ein Grab.

Sie wurde behandelt, Leute kamen und gingen, überprüften Daten, notierten Ziffern, klopften ihren Körper mit feinen Instrumenten ab oder schoben ihr die Lider hoch, um ihr mit einer Lampe in die Pupille zu leuchten, und alle dachten, sie würde nichts hören und könnte nichts empfinden. Man redete von Koma, von Gehirnerschütterung; man unterzog sie einer endlosen Tortur, welche die Medizin der Menschheit im Namen der Barmherzigkeit angedeihen lässt: Sie führten ihr einen Tubus in den Rachen ein, berührten die Hornhaut ihrer Augäpfel mit Gaze, schlugen ihr mit Gummihämmerchen auf die Gelenke.

Sie konnten nichts dafür. Woher hätten sie denn wissen sollen, dass sie lebendig war, bei Bewusstsein und wach in jenem Grabstein aus Fleisch und Blut? Sie waren nur Men-

schen: Ärzte, Pflegepersonal, Assistenten ... Leute, die so
dachten wie gewöhnliche Sterbliche: dass man die Hölle –
falls es sie gibt – erst kennen lernen kann, nachdem man
gestorben ist.

Nein, sie konnte ihnen keinen Vorwurf machen, obwohl
ihr manchmal (öfter, als sie wollte) danach zumute war, sie
allesamt eigenhändig zu erwürgen. Ihre ohnmächtige,
stumme Wut richtete sich gegen sie, gegen das Gerät, das
ihren Herzschlag aufzeichnete, gegen das erbarmungslose
Licht, das durch ihre Lider schimmerte, gegen die Luft und
gegen das ganze Leben, das sie umgab wie ein grausamer
Scherz.

Wenn sie wenigstens verrückt geworden wäre. Aber nein,
hinter der Verrücktheit war sie vollkommen klar, hinter den
geschlossenen Lidern hatte sie die Augen weit geöffnet,
schrie sie im völligen Stillschweigen, wand sich in reglosen
Muskeln, war absurd lebendig im Körper einer Toten.

»Ich sehe ein Krankenhaus. Ich sehe mich selbst einen Flur
entlanggehen. Alles scheint leer zu sein. Dann höre ich etwas: ein Echo, ein fernes Raunen. Ich drehe mich um und
entdecke eine Krankenschwester von hinten ...«

An dieser Stelle hielt er inne, weil er nicht glaubte, dass
es in diesem Zusammenhang wichtig war zu erwähnen, dass
die Krankenschwester nackt war, und dass er Anas wohl-
geformte, braune Gestalt zu erkennen meinte, was ihn ungeheuer erregte, aber dann drehte sich die Krankenschwester überraschend um, und er stellte fest, dass es gar nicht
Ana war, dass er sich gründlich getäuscht hatte, weil es
in Wirklichkeit –

»Und stelle fest, dass es meine Frau ist. Sie sieht mich
an.«

Ihre Augen erinnerten ihn an die schrecklichen Sekunden
damals im verunglückten Auto. Aber im Traum ist sie nicht
verunglückt. Sie trägt das rötlich braune glatte Haar offen,

wie sie es im Leben zu tun pflegte. Aber über ihre Augen oder ihre Haare hinaus gibt es noch etwas wesentlich Beeindruckenderes: Er spürt regelrecht ihre physische Nähe, als wäre Julia anwesend, als stünde sie vor ihm, ohne dass je etwas passiert wäre. Sie ist gar nicht gestorben, denn er kann sie berühren und küssen, sie an sich drücken. Dann spricht Julia mit ihm.

»›Nimm dich vor Saga in Acht‹, sagt sie zu mir ... und ich frage sie, wer oder was Saga ist, aber sie gibt mir keine Antwort. Ich sehe, wie sie den Arm hebt und irgendwohin deutet. Als ich mich umdrehe, sind Sie immer noch da.«

»Ich?«

»Ja, Sie und ... dieses Mädchen.«

Er sieht die beiden im Dunkeln stehen. Das Mädchen ist wunderschön, noch viel schöner als Julia oder Ana: Ballesteros glaubt, noch nie im Leben solch einen vollkommenen Körper erblickt zu haben, solch eine anziehende Figur. Doch all das verblasst, sobald er ihr in die Augen sieht. In ihren Augen ist weder Jugend noch Schönheit oder Glanz: nur eine Anhäufung von Jahrtausenden, ein uraltes Sternenlicht. Ihre Augen sind furchterregend und voller Trauer.

»›Hilf ihnen‹, sagt Julia zu mir. Und wiederholt es: ›Hilf ihnen, hilf ihnen‹. ›Warum?‹, frage ich sie. ›Tu es für mich‹, sagt sie. Dann ist sie fort und Sie ebenfalls. Ich bleibe alleine zurück. Die Flure sind dunkel, aber am Ende sehe ich seltsame Lichter funkeln und höre wieder dieses Echo, dieses Raunen, diesmal wesentlich näher: Es klingt wie eine Hundemeute, und ich begreife, dass sie mich verfolgt. Ich fange an zu laufen, doch das Gebell ist mir schon auf den Fersen. Da merke ich, dass es gar keine Hunde sind, sondern Frauen. Und sie schreien etwas. Sie rufen mich. Sie kläffen meinen Namen und jagen hinter mir her. Ich weiß, was sie vorhaben: Sie wollen mich zerreißen ... An dieser Stelle wache ich jedes Mal schreiend auf. Seit der Nacht

354

vom einunddreißigsten Oktober träume ich das Nacht für Nacht. Ich habe versucht, dich ausfindig zu machen; immer wieder bei dir angerufen, aber du warst nicht da. Ich wollte das Ganze vergessen, dachte, dass es sich um eine Erinnerung an Julia handelte ... Jetzt wirst du vielleicht verstehen, was mich bewogen hat, sofort herzukommen, als ich hörte, dass du im Krankenhaus bist und nach mir fragst ... Aber den letzten Ausschlag gegeben hat die Nachricht, dass eine Frau mit dir aufgefunden wurde. Bevor ich zu dir gekommen bin, war ich bei ihr. In meinem ganzen Leben bin ich vor einem Patientenbesuch noch nie so aufgeregt gewesen, das schwöre ich dir, nicht einmal während meines Studiums ...« Er sah Rulfo fest an. »Sie ist es. Das Mädchen aus meinem Traum. Was ich nicht weiß, ist nur, ob sie es ist, die meine Frau als ›Saga‹ bezeichnet. Deshalb bin ich sofort mit dieser Frage herausgeplatzt. Ich habe nämlich von Anfang an gewusst, dass du mich anlügst ...«

Rulfo blinzelte. Er wandte den Blick von Ballesteros' düsterer Miene ab und hüllte sich eine Zeit lang in Schweigen. Ballesteros ließ ihn gewähren und wartete geduldig, bis Rulfo endlich sagte: »Hören Sie, lassen wir das einfach so stehen. Gehen Sie jetzt, und schließen Sie die Tür hinter sich. Erinnern Sie sich nicht daran, was Sie einmal zu mir gesagt haben ...? Sonderbare Dinge, in die man nicht eindringen darf ... Dringen Sie also nicht ein. Vergessen Sie das Ganze, jetzt, da es noch nicht zu spät ist.«

»Ich will nicht«, entgegnete Ballesteros, von Rulfos Worten beeindruckt, aber vollkommen entschlossen. »Ich stecke schon genauso da drin wie du ... Sie ... sie bellen meinen Namen. Hast du das denn nicht verstanden ...?«

Sie sahen sich einen Moment lang an, und einer erkannte die Angst in den Augen des anderen.

»Sie würden mir nicht einmal einen Bruchteil dessen glauben, was ich Ihnen erzählen könnte«, sagte Rulfo.

»Warum bist du dir da eigentlich so sicher?«, Ballesteros

wühlte in den Taschen seiner Lederjacke und brachte ein Päckchen Zigaretten zum Vorschein. Das warf er Rulfo zu, ebenso ein Feuerzeug. »Du würdest dich wahrscheinlich wundern. Doktor Ballesteros hat sich in letzter Zeit ziemlich verändert, weißt du.«

Als er entlassen wurde, wachte sie auf. Ballesteros hatte behauptet, sie wären langjährige drogen- und alkoholabhängige Patienten aus seiner Praxis, und legte Berichte über beide vor. Die junge Frau sei eine Migrantin aus Ungarn, erläuterte er, aber mit gültigen Papieren. Jetzt müsse es in erster Linie darum gehen, dass sie wieder zu Kräften komme.

Der Arzt war überaus besorgt um sie und benachrichtigte Rulfo umgehend, als sie von der Intensivstation zur Beobachtung in eine andere Abteilung verlegt wurde. Rulfo fand sie vollkommen reglos in ihrem Bett liegend, wie beim ersten Besuch. Der einzige Unterschied war, dass sie diesmal die Augen geöffnet hatte. Sie war von einer Stille umgeben wie ein Heiliger von seinem Nimbus. Er trat auf sie zu, sah ihr in die Augen und erschrak: Sie waren vollkommen erloschen, schwarz und stumm wie Leichen ihrer selbst, und starrten auf einen Punkt an der Decke. Eine Arznei tropfte ihr unablässig in die Venen. Die Medizin hatte ihr Leben unter Hausarrest gestellt.

»Raquel«, flüsterte er.

Der Name tat ihm im Mund weh wie kaltes Wasser, das einen kariösen Zahn berührt. Sie gab mit keiner Regung zu erkennen, ob sie ihn gehört hatte.

»Sie weigert sich zu essen, zu trinken und zu sprechen«, erläuterte ihm darauf eine Krankenschwester.

Er bat, bei ihr bleiben zu dürfen. Begleitpersonen waren in dem neuen Krankensaal zwar unzulässig, aber Ballesteros legte noch einmal ein gutes Wort für ihn ein, so dass es Rulfo gestattet wurde, Tag und Nacht in einem Sessel neben ihrem Bett Wache zu halten. Er war sehr darum bemüht, bei ihrer Pflege mit anzufassen, half sie zu waschen, bestand darauf, dass sie etwas zu sich nahm und hielt die Augen offen, bis er sicher war, dass sie eingeschlafen war. Nach zwei Tagen sah er sie zum ersten Mal lächeln. Die mit ihrer Pflege betrauten Schwestern freuten sich und sagten, das sei nur »der Fürsorge des jungen Mannes« zu verdanken. Als sie wieder draußen waren, drehte sie sich, immer noch lächelnd, zu Rulfo um und sagte:

»Töte mich.«

Rulfo antwortete, indem er sich über das Bett beugte und sie zärtlich auf die ausgetrockneten Lippen küsste. Sie sah ihn an. Der abgrundtiefe Hass in ihrem Blick vermittelte ihm das Gefühl, ihr schutzlos ausgeliefert zu sein. In diesem Moment begriff er, dass die Raquel von vorher für immer gegangen war.

Ballesteros besuchte die beiden beinah täglich. Er überwachte persönlich ihren klinischen Verlauf und fand stets ein paar Minuten, um mit ihnen zu plaudern. Ganz frei konnten sie freilich nicht reden, aber Rulfo hatte der jungen Frau inzwischen erzählt, dass Ballesteros »eingeweiht« sei und nur vorgab, »ihnen zu helfen«. Ihr schien das alles einerlei zu sein. Sie lehnte nach wie vor jede Nahrung ab, bewegte sich wie eine Marionette und äußerte sich nur einsilbig.

Am vierten Tag nach Rulfos Entlassung zog Ballesteros ihn beiseite.

»Ich habe mit den Psychiatern gesprochen. Wenn sich ihr Zustand in der nächsten Woche nicht gebessert hat, dann wollen sie radikaler therapieren.« Rulfo verstand nicht.

»Elektroschocks«, klärte er ihn auf.

»Das lasse ich nicht zu!«

»Für solche Fälle ist es aber die richtige Indikation«, besänftigte Ballesteros ihn. »Du musst es einmal so sehen: Das Schlimmste, was ihr passieren kann, ist, dass sie so bleibt.«

»Dann sollen sie sie entlassen. Wir nehmen sie mit.«

»Das ist Blödsinn. Wohin wollen wir sie denn mitnehmen, wenn sich ihr Zustand nicht bessert? Wo könnte sie denn besser gepflegt werden als in einem Krankenhaus ...? Wir müssen jetzt alles dafür tun, dass es ihr bald besser geht. So kann es jedenfalls nicht bleiben. Wenn ich sie sehe, kriege ich jedes Mal eine Gänsehaut ... die Ärmste! Es kommt mir vor, als ob sie sich sogar gegen die Atemluft sträuben würde. Auf mich macht sie den Eindruck, als würde sie, wenn sie nur könnte, sogar das Atmen unterlassen. Sie leidet Höllenqualen.«

»Das hat einen Grund«, erwiderte Rulfo und sah den Arzt fest an.

»Momentan interessieren mich ihre Gründe nicht«, entgegnete Ballesteros erblassend. »Wer sie auch sein mag, und was auch immer man ihr zugefügt hat, sie steckt in einem tiefen Loch und will da nicht raus. Es ist aber unsere Pflicht, sie herauszuholen. Wenn wir das geschafft haben, können wir uns in aller Ruhe zusammensetzen und die Gründe erörtern ...«

Rulfo nickte schließlich einwilligend. Ballesteros' Stimme der Vernunft war sein einziger Halt in diesen wirren Tagen.

Am selben Abend, als er im Halbdunkel neben ihr saß, umgeben vom Pfeifen der Sauerstoffpumpen, von den rasselnden Atemgeräuschen und dem Hüsteln der anderen Kranken, schlief er ein und hatte einen Traum. Er sah die junge Frau mit ihrem Sohn unter einem steinernen Bogen in einer unbekannten Stadt stehen. Sie hielten sich an der Hand und waren von Schatten verhüllt. Dann vernahm er die Stimme der Frau, die zu ihm sagte: *Komm und sieh, was sie ihm angetan haben.*

Sieh nur,

was sie meinem Sohn angetan haben.

Ihn schauderte, aber gleichzeitig empfand er es als seine Pflicht, sie mit dieser schrecklichen Wahrheit nicht allein zu lassen. Zitternd trat er näher, und seine Angst war so groß, dass er das Gefühl hatte, den Verstand zu verlieren. Die junge Frau sah er klar und deutlich, der Knabe dagegen war nur schemenhaft zu erkennen. Nein, das stimmte nicht: Es war ein Pfahl, in den Boden gerammt, und obendrauf ... *Komm näher und sieh nur. Sieh nur, was sie ihm angetan haben.* Er erschauerte bis ins Mark und wachte auf, wenige Sekunden bevor er sehen konnte, was sich im Schatten verbarg. Er dachte, Raquel wäre aus dem Bett aufgestanden. Aber die junge Frau lag noch immer reglos im dunklen Krankensaal.

Am Morgen des folgenden Tages gönnte er sich zum ersten Mal eine Pause. Er ging in die Cafeteria hinunter und nahm ein üppigeres Frühstück zu sich als an den anderen Tagen, an denen er sich mit den zurückgewiesenen Mahlzeiten der jungen Frau begnügt hatte, ohne dass das Personal etwas dagegen einzuwenden hatte. Inzwischen erlahmten aber seine Kräfte, er war erschöpft, hatte das Bedürfnis nach Bewegung und wollte aus diesem elenden Krankenzimmer hinaus. Außerdem hatte er den dringenden Wunsch, César zu erreichen. Was mit Susana und ihm passiert war, wusste er immer noch nicht. Er hatte zwar sämtliche Zeitungen studiert, deren er habhaft werden konnte, war aber auf nichts gestoßen, allerdings wusste er auch nicht so genau, worauf er eigentlich zu stoßen hoffte. Zum wiederholten Mal rief er bei César an. Niemand nahm ab. *Ich muss zu ihm gehen,* dachte er in großer Sorge.

Aber als er in das Krankenzimmer zurückkehrte, erwartete ihn eine Überraschung.

»Na, was sagen Sie nun?«, fragte die Schwesternhelferin hocherfreut. »Es ist kein Krümel übrig geblieben!«

Sie zeigte ihm das Frühstückstablett mit dem ausgetrunkenen Milchkaffeebecher und dem leer geputzten Teller, wo vorher eine Scheibe Toast gelegen hatte.

»Und sie hat auch nichts weggeworfen oder verschwinden lassen«, fügte die Frau hinzu und legte einen Zeigefinger unter ihr Auge. »Wir haben sie die ganze Zeit beobachtet!«

Sie saß aufrecht im Bett, lächelte, war von Krankenschwestern und Helferinnen umringt und sah aus wie eine artige Schülerin, die mit viel Mühe endlich alle Klassenarbeiten bestanden hatte.

»Guten Morgen«, sagte sie, als er eintrat. Obwohl die Traurigkeit nicht aus ihren Augen gewichen war, beeindruckte ihn diese spektakuläre Verwandlung.

Pünktlich zu ihrer Entlassung zog ein strahlender blauer Morgen am Horizont auf und beendete die verhangene Strenge der vorausgegangenen Tage. Nackte Bäume und in Mäntel gehüllte Passanten kündeten dennoch vom nahen Winter in Madrid. Ballesteros nahm sich den Tag frei und holte sie mit seinem Auto ab. Er hatte darauf bestanden, dass sie bei ihm wohnten. Es gebe genügend Platz für alle drei, hatte er argumentiert, außerdem fände er es jetzt, da auch er die Wahrheit kenne, angemessen, mit ihnen zusammenzubleiben. Weder Rulfo noch Raquel hatten etwas gegen dieses Angebot einzuwenden. Freilich fühlte sich Rulfo auf der Heimfahrt (während Raquel auf dem Rücksitz schlief) dazu verpflichtet, eine Sache klarzustellen.

»Indem du uns bei dir aufnimmst, gehst du ein großes Risiko ein, Eugenio. Ich nehme an, dass du das weißt.«

»Ich bin bereit, es auf mich zu nehmen.« Ballesteros trat mit der Umsicht eines vorausschauenden Autofahrers vor einer gelben Ampel auf die Bremse. »Ich habe dir doch schon gesagt, dass wir jetzt alle drei in der Sache drinstecken, ob es uns nun passt oder nicht. Andererseits«, fügte er hinzu und fixierte Rulfo mit seinen grauen Augen, »habt ihr mich noch von gar nichts überzeugt. Ich hatte einen seltsamen Traum, zugegeben, aber deshalb bin ich noch lange kein Hexer und kein Exorzist ... Dass das Rezitieren von Gedichten irgendetwas bewirken soll und dergleichen Absurditäten, habe ich noch längst nicht eingesehen ... Trotzdem räume ich ein, dass mit uns irgendetwas Außergewöhnliches geschehen ist ... und bin sogar gewillt zu glauben, dass es eine ... eine Gruppe von ... na ja, sagen wir mal, dass eine Sekte dahinter steckt. Aber sonst auch nichts. Was nicht heißen soll, dass ich in Zweifel ziehe, was du mir erzählt hast. Ich glaube es dir; ich glaube, dass ihr alle diese Schrecken erlebt habt. Ich bin aber genauso sicher, dass du, wenn ich dich in diesem Moment fragen würde, was davon so wirklich war wie meinetwegen diese Bäume hier, die Calle Serrano oder die Gehsteige da drüben, ernsthaft ins Schleudern kommen würdest ...«

Rulfo gab ihm Recht, teilweise jedenfalls. Zwei Wochen nach seinem vermeintlichen »Besuch« auf dem Landsitz in der Provence blickte er in der Tat voll Unglauben auf viele seiner Erinnerungen zurück.

»Sekten dieser Sorte bedienen sich einer sehr wirkungsvollen Waffe«, fuhr Ballesteros fort. »Der Suggestion. Bestimmte Methoden der Gehirnwäsche und das Stockholm-Syndrom richten noch Schlimmeres an. Deshalb könnt ihr euch die Mühe sparen, mich davon überzeugen zu wollen, dass die Lektüre von Juan Ramón Jiménez mich unsichtbar macht oder mir Hörner und einen Schwanz sprießen lässt, weil ich das nicht glaube. Ich bin ein Vernunftmensch, ein Arzt, und schon immer der Überzeugung gewesen, dass der heilige Thomas der erste Arzt in der Geschichte war, weil er seine Diagnose erst gestellt hat, nachdem er die Wundmale gesehen hatte. Ah, da sind wir ja schon.«

Das Auto fuhr in die dunkle Tiefgarage. Dort blieb es auf seinem gewohnten Stellplatz, bis der Arzt es wieder brauchte.

Ballesteros' Wohnung im siebten Geschoss eines Apartmenthauses im Viertel Salamanca war genauso, wie Rulfo sie sich vorgestellt hatte: gemütlich, klassisch, voll gehängt mit Fotos und Zertifikaten. Wie unterschiedlich doch der Arzt und er auf den Tod ihrer Partnerinnen reagiert hatten: Er hatte sämtliche Bilder von Beatriz aus seiner Umgebung verbannt, während einem bei Ballesteros aus jedem Winkel Fotos von Julia entgegenlächelten. Seine Gattin war auffallend schön und musste sehr sonnig gewesen sein. Auf allen Schnappschüssen sprühte sie von einer geradezu unerschöpflichen Fröhlichkeit. Es waren auch Fotos von seinen Kindern zu sehen: Die Tochter sah der Mutter ähnlich, und der ältere Sohn war eine lange, schmale Replik des Vaters.

»Das hier könnte dein Zimmer sein«, sagte der Arzt zu Raquel. Es war ein geräumiges, sehr helles Zimmer mit einem großen Fenster und einem eigenen Bad.

»Es ist großartig.«

»Die schlechte Nachricht ist, dass der aufdringliche Salomón in den ersten Nächten in einem Klappbett neben dir schlafen wird. Er will dich nicht allein lassen.«

In Wirklichkeit hatte Ballesteros darauf bestanden. Die Psychiater, mit denen er sich beraten hatte, schienen bei der jungen Frau zwar keinen Rückfall zu erwarten, aber seine eigene Erfahrung hatte ihn gelehrt, ein paar Grundregeln niemals zu vernachlässigen.

Die junge Frau sah Rulfo an, dann Ballesteros und lächelte wieder. Diese Maßnahme war ihr offenbar nicht lästig. Der Arzt bot an, für alle etwas zum Mittagessen zuzubereiten, und wandte sich zur Küche, aber Raquel hielt ihn zurück.

»Nein, nein, lassen Sie mich das machen.«

»Das ist nicht nötig. Ich kann durchaus …«

»Nein, nein, wirklich. Mir ist danach, endlich etwas zu tun.«

»Geht es dir denn wirklich gut?«

»So gut wie möglich.« Ein schüchternes Lächeln zeigte sich auf ihrem Gesicht. »Und danke euch beiden.«

Für Rulfo war dieses Lächeln wie ein Lichtschimmer.

Ballesteros, der fast nie zu Hause zu Mittag aß (seit dem Tod seiner Frau war ihm die weitläufige Einsamkeit seiner Wohnung unerträglich), bestand darauf nachzusehen, was es in der Vorratskammer gab, und entfernte sich. Raquel betrat ihr Zimmer. Rulfo war im Begriff, hinter ihr herzugehen, als sich ein unheilverkündender Schatten über ihn legte: Vor ihm fiel die Tür ins Schloss.

»Raquel?«

Er ergriff den Türknauf. Im selben Moment hörte er etwas. Ein unscheinbares, nichts sagendes Geräusch, aber ihm stockte das Blut in den Adern.

Ein Riegel.

»Raquel!« Vergeblich rüttelte er an der Tür.

Er dachte an das große Fenster im Zimmer: hell, riesig, im siebten Stockwerk. Seine Kehle wurde ganz trocken.

Sofort kam Ballesteros herbeigelaufen. Er verfluchte sich selbst, weil er jenen Riegel vergessen hatte (es war das Jungmädchenzimmer seiner erwachsenen Tochter, die einst sehr um ihre Intimsphäre besorgt war). Er warf sich mit seinem nicht geringen Körpergewicht gegen die Tür – vergeblich. Dann nahmen beide Männer gleichzeitig Anlauf und machten einen zweiten Versuch. Der Riegel sprang aus der Halterung, und die beiden purzelten ins Zimmer. *Sie hat nur so getan als ob,* dachte Ballesteros. *Mein Gott, sie hat nur so getan als ob, um*

unten

eine Sekunde allein zu sein ... Das ist ja ungeheuerlich ...

unten, aus einer höhe von sieben stockwerken

Was war sie nur für ein ... Mensch, dass sie ... so eiskalt ... handeln konnte? Wie kann man nur so tun als ob ...?

»Raquel ...!«

Das Fenster stand offen, und die weißen Scheibengardinen wehten im Wind wie zum Abschied geschwenkte Taschentücher.

Unten, aus einer Höhe von sieben Stockwerken, war die junge Frau auf den Gehweg aufgeprallt und lag nun da wie eine kaputte Puppe.

2

Ich muss runter«, stieß Ballesteros schließlich hervor und
verließ das Fenster. Er wollte hinzufügen:»Vielleicht kann
ich ihr helfen«, aber kam sich dann lächerlich vor.
Auf der Straße hatten die Passanten angefangen, einen
Kreis um die Abgestürzte zu bilden. Von allen Seiten kamen
sie herbeigelaufen, sahen sie an und zeigten nach oben. Un-
ter ihnen befand sich auch ein städtischer Polizist in blauer
Uniform.
Als Rulfo einige Zeit später an diese Momente zurück-
dachte, fand er in seinem Gedächtnis nur noch einen
Schauer aus unzusammenhängenden Eindrücken (die kalte
Morgenluft, der indigoblaue Himmel, die Härte der Fens-
terbank unter seinen Ellbogen, der Gehweg wie ein lang ge-
zogener Grabstein aus Granit, eine Passantin im roten
Kleid), und mittendrin Beatriz, klar und deutlich, auf dem
Pflaster zerschellt, aber unverkennbar: die Frau, die ihn geliebt hatte und die Einzige, die er wirklich geliebt hatte.
In diesem Moment begriff er, dass er die ganze Zeit versucht hatte, Beatriz in Raquel und Susana wieder aufzuer-
wecken. Das war der wahre Grund für seine »guten Taten«.
Die zurückliegenden Tage in der belastenden Kranken-
haussituation gingen auf das Konto dieses Wunsches nach
Wiedergutmachung. In Raquel war er nämlich niemals verliebt gewesen, diese Einsicht war mit einem Mal da und
flammte mit größter Gewissheit wie ein Licht vor seinen

Augen auf. Er hatte bei ihr mehr Lust verspürt als bei jeder anderen Frau; er hatte auch unendlich viel Mitleid mit ihr, aber das alles war keine Liebe. Weiß der Teufel, was es war, Liebe jedenfalls nicht. Und mit Susana erging es ihm ähnlich. Er hatte einzig und allein Beatriz Dagger geliebt, sonst niemanden. Beatriz war vor langem gestorben. Ihr Tod lag weit zurück, in einer unsichtbaren, unerreichbaren Zeit, und er hatte sich mit ihm versöhnen wollen, indem er für diese beiden Frauen sorgte und sie beschützte. Erst war er damit bei Susana gescheitert. Und jetzt lag da unten auf der Straße seine zweite und letzte Niederlage.

Ballesteros kam die Fahrt im Aufzug vom siebten Stockwerk bis nach unten vor wie der Abstieg in die Hölle.

Eine innere Stimme flüsterte ihm immer wieder zu, dass er nicht schuld sei, aber sogar sie wusste, dass ihre Worte nur ein schwacher Trost waren. Schuld nicht, denn er hatte sie ja nicht umgebracht. Trotzdem fühlte er sich zum Teil für ihren Tod verantwortlich, genauso wie für Julias Tod. Und schon sah er sich wieder in dem verbeulten, qualmenden Auto, in dem es nach Blut roch, neben ihr sitzen und sein Opfer betrachten. Sein ganzes Leben, so ging es ihm durch den Sinn, war nichts weiter gewesen als eine Serie heimlicher Verbrechen. Er missbrauchte das Vertrauen seiner Patienten, indem er sie mit falschen Hoffnungen tröstete. Er übte Verrat an Julias Andenken, wenn er Ana begehrte. Und jetzt hatte er das Vertrauen dieses Mannes (der sich ihm nur widerstrebend geöffnet und ihm seine Not anvertraut hatte) tödlich missbraucht, ganz zu schweigen von dem der jungen Frau.

Du bist schuld. Was denn sonst. Hast du etwas anderes gedacht?

Im Fahrstuhl hatte er aber auch Gelegenheit, sich wieder zu fangen und die Maske des selbstlosen Arztes aufzusetzen. Als er aus der Haustür in den klaren, kalten Tag hinaustrat, waren bereits alle Anzeichen eines von seinen Erinnerungen gequälten Mannes aus seinem Antlitz gelöscht. Er war wieder das gewohnte, stets dienstbereite Werkzeug. Auf der Straße drängte sich das Volk in einem dichten Ring aus gebeugten Rücken zusammen. Wer jetzt hinzukam, musste sich auf Zehenspitzen stellen. Ballesteros hegte eine ausgesprochene Abneigung gegen solch krankhafte Schaulust, die, weitab von Mitgefühl oder menschlichem Empfinden, ein bloßes Ansammeln von Schreckensbildern war: heraushängende Därme, verspritztes Gehirn, zermatschte Gesichter. Für diese Sorte Menschen fehlte ihm jegliches Verständnis. Was ihn betraf, so vermochte er in den Trümmern des Todes stets nur das grausame Leiden des Lebens zu erkennen, und war überzeugt, dass das an seinem Beruf lag.

»Gehen Sie bitte zur Seite. Ich bin Arzt.«

Plötzlich bemerkte er, dass eine unheimliche Stille herrschte.

Das war mehr als ungewöhnlich. Bei Unfällen dieser Art, das wusste er aus Erfahrung, machte jeder Augenzeuge zu seinem Nachbarn irgendeine belanglose Bemerkung; ein paar dahergesagte Worte, damit die Anspannung nachließ. Aber diesmal war der Haufen von Gaffern wie ein Wald aus Gipsfiguren.

Was war denn passiert? Wo schauten sie so gebannt hin? Und wieso wurden sie nicht von dem Polizisten, den er vom Fenster aus gesehen hatte, zum Weitergehen aufgefordert? Als er sich mit Gewalt einen Weg durch die Menge bahnen wollte, gewahrte er, dass sein Vordermann, anstatt beiseite zu treten und sich von Reihe zu Reihe eine dem Zentrum des Geschehens immer nähere Position zu erobern, zurückwich und auf ihn zukam.

In der perfekten Geometrie einer sich öffnenden Blüte strebte der Kreis auseinander und legte den Platz in der Mitte frei.

sie

Nach einem kurzen Überraschungsmoment verschaffte er sich schubsend Durchlass und entdeckte endlich den Polizisten: einen jungen Kerl mit einem kleinen, fast vollständig rasierten Schädel unter der blauen Schildmütze. Mit aufgerissenen Augen starrte er auf einen von Ballesteros noch nicht zu erkennenden Punkt zu seinen Füßen. Ein gewaltiger Schauer überlief ihn, als er in der vordersten Linie ankam.

sie hatte

Jetzt wurde ihm klar, warum der Polizist die Passanten nicht zum Weitergehen aufgefordert hatte. Wie durch einen eisigen Griff krampfte sich sein Magen zusammen. Die junge Frau saß keuchend auf dem Gehsteig. Ohne Verletzungen, ohne einen einzigen Tropfen Blut. Nichts. Einfach ein Mädchen, das auf dem Gehsteig saß. Aber das war noch nicht das Schlimmste.

sie hatten den blick zu boden gesenkt

Das Schlimmste war die klaffende Wunde in ihrem linken Handgelenk, die sie sich soeben selbst zufügte. Ein tiefer Biss, aber mit der Geschmeidigkeit einer Anemone und der Glätte einer Buchseite schloss er sich unmittelbar vor Ballesteros' Augen wieder und hinterließ nicht die geringsten Spuren, als ob ihre Haut, ihre Muskeln und Sehnen in einem absurden rückwärts laufenden organischen Prozess die verlorene Unversehrtheit zurückerhielten ...

Sie hatte den Blick zu Boden gesenkt.
»Ich kann mich nicht umbringen. Ich habe es nie gekonnt, aber bis heute nicht gewusst. Die eintätowierte Tefilla lässt

es nicht zu.« Dann sah sie die beiden Männer mitleidlos an und sagte unversöhnlich: »Ich hätte daran denken müssen, dass sie auch diese Möglichkeit berücksichtigt hat. Der Selbstmord ist eine Erlösung, die sie mir nicht gönnen will ...«

Sie schwieg und fuhr sich mit der Zunge über die Lippen. Rulfo fiel ein Vergleich ein: ein wildes Tier bei der Verschnaufpause während eines tödlichen Zweikampfes.

Sie befanden sich im Wohnzimmer von Ballesteros' Apartment. Der Abend dämmerte schon und ihre Mienen spiegelten die Wirren dieses ereignisreichen Tages. Der Arzt freilich war auffallend aufgeräumt. Er war bei weitem der Bestgelaunte von allen dreien. Irgendwann brach er das Schweigen und hob eine seiner großen Pranken:

»Damit es nicht untergeht, möchte ich euch bekannt geben, dass hier der neue heilige Thomas sitzt. Ich habe zwar keine Ahnung, ob man mich heilig spricht, aber ich weiß, dass ich der überzeugteste heilige Thomas der ganzen Kirche bin ... Und das mit Recht: Der biblische Thomas hat die Wundmale berührt, aber ich habe sie mit eigenen Augen verschwinden sehen ... Großer Gott, eins schwöre ich euch, heute Abend besaufe ich mich! Möchte außer mir noch jemand etwas trinken?«

Noch nicht einmal ein Lächeln erntete er bei seinen Zuhörern, aber er hatte mit nichts anderem gerechnet. Rulfo entschied sich für Whisky, und er beschloss, ihm Gesellschaft zu leisten. Er trank kaum (die noch geschlossene Flasche Chivas von einem Patienten war der Beweis), nach Julias Tod sogar noch weniger, aber heute gab es einen besonderen Anlass. Was können deiner Leber schon ein paar Gramm Alkohol anhaben, wenn du gerade erlebt hast, dass sich Wunden spurlos schließen, dass Zauberworte funktionieren, dass Hexen existieren und die Dichtung anscheinend sehr viel wirksamer ist als die Medizin?

Als er die Flasche und zwei Gläser aus der Küche holte,

konnte er sich beim Rückblick auf die Ereignisse dieses unvergesslichen Tages eines Grinsens nicht erwehren.

Erst hatte er sich darum gekümmert, die Unfallzeugen mitsamt dem Polizisten zu beruhigen und Rulfo Bescheid zu geben, dann die gleichgültige, willenlose Raquel zu einem Notdienst gebracht und sich mittels einer Untersuchung bestätigen lassen, was er auf einen Blick gesehen hatte: Sie war unverletzt. Seine Kollegen glaubten ihm nicht, dass sie aus dem siebten Stockwerk gesprungen war, weil auf ihrer Haut nicht die kleinste Schramme zu sehen war. Ballesteros zog es vor, die Bisse ins Handgelenk, die ja spurlos verschwunden waren, für sich zu behalten. Glücklicherweise gab es nur wenige Augenzeugen für diese versuchte Selbstverstümmelung nach dem Sturz, und niemanden, der die Tragweite der raschen, unheimlichen Regeneration ihres Gewebes wahrgenommen hätte.

Das Schlimmste hatte ihn allerdings bei seiner Rückkehr nach Hause erwartet.

Nicht weniger als die Reporter von zwei Fernsehsendern und drei Zeitungen hatten vor seiner Tür auf ein Interview mit ihm gewartet und, falls möglich, auch mit der Protagonistin. Er reagierte geistesgegenwärtig. Als er sie auf dem Gehweg aufgebaut sah, fuhr er einfach weiter, parkte wie gewohnt in der Tiefgarage und brachte die junge Frau mit dem internen Aufzug nach oben in seine Wohnung, wo er sie Rulfos Obhut überließ. Danach war er wieder zum Haupteingang hinuntergefahren und hatte sich der Presse gestellt. Durch seine gewohnte Redegewandtheit war es ihm gelungen, die Situation zu retten. Anderen ein X für ein U vorzumachen, war ihm noch nie schwer gefallen, selbst wenn er es gar nicht wollte, deshalb war eine Situation wie diese, in der er es in voller Absicht machte, seine leichteste Übung. Er erläuterte, dass es sich um eine Patientin von ihm handelte, die unter Schock stünde. Er erzählte von mehreren Fällen berühmter Katzenstürze, darunter den des Mädchens, das aus einem fliegenden Passagierflugzeug abgestürzt war und überlebt hatte. Was er nicht erwähnte war, dass das Wunder in allen diesen Fällen das Überleben war, das Fehlen jeglicher Verletzung hier aber als zweites Wunder hinzugekommen war. Jetzt, für diese frühabendliche Stunde, hatte er noch zwei Telefontermine mit Nachtsendern vereinbart, aber das Schlimmste war eigentlich schon ausgestanden und die Sensationslust der Medien ebenso. Dennoch erkannte Ballesteros nicht ohne Verdruss, dass die Presse sehr viel weniger Interesse an einer Tragödie hatte, die mit einem Wunder endete, als umgekehrt an einem Wunder, das als Tragödie endete. Nach kurzem Zögern beschloss er, kein Eis mitzunehmen. Er brachte die Flasche Chivas und die beiden Gläser an den Tisch und schenkte Rulfo und sich großzügig ein. Die junge Frau sagte noch einmal, sie wolle nichts trinken. Obwohl er das Gewicht ihres Kummers nachvollziehen konnte, verspürte er schändlicherweise innerlich immer noch eine freudige Erregung. Am folgenden Morgen, so dachte er, würde wieder alles seinen gewohnten Gang gehen, aber heute Abend hatte er mehr denn je das Bedürfnis, seinen aufgewühlten Emotionen Raum zu geben. Seine Vernunft, die seit fünfzig Jahren unermüdlich im Einsatz war, hatte nämlich zum ersten Mal Urlaub genommen *(du solltest besser sagen: Sie hat um eine unbefristete Freistellung gebeten, Eugenio)*. War das etwa kein Grund zum Feiern?

Rulfo sah Raquel an.
»Wir sollten überlegen, was wir jetzt tun wollen.«
»Ich habe einen Vorschlag.« Sie sah ihn an. »Obwohl ich mich nicht töten kann, bin ich bestimmt nicht unsterblich.«
»Das ist der falsche Weg. Ich weiß, worauf du hinauswillst, aber das ist der falsche Weg ...«
»Dann werde ich eben euch umbringen. Ich werde euch dazu zwingen, mich zu töten: Ihr müsst es tun, um selbst am Leben zu bleiben.«

»Hör mal«, mischte sich nun unbeeindruckt, aber durch zwei große Gläser Whisky angeregt, Ballesteros ein. »Meinetwegen kannst du dich fünfzig Mal hier aus dem Fenster stürzen, abprallen und es wieder versuchen. Aber nicht uns bedrohen. Wir wissen, was du durchgemacht hast, aber bedenke, dass Salomón und ich deine letzten Verbündeten sind. Mach dir das bitte klar …«

»Du wirst uns nicht dazu kriegen, dir etwas zuleide zu tun, Raquel«, ergänzte Rulfo. »Niemals. Du kannst dir selbst antun, was du willst. Und was mich betrifft: Mein Leben ist mir schon lange gleichgültig.«

»Was für ein vergnügter Haufen«, murrte Ballesteros. »Wie wäre es, wenn wir statt solch kurzweiliger Gespräche zur Abwechslung mal über etwas Praktisches reden …«

Rulfo nickte.

»Gute Idee. Wir haben ein sehr wichtiges Thema zu bereden. Wir haben alle drei Träume gehabt und diese Träume haben uns zusammengeführt. Aber wer hat sie uns eingegeben und zu welchem Zweck?«

In Erwartung einer Stellungnahme sah er die anderen beiden an. Die junge Frau räkelte sich auf der Sitzgarnitur, starrte an die Decke und schien völlig unbeteiligt, so als hätte sie gar nicht zugehört. Ballesteros, mitten im Schluck – er war bereits beim dritten Glas –, nickte mehrfach mit seinem riesigen Kopf.

»Stimmt, das ist ein sehr wichtiger Punkt.«

»Angenommen es war Lidia … Das heißt Akelos. Das ist das Wahrscheinlichste. Sie war die elfte Dame, die ›Ahnende‹, nicht wahr …? Sie wusste, dass sie verurteilt werden würde, weil sie dir geholfen hat, und hat alles in die Wege geleitet, damit wir zusammenarbeiten, sobald sie selbst von der Gruppe annulliert worden war … Das bedeutet, dass wir vielleicht noch etwas unternehmen können. Sie hätte sich nicht die Mühe gemacht, uns das alles mitzuteilen, wenn sie nicht gewusst hätte, dass wir etwas tun können …«

»Aber, wie du mir erzählt hast«, unterbrach Ballesteros
ihn, »habt ihr ja schon einiges getan. Ihr hattet den Auftrag,
die Figur aus dem Aquarium zu holen und zu verstecken ...«
Rulfo wurde nachdenklich. Er sah wieder zu der jungen
Frau hinüber, aber es schien offensichtlich, dass von ihr
nichts kommen würde. Er musste seine eigenen Schlüsse ziehen. Die Träume. Das Haus. Die Figur. Sollte das schon alles
gewesen sein, wie Ballesteros annahm? Nein. In der Geschichte fehlte etwas, ein wichtiges Teilstück, und er kam
einfach nicht darauf, was es sein konnte; irgendeine uner-
ledigte Aufgabe. Er schüttelte über seine eigene Unfähigkeit,
sich zu konzentrieren, ärgerlich den Kopf. Am heutigen Tag
war einfach zu viel passiert. Er war todmüde. Mit beiden
Fäusten rieb er sich für Sekunden die Augen. Mitten in dieser kurzen Phase der Dunkelheit vernahm er plötzlich ihre
Stimme.

»Weißt du, was sie ihm angetan haben?«

Die Frage.

Die er so bange erwartet hatte. Die sie ihm im Traum immer und immer wieder stellte. Er schlug die Augen auf: Die
junge Frau schenkte ihm einen Blick von vernichtender
Kälte.

»Weißt du, was der Vers ihm angetan hat?«

Komm nur und sieh.

Er antwortete nicht, sondern wandte nur die Augen ab.

Seine Erinnerung an jene abscheuliche Nacht war undeutlich und bruchstückhaft – auch eine Art, den Verstand
nicht zu verlieren, ging es ihm durch den Sinn. Aber von
Zeit zu Zeit zuckten Blitze aller Farben in seinem Gedächtnis auf und er sah wieder den Pavillon im Freien, die Schmetterlinge, Raquel in der Blumenfessel ... *Ouroboros ... Das
junge Mädchen mit dem Paillettenkleid ...*

... den im Rasen aufgepflanzten Pfahl ...

... und mehr Bilder, unwirklich wie ein Horrortrip.

Oh, ja. Der Schlimmste aller Horrortrips.
»Ich weiß, dass sie dir eine Tefilla ins Gesicht geschrieben haben, um dich zu betäuben, Salomón … Saga hat sich dafür entschieden, dich am Leben zu lassen, genauso wie mich, aber nur, um herauszubekommen, was sie noch nicht weiß, nämlich, ob uns noch jemand hilft … Wir waren die einzige Ausnahme.« Bei dieser Eröffnung bebten ihre Lippen. Ihr angespanntes, verzerrtes Gesicht glänzte von Schweiß, aber ihr Ton war ruhig. »Soll ich dir alles erzählen, damit du entscheiden kannst, ob du mich von diesem Dasein erlöst oder nicht …? Weißt du eigentlich, wie lange sie mich gezwungen hat, zuzuschauen …? Begreifst du überhaupt, was sie ihm angetan hat …?«
Die Stille breitete sich aus wie die Dunkelheit. Eine lang anhaltende, tiefe Stille, als ob die Welt aufgehört hatte zu existieren.

ein gegenstand

Einzelne Tränen rannen ihr fast gegen ihren Willen die Wangen hinab, während sie sprach.

ein gegenstand, dann noch einer

»Weißt du es?«

ein gegenstand, dann noch einer, alles

»Weißt du, was sie meinem Kleinen alles angetan hat …?«

Ein Gegenstand, dann noch einer, alles, was sich in seiner Reichweite befand.
Er empfand eine unkontrollierbare Zerstörungswut. Nach dem Whiskyglas warf er mit etwas anderem. Dann flog ein Halter für Papierservietten durch die Luft.

Der Schmerz trieb ihn weiter.

Er nahm kaum wahr, dass Ballesteros wie ein Blitz aus der Küche geschossen kam und ihn an den Armen festhielt. »Bist du übergeschnappt?« Inzwischen war es draußen vollkommen dunkel. Das Haus und die Nachbarschaft lagen still da, was den Eindruck seines Wutausbruchs noch verstärkte. Ihm war klar, dass es im Grunde eine sinnlose Art war, sich abzureagieren, aber er musste es tun, er konnte nicht länger an sich halten. Immerhin hatte er gewartet, bis sie eingeschlafen war, aber dann brach sich seine Erbitterung Bahn.

»Keine Sorge«, keuchte er, »ich habe mitgezählt, ich schulde dir zwei Gläser und einen Serviettenhalter aus Blech.« Er ergriff einen Teller von der Spüle und schmiss ihn auf den Boden. »Der kommt auch noch dazu ...«

»Du bist betrunken ...!«

Rulfo wollte gerade etwas erwidern, da sackte er plötzlich in sich zusammen und wurde von einem Weinkrampf geschüttelt, der eher einer unstillbaren Blutung aus Salzwasserströmen glich.

»Du wirst sie aufwecken, du Idiot!«, entfuhr es Ballesteros gedämpft. »Sie ist endlich eingeschlafen, und jetzt wirst du sie wieder aufwecken ... Beruhige dich doch ...! Du bist total betrunken ...!« Das stand fest. Er hatte fast genauso viel getrunken und merkte jetzt, wie sich alles um ihn drehte. Gleichzeitig erschien ihm Rulfos Reaktion nach den letzten Eröffnungen mehr als verständlich. Trotzdem fand er es jetzt erforderlich, die Situation auf die Ebene reiner Sachlichkeit zu reduzieren, damit sie nicht alle drei durchdrehten. »Hör mir jetzt verflucht noch mal zu!« Er packte ihn an den Armen und nötigte ihn, ihm ins Gesicht zu schauen. »Was willst du damit erreichen ...? So können wir ihr auf keinen Fall helfen ... Und ich will ihr helfen ... Ich will euch beiden helfen ...! Ich bin nicht sicher, ob es wirklich meine Frau war oder jemand anders, die mir im Traum erschienen ist und mir aufgetragen hat, ich sollte euch helfen ... Inzwischen könnte es genauso gut die Hexe aus Hänsel und Gretel gewesen sein ... Aber eins weiß ich sicher: Ich werde diesen Befehl nicht missachten. Ich will euch helfen, verdammt noch mal ...! Also versuch, dich jetzt zusammenzureißen und lass uns überlegen, was wir tun können ...«

Absteigen.

Kurz darauf hatte Rulfo sich wieder in der Gewalt. Er konnte sich nicht erinnern, seit Beatriz' Tod so geweint zu haben, aber er schämte sich nicht, dass Ballesteros ihm dabei zugesehen hatte. Er hieß diesen Anfall sogar willkommen, weil er einen tief liegenden Raum in seinem Inneren aufbrach.

Absteigen. Lass uns noch tiefer hinabsteigen.

Er beugte sich über das Loch in seinem eigenen tiefsten Grund und ihm wurde schwindelig.

»Wir müssen vor allen Dingen an sie denken«, sagte Ballesteros. »Sie ist eine bedauernswerte Person, die durch ihr Kind gefoltert worden ist ... Lass es uns so sehen ... dann können wir es besser verstehen ... Das Problem ist nur, wir können nicht ...«

Lass uns dort hinabsteigen.

Hatte er ihnen das eigentlich nicht gesagt? Natürlich. Jetzt fiel es ihm wieder ein. Er hatte ihnen gesagt, was mit ihnen passieren würde, was er mit ihnen machen würde, wenn seinen Freunden ein Haar gekrümmt wurde. Aber sie hatten ihm daraufhin nur die Hand auf den Kopf gelegt und ihm mit einem herablassenden Lächeln traurig den Schopf gekrault, als wollten sie sagen: »Du armseliges Würstchen, kannst froh sein, wenn es dir nicht an den Kragen geht.«

»... wir können nicht zur Polizei gehen, weil wir ja gar nicht wissen, wer oder was schuld ist ... Aber für mich ist das auch zweitrangig ...«

Während Ballesteros redete, wurde ihm eines klar: Gewisse Dinge kann man nicht einplanen und nicht erklären, sie sind einfach da, ohne Ziel und Zweck, und trotzdem sind sie die allerwichtigsten. Ein Zyklon. Ein Gedicht. Eine plötzliche Liebe. Eine Rache.

Lass uns absteigen, bis ganz nach unten.

»Nenne es Hexerei, Poesie oder Psychose, das ist mir einerlei ...! Jetzt kommt es darauf an, und das hat oberste Priorität, dass wir versuchen, Raquel ...«

»Setzen wir ihrem Treiben ein Ende.«

»... dazu zu bringen ... Was hast du gesagt?«

»Setzen wir ihrem Treiben ein Ende, Eugenio«, wiederholte Rulfo. Er drehte sich zum Wasserhahn um, öffnete ihn und wusch sich das Gesicht. Dann riss er von der Haushaltsrolle an der Wand ein Blatt ab und trocknete sich damit ab.

Ballesteros sah ihn verwundert an.

»Ihrem Treiben ...?«

»Ja, dem Treiben dieser Hexen. Vor allem ihrer Chefin. Komm, wir wollen ihnen geben, was sie verdient haben.«

Ballesteros klappte wortlos den Mund auf und wieder zu. Dann öffnete er ihn erneut.

»Das ... Das ist das Bescheuertste, was ich je gehört habe ... Das ist noch bescheuerter als dein Benehmen gerade eben. Soll ich dir nicht lieber helfen, noch ein paar Teller zu zerschlagen? Das würde mir jedenfalls besser gefallen ...«

»Ich habe das Kind gekannt«, unterbrach ihn Rulfo. »Es war kein Gedicht, keine Phantasievorstellung. Es war ein sechsjähriger Junge. Er hatte blonde Haare und große, blaue Augen. Er hat nie gelacht.« Ballesteros schien mit einem Mal sämtliche für die Spannung seiner Miene zuständigen Muskeln gelockert zu haben. Mit halb geschlossenen Augen lauschte er Rulfo. »Susana war ein nettes Mädchen. Eine Zeit lang war sie meine Geliebte und meine beste Freundin. Danach nur noch meine Freundin. Sie ist gezwungen worden, sich selbst aufzufressen, nur weil sie den Fehler begangen hat, mir aus Sorge um mich ins Lagerhaus zu folgen ... Sonderbare Dinge, nicht wahr, Doktor ...? Dinge, in die man nicht weiter eindringen darf, das hast du selbst gesagt ... Aber weißt du was ...? Es gibt auch Fälle, da dringen diese Dinge in dich ein, und du kannst nichts dagegen tun. Sie sind genauso unverständlich wie die Poesie, aber es gibt sie. Tagtäglich ereignen sie sich um uns herum, überall auf der Welt. Vielleicht erschaffen *sie* sie, vielleicht aber auch nicht, wer weiß, vielleicht sind auch sie nur Opfer und die Worte sind an allem schuld, die Verse ... Zwei dieser sonderbaren Dinge habe ich am eigenen Leib miterlebt, wenn ich Herbert Rauschen mitzähle sogar drei.« Er streckte drei Finger der linken Hand vor Ballesteros in die Luft. »Und diese Erfahrung werden sie mir büßen.«

Als Rulfo geendet hatte, schien Ballesteros aus einer Trance zu erwachen.

»Allmählich lerne ich dich richtig kennen ... Salomón Rulfo, der Impulsive. Der Leidenschaftliche. Der Racheritter ... Hör zu, du Trottel!« Er baute sich vor ihm auf. »Dieses Vorhaben überfordert uns, dich und mich, und die Kleine da vielleicht auch ...! Na ja, die vielleicht noch am wenigsten. Schon möglich, dass ihr organische Gewebe als unzerstörbare Materie geläufig sind, aber mir nicht und dir auch nicht ... Nenn es meinetwegen Dichtung, Hexerei oder Quantenphysik, das Ganze übersteigt meine bescheidenen Kenntnisse als Allgemeinmediziner ... Das heißt, ich gestehe dir durchaus zu, dass du Recht hast ... Und fass das bitte nicht als Vorwurf auf ... Wenn eins von meinen Kindern ...«

Er brach ab, weil er nicht wusste, wie er fortfahren sollte. *Ich habe mehr getrunken, als mit gut tut,* dachte er. »Eigentlich kann ich dich sehr gut verstehen und teile in gewisser Weise auch deine ... Aber das hilft dir schließlich auch nicht weiter. Was willst du denn tun ...? Eine Pistole kaufen und zu ihrem Landsitz in der Provence fahren ...? Was wollen wir denn machen ...?«

»Es gibt eine Möglichkeit. Sie ist mir eben wieder eingefallen.«

Ballesteros sah ihn an.

»Wovon sprichst du?«

Als Rulfo den Mund aufmachte, um etwas zu sagen, hörten sie den Schrei.

3

Sie wusste, dass sie schlafen musste. Aber ebenso wie der Tod schien ihr auch der Schlaf verwehrt zu sein.

Das Zimmer lag im Dunkeln und die Möbel waren nur schemenhaft zu erkennen. Diese Finsternis, wenngleich verhältnismäßig harmlos, rief unerträgliche Erinnerungen in ihr wach: Da war er wieder, in jenem Zimmer eingesperrt, wo er sein menschenunwürdiges Dasein fristete, aber wenigstens lebendig, wenigstens bei ihr, wenigstens …

Denk nicht mehr an ihn. Versuch, ihn zu vergessen. Er ist tot.

Einen Moment fragte sie sich, was Saga eigentlich zu diesem unerbittlichen, abgrundtiefen Hass gegen sie bewog. Sie machte einen Versuch, ins Dunkel ihrer Vergangenheit einzudringen, fand aber nur Leere. Offenbar war sie nicht in der Lage, in ihre vergangenen Leben Einblick zu nehmen. Jetzt bewohnte die zwölfte Dame den zierlichen Körper einer kurzhaarigen Frau namens Jacqueline, und diese hatte vorher viele andere Leben geführt, ebenso wie die übrigen Damen. Sie glaubte nicht, dass sie ihr für diese tödliche Wut irgendeinen Anlass gegeben hatte, und erinnerte sich, wie sich die Kleine früher bei den Zeremonien mit einem demütigen Lächeln vor ihr verneigt hatte …

Ein Geräusch. Sehr nah. Im Zimmer.

Beunruhigt hob sie den Kopf, sah aber nichts als die verschwommenen Umrisse der Einrichtung im schwachen, durch die Jalousien einfallenden Licht: eine Tür, ein Schrank, ein Stuhl.

Beruhige dich. Versuch zu schlafen.

Sie meinte, sich zu entsinnen, dass Akelos die geheimen Absichten der neuen Saga durchschaut hatte.

Denn sie hatte sich ausgiebig mit Akelos beraten und war bei verschiedenen Gelegenheiten von der »Ahnenden« vor ihrer Untergebenen gewarnt worden. Zwar hatte sie ihr nie eine eindeutige Voraussage für die Zukunft gemacht, trotzdem fragte sich Raquel inzwischen, ob sie nicht alles gesehen, es aber vorgezogen hatte zu schweigen. Wenn das so war, welchen Grund hatte dann ihr Schweigen gehabt?

Sie wälzte sich unruhig im Bett. Wie ein Geräusch aus einer anderen Welt drang das Schmettern zerschellender Gegenstände an ihr Ohr und die Fragmente eines Wortwechsels zwischen zwei Männern. Sie stritten. Vermutlich war sie der Anlass, was ihr ganz und gar nicht behagte. Ihr war klar, dass sie ihr aus Wohlwollen zu helfen versuchten, und sie kam sich dabei vor, als säße sie auf dem Grund eines Brunnens, der bis zur Mitte der Erde reichte, und man zeigte ihr ein paar Seile und redete ihr voller Hoffnung zu, dass sie es mit ein wenig Anstrengung nach oben ans Licht schaffen würde. Die beiden waren sehr um ihr Wohl besorgt: Sie hatte sogar so tun müssen, als schliefe sie, damit der Weißhaarige, der Arzt, sie allein ließ, nachdem er ihr beim Zubettgehen geholfen hatte.

Es waren gute Männer, starke Männer, intelligente Männer.

Wie schade, dass sie bloß Männer waren.

Wieder ein Geräusch. Sie sah sich auch diesmal im Zimmer um. Aber sie musste sich getäuscht haben, denn es schien sich nichts verändert zu haben. Trotzdem war sie fast sicher, das Tapsen nackter Kinderfüße auf dem Boden vernommen zu haben.

Denk nicht nach. Erinnere dich nicht. Halte durch.

Ihr war eine Überlegung, die Rulfo am Nachmittag angestellt hatte, nicht mehr aus dem Kopf gegangen: die Träume, die Akelos ihnen eingegeben hatte. Was hatte sie damit bezweckt ...?

»Raquel.«

Diesmal irrte sie sich nicht. Die Stimme war direkt neben ihr.

Sie schlug die Augen auf und sah es im Dunkeln stehen. Das blonde Mädchen. Baccularia. Die Jalousien malten Lichtstreifen auf ihren Körper und der Anhänger in der Form eines Lorbeerblattes glitzerte auf ihrer Brust.

»Wir haben die Imago. Sie hat genau dort gelegen, wo du gesagt hast. Danke schön. Aber das Wichtigste fehlt noch. Wer aus unserer Gruppe hat dir noch geholfen ...? Wieso hast du dein Gedächtnis wieder ...? Wer hilft dir ...?«

»Ich weiß es nicht! Lass mich in Ruhe ...!«

Sie hielt sich die Ohren zu, kehrte ihr den Rücken zu und biss die Zähne zusammen. Der feine Singsang von Baccularias Stimme ging jedoch durch alle Hindernisse hindurch, als spräche sie in ihrem eigenen Gehirn zu ihr.

»Bis zu unserer nächsten Zusammenkunft hast du Zeit, es uns zu sagen, Raquel. Wenn wir Akelos' Imago zerstören, wirst auch du zerstört werden, es sei denn, du hast uns bis dahin in deine Stille Einlass gegeben ... Und mit dir werden alle deine Helfershelfer umkommen, ganz gleich, ob fremd oder nicht.«

Stille.

Sie blieb mit dem Gesicht zur Wand liegen, die Hände an die Ohren gepresst. Als eine Weile verstrichen war, holte sie tief Luft, fasste sich ein Herz und drehte sich um. Sie starrte in die Finsternis. Das Mädchen schien sich in Luft aufgelöst zu haben. Einen Augenblick schloss sie die Augen und versuchte, sich zu beruhigen, da hörte sie die andere Stimme.

»Mama.«

Diesmal stand nicht Baccularia vor ihr.

Er war in dem gleichen Zustand wie das letzte Mal, als sie ihn gesehen hatte. Sich unter der Wirkung des Verses von Johannes vom Kreuz windend, steckte er oben auf dem Pfahl wie ein aufgespießtes Tier, das kurz zuvor erlegt wurde. Aber diesmal sah er sie an und lächelte. Und sein Lächeln war so, als hätte der Wahnsinn das Antlitz eines Kindes.

»*Ich soll dir sagen, dass es euch noch viel schlimmer ergehen wird als mir, Mama ...*«

Sie wusste, dass es eine Halluzination war (er war tot), aber sie konnte ein Schaudern nicht unterdrücken.

»*Viel, viel schlimmer, Mama. Du wirst schon sehen ...*«

Dann zerplatzte das Ganze.

rötlich

Noch vor Rulfo war Ballesteros zur Stelle. Er glaubte, auf alles gefasst zu sein, vermutete aber, dass es nur ein Albtraum war.

Jedoch auf das, was er zu sehen bekam, als er Licht machte, war er keineswegs gefasst.

Julia stand neben dem Bett, in demselben Kostüm wie während ihrer letzten, entscheidenden Autofahrt. Ihr Schädel war bis zu den Augenbrauen eingedrückt und zermatscht.

»Eugenio.« Ihre leise Stimme in dem bekannten tiefen, warmen Ton gellte ihm in den Ohren wie ein Schrei. »Weißt du eigentlich, wie lange ich gebraucht habe, um zu sterben ...? Weißt du, wie lange man zum Sterben braucht, wenn einem das Gehirn ausläuft ...? Sie lassen dir ausrichten, dass es nicht mehr lange dauern wird, bis du es am eigenen Leib erfährst. Du kannst es dir nicht vorstellen, es ist ein sehr merkwürdiges Gefühl ... Du kannst nichts sehen. Du kannst nichts hören. Dein Körper gehorcht dir nicht

mehr. Du bist unfähig, dich zu rühren. Aber du hast überall Schmerzen. Du bestehst nur noch aus Schmerz.« Sie trat lächelnd auf Ballesteros zu, dabei schwappte Blut aus ihrem abgedeckten Schädeldach, wie aus einem vollen Glas.»Man braucht kein Gehirn, um Schmerzen zu empfinden. Hast du das gewusst ...? Diese Erfahrung könnte für dich als Arzt sehr lehrreich sein. Jede Wette, dass du mich überleben wirst. Und unsere Kinder auch ...«
Dann zerplatzte das Ganze.

rötlich, das licht

Rulfo stand da wie versteinert. Durch die Schreie der jungen Frau vorgewarnt, rechnete er mit einem grauenvollen Anblick in ihrem Zimmer, aber auf Susana war er trotzdem nicht vorbereitet. Sie stand plötzlich vor ihm mit ihren bis zu den Schultern abgefressenen Armstummeln.

»Es gibt etwas, wovon du nichts weißt, Salomón«, sagte sie fast tonlos zu ihm, als wäre sie zu einer anderen Sprechweise nicht in der Lage.»César und ich haben es erfahren: Das Leben ist nicht mit dem Tod zu Ende. Nur der Verstand und das Glück, die hören auf, wenn wir sterben. Die Toten sind Menschen, die während ihres Erdendaseins verrückt geworden sind. Das ist das ganze Geheimnis. Sie sind vor Schmerz verrückt geworden. Bald wirst du einer von ihnen sein und es auch wissen.«

»Verschwinde«, sagte Rulfo schwach.

»Du wirst es wissen, Salomón«, wiederholte die Leiche seiner Freundin.»Eher, als es dir lieb ist. César und ich werden uns freuen, wenn du es endlich weißt. Wenn du endlich die Wahrheit über die Toten erfährst ...«
Dann zerplatzte das Ganze.

rötlich, das licht der morgendämmerung

Es war, als wäre in dem Zimmer ein Körper explodiert: Wände, Fußboden und Decke, alles war mit frischem Blut verschmiert. Die junge Frau lag im Bett und schrie aus Leibeskräften, indes sich rote Flöckchen auf ihr Gesicht und ihre Haare legten. Die Explosion hatte auch Ballesteros und Rulfo erreicht, deren Gesichter und Kleidung blutverspritzt waren. Der Arzt konnte Julia nicht mehr sehen: Ein anderes Geschöpf war an ihre Stelle getreten. Ein blondes Mädchen, schöner, als er jemals eins gesehen hatte. Es war nackt, trug einen kleinen Anhänger um den Hals und baute sich mitten im Zimmer auf wie ein Soldat, der wusste, dass er ganze Arbeit geleistet hatte. Ihre Oberschenkel und Waden schimmerten blutig. Mit Augen so blau und so groß wie der Himmel über dem Meer sah sie Ballesteros an.

Und lächelte.

»Geh nicht näher!«, rief Rulfo und hielt ihn fest. »Geh nicht näher zu ihr ...!«

Aber Ballesteros hörte nicht auf ihn. Ohne zu wissen, was er eigentlich vorhatte – gar nichts vielleicht, weil er einem Kind niemals wehgetan hätte –, fing er an, verzweifelt mit den Händen um sich zu schlagen, als würde er sich gegen ein ekelerregendes Insekt zur Wehr setzen.

Dann hörte er das Mädchen etwas flüstern, einen kurzen Spruch, der ungefähr so lautete: »*Beber muerte copa rubí*«, und fühlte sich ergriffen und emporgehoben. Er schaute zu seinen Füßen hinunter und sah im selben Moment zwei dürre rosa Beine wie fleischfarbene Würmer unter das Bett entwischen.

Rötlich fiel das Morgenlicht durch das Terrassenfenster.

Keiner von den dreien hatte in dieser Nacht ein Auge zugetan. Sie empfanden eine extreme Müdigkeit und ebenso eine Beklemmung von der Sorte, wie sie durch längeren Schlafentzug als natürliche Körperreaktion hervorgerufen wird.

385

»Die Botschaft war eindeutig: Sie haben uns am Leben gelassen, weil sie davon ausgehen, dass es noch eine Verräterin in den eigenen Reihen gibt. Wenn Akelos' Imago zerstört wird, dann sind auch wir an der Reihe. Bis dahin läuft unsere Galgenfrist.«

Ballesteros versuchte, Rulfo zuzuhören, obwohl ihm ab und an der Kopf vornüberfiel, worauf er ihn ruckartig wieder hob. Sein Körper verlangte nach Schlaf, aber er war noch nicht gewillt, ihm nachzugeben. Wenn er es tat, würde er sich natürlich nicht ins Bett, sondern auf die Couch legen und sein Bett Rulfo überlassen.

Nachdem er jenes *Ding* unter Raquels Bett hatte verschwinden sehen, erfüllte ihn jeder Gedanke an die Betten seiner Wohnung mit Grauen.

Er erinnerte sich an seine Kindheit, als sein Vater einmal eine Ratte durch alle Winkel ihres alten Hauses jagte, bis sie unter einer Schlafstelle in die Enge getrieben war, worauf er tief Luft geholt hatte und dann mit dem Schürhaken des Kamins im Anschlag in die Hocke gegangen war. Genauso hatte er es vorhin gemacht: tief Luft geholt und sich dann gebückt, um nachzusehen.

Der Unterschied war nur der, dass sein Vater die Ratte getötet hatte, er nicht.

Doch bevor ihm das Ding entwischte, hatte er eine zierliche Wirbelsäule, einen kleinen, festen Po und zwei glänzende dünne Beinchen erblickt.

Es war keine Ratte gewesen, sondern ein unbekleidetes Mädchen. Und als es verschwunden war, hatte es ein blutüberströmtes Zimmer hinterlassen.

Rulfo hatte ihm erklärt, dass er dem Gesehenen oder vermeintlich Gesehenen nicht allzu viel Bedeutung beimessen dürfe: Es seien lediglich Bilder, welche die Damen durch Verse hervorriefen, trügerische Projektionen, um sie das Fürchten zu lehren. Allerdings traf das nicht auf alles zu. Das Blut war keine Halluzination gewesen, es war vollkommen real, stammte aber glücklicherweise nicht von Raquel. Diese war nämlich nicht verletzt gewesen, sondern lediglich von Kopf bis Fuß damit befleckt und mit ihren Nerven völlig am Ende. Eine warme Dusche hatte beide Missstände wenigstens ein Stück weit behoben. Ballesteros und Rulfo waren ebenfalls frisch gewaschen und hatten die Kleidung gewechselt. Die junge Frau trug jetzt einen Bademantel von Ballesteros, in dem sie versank wie in einem riesigen Ledermantel, und saß mit angewinkelten Beinen auf der Polstergarnitur. Sie war blass und erschöpft, schien aber Rulfos Worte aufmerksamer zu verfolgen denn je zuvor.

»Vorhin ist es mir wieder eingefallen. Es waren nur zwölf Damen auf dem Landsitz in der Provence. Das ist mir nicht mehr aus dem Kopf gegangen. Die Dreizehnte ist immer noch nicht aufgetaucht. Nicht etwa, weil sie am mächtigsten wäre, im Gegenteil: Wer ihr auf die Spur kommt, kann die ganze Gruppe zerschlagen. Ich finde, dass wir es versuchen sollten. Das ist unsere einzige Chance, uns zur Wehr zu setzen.«

»Ich bin einverstanden«, sagte Ballesteros ohne Umschweife. »Ich weiß zwar nicht, was der ganze Spuk zu bedeuten hat, aber ich weiß, dass sie ... das Bild meiner Frau missbraucht haben, um mir mit meinen Kindern zu drohen ...« Er hielt inne. Allein der Gedanke verursachte ihm Schüttelfrost. »Das sollen sie mir büßen.«

Rulfo sah Raquel an. Ihre Mitarbeit erschien ihm unentbehrlich. Wenn die junge Frau sich bei dem Vorhaben nicht beteiligte, dann würden sie nichts ausrichten, so viel stand fest.

»Das ist absurd«, sagte sie schließlich. Sie sprach langsam und schien um jeden einzelnen Satz ringen zu müssen. »Was redet ihr da ... Ihr wisst ja gar nicht ...« Sie schüttelte den Kopf, als hätte sie genug von ihrer Ignoranz. »Es ist ein Hexenring, ein *coven* ... Gegen einen *coven* haben wir keine Chance. Die hätten wir nicht einmal gegen ein einziges Mitglied ... Ihr seid ... Wir sind nur Menschen, sie nicht.«

»Was sind sie denn?«, fragte Ballesteros. »Was zum Teufel war dieses Mädchen? Was sind sie alle?«

»Hexen«, erwiderte die junge Frau.

Es dauerte einen Moment, dann erschien auf dem Gesicht des Arztes ein Grinsen, aber seine Augen hatten jeglichen Humor verloren.

»Frauen, die auf Besen reiten und nachts Hexentänze aufführen ...? Die gibt es nicht.«

»Da hast du Recht. Die gibt es nicht. Aber Hexen schon. Sie reiten nicht auf Besen und führen keine Hexentänze auf: Sie rezitieren Verse. Es sind die Damen. Ihre Macht ist die Poesie; das ist die größte Macht überhaupt. Nichts und niemand kann sich ihnen in den Weg stellen. Nichts und niemand kann ihnen entgegentreten.«

Rulfo erschauerte, als er den versteckten, aber unüberhörbaren Stolz in ihrer Stimme vernahm.

»Jedenfalls«, meldete er sich dann mit doppeltem Eifer wieder zu Wort, »wäre uns das alles nicht passiert, wenn wir nicht geträumt hätten. Wir hätten einfach unser gewohntes Leben weitergeführt und wären irgendwann gestorben, ohne je etwas von der Existenz der Damen erfahren zu haben, wie die meisten Menschen ... Sie mischen sich nämlich nie direkt ein. Sie inspirieren die Dichter und wenden dann deren Verse an, aber seit Jahrhunderten sind sie es gewohnt, ihre Fäden hinter den Kulissen zu ziehen. Trotzdem sind wir ihnen begegnet. Und das, weil eine von ihnen, nämlich Akelos, uns gerufen und um Hilfe gebeten hat. Inzwischen bin ich sicher, dass Akelos damit einen langfristigen, komplexen Plan verfolgt hat: Leticia Milano, Césars Großvater, das Bild und der Zettel mit der Liste der Damen, die ich in Lidia Garettis Haus gefunden habe ... Ich glaube, dass uns Akelos über diese Spuren aus der Vergangenheit ganz gezielt an den Punkt geführt hat, wo wir jetzt sind. Was bedeuten würde, dass wir sehr wohl noch etwas tun können. Wir können sie treffen, indem wir die dreizehnte Dame ausfindig machen ...«

»Man kann sie nicht ausfindig machen, Salomón«, die junge Frau schüttelte den Kopf. »Das ist unmöglich.«

»Und warum bist du da so sicher?«

»Ich bin es eben.«

»Dann«, sagte Rulfo mit kalter Wut, »ist die Lösung noch viel einfacher. Wir verschränken die Arme und warten, bis Saga uns Baccularia wieder auf den Hals hetzt, damit die uns mit den Schreckensbildern unserer verstorbenen Angehörigen quält. Das kann heute Nachmittag geschehen, heute Nacht, morgen, nächste Woche oder in einem Monat ... Und wenn sie davon genug hat, dann brauchen wir nur noch abzuwarten, bis sie uns den Garaus macht wie deinem Sohn ...«

»Lass den aus dem Spiel.«

Aus dem Ton dieser Forderung, die sie mit derselben Milde vorbrachte wie jeden anderen Gesprächsbeitrag, hörte Rulfo dennoch eine Warnung heraus und stockte. Einen Augenblick lang betrachtete er ihre Augen mit dem kalten Funkeln hinter dem dichten Vorhang aus feuchtem Haar. *Setz sie unter Druck. Damit sie reagiert.* Er holte Luft und fuhr fort, indem er die Stimme hob.

»Weißt du eigentlich, was ich mir wünsche, Raquel ...? Ich wünschte, du würdest die wahre Schuldige einmal genauso anfunkeln. Aber die ist natürlich viel zu mächtig, nicht wahr ...? Was hat Saga bloß aus dir gemacht ...?« Er sah die vollen Lippen beben. Aber nur die Lippen. Ihre Augen durchbohrten ihn mit einer furchterregenden, schwarzen Härte. »Was ist eigentlich aus der großen Saga geworden, die du einst gewesen bist ...? Erst hat sie dich mit Fußtritten hinausgeworfen, dann dich in den Dreck gestoßen und in der größten Erniedrigung leben lassen ... Und was hat sie dann gemacht ...? Ich will es dir sagen. Sie hat dir das Einzige genommen, was du geliebt hast, das Einzige, was du wirklich geliebt hast ...«

»Halt den Mund.«

»... sie hat ihn gefoltert und vor deinen Augen umgebracht, und über deinen Schmerz lacht sie sich jetzt ins Fäustchen, während du vor ihr auf die Knie gehst und wimmerst: ›Wir können nichts machen, es ist unmöglich, es ist unmöglich ...!‹«

Da geschah etwas. Die beiden Männer merkten es gleichzeitig.

Es war, als würde die Raumtemperatur um ein paar Grade sinken. Und Rulfo, der gerade von neuem ansetzen wollte, brach ab.

»Es sei«, sagte sie. Ihre Stimme klang unverändert. Es war immer noch die bekannte junge Frauenstimme, Raquels Stimme. Trotzdem erbebten die Männer, als sie das hörten.

»Es sei«, wiederholte sie ein wenig leiser.

»Wirst du uns helfen?«, fragte Rulfo beinah flehentlich.

Die junge Frau nickte ein einziges Mal. Weder Rulfo noch Ballesteros bezweifelten die Aufrichtigkeit dieser Absichtserklärung.

»Die letzte Dame gibt dem Ring seinen Zusammenhalt, deshalb ist sie auch der Schwachpunkt ... Sie erscheint nie auf den Versammlungen, sondern lebt im Verborgenen und wirkt von dort auf die Einheit der Gruppe ein. Wenn man ausgestoßen wird, dann löschen sie als Erstes das Wissen über ihre Identität und den Ort, wo sie sich versteckt hält.«

»Hat sie auch eine Imago?«

»Ihre Imago und der Ort, wo sie sich verbirgt, sind ein und dasselbe. Dieser Ort wird Gefäß genannt und muss nicht zwangsläufig eine Wachsfigur sein wie bei den anderen. Er kann irgendetwas sein, sogar ein Lebewesen. Ihn zu finden ist fast unmöglich.«

»Aber, wenn wir es trotzdem täten und ihn zerstörten ...«

»Das Gefäß kann man nicht zerstören ... Aber wenn es gefunden wird und sie gezwungen ist, es zu verlassen, dann bedeutete das für den Ring eine große Gefahr. Trotzdem wäre das nur der Anfang, weil wir anschließend gegen den Ring antreten müssten.«

Die junge Frau schwieg und wartete auf die nächste Frage.

Während er diese Informationen auf sich wirken ließ, entsann sich Rulfo seiner letzten Träume: die Glastüren mit den Weihnachtsbäumchen, das Zimmer Nummer dreizehn und Akelos' rätselhafter Satz: »Der Patient von Zimmer dreizehn weiß Bescheid.« Was hatte es damit für eine Bewandtnis? Sollte das vielleicht ein Hinweis darauf sein, wie das Gefäß zu finden war ...? Und wenn ja, wie sollte er ihn verstehen? Handelte es sich um einen realen Ort? Ballesteros war zu dieser Beschreibung jedenfalls keine ihm bekannte Klinik eingefallen.

Dann hatte er noch eine andere Idee.

»Moment mal! Herbert Rauschens Nachforschungen ... César hatte den Verdacht, dass er mit seinen Ermittlungen über Studenten und Professoren dieser Dame auf der Spur war. Ich frage mich, ob er das Gefäß gesucht und vielleicht gefunden hat ...«

»Rauschen haben sie aber vernichtet«, wandte Ballesteros ein. »Das hast du mir selbst erzählt.«

»Das stimmt, aber César hat seine Dateien mitgenommen und hat sie durchgesehen ... Obwohl er nicht ans Telefon geht, könnte ich versuchen, in seine Wohnung zu gelangen und die Dateien zu holen. Das ist unsere einzige Chance.«

»Das ist eine gute Idee«, fand Ballesteros. »Und wir?«

»Ihr solltet beide zusammenbleiben, bis ich wieder hier bin.«

Sie wandten sich der jungen Frau zu. Diese schien nachdenklich. Sie saß mit angezogenen Beinen in Ballesteros' Bademantel auf dem Sofa und das Nachmittagslicht spielte um ihre Knie, während das schwarze Haar Schatten auf ihr Gesicht malte. Sie war umwerfend schön. Fast verboten schön. Ballesteros betrachtete sie und sein Blick war nicht ganz frei von einer bestimmten uneingestandenen Neugier, die gegen sein Gewissen verstieß.

»Einverstanden«, sagte sie endlich. Und wiederholte: »Einverstanden.«

Noch am selben Nachmittag ging er hin. *Das ist unsere einzige Chance*, dachte er, während er in dem alten Aufzug nach oben fuhr. *Wenn die Dateien nicht mehr da sind und sie César vernichtet haben ...* Aber er wollte nicht weiter darüber nachdenken. Noch nicht.

Die Tür der Dachwohnung war verschlossen und alles lag still da. Er entsann sich seines letzten Besuchs vor Wochen, als er die beiden in diesen Horror eingeweiht hatte. Ihm war klar, dass es nur einen Weg gab, seine Schuld wieder gutzumachen. Er klingelte und wartete. Dann klingelte er noch einmal. Und ein drittes Mal. Als er im Begriff war, das Schloss aufzubrechen, nahm er drinnen ein paar zaghafte Geräusche wahr. *Gesegnet seiest du César, du bist am Leben.*

Die Tür tat sich auf und Rulfo starrte verwirrt in das in der Öffnung erschienene Gesicht: ein Gespenst mit grauen Haaren und eingefallenen Wangen. Als Nächstes nahm er den Gestank wahr, wie ein zweites kleineres Gespenst, das das erste auf Schritt und Tritt begleitete.

»Salomón ...? Komm rein ...«

Im Inneren der Dachwohnung waren zwei Eindrücke vorherrschend: die Finsternis und der Gestank. An Ersterer waren die geschlossenen Jalousien schuld, von denen eine schief herabhing. Letzterer hatte dagegen mehrere Ursachen: Verwesung, Tabak, Marihuana, Schweiß und ein stechender Geruch nach verbranntem Papier. Ein Stuhl war umgestürzt, ein Vorhang lag auf dem Boden, zerbrochene Schnapsflaschen, Bücher und Zeitungen bedeckten die mit riesigen Flecken beschmutzten schönen Teppiche. Von dem erlesenen Ambiente, in dem César und Susana einst das glückliche Paar gespielt hatten, war nichts mehr übrig.

»Was ist passiert, César?«

Sein alter Professor maß ihn mit einem Blick, als wäre das die letzte Frage, die er erwartet hatte. Statt einen seiner eleganten seidenen Morgenmäntel trug er ein langes Hemd in einem verblichenen Dunkelblau und darunter eine Cordhose. Er lief auf Strümpfen umher. Mit einem Mal hob er zittrig den Finger an die Lippen.

»Psst …! Nicht so laut … Ich möchte sie nicht aufwecken …«

Rulfo erstarrte.

»Wen?«

»Na, wen wohl …« César ging nun voran durch das Durcheinander im Wohnzimmer. »Susana.«

»Ist Susana denn hier?« Rulfo spürte, wie es ihm vor Angst die Kehle zuschnürte.

»Natürlich, wo sonst. In ihrem Zimmer.«

Sie schlichen zu dem verschlossenen Zimmer, in dem sie bei seinem letzten Besuch ihre Unterredung unter vier Augen gehabt hatten. César ergriff den Knauf und drehte ihn. Millimeter für Millimeter öffnete sich die Tür und ließ einen Streifen Licht sehen, den flauschigen Teppich, den Fernseher …

Angespannt und die Fäuste in den Taschen geballt spähte Rulfo hinein, in der Erwartung, jeden Moment Gott weiß was auftauchen zu sehen. Das Herz schlug ihm im Leib wie ein wild gewordener Hammer.

»Susana?«, rief César. »Susana …? Sieh mal, wer gekommen ist …«

Die Tür öffnete sich vollständig.

In dem kleinen Raum war niemand.

César schien verwirrt.

»Sie muss … ja, klar, im Schlafzimmer sein …« Dann drehte er sich zu Rulfo um und bleckte die Zähne. »Woher dieses Interesse an ihr, Salomón …? Fickst du sie immer noch?«

Es hatte stets zwei Rulfos gegeben, und der eine beobachtete missbilligend die irrationalen Impulse des anderen. Genau das geschah, als er mit Abscheu gegen sich selbst César am Hemdkragen packte und ihn auf das Sofa warf, jenes extravagante Möbelstück, auf das sein Exprofessor immer so stolz war. César ließ sich herumstoßen wie die Stoffpuppe eines Bauchredners und machte, als er einmal saß, keinerlei Anstalten mehr, sich wieder zu erheben. Er schenkte Rulfo nur ein dümmliches Lächeln und entblößte dabei sein marodes Gebiss.

»Nichts für ungut ... Ich habe mich längst damit abgefunden ... Sie mag dich eben lieber als mich ... meinen geliebten Schüler ... Bei mir kommt sie gar nicht erst auf Touren ...«

Er hielt es für besser, nicht weiter darauf einzugehen. *Er ist durchgedreht. Sie haben ihm bestimmt einen Besuch abgestattet und er hat irgendwo einen Vers auf dem Körper.* Er empfand eine große Erschöpfung und erkannte, dass ihn dieser Zustand nervlich angreifbarer machte. Er wich schwankend zurück und ließ sich auf den Teppichboden fallen. Beide Männer saßen keuchend da.

»César, hilf mir«, bat Rulfo. »Wenn irgendwas bei dir ankommt, dann hilf mir. Ich will ihrem Treiben ein Ende setzen. Wegen dem, was sie Susana angetan haben ... Wegen dem, was sie dir angetan haben ...«

»Das wird dir nicht gelingen.« Zitternd hob er die Hand. »Vergiss es. Niemand kann sie zerstören. Sie sind Dichtung. *Morire non puote alcuna fata mai ...* Feen können nicht sterben, sagt Ariost.«

»Ich will es wenigstens versuchen.«

»Nie und nimmer, kein Gedanke. Nein, nein, nein. Du wirst so enden wie mein Großvater. Er hatte seinen Spaß, ja, aber er ist völlig verrückt geworden ... Nimm dich in Acht ... Die Poesie kennt keine Gnade. Sie hat die Klauen eines Milans. Erinnerst du dich an Leticia Milano ...? Die

Poesie ergreift dich und hebt dich in die Lüfte, bis du keinen Atemzug mehr tun kannst ... Bis der Sauerstoff dir die Lunge und das Gehirn ausgebrannt hat. Man muss sich davor sehr ... in Acht nehmen.«

»Wo sind die Dateien, die du bei Rauschen mitgenommen hast?«

»Ich habe sie gelesen. Alle.«

»Ich bin gekommen, weil ich dich bitten wollte, mir zu erzählen, was du darin gefunden hast. Wo sind sie?«

»Hier«, er deutete auf seinen Kopf.

»Aber die CD, wo ist die?«

»Kaputt. Der Rechner auch ...«

»Wie ...?«

»Psst ...! Schrei nicht so. Schrei bitte nicht so. Mir tut schon der Kopf weh. Außerdem wirst du sie aufwecken. Susana ist oben. Ungeheuerlich, was sie mir Nacht für Nacht erzählt.«

Rulfo schloss die Augen, aber nicht, weil er die Nerven verlor. Er versuchte nur nachzudenken.

»Susana redet mit dir ... nachts?«

»Dich nervt sie natürlich nicht, weil du noch glaubst, es ginge nur um das Eine, wie selbst bei Rimbaud nachzulesen ist ... Ihre Haut, das kann ich dir sagen, die ist so kalt, dass man sich das Eis im Whisky sparen kann, wenn man ihn eine Weile zwischen ihre Brüste stellt. Trotzdem ist es mit ihr die reine Lust und Leidenschaft ... Sie ist ein schauererregendes Mädchen ... Schauererregend, das ist genau das Wort!«

Er dachte, César spräche vielleicht von Baccularia oder von Lamia, und es schüttelte ihn. Oder sein armes Gehirn gab nur deren Projektionen wieder. Jetzt tat es ihm entsetzlich Leid, dass er eben auf den Alten losgegangen war.

»Was erzählt sie dir denn?«

»Oh, eine Menge ... Sobald ich ihre Stimme höre, wird er mir steif, ganz gleich, was sie sagt. Aber sie hat mir meine

Gedichte weggenommen. Und das ist das Schlimmste. Sie hat sie allesamt gelöscht, zack! Ich habe meine Bücher verbrannt. Das heißt, ich bin noch dabei ... Ich suche immer ein bestimmtes aus und werfe es ins Feuer ... Ich bin Don Quijote und der Priester gleichzeitig. Aber das nützt mir alles nichts, weil ich mich selbst in Poesie verwandle. Weißt du, wie sich das anfühlt ...? Sehr sonderbar ... Als hättest du im Kopf die Fenster geöffnet und die Vögel könnten munter von hier nach da durch dich hindurchfliegen.« Er deutete auf seine Schläfen. »Wie ein Schuss, verstehst du ...? Deshalb ist es ... sehr schwer ... sie zu zerstören ... weil sie einen zu dem machen, was sie selbst sind. Das Schlimmste ist, dass die Abwehr gegen die Dichtung auch Dichtung ist. *Bricht das matte Herz noch immer* ... Genau wie in der Liebe. Die Welt krankt an der Dichtung, Salomón, die das Fieber der Wirklichkeit ist. An irgendeiner Ecke lauert sie dem Menschen auf. Eines Tages gehst du nichts ahnend dort vorbei, und wenn du am wenigsten damit rechnest, fällt sie dich an ... die Dichtung, und verschlingt dich.«

»César ...«

»Es sind dreizehn. Wie die dreizehn letzten Zeilen eines Sonetts ... Sonette haben vierzehn Verse, aber in ihrer Symbolik fehlt dem ersten Vers die Ziffer: das sind wir Menschen; und dem letzten der Name: das ist die Dreizehnte.

»Sag mir, wo die Dreizehnte ist.«

»In der Leere ...«

César schien während seiner Rede einzunicken. Mit einem frustrierten Ausruf erhob Rulfo sich und verließ das kleine Zimmer, ohne die Tür hinter sich zu schließen.

Die CD. Vielleicht war sie noch irgendwo zu finden.

Er durchquerte das Wohnzimmer und bemerkte Césars tragbaren PC auf dem Fußboden. Der Bildschirm war zertrümmert und die Festplatte fehlte. Nach links und rechts tretend, bahnte er sich einen Weg durch die Bücherstapel.

Im Kamin entdeckte er einen gewaltigen Haufen verbrannten Papiers und auf dem Teppich davor Rußspuren. Der Geruch von kaltem Rauch stach ihm in der Nase und er sah, dass der Teppich an mehreren Stellen versengt war. Er dachte vage daran, welche Gefahr das bedeutete. Aber im Moment hatte er andere Sorgen. Er wühlte in dem verkohlten Papier, ohne fündig zu werden. Er ging in die Küche und durchsuchte ebenso erfolglos den Abfalleimer, der merkwürdig sauber und nahezu leer war: Lediglich ein paar zerknüllte Papierservietten befanden sich darin, sonst nichts.

»Weißt du eigentlich, dass mein Großvater ein verdammter Kinderschänder war?«, sagte César, der immer noch in dem Zimmer saß.

»Ja«, sagte Rulfo, ohne hinzuhören, und verließ die Küche.

Das Schlafzimmer.

»Doch, ehrlich. Leticia Milano hat ihn in den Wahnsinn getrieben, indem sie ihm in Paris Kinder beschaffte ... Ich habe selbst ... He? Wo willst du hin ...? Du wirst Susana wecken ...!«

Rulfo stieg die Treppe zum Schlafzimmer hinauf, dem einzigen Raum, den er noch nicht durchsucht hatte.

Auf halbem Wege schlug ihm ein scheußlicher Gestank entgegen, der hier oben weitaus schlimmer war als im unteren Stockwerk.

»Mach nicht solchen Lärm ... Wenn sie aufwacht, dann wird sie böse ... Du kennst sie doch ...«

Sich mit einer Hand die Nase zuhaltend, stieß er die Tür zum Schlafzimmer auf.

Die Szenerie erinnerte ihn an das, was sich in der vorausgegangenen Nacht in Ballesteros' Wohnung zugetragen hatte. Das Zimmer sah aus wie ein Schlachthaus. Aber das Blut war schon lange an den Wänden getrocknet. Auf dem Boden, vor dem Bett, lag aber noch etwas mitten in einer starren, dicken, dunkelroten Lache. Er konnte nicht auf den ersten Blick erkennen, was es war. Ein feuchtes Bündel, ein zusammengekauertes Tier. Doch dann kombinierte er die Linie einer gekrümmten Wirbelsäule mit zwei angewinkelten und bis zu den Knien zerfressenen Beinen, zwei Armstummeln und dem schmutzigen strohblonden Haar, das am Schädel klebte und (als er um das Ding herumging)

Ouroboros

dem offenen Mund, der mit zuerschmettertem Kiefer an einem der Knie lehnte,

Das ist Ouroboros

und endlich stillstand.

Eigentlich hatte er César umbringen wollen, bevor er ging, aber dann fehlte ihm im letzten Moment doch der Mut. Er hatte keinen Vers an ihm entdecken können, weshalb er vermutete, dass die Damen bei seinem einstigen Professor und Freund mit größter Raffinesse zu Werke gegangen waren. Sie hatten ihn in den Wahnsinn getrieben, indem sie dafür sorgten, dass Susana wieder zu ihm nach Hause kam.

Nicht wahr? Wieder daheim. Welche Raffinesse, Saga. Mein Glückwunsch!

Lauter feuchte Lichter blinzelten sie an, als er, wütend das Gaspedal tretend, durch die Stadt zurückfuhr. Es blieb ihm nur noch eine einzige Chance: Raquel musste sich an etwas Wichtiges erinnern.

Auf einer Kreuzung stand ihm ein Fahrzeug im Weg und Rulfo ließ seine Hupe erdröhnen wie eine scheppernde Trompete. Er erntete eine Schimpftirade und fuhr einfach weiter.

Ihre letzte Hoffnung war Raquel. Aber war ihr nicht längst alles eingefallen? Was sollte ihr denn noch einfallen?

Oder Lidia. Wenn Lidia ihnen nur wieder eine Nachricht zukommen ließe. Nein, er war sicher, dass das Träumen vorbei war. Oder versuchte ihnen vielleicht wirklich eine andere Dame aus dem Ring zu helfen …?

Vor ihm sprang eine Ampel warnend auf Gelb um. Er wollte rasch noch durchfahren, aber das Auto vor ihm wurde langsamer und blieb stehen. Fluchend sah er sich gezwungen, ebenfalls zu bremsen.

Was sollte er Ballesteros und der jungen Frau, die schon ungeduldig auf seine Rückkehr warteten, bloß sagen? *Tut mir Leid. Fehlanzeige. Auf Rauschens Dateien haben wir keinen Zugriff.*

Die Rotphase zog sich hin. Ungeduldig wandte er den Blick zur Seite.

Und sah eine Schiebetür aus Glas, flankiert von zwei kleinen Tannenbäumen.

4

Die junge Jacqueline betrachtete die Landschaft vom Liegestuhl aus, der auf der Terrasse ihrer Villa an der Steilküste der Côte d'Azur stand. Etliche Meter unter ihr tobte die Brandung in ihrem unermüdlichen Kommen und Gehen. Es war Nacht und in der Ferne flackerte stumm ein Wetterleuchten. Eine kalte, aber in diesen Breiten durchaus erträgliche Brise brachte den Faltenwurf ihres gestreiften Morgenrockes in Bewegung.

Sie war von lauter Annehmlichkeiten umgeben, hätte sich aber in einem Sarg unter der Erde oder inmitten eines lodernden Feuers genauso wohl gefühlt. Ihre tiefen, wohlgehüteten Freuden hatten mit der umgebenden Realität nichts zu tun. Es waren Lüste anderer Art, intime Genüsse, die ihr eine Zeit paradiesischer Empfindungen verschafften und so lange andauerten, wie ihr Laster dies verlangte.

Jacqueline lebte gerade einmal seit zweiundzwanzig Jahren. Sie war eine quicklebendige junge Frau, schlank, klein, mit kurzem Haar und kastanienbraunen Augen. Sie war gebürtige Pariserin, begütert, allein lebend, hatte weder Angehörige noch Freunde und schien glücklich. Sie war sehr liebenswürdig. So sah sie jedenfalls der in ihrer luxuriösen Residenz beschäftigte Trupp von Migranten. Immer lächelnd, immer fröhlich, Mademoiselle. Sehr liebenswürdig.

Aber *das Ding* in ihrem Inneren, diese in ihrem Blick wohnende *andere*, die niemals blinzelte, war sehr viel älter als vieles, worauf ihre Augen in diesem Moment ruhten. Manchmal amüsierte sich Jacqueline insgeheim bei dem Gedanken, was ihre Hausmädchen, ihre Angestellten, all die Fremden, die tagein, tagaus um ihr Haus und ihr Wohl bemüht waren, von dieser *anderen* halten würden. Wenn sie wüssten! Was sie wohl sagen würden, wenn sie *sie* schauen könnten und danach noch imstande wären,

zu denken

oder zu atmen.

Ihre Lippen verzogen sich zu einem süßlichen Lächeln. Im Einklang mit dieser holden Geste flammte am Horizont ein Blitz auf.

Jacquelines wahre Freuden waren ziemlich ungewöhnlich, denn es waren die Freuden *der anderen*. Zum Beispiel Verse zusammen mit Madoo zu rezitieren. Oder Tefilla auf die Körper von Fremden zu tätowieren und dann zu beobachten, was geschah. Oder aus lauter Jux ihre ehemalige Königin zu demütigen. Aber im Grunde war ihr auch das ziemlich gleichgültig. Was sie wirklich interessierte, war nur die Fähigkeit, die Realität nach ihren Wünschen zu beugen.

Die Realität war so schwach. Wie ein Fötus in der Gebärmutter: So war sie. Keine der Schwestern hatte diese Tatsache bisher in dem Ausmaß zur Kenntnis genommen wie sie. Wie wehrlos, wie zerbrechlich diese schlummernde Wirklichkeit doch war. Wie ein ungreifbarer, zitternder, feiner Schleier.

In ihrem Mund schlief ein Rimbaud, der diesen Schleier niederreißen und zerfetzen konnte. In ihrem Mund nistete ein Horaz, den die Welt noch nie vernommen hatte und ein Shakespeare, den keine ihrer Schwestern in der *ihr* geläufigen Form jemals rezitiert hatte. Eines Tages würde sie diese Verse vortragen, nur um ihnen zu beweisen, wie hauchzart der Vorhang war und wie leicht man ihn lüften konnte. Eines Tages würde sie jenen Rimbaud, jenen Horaz und jenen Shakespeare herauslassen und das Antlitz der Welt verändern. Sie würde es tun. Sie war Saga. Sie konnte alles tun. Sie kannte auch einen Eliot. Dieser Eliot lag ihr stets auf der Zunge. Er war winzig klein und stammte nicht aus *Dem wüsten Land*, sondern aus den *Vier Quartetten*. Aber er war entscheidend. Durch ihn konnte sie sich Informationen beschaffen. Wissen war nämlich ihr Spezialgebiet, ihre starke Seite. Sich in Saga zu verwandeln war ein sehr, sehr langwieriger Prozess gewesen, aber jetzt wurde sie für das Warten mehr als belohnt.

Ihre Zeit war gekommen.

Wieder erschien ein blendender Blitz am Horizont. Sie musste blinzeln. Die Augen, die durch sie hindurchschauten, blinzelten nicht.

Eine Angelegenheit war noch in der Schwebe, aber die würde sich so effizient und rasch lösen lassen wie jener Blitz. Eine Kleinigkeit von vielen, aus denen ihre Welt bestand. Dennoch hatte sie den Wunsch, sie baldmöglichst zu erledigen.

Das Finale. Akelos' Imago hatte sie bereits zurück. Jetzt brauchte sie nur noch die Gruppe einzuberufen, um sie zu zerstören. Fertig. So einfach war das. Die Schwestern hatten diesen allerletzten Schritt sogar schon vergessen. Sie nicht.

Eine Angelegenheit ohne viel Bedeutung, aber notwendig. Voller Ungeduld wartete sie darauf, sich der ehemaligen Akelos ein für alle Mal zu entledigen. Es beunruhigte sie, dass sie immer noch existierte, obwohl sie annulliert und ihr Körper tot war. Akelos war ihre größte Widersacherin gewesen, mit der entmachteten Raquel nicht zu vergleichen. Weil sie sich als Einzige in einem Gebiet ausgekannt hatte, das ihr selbst verschlossen war: dem Schicksal. Akelos' Wege waren nicht sichtbar, aber real, und als Jacqueline einen davon zu gehen versuchte, hatte sie feststellen müssen, dass Akelos ihn schon vor Urzeiten gegangen war. Deren Nachfolgerin verfügte noch nicht über die große

Macht und den Erfahrungsschatz der alten Dame – längst nicht. Doch am schlimmsten war, dass Akelos über eine ungeheure Finsternis geherrscht hatte, die für sie nicht zugänglich war. Und das machte ihr Angst, denn wenn sie dem etwas entgegensetzen wollte, musste sie diese Finsternis noch überbieten.

Dennoch waren die Tage der ehemaligen Akelos gezählt. Sie musste nur noch herausbekommen, ob jemand mit ihr zusammenarbeitete. Sie musste nur noch Zugang finden zu der sonderbaren Stille in Raquels Geist. Doch das sollte ihr nicht allzu schwer fallen. Sobald die alte Spinne vollends vernichtet war, würde sie anfangen, die junge Frau zu *bearbeiten*. Es war ihr bereits gelungen, eine unterwürfige, vor Angst zitternde Fremde aus ihr zu machen. Ihre Folter und der Tod ihres Kindes hatten dazu beigetragen, diese Eigenschaften noch zu verstärken, wie sie sehr richtig vorausgesehen hatte. Zu gegebener Zeit würde Raquel ihren letzten Widerstand aufgeben; würde dann wie ein Sturmbock in ihre tiefsten Gedanken eindringen und ihre Stille zerplatzen lassen. Sollte es tatsächlich eine weitere Verräterin geben, so würde sie es auf diesem Wege erfahren. Für den Augenblick begnügte sie sich damit, sie weiter unter Druck zu setzen, sie und die Fremden, die Akelos durch ihre Tefillin zu rekrutieren vermocht hatte.

Letzten Endes würde ihnen ohnehin nichts anderes übrig bleiben, als zu bekennen, wer ihnen half.

Ihr fiel ein, dass ihre nächste Zusammenkunft in drei Wochen stattfand. Zur Wintersonnenwende.

Sie sah in die Ferne. Mehrere Blitze leuchteten am Ende ihres Blickfelds auf, als stammten sie aus ihren eigenen Augen.

»Es war eine Art Therapiepraxis. Sie war schon geschlossen, als ich vorbeikam, aber vielleicht gibt es dort auch stationäre Patienten. Es nennt sich ›Centro Mondragón‹.«

»Nie gehört«, sagte Ballesteros. »Aber das will nichts heißen. In Madrid gibt es eine ganze Reihe solcher Privatpraxen unterschiedlichster Art, die einem versprechen, aus Stroh Gold zu spinnen. Oder eher dir für Stroh das Gold aus der Tasche ziehen.«

»Ich verstehe nicht, was du damit sagen willst«, mischte sich Raquel ein.

»Ach, das war nur ein albernes Wortspiel«, entschuldigte sich Ballesteros. »In Anbetracht der Tatsache, dass es fast Mitternacht ist, dürft ihr nicht mehr von mir verlangen. Außer Kaffee. Möchte jemand noch Kaffee …? Nein …? Gut, dann ist er für mich.«

Er goss den Rest in seine Tasse. Er war zwar kalt, aber immer noch besser als der Alkohol, den Rulfo in sich hineinschüttete, fand er, weil sein Kater vom Whisky am Vorabend noch deutlich zu spüren war.

Wohl wissend, dass er nicht die allerbesten Neuigkeiten mitbrachte, war Rulfo von César zurückgekehrt. Er hatte versucht, die unangenehmen Einzelheiten so gut es ging auszusparen, weil er der Auffassung war (und die Gesichter von Ballesteros und Raquel verrieten ihm, dass sie derselben Meinung waren), es sei nicht erforderlich, einen lückenlosen Bericht seines Besuchs zu liefern, um zum Kern der Sache zu kommen: dass sie kaum Chancen hatten.

»Das haben wir immerhin. Es ist nicht viel, aber ich möchte trotzdem in diese Klinik oder Praxis oder was es auch sein mag hineingehen und das Zimmer mit der Nummer dreizehn suchen.«

»Glaubst du, dass uns das weiterbringt?«

»Das Einzige, was ich weiß, ist, dass ich von genau diesem Ort geträumt habe. Und Lidia hat ihn gemeint, als sie zu mir gesagt hat: ›Der Patient in Zimmer Nummer dreizehn weiß Bescheid.‹ Wer auch immer das ist, ich muss mit der Person in diesem Zimmer reden. Lasst uns überlegen, wie wir morgen Nachmittag in dieses Centro Mondragón reinkommen könnten.«

»Wie stellst du dir das vor?«

»Erst einmal ganz legal. Und wenn das nicht klappt, dann wird es mir auf irgendeine andere Art gelingen. Abends um Punkt acht schließen sie jedenfalls ihre Pforten. So viel steht fest. Vielleicht kann ich mich bis dahin irgendwo verstecken und, wenn alle gegangen sind, in Ruhe nachsehen.«

»Du darfst nicht vergessen, dass du danach auch wieder rauskommen musst«, gab Ballesteros zu bedenken und war selbst über die Nüchternheit überrascht, mit der er das Vorhaben zum unerlaubten Betreten eines Privatgebäudes unterstützte.

»Wir werden rechtzeitig hingehen und das Gebäude von außen inspizieren.«

»Wie bitte?«

Beide drehten sie sich zu der jungen Frau um. Diese sah sie blinzelnd an, als wüsste sie selbst nicht genau, was sie damit sagen wollte.

»Ich will nicht vom Thema ablenken, aber ... Ich würde gerne mal ein paar Gedichtbände sehen.«

Alle verstummten.

»Verstehe«, sagte Rulfo schließlich und nickte eifrig.

»Ich glaube allerdings nicht, dass es etwas nützen wird«, beeilte sie sich hinzuzufügen. »Ich habe mein Gedächtnis zurückgewonnen, aber nicht die Fähigkeit zu rezitieren. Trotzdem könnte es ja sein, dass ich ... irgendetwas Brauchbares finden kann.«

»Das ist eine großartige Idee, Raquel«, sagte Rulfo und nickte erneut. »Wenn uns irgendetwas schützen kann oder ihnen schaden, dann nur die Poesie.«

Ballesteros bemerkte erstaunt, wie er dem Gespräch folgte, ohne dass sein Rationalismus dagegen Sturm lief. Wahrscheinlich weil sein Rationalismus gerade unter Rückenschmerzen litt. Er legte eine Hand auf seine Lendenwirbel und unterdrückte die dazugehörige Grimasse. Eine geschlagene Stunde hatte er damit zugebracht, das Blut von den Wänden und den Fliesen des einstigen Kinderzimmers seiner Tochter zu kratzen, in dem Raquel übernachtet hatte. Blut aus dem Nichts, ebenso wie jenes schauererregende Mädchen oder das entsetzliche Bild von Julia – eine Explosion unsichtbarer Körper. Der ganze rationale Unglaube dieser Welt musste angesichts der Wirklichkeit dieser Schmerzen wie ein Kartenhaus in sich zusammenfallen, fand er. *Du brauchst nur eine Stunde Blut wegzuschrubben, schon gehst du zum Okkultismus über,* sagte er zu sich selbst. *Ein paar Rückenschmerzen genügen dir, um ans Jenseits zu glauben.*

Rulfo stellte ihm eine Frage.

»Gedichtbände ...?« Ballesteros kraulte sich nachdenklich den Bart. »Nein, habe ich nicht. Ich selbst bestimmt nicht ... Vielleicht Julia ... Ja, ich glaube, sie hat was von Pemán. Den mochte sie. Könnt ihr mit Pemán etwas anfangen?«

»Nein«, sagte die Frau.

»Das habe ich mir schon gedacht. Was ist an diesem Pemán eigentlich heute noch dran, wenn er nicht einmal dafür taugt?«

»Das hat mit Pemán überhaupt nichts zu tun«, stellte Rulfo klar. »Wie César mir erläutert hat, haben nur sehr wenige Dichter im Laufe der Geschichte von den Damen inspirierte Machtverse verfasst. Die große Mehrheit hat lediglich schöne, aber völlig unschädliche Lyrik geschrieben.«

»Nun, dann kann ich euch wohl doch nicht helfen.«

»Keine Sorge. Ich habe bei mir zu Hause eine große Lyriksammlung. Wir wollen morgen hingehen, Raquel. Dann hast du den ganzen Nachmittag Zeit, um dir die richtigen Bücher herauszusuchen. Sobald du mir geholfen hast, in diese Klinik hineinzukommen, Eugenio, du könntest Raquel in meine Wohnung begleiten und dort mir ihr auf mich warten. Seid ihr damit einverstanden?« Beide nickten. Es entstand ein kurzes Schweigen. Rulfo beobachtete sie. Sie waren genauso erschlagen wie er oder sogar noch mehr, aber er wollte nichts unbesprochen lassen, vor allem ein Detail nicht, das ihm lebenswichtig erschien. Er wandte sich an die junge Frau.»Was glaubst du, wie viel Zeit uns bleibt?«

Sie überlegte einen Moment.

»Das nächste Mal müssen sie sich versammeln und ein Ritual vollziehen, das ›Finale‹ genannt wird, damit sie die Imago zerstören können. Es muss an einem besonderen Tag stattfinden ... Falls sie überhaupt vorhaben, uns bis dahin am Leben zu lassen ... Also mit sehr viel Glück haben wir noch drei Wochen Zeit. Bis zur Wintersonnenwende.«

Rulfo und Ballesteros wurden auf ihren Plätzen unruhig.

»Drei Wochen«, sagte der Arzt.»Das ist nicht viel Zeit, um diese ... diese dreizehnte Dame zu finden. Wenn wir sie denn finden sollten ...«

»Wir finden sie«, erklärte Rulfo.»Und jetzt müssen wir uns unbedingt ausruhen. Es ist sehr wichtig, dass wir Kraft schöpfen.«

Kaum hatte er das gesagt, war die Versammlung aufgelöst.

Das Foyer des Centro Mondragón kam ihnen eng und eisig vor wie ein Grab. Die Einrichtung bestand aus modernen Malereien, Zimmerpflanzen und Ledersofas. Rulfo war felsenfest davon überzeugt, diesen Ort noch nie in seinem Leben betreten zu haben, was seine Hypothese bestätigte, in seinen Träumen wichtige Hinweise zu erhalten.

Eine Frau wandte sich hinter der Empfangstheke ihrem Computer zu. Sie hatten sich darauf geeinigt, wie sie vorgehen wollten. Ballesteros redete als Einziger. Er zeigte seine ärztliche Zulassung und sein charmantestes Lächeln und nannte den Namen eines vermeintlichen Patienten, der im

Zentrum psychologisch behandelt werde. Er lehnte beim Reden die Ellbogen auf die Empfangstheke und sagte keine zwei Worte, ohne zu lächeln. Die Frau mit lockigem, mahagoni gefärbtem Haar erwiderte sein Lächeln und gab ihm freigebig Auskunft. Nein, in diesem Zentrum gebe es keine stationär behandelten Patienten und auch keine Ärzte, sondern lediglich Psychologen. Es gebe auch kein Zimmer mit der Nummer dreizehn. Bedauerlicherweise könne sie nicht gestatten, dass Ballesteros selbst nachschauen gehe. Es fänden nämlich gerade die Therapien statt. Wenn er vielleicht morgen, kurz vor Dienstschluss noch einmal kommen wolle … Aber sie werde ihm selbstverständlich gerne sämtliche Informationen geben, die ihm weiterhelfen könnten. Hin und wieder stellte er ihr eine Frage, für deren Beantwortung sie in den Computer schauen musste. Als die Frau den Blick vom Bildschirm hob, hatte sie nicht den Eindruck, dass sich etwas verändert hatte.

Und bemerkte nicht einmal, dass der Begleiter des Arztes, ein bärtiger junger Mann, verschwunden war.

Rulfo schlüpfte in einen der Gänge. An einer Kurve befand sich eine Wartezone mit fünf oder sechs in ihr jeweiliges Alleinsein vertieften Patienten. Aus irgendeinem Grund beobachteten sie ihn beim Vorübergehen scharf. Er folgte seinem Weg, ohne stehen zu bleiben, und fand eine Toilette, deren Tür nicht zur Wartezone führte. Er öffnete sie und ging hinein.

Ihr Design schien sich an den modernen Kranken zu wenden. Drastische, rechteckige Schatten unterteilten das aus minimalistischen Strahlern stammende Licht auf den Wänden. Die Luft war angereichert mit einem teuren Raumduft. Es war niemand da. Er wählte die letzte Kabine in der Reihe, ging hinein und verschloss die Tür mit dem Riegel. Dann stellte er fest, dass dieser Mechanismus die Beleuchtung und die Lüftung in Gang setzte, worauf er es vorzog, die Tür wieder zu entriegeln und im Finstern zu verharren. Wenn jemand in seine Kabine wollte, konnte er der Person immer noch zu verstehen geben, dass sie besetzt war.

Jetzt ging es nur noch darum zu warten.

Im Foyer geschah endlich, worauf Ballesteros schon gewartet hatte: Es stand noch jemand vor der Rezeptionstheke. Er wollte nämlich das angeregte Gespräch nicht von sich aus beenden, um der Frau keine Gelegenheit zu geben, sich an seinen Begleiter zu erinnern. Wenn sie mit einem neuen Anliegen beschäftigt war, so vermutete er, wäre das Risiko geringer. Er schickte Rulfo mental alles Glück dieser Welt und ging.

Hölderlin. Hölderlin wollte ihr nicht aus dem Kopf gehen. Glücklicherweise besaß Rulfo eine Originalausgabe der *Nachtgesänge*. Eine Übersetzung hätte ihr ohnehin nichts genützt.

Sie holte das Buch aus dem Regal, stieg, es in beiden Händen haltend, vom Stuhl herab und legte es sorgfältig zu den anderen auf den Tisch. Dann überlegte sie einen Moment, bevor sie die nächste Wahl traf.

Am Abend vorher hatte Rulfo zu Ballesteros gesagt, dass nur eine Hand voll Dichter Machtverse verfasst hätten. Das war jedoch zu allgemein, denn es gab eine ganze Reihe subtilerer Formen, und diese begannen sich gerade wieder in ihrer Erinnerung zu regen. Omar Chayyam hatte in seinem ganzen *Rubaijat* einen einzigen Machtvers geschaffen, allerdings von einer Wirkung, die diese magere Ausbeute mehr als ausglich. Pedro Salinas und Jorge Guillén waren bei keinem Gedicht von den Damen inspiriert worden und hatten trotzdem mit zwei oder drei Zeilen überaus zerstörerische Waffen zustande gebracht. Byron hatte eine Strophe von unberechenbarem Unheil verfasst, aber die musste in umgekehrter Reihenfolge vorgetragen werden.

Doch sie ahnte, dass sie jetzt keine Zeit mit niederen Werken vertun durfte. Sie musste sich direkt den allergefährlichsten zuwenden.

Dem jungen, kränklichen Isidore Ducasse beispielsweise, berühmt unter dem Pseudonym Comte de Lautréamont, und seinen *Gesängen des Maldoror*. Diese Prosagedichte enthielten so viel Macht, dass ein einziges Menschenleben nicht ausreichte, sie anzuwenden, fiel ihr wieder ein. Sie fand eine broschierte Originalausgabe und legte sie auf den Tisch. Daneben entdeckte sie ein Exemplar von *The Tower and Other Poems* von Yeats. Sie erinnerte sich, dass Yeats von Incantátrix inspiriert worden war. Diese war ihm zum ersten Mal in einem Kindertraum im irischen Sligo begegnet, und als Jugendlicher hatte er sie plötzlich von Wellen umspült auf einer Klippe am Meer stehen sehen, matt und flüchtig wie Gischt. Auch Lorca musste sie mitnehmen. Sie nahm an, dass Rulfo eine Ausgabe der *Zigeunerromanzen* besaß.

Sie hatte einen Kloß im Hals und hätte am liebsten losgeheult. Alle diese Namen flogen ihr nun, von mysteriösen Erinnerungen begleitet, wieder zu.

Sie sah sich selbst mit den Augen einer Katze T. S. Eliot anschauen, als dieser *Das wüste Land* schrieb. Sie entsann sich, einmal mit dem erblindeten Borges und dem blinden Homer gesprochen zu haben. Vage stiegen Bilder von Tuniken und Fackeln bei einer Zeremonie mit Horaz in ihrem Gedächtnis. Und die Situation, als John Donne sie küssen wollte. Oder als sie Vicente Aleixandre im Schlaf beobachtet hatte oder Wordsworths Blick inmitten einer Horde spielender Kinder draußen im Freien entdeckt hatte.

Früher war sie eine andere gewesen. Aber das war jetzt nicht mehr wichtig. Hatte sie nicht einer einzigen Sache wegen alles aufgegeben?

Denk nicht an ihn.

Dieses unsägliche, unrezitierbare, unbeschreibliche Fleisch. Dieses Leben, das ihr plötzlich auch ein Gefühl von Macht verliehen hatte, allerdings von einer Macht, wie kein Gedicht sie ihr je zu geben vermocht hatte ...

Ja, Rulfo hatte Recht: Sie musste sich rächen. Als sie bloß eine Fremde war, hatte sie sich an Patricios Tyrannei gerächt. Aber jetzt war ihr Gedächtnis wiedergekehrt und sie wusste, wer ihre wahre Feindin war. *Ich war schon ganz unten, Saga, du hattest mich schon am Boden ... Aber du hast den Fehler begangen, immer weiter auf mir herumzutrampeln. Es reicht. Das sollst du mir büßen. Ich kriege dich.*

Sie hörte die Tür gehen und wischte sich mit der Hand die Tränen von den Wangen.

»Er hat es geschafft«, sagte Ballesteros, als er das Wohnzimmer betrat. »Salomón ist in der Klinik geblieben ... Hoffentlich geht alles gut aus. Was ist mit dir?«

»Nichts.«

Der Arzt sah sie von der Türschwelle aus mit müden, gutmütigen grauen Augen an.

»Fühlst du dich nicht wohl?«

»Doch ... aber ... es ist alles so schwierig.«

Er nickte verständnisvoll. Die junge Frau trug wieder ihre gewohnte Kleidung. Die zahlreichen Waschgänge hatten ihre Sachen zwar ausgeblichen, hartnäckige Blutspuren fanden sich immer noch darin, aber als Ballesteros sie auf Zehenspitzen auf dem Stuhl vor dem Regal stehen sah, dachte er, dass sie nicht hätte attraktiver sein können. Er wandte etwas verschämt den Blick ab und entdeckte den Bücherstapel auf dem Tisch.

»Kannst du dich an etwas erinnern?«

»An wenig.«

»Ich finde das Ganze hier immer noch ziemlich unglaublich ...« Er nahm einen beliebigen Band vom Tisch und blätterte darin. »Letzten Endes sind es doch nur Gedi ...«

»Rühr das nicht an!«

Mit dem Buch in der Hand blieb er wie versteinert stehen. Er war bei dem Aufschrei der jungen Frau heftig zusammengezuckt. Sie blinzelte.

»Entschuldige, ich hätte dich nicht so anfahren dürfen. Aber Shakespeare ist sehr gefährlich ...«

»Verstehe.« Ballesteros nickte und legte mit größter Behutsamkeit die englische Ausgabe der Sonette auf den Tisch zurück.

Die Zeit schien stillzustehen. Er saß immer noch im Dunkeln und wartete. Bis jetzt hatte ihn noch niemand entdeckt. Aber wie würde es weitergehen? Er fragte sich, was er tun sollte, wenn es wirklich kein Zimmer Nummer dreizehn gab, wie die Empfangsdame behauptet hatte.

Nur eins wusste er genau: Er würde das Gebäude von oben bis unten durchsuchen und nicht verlassen, bevor er sich davon überzeugt hatte, dass sich kein einziger Patient darin befand. Er wünschte inständig, dass die Empfangsdame gelogen hatte. Er wünschte ebenso inständig, wenigstens eine Zimmertür mit einer Dreizehn zu entdecken: Dort, das wusste er, befand sich der Schlüssel, mit dem sie das Rätsel der letzten Dame lösen oder ihr Gefäß finden konnten.

Er warf einen Blick auf das beleuchtete Ziffernblatt seiner Uhr. Das Zentrum hatte gerade geschlossen. Er wollte noch zwei weitere Stunden warten, um auch etwaige Nachzügler und das Putzpersonal auszuschließen.

Drei Wochen, dachte er. *Das ist kurz.*

Wie Ballesteros bereits gesagt hatte: Alles hing jetzt davon ab, wie schwierig es war, die dreizehnte Dame zu finden, wenn es ihnen überhaupt gelang.

Drei Wochen, dachte Jacqueline. *Das ist lang.*

Das Unwetter tobte immer noch stumm in der Ferne. Blitze stießen in den Horizont.

Nicht, dass sie beunruhigt gewesen wäre. Warum auch? Raquel und ihre Freunde waren schließlich nur Fremde und unfähig zu rezitieren. Was sie auch tun mochten, für die Damen, die sich auf die erhabene Macht der Dichtkunst verstanden und diese perfekt anzuwenden vermochten, stellten sie nicht die geringste Bedrohung dar. Ihren verzweifelten Plan, die dreizehnte Dame zu finden, kannten sie natürlich ...

Als sie daran dachte, huschte ein Lächeln über ihr Gesicht. Selbst wenn es ihnen gelingen sollte, die letzten Träume, die diese hinterhältige Akelos in ihrem Bewusstsein aktiviert hatte, zu deuten und die Dreizehnte in ihrem Versteck aufzuspüren – wie wollten sie die Dame dazu bringen, ihr Gefäß zu verlassen ...? Der Plan war vollkommen abwegig, das würden sie bald selbst merken.

Nein, sie war keineswegs beunruhigt, aber ...

Aber es ist trotzdem besser, rasch zu handeln, nicht wahr, Jacqueline? Die Imago vernichten, feststellen, ob es noch eine Verräterin in den eigenen Reihen gab, und zum Schluss Raquel und die Fremden beseitigen.

Theoretisch war es möglich, die Versammlung vorzuverlegen, allerdings war nur sie, Saga, dazu befugt. Und es war ein riskantes Unterfangen, weil die Gruppe außerhalb der Zeremonientage angreifbarer wurde. Dennoch ahnte sie, dass es in diesem Fall richtig war, so zu handeln.

Ja, sie wollte die Versammlung früher einberufen als am vorgesehenen Tag in drei Wochen, sogar noch bevor die nächste Woche um war.

Jacqueline räkelte sich faul im Liegestuhl und schloss die Augen.

Und das *Ding* in ihr drin schaute, ohne zu blinzeln, weiter dem fernen Gewitter zu.

XIII. Die dreizehnte Dame

1

Einen Moment lang wusste er nicht, wo er sich befand. Dann wurde ihm klar, dass er eingeschlafen war und sogar einen Traum gehabt hatte. Er hatte von Beatriz geträumt. Er war mit ihr an einem Strand gewesen, unter wirren Wolkenhaufen. Dann war sie langsam zum Meer gegangen, und er war ihr gefolgt, doch als er ins Wasser kam, hatte er nur noch ihre Leiche gesehen, ertrunken und blau angelaufen hatte sie wie eine vom Boden gerissene Alge auf den durchsichtigen Wellen getrieben.

Beim Aufwachen befiel ihn ein Kummer, der sehr viel finsterer war als die Dunkelheit um ihn herum. Plötzlich entsann er sich, wo er war und was er hier tun wollte. Er saß auf einem Toilettendeckel und ihm tat der Rücken weh. In seinen Jacketttaschen klapperte dumpf das mitgebrachte Werkzeug. Mit einem Blick verschaffte er sich Gewissheit über die Uhrzeit: 23:42. Er erhob sich, dehnte die Muskeln und lauschte in die Stille. Es war nichts zu hören. Vorsichtig öffnete er die Tür.

Der Toilettenraum war stockfinster. Bevor er weiterging, fasste er in die Jacke und tastete nach der kleinen Taschenlampe, die Ballesteros ihm mitgegeben hatte, beschloss aber, sie noch nicht einzusetzen.

Er trat hinaus in die schwarze Stille. Er hatte vergessen, in welcher Richtung die Wartezone lag. Alles lag so ruhig und ausgestorben da, dass er die Orientierung verloren hatte. Er beschloss, das Risiko einzugehen und seine Taschenlampe zu benutzen. In ihrem sanftgolden schimmernden Strahl konnte er seine Umgebung erfassen.

Die Bibliothek war schier unerschöpflich. Nachdem sie die Bücherberge neben dem Computer durchforstet hatte, entdeckte die junge Frau einen hohen Bücherschrank. Sie kletterte auf einen Stuhl und durchsuchte ihn.

Ballesteros sah auf die Uhr: 23:40. Beim Gedanken, was in diesem Augenblick wohl geschehen mochte, wurde er ganz nervös. Er nahm an, dass Rulfo noch nichts wusste, denn sie hatten vereinbart, dass er anrief, sobald er eine wichtige Entdeckung gemacht hatte. Es bestand natürlich auch die Möglichkeit, dass er entdeckt worden war. Ballesteros musste grinsen: Es wäre zu komisch, wenn sie nicht von den Hexen getötet, sondern von der Polizei als Mittäter eines Hausfriedensbruchs festgenommen würden. Weil er auf andere Gedanken kommen wollte, begann er, sich mit Raquel zu unterhalten.

»Du hast vorhin gesagt, die Dichtkunst sei gefährlich. Aber so jemand wie Shakespeare wird unentwegt auf der ganzen Welt in irgendwelchen Theatern gespielt, ohne dass etwas passiert ...«

Die junge Frau, die mehrere Bücher herausgeholt hatte und gerade dabei war, sie durchzublättern, wandte sich zu Ballesteros um. Den Arzt überlief ein Schauer. *Guter Gott, wie schön sie ist!*

An jenem Morgen hatte er sie zum ersten Mal nackt gesehen. Er hatte ihr sein Bett überlassen, damit sie sich ausruhen konnte, weil das Zimmer seiner Tochter immer noch mit Blut verunreinigt war. Er selbst hatte das Sofa genommen. Aber als er mittags aufgestanden war, hatte er ins Schlafzimmer gehen müssen, um sich frische Wäsche zu holen. Als er die Tür öffnete, hatte ein Streifen aus Licht die cremefarbene Decke, zwei nackte Füße, die Doppelkuppel eines Gesäßes, eine angewinkelte Hand und ein Kopfkissen aus schwarzem Haar erklommen. Die junge Frau hatte im Schlaf die linke Hand unter die Wange geschoben, während die rechte locker auf ihrer Hüfte ruhte. Ihre Brüste bewegten sich unter ihren sanften Atemzügen wie Wolken. Ballesteros' Gesicht glühte. Er hatte nicht gewusst, dass sie unbekleidet schlief. Es kam ihm zwar verwerflich vor hinzuschauen, aber er konnte nicht anders. Niemals hatte er eine so schöne Frau gesehen oder sich auch nur vorgestellt. Ihr nackter Körper glich nichts und niemandem, was ihm jemals leibhaftig zu Gesicht gekommen war – nicht einmal auf dem Bildschirm. Sie war ein außergewöhnliches, übernatürliches Wesen. *Vielleicht eine Hexe.* Er blieb eine Weile stehen und musterte sie, bis ihn die Panik befiel, sie könnte plötzlich aufwachen und seine Neugier bemerken. Daraufhin hatte er seine Kleider aus dem Schrank geholt und das Zimmer schleunigst wieder verlassen.

Bei der Erinnerung an diese Szene musste er schlucken, während sie ihm auf dem Stuhl stehend antwortete: »Schauspieler haben nicht die Fähigkeit, Machtverse zu rezitieren. Außerdem passiert immer irgendetwas, und sei es auch nur minimal. Es gibt sogar Fälle, in denen der Vers aus Zufall fast korrekt vorgetragen wird. Aber da es zufällig geschieht, erfolgt die Wirkung an einem anderen Ort und zu einer anderen Zeit ...«

Der Arzt meinte zu verstehen. Es war, als würde man mit einem komplizierten Sprengmechanismus spielen, ohne zu ahnen, was das war: Entweder es kam gar nicht zur Explosion, oder der Sprengkörper wurde entschärft, oder er ging einem zwischen den Fingern hoch.

»Was für eine Wirkung?«

»Fast immer eine schlimme: eine Seuche, ein Erdbeben, ein Mord ...«

Da hatte Ballesteros plötzlich einen Einfall.

»Auch … ein Verkehrsunfall?«

»Die kommen sogar oft vor.«

Er schwieg erschaudernd. Welcher Vers und welcher Täter wohl damals auf der Autobahn das Leben seiner Ehefrau beendet hatten, fragte er sich. Welches zufällig dahergesagte Gedicht war wohl daran schuld, dass Julia bei dem Unfall der Schädel zerschmettert wurde?

Niemals hätte er vermutet, dass die Poesie so viel mit ihm zu tun haben könnte.

Links von ihm lag die Wartezone; rechts ein Treppenabsatz und die Treppe. Geradeaus setzte sich der Gang mit Türen zu beiden Seiten – lauter verschlossene Möglichkeiten – bis ans andere Ende fort. Er richtete den Lichtstrahl auf die Wegweiser. Der absteigende Treppenabschnitt war mit einem Pfeil und dem Wort »Archiv« gekennzeichnet. Die Treppe aufwärts trug einen anderen Hinweis: »Therapieräume E und O«. Er verwarf beide Optionen und folgte weiter dem Flur, dann beleuchtete er die erste Tür mit der Taschenlampe: »A1«. Er drückte die Klinke. Geschlossen.

Er blieb einen Moment stehen, um nachzudenken.

Und was jetzt, Lidia? Soll ich nach unten ins Archiv gehen? Oder soll ich nach oben zu den Therapieräumen gehen?

Plötzlich riss er den Mund auf.

lidia

Großer Gott.

Unglaublich, dass ihm das nicht eher eingefallen war. Dass er das bis jetzt, bis zu diesem Augenblick, völlig vergessen hatte.

lidia garetti

Er machte kehrt und erreichte wieder die Treppe hinunter zum Archiv. Auf halber Strecke schlug sie einen rechtwinkligen Haken und mündete in einen kleinen Flur mit drei verschlossenen Türen. Doch kaum richtete er die Taschenlampe darauf, gab die erste Tür stumm wie ein Gedanke nach.

Für ihn war es wie ein Déjà-vu-Erlebnis, denn er durchlebte noch einmal den Augenblick, als sich das Eisentor am Grundstück der jungen Italienerin lautlos vor ihm aufgetan hatte. Die Taschenlampe fest im Griff, trat er unter heftigem Herzklopfen über die Schwelle. Es war ein enger, fensterloser, mit Aktenschränken voll gestellter Raum. Er öffnete das Fach mit dem Buchstaben »G« und hatte in Sekundenschnelle gefunden, wonach er suchte.

Er hielt die Karte unter den Lichtstrahl.

Lidia Garetti.

Ihre Karteikarte. Ihr Foto.

Plötzlich war ihm die Erinnerung daran, wie Susana ihm berichtet hatte, was sie von einer befreundeten Journalistin wusste, wieder ganz präsent. Lidia Garetti war in »psychologischer Behandlung« gewesen. Aber Susana hatte ihm nicht erzählt, wo, und er hatte auch nicht danach gefragt. *Im Centro Mondragón natürlich, nicht wahr, Lidia? Noch ein Hinweis für mich.*

Auf der Karte stand ein handschriftlicher Vermerk, höchstwahrscheinlich vom Therapeuten: »Nur zwei Sitzungen. Therapie wurde von Patientin abgebrochen.« *Du hast die Therapie abgebrochen, weil das gar nicht der Grund für dein Hiersein war, stimmt's? In Wirklichkeit bist du hierher gekommen, um eine Tefilla zu hinterlassen. Du bist nämlich schon vor vielen Jahren hier gewesen, um mich auf die richtige Fährte zu führen, wie auch durch Césars Großvater und durch Rauschen. Du wolltest mir einen Hinweis hinterlassen. Aber welchen?*

Er las weiter. Beide Sitzungen hatten in demselben Raum stattgefunden: in E1.

In E1.

Er legte die Karteikarte an ihren Platz zurück, schloss das Fach, verließ den Raum und zog die Tür hinter sich zu. Er stieg ins Erdgeschoss hinauf, gelangte an die Wegkreuzung und ging über den Treppenabschnitt, der zu den Therapieräumen führte, nach oben.

Im ersten Stock traf er auf eine ähnliche Wartezone wie unten und auf einen ebensolchen Gang. Doch als er an der Biegung ankam, blieb er wie angewurzelt stehen. Für einige Sekunden verschlug es ihm vor Schreck den Atem und er suchte verzweifelt nach einer glaubhaften Ausrede. Dann erst bemerkte er, dass es sich nur um einen Spiegel handelte. Zur optischen Vergrößerung des Ganges waren zu beiden Seiten Spiegel angebracht. Sie verdoppelten die gegenüberliegenden Türen. Im Spiegelbild der ersten Tür las er:

13

Er drehte sich zum Original um und las: E1.

Das war also das *Zimmer Nummer dreizehn.*

Im selben Augenblick tat sich genauso still wie zuvor beim Archiv im Untergeschoss die Tür vor ihm auf.

Rulfo trat vorsichtig auf die Öffnung zu und spähte in die Finsternis. Im Licht seiner Taschenlampe erschien eine Couch, eine Wand mit Diplomzeugnissen und dem Gruppenfoto eines Examensjahrgangs, ein Schreibtisch, zwei einander gegenüberstehende Stühle. Einen Augenblick lang starrte er wie gebannt in den Raum. Irgendetwas hielt ihn davon ab, hineinzugehen. *(Lasciate.)* Er wusste nicht, was es war, vielleicht dieselbe Furcht, die ihn vor dem Aquarium in Lidias Haus oder am Tor des verlassenen Lagers zögern ließ. *(Lasciate ogne speranza.)*

Dann verschwand dieses Gefühl. Er tat einen langsamen Atemzug, trat ein und wandte sich der Ecke zu, die er als

Einzige noch nicht in Augenschein genommen hatte: dem Winkel hinter der Tür. Dorthin richtete er den Lichtstrahl und hätte beinah laut aufgeschrien.

Da saß ein Mann auf einem Stuhl und hatte ihm den Rücken zugekehrt.

Der Patient von Zimmer dreizehn.

Ballesteros sah zum wiederholten Mal auf die Uhr. Es war kurz vor halb eins. Mehr als vier Stunden war das Centro Mondragón inzwischen geschlossen. Wie lange braucht Rulfo denn noch, um es zu durchsuchen?

Es ist ihm etwas zugestoßen.

Er machte sich Sorgen. Sein Blick fiel auf die Kommode im Schlafzimmer, wo stapelweise von Raquel sorgsam ausgewählte Werke standen. Sie kramte noch immer in den oberen Fächern des Bücherschranks.

Ganz bestimmt ist ihm etwas passiert. Sie haben ihn erwischt. Ich sollte vielleicht hingehen und nachsehen, nur ...

»Wer könnte das sein?«, fragte da unversehens die junge Frau. »Er hat davon eine ganze Serie hier liegen.«

Sie zeigte ihm ein gerahmtes Foto, auf dem Rulfo eine sehr attraktive brünette junge Frau mit außergewöhnlichen grünen Augen im Arm hielt.

Obwohl Ballesteros noch nie ein Bild von ihr gesehen hatte, wusste er auf Anhieb, wer das war.

»Das muss seine Freundin sein ... Ich meine, die, die gestorben ist, Beatriz Dagger. Hat Salomón dir nicht von ihr erzählt ...?« Die junge Frau schüttelte den Kopf. Sie beförderte weitere Bilder ans Licht. »Mir hat er von ihr erzählt. Es muss sehr traurig gewesen sein. Ich glaube, sie waren erst zwei Jahre zusammen, aber offensichtlich haben sie sich sehr gemocht. Da hatte sie einen dummen Unfall und alles war vorbei.«

Raquel hatte alle Fotos, bis auf eines, wieder ins Fach zurückgelegt. Das Letzte behielt sie in der Hand und besah es ganz genau, fast neugierig. Es zeigte nur das Gesicht der Verstorbenen.

Das Licht der Taschenlampe berührte den Nacken des Mannes. Der schien jung und kräftig zu sein, mit breiten Schultern. Er hatte schwarzes, ziemlich langes Haar. Irgendwie kam Rulfo dieser Anblick, selbst von hinten, bekannt vor, als wäre er ihm schon irgendwo begegnet. Eins wusste er aber: dass er hergekommen war, um genau mit dieser Person zu sprechen. Das Sonderbare war nur, dass der andere sein Kommen gar nicht bemerkt zu haben schien. Er saß immer noch im Dunkeln, ohne sich zu rühren. Rulfo trat einen Schritt auf ihn zu und befeuchtete mit der Zunge seine ausgetrockneten Lippen.

»Hören Sie, Sie brauchen sich nicht zu fürchten ... Ich möchte nur mit Ihnen ...«

Daraufhin drehte sich der Mann auf dem Stuhl um.

Ballesteros unterbrach sich, als er ihren Gesichtsausdruck bemerkte.

»Was ist mit dir ...? Was hast du ...?«

Sie betrachtete das Bild und runzelte die Stirn, als ob sie irgendetwas daran verwirrte; dann setzte sie wieder die gleichgültige Miene von vorher auf und schüttelte den Kopf, um wenige Minuten später noch einmal dieses unerklärliche Interesse an dem Bild zu zeigen.

»Kennst du sie?«, fragte Ballesteros darauf.

Eine Alarmglocke zerriss die Luft und überlagerte das Geräusch von splitterndem Glas. Irgendjemand hatte gerade die Schiebetür des Psychologischen Zentrums eingeschlagen, aber nicht, um hinein-, sondern um hinauszugelangen. Der Täter rannte kopflos in den zaghaft anbrechenden Morgen hinaus. Dennoch hätte ihn niemand für einen Dieb gehalten, denn er schleppte kein Diebesgut hinaus, keine Tasche mit Wertsachen, Geld oder Ähnlichem. Auch spiegelte sich in seiner Miene nicht die zuversichtliche Anspannung eines fliehenden Einbrechers, der darauf vertraut, nicht erwischt zu werden, sondern das blanke Entsetzen dessen, der weiß, dass er längst gefasst ist, ganz gleich, wohin er sich auch wendet oder wie weit er auch rennt.

Gefasst.

Für immer.

»Nein, ich kenne sie nicht ... Ich hatte nur den Eindruck, dass ...« Sie schüttelte den Kopf. »Nein, es ist nicht ...«

In diesem Augenblick wurde ohne Vorwarnung die Schlafzimmertür aufgerissen. Sie hatten ihn nicht kommen hören, deshalb schraken sie zusammen. Der jungen Frau fiel das Foto aus der Hand. Für den Bruchteil einer Sekunde fing es das Deckenlicht auf wie einen Blitz, landete dann auf den Fliesen,

    und das glas

      zerbrach

        diagonal.

Ein hässlicher Riss zog sich quer über das lächelnde Gesicht der schönen Beatriz Dagger.

2

Eine ganze Weile sagte niemand ein Wort. Rulfo vergrub das Gesicht in den Händen und die beiden anderen wollten ihn nicht stören. Aber als er den Blick hob und sie seinen Gesichtsausdruck sahen, wurde das Schweigen noch bedrückender.

»Lidia Garetti war in der Klinik und hat mir eine Tefilla hinterlassen ... unten auf dem Rahmen eines Gruppenbildes von Uniabsolventen ... Einen Vers von Vergil: *Hic locus est partes ubi se via findit in ambas.* ›Hier ist der Ort, an dem sich der Weg gabelt ...‹ Dieser Vers hat dafür gesorgt, dass ich von der Klinik träumte, dass sich die Türen vor mir öffneten und dass ich eine Halluzination hatte: Ich habe einen Mann in einem Zimmer sitzen sehen. Das war ich selbst. Da habe ich alles verstanden.«

Ballesteros dachte, dass er am Tag, als seine Frau verunglückt war, genauso dreingeschaut hatte wie jetzt Rulfo.

»Aber wieso musste sie dir das auf diese umständliche Art und Weise mitteilen?«, wollte er wissen.

Jetzt ergriff zum ersten Mal Raquel das Wort: »Er ist das Gefäß. Es war notwendig, ihn mit sich selbst zu konfrontieren, damit er sein eigenes Potential erkennt.«

»Und wieso hat das unbedingt dort stattfinden müssen? In dieser Psychologischen Klinik? Wieso konnte er das nicht woanders erfahren?«

»Beatriz war Psychologin.« Rulfos Stimme war so tonlos, als käme sie aus einem leblosen Körper. »Sie war in Deutschland geboren, hatte aber in Madrid studiert ... Sie war mit auf dem Foto der Absolventen.«

Wahrscheinlich hatte Rauschen genau das vermutet und war ihr deshalb von Deutschland aus nach Spanien gefolgt. Vielleicht hatte er ihre wahre Identität nicht enthüllt, aber sicherlich wusste er, dass sie an einer spanischen Universität eingeschrieben war. Die teuflische Ironie dieser Erkenntnis brachte ihn fast zum Lachen: Die von Rauschen, César und ihm gesuchte Dame war Beatriz und das Gefäß war er selbst.

»Du darfst dir keine Vorwürfe machen«, sagte die junge Frau. »Die namenlose Dame hat dich erwählt und ist mit bestimmten Versen in den Körper deiner Freundin geschlüpft. Ich habe das an ihren Augen gesehen. Auf den Fotos ... Sie hat Beatriz manipuliert und dafür gesorgt, dass du sie kennen lernst und dich in sie verliebst. Dann hat sie Beatriz beseitigt und ist über eure Liebesbeziehung auf dich übergewechselt ... Das perfekte Versteck: Du hattest sie die ganze Zeit in dir drin, ohne es zu merken. Die Damen benutzen die Empfindungen der Liebe, um die Poeten zu inspirieren, nur die Dreizehnte setzt sie ein, um Zugang zu den von ihr erwählten Lebewesen zu bekommen. Irgendwann hätte sie dich wieder verlassen und sich ein neues Gefäß gesucht.«

Rulfo schüttelte den Kopf, als hätte er gar nicht zugehört.

»Sie hat mich erwählt, weil sie wusste, dass ich sie nicht vergessen würde. Sie hat die ganze Zeit über fröhlich auf meine Kosten gelebt ...«

Er bemerkte überrascht, dass sein Schmerz einem heftigen Widerwillen gewichen war, als säße ein Schmarotzer in seinem Körper, ein Bandwurm, der sich in seinem Gehirn eingenistet hatte. Er betrachtete noch einmal das zerbrochene Bild auf dem Fußboden und begriff, dass es für ihn keine Zukunft mehr gab. Aber gleichzeitig verschaffte ihm der Anblick von Beatriz' perfekten Zügen hinter dem Glas auch eine gewisse Erleichterung, als ob er, nach einer Ewigkeit des sehnsüchtigen Wartens, endlich die Anker lichten und den Morast verlassen könnte, in dem er seit ihrem Tod festgesteckt hatte.

Er drehte sich zu Raquel um, die ihn mitleidig anzusehen schien. Aber er wusste Bescheid: *Sie ist eine Dame. Oder einmal eine gewesen. Sie hat mit niemandem Mitleid, denn sie kennt keine Gefühle.*

»Wir müssen weitermachen mit unserem Plan. Wie können wir erreichen, dass sie mich verlässt?«

»Das ist das Allerschwierigste. Das kann man mit bestimmten Versen bewirken, aber es dauert zu lange, sie zu finden und auf die richtige Weise zu rezitieren.«

»Wie lange?«

»Für eine Fremde wie mich ist das korrekte Rezitieren eines Verses der pure Zufall. Es kann mir ebenso gut morgen wie in ein paar Wochen oder in einem halben Jahr gelingen ...«

»Darauf können wir es nicht ankommen lassen. Welche Möglichkeit haben wir noch, sie aus meinem Geist zu vertreiben ...?« Sie antwortete nicht, sondern sah ihn nur durchdringend an. Rulfo meinte zu verstehen: »Du hast einmal gesagt, dass das Gefäß nicht zerstört werden kann ... Heißt das, ich kann nicht sterben?«

»Nein. Es bedeutet nur, dass sie dafür sorgt, dass dir nichts zustößt, solange sie in dir wohnt. Deshalb haben sie dich auf dem Landgut auch verschont.«

»Und was passiert, wenn das Gefäß trotzdem zerstört wird?«

Die junge Frau starrte ihn immer noch an.

»Dann würde sie herauskommen. Sie würde fliehen. Du müsstest aber sterben, und sie würde sich einen anderen Platz suchen.«

»Man muss also sozusagen das Versteck in Brand setzen, damit sich der Schurke ergibt.«

»Ja. Aber du würdest sterben, und sie würde fliehen«, wiederholte die junge Frau.

»Kann man sie denn gar nicht aufhalten, wenn sie herauskommt?«

»Doch, mit Wasser. Im Wasser sind sie wehrlos. Darin kann man sie aufhalten, allerdings nur ein paar Sekunden.«

»Und danach?«

»Ein auf den Boden gemalter Kreis, der würde genügen. Wenn sie das Gefäß verlassen muss, ist sie wie ein Einsiedlerkrebs ohne Schneckenhaus. Gelingt es uns aber, sie in einem Kreis zu bannen, dann kann sie uns praktisch nicht mehr entkommen ...«

»Und was machen wir in dem Kreis mit ihr?«

»Wir würden von ihr verlangen, dass sie uns sagt, an welchem Tag das Ritual für die Zerstörung der Imago stattfinden soll, und sie zwingen, uns dorthin Zugang zu verschaffen. Der *coven* wäre gegen uns machtlos und wir bräuchten nur noch einen Plan, wie wir sie angreifen könnten.«

»Wir sollten es versuchen.« Rulfo legte das Jackett ab. »Ich denke, ihr werdet das auch ohne mich schaffen«, fügte er hinzu.

Zum Abschied wechselte er einen langen Blick mit der jungen Frau und erschrak fast, als er die Entschlossenheit in ihren tiefschwarzen Augen sah, die ihm vorkamen wie zwei unergründliche Brunnen. *Sie will, dass ich es tue. Sie will, dass ich genau das tue, was ich vorhabe.*

»Malt den Kreis im Wohnzimmer auf den Boden«, sagte er.

»Moment, Moment ...« Ballesteros, der dem Gespräch bis dahin stumm gefolgt war, sprang plötzlich auf. »Wenn ich dich richtig verstanden habe, willst du das ›Versteck in Brand setzen‹ ... Einen Augenblick ... mein guter, impulsiver Rulfo! Zwar kann ich nachvollziehen, wie es dir gehen mag, aber ich will dir trotzdem was sagen: Ob mit oder ohne Hexerei, du bist mit Sicherheit nicht der Erste, der auf die eine oder andere Weise von irgendjemandem ausgenutzt wird. Lass jetzt dieses aufopfernde Gehabe, verdammt noch mal! Du hast doch gehört, was Raquel gesagt hat: Schon möglich, dass man sie auf diese Weise austreibt, aber du wirst dabei draufgehen. Also setz dich bitte wieder auf diesen Stuhl und lass uns in Ruhe weiter ...«

»Eugenio«, schnitt Rulfo ihm das Wort ab. Er wusste, dass sie keine Zeit mit Philosophieren verlieren durften. Er wusste aber auch, dass Ballesteros diesem Schritt niemals zustimmen konnte. Deshalb war jede Diskussion überflüssig. »Du hast drei Kinder, nicht wahr? Sie sind schon erwachsen und verheiratet; ich glaube, der Älteste erwartet gerade dein erstes Enkelkind ... Neulich Nacht haben die Damen das Bild deiner Frau heraufbeschworen, um deine Kinder zu bedrohen ... Und das sind beileibe keine leeren Drohungen. Mich braucht Saga lebendig, genauso wie Raquel: sie, damit sie redet; mich, weil ich die namenlose Dame beherberge. Dass sie uns alle beseitigen wird, daran zweifle ich nicht, aber sie wird es vielleicht nicht sofort tun. Du und deine Familie, ihr seid allerdings schon jetzt für sie entbehrlich. Sobald sie die Imago zerstört hat, wird sie euch beseitigen. Und ich garantiere dir, dass sie nicht mit dir anfangen wird. Erst kommt vielleicht dein ältester Sohn an die Reihe. Oder deine Tochter. Oder sie wartet sogar, bis das Enkelchen auf der Welt ist ...« Rulfo leierte das alles so monoton herunter, als erläuterte er einen eindeutigen, aber belanglosen Sachverhalt. »Lass mich also bitte tun, was ich tun muss. Was auch immer geschehen mag, ich bin ohnehin schon gestorben. Mein Leben ist zu Ende, aber deine Kinder leben und sind glücklich. Denk an sie.« Ballesteros stand immer noch wie versteinert und ohne ein Wort da. Rulfo machte einen Bogen um ihn und ging zum Badezimmer. »In der Küche steht eine

Dose weiße Farbe. Sagt mir Bescheid, wenn der Kreis fertig ist.«

Er schloss die Tür hinter sich.

Ohne länger zu warten, schoben sie Tisch und Stühle beiseite, so dass in der Mitte des Zimmers eine freie Fläche entstand, und trugen sämtliche Gedichtbände, die Raquel aus den Regalen geholt hatte, ins Schlafzimmer (die dürften nicht in ihrer Nähe sein, war ihr Kommentar dazu). Die junge Frau übernahm die Aufgabe, mit einem alten, steifen Pinsel den Kreis auf das Parkett zu malen.

Ballesteros sah ihr schweigend dabei zu und zwang sich, nicht an den Mann im Badezimmer zu denken. Er vernahm das monotone Rauschen des Badewassers wie einen endlosen Trommelwirbel. Er wusste, dass er ein Feigling war, ihn nur ein Feigling bei diesem wahnwitzigen Vorhaben unterstützen konnte. Sein ganzes Wesen sträubte sich dagegen, aber er hatte keine andere Wahl.

Seine Kinder. Dieser Blödmann hatte Recht. *Seine Kinder.*

Vor seinem geistigen Auge erschien wieder Julias grauenerregender Anblick, als sie alles verhöhnt hatte, was ihm lieb und teuer war: seinen Schmerz, seine Erinnerungen ... Es stimmte: Ob Hexen oder keine, sie mussten etwas unternehmen, sich zur Wehr setzen, ihnen das Handwerk legen. Seine Wut war so groß, dass er Rulfo nicht an seiner Tat zu hindern vermochte. Noch nie in seinem Leben hatte er eine so schwerwiegende Entscheidung treffen müssen.

Die junge Frau zog den Pinselstrich mit einer weiteren Farbschicht nach. Es sei wichtig, erläuterte sie, die Linie lückenlos zu schließen. Dann stand sie auf und sah Ballesteros an. Der Arzt meinte, in ihren Augen dieselbe blinde Verzweiflung wahrzunehmen, die er schon in Rulfos Augen bemerkt hatte. Mit einem Mal spürte er die Kluft, die sie voneinander trennte: Die beiden kämpften darum, sterben zu dürfen, während er darum kämpfte, am Leben zu bleiben. *Sie haben verloren, was sie am meisten geliebt haben. Deshalb kommt es ihnen nicht mehr darauf an. Jetzt greifen sie zum letzten Mittel, und das wollen sie sich nicht nehmen lassen.*

»Wir sollten ihm Bescheid sagen«, murmelte sie, während Ballesteros sie auf das Badezimmer zusteuern sah.

Er fragte sich, ob es so ähnlich war wie Reisen. Vielleicht war der Tod eine Art Wanderung wie die der Störche. Er sah sich um und empfand plötzlich die Heiligkeit aller Dinge: die Seifenschale, die blauen Kacheln, den Duschvorhang, das kleine Harlekinbild, die Lichtarabesken auf dem Wasser ... Alles wurde irgendwie unsterblich während er sich zum Sterben bereit machte.

Es war ein lächerlicher Ort für einen lächerlichen Tod, aber Ballesteros hatte vermutlich Recht gehabt, als er einmal zu ihm sagte, kein Tod sei romantisch. Abgesehen davon fand Rulfo, dass ihm seine Bühne – die Badewanne – eine vorzügliche Möglichkeit bot, die Gerechtigkeit wiederherzustellen. Schließlich hatte die Dreizehnte ihn heimgesucht, nachdem sie Beatriz' Körper darin getötet hatte, und jetzt würde er sie zwingen, ihn genau an dem gleichen Ort wieder zu verlassen.

Er hielt das nackte linke Handgelenk direkt unter die scharfe Kante einer Klinge aus seinem Rasierer. Die Badewanne war fast bis zum Rand gefüllt und er lag vollkommen bekleidet und wegen der Enge mit angezogenen Beinen im Wasser. Er hatte sich eine Zigarette angezündet, und vor seinen Augen glitzerte der feuchte Schleier seiner Stimmung.

Eins wusste er allerdings genau: *Es würde ihm ein Vergnügen sein, sich zu töten, um sie töten zu können.*

Die anderen Damen, einschließlich Saga, hatten seine Gegenwart und seine Zukunft zerstört, aber die Kreatur, die Beatriz Daggers Körper besetzt und sich bei der Feier in seine Wohnung eingeschlichen hatte *(Cupido ist an allem schuld, ich bin die Freundin einer Freundin eines deiner ...)*, hatte ihm seine Vergangenheit genommen *(du bist schlapp, ich komme bald wieder, ich bin die Freundin einer Freundin eines deiner ...)*. Und Rulfo kam zu einem erstaunlichen Schluss: Er bestand nur aus seiner Vergangenheit. Er hatte nichts mehr vor sich; er hatte nur das, was er einst gehabt hatte. Vielleicht ging das allen Menschen so. Man besitzt nur, was man einst besessen hat: Wird einem das aber genommen, hört man zu leben auf. *Und genau das wirst du mir büßen. Genau das werde ich dir vergelten, wenn ich kann.*

Er biss die Zähne zusammen und führte die Rasierklinge an den pulsierenden blauen Strang.

Im selben Augenblick fiel ihm das Datum ein und er empfand es wie eine Offenbarung, dass es auf den Tag genau vier Jahre her war, seit er Beatriz zum ersten Mal gesehen hatte, und zwei Jahre seit ihrem Tod.

Es wird Zeit, dass du dir eine neue Höhle suchst.

Dann schloss er die Lider.

Raquels Augen funkelten im dunklen Wohnzimmer wie zwei Edelsteine.

»Und jetzt?«, fragte Ballesteros.

»Lass uns einen Augenblick warten, dann gehen wir sie holen. Wenn es uns gelingt, sie in den Kreis hineinzutreiben, kann sie uns nicht mehr entkommen.«

»Sie holen gehen« war eine Ausdrucksweise, die Ballesteros nicht ganz verstand. Wen holen gehen? Wer oder was sollte denn im Badezimmer erscheinen?

»Übrigens kann es auch sein, dass wir mit ihr eine unangenehme Überraschung erleben«, warnte ihn die junge Frau. »Wenn sie sich in die Enge getrieben fühlt, kann sie sehr gefährlich werden ... Sie wird versuchen, sich uns zu entziehen, und wenn sie merkt, dass das nicht geht, wird sie vor Wut rasen ... An der Stelle bin ich auf deine Hilfe angewiesen.«

Ballesteros nickte bereitwillig und seine innere Unruhe wuchs. In Rulfos Wohnung war es inzwischen ganz still, was ihm keineswegs behagte. Plötzlich kam ihm ein schrecklicher Gedanke. Was war, wenn sie sich geirrt hatten? Wenn alles ganz anders war? Wenn Rulfo und Raquel übergeschnappt waren und er jetzt für den Selbstmord eines Psychopathen zur Rechenschaft gezogen würde? Was sollte denn da schon sein, wenn sie ins Bad gingen? Er war kurz davor, die Nerven zu verlieren, während ihm diese Gedanken durch den Kopf schossen. Mit einem hilflosen Blick wandte er sich an die junge Frau.

In diesem Moment waren ein paar kräftige Schläge und ein lautes Planschen zu hören. Raquel stand mit einem Satz auf den Füßen.

»Jetzt«, sagte sie.

komm

Rulfo wusste, dass er starb.

Die Badewanne wurde riesig groß und bauchig, wie ein Gummiball, der mit einer Luftpumpe aufgeblasen wird. Mittendrin saß er, die roten Hände in einer Gebärde geöffnet, als wollte er freigebig sein Leben austeilen, und beobachtete, wie sein eigener Schatten über dem Blut aufragte: eine große, trübe Qualle, der Tüll einer liegenden Ballerina. Dann stieg der Schatten von der blutigen Wasseroberfläche auf und drang mit der stummen Trägheit eines auf dem Meeresboden schwimmenden Steinbutts durch die Augen in ihn ein. Er wusste, dass das der Tod war: Dein eigener Schatten dringt durch die Augen in dich ein.

Seine Gedanken gingen zu seinen Eltern und seinen Schwestern. Im Jenseits würde er die nicht finden, dachte er.

komm sofort

Ballesteros traute seinen Augen kaum.

Rulfo war tot und lag verblutet in der Badewanne. Aber
das Wasser um ihn herum war unruhig, ergoss sich über
den Rand und spritzte, als zappelte darin ein großes Tier.

»Da ist sie«, flüsterte die junge Frau.

»Komm sofort heraus.«

Bei diesem Befehl wurde das Ding ruhiger. Rulfo
schwamm reglos im Wasser wie ein Haifisch auf der Lauer.
Raquel trat auf die Wanne zu, und im selben Augenblick
setzten die Schwanzschläge wieder ein und peitschten das
Wasser. Raquels Kleider und ihr Haar waren schon durch-
nässt, aber sie wich nicht zurück: Sie wiederholte den Befehl und gab Ballesteros gleichzeitig mit der Hand zu verstehen, dass er näher treten sollte.

Ballesteros zwang seinen Körper zur Bewegung. Allein die
Vorstellung, einen Blick in diese Badewanne zu werfen, ließ
ihn innerlich zurückscheuen. Aber noch bevor er den ersten Schritt tun konnte, sah er etwas, was ihm beinahe den
Verstand raubte. Etwas wie ein biegsames Rohr, schwarz
und glänzend, mit dem Umfang eines männlichen Ober-
schenkels, erschien auf dem Emaillerand der Wanne und
klatschte, bei jeder Windung von einem Schwall Wasser begleitet, auf die Fliesen. Zunächst dachte er voller Grauen an
die größte und widerlichste Schlange, die er je zu Gesicht
bekommen hatte. Aber er war nicht sicher, denn es ging alles sehr schnell.

»Hilf mir!«, schrie Raquel, warf sich auf das Monstrum
und hielt es an einem Ende fest.

Ballesteros würgte seinen Brechreiz hinunter und ergriff
die glitschige, zappelnde Kreatur an einer anderen Stelle. Sie
zuckte in seinen Händen wie ein Presslufthammer. Er musste
seine ganze Kraft aufwenden, damit sie ihm nicht entglitt.

Aber es war keine Schlange. Es schien eher ein Fisch zu sein, vielleicht eine Muräne oder ein behäbiger schwarzer Aal. Nein, ein Raubtier. Die Haut war nämlich pelzig und ohne Schuppen, während an den Extremitäten Muskeln und Knochen zu sein schienen.

Sie verließen das Badezimmer, die tobende Last fest im Griff.

»In den Kreis!«, schrie Raquel.

Dort ließen sie das Ding zu Boden fallen, und Ballesteros erkannte, dass er sich wiederum geirrt hatte: Das, was er für den dicken Schwanz einer Anakonda gehalten hatte, waren Beine; die Pfoten eines Vierfüßlers waren Hände und Füße; und die Schnauze eines Raubtiers ein Gesicht; das Katzenfell ein struppiger, schwarzer Schopf …

Als er die Augen aufschlug, war der Arzt gerade dabei, ihm den Puls zu fühlen.

»Wie geht es dir?«

Rulfo hob wortlos und verwirrt den Kopf und erkannte sein eigenes Schlafzimmer, die offene Badezimmertür und auf einem Stuhl ein Foto hinter einer zerbrochenen Scheibe. Da konnte er sich wieder an alles erinnern. Die Kleider klebten ihm klatschnass auf der Haut. Er hob die Hände. Sie waren feucht von Blut und Wasser, aber an den Pulsadern entdeckte er nicht die geringste Schnittspur.

Raquel saß auf der anderen Seite des Bettes.

»Sie hat deinen Tod verhindert«, sagte sie. »Bevor sie herausgekommen ist, hat sie deine Wunden verschlossen und dich am Leben gelassen. Sie wollte ihr Gefäß anscheinend noch nicht verlieren«, fügte sie grinsend hinzu.

Dann stellte er die Frage, die ihm am meisten auf der Seele brannte. Statt einer Antwort sahen die Freunde zum Wohnzimmer.

Unter heftigem Herzklopfen richtete er sich auf und verließ taumelnd das Bett. Er überhörte Ballesteros' Rat, sich erst noch eine Weile auszuruhen. Nichts und niemand konnte ihn daran hindern zu tun, was er tun wollte. Nichts und niemand würde ihn jetzt mehr aufhalten.

Er wollte sie *sehen.*

Er öffnete die Schlafzimmertür und warf einen Blick ins Wohnzimmer.

»Hallo, Salomón.«

Sie saß mitten in einer Pfütze in dem weißen Kreis auf dem Fußboden, hatte die Arme um die Beine geschlungen und war genauso triefnass wie er. Die Haare klebten ihr an der Stirn und malten ihr Tätowierungen auf die Wangen. Sie war vollkommen nackt und ihre Haut wies einen bläulichen Schimmer auf, als käme sie aus einer Kühlkammer. Die lächelnde Miene zeigte einen leicht verächtlichen Zug, den Rulfo nie bei ihr bemerkt hatte.

Trotzdem gab es keinen Zweifel: Es war

sie –

aber als er sie anschaute, hatte er zum ersten Mal im Leben das Gefühl, in den Abgrund der Hölle zu blicken.

Da erkannte er, dass ihre Erscheinung eine Illusion war, ein vergängliches Bild. Denn die Damen konnten die Gestalt von Wölfinnen annehmen, von Geparden, Schlangen oder Eidechsen. Sie kannten nicht nur eine Form, sondern wurden zu dem, was die Dichtung aus ihnen machte, waren das, was die Sprache in ihren verborgenen Winkeln und Spalten barg, waren Buchstabenrätsel von unauslotbarer Tiefe. Die Dreizehnte hatte seine Bekanntschaft gemacht und – wer weiß weshalb – ihn dazu erkoren, ihr Gefäß zu sein. Raquel hatte es ja gesagt: Dafür gab es keinen persönlichen Grund, es war reiner Zufall.

Ballesteros und Raquel kamen ins Wohnzimmer und nahmen auf den zwei Stühlen an der Wand Platz. Rulfo blieb stehen. Die Kreatur in der Zimmermitte lächelte ihn an.

Ohne die Stimme zu heben, ergriff Raquel das Wort.

»Wir haben dich herauskommen lassen. Jetzt musst du uns sagen, wann die nächste Versammlung stattfindet. Du musst uns dazu Zugang verschaffen.«

Die Dame schien sie nicht gehört zu haben. Sie sah immerfort Rulfo an.

»Enttäuscht?«, fragte sie diesen heiser.

»Nein, nicht mehr. Beatriz war eine liebenswerte Lüge. Aber du bist nichts als die widerwärtige Wahrheit. Ich bin keineswegs enttäuscht.«

»Oh, was sehe ich denn da?«, sagte sie und sperrte die grünen Augen ganz weit auf. »Du liebst mich immer noch.«

»Sag uns, wann ihr euch das nächste Mal versammelt«, wiederholte Raquel mit Nachdruck.

Beatriz wandte ihr unwirsch den Kopf zu, als wäre sie im Dialog mit ihrem liebsten Gesprächspartner gestört worden.

»Hallo, Raquel. Das Aussehen einer Fremden steht dir aber gut.«

»Wann versammelt ihr euch das nächste Mal?«

»Wo ist denn dein Kleiner, Raquel?«

»Wann versammelt ihr euch das nächste Mal?«

»Dein Sohn lässt dir schöne Grüße ausrichten. Möchtest du ihn sehen?«

Alle verstummten, wenn auch nicht ganz, denn die Frau, oder was auch immer die im Kreis kauernde Kreatur war, gab in den Redepausen hin und wieder ein vernehmbares Grummeln von sich und ließ wie eine kranke Katze die Atemluft in ihrer Kehle rasseln. Plötzlich wandte Raquel sich an Rulfo.

»Bist du jemals von Beatriz zu einem Gedicht inspiriert worden?«

»Nur einmal. Als sie gestorben ist.«

»Weiß du, wo es liegt?«

»Ich kann es auswendig.«

»Wie viele Zeilen hat es?«

»Vierzehn.«

»Trag bitte die ersten vier vor.«

Er schien die Bitte nicht gehört zu haben. Er starrte immer nur in Beatriz' Gesicht. Die Dame behielt das Lächeln bei, ging aber in Habachtstellung, als fürchtete sie sich vor dem, was jetzt käme.

»Salomón?«

»Ja.«

»Du sollst die ersten vier Zeilen vortragen.«

Er holte tief Luft und suchte nach den Worten. Was ihn nicht allzu viel Mühe kostete. Ein ums andere Mal hatte er sie seit Beatriz' Tod im Geiste wiederholt und sich ins Gedächtnis gerufen. Daher traten ihm die Verse nun so gehorsam auf die Lippen wie seine Tränen in die Augen.

Verleugne die Dämmerung
Vergiss die Träume
Und sieh dich beleuchtet
Vom Licht deiner Gegenwart.

Am Ende der dritten Zeile verschwand das Lächeln von Beatriz' Gesicht. Beim vierten bog sie sich nach hinten und fing an, nach Luft zu schnappen. Zwischen ihren Lippen kam eine gespaltene Spitze zum Vorschein, eine violette Schlangenzunge, ein schwarzblaues Band, scharf wie das Ende einer Peitsche. Gleichzeitig entdeckte Rulfo für einen flüchtigen Augenblick bei ihr denselben Ausdruck wie früher, wenn sie sich geliebt hatten. Bestürzt und angewidert wandte er sich ab und schlug die Hände vor das Gesicht.

»Es wirkt«, sagte Raquel. »Sie ist mit diesen Zeilen an dich gebunden. Wann versammelt ihr euch das nächste Mal?«, fragte sie wieder.

Die dreizehnte Dame sah sie an. An ihren Lidrändern sammelte sich Blut.

»Deine Tage sind gezählt, Raquel.« Ihre Stimme klang wie das Rascheln von welkem Laub.

»Antworte.«

»Was würde dir diese Information nützen? Selbst wenn du Zugang dorthin hättest? Was könntest du schon gegen sie ausrichten …?«

»Sag die nächsten vier Zeilen auf, Salomón.«

Diesmal klang seine Stimme kraftvoller.

Dein prächtiges schwarzes Haar,
Dein süßer grüner Blick:
Deine Gestalt hab ich verlor'n
Tief in der Erinnerung.

Auf dem Gesicht, das einst Beatriz Dagger gehört hatte, spiegelten sich jetzt Bestürzung und Angst. Die Kreatur im Kreis schlang die Arme um den eigenen Leib und schaukelte rhythmisch vor und zurück. Sie schien Schmerzen zu leiden. Dann wurde sie plötzlich dünner: Die Haut ihres Rückens straffte sich, und darunter erschien deutlich der Abdruck von Wirbeln und Rippen.

»Mein Gott«, murmelte Ballesteros.

»Sag mir, wann und wo ihr euch das nächste Mal versammelt.«

»In vier Nächten …« Die Dame bebte, begann aber erneut zu lächeln. »Ziemlich bald, nicht wahr, Raquel …?«

Auf diese Nachricht hin blickte die junge Frau verzweifelt zu den beiden Männern hinüber, aber diese schienen die Antwort gar nicht vernommen zu haben: Wie hypnotisiert starrten sie das magere, bläuliche Gespenst mit den feuchten Haaren an, das da mitten im Zimmer auf dem Boden hockte.

»Wo wird die Versammlung stattfinden?«

»Ich brauche dir das nicht zu sagen, du wirst es erfahren.«

»Haben wir Zugang dazu?«

»Den habt ihr. Aber du wirst es noch bereuen.« Und sie wandte das ausgezehrte Antlitz Rulfo zu. »Sie wird euch mit in den Tod reißen.«

»Du täuschst dich«, erwiderte Rulfo. »Das hier ist schon der Tod.«

Sie gingen in die Küche, um zu beratschlagen. Raquel versicherte ihnen, es bestehe keine Gefahr, dass sie aus dem Zirkel ausbreche.

Eine ganze Weile sprach keiner von den dreien ein Wort. Sie sahen zur Decke oder an die Wände und tauschten Blicke miteinander. Sie fühlten sich ausgebrannt, physisch wie psychisch; nur die junge Frau schien noch einigermaßen bei Kräften zu sein, allerdings hatte sie von ihrem anfänglichen Mut einiges eingebüßt.

»In vier Nächten«, murmelte sie. »Nur noch vier Nächte. Saga muss etwas geahnt haben, denn sie hat die Versammlung vorverlegt. In Ausnahmefällen kann sie das tun.«

Ihre Worte ließen die beiden Männer unbeeindruckt.

»Und jetzt?«, fragte Ballesteros.

»Wir müssen sie vertreiben.«

Im Wohnzimmer war ein lautes, dumpfes Geräusch zu hören. Die junge Frau beruhigte sie.

»Sie ist nervös, aber sie kann nicht entkommen.«

Ballesteros atmete auf und sah Rulfo an. Dieser schien von allen den größten Schrecken davongetragen zu haben. Diesen Gesichtsausdruck kannte er; er hatte ihn unzählige Male bei Unfallopfern und Patienten mit unheilbaren Krankheiten gesehen. Es war die Miene dessen, der etwas Entscheidendes unwiederbringlich verloren hatte. Mit gefalteten Händen starrte er auf die Fliesen vor seinen Füßen. Dann hob er den Blick.

»Wie sollen wir sie denn vertreiben?«

»Das hängt von dir ab. Entweder du nimmst sie wieder bei dir auf oder sie verschwindet für immer. Wenn sie verschwindet, dann sucht sie sich einen anderen Wirt. Für den Moment haben wir erreicht, was wir von ihr wollten: Sie hat uns den Zugang verschafft. Das ist in etwa so, als besäßen wir einen Zweitschlüssel zur Versammlung. Wir brauchen die dreizehnte Dame also nicht mehr.«

Rulfo nickte.

»Wie kann ich erreichen, dass sie für immer verschwindet?«

»Schick sie fort. Wenn sie sich weigert zu gehen, dann rezitierst du die letzten Zeilen von deinem Gedicht für Beatriz.«

»An den Anfang, den ich vorhin rezitiert habe, kann ich mich jetzt überhaupt nicht mehr erinnern ...«

»Nachdem du ihn rezitiert hast, wirst du auch den Rest vergessen. Sie wird nämlich vertrieben, indem die Worte deinen Mund verlassen.«

Rulfo nickte noch einmal. Er nickte eine ganze Weile wortlos mit dem Kopf und starrte dabei mit leerem Blick auf den Boden. Dann stand er auf, nahm eine Flasche Whisky und schenkte sich großzügig ein. Ballesteros bat auch um ein Glas. Er war an einem Punkt angelangt, an dem er zu jeder Droge gegriffen hätte.

»Einverstanden.« Rulfo verließ die Küche.

Im Wohnzimmer saß die Dame wie erwartet in ihrem Kreis, nur schwach von der Stehlampe in der Ecke beleuchtet. Allerdings war sie erschreckend mager geworden: Von ihrem Bauch war nichts mehr zu sehen als eine Höhle unter dem Kassettendach ihrer Rippen; die schlaffen Brüste baumelten wie welke Euter darüber; die Vulva glich einer blutleeren Wunde, einem runzeligen, bleichen Schnitt unter dem Venushügel. Die Kopfhaut dagegen war noch voller Spannkraft und konturierte Beatriz Daggers Gesicht mit klaren, jugendlichen Zügen. Rulfo fand, dass sie aussah wie eine Karikatur ihrer Selbst, die Zeichnung eines Geistesgestörten.

Sie schaute ihn an.

»Ich habe deinem Leben einen Inhalt gegeben, Salomón.«

»Du hast mir jeden Inhalt genommen.«

»Dann kannst du dich ja umbringen, und das Problem ist gelöst.«

»Genau das habe ich vor, aber zuerst bist du an der Reihe.«

»Hat diese Verräterin, diese Hure dir denn gar nichts erklärt ...? Wenn du mich wieder bei dir aufnimmst, dann kann alles wieder sein wie früher. Ich werde dafür sorgen, dass du alles vergisst, und wieder dein Andenken an Beatriz sein. Du darfst über mich weinen und von mir träumen. Glaubst du nicht, dass das besser ist, als allein zu sein? Mich wieder bei dir aufzunehmen bedeutet, dass dein Glaube an Beatriz zurückkehrt. Mich zu vertreiben bedeutet, sie für immer zu verlieren. Es ist deine Entscheidung. Du hast es selbst gesagt. Wenn du mich wieder aufnimmst, werde ich von neuem eine liebenswerte Lüge. Anderenfalls bleibe ich die widerwärtige Wahrheit. Und ich will dir auch sagen, was du tief in deinem Innern vorziehst, Salomón. Du bist ein Dichter und ein Dichter wählt immer die Lüge, wenn sie schöner ist als die Wahrheit ... Nimm mich auf und du wirst wieder verliebt sein. Nimm mich auf und Beatriz wird dich als Engel begleiten: Sie wird dir in deinen Träumen zulächeln, aus der Erinnerung zu dir sprechen, deinem Schmerz einen Sinn geben und deinem Leben eine Hoffnung. Ihr Männer liebt es doch, betrogen zu werden. Nimm mich auf, Salomón Rulfo, nimm mich auf, weil du ein Dichter bist.«

Während er dieser Rede der dreizehnten Dame lauschte, kam Rulfo plötzlich eine Einsicht.

Er war mit seinem *Abstieg* am Ziel angelangt.

Die grauenhafte, dunkle Hölle der vergangenen Wochen hatte er nur mitgemacht, um an genau diesen Punkt zu kommen, diesen tiefen, eisigen Keller zu erreichen. Dahinter gab es nur noch Leere oder die Rückkehr in sein früheres Leben. Fast kam es ihm vor, als stünden ihm nur zwei Wege offen: die Wüste seiner Zukunft oder der Dschungel seiner Vergangenheit. Seine ganze Existenz hing am seidenen Faden dieser Entscheidung.

Rulfo und die dreizehnte Dame sahen sich ein paar Sekunden in die Augen.

Ihm war klar, dass sie Recht hatte. Ein Leben ohne Träume war für ihn undenkbar. Wenn er Beatriz verlor, dann verlor er mehr als das ihm verbleibende Leben. Auch das gelebte Leben ginge ihm verloren. Kein Mensch wäre imstande, das auf sich zu nehmen. Niemand hat den Mut, die Zerstörung seines vergangenen Glücks hinzunehmen, schon gar nicht angesichts der Option, es zu bewahren.

Sie hatte Recht, deshalb wusste er, dass die Entscheidung bereits gefallen war. Weil es Dinge im Leben gibt, die man weder einplanen noch erklären kann, die aber trotzdem die allerwichtigsten sind. Ein Zyklon. Ein Gedicht. Eine Rache.

Er wich dem Blick der Dame nicht aus, diesem bohrenden, von Schädelknochen grotesk umrahmten Blick seiner einst so geliebten Beatriz.

»Ich habe bereits gewählt.«

Sie lächelte immer noch, allerdings war dies kein beabsichtigtes, von den Muskeln der Mundwinkel erzeugtes Lächeln, sondern die trügerische Kombination nackten Elfenbeins, umrahmt von Zahnfleisch.

»Wenn ich weg bin, gibt es nur noch Stillschweigen, Rulfo«, sagte sie warnend. »Ich bin der letzte Vers. Wenn der letzte Vers gesprochen ist, herrscht nur noch Stille.«

»Ich weiß. Und ich will diese Stille. Verschwinde.«

»Du irrst dich. Ich werde dir beweisen, dass du dich irrst …«

Rulfo schnitt ihr das Wort ab, indem er die nächste Strophe rezitierte und dabei in die Augen sah, die einst Beatriz Dagger gehört hatten.

Ich liebte dich vielleicht zu viel
Und jetzt kann bloß dein Abbild noch
die Schwärze meiner Nächte trösten.

Wie Eis schmolz die Dame dahin. Ihr Knochengerüst verlor an Volumen, schrumpfte wie zerknittertes Papier. Der Hals war nur noch ein dürrer Schaft; die Schultern glichen dem Querbalken eines Kreuzes und die Glieder Insektenbeinen; der Unterkiefer löste sich aus seiner Angel und der Mund klaffte wie ein leeres Grab. Allein die Augen verblieben wie zwei Wassertropfen unversehrt in ihren Höhlen. Beatriz Daggers grüne Augen sahen Rulfo ohne zu blinzeln aus dem Sog eines in Auflösung befindlichen Körpers an. »Salomón, du weißt nicht, was die Stille ist ... Alles ist besser als das ...«

»Nur du nicht.«

»Salomón ...«

»Verschwinde aus meinem Leben.«

»Salomón, nicht ...«

Rulfo hatte das Gedicht fast vollständig vergessen und konnte sich nur noch einer einzigen, der letzten Strophe entsinnen. Er rezitierte zwei weitere Zeilen.

Zerschellte Erinnerung, das bist du,
Ein Traum, der vergehen muss.

Die Dame verstummte. Von ihrem Körper waren nur noch ein paar Fetzen übrig, aber das Leuchten ihrer Augen war unvermindert, sie schimmerten wie zwei Smaragde in einer zarten, flüchtigen Nebelschwade.

Er holte Luft und rezitierte die letzte Zeile.

Leben heißt vergessen.

Ein Windstoß öffnete das Fenster hinter ihm, so dass sich die Gardine vor der Scheibe bauschte. In der Woge des Windes geriet nun auch Beatriz' Blick ins Schwanken. Bis Rulfo hinter ihren grünen Pupillen die Regale mit seinen Gedichtbänden auftauchen sah.

Im nächsten Augenblick
waren nur noch
die Bücher
da.

3

Drei Tage. Es fehlten noch drei Tage. Wenn die Dame nicht gelogen hatte (und das *konnte* sie nicht, wie Raquel beteuerte), würde sich die Gruppe am Samstag um Mitternacht versammeln. Bis dahin waren es noch zweiundsiebzig Stunden. Zweiundsiebzig Stunden, um zu planen, wie sie gegen den *coven* vorgehen würden. Zweiundsiebzig Stunden, um zu leben und sich auf das Schlimmste vorzubereiten. Was Ballesteros betraf, so hatte er nicht das Gefühl, auf irgendetwas vorbereitet zu sein, wusste aber auch nicht, wie er sich vorbereiten sollte, ja, nicht einmal, worin der Umstand »vorbereitet zu sein« eigentlich bestand.

Er stellte bald fest, dass er von allen dreien am meisten litt. Rulfo legte so hartnäckig die allergrößte Gleichgültigkeit an den Tag, dass keine Kritik – schon gar nicht die von Ballesteros – bei ihm Gehör gefunden hätte. Er vertrieb sich die Zeit im Liegen oder im Sitzen, sagte wenig und hörte noch weniger zu. Die junge Frau dagegen hatte sich in ihr Zimmer zurückgezogen und studierte die Gedichtbände. Sie hatte immerhin eine sinnvolle Beschäftigung gefunden, dachte Ballesteros. Und er? Was sollte er tun?

Nervlich am Ende, stieg er zum Dachboden des Apartmenthauses hinauf, holte den Schlüssel zu seiner Kammer hervor und schloss auf. Mit einem Handgriff fand er die alte Flinte und die Patronen ordnungsgemäß verpackt und an der gewohnten Stelle, wenn auch unter einer dicken

Staubschicht. Sein Vater war ein begeisterter Jäger gewesen, und Ballesteros hatte, als Julia noch lebte, die Erinnerung an ihn gepflegt, indem er in der Rebhuhn-Saison ein paar unnötige Beutestücke erlegte – lauter kleine, mit Kindheitserinnerungen bepackte Tode. Danach war es damit vorbei gewesen. Nun hielt er die Flinte wieder in der Hand und befingerte ihre metallische Kälte der Länge nach. Allein die Tatsache, sie zu berühren, sie zu öffnen und in die leere Höhle der Patronenkammer zu schauen, vermittelte ihm ein angenehmes, sogar erregendes Gefühl. Niemals wäre er auf die Idee gekommen, dass er eines Tages bei der Vorstellung, auf jemanden zu schießen, solche Empfindungen haben könnte – wobei er bezweifelte, dass Geschöpfe wie jenes, das vorgestern Rulfos Badewanne entstiegen war, mit der Bezeichnung »jemand« zu klassifizieren waren.

Er ging mit dem offenen Gewehr und einer Schachtel Munition in der Hand wieder in seine Wohnung hinunter und begegnete Rulfo im Flur. Als er dessen stummen Blick auf die Waffe bemerkte, hatte er das Bedürfnis, sich zu rechtfertigen.

»Vielleicht ist es dumm von mir und völlig unnötig«, stammelte er, »aber ich muss irgendetwas tun, sonst werde ich verrückt.«

»Kann ich mal mit dir reden?«, fragte Rulfo.

»Klar.«

Sie gingen ins Wohnzimmer und schlossen die Tür. Als sie einander gegenübersaßen, kam sich Ballesteros mit der Flinte im Arm ziemlich albern vor. Er legte sie behutsam auf den Tisch. Rulfo hatte sich unterdessen eine Zigarette angezündet.

»Eugenio«, sagte er ruhig, nachdem sie einen Moment geschwiegen hatten, »du bist bis hier mitgekommen und hast uns unglaublich geholfen. Ohne dich hätten wir nichts erreicht. Aber ich glaube, dass wir von jetzt an alleine weitergehen müssen. Diese Angelegenheit geht nur Raquel und mich etwas an. Vor einigen Tagen habe ich noch anders darüber gedacht, denn ich glaubte, auch ich hätte mit dem Fest nichts zu tun. Ich dachte, dass es mir genauso ginge wie dir und ich aus purem Zufall von Akelos um Hilfe gebeten worden wäre ... Aber dann wurde ich eines Besseren belehrt, denn ich war das Gefäß. Durch diesen Umstand betrifft mich die Veranstaltung genauso wie Raquel. Außerdem haben sie zwei meiner besten Freunde umgebracht und sie vorher aus purer Grausamkeit gefoltert.«

»Zwei ...?«, murmelte Ballesteros, der sich nur an Susana erinnern konnte.

Rulfo nickte schweigend.

»Eben kam es in den Nachrichten. Bei César hat der Dachboden gebrannt. Die ganze Nachbarschaft ist evakuiert worden. Es gibt mehrere Verletzte. Die einzigen Toten sind Susana und er. Für mich macht es keinen Unterschied, ob der Brand durch einen Funken aus dem Kamin entzündet wurde oder ob sie ihn direkt gelegt haben, fest steht nur eins: Sie haben ihn umgebracht. Sie hinterlassen keine Zeugen.« Er machte eine Pause, dann fuhr er fort. Er zog an seiner Zigarette und blies den Rauch in Ringen langsam wieder aus. »Was jetzt auf uns zukommt, geht dich nichts mehr an. Du hast andere, die du beschützen musst. Geh weg von hier. Ich glaube, deine Tochter lebt in London, oder ...? Pack deine Koffer und zieh zu ihr. Ich weiß, du wirst jetzt einwenden, dass es ohnehin keinen Zweck hat, aber du solltest es wenigstens versuchen. Hier zu bleiben wäre auf jeden Fall schlimmer. Ich habe César und Susana diesen Rat auch gegeben, aber sie wollten nicht auf mich hören. Ich wäre froh, wenn mir diese Erfahrung ein zweites Mal erspart bliebe.«

Der Arzt sah einen Moment in das starre, bleiche Gesicht seines Gegenübers. *Er ist innerlich leer. Es macht ihm nichts aus zu sterben. Das Einzige, was ihm bleibt, ist die Sorge um andere.*

»Glaubst du, dass wir verlieren werden?«, fragte er.

»Man muss es so sehen: Unsere Chancen stehen eins zu einer Million. Selbst wenn wir eine von ihnen, zum Beispiel Saga, unschädlich machen können, sind da immer noch die anderen. Um ihnen Samstagnacht zu entkommen, brauchen wir sehr viel Glück. Aber du darfst auch nicht vergessen, wie unser Leben danach aussehen wird.«

»Wie denn?« Ballesteros erschauerte, ließ sich aber nichts anmerken, sondern lächelte. »Hat sich der leidenschaftliche Salomón Rulfo verabschiedet, um wieder dem Schwarzseher Platz zu machen …? Ich möchte dich darauf hinweisen, dass wir das Herzstück der Gruppe bereits vertrieben und damit die ganze Gruppe geschwächt haben. Hast du das nicht selbst gesagt? Und wir haben den Vorteil des Überraschungsangriffs. Schon möglich, dass sie uns am Samstag einen gehörigen Schrecken einjagen; dann jagen wir ihnen zwei ein.« Er zeigte auf sein Gewehr. »Mit jedem Schuss einen.«

»Vor einer Woche hast du mich noch für verrückt erklärt, weil ich ihnen den Kampf angesagt habe. Und jetzt?«

»Vor einer Woche hatte ich noch nicht all das gesehen, was ich inzwischen gesehen habe. Allein der Gedanke an Julias Erscheinung, die dasteht und mich bedroht, macht mich wütend. Das Zimmer meiner Tochter ist immer noch voll Blut. Und seit vorgestern klebt an meinen Händen der Ekel vor diesem Scheusal, das wir aus der Badewanne geholt haben und das dann angefangen hat, zu reden und auszusehen wie eine Frau. Ich habe Angst, Salomón, mehr Angst als je zuvor in meinem Leben, sogar mehr als damals in dem Unfallwagen neben Julia … Und ich habe herausgefunden, dass Angst mich gefährlich macht.«

»Gefährlich für wen?«

Ballesteros sah ihn einen Augenblick wortlos an.

»Ich weiß es nicht, vielleicht für mich selbst. Ich weiß nur, dass ich euch jetzt nicht im Stich lassen werde. Wenn du der Meinung bist, dass mich das Ganze nichts angeht, dann täuschst du dich gewaltig. Mein Vater pflegte zu sagen, dass es Dinge gibt, die nur wenigen geschehen, aber trotzdem alle angehen und alle herausfordern, etwas zu unternehmen.«

Rulfo stieß ein kurzes, raues Lachen aus.

»Angst macht dich nicht gefährlich, sie macht dich zum Poeten.«

»Genau. Zum Poeten und deshalb gefährlich.«

Sie sahen sich einen Moment an. Rulfo versuchte ein Lächeln.

»Du bist der beste Mensch der Welt ... oder der dümmste.«

»Dann sind wir wenigstens schon zwei. Komm, lass uns einen darauf trinken.« Ballesteros schenkte Whisky ein.

»Tu, was du willst«, sagte Rulfo, »aber verlass dich nicht auf deine Flinte. Die Einzige, die uns wirklich helfen kann, die Einzige, die etwas erreichen kann, befindet sich hier in deiner Wohnung, liest Gedichte und versucht, sich daran zu erinnern, wie sie rezitiert werden. Wenn ihr das nicht gelingt, wird uns auch kein Jagdgewehr dieser Welt retten können ... Dann wird uns nichts mehr retten, egal, was wir tun.«

»Ich liebe Leute, die von solchem Optimismus beseelt sind wie du und bei anderen so viel Zuversicht verbreiten«, entgegnete ihm Ballesteros und hob sein Glas. »Lass uns auf Raquel anstoßen. Ich glaube schon, dass sie es schafft. Sie muss es einfach schaffen.«

Ein Gedicht ist ein Wald voller Fallgruben.

Du liest seine Strophen und ahnst nicht, dass ein einziger Vers – nur einer, aber der genügt – mit scharfen Krallen darin lauert. Er braucht nicht schön zu sein, er braucht weder literarisch wertvoll noch gänzlich wertlos zu sein: Er ist einfach da, mit seiner geballten Ladung aus todbringendem Gift.

Die junge Frau hatte in den letzten Tagen viele Stunden darauf verwendet, eine solche Zeile zu entdecken. Sie wusste, dass es unwahrscheinlich war, in so kurzer Zeit auf etwas wirklich Tödliches zu stoßen, aber ihr Erfolg bei der Vertreibung der dreizehnten Dame hatte sie beflügelt.

Sie ließ den Finger über das Papier gleiten, blätterte in den Büchern und fahndete in der Druckerschwärze nach einem Hoffnungsschimmer. Machtverse pflegten sich zu verbergen wie eine Silberader im Berg. Um sie zu entdecken, herauszulösen und zur vollen Wirkung zu bringen, bedurfte es der Erfahrung und der Sorgfalt eines Bergmanns. Jeder Fehler (jedes vernachlässigte oder hinzugefügte Wort) machte den Vers unbrauchbar.

Sie hatte rasch ihre Prioritäten gesetzt. Die lateinischen und griechischen Klassiker waren zwar besonders schlagkräftig, aber sie vertraute ihrem Geschick nicht, diese Sprachen korrekt zu artikulieren. Mit Shakespeare konnte man leicht über das Ziel hinausschießen und brauchte einige Erfahrung, um ihn zu rezitieren, ohne selbst mit in die Luft zu gehen. Ein paar Terzette von Dante hatten zweifellos das Potential, den *coven* auszurotten, aber sie bezweifelte, ob sie diese mit der nötigen Meisterschaft würde vortragen können. Was Milton betraf, so wurde er von Damen wie Herberia mit verheerenden Folgen eingesetzt, aber nur für Tefillin. Für einen Kampf war Milton ungeeignet.

Sie brauchte ein Gedicht mit sofortiger Wirkung, dessen Vortrag relativ einfach war. Ihr war klar, dass sie ein solches unter den anspruchsvollen Dichtern nicht unbedingt finden würde.

Es war Mittwochabend, aber die Uhr in Ballesteros' Zimmer zeigte schon Donnerstagfrüh. Ihr blieben noch zweiundsiebzig Stunden. Sie rieb sich erschöpft die Lider, und die Buchstaben fingen an, vor ihren Augen zu tanzen.

Eine Gelegenheit, gib mir nur eine einzige Gelegenheit, dann kann ich es dir vielleicht zeigen, Saga.

Sie schlug ein Buch von Ezra Pound zu und nahm eine Lyriksammlung von Dámaso Alonso zur Hand.

Sorgfältig ging sie Seite für Seite durch, vornübergebeugt, dem Licht der Schreibtischlampe entgegen, dessen Kegel den Text beschien. Sie hielt sich weder bei der Schönheit der Worte noch bei der Anmut des Versmaßes auf, dachte nicht über den Rang von Alonsos Dichtkunst nach und genauso wenig über deren Bedeutung. Die sollten nicht ihr Problem sein. Was sie wollte, war, dass ein Vers sie traf. Sie versuchte, zwischen den Worten ein Messer aufblitzen zu sehen, die scharfen Kanten einer Rasierklinge zu entdecken, die Härte eines Diamanten zu erhaschen. Sie fahndete in den Silben nach einem Dolch, den sie in Sagas Brust versenken konnte. Sie forschte nach einer silbernen Kugel, nach einer Zeile als Munition für die Kartuschenkammer ihres Mundes, um Saga damit in den Kopf zu schießen.

Es waren kurze Gedichte. Sie las erst *La victoria nueva* und als nächstes *Elemental* und dann *Viento de siestas*. Bei diesem stockte sie.

Viento y agua muelen pan,
viento y agua.

Ihre Finger krampften sich um die Buchseite und zerknüllten diese. Sie keuchte. Sie zerrte an dem Blatt und hätte es beinah ausgerissen.

Es waren ganz schlichte Worte. Sie las sie noch einmal.

Viento y agua muelen pan,
viento y agua.

Eindeutig. Das waren sie. Sie konnten ihre Waffe werden.

Die beiden Zeilen besaßen die stählerne Härte eines Messers und waren sogar von unkundigen Kehlen leicht anzuwenden. Nur ein Messer zwar, doch auch das konnte töten.

Das Geheimnis der beiden Verse lag in der Alliteration der drei Worte mit dem Buchstaben N: *Viento, muelen, pan.* Das Wort *agua* musste getrennt davon mit einem winzigen Schrei ausgestoßen werden. Das volle Potential dieser Zeilen kannte sie nicht, glaubte aber, dass die kurze Zeit ausreichen würde, einen Wurfspieß daraus zu schmieden.

Als sie das Zimmer verließ, war sie blass und hatte Ringe unter den Augen.

»Magst du Kaffee?«, fragte Rulfo. Sie schüttelte den Kopf. »Du musst etwas trinken.«

»Und dich ausruhen«, ergänzte Ballesteros.

»Danke, es ist alles in Ordnung.« Sie ließ einen Moment die tiefschwarzen Augen auf den beiden ruhen. »Wir haben eine Chance.« Die Männer schauten sie gespannt an. »Ich habe einen ganz einfachen Vers gefunden und glaube sogar, damit umgehen zu können. Im Kampf gegen den *coven* ist er natürlich wie eine Stecknadel, das ist mir klar. Da uns die dreizehnte Dame den Zugang verschafft hat, sind sie auf unseren Überfall nicht vorbereitet. Wenn mir der richtige Umgang damit gelingt, dann können sie auch von einer Stecknadel empfindlich getroffen werden ...«

»Verstehe«, sagte Ballesteros nachdenklich. »Es ist so, als hättest du eine Steinschleuder, und wenn du damit ins Schwarze triffst, kannst du einiges erreichen.«

Sie nickte.

»Wodurch kann das verhindert werden?«, fragte Rulfo forschend nach.

Die junge Frau seufzte, als hätte sie diese Frage erwartet.

»Nur durch eins: dass sie unseren Zugang entdecken. Aber das ist ziemlich unwahrscheinlich, weil wir unabhängig von ihnen gehandelt haben. Wir haben die letzte Dame vertrieben. Ich kann mich an keinen Vers erinnern, der dazu dient, sie darüber zu informieren oder sie zu warnen. Allerdings rede ich von früher. Verstehst du ...? Tag für Tag tauchen in ... einer Vielzahl von Sprachen ... Millionen neuer

Verse auf ... Außerdem könnte eine der Damen auch einen alten Vers auf neue Weise rezitieren lernen ...«

»Und was ist, wenn sie den Zugang entdecken?«, wollte Ballesteros wissen.

»Dann werden sie uns zuvorkommen ... und die Stecknadel ist eben nur eine Stecknadel, mehr nicht. Aber das ist wie gesagt unwahrscheinlich. Es ist fast unmöglich, einen Zugang zu entdecken.«

Sie sahen einander an und schwiegen, während die letzten Worte der jungen Frau wie ein Echo nachhallten.

»Wie auch immer«, sagte Rulfo, »wir haben keine andere Wahl.«

Die junge Jacqueline befand sich in einem fensterlosen, schalldichten, mit dicken Vorhängen und Teppichen gepolsterten Raum, in dem alles zinnoberrot war: ihre Vortragskammer, der so genannte Rhapsodom. Jede Dame besaß mindestens einen Raum dieser Art. Ihren Bediensteten war der Zutritt nicht gestattet, ja sie wussten nicht einmal, dass es ihn gab. Er befand sich im abgelegensten Flügel des Hauses, doch mehrere auf die Türpfosten aufgebrachte Tefillin hätten den Zutritt Unbefugter und sogar anderer Damen ohnehin verhindert.

Jetzt lag Jacqueline in dieser Kammer nackt auf den Knien, die Arme in einer Gebetshaltung geöffnet, während das Symbol der Saga, ein kleiner goldener Spiegel, an ihrem schlanken Hals baumelte. Überall war Blut, auf ihren weißen Oberschenkeln ebenso wie auf dem Teppich um sie herum. Es war ihr Blut. Ihre Kniescheiben waren von zwei dicken, langen Nägeln durchbohrt, während sie unter grausigen Schmerzen darauf das Gleichgewicht hielt. Zwei weitere Stahlstifte steckten in ihren Handgelenken und ragten auf beiden Seiten mehrere Zentimeter hervor.

Es war keineswegs eine Lust, die sie dabei empfand. Sie wurde ganz im Gegenteil von eisigen, verzehrenden Schmerzen gequält, die immer unerträglicher wurden, je länger ihr Körpergewicht auf den Nägeln ruhte. Ihre Lippen bebten, ihr Gesicht war schweißnass, Herz und Hirn waren taub vor Schmerz, und sie war kurz davor aufzugeben. Außerhalb ihres Rhapsodoms hätte sie niemals gewagt, so weit zu gehen. Aber in dieser Höhle war Jacqueline nicht Jacqueline: Sie war eine *andere*. Das Ding, das aus ihren Augen herausschaute.

Und dieses Ding nötigte sie manchmal zu einer höchst unangenehmen Selbstquälerei.

Unangenehm, aber notwendig, du weißt.

Um Machtverse zu rezitieren, bedurfte es zuweilen anderer Vorbereitungen als eines zum Knebel zusammengepressten Schleiers oder eines bis zur Erschöpfung vollführten Kreistanzes oder eines Rauschmittels. Sie hatte erst vor kurzem entdeckt, dass ein im Augenblick des größten Schmerzes vorgetragener Vers eine höchst unerwartete Wirkung haben konnte. Die Stimme war nämlich ein wundersames Instrument, auf dem jede Gemütslage spielen konnte. Müdigkeit ließ sie anders klingen als Freude, Erregung anders als Traurigkeit. Und der erhabenste aller Schmerzen gab ihr einen ganz außergewöhnlichen Klang. Vermochte man die Worte mit Empfindungen zu tränken, dann erzielte man ein tausend- oder millionenfaches Ergebnis damit. Dass sich Jacqueline zu diesem Zweck Verletzungen zufügen musste, war ihr gleichgültig, denn sie wusste, dass eine einzige Tefilla genügte, damit diese Folterungen nicht die leiseste Spur zurückließen.

Soeben war sie dabei, sich auf den Vortrag ihres geheimen Eliot-Verses einzustimmen.

Sie würde »ihren« Eliot auf eine ungeahnte, neue Weise im Rhapsodom und in der Welt zum Erklingen bringen.

Sie war überwältigt von der Vorstellung, diese Worte auf vollkommen unbekannte Weise in die Natur hinauszustoßen. Weil ihr Lampenfieber und ihre Aufregung so groß waren, konnte sie ihre Konzentration nur durch die brutale Folter ihrer Knie und Handgelenke aufrechterhalten. Schon immer hatte es sie verlockt, andere Wege zu erkunden, etwas Neues kennen zu lernen, etwas zu erschaffen oder zu zerstören. Sie hatte diesen neuen Eliot-Vers ausgesucht, um auf Nummer Sicher zu gehen und endlich Ruhe zu finden.

Denn es stimmte, dass sie noch immer unruhig war.

Das Finale war für den folgenden Abend anberaumt. Danach würde die Verräterin Akelos endgültig und für alle Zeiten beseitigt sein. Die Genugtuung dieser Tat ließ sie sich von niemandem nehmen. Akelos' Körper hatte sie bereits in Lidia Garettis zierlicher Gestalt stundenlang mit einer schier unerschöpflichen Freude zerstückelt. Und heute Nacht würde sie dasselbe mit ihrem Geist tun. Niemand würde je wieder von Akelos hören. Niemand würde je wieder an Akelos zurückdenken. Niemand würde es wagen, sie an diesem Akt zu hindern. Niemand sie verraten.

Aber das Gespinst des Schicksals ist komplex. Du rührst an einen Faden, und am anderen Ende gerät das Netz ins Wanken.

»Nach dem Finale werdet Ihr beruhigt sein«, hatte Madoo ihr prophezeit.

Vielleicht. Aber auch nur vielleicht.

An diesem Morgen hatte sie, vor dem Gang in den Rhapsodom, ihre vertrautesten Schwestern um sich geschart, vor allem Madoo, auf die sie sich mehr verließ als auf sich selbst. Madoo war zwar keine Dame, würde aber unverzüglich dazu werden, sobald ein Platz frei wurde. Äußerlich glich sie einer rothaarigen Jugendlichen, aber dies war nur ihre äußere Erscheinung. Sie vermochte verschiedene, meist unangenehmere Gestalten und Formen anzunehmen. Sie war es auch gewesen, die Rulfo während des Festes vom einunddreißigsten Oktober gelockt und verfolgt hatte. Saga schätzte Madoo höher als ihre eigenen Augen und Ohren, höher als ihren Willen oder ihre extravaganten Begierden.

Madoo war ihre Dienerin, ihre Freundin, ihre Zwillings-
seele.

Sagas Schwäche, das war Madoo. Und ihre Stärke.

Anschließend war die neue Akelos vorgetreten und hatte
verkündet, dass sie mit ihren Versen im Nebel der Zukunft
keine klaren Formen habe ausmachen können. Alles lag
noch im Ungewissen. Die Würfel waren sozusagen noch
nicht gefallen. Das Übrige ging seinen gewohnten Gang. Die
Zweite wachte gut und ließ ihren Augen nichts entgehen.
Die Zehnte hatte den *coven* ausgespäht und den Befehl ausgeführt, das Verhalten der Schwestern zu beobachten, aber
nirgends Verrat entdecken können. Es war alles für das Finale bereit, und sie brauchten nichts zu befürchten. Raquel
und ihre Freunde waren einfache Fremde und besaßen keinerlei Macht. Nach dem Finale waren sie beseitigt, soviel
stand fest.

Freie Bahn.

Vielleicht hatte Madoo Recht, und sie bekam wieder
festen Boden unter die Füße, wenn alles vorbei war. Vorsichtshalber hatte sie dennoch eine Maßnahme ergriffen: Sie
übte die Rezitation ihres geheimen Eliots. Sie hatte nicht
einmal Madoo in diesen Plan eingeweiht, weil sie wusste,
dass diese trotz ihres vertrauten und freundschaftlichen Ver-
hältnisses imstande war, sie zu verraten.

Jetzt.

Mit verkrampften Händen, vor Schmerz zitternd, und
kurz vor dem Verbluten, lösten sich Jacquelines Lippen und
entließen einen schrillen anschwellenden Laut. Sie warf den
Kopf in den Nacken und ihre Halsmuskeln spannten sich,
als führten sie ein Eigenleben. Die Nägel in ihren Kniescheiben und Handgelenken entlockten ihr Wehlaute und
Tränen und ließen kurz vor dem Zusammenbruch den Vers
an einem geheimen Punkt ihrer Stimmbänder erblühen. Sie
schleuderte ihn im Rhapsodom in die Luft und bis an die
Decke,

Old timber

eine einzige, brüchige

to new fires

ersterbende Zeile.

Als sie das letzte Wort ausgesprochen hatte, war von ihren Augen nur noch das Weiße zu sehen. Sie verharrte reglos, mit offenem Munde und betrachtete etwas, was allein ihren Augen vorbehalten war.

Das Ergebnis enttäuschte sie nicht. Der Vers hatte funktioniert. Da stand eine Wabe. Eine Wabe aus Eis. Ihre Zellen, lauter geometrisch angeordnete Fraktale, waren verschlossen. Das Eis war pechschwarz und schluckte jegliches Licht.

Sie betrachtete die Struktur des *coven*. Den Zusammenhalt der Gruppe, die Zugänge. Da waren ungehobelte Kanten, in der Luft hängende Enden, aber nichts störte die perfekte Symmetrie der Wabe, in deren Mitte sie als Bienenkönigin saß.

Sie untersuchte das Gebilde aus der Nähe, besah es von allen Seiten wie das Plastikmodell eines Atoms oder ein sehr komplexes Hologramm. Alles war dicht. Es schwebte keine Drohung im Raum und niemand hatte mit einem Vers versucht, ihr ihren Absolutheitsanspruch streitig zu machen.

Ihre Unruhe war also vollkommen unbegründet.

Jene, die nicht blinzelte, lächelte hinter Jacquelines sterbenden Zügen.

Der Umgang mit einem einfachen Machtvers war sehr viel mühseliger, als sie angenommen hatte. Die ehemalige Saga hätte ihn auf Anhieb zu handhaben gewusst, aber die junge Frau war nur noch ein menschliches Wesen mit den Erinnerungen einer Dame, nicht jedoch mit deren Fähigkeiten. Und damit kam sie nicht weit. Trotzdem stand ihr Entschluss fest, es wenigstens zu versuchen.

Sie bat die Männer, die Wohnung für ein paar Stunden zu verlassen, damit der Vers sie nicht verletzte, falls sie die Kontrolle darüber verlor. Rulfo und Ballesteros gehorchten nur widerstrebend.

Als sie endlich allein war, schloss sie die Wohnzimmertür und das Terrassenfenster und zog die Vorhänge zu. Es war zwar kein Rhapsodom, aber immerhin besser als gar nichts. Dann entblößte sie sich und hockte sich im Fersensitz auf den Teppich. Die Rezitation durfte durch nichts behindert werden, denn der Leib stülpte die Töne gleichsam aus sich heraus.

Sie steckte sich zunächst niedrige Ziele. Erst rezitierte sie den Vers mehrmals, um sich mit den Worten vertraut zu machen. Dabei bemerkte sie ihre Ungeschicklichkeit. Dann versuchte sie es aufs Neue, bis sie eine gewisse Flüssigkeit erreicht hatte. Sie wiederholte die Worte immer und immer wieder, indem sie den Kopf von einer Seite zur anderen drehte und eine Hand vor den Mund hielt, um den Ton zu dämpfen. Die Worte nahmen in ihrem Gaumen spürbar Form an, wurden zu etwas, das sie einsetzen konnte. Aber sie entglitten ihr, rutschten einfach heraus, und sie kam nicht weiter.

Als Rulfo und Ballesteros wieder nach Hause kamen, lag sie im abgedunkelten Wohnzimmer flach auf dem Fußboden. Sie war nicht ohnmächtig, sondern erschöpft.

»Ich brauche mehr Zeit und einen anderen Ort.«

»Du musst dich ausruhen«, widersprach Rulfo.

Aber sie gab ihm mit einem einzigen Blick zu verstehen, dass sie nicht gewillt war, sich jetzt von irgendetwas aufhalten zu lassen.

»Bring mich zu dir.«

Eine Stunde später ließen die beiden Männer Raquel in der Wohnung der Calle Lomontano zurück, wo sie den ganzen Tag ungestört üben konnte. Sie wiederholte die Übungen, bis ihr Mund die Worte *sehen* konnte. Dann versuchte sie den Vers zu *ergreifen* und so auszusprechen, als würde sie den *Schaft* in die Hand nehmen und mit der *Spitze* in eine bestimmte Richtung zielen.

Sie erprobte die Alliteration und wagte vorsichtig einen ersten Wurf.

Nach einer ganzen Weile glaubte sie, dass sie so weit war, eine Wirkung zu erzielen. Sie ging in die Küche und kehrte mit einem kleinen Glas zurück. Das stellte sie auf den Tisch und kniete sich davor. Nach mehreren Probeläufen stieß sie die Worte aus. Nichts geschah, außer, dass sie optimistisch blieb. Sie hatte nicht ins Schwarze getroffen, aber sie wusste, dass die Worte *geflogen* waren. Sie versuchte es erneut, aber dieses Mal gelang es ihr nicht, die Worte mit Energie aufzuladen. Sie wiederholte sie noch mal, und wieder, ununterbrochen, über hundert Mal, stets mit demselben Ergebnis, bis sie schließlich todmüde und verzweifelt mit heiserer Kehle aufgab.

Sie krümmte sich, krallte sich im Teppich fest. Sie wusste, dass sie es schaffen konnte, sie wusste, dass sie es schaffen würde, aber ihre Frustration war enorm, wie bei einem olympischen Athleten mit jeder Menge Medaillen, der plötzlich den Eindruck hat, kaum noch einen Fuß vor den anderen setzen zu können.

Im Morgengrauen kam Rulfo. Er fand sie bleich und verschwitzt vor, den Blick von schwarzen Haarsträhnen verhangen und ohne eine Faser am Leib. Ihr Anblick erinnerte ihn an ein gefährliches Raubtier.

»Du musst dir eine Pause gönnen. Es ist schon Tag.«

»Nein …« Sie brachte kaum eine Antwort heraus, so heiser war sie. »Nein …«

Sie hatte beschlossen, sich auf etwas zu konzentrieren.

Denk an ihn. Denk daran, was sie ihm angetan hat.
»Raquel …«
»Lass mich in Ruhe.«
Als er wieder gegangen war, fixierte sie das kleine Glas auf dem Tisch.
Denk daran, was sie ihm angetan hat. Denk daran, wie sie dich gezwungen hat zuzusehen.
Sie kämpfte darum, die Verse auszustoßen. Beim zweiundzwanzigsten Versuch verschob sich das Glas um wenige Zentimeter. Da gab sie endlich nach, zog sich an und war bereit, sich auszuruhen.
Am Samstagmorgen kehrte sie noch einmal in die Calle Lomontano zurück. Sie rezitierte ihr kleines Messer stundenlang, bis es wie von selbst ging. Dann *(denk daran)* schätzte sie die Entfernung ab *(was sie ihm angetan hat)*, holte Luft und warf es mit voller Wucht.
Das Glas zersprang.

Freie Bahn, dachte sie beruhigt.
Sie war gerade im Begriff, die Vision aufzulösen, da sah sie es.
Eine winzige Lücke, eine kaum merkliche Öffnung, so klein wie der durch den Appetit einer Made oder einer Ameise angerichtete Schaden. Das war keine der Schwestern gewesen. Denn es war ein Zugang von außen. Wer konnte den wohl geöffnet haben?
Die Augen, die niemals blinzelten, drangen in den kleinen Spalt ein, in diesen Miniaturtunnel, und schauten am anderen Ende hinaus.
Sie traute ihren Augen kaum. Raquel und das Gefäß hatten einen Weg gefunden, die dreizehnte Dame herauszuholen, und sie gezwungen, ihnen einen Zugang zu verschaffen. Wie hatten sie denn das gemacht? Bloß mit Akelos' Träumen? Nein: Das hier war der Beweis, dass Raquel mehr als nur ihr Gedächtnis zurückerlangt hatte. Aber nein, das

war unmöglich. Es gab also keinen Zweifel mehr: Die Verräterin war in den eigenen Reihen zu suchen.

Glücklicherweise hatte sie es noch rechtzeitig gemerkt.

Sie rezitierte wieder einen kurzen Vers, und bevor Jacquelines Körper unter grausamen Qualen sein Leben aushauchte, verschwanden die Nägel und schlossen sich die Wunden. Dann aktivierte sie die Tefilla des Dichters Ovid, die sie als Tätowierung auf dem linken Unterarm trug, und weder auf ihrer Haut noch in ihren Organen verblieb die geringste Spur der Folter.

Sie verließ den Rhapsodom nackt wie sie war, nur mit dem Symbol der Saga um den Hals, ohne ein Lächeln und mit weit geöffneten Augen. Mit einem rasch gezischelten Neruda ließ sie sämtliche Fremde, die in diesem Moment in ihrem Haus beschäftigt waren, und alle Lebewesen ihrer Umgebung zu Asche verkohlen. Ohne Flammen, ohne Geschrei, vollkommen schmerzlos. Ihre gesamte Dienerschaft sowie alle Haustiere und alles, was im Garten oder im Haus um sie herum kroch und flog, zerfiel zu einem weichen grauen Pulver. Dann rief sie Madoo zu sich.

»Irgendjemand hat mich verraten«, sagte sie. »Es ist aus mit dem Vertrauen.«

Sie rezitierte Shakespeare und Madoo platzte vor ihren Augen wie eine reife Frucht.

Etwas beruhigt hielt sie einen Moment inne, um zu überlegen, was sie als Nächstes tun wollte.

Raquel und die Fremden waren doch keine so banale Angelegenheit, wie sie ursprünglich gedacht hatte. Allmählich wurden sie zur Bedrohung, einer kleinen zwar, aber besorgniserregenden. Sie würde sie noch *vor* dem Ritual beseitigen.

Sie rief die Schwestern zusammen.

Samstagnacht fand sich Rulfo mit der jungen Frau im Wohnzimmer ein, während Ballesteros alles in die Garage hinunterbrachte, was er mitnehmen wollte. In ihrem Antlitz spiegelte sich nichts als pure Schönheit, trotzdem entdeckte Rulfo auf dem Grund ihrer Augen etwas Neues. Er verstand. *Diesmal ist sie bewaffnet.*

»Weißt du, wo wir hinmüssen?«

»Sie hat zu mir gesagt, ich würde es erfahren. Ich bin sicher, dass ich euch lotsen kann, sobald wir im Auto sitzen. Da die Versammlung außerhalb der Zeremonientage stattfindet, werden sie nicht das Landgut wählen. Ich glaube, sie werden irgendwo in der näheren Umgebung von Madrid sein.«

Es entstand eine Pause.

»Wie geht es dir?«, fragte Rulfo.

»Ich will es versuchen«, war die Antwort.

Dem war nichts hinzuzufügen, das wussten sie beide. Jedes Wort, außer denen, die sie im Mund sammelte, war jetzt überflüssig. Trotzdem fuhr die junge Frau fort:

»Ich weiß, wie du leidest. Aber du wirst es irgendwann vergessen haben, genauso wie ich … Leben heißt Vergessen, immerfort.«

Aus der Sicht einer Dame mag das vielleicht einfach sein, dachte Rulfo.

Plötzlich entdeckte er, dass es ihm sehr schwer fiel, sich in der Umlaufbahn ihres Gesichts aufzuhalten, ohne sich darauf niederzulassen. Er näherte seine Lippen den ihren. Sie küssten sich, bis um sie herum Ruhe herrschte.

Dann löste er sich von ihr und sah sie an: In ihrer Miene war keine Regung, außer der einen, wohl bekannten, die beider Augen entflammte. Er begriff, dass allein dieser Durst nach Rache sie verband: Wenn er befriedigt war – falls das gelang –, würden sich ihre Wege trennen und sie sich nie mehr wieder sehen.

»Danke«, sagte sie unerwartet.

»Wofür?«

»Du warst es, der mich aufgeweckt hat. Ich war schwach,

aber jetzt bin ich stark. Das habe ich nur dir zu verdanken.«

»Glaubst du, dass wir es schaffen werden?«

»Ja.« Sie zwang sich zu einem Lächeln. »Sie sind nicht darauf vorbereitet. Ich will mich bemühen, Saga außer Gefecht zu setzen. Wenn ich sie treffe, dann sind auch alle anderen geschwächt. Vielleicht laufen sie dann weg oder wir kommen mit gewöhnlichen Waffen gegen sie an ...«

Rulfo fiel auf, dass die junge Frau versuchte, ihm mehr Hoffnung zu machen, als sie selber hatte. Da kam Ballesteros herein.

»Alles fertig.«

Sie wechselten einen stummen Blick. Es entstand ein kurzes Schweigen.

»Lasst es uns versuchen«, sagte Rulfo.

xiv. Das Finale

1

Die Nacht war klar und erstaunlich kalt. Der Mann am Steuer drehte die Heizung an. Seine beiden Begleiter dankten es ihm: Sie schienen tief in Gedanken versunken. Nur hin und wieder murmelte die junge Frau etwas und wies in die einzuschlagende Richtung. Ohne den Weg zu kennen, »wusste« sie von Straße zu Straße, von Abzweigung zu Abzweigung, wo sie langfahren mussten.

Sie schlugen die Landstraße nach Burgos ein, verließen sie wieder und nahmen eine kaum befahrene Umgehung. Sie gelangten an eine Kreuzung und wählten eine Nebenstrecke, die durch ein offenes Gelände aus Feldern und Wiesen führte. Eine einsame, nur durch vereinzelt entgegenkommende Fahrzeuge unterbrochene halbe Stunde später zeigte die junge Frau zwischen zwei Ortschaften links auf eine bewaldete Stelle. Sie parkten neben einem Sperrschild im Straßengraben, stiegen aus, und der weißhaarige Mann ging zum Kofferraum, um etwas herauszuholen.

Sie betraten einen dunklen Wald mit noch jungen Bäumen, deren Zweige auf der eisigen Mondscheibe ihre feinen Craquelé-Linien zogen, während Fledermäuse mit spitzen Flügeln Schnörkel in die Luft malten. Nach einem schweigenden Fußmarsch von mehreren Minuten gelangten sie zu einer Lichtung mit Feldern. Gegenüber war auf einem Hügel, der die Form eines Schafotts hatte, das Glitzern von Lichtern zu sehen, ein Dorf vielleicht.

»Dort werden sie erscheinen«, sagte die junge Frau ohne den Anflug eines Zweifels und deutete auf die Lichtung.

Ballesteros vergewisserte sich zum dritten oder vierten Mal, dass das Gewehr geladen und die Reservemunition in Reichweite war. Bei der Berührung des eisigen Metalls bedauerte er, nicht vorsorglich ein Paar Handschuhe mitgebracht zu haben. Der Gedanke ließ ihn lächeln.

In Kürze wird dir die Kälte nichts mehr anhaben können.

Ihm kam seine Angst zu Bewusstsein und sein Festhalten an diesem so elenden, aber auch so einzigartigen Dasein. Er saß auf der Erde, den Rücken an einen Baumstamm gelehnt, bis zum Äußersten gespannt. Während des Wartens stellte er sich vor, sich selbst in dieser Haltung zu beobachten, mit dem Gewehr auf der Cordhose, und ihm fiel auf, dass er nicht wusste, was er eigentlich dort zu suchen hatte. Wie kam er dazu, sich an diesen Platz mitten in der Wildnis zu begeben, und worauf wartete er eigentlich?

Die junge Frau hockte rechts von ihm hinter einem Gebüsch und unterhielt sich gedämpft mit Rulfo. Worüber? Über Imagos und Rituale. Er schnappte nur einzelne Gesprächsfetzen auf. *Diese Angelegenheit geht nur uns etwas an, nicht dich,* hatte Rulfo vor einigen Tagen zu ihm gesagt. Plötzlich ergriff ihn Panik und einen Moment lang war er versucht, Reißaus zu nehmen. ›Ihr könnt meinetwegen dableiben‹, wollte er ihnen zurufen. ›Du hast doch selbst gesagt, ich habe mit der Sache nichts zu tun.‹

Doch du hast etwas mit dieser Angelegenheit zu tun. Natürlich.

Er hielt das Ziffernblatt seiner Uhr ins Mondlicht. Fünf Minuten vor zwölf. Von irgendwo bedrängte ein Uhu ihn mit seinen fragenden Rufen. Ballesteros strengte sich an, ihn zu verstehen.

Natürlich hast du etwas mit dieser Angelegenheit zu tun.

Er dachte an seine Patienten. Er dachte an seine Kinder.

470

Dann kam ihm Julia in den Sinn. Allnächtlich widmete er ihrem Gedenken einige Minuten, auch heute würde er keine Ausnahme machen. Vielleicht, dachte er, stand er kurz davor, sich wieder mit ihr zu vereinigen; vielleicht war das der Grund, weshalb er hierher kommen musste. Aber er fragte sich wie ein Himmel oder ein Paradies mit einer Welt vereinbar waren, die vom Zufall der Verse abhing? *Wie ist das mit einem Gott zu vereinbaren, Julia? Weißt du es?*

Ein Glaube war ihm so fern wie die hellen Punkte am Firmament über seinem Kopf. Er presste seine Waffe an die Brust und vertraute allein darauf, im richtigen Moment das Richtige zu tun. Und wenn etwas schief ging …? Nun, dann würde er wieder mit Julia vereinigt sein, dessen war er sich gewiss, wo auch immer sie sich befinden mochte.

Und Ballesteros erklärte seiner Frau in diesen einsamen Minuten des Wartens, wie sehr er sie noch immer liebte.

»Wie sieht das Ritual der Finale aus?«

»Es ist ziemlich kompliziert. Zuerst wird die Tefilla der Annullierung in umgekehrter Reihenfolge vorgetragen, um die Imago zu aktivieren, das heißt, damit sie ihre ursprüngliche Macht zurückerhält …«

»Sie bekommt ihre Macht zurück? Aber dann könnte Akelos doch …«

»Akelos ist physisch tot, und dass sie ihre Macht zurückerhält, heißt überhaupt nichts. Sie können das Ritual nur durchführen, wenn die Imago aktiviert ist, weil das Finale bei einer annullierten Imago nicht funktioniert. Erst danach kommt das eigentliche Ritual. Das besteht darin, ganz bestimmte Verse in veränderter Form zu rezitieren. Manchmal werden sie verkehrt herum vorgetragen. Das Ganze kann über eine Stunde dauern.«

Der Mann sah sie an und nickte.

»Wann wirst du eingreifen?«

»Je eher, desto besser. Wir müssen verhindern, dass sich

der *coven* überhaupt versammelt. Seine Kraft wächst nämlich, je länger die Zusammenkunft andauert.«

Er nickte noch einmal und drückte ihren Arm. Flüchtig erwiderte sie sein Lächeln und dachte bei sich, dass er ihr Mut machen wollte. Aber das brauchte sie nicht. Ihr Inneres war reine Anspannung, pure Rachgier. Sie wusste, dass der Augenblick gekommen war, entweder ganz aufzuwachen oder für immer weiterzuschlafen. Es ging ihr nicht darum, Akelos zu rächen, obwohl ihre Freundin kaltblütig umgebracht worden war. Es ging ihr ebenso wenig darum, sich an Saga für die Hölle, in die Saga ihr Leben verwandelt hatte, schadlos zu halten, für die Wehlaute, mit denen Saga die Zeit gemessen hatte, seit sie an der Macht war, für all die Schmähungen und Erniedrigungen, denen Saga sie ausgesetzt hatte, für die Tefilla auf ihrem Rücken, die sie zu einer bildschönen Modelliermasse gemacht hatte.

Nein. Es ging ihr einzig und allein um ihn und um das, was Saga ihm angetan hatte.

Das hätte sie nicht tun dürfen. Das war ihr größter Fehler gewesen.

Während sie hinter dem Gebüsch hockte und in die Finsternis starrte, kam ihr der Gedanke, dass ihr genau das die Motivation gegeben hatte, den Messer-Vers zu erlernen und zu beherrschen.

Das hättest du nicht tun dürfen. Das war dein größter Fehler.

Sie versuchte, sich zu entspannen. Sie wusste, dass sie nur eine einzige Chance haben würde. Ihr Plan war verwegen und riskant: Sie wollte Saga tödlich verwunden. Ihre physische Gestalt töten. Ihr war klar, dass für ihren Sohn jede Rettung zu spät kam, aber wenn die zwölfte Dame wirklich fiel, hatte sie sich wenigstens die ersehnte Genugtuung verschafft. Genau das wollte sie versuchen. Sie hatte nichts mehr zu verlieren, jedenfalls nichts, was von Bedeutung war, und mit ein wenig Glück konnte ihre Rache erfolgreich sein.

Sie brauchte nur eine einzige Chance. Danach war ihr alles gleich.

Nur das Messer in ihrem Mund, das durfte sein Ziel nicht verfehlen, alles andere ging sie nichts mehr an.

Was konnte schon schief gehen? Was …?

Sie spürte eine Bedrohung auf sich zukommen, so tief und schwarz wie die Nacht um sie herum.

Wenn aber der Vers seine Aufgabe erfüllte, dann konnte sie in Frieden sterben.

Ein Gedanke stieg an die Oberfläche seines Geistes. Er handelte von dem fehlenden Teilchen. Aber er bekam ihn nicht zu fassen.

Als er von der dunklen Wiese zum Himmel aufsah, entdeckte er plötzlich eine Wolke wie einen Löwen mit aufgesperrtem Maul, der im Begriff war, den Mond zu verschlingen. Er phantasierte weiter und stellte sich vor, die vom Löwen ausgeschiedenen Mondreste wären die Sterne. Die Milchstraße war in dieser kalten klaren Nacht deutlich zu erkennen. Er betrachtete sie eine Weile: diesen stillen Herpes aus unerreichbarem Licht. Um ihn herum war kein Laut zu hören. Die Insekten hielten beim Frost ihren Winterschlaf. Und die junge Frau schien so flach zu atmen, als befände sie sich ebenfalls im Winterschlaf: Sie saß in der Hocke, ohne sich mit dem Rücken anzulehnen, und behielt die Lichtung fest im Blick. Soeben verbarg sich der Mond und legte einen Schatten auf ihr schönes, bei jedem Windstoß von ihren langen, schwarzen Haaren umwogtes Gesicht.

Und Ballesteros? Der schien gegen die Abgründe seiner eigenen Angst zu kämpfen, während er die Flinte auf dem Schoß fest umschlossen hielt. Sein Atem war genauso weiß wie sein Haar und sein Gesicht. Rulfo wünschte ihm wortlos viel Glück. Dann streichelte er noch einmal zärtlich den Schaft und die silberne Klinge des Jagdmessers, das der Arzt ihm mitgegeben hatte. Als er sich ihre eigentümliche Ausrüstung vergegenwärtigte, musste er unwillkürlich lächeln: ein Vers, eine Flinte, ein Messer. Was die Eigentümlichkeit betraf, waren sie indes mit ihrem Gegner gleichauf. Sollte keine dieser drei Waffen ihn verwunden können, dann hätten sie auch mit Dynamit nichts erreicht.

Irgendetwas passte nicht zusammen, aber was?, fragte er sich noch einmal.

Akelos. Ihr langfristig angelegter, minutiöser Plan: Alejandro Guerín hatte sie benutzt, um César auf das Geheimnis der Damen aufmerksam zu machen, das sie anschließend durch Rauschens Ermittlungen ergänzte; sie hatte das Bild und den Zettel so hinterlassen, dass er sie finden musste, worauf César die Legende wieder eingefallen war; die Träume, die Tefillin in Lidia Garettis Haus und im Therapiezentrum und die Imago. Alle diese Puzzleteile kamen ihm wieder in den Sinn, und er fühlte sich dazu aufgerufen, sie zu einem sinnvollen Ganzen zusammenzusetzen.

Zu einem Bild.

Da waren sie also in dem Wäldchen, um ... wozu eigentlich? Um zu verhindern, dass Akelos vernichtet wurde? Nein. Was zum Teufel ging sie das an ...? Was zum Teufel war sie das jemals angegangen ...? Sie waren vielmehr in dem Wäldchen, um Saga zu vernichten. Um Rache zu üben.

Akelos hatte äußerst raffiniert gehandelt. Sie hatte vor langer Zeit alles eingefädelt, und sie als die unfreiwilligen Protagonisten eines unbekannten Komplotts ausgewählt: ihn als Gefäß, Raquel als Exsaga und Ballesteros als ihren Helfershelfer, damit sie dorthin kamen, wo sie jetzt waren. Ein sehr geschickter Plan. Aber welchen Zweck hatte sie damit verfolgt?

Oben waren die Sternbilder. Als er noch ein Kind war, hatte sein Vater versucht, sie ihm nahezubringen. Jedes besaß einen Namen und unterschied sich damit von den übrigen. Am Ende war er zu dem Schluss gekommen, dass die

Sternbilder einander zum Verwechseln ähnlich waren und sich nur durch die Namen unterschieden ...

Was war es nur? Was in aller Welt passte hier nicht zusammen?

Er versuchte zu rekapitulieren, was er wusste, zurückzugehen, den Schlüssel zu finden, das zündende Wort. Er war sicher, dass sie irgendetwas außer Acht gelassen hatten.

Die Sternbilder ... die Namen ...

Mit einem Mal spürte er, dass die junge Frau sich regte. Kaum wahrnehmbar. Eine winzige Bewegung, als wollte sie nur unbemerkt die Haltung verändern. Dann berührte sie ihn sachte mit den Fingerspitzen.

»Da sind sie.«

Er wandte seine Aufmerksamkeit der Lichtung zu. Es war keine Veränderung zu sehen. Tiefste Stille.

»Was ist los?«, flüsterte Ballesteros.

»Sie sind da«, wiederholte die junge Frau angespannt.

Aber da waren nur Wald und Dunkelheit. Ein Lüftchen erhob sich. Der Wolkenschleier riss auf und ließ den Mond sehen. Sein silbernes Licht ergoss sich über die Wipfel der Bäume und zeichnete dunkle Schatten auf die Erde. Schatten von Baumstämmen.

»Wo?«, fragte Rulfo.

»Da.«

Schatten von schmalen Baumstämmen. Schatten
geformt
wie Frauen. Schatten von reglosen Frauen. Eine Frauenreihe in der bitterkalten Nacht, mit kalzitgleichen, phosphoreszierenden Augen, mit gesträubtem oder glattem, vom eisigen Mondlicht entzündetem Haar und glänzender Haut, schimmernd wie Perlmutt. Zwölf nackte Körper. Zwölf weibliche Gestalten. Der unverwechselbare Geruch von Blut hing in der Luft, als hätten sie statt Mündern offene Wunden. Es herrschte absolute Stille. Nichts regte sich auf der Lichtung: Laub, Gras und Luft schienen zum Bühnenbild

zu gehören, und die regenbogenfarbene Nacktheit hob sich in der nächtlichen Stille vor dem finsteren Hintergrund ab wie eine Wand.

»Sie können uns nicht sehen«, hörten sie Raquel sagen. »Wir haben einen Zugang, aber es ist ausgeschlossen, dass sie uns sehen.«

Ihre Stimme klang überzeugend, aber weder Rulfo noch Ballesteros beruhigte das.

Bei ihnen war alles Ritual, stellte er verwundert fest. Sogar die Wut, sogar die Obszönität. Er hatte sich einen ungezügelten, wilden Hexensabbat ausgemalt, doch was ihm hier geboten wurde, war eine bedächtige Handlung in strenger Formation, bei der jede Bewegung seit Jahrhunderten einstudiert schien.

Zuerst entfernten sich vier Damen vierzehn Schritte aus der Reihe, knieten in den vier Himmelsrichtungen nieder und neigten die Häupter, indem sie ein imaginäres Rechteck um die anderen bildeten. Dann gingen die vier Nächsten elf Schritte nach außen und taten dasselbe. Darauf folgten zwei mit acht Schritten. Zuletzt ging die Elfte vier Schritte und kniete nieder. Als Saga allein in der Mitte stehen geblieben war, streckte sie die geöffnete rechte Hand in die Höhe. Es lag etwas darauf. Rulfo wusste plötzlich, was es war: Akelos' Imago.

»Das sind die Vorbereitungen für den Ritus der Aktivierung«, flüsterte Raquel. Ihre Anspannung war förmlich greifbar. Sie schien für den Angriff genau den richtigen Moment abzupassen. Ballesteros trat mit der Flinte im Anschlag hinter einem Baum hervor, ohne die leiseste Ahnung, was zu tun war, und starrte mit ungläubiger Miene auf die reglose Gruppe im Mondlicht.

Da erscholl aus zwölf Kehlen ein beinah musikalischer Chor und wurde ihnen vom Wind zugetragen:

L'aura nera si gastiga

Saga zog die Hand unter der Figur weg, die in der Luft verharrte, als hinge sie an einem unsichtbaren Nagel. Währenddessen richteten sich die Damen wieder auf und kamen erneut in der Mitte zusammen. Diesmal bildeten sie einen großen Kreis um die Figur, indem sie sich an den Händen fassten und die Finger ineinander verschränkten.

»Gleich rezitieren sie die Tefilla verkehrt herum, um die Imago zu aktivieren«, raunte Raquel.

Auch die Aufstellung des Kreises wurde nicht dem Zufall überlassen, sondern vollzog sich nach der hierarchischen Rangordnung der Gruppe, beginnend mit dem Mädchen Baccularia bis hinauf zu Saga. Jede Dame trat, wenn sie an der Reihe war, vor, ergriff die Hand ihrer Vorgängerin und streckte die andere der Nächsten entgegen. Die monotone Perfektion dieses Akts erinnerte an die Arbeit eines Poeten, der kürzend und glättend seinen Versen den letzten Schliff gibt. Sie bewegten sich vollkommen lautlos, in Frauenkörpern zwar, dabei schwerelos und schillernd wie Engel. Selbst ihre Nacktheit rief in Rulfo keinerlei Regung hervor, nur Worte.

»Wann willst du eingreifen?«, flüsterte er Raquel zu, während sich der Kreis allmählich schloss.

»Gleich. Wenn sie alle zusammen sind, und bevor sie mit dem Rezitieren beginnen. Dann kann ich sie am besten treffen ...«

Sie füllte ihre Lungen mit Luft, öffnete und schloss den Mund, hob die Schultern, befeuchtete die Lippen mit der Zunge. Schweißperlen schimmerten auf ihrer Stirn und den Wangen, aber Rulfo hatte nicht den Eindruck, dass es Angst war.

Sie wird es tun. Sie wird es versuchen. Wenn sie versagt, dann ist es um uns alle geschehen.

Er wandte sich wieder der Lichtung zu. Strix und Akelos, die Zehnte und die Elfte, standen bereits mit im Kreis.

Nur Saga fehlte noch. Er sah sie lächelnd zwei Schritte auf die Reihe der nackten Körper zutreten, die mageren Arme ausstrecken und ihre Finger auf einer Seite mit Akelos' und auf der anderen mit Baccularias Hand verschränken.

Fertig. Der Kreis ist vollständig.

In diesem Augenblick richtete Raquel sich auf.

Ihr war klar, dass sie keine Zeit zu verlieren hatte. Der Zugang war wie ein Tunnel, an dessen Ende ihr Ziel sichtbar wurde. Sie nahm Sagas zierliche Gestalt ins Visier und formte die Waffe in ihrem Mund, *Viento y agua,* ließ die Alliteration in der Luft vibrieren, *muelen pan,* zielte mit der tödlichen Spitze, *Viento y agua,* holte aus und schleuderte die Strophe wie einen Dolch von ihren Lippen, der glühend und pfeilschnell flog, wie ein Liebesblick.

Aber noch während sie die Waffe abschoss, merkte sie, dass etwas nicht stimmte.

Die Damen rührten sich nicht und zeigten keinerlei Reaktion.

Sie haben es erwartet. Es ist eine Falle.

Ihr Rücken fühlte sich an wie ein eisiger Gletscher. Sie konnte buchstäblich zusehen, wie der Dámaso Alonso, den sie mit so viel Mühe in ihrem Mund geschliffen und gewetzt hatte, seine Kraft verlor und hörte ihn, noch bevor er die Lichtung erreicht hatte, wirkungslos in der Luft verhallen, wo er ein melodisches Echo hinterließ, wie das Trällern eines Kinderliedes von einem Schulhof.

Die Damen öffneten den Kreis und wandten ihr die Gesichter zu. Sonnenblumen des Schreckens. Keine schien überrascht. Alle lächelten.

Saga griff an wie ein Falke, als sich die Nacht mit ihrer Stimme zerschnitt.

El viento es un can sin dueño
Que lame la noche inmensa

Der Vers traf die junge Frau mit unerwarteter Wucht, raubte ihr den Atem, den Willen und alle Sinne. Ein eigentümlicher Schmerzenslaut entrang sich ihrem Mund wie der Schrei eines Auerhahns, indes ihr Körper unter einem ungeheuren Druck mehrere Meter durch die Luft geschleudert wurde. Rulfo ertappte sich bei dem herzlosen Gedanken, dass Ballesteros' Gewehr niemals an die Schlagkraft dieses Distichons von Dámaso herankam. Und er bemerkte die Ironie der Situation, denn Saga hatte mit demselben Dichter gekontert.

Was dann kam, ging sehr schnell. Der Körper der jungen Frau stürzte krachend hinter ihm ins Gebüsch, ließ mehrere Zweige abbrechen und eine Staubwolke aufwirbeln. Dann rutschte sie auf dem Boden näher, als würde sie an den Füßen herangezogen, und blieb rücklings, mit hochgerutschtem Pullover, unter dem der nackte Bauch zum Vorschein kam, neben den Männern liegen. Immerhin lebte sie noch. Keuchend bewegte sie den Kopf. Für den Bruchteil einer Sekunde traf ihr Blick Rulfos Augen, der darin keine Angst entdeckte, sondern nur Kummer, eine grenzenlose Traurigkeit, als wollte sie ihn wegen dieses missglückten Versuchs um Verzeihung bitten. Dann hörte man einen zischenden Laut wie von einem Riss, und in der gleichen schwindelerregenden Geschwindigkeit, mit der alles geschah, keimten ihr aus Fesseln und Handgelenken feine, glasige Schnüre, so dünn, dass sie kaum zu erkennen waren. Dabei floss aus den Öffnungen fast kein Blut. Die Schnüre vollführten eine kurze Kapriole in der Luft und begannen dann, sich so um ihre Extremitäten und den angrenzenden Rumpf zu wickeln, dass sie ihre Gliedmaßen zu einem festen X zusammenbanden. Die junge Frau bäumte sich vor Schmerz auf und stieß ein unerwartet lautes und hohes Jaulen aus. Ein markerschütterndes, lang gezogenes Heulen. Erschauernd begriff Ballesteros, was da vor sich ging. *Ihre Nerven. Es sind die Nerven ihrer Arme und*

Beine. Mein Gott, sie wird mit ihren eigenen Nerven gefesselt.

»Du hast es gewagt, die Poesie gegen uns zu verwenden ...«, sagte Saga von der Lichtung aus und mehrere Damen echoten im Chor: »Du hast es gewagt ... die Dichtung ...«. Ernst und unbeirrt fuhr die Zwölfte fort: »Du hast mit dem Leben, das wir dir auf dem Landgut geschenkt haben, Wucher getrieben. Das wirst du uns mit Zins und Zinseszins zurückzahlen. Du wirst uns sagen, wie du dir Zugang verschafft hast. Du wirst reden, mit oder ohne Zunge ...«

Die junge Frau wand sich mit offenem Mund, verstummte aber unter dem schier unerträglichen Schmerz, der ihren Willen ausschaltete und sie alle Kraft kostete. Unablässig bahnten sich die Nerven weiter durch ihr Fleisch den Weg ins Freie, wuchernd wie eine bösartige Pflanze. Sie durchbrachen ihre Bauchdecke, drängten ihre Augäpfel aus den Höhlen, nagten am Elfenbein ihrer Zähne, krochen wie Würmer über jeden Einzelnen ihrer Wirbel. Die aus ihren eigenen Fasern bestehenden Bänder schnitten ihr in die Haut und durchlöcherten sie wie Nägel, Scherben, Stacheldrähte, wild gewordene Stachelschweine.

Ballesteros reagierte als Erster. Er wusste weder, was er tat, noch, was sich da eigentlich vor seinen Augen abspielte. Er war Arzt, aber er hatte nie zuvor etwas Vergleichbares gesehen, erahnt oder sich auch nur vorgestellt. Mit einer für seine Korpulenz unerwarteten Behändigkeit richtete er sich auf. Sein Gesicht sah aus, wie aus Marmor gemeißelt, und seine Arme bebten, als er die Flinte hob und zielte.

»Nicht!«, rief da jemand warnend (vielleicht Rulfo). »Weg da ...! Verschwinde ...!«

Aber er war natürlich längst verschwunden. Er war gar nicht mehr da, sondern in seinem Sprechzimmer oder zu Hause vor dem Fernseher in seiner bescheidenen Einsamkeit. Der Mann mit dem Gewehr im Anschlag, der auf die

Reihe der Zwölf zielte, das war gar nicht er; es war eine verrückt gewordene Replik seiner selbst. Nichts, was er tat oder sah, war wirklich.

Der Blitz erlosch wesentlich rascher als der ohrenbetäubende Knall, aber nachdem auch dieser verklungen war, konnte Ballesteros zweierlei feststellen: Erstens hatte er beide Schüsse gleichzeitig abgefeuert und zweitens standen die Damen nach wie vor unverändert da und schauten ihn an.

Lasst mir Zeit, bat er mental und verstand gleichzeitig, dass dieser Wunsch absurd und völlig zwecklos war. *Lasst mir nur ein bisschen Zeit.*

Er klappte das Gewehr auf und holte die Ersatzpatronen aus der Tasche. *Lasst mir Zeit.* Er lud es nach. Da vernahm er aus der Reihe der Frauen eine Stimme und sah, dass die junge Dame auf der vierten Position, mit dunklem Haar, einem unschuldigen Lächeln und einem schlangenförmigen Anhänger in der Einbuchtung ihrer Brüste, das Wort ergriff.

Und in ihrem Lächeln erkannte er den Tod.

Daré tu corazón por alimento

Er verstand nicht, ob es ein Vers war, hatte auch keine Ahnung, wer ihn verfasst hatte oder was er bewirken würde, nur eines wusste er genau: Jetzt war alles vorbei. *Das ist das Ende,* dachte er für den bangen Bruchteil einer Sekunde, während die Dame den Vers rezitierte. Er wollte sich an Julia erinnern. Er wollte es ganz bewusst tun, solange er noch Herr über seine Gedanken, seine Wünsche und seinen Willen war. *Ich liebe dich*, dachte er. Da ergriff ein furchtbarer, rasender Schmerz plötzlich seinen Kopf, durchdringend und glatt wie der Biss eines Rottweilers. Er ließ die Flinte fallen, taumelte und stieß gegen einen Baum.

Er konnte an nichts mehr denken.

Dem Arzt rann das Blut in Strömen aus Nase, Augen, Mund und Ohren, als wäre ihm der Schädel von innen geborsten. Sein Schreien war nur noch ein ersticktes Gurgeln, während sein behäbiger Körper noch ein-, zweimal gegen denselben Baum prallte. Dann stand er einen Moment schwankend da und hob die Hände an die Schläfen, als wollte er untersuchen, was mit seinem Kopf geschehen war, bis aus allen sieben Öffnungen der nächste Schwall Blut quoll und der Doktor zu Boden ging.

Rulfo empfand keine Angst, lediglich eine sehr tiefe Betrübnis, die ihm die Kehle zuschnürte und die Augen feucht werden ließ. Den Freunden ein solches Ende zu ersparen war sein größter Wunsch gewesen. *Er* hatte versagt, nicht sie.

Jetzt war er an der Reihe, und wollte die beiden nicht enttäuschen.

Er schloss die Faust fest um das Messer, erhob sich und wandte sich zur Lichtung. Aber er ging langsam, ohne Hast. Seelenruhig und ganz gemächlich setzte er einen Fuß vor den anderen, als ginge er zu den zwölf reglosen Gestalten, um ihnen die Hände zu reichen oder die Münder zu küssen. Als er den teigigen, weißlichen Körper der dicken Frau entdeckte, wechselte er die Richtung und steuerte auf sie zu.

Schielend schaute die Dame ihn an, zog die blauvioletten Lippen in die Breite und sah aus wie ein sonderbarer Saurier. Sie begann zu rezitieren.

»*Comme le fu …*«, hielt inne und schüttelte den Kopf. Dann verbesserte sie sich. »*Comme le fruit foi …* Nein, falsch … *Comme le fufu …*« Das erheiterte die Damen, und sie begannen zu lachen. Die dicke Frau lief vor Scham rot an. »Macht mich nicht nervös, Schwestern …« Rulfo kam immer näher. In seinem Blick lag etwas Ungeheuerliches, aber das ließ die dicke Frau kalt. »Ah, ja …!« Spucke sprühte ihr aus dem Mund, als sie den Zeigefinger auf Rulfo richtete und rezitierte:

Comme le fruit se fond en jouissance

Er wollte gerade die Hand mit dem Dolch heben, da zwang ihn ein Schwächeanfall in die Knie und ließ ihn wie einen leeren Sack bäuchlings auf die Wiese plumpsen. Da lag er nun, nicht nur bewegungslos, sondern erschlafft und regelrecht verwelkt, während seine Fingerknochen unter dem Gewicht des Jagdmessers knackten. Gleichzeitig vernahm er über sich die Stimme der Dame.

»Wieso lacht ihr? Ich bin schon alt. Und manchmal lässt mich mein Gedächtnis im Stich ...«

Rulfo überkam eine solche Wut, dass er den unmöglichen Versuch unternahm sich aufzurichten. Aber der Vers von Paul Valéry belegte ihn mit einer leeren Taubheit. Er war an allen Seiten von starrem, empfindungslosem Fleisch umgeben, wie auf einem Friedhof, und im Hintergrund erschien das Bild von den Beinen seiner Peinigerinnen, das ihn auch nicht hoffen ließ. Dann hörte er Sagas junge Stimme.

»Was seid ihr doch für armseliges Gewürm. Nichts als Körper, mit denen wir tun können, was uns gefällt ... Aber zuerst wollen wir die Imago zerstören. Danach seid ihr an der Reihe. Das Leben kommt aus dem Wort und kehrt zu ihm zurück: Solange nicht das letzte Wort gesprochen ist, werdet ihr lebendig und bei Bewusstsein bleiben, ihr werdet in die tiefsten Abgründe schauen und erkennen, was sich im Kern der Welt, inmitten der Wirklichkeit, verbirgt, dort, wo es nur noch Kälte und Stille gibt. Kälte und Stille werden aber ihrerseits euch schauen. Das lasst euch gesagt sein: Obwohl dies kein angenehmer Zustand ist, versprechen wir euch, dass er eine Weile andauern wird.«

Wieder formierte sich der Kreis. Positionen wurden eingenommen, Hände ineinander verschränkt. Rulfo beobachtete alles vom Boden aus. Nur wenige Zentimeter neben seinem Kopf traten Fersen auf den Boden, nackte, weiße Füße, deren Besitzerinnen für ihn unsichtbar waren.

Der Kreis. Stellungen und Hierarchien. Namen und Sternbilder. Keine Dame konnte ihre Stellung, ihren Rang, ihren geheimen Namen, ihr Symbol ablegen ...

die imago

Die Namen. Die Namen und die Bilder der Sterne. Sie ähneln einander ... nur durch ihre Namen werden sie unterschieden.

die imago. der plan

Auf einen Schlag war ihm alles klar.

die imago. der plan war die imago

Gastiga sí nera l'aura. Die Tefilla war verkehrt herum rezitiert worden. Dann herrschte Stille. Die Füße entfernten sich von seinem Kopf. Wieder löste sich der Kreis auf. Er fürchtete, Saga könnte soeben dieselbe Entdeckung gemacht haben wie er.
Aber diese kam für sie genau eine Sekunde zu spät.

Die Imago. Der Plan war die Imago.
Ihr habt sie aktiviert. Aber es war gar nicht Akelos' Imago, ihr Dummköpfe.
Er wusste nicht, was gerade vor sich ging, sondern merkte nur, wie um ihn herum alles in Bewegung geriet. Ohne sein Gesicht zu erreichen, breitete sich in seinem Innern ein erleichtertes Lächeln aus.
Es ist alles ganz einfach, und ihr habt es nicht begriffen ... Die Namen, die Worte, aus denen ihr allein eure Identität bezieht ... Die Worte der Namen ...
Wieder schoben sich nackte Füße in sein Blickfeld. Er sah eine Unbekannte auf die Damen zukommen. Im ersten Augenblick hielt er sie für Raquel. Aber sie war es nicht. Sie

war es nie gewesen, jedenfalls nicht in dieser Gestalt. Die Tätowierung war von ihrem Rücken gelöscht. Er verspürte in seinem erstarrten Leib eine unbändige Lust, laut loszulachen.

Ihr habt Raquels Imago aktiviert, ihr Trottel! Wahrscheinlich hat Akelos sie lange vor ihrem Tod mit ihrer eigenen vertauscht. Aber wie hatte sie das angestellt ...? Sie brauchte nur die Namen von den Imagos zu entfernen und sie dann auszuwechseln. Danach hatte sie ihre eigene Figur ins Wasser versenkt, sich selbst annulliert und Raquels Figur als ihre behalten. Und die habt ihr ins Aquarium gelegt und jetzt von neuem aktiviert ... Aber Raquel ist nicht tot: Sie hat in dem Körper der jungen Frau fortgelebt. Das war also der Plan: Wir sind hier, um genau diesen Augenblick zu erleben ...

Die echte Raquel war kleiner als die junge Frau, besaß aber wie diese einen ausgewogenen, perfekten Körper. Sie hatte kurzes, strohblondes Haar. Rulfo konnte sie nur von hinten sehen.

Und eines eurer Gesetze besagt, dass es im coven *nicht zwei Damen des gleichen Ranges geben darf ... dann wird der älteren der Vorrang eingeräumt.*

Die Damen traten zur Seite, um dem Neuankömmling unter ehrfürchtigen Blicken und unmerklich erschauernd Platz zu machen. Obwohl Rulfo Sagas Gesicht nicht sehen konnte, hoffte er auf die Miene, die er sich vorstellte.

In Jacquelines dunklem Innern sahen die Augen, die niemals blinzelten, Raquel näher kommen und nahmen Abschied vom Licht.

Doch das war nicht mehr Raquel. Es war Saga. Und Jacqueline betrachtete fasziniert ihre majestätische Haltung, die anmutigen Bewegungen und den tödlichen Ernst in dem von zwei opalgleich glänzenden Augen beschienenen Gesicht. Sie spürte ihre eigene Schwäche, ihre eigene Niedrigkeit und begriff, dass sie mit einem Schlag auf die Position der säkularen Dienerin dieser Grande Dame zurückgestuft worden war. Wie eine Königin schritt Saga gemessen auf sie zu. Oder wie eine Tigerin.

Obwohl ihr der Schreck in den Gliedern saß, konnte Jacqueline sich einer Bewunderung für diesen meisterhaften Schachzug der Akelos nicht erwehren, für dieses von der Herrin des Schicksals gesponnene Komplott. Jetzt war ihr alles klar, so sonnenklar, dass sich in ihrem Innern neben der Angst ein geheimer Jubel erhob. Denn sie war unendlich dankbar für die Erkenntnis, die ihr gerade zuteil wurde.

Endlich wusste sie, weshalb keine von ihnen die Imago hatte sehen können: Ihre Bemühungen waren auf Akelos' Imago gerichtet gewesen, aber die existierte nicht mehr. Sie wusste, warum Raquel das Gedächtnis zurückerlangt hatte: Die aus dem Aquarium zutage geförderte Imago war ihre eigene gewesen und hatte außerhalb des Wassers bewirkt, dass Raquels Erinnerungsvermögen wiederkehrte. Ihr ging auf, wozu Akelos das Gefäß durch Träume rekrutiert und seine Begegnung mit Raquel ebenso provoziert hatte wie den Raub der Figur: Die beiden mussten sich einen Zugang zum *coven* verschaffen und heute Nacht hier sein. Sie verstand, warum Raquels Weg zurück so lang und schmerzvoll sein musste: Wenn sie diesen nicht durchlaufen hätte, dann hätte ihre Wiedereinsetzung in die Macht ihren jungen Geist überfordert und getötet. Endlich war ihr alles klar.

Akelos hatte einfach die Worte auf den Wachsfigürchen ausgetauscht und durch Verse sichergestellt, dass niemand den Betrug merkte. Genial: Wenn die Worte ihren Platz wechselten, dann gab es keine Worte, um es aufzudecken.

Sie hatte sich die ganze Zeit auf die falsche Figur konzentriert.

Doch dann ließ eine noch tiefere Erkenntnis sie zusammenfahren: Akelos hatte geahnt, dass der *coven* Raquel verstoßen würde und sie, Jacqueline, dann an die Macht käme. Und sie hatte alles getan, um das zu verhindern. Was bedeutete, dass es von Anfang an keine andere Verräterin gegeben hatte als Akelos. Sogar tot und annulliert hatte sie weiter ihre Fäden gesponnen, um ... wozu eigentlich? Um die ausgestoßene Saga wieder an die Macht zu bringen und sie, Jacqueline, zu beseitigen. Bravo!

Wenn das tatsächlich zutraf, dann war Raquels Sohn ...

Aufgewühlt von jener letzten Erkenntnis fiel sie auf die Knie und nahm sich den Anhänger, den kleinen goldenen Spiegel, vom Hals, um ihn der einstigen Herrin zurückzugeben. Sie wusste genau, dass ihr Schicksal besiegelt war. Sie wusste, dass Raquel weniger Mitleid mit ihr haben würde als sie mit der jungen Frau: Sie würde es nicht damit bewenden lassen, ihr den Körper einer Fremden zu geben; sie würde sich auch nicht damit zufrieden geben, sie auszupeitschen, sie den Fremden auszuliefern, sie zu demütigen und zu foltern oder ihr liebstes Wesen zu töten. Bei der Vorstellung der grausamen Rache, die auf sie wartete, bei dem Gedanken an die Bestrafung, die sie würde erleiden müssen, begann sie zu schlottern, mit den Zähnen zu klappern und nach Luft zu ringen. Aber die Befriedigung, endlich alles verstanden zu haben, krönte diese Reaktionen mit einer unerwarteten Regung.

Sie lächelte.

Die frisch inthronisierte zwölfte Dame nahm ihr Symbol entgegen und legte es um, während ihre ehemalige Dienerin vor ihr kniete wie ein fröstelndes Mädchen, wie eine Schülerin, die bei einem Waldausflug ihre Kleider verloren hatte. Etwas anderes war von ihr nicht übrig.

Sie wollte nicht das Wort an sie richten. Ja, sie würdigte sie keines Blickes. Zahlreiche, ausgeklügelte Rachepläne waren bereits für sie geschmiedet, doch das hatte Zeit. Dann fasste sie den Entschluss, ihr dennoch eine Frage zu stellen. Die einzige Frage, die sie ihr jemals stellen würde und die letzten Worte, die sie an sie richten würde, bevor sie dieses er-

bärmliche Geschöpf mit allen erdenklichen Schmerzen über-
häufte. Leise presste sie zwischen den Zähnen hervor:
»Warum hast du meinen Sohn getötet?«
Die prompte Antwort überraschte sie.
»Aus demselben Grund, weshalb du ihn, ohne es zu wissen, empfangen hast.« Jacqueline wagte nicht, den Blick zu
heben, aber sie lächelte immer noch: »Damit Akelos mich
beseitigen kann.«

Weit von dieser Szene entfernt schloss Rulfo die Augen. Voller Genugtuung nahm er mit einem letzten Bild Abschied:
Bleich und bebend irrte die dicke Frau abseits von den anderen Hilfe suchend umher, weil sie wusste, dass ihr Schicksal genauso besiegelt war wie das der Saga ...
Doch während die Damen und die Wiese, auf der er aus-
gestreckt lag, vor seinen Augen untergingen und sich zuletzt
Finsternis über seine Pupillen breitete, überfiel ihn ein neues,
seltsames, unerklärliches Gefühl. Es war ihm plötzlich, als
erlebte er eine Halluzination. Als hätte er nach Beatriz' Tod
den Verstand verloren und alle diese Dinge *(Hexen, Machtverse, übernatürliche Rache)* letzten Endes bloß

in
seinem
verwirrten
Geist

erlebt.
Mit dieser Gewissheit tauchte er ins Dunkel.

2

Emma besuchte ihn während der Weihnachtsferien und stellte fest, dass sich sein Gesundheitszustand drastisch verschlechtert hatte. Er hatte jeglichen Appetit verloren und schien in eine Apathie verfallen zu sein, die beinah einer Totenstarre glich. Aber er hatte aufgehört zu trinken. Es kam ihr vor, als hätte er irgendwann im letzten Jahr alle Tugenden und Laster aufgegeben und verharre seitdem in Erwartung von etwas Neuem.

»Seit wann bist du in diesem Zustand?« Er zuckte die Schultern, ohne zu antworten.

Sie glaubte eigentlich, ihn zu kennen: Ihr Bruder hatte leidenschaftlich, vielleicht sogar exzessiv gelebt, aber seit dem Tod seiner Freundin vor zwei Jahren schien tatsächlich sein ganzer Mut dahin und er steckte in einem tiefen Loch, ohne den leisesten Versuch zu unternehmen, sich wieder daraus zu befreien. Ihr war klar, dass er professionelle Hilfe brauchte. Sie nahm Kontakt zu seinen Freunden in Madrid auf und erklärte sich bereit, ihm eine Psychotherapie in einer Fachpraxis zu bezahlen. Zu ihrer Überraschung war er einverstanden.

Am Dienstag der folgenden Woche, als er von der Arbeit nach Hause kam (er hatte einen Job als Putzhilfe in einer Schule angenommen. Seine Schwester war empört, aber er hatte ihr versichert, dass er damit zufrieden sei. Er wollte nicht als Dozent an der Uni arbeiten. Er wollte nicht Literatur unterrichten. Jetzt wischte er Böden, und die körperliche Arbeit tat ihm gut), stellte er fest, dass er den ersten Termin beim Therapeuten hatte. Um Emma nicht zu enttäuschen und schon beim ersten Mal abzusagen, setzte er sich ins Auto und fuhr hin.

Als er durch die automatische Glastür mit den zwei Weihnachtsbäumchen getreten war, blieb er wie angewurzelt im Foyer stehen. Dann ging er mit einem tiefen Unbehagen zur Rezeption. »Centro Mondragón« war auf dem Schildchen an der Bluse der Empfangsdame zu lesen. Er nannte seinen Namen, worauf die Frau diesen in den Computer tippte.

»Sie haben einen Termin bei Frau Dr. Jiménez Pazo im ersten Stock. Raum E1.«

Er wollte sich gerade bedanken und gehen, da erstarrte er von neuem.

»Welcher Raum, sagten Sie?«

Sie wiederholte es. Falls sie sich über die Miene des Mannes wunderte, ließ sie sich zumindest nichts anmerken. Sicherlich dachte sie, dass komische Typen wie er hier an der richtigen Stelle seien.

Wie im Traum folgte er dem Flur. Er wusste nicht, wie ihm geschah und hatte vor Nervosität ganz feuchte Hände. Im Aufzug nach oben wurde er etwas ruhiger. Aber als er im ersten Stock ankam, blieb er vor den Spiegeln im Gang noch einmal verwundert stehen. Der erste zeigte die Tür des Raumes E1. Er klopfte leise an, worauf ihn eine Stimme aufforderte einzutreten.

Doktor Sofia Jiménez saß hinter ihrem Schreibtisch. Sie war eine Frau mit einem fröhlichen Gesicht und leuchtenden Augen. Aber als Rulfo vor ihr Platz nahm, sah er sie nicht an: Er starrte immerfort auf die Wand hinter ihr, als suchte er dort etwas.

»Verzeihen Sie, aber ... ist hier vielleicht das Bild eines Abschlussjahrgangs abgehängt worden?«

Die Psychologin hob eine Braue. Sie hatte bei ihren Therapien eine Menge sonderbarer Einleitungen erlebt, aber die dieses Mannes übertraf sie alle.

»Ein Bild?«

»Ja ... oder so etwas Ähnliches ... Ein Diplom oder ...«

»Waren Sie schon einmal hier?«

Rulfo schwieg. Dann sagte er:

»Nein. Ich muss mich wohl getäuscht haben.«

»Es könnte aber durchaus sein«, kam sie ihm lächelnd entgegen. »Ich bin neu hier. Vor einem Monat war noch ein Kollege in diesem Sprechzimmer. Der hatte natürlich seine eigenen Diplome an der Wand. Deshalb wollte ich wissen, ob sie schon einmal hier waren.«

Rulfo nickte. Die Therapie begann.

Bald merkte er, dass ihm die Frau gefiel. Sie war nicht schön, sie hatte weder einen ausgesprochen tiefen noch einen auffallend schönen Blick, aber sie war eine hervorragende Gesprächspartnerin. Wenn sie lächelte, strahlte ihr ganzes Gesicht, und ihre Antworten waren stets zutreffend und intelligent. Aber das Lächeln gefiel ihm am meisten. Ab und zu ließ er absichtlich eine lustige Bemerkung fallen, nur um es erneut erscheinen zu sehen.

»Sie sind ein sehr schweigsamer Mann«, sagte sie während der zweiten Sitzung zu ihm.

»Tief innen sind wir das alle«, erwiderte er.

»Aber nach außen sind es nur wenige so wie Sie.«

Rulfo mochte darauf nichts antworten. Ihm war gerade der Gedanke gekommen, dass in unseren Körpern kein Licht und kein Schall existierte: bis auf den Herzschlag. Aber unsere Worte kamen nicht aus dem Körper. Sie kamen von Ferne, um unseren menschlichen Geist zu besuchen.

Und gerade jetzt besuchten ihn neue Worte und neue Bilder.

Aber die wollte er vor ihr nicht aussprechen.

Er hatte die Angewohnheit angenommen, ab und zu einen Spaziergang zur Praxis von Doktor Ballesteros zu machen und diesen nach seiner Sprechstunde abzuholen. Anfangs tat er das zweimal wöchentlich, später beschränkte er seine Besuche auf einmal im Monat oder alle zwei Monate. Aber er wurde stets freundlich empfangen. Er begleitete den Arzt ein Stück, setzte sich mit ihm in ein Café, wo sie etwas tranken – nur keinen Alkohol – und sich unterhielten. Ballesteros fand Gefallen an dem zurückhaltenden, gebildeten jungen Mann mit dem tiefen Blick. Im Grunde waren sie Freunde, seit Rulfo Mitte Oktober des Vorjahres zum ersten Mal in seiner Sprechstunde aufgetaucht war und über seltsame Albträume geklagt hatte, die sich danach nicht wiederholt hatten, was der Arzt seiner Behandlung zuschrieb.

An diesem Nachmittag zeigte Ballesteros ihm die Bilder seiner ersten Enkelin. Das stolze Lächeln des frisch gebackenen Großvaters ließ sein Gesicht vor Glück erstrahlen, und er wollte dieses Glück mit Rulfo teilen. Nachdem er die Schönheit der Kleinen gebührend gelobt hatte, sagte dieser:

»Meine Schwester bezahlt mir ein paar Sitzungen in einem privaten Therapiezentrum, weil sie mich so niedergeschlagen findet.«

»Das ist eine gute Idee von ihr. Und wie läuft es?«

»Es geht mir schon wesentlich besser. Die Sache mit Beatriz habe ich inzwischen verarbeitet.«

Der Arzt hob bewundernd die weißen Brauen. Es war seinem Freund nur selten gelungen, ihren Namen zu erwähnen, ohne in Tränen auszubrechen. Diesen Schritt deutete er als Besserung.

»Das ist ja großartig«, sagte er.

»Aber da ist noch etwas.« Rulfo sah ihn fest an. »Seit ich in diese Klinik gehe, habe ich mich an einiges erinnert ... An Details, die in meinem Gedächtnis verschüttet waren.

Sieh mich nicht so an, ich bin nicht verrückt. Ich habe einen roten Faden gefunden, bin ihm gefolgt und jetzt ist mir alles klar …« Plötzlich stützte er die Ellbogen auf den Tisch und schlug einen anderen Ton an.»Eugenio, kannst du dich an die Albträume erinnern, die du letztes Jahr im November hattest? Du hast mir davon erzählt …«

Ballesteros legte die Stirn in Falten.

»Das Einzige, was ich im November hatte, waren furchtbare Migräneanfälle. Aber die sind Gott sei Dank vorbei, wie du weißt.«

»Du hattest doch auch Albträume … Du hast von einem Wald geträumt, voller Blut, von funkelnden Augen, von einem blonden Mädchen, das unter deinem Bett wohnte …«

»Ach, ja!« Ballesteros lachte. »Die Träume hatten etwas mit Julia zu tun. Aber sie haben aufgehört. Ich habe auch angefangen, das Ganze zu verarbeiten.«

Das war nicht die Antwort, die der Freund erwartete. Er beugte sich noch weiter zu ihm hinüber.

»Kannst du dich nicht an eine junge Frau erinnern mit langen schwarzen Haaren, bildschön …? Schon gut, okay, du erinnerst dich nicht.« Er machte eine abwehrende Handbewegung, als Ballesteros zu einer Antwort ansetzte. »Bis vor zwei Tagen habe ich mich auch an nichts erinnern können. Weißt du, was ich glaube …?« Er zögerte, als hätte er Hemmungen, noch etwas hinzuzufügen. Aber dann sagte er es doch: »Ich glaube, dass sie unser Gedächtnis ausgelöscht hat. Und zwar nur, um uns zu retten.«

»Von wem redest du?«

»Das musste so sein. Wir hätten, mit allem, was wir wussten, nicht weiterexistieren können, aber sie wollte uns nicht töten. Sie hat dich erst wiederbelebt, dann unsere Verletzungen geheilt und zuletzt sämtliche Spuren dessen ausgelöscht, was geschehen war, auch alle unsere Erinnerungen daran …«

Die grauen Augen des Arztes waren so groß wie zwei Untertassen.

»Salomón, bist du sicher, dass diese Therapie, zu der du da gehst, was bringt?«

Rulfo blieb ihm die Antwort schuldig. Ihr Bild, über Ballesteros gebeugt und dann über ihn, um anschließend zur Gruppe zurückzukehren, war das Letzte, was ihm im Gedächtnis verblieben war, als er damals an einem Sonntagmorgen im November in seinem eigenen Schlafzimmer aufgewacht war. Er hatte immer gedacht, es wäre alles nur ein Traum gewesen, inzwischen war er aber ziemlich sicher, dass es ganz real war: die Damen, die Tragödie mit César und Susana, die Wahrheit über Beatriz Dagger ... Ziemlich sicher. *Trotzdem muss ich weiter glauben, dass es nur ein Traum war, wenn ich am Leben bleiben will*, dachte er.

Und als er das Gesicht seines Freundes ansah, wusste er auch, dass sie sie nie mehr belästigen würden, weil sie ihnen nicht mehr wichtig waren. Sie waren nur so lange wichtig gewesen, wie sie zum Plan gehört hatten, zu den Worten, zum Vers. Jetzt waren sie nur noch irgendwelche Menschen unter vielen. Und noch am Leben.

Er fragte sich vage, ob auch sie glücklich war, und wünschte es ihr. Hoffentlich hatte sie jetzt, da sie wieder die Anführerin der Gruppe war, auf Dauer die Stellung gefunden, die ihr gebührte. Vielleicht war die einstige Akelos sogar zurückgekehrt. Aber ihr Sohn ... Was hatte sie noch an jenem Abend zu ihm gesagt, bevor sie in den Wald fuhren? »Leben heißt immerzu vergessen«. Sie hatte Recht, und jetzt verstand er es. Das Leben, das wahre Leben, war nur gegenwärtig. Da lag es auf ein Polaroid gebannt im Café auf dem Tisch und hatte große offene Augen für die Welt. Eugenio Ballesteros' erstes Enkelkind.

»Keine Sorge«, lächelte er. »Ich bin vollkommen normal, Eugenio. Es es ist alles vorbei.«

Der Freund sah ihn kurz an mit einem innigen, gefühlvollen Schweigen, das war wie eine Umarmung.

»Das freut mich, was auch immer es gewesen ist«, sagte er schließlich.

In Sofia Jiménez Gesellschaft fühlte er sich immer wohler. Und dieses Gefühl beruhte auf Gegenseitigkeit. Eines Tages sprach sie es ganz offen an: Sie war geschieden und hatte nicht die Absicht, noch einmal eine Beziehung einzugehen, in der man sich gegenseitig Liebe schwört, um am Ende zu scheitern. Was sie sich wünschte, war ein guter Freund, ein wenig Leidenschaft und viel Verständnis. Genau das wollte Rulfo auch und sagte es. Sie verabredeten sich weiterhin und genossen ihr Glück.

»Du hast mir noch nie ein Gedicht gewidmet. Und das, obwohl du behauptest, ein Poet zu sein. Aber du darfst das nicht als Vorwurf nehmen: Ich bin froh darüber. Alles andere hätte ich dir als Unreife ausgelegt«, sagte sie eines Tages zu ihm.

An diesem Punkt begann er, sich mit dem Thema auseinander zu setzen. Eines sonnigen Nachmittags, als das Frühjahr gerade angebrochen war, schlug er ein Heft auf und setzte sich vor die leeren Seiten. Ein gewohntes Gefühl durchflutete ihn. Er griff nach dem Bleistift. Er wusste, dass dies sein letztes Gedicht war. Er spürte schon die Stille kommen, die Stille mit dem Wolkenleib und den Traumfarben. Er dachte, dass ihm womöglich noch viele Lebensjahre vergönnt waren. Vielleicht würde er sogar so glücklich werden wie Ballesteros mit seinen Kindern, aber diese tiefe körperliche Stille würde ihn niemals mehr verlassen.

Geliebte Stille.

Er begann zu schreiben:

Im Fenster steht noch die Sonne
Alle Worte sind verstummt
Nur Gefühle

Plötzlich hielt er inne. Irgendetwas ging mit ihm vor.
Da begriff er, dass ihm jegliche Inspiration fehlte. *Die Musen haben mich verlassen. Endgültig.* Bei der Entdeckung ihres Fehlens hätte er beinah laut aufgelacht.
Trotzdem schrieb er weiter.

Ich steige ab
Ich steige nur ab
Und was sehe ich
Was kann ich
dort
      unten
          sehen
             Was

?